KB140113

한글 창제 전후의 입겿[口訣] 연구

이 책은 2013년 정부(교육과학기술부)의 재원으로 한국연구재단의 지원을 받아 수행된 연구임(NRF-2013S1A6A4A02014253)

한글 창제 전후의 입겿[口訣] 연구

南京蘭 지음

景仁文化社

책머리에

이 책은 조선시대 구결 자료 가운데 특히 한글 창제 전후의 구결 자료를 대상으로 구결의 성립 배경과 구결의 변화 양상 등 한글 창제 전후기 구결의 특징을 종합적으로 고찰한 것이다. 연구의 주된 대상을 이들 문헌으로 한정하는 까닭은 ≪능엄경≫, ≪법화경≫, ≪육조대사법보단경≫ 모두가 한글이 창제되기 전에 달린 음독 구결과 한글이 창제된 후 간행된 한글 구결이 있어 한글 창제 전후기의 구결을 비교하고 대조하기 쉽기 때문이다. 뿐만 아니라 ≪능엄경≫, ≪법화경≫, ≪육조대사법보단경≫의 음독 구결 자료가 다른 구결 자료들보다 연구할 자료가 풍부하고, 동일 자료라 하더라도 고려시대부터 조선시대까지에 걸친 양질의 이본 자료들이 많아 정밀한 비교 분석이 가능하기 때문이다. 또한 언해본들과의 비교·대조가 용이하기 때문에 훈민정음 창제 이전과 창제 이후의 언어 변천을 밝히는 데 보다 더 명확한 근거를 찾을 수 있으리라 판단되기 때문이다. 더욱이 ≪능엄경≫, ≪법화경≫, ≪육조대사법보단경≫은 한글 창제 이전에 음독 구결이 기입되었고, ≪능엄경언해≫, ≪법화경언해≫, ≪육조대사법보단경언해≫는 훈민정음 창제 이후에 언해가 이루어져 음독 구결과 한글 구결의 상관성 및 영향 관계를 파악하기 쉽다는 장점도 고려하였기 때문이다.

이 책에서는 한글 창제 전후에 기입되었다고 판단되는 음독 구결 자료 ≪능엄경≫, ≪법화경≫, ≪육조대사법보단경≫과 이에 대응되는 ≪능엄경언해≫, ≪법화경언해≫, ≪육조대사법보단경언해≫에 나타나는 구결을 주요 대상으로 삼았다. 이들 자료들을 바탕으로 기술한 책은 첫째, 1장 서론에서는 연구 목적과 필요성, 그리고 연구사에 대해 심도 있게 살폈다. 특히 연구사에서는 기존 연구에서 논의된 1970년에서부터 2005년까지의 구결연구에 대해서는 연구에 대해 개괄하였으며 2005년 이후의 약 135편 연구들에 대해서는 그간의 연구 동향을 분석하고 국어학적 측면에서 기여한 바가 큰 논문들을 대상으로 그 성과를 서술하였다. 둘째, ≪능엄경≫, ≪법화경≫, ≪육조대사법보단경≫의 음독 구결 자료와 ≪능엄경언해≫, ≪법화경언해≫, ≪육조대사법보단경언해≫의 한글 구결 자료로 나누어 구결의 성립 배경과 변화 양상을 심도 있게 논의하였다. 셋째, 구결의 번역 양상과 상관성에 대해 논의하였다. 특히 번역 양상은 음독 구결 자료의 번역 양상과 한글 구결 자료의 번역 양상으로 나누어 서술하였으며, 구결의 상관성은 음독 구결과 한글 구결, 그리고 한글 구결과 언해로 나누어 서술하여 하였다. 넷째, ≪능엄경언해≫, ≪법화경언해≫, ≪육조대사법보단경언해≫에 사용된 한글 구결의 변화 양상은 경전의 체재와 번역, 그리고 번역 양상, 한글 구결의 특성을 나누어 밝히고자 노력하였다. 특히 제시한 예문 가운데 구결문은 일반인들이 읽기 어려울 것으로 판단하여 모든 구결에 독음을 달아 가독성의 효율을 높이고자 노력하였다. 다섯째, 구결의 문체와 통사구조의 논의는 먼저 구결문의 문체 형성 요인과 문체의 특징에 대해 세밀히 살펴보았으며, 그 다음에 음독 구결문의 통사구조와 한글 구결문의 통사구조로 나누어 분석하였다. 마지막으로 한글 창제 전후기 구결의 종합적 특징에 대해 간략히 정리하였다.

이 한 권의 책이 나오기까지 많은 분들의 도움을 받았다. 부족한 제자에게 끊임없는 성원과 격려를 아끼지 않으시는 학부 선생님들과 처음부터 지금까지 변함없이 한 곳으로 연구를 할 수 있도록 힘을 주신 남권희 선생님께 진심으로 감사를 드린다. 그리고 짧은 식견 탓에 풀지 못했던 많은 의문들을 함께 고민하고 해결할 수 있도록 도움을 준 구결학회와 국어사학회의 여러 학형들과 후배 김남경, 이화숙 선생에게도 감사의 뜻을 전한다. 특히 이 책은 교육부와 한국연구재단, 그리고 경인문화사의 연구지원이 없었다면 나올 수 없었다. 한국연구재단의 2013년 저술출판 지원사업에 지원을 받았으며, 보잘 것 없는 글을 연구총서라는 명칭을 달아 출판할 수 있도록 추천과 지원을 아끼지 않은 경인문화사 신학태 부장님과 한정희 사장님께 사의를 표한다. 끝으로 흔들림 없이 이 길을 걸을 수 있도록 곁이 되어 바라봐 준 누군가와 6남매 뒷바라지에 평생을 사셨던 어머니, 고 김태호 여사께 이 책을 바친다.

2016년 3월

윤설방에서 저자 씀

목 차

Ⅰ. 서 론

1. 연구 목적 및 필요성

본 연구는 조선시대 구결[1] 자료 가운데 특히 한글 창제 전후의 구결 자료[2]를 대상으로 구결의 성립 배경과 구결의 변화 양상 등 한글 창제 전후기 구결의 특징을 종합적으로 살피는 데에 목적을 둔다.

구결은 그 표기의 방법에 따라 ① 한글 구결, ② 한자 구결, ③ 차자 약체자 구결, ④ 부호 구결, ⑤ 혼합 구결로 구분할 수 있으며, 내용 풀이와 순서에 따라 ① 석독 구결, ② 음독 구결, ③ 신함현토(頤頷懸吐) 등으로 구분할 수 있다.

본 연구에서의 구결은 각주 2에서 밝힌 바와 같이 한글 창제 전의 음독 구결과 한글 창제 후의 한글 구결을 뜻한다. 그 가운데서도 ≪능엄경≫과 ≪법화경≫, 그리고 ≪육조대사법보단경≫의 구결을 주된 대상으로 삼는다. 그러므로 이 연구에서의 음독 구결 자료[3]란 한글 창제 전에 간행된 ≪능엄경≫ 이본 3종 17권과 ≪법화경≫ 이본 2종 6권, 그리고 ≪육조대사법보단경≫ 이본 3종 3권을 말하며, 한글 구결 자료란 한글 창제 후에 간행된 ≪능엄경언해≫와 ≪법화경언해≫, 그리고 ≪육조대사법보단경언해≫를 말한다.

본 연구의 주된 대상을 이들 문헌으로 한정하는 까닭은 ≪능엄경≫, ≪법화경≫, ≪육조대사법보단경≫ 모두가 한글이 창제되기 전에 달린

---

1) '구결(口訣)'은 '입겿'이라고도 일컬어진다. 이하에서는 편의상 '구결'이라고 칭하기로 한다.

2) 본 연구에서의 '한글 창제 전후의 구결'이란 '음독 구결'과 '한글 구결'을 뜻한다.

3) 음독 구결 자료는 그 주제에 따라 불교 경전 자료와 유교 경전 자료로 나눌 수 있는데, 본 연구에서의 음독 구결 자료는 불교 경전 자료를 뜻한다.

음독 구결과 한글이 창제된 후 간행된 한글 구결이 있어 한글 창제 전후기의 구결을 비교하고 대조하기 쉽기 때문이다. 뿐만 아니라 ≪능엄경≫, ≪법화경≫, ≪육조대사법보단경≫의 음독 구결 자료가 다른 구결 자료들보다 연구할 자료가 풍부할 뿐 아니라 동일 자료라 하더라도 고려시대부터 조선시대까지에 걸친 양질의 이본[4] 자료들이 많아 정밀한 비교 분석이 가능하기 때문이다. 또한 언해본들과의 비교·대조가 용이하기 때문에 훈민정음 창제 이전과 창제 이후의 언어 변천을 밝히는 데 보다 더 명확한 근거를 찾을 수 있으리라 판단되기 때문이다. 더욱이 ≪능엄경≫, ≪법화경≫, ≪육조대사법보단경≫은 한글 창제 이전에 음독 구결이 기입되었고, ≪능엄경언해≫, ≪법화경언해≫, ≪육조대사법보단경언해≫는 훈민정음 창제 이후에 언해가 이루어져 음독 구결과 한글 구결의 상관성 및 영향 관계를 파악하기 쉽다는 장점도 있기 때문이다.

훈민정음 창제 이전의 국어연구 자료는 그 수도 얼마 안 되거니와 한자를 빌려 쓴 이른바 차자자료가 대부분이어서 15세기 이전의 우리말의 모습을 올바로 파악하기가 매우 어려웠다. 그런데 지난 70년대 중반에 고려시대의 석독 구결 자료가 발견됨을 계기로 하여 국어사연구에 새로운 지평이 열리었다. 그때까지는 계림유사와 향약구급방 등을 통해서 고려시대의 어휘의 모습만 어느 정도 엿볼 수 있었는데 석독 구결이 얼굴을 내밀게 됨에 따라 어휘의 영역을 벗어나 음운이나 문법의 여러 측면을 소상하게 밝힐 수 있는 기반이 마련되었다.[5]

구결은 한문의 학습이나 독해의 수단으로 한문에 우리말의 조사나 어미 또는 독법을 토(吐)로 표시해 놓은 것이다. 우리 선인들은 극히 이른 시기부터 한문을 접해 왔고 이것이 생활에 뿌리를 내리기 시작하면서 한

4) 음독 구결 자료 가운데 현재 ≪능엄경≫은 11종의 이본이, ≪법화경≫은 7종의 이본이, ≪육조대사법보단경≫은 8종의 이본이 학계에 알려져 있다.

5) 고영근(1998:1).

문의 학습방법을 개발해 왔다. 이 학습 방법은 여러 유형이 있었을 것으로 생각되지만 그 가운데 가장 발달된 것이 오늘날 우리가 접할 수 있는 구결이다. 이 구결은 불가나 유가의 경전연구를 위하여 중요한 자료가 되어야 할 것이다. 그러나 각 시대의 古語로 저술된 것이어서 이 방면의 연구에 조예를 쌓지 않은 이가 직접 이용하기는 어려운 형편이다. 현재 이 방면에서 자료를 발굴하면서 연구하고 있는 것은 오히려 國語史를 전공하는 이들이다. 訓民正音 창제 이전은 연구 자료가 절대적으로 부족한데다가 전해오는 자료도 借字表記로 된 것이어서 해독하기가 어려웠기 때문이다.[6]

그런 가운데 고려시대부터 조선초기까지의 음독 구결 자료들이 다량으로 발굴되면서 이 방면의 연구가 새로운 활기를 띠기 시작하였다. 이들은 자료가 양적으로 풍부할 뿐 아니라 의미 파악이 쉬운 양질의 음독 구결 자료이며, 15세기에 간경도감에서 간행한 언해본들과의 비교·대조가 가능하였기 때문이다.

이처럼 석독·음독 구결 자료에 대한 연구가 지속되고 있을 무렵 지난 2000년 7월에는 일본의 漢文訓讀法 연구의 권위자인 小林芳規 일행과 함께 한국의 한문문헌에 나타나는 각필 점을 조사하는 과정에서, 한국의 佛典資料에서 角筆符號口訣에 의하여 한문을 석독한 획기적인 국어사적 사실을 발견하였다.[7] 이는 학계에 신선한 충격을 안겨주었을 뿐만 아니라 더불어 그동안 석독·음독 구결에만 머물러 있었던 연구의 폭을 부호 구결에까지 확대시켜 주는 계기가 마련되었다.

70년대 중반 이후부터 지금까지 발견된 석독 구결 자료로는 ≪대방광불화엄경소≫ 권35, ≪대방광불화엄경≫ 권14, ≪합부 금광명경≫ 권3, ≪구역인왕경≫ 상, ≪유가사지론≫ 권20의 총 5권의 불경자료가

6) 남풍현(1995:9).
7) 이승재(2000).

전부라 해도 과언은 아니다.[8] 또한 2000년 이후로 부호 구결 자료가 확인된 것은 ≪유가사지론≫ 권제3·권제5·권제8의 3권, 주본 ≪대방광불화엄경≫ 권제6·권제22·권제31·권제34·권제36·권제57의 6권, 진본 ≪대방광불화엄경≫ 권제20의 1권, ≪묘법연화경≫ 권제1과 권제7, ≪합부금광명경≫ 권3의 총 13권의 불경 자료가 있다.[9]

음독 구결 자료들은 ≪능엄경≫, ≪남명천화상송증도가≫, ≪영가진각선사증도가≫, ≪천태사교의≫, ≪범망경보살계≫, ≪금강반야경소논찬요조현록≫, ≪선종영가집≫, ≪상교정본자비도장참법≫, ≪금강반야파라밀경≫, ≪불설사십이장경≫, ≪법화경≫, ≪육조대사법보단경≫ 등과 같은 불경 자료들과 ≪경민편≫, ≪맹자언해≫, ≪소학≫, ≪시전정문≫, ≪서전정문≫ 등의 유경 자료들 외에도 이루 다 언급할 수 없을 정도의 많은 양들의 자료가 있다.[10]

---

8) 석독 구결 자료를 바탕으로 연구된 주요 논저들은 크게 '문헌별 연구'와 '자형 연구'로 나눌 수 있다. 석독 구결이 기입된 문헌을 중심으로 연구된 논저를 살펴보면 ≪구역인왕경≫ 연구로는 남풍현(1986ㄱ), 남성우·정재영(1998), 남풍현·심재기(1976), 이동림(1982), 전병용(1992) 등을 들 수 있으며, ≪금광명경≫ 연구로는 남풍현(1996ㄱ), 정재영(1998) 등을, ≪대방광불화엄경소≫ 연구로는 남경란(2002ㅂ), 남경란(2002ㅅ), 남권희(1997ㄱ) 등을 들 수 있다. 또한 ≪대방광불화엄경≫에 대한 연구로는 김두찬(1997), 남권희(1996), 심재기·이승재(1998) 등을 들 수 있으며, ≪유가사지론≫에 대한 연구로는 남풍현(1993ㄱ), 남풍현(1999) 등을 들 수 있다. 석독 구결 자형을 중심으로 연구된 논저로는 김동소·남경란(2003ㄴ), 김두찬(1996), 김영욱(2000), 남경란(2003ㄷ), 남권희(1994), 남풍현(1996ㄴ), 남풍현(1996ㄷ), 박진호(1999), 백두현(1995ㄱ), 백두현(1995ㄴ), 백두현(1996ㄴ), 백두현(1997), 이건식(1996ㄱ), 이금영(2000), 이승재(1996), 이장희(1994), 이장희(1995), 이장희(1996), 정재영(1995ㄱ), 정재영(1995ㄴ), 정재영(1997), 정재영(2000), 황선엽(2003) 등을 들 수 있다.

9) 부호 구결에 대한 연구는 대개가 부호의 해독과 독법에 대한 연구들로서 ≪유가사지론≫에 대한 김영만(2000), 이승재·안효경(2002), 윤행순(2003), 장경준(2002), 장경준(2003)과 주본 ≪대방광불화엄경≫에 대한 박진호(2003)와 ≪법화경≫에 대한 남경란(2004)과 ≪합부금광명경≫에 대한 남권희·정재영·남경란(2006) 등을 들 수 있다.

이들 음독 구결 자료들은 자료의 간행 시기가 고려시대부터 조선후기까지에 걸쳐 있을 뿐 아니라 의미 파악이 쉬운 양질의 자료로서 15세기에 간경도감에서 간행한 언해본들과의 비교·대조가 용이하기 때문에 훈민정음 창제 이전과 창제 이후의 언어 변천에 대해 보다 더 명확한 근거를 찾을 수 있다.

국어사적인 측면에서 볼 때 한글 창제 전기의 음독 구결 자료는 고려시대의 부호·석독 구결 자료와 한글 창제 후에 간행된 한글 구결 자료의 교량적인 위치에 있다. 그럼에도 불구하고 아직까지 한글 창제 전후기의 구결 전반에 걸친 연구는 미미한 상태며, 더군다나 지금껏 한글 창제 전후기의 음독 구결과 한글 구결을 비교, 대조하여 고찰한 연구 실적은 거의 없다. 뿐만 아니라 한글 창제 전후기에 간행된 음독 구결 자료와 한글 구결 자료들에 대한 전반적인 연구도 전혀 되어 있지 않은 실정이다.

따라서 한글 창제 전의 음독 구결 자료와 한글 창제 후에 간행된 한글 구결 자료를 데이터베이스화(DB구축)하고 이를 다양한 방법으로 비교하고 검토한다면 고대한국어와 중세한국어의 변화 양상과 상관성 및 통시적 흐름을 밝히는 데 매우 중요한 역할을 할 것으로 믿는다.

---

10) 음독 구결 자료 가운데 문헌을 중심으로 한 연구 논저로는 김두찬(1987ㄱ), 김두찬(1987ㄴ), 김두찬(1989), 남경란(1997ㄱ), 남경란(1998), 남경란(1999ㄷ), 남경란(1999ㄹ), 남경란(2000ㄴ), 남경란(2000ㄷ), 남경란(2000ㄹ), 남경란(2001ㄱ), 남경란(2001ㄴ), 남경란(2002ㄴ), 남경란(2003ㄱ), 南權熙(1993), 南權熙(1995), 南權熙(1997ㄴ), 南權熙(1997ㄷ), 남권희(1999), 南豊鉉(1990), 南豊鉉(1995), 박진호(1996), 李丞宰(1993ㄱ), 李丞宰(1995ㄴ), 정재영(1996ㄱ), 鄭鎬半(1997), 韓相花(1994) 등을 들 수 있으며, 자형을 중심으로 연구된 논저로는 남경란(1997ㄴ), 남경란(1999ㄱ), 남경란(2001ㄱ), 남경란(2001ㄷ), 남경란(2002ㄱ), 남경란(2002ㄴ), 남경란(2002ㄹ), 남경란(2003ㄱ), 남경란(2003ㅅ), 남경란(2003ㅇ), 남경란(2003ㅈ), 안병희(1988ㄱ) 등을 들 수 있다. 이 외에도 여말선초의 음독 구결 자료를 종합적으로 검토한 대표적인 저서로는 남경란(2005)을 들 수 있다.

2. 연구 범위 및 방법

이 연구는 한글 창제 전에 기입된 ≪능엄경≫, ≪법화경≫, ≪육조대사법보단경≫의 음독 구결과 한글 창제 후에 간행된 ≪능엄경언해≫, ≪법화경언해≫, ≪육조대사법보단경언해≫의 한글 구결을 주된 대상으로 삼는다.[11]

본 연구의 주된 대상을 이들 문헌의 구결로 한정하는 까닭은 앞서 언급한 바와 같이 ≪능엄경≫, ≪법화경≫, ≪육조대사법보단경≫ 모두가 한글이 창제되기 전에 달린 음독 구결과 한글이 창제된 후 간행된 한글 구결이 있어 한글 창제 전후의 구결과 비교·대조가 가능하기 때문이다. 또한 ≪능엄경≫, ≪법화경≫, ≪육조대사법보단경≫의 음독 구결 자료가 다른 구결 자료들보다 연구할 자료가 풍부할 뿐 아니라 동일 자료라 하더라도 고려시대부터 조선시대까지에 걸친 양질의 이본 자료들이 많아 정밀한 비교 분석을 용이하게 하기 때문이다. 이러한 언해본들과의 비교·대조는 훈민정음 창제 이전과 창제 이후의 언어 변천을 밝히는 데 보다 더 명확한 근거를 찾을 수 있을 것이다. 더욱이 ≪능엄경≫, ≪법화경≫, ≪육조대사법보단경≫은 한글 창제 이전에 음독 구결이 기입되었고, ≪능엄경언해≫,[12] ≪법화경언해≫,[13] ≪육조대사법보단경언해≫[14]

---

11) 한글 창제 전의 음독 구결 자료 가운데로는 ≪능엄경≫, ≪남명천화상송증도가≫, ≪영가진각선사증도가≫, ≪천태사교의≫, ≪범망경보살계≫, ≪금강반야경소논찬요조현록≫, ≪선종영가집≫, ≪상교정본자비도장참법≫, ≪금강반야파라밀경≫, ≪불설사십이장경≫, ≪법화경≫, ≪육조대사법보단경≫ 등이 있으나, 본 연구의 목적에 부합한 ≪능엄경≫과 ≪법화경≫, 그리고 ≪육조대사법보단경≫의 구결만을 주된 대상으로 삼는다.

12) ≪능엄경언해≫는 간경도감의 다른 언해본에 미친 영향의 관점에서도 중요하지만, 풍부한 어휘와 문법자료를 보이고 있으므로 중세국어 연구에 기본적인 문헌의 하나로 인정되고 있다. 1461년에 교서관에서 을해자(乙亥字)로 400부를 간행하였다. 모두 10권 10책으로, 활자본과 목판본이 있는데 활자본은 1461년(세조 7)

는 훈민정음 창제 이후에 언해가 이루어져 음독 구결과 한글 구결의 상관성 및 영향 관계를 파악하기 쉽다는 장점도 있기 때문이다.

따라서 이 연구에서 다룰 구결 문헌의 서지를 간략히 소개하면 다음과 같다.

1) ≪능엄경≫

(1) 파전본

이 책은 3권 1책[15]의 목판본이며 15세기 초에 간행한 것으로 추정된다. 이 책은 <권 8>에서 <권 10>까지 남아있다. 책의 크기는 16.8×29.8cm로 반광은 14.5×21.8cm이다. 권수제는 '大佛頂如來密因修證了義諸菩薩萬行首楞嚴經卷第八[九/十]'이고, 판심에는 흑구와 어미가 없

에, 목판본은 1462년에 간행되었다. 활자본을 급히 서둘러 간행했기 때문에 오류가 많아 이를 수정하여 1462년에 간경도감에서 목판본으로 다시 간행한 것이다. 체제는 원문에 한글로 구결이 달린 대문(大文)을 먼저 보이고, 이어서 번역을 세주로 싣고 있다. 번역은 거의 직역하고 있다.

13) ≪법화경언해≫는 ≪묘법연화경언해≫라고도 한다. 세조가 간경도감을 세워 불경 언해를 간행할 때, ≪능엄경언해≫에 이어 간행된 총 7권의 목판본이다. 법화경의 원본은 이른 시기부터 이미 여러 차례 간행되었으며, 언해본도 이후로 여러 번 간행되어 1523년(중종 18)·1545년(인종 1)경에 나주의 쌍계사(雙溪寺), 1765년(영조 40)경에 덕산의 가야사(伽倻寺) 등에서 복각 간행되었으며, 주석문을 삭제하고 본문만을 번역한 1500년(연산군 6) 간행본 이후로 내용·형식을 달리한 것이 여러 가지가 있다. ≪법화경언해≫는 간행본 사이에 각자병서(各自并書)의 폐기와 한자음 표기의 변화 등이 나타나 국어사 연구에도 중요한 자료이다.

14) ≪육조대사법보단경언해≫는 인경 목활자(印經木活字)본으로 1496년(연산군 3) 인수대비(仁粹大妃)의 명으로 상·중·하의 3권 3책이 간행되었다. 그러나 상·중의 2권만 전하다가 최근에 하권이 발견된 자료로 후대의 중간본(重刊本)이 없으므로 매우 귀중하다. 한자음 표기를 <동국정운(東國正韻)>식 한자음에 따르지 않고 현실화한 점 등에서 한국 국어사 연구에도 귀중할 뿐 아니라 목활자로 인쇄된 점에서 서지학적 연구에도 중요한 자료가 된다.

15) 전 10권 가운데 권8, 9, 10만 있다.

다. '楞'이란 약호가 있고 11행, 22자이며, 계선은 없다. 구결의 형태는 묵서(墨書)로 되어 있으며, 기입된 구결은 14세기의 음운 현상을 반영하고 있어 고대 한국어와 중세 한국어를 연구하는데 좋은 자료라 할만하다.

(2) 남권희본

이 책은 조선 초기에 간행한 것으로 추정되며, 책의 표지는 '능엄경'이고 표제는 '首楞嚴經'으로 보이나 '首'만 남아 있고 나머지는 찢겨지고 없다. 내제(內題)는 '大佛頂如來密因修證了義諸菩薩萬行首楞嚴經卷第一'이고 판심제는 '楞'이다. 책의 크기는 18.4×29.4cm으로 반광(半匡)은 내광(內匡)이 14.6×22.1cm이다. 판심과 어미는 없다. 원문은 무괘(無罫) 11행 21자로 5자와 6자 사이에 판심제(版心題) '楞'과 권차(卷次)가 나오고 13자와 14자 사이에 장차(張次)가 나온다. 특히 이 책은 '首楞嚴經要解序' 부분이 시작하기 전 앞의 2장이 '大佛頂首楞嚴經變相'이 섬세하고도 아름답게 판각되어 있으며, 권말에는 27(40여)명의 시주명이 필사되어 있다. 제책(製册) 방법은 5권 1책(권1·2·3·4·5)으로 되어 있다.

(3) 송성문본

이 책은 목판본으로 간행 연대는 15세기 초로 추정된다. 이 책은 전권이 완전하게 남아있다. 책의 크기는 38.3×22.0cm이다. 판심은 흑구나 어미 등이 없다. 원문은 8행 20자로 경문(經文)과 요해문(要解文)이 모두 같은 크기로 되어 있는 것이 특징이다. 이 책은 <권 1>의 1-3장과 <권 2>의 48-52장, <권 9>의 3장, <권 10>의 39-42장이 훼손되거나 낙장인데, 전체적으로는 상태가 '남권희 (나)본'과 '(다)본' 보다는 양호한 편이다. 또한 구결 글자가 다른 이본들에 비해 글자 크기가 작으며, 구결의 결합유형도 수가 적다.

2) ≪법화경≫

(1) 기림사본

이 책은 호접장으로 책의 소장처는 경상북도 경주시 기림사이다. 표지명은 없고 내제(內題)는 ‘妙法蓮華經卷弘傳序’이다. 책의 크기는 알 수 없으며 반광(半匡)은 내광(內匡)이 대략 10.4×20.8cm이다. 판심과 어미는 없으며, 원문은 무괘(無罫), 6행 17자이다. 이 책은 序文과 권1, 권7이 현전하고 있는데, 권1은 뒷부분이 권7은 앞부분이 낙장되고 없다. 특히 서문의 앞에 가루라왕(迦樓羅王)과 용왕(龍王)의 모습을 알 수 있는 불완전한 도상이 한 면 있다. 구결은 부호 구결과 음독 구결이 모두 달려 있어 석독 부호 구결의 실체를 확인하는데 많은 도움을 줄 수 있다. ‘기림사본’에 사용된 부호는 대략 ‘`, ., ⊥, ⊤, ㅏ, ㅓ, ″, =, „ ″, ˬ, 、, ′, ‥, ″, ‥, ┘, ┌, ㄱ, :, ‥, ″, ', ″, ㅣ, 〈, ㇏, ㅛ’ 등으로, 이들 20여 개 부호가 조합되어 약 140여 개의 부호 모형을 이루고 있다. 음독 구결의 자형은 총 52개가 사용되었다.

(2) 영남대본

영남대본은 성달생 서체 계열로서 1422년에 간행된 판본으로 추정되는 자료이다. 성달생이 書寫한 자료 가운데 1405년 안심사(安心寺) 간행본과 1443년 임효인(任孝仁)·조절(曺楶) 등과 공동으로 書寫한 화암사(華嚴寺) 간행본은 잘 알려져 있으나[16], 영남대학교 東濱文庫에 소장되어 있는 이 자료와 같은 판본은 그다지 많이 알려져 있지 않은 것 같

---

16) 서울대학교 규장각 전자자료에 성달생이 書寫한 판본이라고 주기되어 있는 ≪법화경≫ 1冊이 검색되었는데 이는 풍기(豊基)의 叱方寺에서 간행한 것으로 발문에 ‘成化十三年 丁酉(1477)’이라는 기록이 있는 것으로 되어 있었다. 그런데 성달생의 생몰연대를 생각해 볼 때 이 자료의 주기사항이 의문스럽다. 규장각에 소장되어 있는 이 책의 청구기호는 古 1730-14F-1이다.

다.[17] 이 책의 소장처는 영남대학교 東濱文庫이며, 책의 표제는 '妙法蓮華經(國初板本)'이다. 내제(內題)는 '妙法蓮華經卷第四'이고 판심제는 '法'이다. 책의 크기는 16.4×26.2cm으로 반광(半匡)은 내광(內匡)이 대략 13.5×20.9cm이다. 그런데 이 책의 반광의 크기는 일정하지 않아 최고 13.0×21.2cm부터 최저 13.5×19.8cm까지로 이루어져 있다. 판심과 어미는 없으며, 원문은 무괘(無罫), 10행 20자이다. 판심제(版心題) '法'과 권차(卷次)는 5자와 6자 사이에, 장차(張次)는 15자와 16자 사이에 나온다. 이 책은 '4권 1장ㄱ'과 '6권 55장ㄱ 이하'가 낙장되고 없으며, 낙장된 부분은 필사되어 있다. 제책(製册) 방법은 3권 1책(권4·5·6)으로 되어 있다. 권6의 뒷장에는 변계량(卞季良)의 발문과 함허당(涵虛堂)의 발문이 각 1장(ㄱ-ㄴ)씩 있으며, 발문 뒷장에는 1장(ㄱ-ㄴ)의 발원문이 있다.

(3) 백두현본

책의 표제는 '妙法[經]'이며, 내제(內題)는 '妙法蓮華經卷第'이다. 책의 크기는 17.6×27.9cm로 반광(半匡)은 내광(內匡)이 대략 13.5×20.9cm이다. 판심제는 '法'이고, 판심과 어미는 없으며, 원문은 무괘(無罫), 10행 20자이다. 판심제(版心題) '法'과 권차(卷次)는 5자와 6자 사이에, 장차(張次)는 15자와 16자 사이에 나온다. 이 책은 권1 1~32장 앞면까지 낙장이며, 권1 32장 뒷면에서 47장 앞면까지는 부분적으로 훼손되어 있다. 제책(製册) 방법은 3권 1책(권1·2·3)으로 되어 있다. 특히 권1과 권3의 말에는 발원자 및 시주자의 이름이 기록되어 있는데 권1의 63장 앞·

17) 강순애·이현자(2001)에서도 성달생서체 계열의 ≪법화경≫ 가운데 세종4(1422)년 경기도 고양현 대자암 간행된 자료에 대한 자세한 언급은 없다. 이는 강순애·이현자(2001)의 주요 대상이 '직지사 소장'인 점을 감안해 볼 때 직지사에 소장된 ≪법화경≫ 가운데 1422년에 간행된 판본이 없기 때문으로 생각된다.

뒷면에는 대중의 이름이, 권3의 59장 앞·뒷면에는 승려의 이름이 각각 나누어져 기록되어 있는 것이 특이하다.

3) ≪육조대사법보단경≫

(1) 영남대 (가)본

이 판본의 서명은 '法寶壇經'이고 내제는 '六祖大師法寶壇經'이다. 이 책은 원문이 1책 63장,[18] 四周雙邊으로 이루어진 목판본이다. 책의 크기는 22.7×15.0cm이고, 반광은 내곽이 18.0×12.9cm이다. 판심은 흑어미가 上下向으로 있고, 판심제는 '壇'이다. 원문은 無界 10行이고 글자 수는 대개 18자로 되어 있다. 본문의 체제는 略序, 悟法傳衣第一, 釋功德淨土第二, 定慧一體第三,, 教授坐禪第四, 傳香懺悔第五, 叅請機緣第六, 南頓北漸第七, 唐朝徵詔第八, 法門對示第九, 付囑流通第十으로 이루어져 있으며, 권말의 간기는 낙장이다. 사용된 구결 자형[19]은 '可(가), 厺(거), 去(거), 口(고), 古(고), ㇆(ㄴ/은), 乃(나), 又(노), 匕(니), ㅌ(ᄂᆞ), 丨(다), 大(대), 力(더), 氐(뎌), 丁(뎌/뎡), 刀(도), 斗(두), 入(들/ᄃᆞᆯ), 圡(디), ム(ᄃᆡ), ㇄(ㄹ/을), 丶(라), 亽(라), 㢱(로), 刂(리), 广(마), 久(며), 丆(면), 七(ㅅ), 叱(ㅅ), 氵(사), 全(샤), 西(셔), 亣(셔), 立(셔), 户(소), 小(쇼), 二(시), 𡈽(ᄉᆞ), 白(ᄉᆞᆸ), 㣈(야), 阝(아), 才(어), 亠(여), 午(오), 卜(와), 乛(의), ㇏(이), 土(토), ノ(호), 亐(히), 丷(ᄒᆞ), 十(ᄒᆡ/긔)'의 52개이고, 결합 유형은 총 389개이다. 이 책은 형태 서지 등을 고려해 볼 때 고려말기에 간행된 것으로 추정되며 구결도 고려 말기에 기입된 것으로 추정된다.

---

18) 63張 以下의 跋文은 落張이다.

19) 구결 자형의 제시는 한컴오피스 한글의 혼글 문자입력표의 코드 순에 따라 제시하는 것을 원칙으로 하되 편의 상 한글자모 순에 따라 읽기 편하도록 제시하였다.

(2) 영남대 (나)본

이 판본의 서명은 '六祖法寶壇經'이고 내제는 '六祖法寶壇經(序)'이다. 이 책은 영남대학교 동빈문고 소장으로 원문이 1책 67장, 사주단변으로 이루어진 목판본이다.

판심은 흑어미가 상하내향으로 있고, 판심제는 '壇'이다. 원문은 무계 10행이고 글자 수는 대개 18자로 되어 있다. 본문의 체제는 六祖大師法寶壇經序(德異撰), 略序, 悟法傳衣第一, 釋功德淨土第二, 定慧一體第三, 教授坐禪第四, 傳香懺悔第五, 叅請機緣第六, 南頓北漸第七, 唐朝徵詔第八, 法門對示第九, 付囑流通第十, 跋文으로 이루어져 있으며, 발문은 낙장된 부분이 있다. 이 책은 '영남대 (가)본'의 번각으로 보이며 조선 초기에 간행된 것으로 추정된다. 사용된 구결 자형은 '可(가), 去(거), 口(고), 人(과), 只(기), 尹(나), 乃(나), 又(노), 匕(니), ㅌ(ᄂᆞ), ㄱ(ㄴ/은), 丨(다), 大(대), カ(더), 加(더), 氐(뎌), 刀(도), 月(ᄃᆞᆯ), 朩(ᄃᆞᆯ), 丁(뎡), 入(들), 土(디), 厶(ᄃᆡ), 丶(라), 罒, 了(료), 尸(러), 乙(ㄹ/을), リ(리), 万(만), 久(며), 丆(면), 勿(믈), ㅍ(ㅂ/읍), 氵(사), 全(샤), 一(셔), 户(소), 小(쇼), ニ(시), 士,(ᄉᆞ) 七(ㅅ), 叱(ㅅ), 卩(아), 阿(아), 我(아), 阝(야), 厓(애), 才(어), 亠(여), 午(오), 卜(와), 位(위), ラ(의), 之(지), 他(타), ノ(호), 乊(호), 亐(히), 屎(히), ソ(ᄒᆞ), 乀(이)'의 62개이다.

(3) 1479년 간행본

이 판본의 서명은 '六祖壇經'이고 내제는 '六祖法寶壇經(序)'이다. 이 책은 원문이 1책 68장, 사주단변으로 이루어진 목판본이다. 책의 크기는 약 24.5×20.6cm이고, 반광은 내곽이 18.9×15.1cm이다. 판심은 복합화문어미(複合花紋魚尾)가 상하내향으로 있고, 판심제는 '壇'이다. 원문은 무계 10행이고 글자 수는 17자로 되어 있다. 본문의 체제는 六祖大師法寶壇經序(德異撰), 略序, 悟法傳衣第一, 釋功德淨土第二, 定慧

一體第三, 敎授坐禪第四, 傳香懺悔第五, 叅請機緣第六, 南頓北漸第七, 唐朝徵詔第八, 法門對示第九, 付囑流通第十, 刊記로 이루어져 있다. 사용된 구결 자형은 '可(가), 去(거), 口(고), 尹(나), 乃(나), 又(노), 匕(니), 尼(니), ㅌ(ᄂᆞ), 丁(ㄴ/은), ㅣ(다), 夕(다), 大(대), 力(더), 氐(뎌), 丁(뎡), 刀(도), 土(디), 入(들), 月(ᄃᆞᆯ), 厶(ᄃᆡ), 丶(라), 尸(러), 户(러), 了(료), 刂(리), 乚(ㄹ/을), 万(만), 久(며), 丆(면), 勿(믈), 邑(ㅂ/읍), 巴(ㅂ/읍), 氵(사), ㅅ(샤), 一(셔), 小(쇼), 二(시), 氏(씨), 士(ᄉᆞ), 七(ㅅ), 卩(아), 阝(아), 阿(아), 彡(야), 厓(애), 才(어), 午(오), 卜(와), 衣(의), ㄟ(이), 之(지), ノ(호), 乎(호), 兮(히), ソ(ᄒᆞ)'의 56개이다. 이 책은 간기(成化十五年己亥五月日白雲山屛風庵開)를 참조해 볼 때 1479년 白雲山 屛風庵에서 개판한 것임을 알 수 있다.

이밖에도 최근 학계의 비상한 관심을 끌고 있는 각필 부호 자료 ≪법화경≫ 권1과 권7을 참조하며, 여말선초에 간행된 음독 구결 자료 ≪능엄경≫ 이본과 ≪법화경≫ 이본, 그리고 한글 창제 이후에 간행된 음독 구결 자료 ≪능엄경≫ 이본과 ≪육조대사법보단경≫ 이본 등도 참조할 것이다. 아울러 본 연구를 원활하게 수행하기 위해서는 이들 한글 창제 전의 음독 구결 자료에 나타나는 구결의 문자 체계[20]를 활용할 것이다.

위와 같은 자료들을 대상으로 본 연구에서는 다음과 같은 방법으로 연구를 하고자 한다.

첫째, 한글 창제 직전의 음독 구결 자료인 ≪능엄경≫ 3종 17권, ≪법화경≫ 2종 6권, ≪육조대사법보단경≫ 2종 2권의 한문 원문과 원문에 기입된 구결을 컴퓨터로 모두 DB화한다. 이 작업은 이미 끝난 상태이다.

20) 아래의 문자 체계 표에서 구결 자형의 독음은 왼쪽 두 번째(≪육조대사법보단경≫은 세 번째)에 칸에 제시하고, 본자는 오른쪽 마지막 칸에 제시하였으며 표의 맨 아래쪽에 이본별 자형의 개수를 제시하였다. 구결의 문자 체계에서 자료를 제시한 순서는 자료의 간행 연대가 아니라 자료에 기입된 구결들의 기입 연대를 추정한 순으로 제시하였다.

둘째, 한글 창제 직후의 한글 구결 자료인 ≪능엄경언해≫와 ≪법화경언해≫ 및 ≪육조대사법보단경언해≫ 전권의 원문뿐만 아니라 언해문도 컴퓨터로 BD화한다. 이 작업은 이미 끝난 상태이다.

셋째, 이들 구결 자료들을 비교하기 쉽도록 음독 구결문과 한글 구결문의 말뭉치를 병행배열 하여 정보처리 작업을 한다.(예 ≪능엄경≫; ≪능엄경언해≫, ≪법화경≫; ≪법화경언해≫, ≪육조대사법보단경≫; ≪육조대사법보단경언해≫) 이는 한글 창제 전후기의 음독 구결과 한글 구결의 변화 양상을 살펴보기 위한 기초 작업이다. 이 작업은 일부 진행되었다.

넷째, 한글 창제 전후기의 동일 문헌에 표기된 구결들의 상관성 및 문체의 특성을 밝히기 위해 음독 구결과 한글 구결의 대조 색인을 만든다.

다섯째, 한글 창제 전 언어의 실태를 파악하기 위해 부호 구결 자료와 석독 구결 자료, 그리고 고려 말에 간행된 음독 구결 자료(예: ≪능엄경≫ 이본, ≪법화경≫ 이본 등)까지 포괄하여 비교한다. 이는 한글 창제 전후기 구결을 보다 더 정확하게 분석하는 객관성을 부여해 주리라 믿는다. 이를 위해 필요하다면 부호 구결 자료[≪법화경≫, ≪금광명경≫]와 석독 구결 자료[≪구역인왕경≫, ≪유가사지론≫, ≪대방광불화엄경소≫, ≪금광명경≫, ≪대방광불화엄경≫]까지도 함께 살펴 고대한국어와 중세한국어의 상관성 및 변화 양상, 그리고 통시적 흐름의 일면을 밝히고자 노력할 것이다.

여섯째, 중세 한국어의 언해 자료에 나타난 한글 구결과 전통 한자음까지 포괄하여 비교한다.

일곱째, 한글 창제 전후기 구결문들의 통사 구조를 보다 더 명백히 밝히기 위해 고려시대 음독 구결문과 석독 구결문의 통사 구조와도 비교·검토한다.

여덟째, 부호 구결 및 석독, 음독 구결의 자형, 독음, 의미, 기능, 분포

등을 유기적 흐름으로 인식하고, 이들을 통시적으로 고찰하여 음독 구결이 훈민정음 창제 이전과 이후에 어떻게 변화하였는가를 규명한다.

아홉째, 이들 자료의 구결 목록을 작성하여 이를 바탕으로 한글 창제 전후기 구결의 특성을 다양한 방법으로 고찰하여 조선 시대의 언어에 대한 연구에 한 보탬이 되고자 한다.

열째, 한문 원문과 언해문, 음독 구결과 한글 구결을 비교하여 자료의 번역학적 양상을 제시한다.

끝으로 음독 구결 자료와 한글 구결 자료에 관한 선행 연구 성과를 검토하고, 아울러 기타 중세한국어와 관련된 선행 연구들을 참조하여 비교 연구를 행한다.

3. 연구사

한글 창제 이전의 국어연구 자료는 그 수도 얼마 안 되거니와 한자를 빌려 쓴 이른바 차자자료가 대부분이어서 15세기 이전의 우리말의 모습을 올바로 파악하기가 매우 어려웠었다. 그런데 지난 70년대 중반에 고려시대의 석독 구결 자료가 발견됨을 계기로 하여 국어사연구에 새로운 지평이 열리었다. 또한 지난 2000년 7월에는 일본의 한문 훈독법 연구의 권위자인 小林芳規 일행과 함께 한국의 한문문헌에 나타나는 각필점을 조사하는 과정에서, 한국의 불전자료에서 각필 부호 구결에 의하여 한문을 석독한 획기적인 국어사적 사실을 발견하였다. 이는 학계에 신선한 충격을 안겨주었을 뿐만 아니라 더불어 그동안 석독·음독 구결에만 머물러 있었던 연구의 폭을 부호 구결에까지 확대시켜 주는 계기가 마련되었다.

이러한 계기가 마련됨에 따라 1970년대에 와서 본격적으로 시작된 석독 구결과 음독 구결 연구는 처음에는 문자론, 통사론 등의 포괄적인 방법으로 관심을 보이다가 점차 세분화되어 구결 자형의 본자(本字)와 그 독법, 분포와 결합유형, 표기법과 문법의 특징 등을 기술하는 방향으로 나아왔다. 그리고 1990년대에 들어와서는 구결 자형에 대한 고증과 형태의 기능을 밝힐 뿐만 아니라 이러한 연구들을 종합하여 구결의 전반적인 정리를 하려는 시도들이 꾸준히 이어지고 있다.

앞서 언급한 바와 같이 구결은 그 표기 방법에 따라 일반적으로 ① 한글 구결, ② 한자 구결, ③ 차자약체자 구결, ④ 부호 구결, ⑤ 혼합 구결로 구분할 수 있으며, 내용풀이와 순서에 따라 ① 석독 구결, ② 음독 구결, ③ 신합현토 등으로 나누어진다. 이들 구결의 연구에 대해서는 여러 가지가 있으나 이 가운데서도 연구의 주요 대상인 자료들과 관련된 논의들을 중심으로 간략히 살펴보고자 한다.

음독 구결 자료들을 대상으로 이루어진 연구들 가운데 문헌을 중심으로 한 연구 논저로는 김두찬(1987ㄱ), 김두찬(1987ㄴ), 김두찬(1989), 김영만(1986), 남경란(1997ㄱ), 남경란(1998), 남경란(1999ㄷ), 남경란(1999ㄹ), 남경란(2000ㄴ), 남경란(2000ㄷ), 남경란(2000ㄹ), 남경란(2001ㄱ), 남경란(2001ㄴ), 남경란(2002ㄴ), 남경란(2003ㄱ), 南權熙(1993), 南權熙(1995), 南權熙(1997ㄴ), 南權熙(1997ㄷ), 남권희(1999), 南豊鉉(1990), 南豊鉉(1995), 박희숙(1978), 박진호(1996), 심재기(1976), 심재기(1979), 유탁일(1977), 李丞宰(1993ㄱ), 李丞宰(1995ㄴ), 정재영(1996ㄱ), 鄭鎬半(1997), 韓相花(1994) 등을 들 수 있으며, 자형을 중심으로 연구된 논저로는 남경란(1997ㄴ), 남경란(1999ㄱ), 남경란(2001ㄱ), 남경란(2001ㄷ), 남경란(2002ㄱ), 남경란(2002ㄴ), 남경란(2002ㄹ), 남경란(2003ㄱ), 남경란(2003ㅅ), 남경란(2003ㅇ), 남경란(2003ㅈ), 안병희(1976), 안병희(1988ㄱ) 등을 들 수 있다.

특히 1990년대 들어와 ≪능엄경≫과 관련된 연구가 다른 음독 구결 자료들에 비해 비교적 많은 성과를 거두었다. 남권희(1997ㄱ)·(1997ㄴ), 남풍현(1990)·(1995), 박성종(1996), 박진호(1996), 이승재(1993)·(1995ㄴ), 정재영(1996ㄱ), 정호반(1997), 한상화(1994), 남경란(1997)·(1999ㄱ)·(1999ㄷ)·(2000ㄴ)·(2000ㄷ)·(2000ㄹ)·(2001ㄱ)·(2001ㄷ)·(2002ㄱ) 등이 그것이다. 또 ≪법화경≫과 관련된 논의는 남권희(1997ㄷ)의 '기림사본' ≪법화경≫과 남경란(2002ㄴ)의 '영남대본' ≪법화경≫ 등을 들 수 있고, 김지오(2006)의 '≪법화경≫ 권3 연구'를 들 수 있다. ≪육조대사법보단경≫의 음독 구결 연구는 남경란(2006ㄱ)과(2006ㄴ)이 있을 뿐이다. 그리고 최근 남경란(2003ㄱ), 남경란(2003ㅅ), 남경란(2003ㅇ), 남경란(2003ㅈ)에서는 고려 말에서 조선 초기까지의 음독 구결의 문자 체계와 결합유형 및 각 문헌(≪능엄경≫, <범망경>, ≪법화경≫ 등)별 구결의 특징 등 여말선초 음독 구결에 대해 종합적인 검토를 행하였다.

한글 구결에 관한 주요 연구로는 金文雄(1986), 김문웅(1991), 金文雄(1993), 김문웅(1995), 김문웅(1997), 김문웅(1998), 김문웅(1998), 김문웅 1999), 김문웅(2001), 남성우(1996ㄱ), 남성우(1996ㄴ), 남성우(1996ㄷ), 남성우(1997ㄱ), 남성우(1997ㄴ), 남성우(1998ㄱ), 남성우(1998ㄴ), 안병희(1988ㄱ), 여찬영(1983), 여찬영(1988), 유탁일(1977), 이호권(1993), 장영길(1992) 등을 들 수 있다.

이 가운데 ≪능엄경언해≫를 중심으로 15세기 언해서의 구결을 연구한 김문웅(1986)과 ≪능엄경≫ 언해를 중심으로 구결 '-ᄒᆞ다'의 교체 현상에 대하여 논의한 김문웅(1997), 을해자본 ≪능엄경언해≫해에 대하여 간략히 언급한 김주원(1997ㄱ), 경서류 언해의 번역학적 연구를 통해 번역학적 입장으로 입겿을 논의한 여찬영(1987), 조선조 입겿문과 언해문의 성격에 대하여 논의한 여찬영(1988), 경서언해를 연구하면서 독음, 입겿, 번역의 체계에 대하여 구체적으로 논의한 이충구(1990) 등이다.

≪법화경언해≫의 한글 구결과 기타 국어학적 연구서로는 유필재(1998), 김점애(1978), 金英培(1973), 安秉禧(1971), 申景澈(1990), 이근규(1988), 남성우(2001), 남성우(1998), 南星祐(1996), 남성우(1998), 남성우(1997)를 들 수 있으며, 석사학위논문으로는 김정자(1990), 노은주(1990), 손양숙(2004), 이달현(1997), 이미경(2006), 이호권(1987) 등을 들 수 있다. 또한 ≪육조대사법보단경언해≫에 대한 국어학적으로 연구한 논문은 김동소(2000)가 있고, 석사학위논문으로는 권호진(2001)이 있다.

그리고 ≪능엄경≫의 성립과정과 사상 등의 불교학적 연구로는 노권용(1993), 魯權用(1996), 장영길(1992), 全秀燕(1993), 鄭垣杓(1999), 趙明濟(1988), 최법혜(1997), 최창식(1998) 등을 들 수 있으며, ≪법화경≫의 성립과 사상 등을 연구한 논문으로는 강보승(1998), 고익진(1975), 金英吉(1981), 김장호(1975), 睦楨培(1996), 徐潾烈(2001), 松江(1985), 송석구(1977), 오형근(1977), 宗梵(1988), 홍정식(1970) 등이 있고, 석사학위논문으로는 김창석(1972), 이학주(1994) 등이 있으며, 박사학위논문으로는 차차석(1993), 홍정식(1974) 등을 들 수 있다. ≪육조대사법보단경≫의 성립 배경과 사상 등을 연구한 논문으로는 명덕(1994), 박상국(1989), 李鍾益(1973), 정관유(2002), 정무환(2002), 정성본(1990) 등이 있다.

이 밖에도 석독 구결 자료와 부호 구결 자료를 바탕으로 연구된 주요 논저들을 들 수 있다. 석독 구결이 기입된 문헌을 중심으로 연구된 논저를 살펴보면 ≪舊譯仁王經≫ 연구로는 南豊鉉(1986ㄱ), 남성우·정재영(1998), 남풍현·심재기(1976), 이동림(1982), 田炳勇(1992) 등을 들 수 있으며, ≪金光明經≫ 연구로는 南豊鉉(1996ㄱ), 정재영(1998) 등을, ≪大方廣佛華嚴經疏≫ 연구로는 남경란(2002ㅂ), 남경란(2002ㅅ), 남권희(1997ㄱ) 등을 들 수 있다. 또한 ≪大方廣佛華嚴經≫에 대한 연구로는 金斗燦(1997), 남권희(1996), 심재기·이승재(1998) 등을 들 수 있으며, ≪瑜伽師地論≫에 대한 연구로는 남풍현(1993ㄱ), 남풍현(1999) 등을 들 수 있다. 석독 구결 자형을 중심으로 연구된 논저로는 김동소·남경란(2003ㄴ), 金斗燦(1996), 김영욱(2000), 남경란(2003ㄷ), 南權熙(1994), 남풍현(1996ㄴ), 南豊鉉(1996ㄷ), 박진호(1999), 백두현(1995ㄱ), 백두현(1995ㄴ), 백두현(1996ㄴ), 백두현(1997), 李建植(1996ㄱ), 이금영(2000), 李丞宰 (1996), 이장희(1994), 이장희(1995), 이장희(1996), 鄭在永(1995ㄱ), 鄭在永(1995ㄴ), 정재영(1997), 정재영(2000), 황선엽(2003) 등을 들 수 있다. 부호 구결에 대한 연구는 대개가 부호의 해독과 독법에 대한 연구들로서 ≪瑜伽師地論≫에 대한 김영만(2000), 이승재·안효경(2002), 윤행순(2003), 장경준(2002), 장경준(2003)과 주본 ≪大方廣佛華嚴經≫에 대한 박진호(2003)와 ≪법화경≫에 대한 남경란(2004) 등을 들 수 있다.[21]

이에 대한 논의는 남경란(2009:11-39)에서 상세히 다루었으므로 이 연구에서는 남경란(2009:11-39)에서 논의된 연구를 제외하고 2005년부터 2015년 09월까지 발표된 입겿[口訣] 관련 연구 자료들을 분석 하고자 한다.

자료 수집은 학술연구정보서비스(RISS)를 활용하였다. 먼저 학술연구정보서비스에서 제목과 주제어에 '입겿[口訣]'이 포함된 학술 자료 검색을 통하여 중복 등록된 연구 자료를 제외한 252편[22]을 제목, 저자, 학술지, 발간년도를 중심으로 목록화 하였다. 이들 자료 가운데 입겿[口訣] 연구의 동향을 분석하고 국어학적 측면에서도 기여할 수 있는 논문 135편을 분류하여 분석 대상으로 한다. 그리고 분석 대상 논문을 시기별 연구 현황과 유형별로 나누어 구결 연구가 어떻게 진행되어 왔는지를 살펴보고자 한다.

---

21) 연구사에 대한 보다 더 상세한 설명은 남경란(2009:11-39)을 참조할 수 있다.
22) 입겿[口訣] 외에 음독, 이두, 차자 등을 주제어로 삼았다. 그리고 입겿[口訣]관련 연구 자료들 중 학위논문 자료는 박사학위논문 자료만을 포함시킨 것이다.

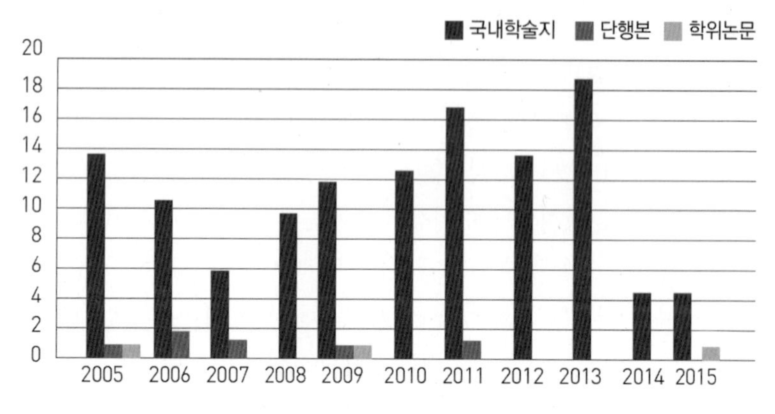

[그림 1] 시기별 구결 연구 현황

1) 시기별 입겿[口訣] 연구

우리나라는 훈민정음 창제 이전에는 한자차용표기를 사용하였다. 차자표기 연구는 15세기 이전의 우리말을 파악하는 데 매우 중요한 의미를 가진다. 그러나 훈민정음 창제 이전의 자료들의 양이 극히 적어 고대국어에 대한 연구가 활발히 이루어지지 못했었다. 그런데 1970년대 석독 구결 자료가 발견됨에 따라 석독·음독 구결 연구가 활발해지고 세분화되었다. 그 후 2000년 ≪瑜伽師地論≫에서 부호 구결이 발견되면서 그동안 석독·음독 구결 연구에만 머물러 있던 구결 연구의 범위가 확대되는 전환점이 되었다.

본 연구에서는 2000년 이후 그 중에서도 2005년부터 현재까지 구결 관련 연구를 중심으로 시기별로 나누어 살펴보고자 한다.

위의 [그림 1]은 2000년부터 현재까지의 시기별 구결 연구 현황을 나타낸 것이다. [그림 1]을 보면 구결 관련 연구 국내 학술지 논문 수는 총126편으로 2000년대 이후 발견되고 있는 석독구결 자료를 중심으로 새 자료에 대한 소개 및 구결자 해독에 대한 연구들이 2013년까지 활발히 진행되었음을 확인 할 수 있다.

그러나 구결 관련 학위 논문 수는 총3편에 불과하다. 이러한 결과는 후학 양성의 필요성을 절감하는 부분이다.

(1) 2005년~2009년

2000년대 ≪경민편≫, ≪고봉화상선요≫, ≪근사록≫, ≪금강반야바라밀경≫, ≪능엄경≫, ≪몽산화상육도보설≫, ≪범망경≫, ≪법화경≫, ≪부모은중경≫, ≪영가진각선사증도가≫, ≪육조대사법보단경≫, ≪자비도량참법≫, ≪주역대문≫ 등의 음독 구결 자료들이 소개·연구되고 있는 가운데 대표 논저로는 남경란(2005ㄱ), 남경란(2005ㄴ), 남경란(2005ㄷ), 여찬영(2005), 이승재(2005), 정은영(2005), 윤용선(2006), 정재영(2006), 황선주(2006), 김무봉(2007), 남경란(2007), 남경란(2008), 남경란(2009), 윤용선(2009) 등을 들 수 있다.

남경란(2005ㄱ), 남경란(2005ㄴ)은 음독 구결 자형과 기능의 통시적 변천을 고찰한 것이고, 남경란(2005ㄷ)은 고려시대 말부터 조선시대 초기에 걸쳐 간행되었던 음독 구결 자형들을 연구한 저서이다. 여찬영(2005)은 ≪경민편 언해≫의 이본들 가운데 동경교대본과 규장각본을 주된 대상으로 하여 한문 원문과 구결, 그리고 체재의 차이를 구체적으로 분석하였다. 이승재(2005)은 고려시대의 불경 교육과 구결의 관계를 밝힌 것이다. 정은영(2005)은 ≪몽산화상육도보설≫ 이본 6종의 음독 구결을 소개한 것이다. 윤용선(2006)은 ≪소학언해≫ 구결문에 사용된 문법형태의 형태적 특성과 기능, 역할에 대하여 검토하여 같은 음독구결 계열인 15세기 불교 문헌과 비교함으로써 구결체계 변화의 흐름을 고찰하였다. 정재영(2006)은 불갑사 소장 화암사판 ≪부모은중경≫에 기입된 구결과 언해문의 특징 기술한 것이다. 황선주(2006)는 직지의 원문과

구결을 정리하여 제시한 것이다. 김무봉(2007)은 ≪금강경언해≫의 현전 상황과 형태서지 등을 밝혔다. 남경란(2007)를 개인이 소장하고 있는 고려본 ≪상교정본자비도량참법≫ 권1~권5를 소개하고, 음독 구결의 문자 체계와 결합유형의 특징을 밝혔다. 남경란(2008)은 음독 구결 'ㄌ, 入, ホ, 月'를 중심으로 독음을 분석하고 이들의 통시적 관계와 의미 기능을 고찰함으로써, 음독 구결 자형들이 지니고 있는 특성을 밝혔다. 남경란(2009)은 고려시대부터 조선시대까지의 음독 구결 자료에 사용된 입겿 자형 약 180개를 대상으로 이두, 석독, 부호, 한글 구결 자료들과의 비교 분석을 통해 이들 자형이 가지고 있는 의미 기능의 변천을 통시적으로 고찰하였다. 윤용선(2009)은 한문 독해 과정에 있어 국어학적 관점에서 조선 후기 구결 사용에 대하여 검토한 것이다.

석독 구결에 관한 연구들은 김성주(2005ㄱ), 김성주(2005ㄴ), 송신지(2005), 장경준(2006ㄱ), 장경준(2006ㄴ), 장윤희(2006), 이승재(2008), 이용(2008), 정은균(2008), 안예리(2009), 정은균(2009), 하귀녀 외(2009) 등을 들 수 있다.

김성주(2005ㄱ)는 자토석독구결자료 ≪화엄경소≫ 권35, ≪화엄경≫ 권14, ≪구역인왕경≫ 권상 낙장 5매, ≪합부금광명경≫ 권3, ≪유가사지론≫ 권20 등을 대상으로 석독구결에서 '爲'자에 현토되는 구결자의 종류와 문법형태의 기능에 대해서 살핀 것이다. 김성주(2005ㄴ)는 고려시대 석독구결의 '爲'字에 현토되는 구결을 해석한 것 중에는 잘못 해석한 부분이 있다고 언급하면서 석독구결 '爲'字 중 보충해서 해석할 필요가 있는 부분에 대해서 논의한 것이다. 송신지(2005)는 석독구결 자료에서보이는 한자부독현상에 대하여 부독현상을 국어의 문법형태소로 새겨 읽는 글자, 국어의 어휘로 새겨 읽는 글자, 추상적인 의미를 가졌지만 국어의 형태로 구체화하여 읽은 글자 등 크게 세 가지 유형으로 나누어 각 부류에 해당하는 글자들의 예시들을 제시하고 글자들이 어떻게 읽히는지 살핀 것이다. 장경준(2006ㄱ)과 장경준(2006ㄴ)은 석독구결에서 그동안 '븟(火)' 및 그와 동등한 가치를 갖는 구결점들의 용례를 살펴보고 ≪구역인왕경≫의 구결자 가운데 그동안 '丷乚'[ᄒᆞ야]로 판독해왔던 '븟(火)'과 통하는 하나의 구결자로 볼 수 있는 것임을 고찰한 것이다. 장윤희(2006)은 석독구결 자료 및 향찰 자료, 그리고 부분적으로는 고대 이두 자료를 대상으로, 고대국어의 파생 접미사의 목록과 체계 그리고 형태·의미적 특징에 대하여 살핀 것이다. 이승재(2008)는 호암본 ≪화엄경≫의 조성기(754年, 755年)와 석가탑에서 발굴된 묵서지편(1024年, 1038年)을 대상으로 이두의 개념을 정리하고 이두 해독의 방법론을 정리한 것이다. 이용(2008)은 기존에 종결어미와 연결어미 '-져'를 표기했다고 본 '-哉', '-齊', '-之'에 대해 문제를 제기하고 '-哉', '-齊'와 '-之'가 크게 구별된다고 설명하였다. 정은균(2008)은 고려시대 석독구결 '-刂罒'가 기원적으로 연결어미 '-氵'와 관련되는 것으로 보고 '-刂罒' 관련 형식을 '명사+-刂罒', '동명사형어미+-刂罒', '부정사+-刂罒' 등의 구성 방식으로 나누어 각각의 구체적인 쓰임새와 문법적인 특징을 살폈다. 안예리(2009)는 '삼다' 구문의 통시적 변화 과정에 대한 고찰을 통해 오늘날 공시적인 변이 양상에 대한 설명을 시도한 것이다. 정은균(2009)은 고려시대 석독구결문의 문장 종결 유형, 용언류 어휘의 번역 방식 등의 문제를 중심으로 그 번역 문체적인 특징을 고찰한 것이다. 하귀녀 외(2009)는 중세국어 보조사 '-으란'의 기원에 대하여 논의한 글이다.

부호 구결에 관한 연구들은 김천학(2005), 박준석(2005), 서민욱(2005), 손명기(2005), 장경준(2005), 조은주(2005), 김영욱(2006), 장경준(2006ㄷ), 김성주(2007), 박진호(2008), 안대현(2008), 장경준(2008ㄱ), 장경준(2008ㄴ), 권창섭(2009), 김성주(2009), 장경준(2009ㄱ), 장경준(2009ㄴ), 장경준(2009ㄷ) 등을 들 수 있다. 이 가운데 장경준(2005)은 박사학위논문이다.

점토석독구결 ≪유가사지론≫ 권8의 일부에 대하여 해독 방안을 제시한 연구로는 김천학(2005), 박준석(2005), 손명기(2005)는, 조은주(2005)등이 있다. 서민욱(2005)은 ≪유가사지론≫ 권5·8에서 동일한 위치에 현토된다고 논의되어 온 15 위치의 단점들과 15-25 위치의 수평선들, 35 위치의 사선·역사선들, 45 위치의 사선·역사선들, 53 위치의 사선·역사선들이 그 현토 위치가 규칙적으로 변별되며, 대응하는 자토도 다름을 밝히고자 하였다. 장경준(2005)은 성암고서박물관 소장본 점토석독구결 자료 ≪유가사지론≫ 권5와 권8에 나타나 있는 '·' 모양의 단점(單點)을 중심으로 해독 방안에 대해 연구한 것이다. 김영욱(2006)은 고대 한·일간의 문자교류와 관련된 고바야시 교수의 논의를 바탕으로 신라시대 구결과 일본 훈점의 영향관계에 대하여 기술한 것이다. 장경준(2006ㄷ)은 ≪유가사지론≫ 권제5와 권제8을 대상으로 이 자료에서 '故'자에 현토된 구결점들을 어떻게 해석할 것인가를 고찰한 것이다. 김성주(2007)은 화엄경 계열과 유가사지론 계열의 점토구결에 대해서 간략히 살펴보고 이를 토대로 주본 ≪화엄경≫ 권31과 진본≪화엄경≫ 권20의 한문 원문의 전개 방식과 점토석독구결의 차이를 비교 연구한 것이다. 박진호(2008)은 점토구결과 석독구결의 동일 구문의 현토 양상을 비교하는 방법으로 구결 자료 해독 문제의 해결 방안을 제시하였다. 안대현(2008)은 주본 ≪화엄경≫ 권6, 권22, 권31, 권34, 권36, 권57에 기입된 점토석독구결들에 대한 해독 방안을 제시하고, 해독 결과를 바탕으로 주본 ≪화엄경≫ 점토석독구결의 몇 가지 특징을 살폈다. 장경준(2008ㄱ)은 성암고서박물관과 호림박물관에 소장된 점토구결 자료의 모든 부호에 대한 색인을 작성하고 색인에 포함된 용례들을 유형별로 분류하여 간략히 설명, 부호의 문헌별 사용 양상에 대해 검토하였다. 장경준(2008ㄴ)은 일본 소장≪유가사지론≫ 권8에 쓰인 '지시선(指示線)'에 대해 동일 판본인 성암고서박물관 소장 ≪유가사지론≫ 권8과 비교 고찰한 것이다. 권창섭(2009)은 고려본 ≪화엄경≫ 권제14와 주본 ≪화엄경≫ 권제6을 비교하여 전기 중세 국어 구결 자료에서 처격조사가 각기 어떠한 형태들로 나타나는지를 살핀 것이다. 김성주(2009)는 소임방규(2002)와 김영욱(2003)을 바탕으로 좌등본 ≪화엄문의요결문답≫에 기입된 구결의 기능을 다시 살폈다. 장경준(2009ㄱ)은 호림본 ≪유가사지론≫ 권3에 기입된 점토의 상세한 목록을 작성하고 성암본 ≪유가사지론≫ 권5, 권8의 것과 비교하여 그 특징을 고찰한 것이다. 장경준(2009ㄴ)은 점토구결을 국어사 자료로 이용하기 위해 공동 판독 및 해독안을 볼 때 유의할 점과 점토구결에 나타나는 특징적인 문법 형태를 기술한 것이다. 장경준(2009ㄷ)은 호림본 ≪유가사지론≫ 권3의 점토에 대해 고찰한 장경준(2009ㄱ)에 이어 호림본 『유가사지론』 권3의 점토구결에 사용된 부호에 대해 자세히 고찰한 것이다.

이 외 입겿[口訣]과 관련된 논의들은 김정우(2005), 박성종(2006ㄱ), 박성종(2006ㄴ), 배대온(2006), 이은규(2006), 황선엽(2006), 박진호(2007), 서울대학교(2007), 여찬영(2007), 이장희(2007), 김태경(2008), 백두현(2008), 김유범(2009), 박재민(2009), 조재형(2009), 조재형(2009ㄱ) 등을 들 수 있다. 이 가운데 박성종(2006ㄴ), 이은규(2006), 서울대학교(2007)는 단행본이고, 박재민(2009)은 박사학위논문이다.

김정우(2005)는 한역(漢譯) 자료, 석의류 자료, 석독구결 자료, 정음 번역 문헌 등을 활용하여 한국 번역사의 내용 구성 및 한국 번역사의 시대 구분 작업에 이론적인 토대를 마련하기 위한 글이다. 박성종(2006ㄱ)은 각 시기별로 이두 연구의 제반 여건과 특징을 염두에 두고 고문서 이두 자료를 적극 활용한 주요 연구물들에 관하여 약술한 것이고, 박성종(2006ㄴ)은 조선초기 이두문서 총 94건을 분류하고, 이러한 문서들을 판독 교감하고 현대어로 번역하여 주석을 달아 놓은 책이다. 배대온(2006)은 문자자료의 영세성으로 자료의 시대적 고려가 결여된 채 고대

국어를 재검토 하여 차자표기 자료를 시대별로 나눈 것이고, 이은규(2006)는 고대 한국어 차자표기 자료에 사용된 용자를 표제어로 삼아 그 용례를 모은 사전이다. 황선엽(2006)은 고대국어 처격 조사의 용례들을 표기와 형태의 측면을 중심으로 고찰한 것이다. 박진호(2007)는 언어·문자생활사의 관점에서 구결의 성격과 의의가 무엇인지 살펴본 것이고, 서울대학교(2007)는 구결학회 창립 20주년 기념 전국학술대회에서 차자표기 연구의 회고와 전망에 대하여 논의한 것이다. 여찬영(2007)은 이원주본 ≪정속언해≫와 일사본을 비교 자료로 하여 원문 요소의 생략 언해와 구결문의 구결과 언해문의 어미 차이를 규명하였다. 이장희(2007)는 경북대학교 중앙 도서관 소장 고문서를 대상으로 고문서의 분포현황과 국어학적 측면의 개괄적 특징 살핀 것이고, 김태경(2008)은 ≪삼국사기≫와 ≪삼국유사≫ 그리고 한글 창제 직후 간행된 우리말 자료에 반영된 장계자의 상고음 흔적을 살펴보고, 논란이 되고 있는 장계자의 설근음 기원설을 보강한 글이다. 백두현(2008)은 계명대학교 동산도서관에 소장된 문헌들의 이판본 현황과 그 속에서 계명대 소장본이 갖는 국어사적 가치를 논한 것이다. 김유범(2009)은 국의 한자 차자표기법이 지니는 특성을 문자학적 측면에서 조명해보고 차자표기법의 어떤 내용들을 어떤 방법으로 교육해야 하는지에 대해 모색한 것이고, 박재민(2009)은 삼국유사소재 향가의 원전비평과 차자·어휘에 대해 연구한 것이고, 조재형(2009ㄱ)은 ≪삼국사기 지리지≫ 등에 기재된 고대국가의 지명 자료와 ≪삼국유사≫에 기재된 향가를 연구 대상으로 고대국어 시기의 차자표기 '良'의 독음을 고찰한 것이다. 조재형(2009ㄴ)은 이두, 구결, 향찰에서 부사격조사 표기로 사용된 '-中'의 기원과 그 형태를 재고찰한 것이다.

(2) 2010년대

2010년대 음독 구결 자료에 대해 소개하고 연구한 논저로는 남경란(2010), 정재영, 김성주(2010), 김성주(2011), 박진호(2011), 최식(2011), 황선엽(2011), 남경란(2012), 민현주(2012), 심보경(2012), 민현주(2013), 남경란(2014), 오세문(2014), 이건식(2015) 등을 들 수 있다.

남경란(2010)은 한글 창제 전에 간행된 ≪능엄경≫, ≪법화경≫, ≪육조대사법보단경≫의 음독 입겿과 한글 창제 후에 간행된 ≪능엄경언해≫, ≪법화경언해≫, ≪육조대사법보단경언해≫의 한글 입겿을 대상으로 음독 입겿과 한글 입겿의 상관성을 밝힌 것이다. 정재영, 김성주(2010)는 영광 불갑사에서 나온 복장 전적의 국어학적 성격을 밝힌 것으로 언해본와 구결 자료로 나누어 살핀 것이다. 김성주(2011)는 영남대 도서관 동빈문고 소장본 ≪불조역대통재≫ 권1·권2 1책에 대한 서지사항과 이 문헌에 사용된 구결을 소개한 것이다. 박진호(2011)는 영남대 소장 음독 구결자료 ≪대혜보각선사서≫를 소개하고 기입된 구결의 성격 살핀 것이다. 최식(2011)은 최근 새로 발굴된 이삼환의 ≪句讀指南≫, 임규직의 ≪句讀解法≫, 박문호의 ≪俚讀解≫를 대상으로 언해 작업에 따른 구두와 현토, 구결의 전개양상을 살펴보고 관련 자료의 내용과 특징을 검토한 것이다. 황선엽(2011)은 영남대 도서관 동빈문고에 소장된 표훈사판 ≪치문경훈≫의 서지적인 특징을 정리하고 거기에 기입되어 있는 구결을 검토한 것이다. 남경란(2012)은 영남대학교 중앙도서관 동빈문고에 소장되어 있는 구결 문헌 ≪금강경계청≫, ≪대혜보각선사서≫, ≪묘법연화경≫, ≪불조역대통재≫, ≪육조대사법보단경≫, ≪치문경훈≫에 기입된 구결 자형과 결합유형을 면밀히 검토·분석하여 영남대학교 중앙도서관 동빈문고에 소장되어 있는 구결 문헌의 특징을 밝힌 것이다. 민현주(2012)와 민현주(2013)는 ≪남명천화상송증도가≫ 이본 5종의 음독 구결을 소개하고 자료에 나타나는 구결의 특징을 살핀 것이다. 심보경

(2012)은 여말선초 문수사에서 간행된 ≪法華靈驗傳≫의 서지학적 고찰을 토대로 국어사적 특징을 밝힌 것이다. 남경란(2014)은 음독 구결 자료에 나타나는 명령형을 통시적으로 고찰하기 위해 이두, 향가, 그리고 석독 구결 자료와 15세기 이후 한글 구결 자료의 명령형 체계를 비교 분석한 것이다. 오세문(2014)은 한솔뮤지엄 소장본 음독구결 자료 ≪법화경≫ 권1을 소개하고 자료에 나타난 구결에 대하여 살핀 것이다. 이건식(2015)은 소곡본 ≪능엄경≫ 구결 자료에 나타난 '丷尒亐'와 '亐'의 형태 구성과 의미 기능을 분석하여 '조건'의 연결 어미 '-면'의 발달 과정의 특성을 고찰하였다.

석독 구결에 관한 연구들은 김지오(2010), 김영욱(2010), 남미정(2010), 장윤희(2010), 문현수(2011), 양희철(2011), 이용(2011ㄷ), 장경준(2011ㄱ), 장경준(2011ㄴ), 장윤희(2011), 최정은(2011), 김지오(2012), 남풍현(2012), 김지오(2013), 남풍현(2013ㄱ), 남풍현(2013ㄴ), 안대현(2013ㄱ), 안영희(2013), 이용(2013ㄱ), 이용(2013ㄴ), 이용(2013ㄷ), 이은규(2013), 장경준(2013ㄱ), 장경준(2013ㄴ), 장경준(2013ㄷ), 이병기(2014), 김성주(2015) 등을 들 수 있다.

김지오(2010)는 ≪합부금광명경≫에 나타나는 오기들을 유형별로 정리하여 소개하고, 이 자료에 나타난 희귀한 구결이나 유일 예들이 오기일 가능성은 없는지에 대하여 검토한 것이다. 김영욱(2010)은 기존의 금석문 자료와 신출토 문자 자료들을 바탕으로 고대국어의 처소격 조사 '中'의 상충적 해석에 대한 문제의 원인을 살핀 것이다. 남미정(2010)은 차자표기 자료 ≪신라화엄경사경조성기≫부터 ≪양잠경험촬요≫까지를 대상으로 '-져'의 문법범주와 의미기능에 대해 고찰한 것이다. 장윤희(2010)는 석독구결을 대상으로 한 그동안의 연구 가운데 중세국어 연결어미 '-오듸'와 '-은듸, -은대' 형성의 문법사에 대해 재조명한 것이다. 문현수(2011)는 석독구결 문헌에 나타나는 용언 부정사의 의미기능을 고찰한 것이고, 양희철(2011)은 고려시대 구결 '支'에 대한 기존의 해독을 차제자 원리와 운용의 측면, 형태소 연결의 문법적 측면, 문맥적 측면에서 변증하고 보완하고자 한 것이다. 이용(2011ㄷ)은 신라시대 이두 자료를 대상으로 문법형태 '內'의 분포와 의미를 살펴 그 기능을 밝힌 것이다. 장경준(2011ㄱ)은 지금까지 만들어진 석독구결 전산 입력 자료를 간략히 소개하고, 전산 입력 및 교감의 원칙과 내용에 대해 'sktot_2001_08'을 중심으로 살펴보고 앞으로의 개선 방향을 모색한 것이다. 장경준(2011ㄴ)은 한국 번역사를 기술하는 데 도움이 될 수 있도록 석독구결에 대한 전반적인 설명과 선행 연구에서 이루어진 석독구결에 대한 인식을 비판적으로 검토하여 제시한 글이다. 장윤희(2011)는 석독구결의 속격 '-尸'과 관련하여 제기되는 문제점들을 해결하기 위해 고대국어 동명사 어미 '-ㅭ'을 표기하던 '-尸'이 속격조사의 표기에 나타날 수 있었던 이유가 무엇인지에 초점을 맞추어 논의한 것이다. 최정은(2011)은 고대국어 석독구결 자료에 나타나는 다양한 형태의 부사 파생 접미사 가운데 '-刂(이)' 와 '-ノ/ㅎ(오)'를 대상으로 파생부사결합형을 연구한 것이고, 김지오(2012)는 석독구결 자료에 나타나는 '-은여, -을여'의 의미와 수의적 이형태들에 대해 살핀 것이다. 남풍현(2012)은 동대사 도서관 소장 ≪신라화엄경≫의 가치와 각필로 기입된 석독구결 토의 '점/뎌'에 대하여 기술한 것이고, 김지오(2013)는 석독구결에 사용된 처격·관형격 복합조사들 중 '氵七' 이외에 어떤 형태가 더 나타나는지 그리고 나타난다면 '氵七'과 어떤 차이점이 있는지 살펴본 것이다. 남풍현(2013ㄱ)은 동대사 소장 ≪신라화엄경사경≫에 기입된 석독구결의 기능과 의미를 고찰한 것이고, 남풍현(2013ㄴ)은 近古시대 석독구결에 나타난 의도법 보조어간 '乊/오'의 기능과 의미를 논증한 것이다. 안대현(2013ㄱ)은 석독구결 자료 ≪화엄경소≫ 권35에 대해 소개하고 현대어역과 관련된 문제점을 지적한 것이고, 안영희(2013)는 구결자 '尸'의 기능 및 음가에 대한

선행연구를 통하여 고대한국어 차자표기에 대한 더욱 폭 넓은 관찰을 시도하였다. 이용(2013ㄱ)은 석독구결 자료 ≪합부금광명경≫ 권3에 대한 서지 및 구결자 목록을 밝히고 현대어 번역 과정에서 제기되는 문제들, 현대어 번역 시안을 제시하였다. 이용(2013ㄴ)은 지정사의 개념을 중심으로 기존에 차자표기 연구에서 지정문자로 다루어져 왔던 것들을 살펴본 것이다. 이용(2013ㄷ)은 그동안 논란의 대상이 되어 왔던 신라이두의 문법형태 '內'의 용법에 대해서 살펴본 것이다. 이은규(2013)는 석독 구결문의 생성 과정에서 번역자가 {ソろ}를 어떤 의도로 어떻게 사용하는지에 초점을 맞추어, 통사 및 텍스트 층위의 기능을 분석한 것이다. 장경준(2013ㄱ)은 ≪유가사지론≫ 권20의 석독구결문에 대한 현대국어 번역문을 제시한 것이고, 장경준(2013ㄴ)은 고려시대 석독구결 자료 전반에 대한 소개와 한국어사, 한국문자사, 한국번역사, 한국문화사의 측면에서 석독구결의 가치와 활용 방안에 대해 살핀 것이다. 장경준(2013ㄷ)은 석독구결 자료 5종을 바탕으로 모든 구결자의 사용 환경을 기록한 최초의 주석말뭉치 구축 과정과 결과를 소개하고 기초 통계 자료를 기술한 것이다. 이병기(2014)는 구결자료에 나타나는 어휘에 대하여 고찰한 것으로, 일차적으로 전체 석독 어휘를 유형화하여 분류하고 음독 한자 어휘들에 대한 간단한 소개와 함께 이들에 대한 연구가 한자어의 수용 과정과 관련하여 필요함을 강조하였다. 김성주(2015)는 동대사 ≪화엄경≫에 대한 선행 연구를 바탕으로 고려시대 석독구결 자료 가운데 동대사 ≪화엄경≫과 중복되는 주본 ≪화엄경≫ 권제14의 제11 정행품과 제12 현수품(상)에 기입된 신라 구결과 고려 석독구결의 공통점과 차이점에 대해서 논의한 것이다.

부호 구결에 관한 연구들은 박용식(2010), 이용(2010), 이승재(2011ㄱ), 이승재(2011ㄴ), 장경준(2011ㄷ), 정재영, 김성주(2011), 문현수(2012), 안대현(2012), 장경준(2012), 허인영(2012), 김성주(2013), 안대현(2013

ㄴ), 이전경(2013ㄱ), 이전경(2013ㄴ), 문현수(2014), 안대현(2015), 윤행순(2015), 장경준(2015) 등을 들 수 있다.

박용식(2010)은 좌등본 ≪화엄문의요결문답≫ 부호구결의 기능을 8세기 신라 이두 자료의 표기에 반영된 문법 형태를 고려하여 기존의 논의에서 합의점을 찾지 못 했던 21(·)의 기능을 중심으로 논의한 것이다. 이용(2010)은 석독구결의 부정법 연구 결과를 토대로 점토석독구결의 부정법을 살펴본 것이다. 이승재(2011ㄱ)는 11세기 여러 불경 자료에 부점을 기입해 넣은 시기를 추정한 것이고, 이승재(2011ㄴ)는 부점 석독구결 자료와 11세기 이두 자료에서 공통으로 발견되는 언어 형식을 찾아 그 특징을 바탕으로 부점의 기입 시기를 추정한 것이다. 장경준(2011ㄷ)은 고려시대 점토구결에 사용된 부호에 대한 최근의 연구성과를 소개하고 小林芳規 선생의 논고에 기술된 내용 가운데 관련 부분 검토한 것이다. 정재영, 김성주(2011)는 ≪화엄문의요결문답≫의 이본 중 고사본에 해당하는 좌등본, 연력사본의 형태서지 사항과 두 문헌에 기입되 구결과 부호 등 문헌학적 특징을 소개한 것이다. 문현수(2012)는 점토석독구결에 나타나는 용언 부정사의 현토 양상과 그 의미기능을 살펴본 것이고, 안대현(2012)은 좌등본 ≪화엄문의요결문답≫과 고려시대 ≪화엄경≫을 비교해 보고 점토석독구결의 변화 과정을 추정한 것이다. 장경준(2012)은 석독구결 자료의 부호 사용 양상을 중심으로 훈점 자료에서는 어떠한 모습을 보이는지 비교하여 살핀 것이고, 허인영(2012)은 ≪유가사지론≫ 권3·5·8을 대상으로 역사향쌍점의 출현 환경을 파악한 것이다. 김성주(2013)는 사토본 ≪화엄문의요결문답≫, 동대사 소장 ≪화엄경≫ 권제12-20와 고려시대 점토석독구결 자료를 이용하여 신라 점토석도구결의 점도 재구를 시도한 것이다. 안대현(2013ㄴ)은 좌등본 ≪화엄문의요결문답≫에서 훈독을 위해 사용된 점들의 용례를 자세히 검토하여 상변중앙의 점이 고려시대 석독구결 '厶'에 대응될 수 있음을 근거로 새로운 해독안을 제시하였다. 이전경(2013ㄱ)은 연세대 소장 각필구결본 ≪묘법연화경≫의 점토표기법을 밝히기 위한 연구의 일환으로 이 자료에 나타난 처격의 표기 양상을 살핀 것이고, 이전경(2013ㄴ)은 연세대 소장 각필본 ≪묘법연화경≫에 나타난 부정구문을 사진자료와 함께 소개하고 명사문 부정과 동사문 부정으로 나누어 살펴본 것이다. 문현수(2014)는 ≪유가사지론≫ 계통 점토석독구결에 사용된 빼침선의 기능을 해독하고자 시도한 것이다. 안대현(2015)은 가천박물관 소장 각필 점토구결 자료 ≪유가사지론≫ 권53에 대한 형태, 서지를 소개한 것이고, 윤행순(2015)은 한·일 양국의 한문독법의 차이점을 밝히는 작업의 일환으로 양국의 점토구결과 오코토점에서 가장 많이 사용된 單星點과 綿點, 複星點에 대응하는 표기음과 문법적 특성에 대해 살펴본 것이다. 장경준(2015)은 일본 교토 남선사에 소장된 고려 초조대장경 ≪유가사지론≫ 권제8에 기입된 점토석독구결에 대하여 살핀 것이다.

이 외 입겿[口訣]과 관련된 논의들은 김무봉(2010), 김수경(2010), 김영수(2010), 남풍현(2010), 박종천(2010), 김무림(2011), 남경란(2011), 정철주(2011), 김무림(2012), 김성주(2012), 김윤경(2012), 박찬규(2012), 이승재(2012), 이건식(2013), 이경숙(2013), 이전경(2014), 유민호(2015) 등을 들 수 있다. 이 가운데 정철주(2011)은 단행본이고, 유민호(2015)는 박사학위논문이다.

김무봉(2010)은 언해불경과 간경도감(刊經都監)에 대해서 살피고, 아울러 간경도감에서 간행된 9건의 언해불서를 대상으로 각 문헌의 형태서지 등 책의 성격도 정리했다. 김수경(2010)은 차자표기에 쓰인 '內'의 선행 연구를 검토하고, '內'와 향가의 해석에 새로운 의미를 고찰한 것이고, 김영수(2010)는 이두와 한자의 관계, 이두의 구성요소 등을 고찰하고 이두번역문이 현대와 다른 독특한 특징을 분석한 것이다. 남풍현(2010)은 한국어사 연구에 있어 구결자료의 기여에 대하여 기술한 것이고, 박종천(2010)은 표점과 현토의 성격이 어떻게 구별되는지 비교 분석하고 활용 방안에 대해서 논의한 것이다. 김무림(2011)은 구결 및 吏讀의 한자음에 대한 그동안의 연구를 정리하고, 그 성과에 대하여 비판적으로 검토하면서 앞으로의 과제를 제시한 것이고, 남경란(2011)은 구결의 특징과 연구 동향 및 중국한자와의 관계를 설명한 것이다. 정철주(2011)는 이두 표기의 단계적 발달과 신라시대 이두의 조사에 대해 저술한 책이다. 김무림(2012)은 고대국어 차자표기 비교를 통해 일반적인 반영 양상에서 벗어난 중세국어 한자음의 시대성을 밝히고자 한 것이고, 김성주(2012)는 동대사 ≪화엄경≫ 권제12-20의 절약 양상 절략 양상을 중심으로 이 문헌의 특징에 대해 고찰한 글이다. 김윤경(2012)은 조선시대 대표적인 구결서 ≪단서구결≫과 ≪동국전도십육결≫을 소개하고 두 구결서의 차이점을 살펴 본 것이고, 박찬규(2012)는 ≪한국한자어사전≫의 체제 구성적인 측면에서 이두·구결·차자어의 구성과 배열, 전거문헌에 대한 수록 종류나 범위에 대한 정보를 분석한 것이다. 이승재(2012)는 신라 목간 '경주 안압지 20호 목간'과 '경주 국립경주박물관 미술관 터 1호 목간'을 판독하고 해독한 것이다. 이건식(2013)은 ≪고려사≫ 食貨志 漕運 조에 제시된 전국 60곳 조운 포구명의 하나인 末音浦를 대상으로 그 차자 표기를 해독하고 해독의 결과를 바탕으로 신라어 乙[泉]을 보존한 중세어 어휘에 대해서 논의한 것이다. 이경숙(2013)은 ≪현응음의≫에서 보이는 차자, 가차, 차음, 이 세 용어는 각각 어떤 글자를 설명할 때 언급되었는지 글자를 분석한 것이다. 이전경(2014)은 국어문자사에서 간경도감의 불경언해사업이 갖는 함의에 대해 논의한 것이고, 유민호(2015)는 고대 한국어 처격, 속격조사와 관련된 선행 연구들을 정리하고 고대 한국어 처격조사와 속격조사의 형태와 의미기능을 분석한 연구이다.

2) 유형별 입겿[口訣] 연구

구결 연구 분야에서 음독·석독·부호 구결 관련 연구의 영역을 문자론적 관점과 형태·통사론적 관점으로 구분하였다. 분석 대상 논문 135편 가운데 38편이 문자론 관점에서서 논의된 것이고, 64편은 형태·통사론적 관점에서 논의된 것이다. 그 밖에 기타로 분류한 33편이 있다.[23)]

유형별 입겿[口訣] 연구 동향을 제시하면 다음과 같다.

[표 1] 유형별 현황

연도	구결 종류	형태·통사론적	문자론적	기타	총합계
2005	음독구결	4	2		6
	석독구결	3			3
	부호구결	2	4		6
	기타			1	1
2006	음독구결	1	2		3
	석독구결	3			3
	부호구결	1	1		2
	기타	1	1	3	5
2007	음독구결		2		2
	부호구결	1			1
	기타	1	1	2	4
2008	음독구결	1			1
	석독구결	2	1		3
	부호구결	1	3		4
	기타	1		1	2
2009	음독구결	2			2
	석독구결	3			3
	부호구결	3	2		5
	기타	3	1		4

23) 기타로 분류한 33편에 대해서는 시기별 연구 현황에서 그 내용을 확인할 수 있다.

연도	구결 종류	형태·통사론적	문자론적	기타	총합계
2010	음독구결	1	1		2
	석독구결	4			4
	부호구결	2			2
	기타	3	1	1	5
2011	음독구결		4		4
	석독구결	5	2		7
	부호구결	2	2		4
	기타	1		2	3
2012	음독구결		3		3
	석독구결	2			2
	부호구결	4			4
	기타	1	1	3	5
2013	음독구결		1		1
	석독구결	8	4		12
	부호구결	3	1		4
	기타	1		1	2
2014	음독구결	1	1		2
	석독구결	1			1
	부호구결	1			1
	기타			1	1
2015	음독구결	1			1
	석독구결	1			1
	부호구결	1	2		3
	기타	1			1
총합계		77	43	15	135

(1) 문자론적 관점

구결 연구에서 음독구결에 대한 문자론적 연구는 16편으로 이승재(2005), 정은영(2005), 정재영(2006), 황선주(2006), 김무봉(2007), 남경란(2007), 정재영 외(2010), 김성주(2011), 박진호(2011), 최식(2011), 황선엽(2011), 남경란(2012), 민현주(2012), 심보경(2012), 민현주(2013), 오세문(2014) 등이 있다.

이승재(2005)는 고려시대의 불경 교육과 구결의 관계를 밝힌 것이다. 정은영(2005)은 ≪몽산화상육도보설≫ 이본 6종의 음독 구결을 소개한 것이다. 정재영(2006)은 불갑사 소장 화암사판 ≪부모은중경≫에 기입된 구결과 언해문의 특징 기술한 것이다. 황선주(2006)는 직지의 원문과 구결을 정리하여 제시한 것이다. 김무봉(2007)은 ≪금강경언해≫의 현전 상황과 형태서지 등을 밝혔다. 남경란(2007)은 개인이 소장하고 있는 고려본 ≪상교정본자비도량참법≫ 권1~권5을 소개하고, 음독 구결의 문자 체계와 결합유형의 특징을 밝혔다. 정재영 외(2010)는 영광 불갑사에서 나온 복장 전적의 국어학적 성격을 밝힌 것으로 언해본와 구결 자료로 나누어 살핀 것이다. 김성주(2011)는 영남대 도서관 동빈문고 소장본 ≪불조역대통재≫ 권1·권2 1책에 대한 서지사항과 이 문헌에 사용된 구결을 소개한 것이다. 박진호(2011)는 영남대 소장 음독 구결자료 ≪대혜보각선사서≫를 소개하고 기입된 구결의 성격을 살핀 것이다. 최식(2011)은 최근 새로 발굴된 이삼환의 ≪句讀指南≫, 임규직의 ≪句讀解法≫, 박문호의 ≪俚讀解≫를 대상으로 언해 작업에 따른 구두와 현토, 구결의 전개양상을 살펴보고 관련 자료의 내용과 특징을 검토한 것이다. 황선엽(2011)은 영남대 도서관 동빈문고에 소장된 표훈사판 ≪치문경훈≫의 서지적인 특징을 정리하고 거기에 기입되어 있는 구결을 검토한 것이다. 남경란(2012)은 영남대학교 중앙도서관 동빈문고에 소장되어 있는 구결 문헌 ≪금강경계청≫, ≪대혜보각선사서≫, ≪묘법연화경≫, ≪불조역대통재≫, ≪육조대사법보단경≫, ≪치문경훈≫에 기입된 구결 자형과 결합유형을 면밀히 검토·분석하여 영남대학교 중앙도서관 동빈문고에 소장되어 있는 구결 문헌의 특징을 밝힌 것이다. 민현주(2012)와 민현주(2013)는 ≪남명천화상송증도가≫ 이본 5종의 음독 구결을 소개하고 자료에 나타나는 구결의 특징을 살핀 것이다. 심보경(2012)은 여말선초 문수사에서 간행된 ≪法華靈驗傳≫의 서지학적 고찰을 토대로 국어사적 특징을 밝힌 것이다. 오세문(2014)은 한솔뮤지엄 소장본 음독구결 자료 ≪법화경≫ 권1을 소개하고 자료에 나타난 구결에 대하여 살핀 것이다.

석독구결에 대한 문자론적 연구는 7편으로 이승재(2008), 장경준(2011ㄱ), 장경준(2011ㄴ), 안대현(2013ㄱ), 장경준(2013ㄱ), 장경준(2013ㄴ), 장경준(2013ㄷ) 등이 있다.

이승재(2008)는 호암본 ≪화엄경≫의 조성기(754年, 755年)와 석가탑에서 발굴된 묵서지편(1024年, 1038年)을 대상으로 이두의 개념을 정리하고 이두 해독의 방법론 정리한 것이다. 장경준(2011ㄱ)은 지금까지 만들어진 석독구결 전산 입력 자료를 간략히 소개하고, 전산 입력 및 교감의 원칙과 내용에 대해 'sktot_2001_08'을 중심으로 살펴보고 앞으로의 개선 방향 모색한 것이다. 장경준(2011ㄴ)은 한국 번역사를 기술하는데 도움이 될 수 있도록 석독구결에 대한 전반적인 설명과 선행 연구에서 이루어진 석독구결에 대한 인식을 비판적으로 검토하여 제시한 글이다. 안대현(2013ㄱ)은 석독구결 자료 ≪화엄경소≫ 권35에 대해 소개하고 현대어역과 관련된 문제점을 지적한 것이고, 장경준(2013ㄱ)은 ≪유가사지론≫ 권20의 석독구결문에 대한 현대국어 번역문을 제시한 것이다. 장경준(2013ㄴ)은 고려시대 석독구결 자료 전반에 대한 소개와 한국어사, 한국문자사, 한국번역사, 한국문화사의 측면에서 석독구결의 가치와 활용 방안에 대해 살핀 것이다. 장경준(2013ㄷ)은 석독구결 자료 5종을 바탕으로 모든 구결자의 사용 환경을 기록한 최초의 주석말뭉치 구축과정과 결과를 소개하고 기초 통계 자료를 기술한 것이다.

부호구결에 대한 문자론적 연구는 15편으로 김천학(2005), 박준석(2005), 손명기(2005), 조은주(2005), 김영욱(2006), 박진호(2008), 안대현

(2008), 장경준(2008ㄱ), 장경준(2009ㄱ), 장경준(2009ㄷ), 장경준(2011ㄷ), 정재영 외(2011), 김성주(2013), 안대현(2015), 장경준(2015) 등이 있다.

김천학(2005), 박준석(2005), 손명기(2005)는, 조은주(2005)는 점토석독구결 ≪유가사지론≫ 권8의 일부에 대하여 해독 방안을 제시한 것이다. 김영욱(2006)은 고대 한·일간의 문자교류와 관련된 고바야시 교수의 논의를 바탕으로 신라시대 구결과 일본 훈점의 영향관계에 대하여 기술한 것이다. 박진호(2008)는 점토구결과 석독구결의 동일 구문의 현토 양상을 비교하는 방법으로 구결 자료 해독 문제의 해결 방안을 제시하였다. 안대현(2008)은 주본 ≪화엄경≫ 권6, 권22, 권31, 권34, 권36, 권57에 기입된 점토석독구결들에 대한 해독 방안을 제시하고, 해독 결과를 바탕으로 주본 ≪화엄경≫ 점토석독구결의 몇 가지 특징을 살폈다. 장경준(2008ㄱ)은 성암고서박물관과 호림박물관에 소장된 점토구결 자료의 모든 부호에 대한 색인을 작성하고 색인에 포함된 용례들을 유형별로 분류하여 간략히 설명, 부호의 문헌별 사용 양상에 대해 검토하였다. 장경준(2009ㄱ)은 호림본 ≪유가사지론≫ 권3에 기입된 점토의 상세한 목록을 작성하고 성암본 ≪유가사지론≫ 권5, 권8의 것과 비교하여 그 특징을 고찰한 것이다. 장경준(2009ㄷ)은 호림본 ≪유가사지론≫ 권3의 점토에 대해 고찰한 장경준(2009ㄱ)에 이어 호림본『유가사지론』권3의 점토구결에 사용된 부호에 대해 자세히 고찰한 것이다. 정재영 외(2011)는 ≪화엄문의요결문답≫의 이본 중 고사본에 해당하는 좌등본, 연력사본의 형태서지 사항과 두 문헌에 기입되 구결과 부호 등 문헌학적 특징을 소개한 것이다. 김성주(2013)는 사토본 ≪화엄문의요결문답≫, 동대사 소장 ≪화엄경≫ 권제12-20와 고려시대 점토석독구결 자료를 이용하여 신라 점토석도구결의 점도 재구를 시도한 것이다. 안대현(2015)은 가천박물관 소장 각필 점토구결 자료 ≪유가사지론≫ 권53에 대한 형태, 서지를 소개한 것이고, 장경준(2015)은 일본 교토 남선사에 소장된 고려 초조대장경 ≪유가사지론≫ 권제8에 기입된 점토석독구결에 대하여 살핀 것이다.

(2) 형태·통사론적 관점

음독구결의 형태·통사론적 연구는 11편으로 석독구결(32편)이나 부호구결(21편) 연구에 비해 활발하게 진행되지 못하고 있다. 이러한 경향은 현전하는 음독구결 자료의 양과 확연한 차이를 보이는 결과이다. 이에 대한 연구 논문으로 남경란(2005ㄱ)은 자형 'ハ', '佳', 'か' '可'를 대상으로 이들의 통시적인 변천을, 남경란(2005ㄴ)에서는 자형 '厺', 'ㅁ'의 기능과 통시적 변천을 고찰하였다. 남경란(2005ㄷ)은 고려 말엽부터 조선 초기까지의 시기에 기입되었다고 믿어지는 음독 구결 자료를 대상으로 하여 국어학적인 관점에서 저술한 책이다. 여찬영(2005)은 ≪경민편 언해≫의 이본들 가운데 동경교대본과 규장각본을 주된 대상으로 하여 한문 원문과 구결, 그리고 체재의 차이를 구체적으로 분석하였다. 여찬영(2005)은 ≪경민편 언해≫의 이본들 가운데 동경교대본과 규장각본을 주된 대상으로 하여 한문 원문과 구결, 그리고 체재의 차이를 구체적으로 분석하였다. 윤용선(2006)은 ≪소학언해≫ 구결문에 사용된 문법형태의 형태적 특성과 기능, 역할에 대하여 검토하여 같은 음독구결 계열인 15세기 불교 문헌과 비교함으로써 구결체계 변화의 흐름을 고찰하였다. 남경란(2008)은 음독 구결 'カ, 入, ホ, 月'를 중심으로 독음을 분석하고 이들의 통시적 관계와 의미 기능을 고찰함으로써, 음독 구결 자형들이 지니고 있는 특성을 밝혔다. 남경란(2009)은 고려시대부터 조선시대까지의 음독 구결 자료에 사용된 입겿 자형 약 180개를 대상으로 이두, 석독, 부호, 한글 구결 자료들과의 비교 분석을 통해 이들 자형이 가지고 있는 의미 기능의 변천을 통시적으로 고찰하였다. 윤용선(2009)은 한문 독해 과정에 있어 국어학적 관점에서 조선 후기 구결 사용에

대하여 검토한 것이다. 남경란(2010)은 한글 창제 전에 간행된 ≪능엄경≫, ≪법화경≫, ≪육조대사법보단경≫의 음독 입겿과 한글 창제 후에 간행된 ≪능엄경언해≫, ≪법화경언해≫, ≪육조대사법보단경언해≫의 한글 입겿을 대상으로 음독 입겿과 한글 입겿의 상관성을 밝힌 것이다. 남경란(2014)은 음독 구결 자료에 나타나는 명령형을 통시적으로 고찰하기 위해 이두, 향가, 그리고 석독 구결 자료와 15세기 이후 한글 구결 자료의 명령형 체계를 비교 분석한 것이다. 이건식(2015)은 소곡본 ≪능엄경≫ 구결 자료에 나타난 '丷𠂇丂'와 '丂'의 형태 구성과 의미 기능을 분석하여 '조건'의 연결 어미 '-면'의 발달 과정의 특성을 고찰하였다.

석독구결의 형태·통사론적 연구는 32편(42%)으로 김성주(2005ㄱ), 김성주(2005ㄴ), 송신지(2005), 장경준(2006ㄱ), 장경준(2006ㄴ), 장윤희(2006), 이용(2008), 정은균(2008), 안예리(2009), 정은균(2009), 하귀녀(2009), 김영욱(2010), 김지오(2010), 남미정(2010), 장윤희(2010), 문현수(2011), 양희철(2011), 이용(2011ㄷ), 장윤희(2011), 최정은(2011), 김지오(2012), 남풍현(2012), 김지오(2013), 남풍현(2013ㄱ), 남풍현(2013ㄴ), 안영희(2013), 이용(2013ㄱ), 이용(2013ㄴ), 이용(2013ㄷ), 이은규(2013), 이병기(2014), 김성주(2015) 등이 있다.

김성주(2005ㄱ)는 자토석독구결자료 ≪화엄경소≫ 권35, ≪화엄경≫ 권14, ≪구역인왕경≫ 권상 낙장 5매, ≪합부금광명경≫ 권3, ≪유가사지론≫ 권20 등을 대상으로 석독구결에서 '爲'자에 현토되는 구결자의 종류와 문법형태의 기능에 대해서 살핀 것이다. 김성주(2005ㄴ)는 고려시대 석독구결의 '爲'자에 현토되는 구결을 해석한 것 중에는 잘못 해석한 부분이 있다고 언급하면서 석독구결 '爲'자 중 보충해서 해석할 필요가 있는 부분에 대해서 논의한 것이다. 송신지(2005)는 석독구결 자료에서 보이는 한자부독현상에 대하여 부독현상을 국어의 문법형태소로 새겨 읽는 글자, 국어의 어휘로 새겨 읽는 글자, 추상적인 의미를 가졌지만 국어의 형태로 구체화하여 읽은 글자 등 크게 세 가지 유형으로 나누어 각 부류에 해당하는 글자들의 예시들을 제시하고 글자들이 어떻게 읽히는지 살핀 것이다. 장경준(2006ㄱ)과 장경준(2006ㄴ)에서는 석독구결에서 그동안 '븟(火)' 및 그와 동등한 가치를 갖는 구결점들의 용례를 살펴보면서 ≪구역인왕경≫의 구결자 가운데 그동안'丷𠃋'[ᄒᆞ야]로 판독해 왔던 '븟(火)'과 연관지을 수 있음을 고찰한 것이다. 장윤희(2006)은 석독구결 자료 및 향찰 자료, 그리고 부분적으로는 고대 이두 자료를 대상으로, 고대국어의 파생 접미사의 목록과 체계 그리고 형태·의미적 특징에 대하여 살핀 것이다. 이용(2008)은 기존에 종결어미와 연결어미 '-져'를 표기했다고 본 '-哉', '-齊', '-之'에 대해 문제를 제기하고 '-哉', '-齊'와 '-之'가 크게 구별된다고 설명하였다. 정은균(2008)은 고려시대 석독구결 '-刂罒'가 기원적으로 연결어미 '-氵'와 관련되는 것으로 보고 '-刂罒' 관련 형식을 '명사+-刂罒', '동명사형어미+-刂罒', '부정사+-刂罒' 등의 구성 방식으로 나누어 각각의 구체적인 쓰임새와 문법적인 특징을 살폈다. 안예리(2009)는 '삼다' 구문의 통시적 변화 과정에 대한 고찰을 통해 오늘날 공시적인 변이 양상에 대한 설명을 시도한 것이다. 정은균(2009)은 고려시대 석독구결문의 문장 종결 유형, 용언류 어휘의 번역 방식 등의 문제를 중심으로 그 번역 문체적인 특징을 고찰한 것이다. 하귀녀 외(2009)는 중세국어 보조사 '-으란'의 기원에 대하여 논의한 글이다. 김지오(2010)은 ≪합부금광명경≫에 나타나는 오기들을 유형별로 정리하여 소개하고, 이 자료에 나타난 희귀한 구결이나 유일례들이 오기일 가능성은 없는지에 대하여 검토한 것이다. 김영욱(2010)은 기존의 금석문 자료와 신출토 문자 자료들을 바탕으로 고대국어의 처소격 조사 '中'의 상충적 해석에 대한 문제의 원인을 살핀 것이다. 남미정(2010)은 차자표기 자료 ≪신라화엄경사경조성기≫부터 ≪양잠경험촬요≫까지를 대상으로 '-져'의 문법범주와 의미기능에 대해 고찰한 것이다. 장윤희(2010)은 석독구결을 대상으로 한 그동안의 연구 가운데 중세국어 연결어미 '-오딕'와 '-은딕, -은대' 형성의 문법사에 대해 재조명한 것이다. 문현수(2011)은 석독구결 문헌에 나타나는 용언 부정사의 의미기능을 고찰한 것이고, 양희철(2011)은 고려시대 구결 '攴'에 대한 기존의 해독을 차제자 원리와 운용의 측면, 형태소 연결의 문법적 측면, 문맥적 측면에서 변증하고 보완하고자 한 것이다. 이용(2011ㄷ)은 신라시대 이두 자료를 대상으로 문법형태 '內'의 분포와 의미를 살펴 그 기능을 밝힌 것이다. 장윤희(2011)은 석독구결의 속격 '-尸'과 관련하여 제기되는 문제점들을 해결하기 위해 고대국어 동명사 어미 '-ㅭ'을 표기하던 '-尸'이 속격조사의 표기에 나타날 수 있었던 이유가 무엇인지에 초점을 맞추어 논의한 것이다. 최정은(2011)은 고대국어 석독구결 자료에 나타나는 다양한 형태의 부사 파생 접미사 가운데 '-刂(이)' 와 '-丿/乊(오)'를 대상으로 파생부사결합형을 연구한 것이고, 김지오(2012)는 석독구결 자료에 나타나는 '-은여, -을여'의 의미와 수의적 이형태들에 대해 살핀 것이다. 남풍현(2012)는 동대사 도서관 소장 ≪신라화엄경≫의 가치와 각필로 기입된 석독구결 토의 '졈/뎌'에 대하여 기술한 것이고, 김지오(2013)은 석독구결에 사용된 처격·관형격 복합조사들 중 '3 七' 이외에 어떤 형태가 더 나타나는지 그리고 나타난다면 '3 七'과 어떤 차이점이 있는지 살펴본 것이다. 남풍현(2013ㄱ)은 동대사 소장 ≪신라화엄경사경≫에 기입된 석독구결의 기능과 의미를 고찰한 것이고, 남풍현(2013ㄴ)은 近古시대 석독구결에 나타난 의도법 보조어간 '乊/오'의 기능과 의미를 논증한 것이다. 안영희(2013)은 구결자 '尸'의 기능 및 음가에 대한 선행연구를 통하여 고대한국어 차자표기에 대한 더욱 폭넓은 관찰을 시도하였다. 이용(2013ㄱ)은 석독구결 자료 ≪합부금광명경≫ 권3에 대한 서지 및 구결자 목록을 밝히고 현대어 번역 과정에서 제기되는 문제들, 현대어 번역 시안을 제시하였다. 이용(2013ㄴ)은 지정사의 개념을 중심으로 기

존에 차자표기 연구에서 지정문자로 다루어져 왔던 것들을 살펴본 것이다. 이용(2013ㄷ)은 그동안 논란의 대상이 되어 왔던 신라이두의 문법형태 '內'의 용법에 대해서 살펴본 것이다. 이은규(2013)은 석독 구결문의 생성 과정에서 번역자가 {ソろ}를 어떤 의도로 어떻게 사용하는지에 초점을 맞추어, 통사 및 텍스트 층위의 기능을 분석한 것이다. 이병기(2014)는 구결자료에 나타나는 어휘에 대하여 고찰한 것으로, 일차적으로 전체 석독 어휘를 유형화하여 분류하고 음독 한자 어휘들에 대한 간단한 소개와 함께 이들에 대한 연구가 한자어의 수용 과정과 관련하여 필요함을 강조하였다. 김성주(2015)는 동대사 ≪화엄경≫에 대한 선행연구를 바탕으로 고려시대 석독구결 자료 가운데 동대사 ≪화엄경≫과 중복되는 주본 ≪화엄경≫ 권제14의 제11 정행품과 제12 현수품(상)에 기입된 신라 구결과 고려 석독구결의 공통점과 차이점에 대해서 논의한 것이다.

부호 구결의 형태·통사론적 연구로는 서민욱(2005), 장경준(2005), 장경준(2006ㄷ), 김성주(2007), 장경준(2008ㄴ), 권창섭(2009), 김성주(2009), 장경준(2009ㄴ), 박용식(2010), 이용(2010), 이승재(2011ㄱ), 이승재(2011ㄴ), 문현수(201(2), 안대현(201(2), 장경준(2012), 허인영(2012), 이전경(2013ㄱ), 안대현(2013ㄴ), 이전경(2013ㄴ), 문현수(2014), 윤행순(2015) 등이 있다.

서민욱(2005)는 ≪유가사지론≫ 권5·8에서 동일한 위치에 현토된다고 논의되어 온 15 위치의 단점들과 15-25 위치의 수평선들, 35 위치의 사선·역사선들, 45 위치의 사선·역사선들, 53 위치의 사선·역사선들이 그 현토 위치가 규칙적으로 변별되며, 대응하는 자토도 다름을 밝히고자 하였다. 장경준(2005)는 성암고서박물관 소장본 점토석독구결 자료 ≪유가사지론≫ 권5와 권8에 나타나 있는 '·' 모양의 단점(單點)을 중심으로 해독 방안에 대해 연구한 것이다. 장경준(2006ㄷ)은 ≪유가사지론≫ 권제5와 권제8을 대상으로 이 자료에서 '故'자에 현토된 구결점들을 어떻게 해석할 것인가를 고찰한 것이다. 김성주(2007)은 화엄경 계열과 유가사지론 계열의 점토구결에 대해서 간략히 살펴보고 이를 토대로 주본 ≪화엄경≫ 권31과 진본≪화엄경≫ 권20의 한문 원문의 전개 방식과 점토석독구결의 차이를 비교 연구한 것이다. 장경준(2008ㄴ)은 일본 소장≪유가사지론≫ 권8에 쓰인 '지시선(指示線)'에 대해 동일 판본인 성암고서박물관 소장 ≪유가사지론≫ 권8과 비교 고찰한 것이다. 권창섭(2009)는 고려본 ≪화엄경≫ 권제14와 주본 ≪화엄경≫ 권제6을 비교하여 전기 중세 국어 구결 자료에서 처격조사가 각기 어떠한 형태들로 나타나는지를 살핀 것이다. 김성주(2009)는 소임방규(2002)와 김영욱(2003)을 바탕으로 좌등본 ≪화엄문의요결문답≫에 기입된 구결의 기능을 다시 살폈다. 장경준(2009ㄱ)은 호림본 ≪유가사지론≫ 권3에 기입된 점토의 상세한 목록을 작성하고 성암본 ≪유가사지론≫ 권5, 권8의 것과 비교하여 그 특징을 고찰한 것이다. 장경준(2009ㄴ)은 점토구결을 국어사 자료로 이용하기 위해 공동 판독 및 해독안을 볼 때 유의할 점과 점토구결에 나타나는 특징적인 문법 형태를 기술한 것이다. 박용식(2010)은 좌등본『화엄문의요결문답』부호구결의 기능을 8세기 신라 이두 자료의 표기에 반영된 문법 형태를 고려하여 기존의 논의에서 합의점을 찾지 못 했던 21(·)의 기능을 중심으로 논의한 것이다. 이용(2010)은 석독구결의 부정법 연구 결과를 토대로 점토석독구결의 부정법을 살펴본 것이다. 이승재(2011ㄱ)은 11세기 여러 불경 자료에 부점을 기입해 넣은 시기를 추정한 것이고, 이승재(2011ㄴ)은 부점 석독구결 자료와 11세기 이두 자료에서 공통으로 발견되는 언어 형식을 찾아 그 특징을 바탕으로 부점의 기입 시기를 추정한 것이다. 장경준(2011ㄷ)은 고려시대 점토구결에 사용된 부호에 대한 최근의 연구성과를 소개하고 小林芳規 선생의 논고에 기술된 내용 가운데 관련 부분 검토한 것이다. 문현수

(2012)는 점토석독구결에 나타나는 용언 부정사의 현토 양상과 그 의미 기능을 살펴본 것이고, 안대현(2012)는 좌등본 ≪화엄문의요결문답≫과 고려시대 ≪화엄경≫을 비교해 보고 점토석독구결의 변화 과정을 추정한 것이다. 장경준(2012)는 석독구결 자료의 부호 사용 양상을 중심으로 훈점 자료에서는 어떠한 모습을 보이는지 비교하여 살핀 것이고, 허인영(2012)는 ≪유가사지론≫ 권3·5·8을 대상으로 역사향쌍점의 출현 환경을 파악한 것이다. 안대현(2013ㄴ)은 좌등본 ≪화엄문의요결문답≫에서 훈독을 위해 사용된 점들의 용례를 자세히 검토하여 상변중앙의 점이 고려시대 석독구결 '厶'에 대응될 수 있음을 근거로 새로운 해독안을 제시하였다. 이전경(2013ㄱ)은 연세대 소장 각필구결본 ≪묘법연화경≫의 점토표기법을 밝히기 위한 연구의 일환으로 이 자료에 나타난 처격의 표기 양상을 살핀 것이고, 이전경(2013ㄴ)은 연세대 소장 각필본 ≪묘법연화경≫에 나타난 부정구문을 사진자료와 함께 소개하고 명사문 부정과 동사문 부정으로 나누어 살펴본 것이다. 문현수(2014)는 ≪유가사지론≫ 계통 점토석독구결에 사용된 빼침선의 기능을 해독하고자 시도한 것이다. 윤행순(2015)는 한·일 양국의 한문독법의 차이점을 밝히는 작업의 일환으로 양국의 점토구결과 오코토점에서 가장 많이 사용된 單星點과 綿點, 複星點에 대응하는 표기음과 문법적 특성에 대해 살펴본 것이다.

Ⅱ. 연구자료소개

1. 음독 구결 자료

1) ≪능엄경≫

≪능엄경≫은 본문의 내용에 따라 기입된 입겿의 결합유형들이 다르게 나타나고 있음에 주목할 필요가 있다. 예를 들면 [序分]은 서론에 해당하는 것으로 이 경전을 설법하게 된 경위를 설명함과 동시에 문제의 핵심을 제기하는 부분이므로 종결어미 가운데 평서형의 결합유형이 다른 유형보다 많이 사용되었다. 또 [正宗分]은 도를 보고, 도를 닦고, 도를 닦는 방법에 대한 문답, 나아가 중생들이 그릇된 길로 가는 것을 막기 위하여 수도를 돕는 내용들을 덧붙인 부분이므로 종결어미 가운데 의문형, 명령형 등의 결합유형들이 많이 사용되었다. 또한 [流通分]은 ≪능엄경≫의 공덕을 설명하고, 아울러 후세에 널리 알려 중생으로 하여금 불교를 글자 그대로 유통시킬 것을 강조하는 부분이므로 종결어미 가운데 강세의 의미와 평서형의 결합유형들이 사용되고 있다는 점이다. 이와 같은 점은 고려 말엽에서 조선 초기까지의 ≪능엄경≫ 입겿 자료들에서 기입된 입겿의 자형들이 각 권마다 수와 빈도가 다르게 나타나는 원인으로도 작용한다.

이는 ≪능엄경≫의 이본 가운데 초기 자료이면서 원문이 가장 완전하게 남아 있는 '(가)본'을 대상으로 본문에 사용된 입겿들을 검토해 보면 알 수 있다.

[序分]에 사용된 결합유형들은 설명형이 54가지이고, 수사의문 혹은 감동형은 'ㅅ亠(들여), ㇋オㄴㅅ亠(야어니들여), オㄴㅅ亠(어니들여),

リ七入亠(릿들여), リ木亠(리ᄃᆞᆯ여)'의 5가지, 의문형은 '禾午(리오), 二午(시오), 才午(어오), 午(오), ソ二才午(ᄒᆞ시어오)'의 5가지가 나타난다. 특히 설명의 의미를 지닌 결합유형 가운데 '-丨'형의 결합유형보다 '-亽'형의 결합유형이 더 많이 사용되었으며, 총 빈도도 '-亽'형이 높음을 알 수 있다.

'-丨'형은 '去七丨(것다), 去金七丨(거샷다), 去ソ二ヒ丨(거ᄒᆞ시니다), 乃丨(나다), 又丨(노다), 木丨(더다), 亽ソ斗丨(라ᄒᆞ두다), 灬丨(로다), ソ刀丨(ᄒᆞ도다), 弓七丨(읫다), リヒ二丨(이니시다), リ亽ソ又亽丨(이라ᄒᆞ노라다), ノ乚木ソ二丨(홀ᄃᆞᆯᄒᆞ시다), ソ又丨(ᄒᆞ노다), ソヒ丨(ᄒᆞ니다), ソ木七丨(ᄒᆞᄃᆞᆺ다), ソ木二丨(ᄒᆞᄃᆞ시다), ソ木ソ入二丨(ᄒᆞᄃᆞᆯᄒᆞ더시다), ソ禾弓七丨(ᄒᆞ리읫다), ソ二丨(ᄒᆞ시다), ソ二金七丨(ᄒᆞ시샷다), ソ亠金七丨(ᄒᆞ여샷다), ソ弓七丨(ᄒᆞ읫다), 令二丨去七丨(ᄒᆞ이시다것다)'의 24가지가 사용되었으며, '亽'형은 '/七丨ノ禾亽(/ㅅ다호리라), 去ソヒ亽(거ᄒᆞ니라), ヒ亽(니라), ㅌヒ亽(ᄂᆞ니라), 木ノヒ亽(ᄃᆞᆯ호니라), 亽ソ又ヒ亽(라ᄒᆞ노니라), 亽(라), 亽ソ又亽(라ᄒᆞ노라), 亽ソ二ヒ亽(라ᄒᆞ시니라), ソ又丶(ᄒᆞ노라), 二ヒ亽(시니라), 午亽(오라), リヒ亽(이니라), リ亽(이라), リ亽ソ又亽(이라ᄒᆞ노라), ノヒ亽(호니라), ノ亽(호라), ノ禾亽(호리라), ソ又ヒ亽(ᄒᆞ노니라), ソヒ亽(ᄒᆞ니라), ソㅌヒ亽(ᄒᆞᄂᆞ니라), ソ大亽(ᄒᆞ대라), ソ木亽(ᄒᆞᄃᆞ라), ソ乚二亽(ᄒᆞᆯ시라), ソ亽(ᄒᆞ라), ソ禾亽(ᄒᆞ리라), ソ金亽(ᄒᆞ샤라), ソ二ㅌヒ亽(ᄒᆞ시ᄂᆞ니라)'의 30가지가 사용되었다.

[流通分]에 사용된 결합유형들은 '(라)본'을 대상으로 하여 살펴보면[1] 종결어미 가운데 설명형에 사용된 결합유형은 '-丶'형의 'ヒ丶(니라), 丶(라), ソヒ丶(ᄒᆞ니라), ソリ丶(ᄒᆞ리라)'와 '-丨'형의 'リ才七丨(리엇

1) 초기 자료인 '(가)본'에는 <권 10>의 [유통분]이 낙장되어 없기 때문에 [유통분]이 남아 있는 '(라)본'을 대상으로 하였다.

다), オヒ丨(엇다), ソニ丨(ᄒᆞ시다)'를 합쳐 7가지가 나타나며, 의문형에 사용된 결합유형은 'ㄗ(아), 午(오), ㄟ刂ㄟヒ口(이리잇고)'의 3가지, 수사의문 혹은 감동형에 사용된 결합유형은 'ㄟヒㅅ亠(잇ᄃᆞᆯ여)' 1가지뿐이다. 이들 결합유형의 빈도도 아주 낮은데 이는 ≪능엄경≫의 전체 원문의 분량에 비해 [流通分]의 원문 분량이 적기 때문이다.

≪능엄경≫의 이본인 '(가)본', '(나)본', '(다)본', '(라)본', '파전본'에 나타나는 입겿의 결합유형은 총 2512가지이다. 결합유형 가운데 빈도가 가장 높은 것은 결합유형 'ソ㇌'로 총 8369회 나타나는데, '(가)본'이 3343회, '(나)본'이 595회, '(다)본'이 337회, '(라)본'이 2358회, '파전본'이 1736회 사용되었다. 다음으로 빈도가 높은 것은 단독형 'ㄟ/刂'로 총 7759회 나타나는데, '(가)본'에서는 '刂'가 3392회, 'ㄟ'가 4회 나타나며, '(나)본'에서는 'ㄟ'가 919회, '(다)본'에서는 'ㄟ'가 342회, '(라)본'에서는 'ㄟ'가 1523회, '파전본'에서는 'ㄟ'가 1579회 나타난다. 또 단독형 'ㄱ'은 총 5193회 나타나는데, 이 가운데 '(가)본'에 나타나는 빈도는 2517회, '(나)본'에 나타나는 빈도는 722회, '(다)본'에 나타나는 빈도는 173회, '(라)본'에 나타나는 빈도는 1011회, '파전본'에 나타나는 빈도는 770회이다. '灬/灬/灬', '㇌'와 결합유형 'ソ夂(久)'도 비교적 높은 빈도를 보인다. '灬/灬/灬'의 경우는 총 1993회 사용되었는데 '(가)본'이 1192회, '(나)본'이 366회, '(다)본'이 1회, '(라)본'이 15회, '파전본'이 419회 사용되었다. 특히 '(다)본'과 '(라)본'의 경우에는 '灬/灬/灬'가 단독형 '又'로 교체되어 '(다)본'에서는 107회, '(라)본'은 615회나 나타나고 있는데, 이 '又'는 '(가)본'에서는 186회, '(나)본'에서는 2회, '파전본'에서는 180회 나타나고 있다.

'㇌'의 경우는 총 2850회 사용되었는데, '(가)본'이 1423회, '(나)본'이 423회, '(다)본'이 104회, '(라)본'이 781회, '파전본'이 119회 나타난다. 특히 '파전본'의 경우에는 다른 이본들에 비해 '㇌'가 적게 나타나는데,

'파전본'에서는 이 '阝'가 '阝乀'로 교체되었음을 알 수 있다. '파전본'에 사용된 '阝乀'의 빈도는 430회로 다른 이본들에서는 '阝乀'가 나타나지 않는다. 'ソ分(久)'의 경우는 총 1171회 사용되었는데, '(가)본'이 717회, '(나)본'이 112회, '(다)본'이 51회, '(라)본'은 37회, '파전본'이 255회 나타난다. 그리고 결합유형 'ソ丆'이 991회나 나타나는데, '(가)본'의 경우가 302회, '(나)본'의 경우 63회, '(다)본'의 경우 84회, '(라)본'의 경우 202회, '파전본'에서는 340회나 사용되었다. 이는 <권 1>에서 <권 10>까지의 원문이 비교적 완전하게 남아 있는 '(가)본'에 비해 <권 6>에서 <권 10>까지 뿐인 '(라)본'이나, <권 8>에서 <권 10>까지만 남아 있는 '파전본'에서 더 많이 사용되고 있음을 알게 한다. 또한 다른 이본들에서는 찾기 힘든 결합유형 'ソ口'가 '파전본'에서는 무려 289회나 나타나고 있음은 눈여겨볼 만하다. 이 결합유형 'ソ口'는 '(가)본'에서 3회, '(다)본'에서는 46회, '(라)본'에서 단 1회만 사용되었는데, 유독 '파전본'에서 빈도가 높은 이유는 '파전본'의 입겿 기입 시기와도 관련지을 수 있다.

종결어미에 사용된 결합유형 가운데 평서형 '-亽(丶)'류와 '-丨(夕)'류가 많이 나타나고 있는데, '-亽(丶)'류는 총 8280회, '-丨(夕)'류는 총 2196회가 사용되었다. '-亽(丶)'류는 '(가)본'이 3720회, '(나)본'이 830회, '(다)본'이 240회, '(라)본'이 2100회, '파전본'이 1390회 사용되었으며, '-丨(夕)'류는 '(가)본'이 1027회, '(나)본'이 387회, '(라)본'이 697회, '파전본'이 73회 사용되었다. 특히 '(다)본'은 종결어미에 사용된 '-丨(夕)'류는 없으며 다만 선어말어미에 사용된 'ソ丨可(ᄒᆞ다가), ソニ丨可(ᄒᆞ시다가), ソ阝丨可(ᄒᆞ야다가)'의 3가지 결합유형만 나타나고 있을 뿐이다.

설명형 '-亽(丶)'류에서는 '亽ソ又匕亽/丶ソ又匕丶(라ᄒᆞ노니라)', '-刂亽/-乀丶(이라)', 'ノ匕亽/ノ匕丶/户匕亽(호니라)', 'ソ匕亽/ソ匕丶

(ᄒᆞ니라)', 'ソㅌヒ亽/ソㅌヒ丶(ᄒᆞᄂᆞ니라)'의 쓰임을 눈여겨볼 만한데 '亽ソ又ヒ亽/丶ソ又ヒ丶'는 총 빈도가 220회, '-刂亽/乀丶'는 1021회, 'ノヒ亽/ノヒ丶/戶ヒ亽'는 303회, 'ソヒ亽/ソヒ丶'는 545회, 'ソㅌヒ亽/ソㅌヒ丶'는 431회이다. 이 가운데 '亽ソ又ヒ亽/丶ソ又ヒ丶'는 '(가)본'에서는 191회 사용되었으며, '(나)본'에서는 19회, '(라)본'에서는 10회가 사용되었으며, '파전본'에서는 사용된 용례가 없다. 또 결합유형 '-刂亽/-乀丶'는 '(가)본'이 254회, '(나)본'이 133회, '(라)본'이 54회, '파전본'은 580회로 이본 가운데 '파전본'의 빈도가 가장 높다. 'ノヒ亽/ノヒ丶/戶ヒ亽'의 경우는 '(가)본'이 188회 사용되었으며, '(나)본'이 41회, '(라)본'이 74회 사용되었으며, '파전본'에서는 전혀 사용되지 않았다. 'ソヒ亽/ソヒ丶'는 '(가)본'에서 327회, '(나)본'에서 71회, '(라)본'에서 75회, '파전본'에서 72회 사용되었는데, 이 가운데 '(가)본'이 가장 높은 빈도를 나타내고 있음을 알 수 있다. 'ソㅌヒ亽/ソㅌヒ丶'는 '(가)본'이 238회 사용되었으며, '(나)본'이 40회, '(라)본'이 31회, '파전본'은 122회로 '(가)본'과 '파전본'의 빈도가 높음을 알 수 있다. 결론적으로 설명형 '-亽(丶)'류 결합유형에서 '(가)본'의 경우는 'ソ-亽'형이 많이 사용되었으며, '(나)본'과 '파전본'의 경우는 '-刂亽/-乀丶'형이 많이 사용되었다. 특히 '파전본'은 원문의 분량이 다른 본들에 비해 적은데도 불구하고 '-刂亽/-乀丶'형이 이본들과 비교해 볼 때 많게는 무려 10배정도의 높은 빈도를 나타내고 있음에 주목할 필요가 있다.

또 설명형 '-丨(夕)'류에서는 '去七丨(것다)', '亐七丨(읫다)', '才七丨/扌七丨/今七丨(엇다)'의 쓰임이 특이한데 '去七丨'는 총 빈도가 303회, '亐七丨'는 338회, '才七丨/扌七丨/今七丨'는 436회이다. 이 가운데 '去七丨'는 '(가)본'이 222회, '(나)본'이 39회, '(라)본'이 42회, '파전본'은 전혀 사용되지 않았다. '亐七丨'는 '(가)본'이 284회, '(라)본'이 54회가 사용되었으며, '(나)본'과 '파전본'은 전혀 사용되지 않았다. 또

'才七丨/扌七丨/亽七丨'는 '(나)본'이 93회, '(라)본'이 343회 사용되었으며, '(가)본'과 '파전본'은 전혀 사용되지 않았다. '파전본'의 경우는 '厷七丨', 'ラ七丨', '才七丨/扌七丨/亽七丨'의 쓰임이 전혀 나타나지 않는 대신 이본들에서는 찾아 볼 수 없는 결합유형 '女ニ丨(여시다)'가 77회나 사용되고 있음을 알 수 있다. 결론적으로 설명형 '-丨(夕)'류 결합유형에서 '(가)본'의 경우는 '厷七丨'와 'ラ七丨'만 사용되었으며, '(나)본'의 경우는 '厷七丨'와 '扌七丨'가 사용되었으며, '(라)본'의 경우는 '厷七丨', 'ラ七丨', '才七丨/亽七丨'가 모두 사용되었음을 알 수 있다. 또 '파전본'에서는 '-七丨의 결합유형이 거의 사용되지 않고 대신 '女ニ丨'가 사용되었음을 알 수 있다. 이는 '厷七丨'와 'ラ七丨', '才七丨/扌七丨/亽七丨'의 관련성이 상당히 많음을 보여 주는 것이라 여겨지는데, 이 세 가지 유형 가운데 'ラ七丨'와 '才七丨/扌七丨/亽七丨'는 적어도 음독 입겿에서는 동일한 표기를 나타내었을 가능성을 생각하게 한다.

의문형에 사용된 결합유형은 '-叮'와 '-阝/尸', '-口', '-午', '-ろ' 등이 있는데 이 가운데서 단일형 '叮'는 100회, '阝/尸'는 195회, '口'는 1050회, '午'는 548회 사용되었다. 특히 단일형 '叮'의 경우 '(가)본'에서는 56회, '(나)본'에서는 44회 나타나고 '(라)본'이나 '파전본'에서는 전혀 나타나지 않는데, 이는 의문형 '叮'가 ≪능엄경≫의 앞부분에서 주로 사용되고 있기 때문에 뒷부분, 즉 <권 6>에서 <권 10>까지만 남아 있는 '(라)본'이나 <권 8>에서 <권 10>까지 남아 있는 '파전본'에서는 나타나지 않은 것으로 볼 수 있다. 대신 '(라)본'에서는 다른 이본들보다 의문의 자리에 사용된 단독형 '口'와 '午'가 많이 나타나며, '파전본'에서는 '尸'와 '午'가 많이 나타나고 있다. 단독형 '口'의 빈도는 '(가)본'이 596회, '(나)본'이 160회, '(라)본'이 287회, '파전본'이 7회이고, '阝/尸'의 빈도는 '(가)본'이 4회, '(나)본'이 58회, '(라)본'이 48회,

'파전본'이 85회이다. 또 단독형 '午'의 빈도는 '(가)본'이 181회, '(나)본'이 53회, '(라)본'이 212회, '파전본'이 102회이다.

이들이 번역 양상을 이본별로 간략히 살펴보면 다음과 같다. ① 단독형 'ヒ'는 '남권희 (가)본'이 186회, '남권희 (라)본'이 473회, '파전본'이 62회 사용된 점을 보더라도 '남권희 (나)본'에서는 1/5 정도로 적게 사용되었다. ② 단독형 'ㄴ'은 '남권희 (가)본'이 294회, '남권희 (라)본'이 157회, '파전본'이 101회 사용된 점을 보더라도 다른 이본에 비해 '남권희 (나)본'에서 적게 나타나고 있음을 알 수 있다. ③ 단독형 'ㄅ'는 '남권희 (가)본'이 124회, '남권희 (라)본'이 36회, '파전본'이 19회 사용되었는데, '남권희 (나)본'과 '남권희 (라)본', '파전본'의 빈도가 '남권희 (가)본' 보다 적게 나타나는 이유는 '남권희 (가)본'에서 'ㄅ'로 표기된 부분이 '남권희 (나)본'과 '남권희 (라)본', '파전본'에서는 유형 '乀ㄅ', 또는 '乀久'로 표기되었기 때문이다. ④ 단독형 '七'은 '남권희 (가)본'이 70회, '남권희 (라)본'은 10회, '파전본'이 23회 사용되었는데 다른 이본에 비해 '남권희 (나)본'에서 적게 나타나고 있음을 알 수 있다. ⑤ 단독형 '午'는 '남권희 (가)본'이 181회, '남권희 (라)본'이 212회, '파전본'이 102회 사용된 점을 보더라도 '남권희 (나)본'에서는 1/2 정도로 적게 사용되었다. 그런데 '남권희 (나)본'에서 이처럼 '午'의 빈도가 낮은 이유는 '午'로 표기되어야 할 부분이 유형 '手午'로 표기되었기 때문이다. ⑥ 단독형 '乀'의 경우는 '남권희 (가)본'이 3392회, '남권희 (라)본'이 1523회, '파전본'이 1579회 사용된 점을 보더라도 '남권희 (나)본'에서는 1/2 정도로 적게 사용되었다.

복합형에서 'ノム'는 '남권희 (가)본'이 240회, '남권희 (라)본'이 127회, '파전본'이 169회 사용된 점을 보더라도 '남권희 (나)본'에서는 1/4 정도로 적게 사용되었다. 'ソ3'는 '남권희 (가)본'이 3343회, '남권희 (라)본'이 2358회, '파전본'이 1726회 사용되었는데, 이는 '남권희 (나)

본'이 '남권희 (가)본'보다 6배나 적은 빈도이다. 이본들에서 'ソ氵'로 표기된 부분이 '남권희 (나)본'에서는 대신 'ㅌ大'와 'ソ金' 등의 유형이 사용되었는데, '남권희 (나)본'에서 'ㅌ大'는 205회 사용되었고, 'ソ金'는 104회나 사용되었다.

(1) 파전본

이 책은 3권 1책[2)]의 목판본이며 15세기 초에 간행한 것으로 추정된다. 이 책은 <권 8>에서 <권 10>까지 남아있다. 책의 크기는 16.8×29.8cm로 반광은 14.5×21.8cm이다. 권수제는 '大佛頂如來密因修證了義諸菩薩萬行首楞嚴經卷第八[九/十]'이고, 판심에는 흑구와 어미가 없다. '楞'이란 약호가 있고 11행, 22자이며, 계선은 없다. 구결의 형태는 묵서(墨書)로 되어 있으며, 기입된 구결은 14세기의 음운 현상을 반영하고 있어 고대 한국어와 중세 한국어를 연구하는데 좋은 자료라 할만하다.

'파전본'의 번역 양상에서 특히 주목할 만한 사항들에 대하여 간략히 언급하면 다음과 같다.

첫째, '파전본'의 유형은 ≪능엄경≫ 언해본의 입겿과 거의 일치하고 있는데, 이는 유형 'ノㄴㅋ田ㄱ(홀의뎐)', 'ノㄴ田ㄱ(홀뎐)'과 'ノ勿又(호므로)', 'ノ勿ㄴ(호믈)', '丶ソ人勿ㄱ(라ᄒᆞ샤믄)', '㇏丶ソ人勿ㄱ(이라ᄒᆞ샤믄)', 그리고 '月七女(ᄃᆞᆺ녀)', '㇏月七女(이ᄃᆞᆺ녀)', '㇏月ㄱ女(이ᄃᆞᆺ녀)' 및 'ソ人巴丨㇏丨(ᄒᆞ숩다이다)', 'ソ要ㄴ(ᄒᆞ욜)' 등을 ≪능엄경≫ 언해본과 대조해 보면 쉽게 알 수 있다.

둘째, 12세기에서 15세기까지의 음독 입겿과 석독 입겿 자료에서는 전혀 나타나지 않고, 다만 15세기 중세한국어 언해 자료에서만 나타나는 '-디위'의 표기가 '파전본'에 나타나고 있다는 점에 주목할 필요가 있다. 이 유형은 '土為(디위)'와 '土ソ(디위)' 및 '㇏土ソ(이디위)'의 3가지로

2) 전 10권 가운데 권8, 9, 10만 있다.

나타나며, 빈도는 '𠀋為'가 1회, '㇏𠀋ソ'가 2회, '𠀋ソ'는 6회이다. 이 자형은 '남권희 (다)본'에서는 '為', 'ソ', 'め'의 3가지 형태로 나타나는데, 이때의 입겿 자형 '為/ソ/め'는 본자는 '爲'이나 그 독음은 음독 입겿에서 일반적으로 나타나는 'ソ-'[ᄒᆞ-]가 아니라 '-위'로 읽혀진다는 것이 특이하다.

셋째, '파전본'의 유형이 ≪능엄경≫ 언해본의 입겿과 거의 일치하는데, 이 점은 '파전본'의 간행 시기나 서지 상태 등을 고려해 볼때, 두 가지 가능성을 생각할 여지를 준다. 그 하나는 '파전본'이 ≪능엄경≫을 언해하는 바탕, 즉 기저본의 하나였을 가능성이고, 다른 하나는 바꾸어 생각해 볼 때 '파전본'이 ≪능엄경≫ 언해본을 그대로 답습하여 베껴 놓은 것일 가능성이다.

(2) 남권희본

이 책은 조선 초기에 간행한 것으로 추정되며, 책의 표지는 '능엄경'이고 표제는 '首楞嚴經'으로 보이나 '首'만 남아 있고 나머지는 찢겨지고 없다. 내제(內題)는 '大佛頂如來密因修證了義諸菩薩萬行首楞嚴經卷第一'이고 판심제는 '楞'이다. 책의 크기는 18.4×29.4cm으로 반광(半匡)은 내광(內匡)이 14.6×22.1cm이다. 판심과 어미는 없다. 원문은 무괘(無罫) 11행 21자로 5자와 6자 사이에 판심제(版心題) '楞'과 권차(卷次)가 나오고 13자와 14자 사이에 장차(張次)가 나온다. 특히 이 책은 '首楞嚴經要解序' 부분이 시작하기 전 앞의 2장이 '大佛頂首楞嚴經變相'이 섬세하고도 아름답게 판각되어 있으며, 권말에는 27(40여)명의 시주명이 필사되어 있다. 제책(製冊) 방법은 5권 1책(권1·2·3·4·5)으로 되어 있다.

(3) 송성문본

이 책은 목판본으로 간행 연대는 15세기 초로 추정된다. 이 책은 전권이 완전하게 남아있다. 책의 크기는 38.3×22.0cm이다. 판심은 흑구나 어미 등이 없다. 원문은 8행 20자로 경문(經文)과 요해문(要解文)이 모두 같은 크기로 되어 있는 것이 특징이다. 이 책은 <권 1>의 1~3장과 <권 2>의 48~52장, <권 9>의 3장, <권 10>의 39~42장이 훼손되거나 낙장인데, 전체적으로는 상태가 ‘남권희 (나)본’과 ‘(다)본’ 보다는 양호한 편이다. 또한 구결 글자가 다른 이본들에 비해 글자 크기가 작으며, 구결의 결합유형도 수가 적다.

2) ≪법화경≫

≪법화경≫ 이본들의 번역 양상에서 특히 주목할 만한 것에 대하여 간략히 언급하면 다음과 같다.

첫째, ≪법화경≫ 결합유형 1,100가지를 살펴보면 고대 어형과 중세 어형이 함께 나타나고 있음을 알 수 있는데, 이는 입겿의 기입자가 두 사람 이상일 수 있다는 점을 배제할 수 없으며 또한 입겿을 기입하는 사람의 의고성(擬古性)에 의한 것이라는 점도 배제할 수 없다. 이는 ‘기림사본’뿐만 아니라 ‘백두현본’과 ‘영대본’에서도 마찬가지인데, 여러 가지 결합유형 가운데 특히 ‘厺全士匕(거샤ᄉᆞ니)’, ‘口ハ(곡)’, ‘口斤(고ᄂᆞᆯ)’, ‘乃口(나고)’ ‘亽全丨(어샤다)’, ‘ケ乚ㄱ(마ᄅᆞᆫ)’, ‘火七[午七](봇[옷])’, ‘全丨(샤다)’, ‘ソ白加匕(ᄒᆞ숩더가)’, ‘ソ白口(ᄒᆞ숩고)’, ‘ソ白ホ＼丨(ᄒᆞ숩ᄃᆞ이다)’, ‘ソ白ㄱㅌ乚(ᄒᆞ숩은ᄂᆞᆯ)’, ‘ソ白又匕(ᄒᆞ숩노니)’, ‘ソ白又ㅌ亽ソ又匕(ᄒᆞ숩노ᄂᆞ라ᄒᆞ노니)’, ‘ソ白又大(ᄒᆞ숩노대)’, ‘ソ白ㅌ匕＼丨(ᄒᆞ숩ᄂᆞ니이다)’, ‘ソ白氵リ丨(ᄒᆞ숩사이다)’, ‘ソ白3(ᄒᆞᄉᆞᆯ바)’, ‘ソ白リ(ᄒᆞ숩이)’, ‘ソ白リ丨(ᄒᆞ숩이다)’, ‘ソ白之リ丨ソㄱ大(ᄒᆞ

습지이다ᄒᆞᆫ대)', 'ソ白乎厶(ᄒᆞ숩온ᄃᆡ)' 등은 고대 어형이 남아 있는 결합유형으로 볼 수 있다. 이들 유형들은 대개가 이본들 가운데 '기림사본'에 나타나는 유형으로 이는 '기림사본'만이 고려시대에 간행된 판본이기 때문에 조선초기에 간행된 다른 이본들보다 더 고대 어형이 많은 것으로 생각할 수 있다.

둘째, 이 자료에는 다른 음독 입겿 자료들에서 찾아보기 어려운 결합유형이 많이 나타나는데 이는 고려말에서 조선 초기 음독 입겿 자료 가운데 ≪법화경≫만이 가지는 독특한 결합유형이라 볼 수 있다. 대표적인 유형으로는 '-刃七-(-돗-)', '去ニ-(거시-)', '去乀-(게-)', '月七-(ᄃᆞᆺ-)', '-才了-(-어료-)', '乀ニ-(이시-)', 'ソ士-(ᄒᆞᄉᆞ-)' 등이 결합된 유형들을 들 수 있다. 그런데 이들 결합유형들은 대개가 '기림사본'을 제외한 '백두현본'과 '영남대본'에서만 찾을 수 있는 유형들로 중세한국어 언해문의 구문과 면밀히 비교해 볼 필요가 있는 유형들이다.

셋째, 고려말에서 조선 초기까지 간행된 음독 입겿 자료에서 확인법 선어말어미 '-去-'가 'ソ-' 뒤에 결합하는 유형은 그리 흔하지 않다. 확인의 의미 요소인 '-彡' 앞에는 'ソ-'가 항상 표기되지만, '去' 앞에는 동사어간 'ソ-'가 표기되지 않는 것이 원칙이라는 견해가 있다. 그러나 앞의 결합유형의 목록에서도 알 수 있듯이 '去' 앞에 동사어간 'ソ-'가 표기된 결합유형 'ソ去カ1大1(ᄒᆞ거던댄)', 'ソ去尹(ᄒᆞ거나)', 'ソ去ヒト(ᄒᆞ거니와)', 'ソ去ㅌ(ᄒᆞ거나)', 'ソ去乚(ᄒᆞ거을)', 'ソ去乀ニ乚(ᄒᆞ거이실)' 등이 나타남을 확인할 수 있다. 이러한 유형들은 ≪능엄경≫의 일부 이본들에서도 찾아볼 수 있는데 이들 결합유형에서의 자형 '去'는 음독 입겿에서 주로 확인의 의미를 지닌 선어말어미에 쓰이거나 부동사어미 '게'의 '거-'를 표기[3]하는 데 쓰인다. 뿐만 아니라 자형 '去'는 중

---

3) 자형 '去'가 부동사어미 '게[去乀-]'를 표기하거나 더러는 '커'를 표기하기도 한다고 보는 것이 일반적이다. 그러나 이렇게 보는 것은 음독 입겿에 나타나는 자형

단형 '-丨去', '-金去'에 사용되기도 하고 일부는 의문의 의미를 지닌 종결 자리에서도 'ソカ二去(ᄒᆞ더시거)', '㇏七去(잇거)', 'ソ匕㇏七去(ᄒᆞ니잇거)'(이상 ≪능엄경≫ 남풍현본) 등의 형태로 나타나기도 한다.

넷째, 고려말에서 조선 초기까지 간행된 음독 입겿 자료에서 자형 '丨'는 일반적으로 문장 종결과 비유 구 문, 조건 표현 등에 사용되며 간혹 회상의 의미를 나타낼 때 사용되기도 하는데, ≪법화경≫ 이본들에는 'ソ丨可(ᄒᆞ다가)' 이외에 화상의 의미와 관련된 '-丨-'의 결합유형들이 여러 가지가 나타나고 있다는 점이 특이하다. 이들 유형의 대표적인 것으로는 'ソ丨匕(ᄒᆞ다니)', 'ソ丨丶ソ二匕丶(ᄒᆞ다라ᄒᆞ시니라)', 'ソ丨戶㇏匕(ᄒᆞ다소이니)', 'ソ丨所ホ灬(ᄒᆞ다소ᄃᆞ로)', 'ソ丨二匕(ᄒᆞ다시니)', 'ソ丨㇏(ᄒᆞ다이)', '又丨ソ丨㇏丨(노다ᄒᆞ다이다)', '二丨士㇏丨(시다ᄉᆞ이다)' 등을 들 수 있다. 이와 관련하여 남경란(1997)에서는 음독 입겿 자형의 쓰임에서 자형 '丨'와 공통성을 찾을 수 있는 입겿을 자형 'ホ', '夕', '入'라 언급한 바 있다. 이 가운데서 '丨', '夕', 'ホ'는 모두 문장 종결 어미로 사용되었으며, 또 '丨', '入', 'ホ'는 조건을 나타내거나, 회상의 의미를 나타내는 데 쓰였다는 공통점을 지적하였다. 또한 자형 '丨'는 '문장 종결, 비유 구문, 회상법, 조건 표현' 등에 사용되었으며, 자형 '入'는 '감동 표현, 회상법, 조건 표현, 원인 표현, 형식 명사형' 등에 사용되었고, 자형 'ホ'은 '회상법, 형식 명사형, 비유 구문, 조건 표현, 가정의 표현, 원인의 표현, 감동 표현' 등에 사용되었다는 차이점도 지적한 바 있다.

다섯째, ≪법화경≫ 이본들에는 다른 음독 입겿 자료에서 찾아보기 힘든 'ソ氵-'형의 결합유형들이 나타나고 있어 매우 홍미롭다. 이들 결

'去'를 중세한국어의 언해 자료와 비교하였을 때 언해 자료에 나타나는 표기를 근거로 본 결과일 뿐, 원칙으로 확인의 의미만 지닌 선어말어미였을 가능성도 생각할 수 있다.

합유형은 '-氵-' 대신 '-ᄉ-'나 '-去-'가 오는 것이 일반적인데, 이 자료에서는 'ソ氵(ᄒᆞ샤)', 'ソ氵入ヒ소(ᄒᆞᄉᆞ더니라)', 'ソ氵ム(ᄒᆞ샤되)', 'ソ氵刂七丨(ᄒᆞ샤릿다)', 'ソ氵巴口(ᄒᆞ숩고)', 'ソ氵邑ガヒ(ᄒᆞ숩더니)', 'ソ氵邑口(ᄒᆞ숩고)', 'ソ氵午ム(ᄒᆞᄉᆞ오되)' 등의 유형들을 찾을 수 있다.

여섯째, 중세한국어 언해 구문에 사용된 객체높임 '-숩-'에 대응하는 유형이 ≪법화경≫ 이본에서는 '-白-'과 '-去巴 -'의 형태로 나타나고 있다. 이때 '-白-'은 새김을 빌려온 것이고 '-去巴 -'은 음을 빌려온 것으로 입겿 기입자의 선택에 의해 자유롭게 사용될 수 있는 유형이라 여겨진다.

일곱째, 고려말에서 조선 초기에 간행된 음독 입겿 자료에서 흔히 찾아볼 수 없는 자형 '之'의 결합유형 'ソ白之刂丨ソ1大(ᄒᆞ숩지이다ᄒᆞᆫ대)', 'ソ3之乀丨(ᄒᆞ야지이다)', 'ソ3之刂丨ソ3(ᄒᆞ야지이다ᄒᆞ야)'가 ≪법화경≫ '기림사본'과 '백두현본' 권3에서 찾아볼 수 있다.

여덟째, 중세한국어 언해 구문에서 'ᄒᆞ쇼셔'체에 해당하는 명령형어미의 유형은 'ソ小立'로 종결에는 자형 '-立'가 사용되는 것이 일반적인데, ≪법화경≫ 이본들에서는 '-立'뿐 아니라 '-一'도 사용되고 있다. 자형 '-立'는 한자 '立'에서 온 것이고 자형 '-一'는 한자 '西'에서 온 것으로 자형 '-一'는 ≪능엄경≫ 이본들에서는 종결어미뿐만 아니라 연결어미에서도 사용되었으나 ≪법화경≫ 이본들에서는 모두 종결어미의 자리에만 사용되었다는 점이 특이하다.

아홉째, 중세한국어 언해 구문에서 의도, 희망 목적의 의미를 지니는 '-려(<리어)-'에 해당하는 유형이 ≪법화경≫ 이본에서는 '-呂-'와 '-女-'의 두 형태로 나타난다. 이 가운데 자형 '-女-'는 ≪법화경≫ 이본에서 그 음이 중세한국어의 언해 구문과 비교해 볼 때 '-려-'에 해당하는 유형과 '-여(녀)-'[4]에 해당하는 유형['乀女ヒ(이여니)', '乀女入1(이여든)',

4) ≪법화경≫ 이본에서는 이에 해당하는 자형이 '汝'와 'ㅗ', '余' 등이 더 나타난다.

'㇏女〢匕(이여시니)', '㇏쓰女(이쓰녀)'], 모두 나타나고 있다는 점이 흥미롭다.

열째, 고려말에서 조선 초기에 간행된 음독 입겿 자료에서 흔히 찾아볼 수 없는 자형 '他'가 ≪법화경≫ 이본 가운데서도 '백두현본' 권2에서 찾을 수 있다. 이 자형 '他'는 다른 음독 자료에서는 '丷丨-', 혹은 '丷入-', '丷ホ-', '丷月-', '丷カ-' 등으로 표기되는 것이 일반적으로 이 자형 '他'는 음독 입겿 자형 가운데서 비교적 후대 자료들에서 찾아볼 수 있는 것 중에 하나이다. 이 자료에서는 '丿女他可(호려타니)', '丿丶他匕(호라타니)', '丿丶他㇏丨(호라타이다)', '他㇏丨(타이다)' 등의 유형이 나타나고 있다.

열한째, ≪법화경≫ 이본의 결합유형 가운데 또다른 특이한 유형으로는 자형 '-㇖-'가 결합된 유형인데, 이 자형은 중세한국어 언해 구문의 '-샤-'를 표기하는 것이 일반적이다. 그런데 이 자료에서는 자형 '-㇖-'가 자형 '-〢-'나 자형 '-士-'가 결합되어야 할 자리에 사용되어 쓰이고 있음에 주목할 필요가 있다. 적어도 ≪법화경≫ 이본에서는 자형 '㇖'와 '〢' 및 '士'는 경우에 따라서는 동일한 음을 표기하는 데 사용된 것으로 보이며 이들 자형들은 기입자들의 자형 선택에 의해, 혹은 기입자의 개인적 독특한 언어 수행에 의해 표기되었을 가능성이 높다.

열두째, 이 외에도 ≪법화경≫ 이본들에 나타나는 결합유형 가운데 보다 더 깊이 고찰해야할 유형들이 많이 나타나는데 대표적인 유형으로는 '口八(곡)', '口去入(고거들)', '又丨代匕(노다대니)', '士為(디위)', '月去丷(들거하)', '月去丷匕丶(들거ᄒᆞ니라)', '月彔(ᄃᆞ록)', '코刀㇏丨(콰도이다)', '快㇏丨(쾌이다)', 'ᄐᆞ彔(ᄐᆞ록)', '㇇去㇏(의거이)', '㇇十(의히/의긔)', '丷口氵(ᄒᆞ고사)', '丷又㇆去(ᄒᆞ논거)', '丷匕月亐(ᄒᆞ니들히)', '丷大㇏丨(ᄒᆞ대이다)', '丷月㇆(ᄒᆞ들은)' 등을 들 수 있다.

(1) 기림사본

이 책은 호접장으로 책의 소장처는 경상북도 경주시 기림사이다. 표지명은 없고 내제(內題)는 '妙法蓮華經卷弘傳序'이다. 책의 크기는 알 수 없으며 반광(半匡)은 내광(內匡)이 대략 10.4×20.8cm이다. 판심과 어미는 없으며, 원문은 무괘(無罫), 6행 17자이다. 이 책은 序文과 권1, 권7이 현전하고 있는데, 권1은 뒷부분이 권7은 앞부분이 낙장되고 없다. 특히 서문의 앞에 가루라왕(迦樓羅王)과 용왕(龍王)의 모습을 알 수 있는 불완전한 도상이 한 면 있다. 구결은 부호 구결과 음독 구결이 모두 달려 있어 석독 부호 구결의 실체를 확인하는데 많은 도움을 줄 수 있다. '기림사본'에 사용된 부호는 대략 '`, ., ⊥, ㅜ, ㅏ, ㅓ, ″, =, „ ″, ᵕ, ˋ, ′, ‚‚, ‶, ‸, ┘, ┌, ㄱ, ⁝, ‥, ″, ', ⁑, ॥, <, ㇏, ㅛ' 등으로, 이들 20여 개 부호가 조합되어 약 140여 개의 부호 모형을 이루고 있다. 음독 구결의 자형은 총 52개가 사용되었다.

(2) 영남대본

영남대본은 성달생 서체 계열로서 1422년에 간행된 판본으로 추정되는 자료이다. 성달생이 書寫한 자료 가운데 1405년 안심사(安心寺) 간행본과 1443년 임효인(任孝仁)·조절(曺桀) 등과 공동으로 書寫한 화암사(華巖寺) 간행본은 잘 알려져 있으나[5], 영남대학교 東濱文庫에 소장되어 있는 이 자료와 같은 판본은 그다지 많이 알려져 있지 않은 것 같다.[6] 이 책의 소장처는 영남대학교 東濱文庫이며, 책의 표제는 '妙法蓮

---

5) 서울대학교 규장각 전자자료에 성달생이 書寫한 판본이라고 주기되어 있는 ≪법화경≫ 1冊이 검색되었는데 이는 풍기(豊基)의 叱方寺에서 간행한 것으로 발문에 '成化十三年 丁酉(1477)'이라는 기록이 있는 것으로 되어 있었다. 그런데 성달생의 생몰연대를 생각해 볼 때 이 자료의 주기사항이 의문스럽다. 규장각에 소장되어 있는 이 책의 청구기호는 古 1730-14F-1이다.

6) 강순애·이현자(2001)에서도 성달생서체 계열의 ≪법화경≫ 가운데 세종4(1422)

華經(國初板本)'이다. 내제(內題)는 '妙法蓮華經卷第四'이고 판심제는 '法'이다. 책의 크기는 16.4×26.2cm으로 반광(半匡)은 내광(內匡)이 대략 13.5×20.9cm이다. 그런데 이 책의 반광의 크기는 일정하지 않아 최고 13.0×21.2cm부터 최저 13.5×19.8cm까지로 이루어져 있다. 판심과 어미는 없으며, 원문은 무괘(無罫), 10행 20자이다. 판심제(版心題) '法'과 권차(卷次)는 5자와 6자 사이에, 장차(張次)는 15자와 16자 사이에 나온다. 이 책은 '4권 1장ㄱ'과 '6권 55장ㄱ 이하'가 낙장되고 없으며, 낙장된 부분은 필사되어 있다. 제책(製册) 방법은 3권 1책(권4·5·6)으로 되어 있다. 권6의 뒷장에는 변계량(卞季良)의 발문과 함허당(涵虛堂)의 발문이 각 1장(ㄱ-ㄴ)씩 있으며, 발문 뒷장에는 1장(ㄱ-ㄴ)의 발원문이 있다.

(3) 백두현본

책의 표제는 '妙法[經]'이며, 내제(內題)는 '妙法蓮華經卷第'이다. 책의 크기는 17.6×27.9cm로 반광(半匡)은 내광(內匡)이 대략 13.5×20.9cm이다. 판심제는 '法'이고, 판심과 어미는 없으며, 원문은 무괘(無罫), 10행 20자이다. 판심제(版心題) '法'과 권차(卷次)는 5자와 6자 사이에, 장차(張次)는 15자와 16자 사이에 나온다. 이 책은 권1 1~32장 앞면까지 낙장이며, 권1 32장 뒷면에서 47장 앞면까지는 부분적으로 훼손되어 있다. 제책(製册) 방법은 3권 1책(권1·2·3)으로 되어 있다. 특히 권1과 권3의 말에는 발원자 및 시주자의 이름이 기록되어 있는데 권1의 63장 앞·뒷면에는 대중의 이름이, 권3의 59장 앞·뒷면에는 승려의 이름이 각각 나누어져 기록되어 있는 것이 특이하다.

년 경기도 고양현 대자암 간행된 자료에 대한 자세한 언급은 없다. 이는 강순애·이현자(2001)의 주요 대상이 '직지사 소장'인 점을 감안해 볼 때 직지사에 소장된 ≪법화경≫ 가운데 1422년에 간행된 판본이 없기 때문으로 생각된다.

3) ≪육조대사법보단경≫

≪단경≫ 이본의 구결들을 ≪단경≫ 언해본과 비교해 본 결과 '영남대 (가)본'은 언해본과 70% 이상 차이를 보이는 데 반해, '영남대 (나)본'과 '1479년본'은 80% 이상 일치하고 있다. 또 '1496년본'은 언해본과 거의 일치하나, '1574년본'은 70% 정도가 일치한다.

≪단경≫ 이본들의 구결을 ≪단경≫ 언해본과 비교하여 살펴보면 '尹'와 '乃', 'ㅌ'는 동일한 음에 대응되는 경우가 있음을 알 수 있다. '영남대 (가)본'의 경우는 그 쓰임에 있어 '乃'는 '㇏乃(이나)', 'ㅓ二乃(어시나)', 'ソ乃(ᄒᆞ나)' 등과 같이 주로 연결어미에 사용되는데 반해 'ㅌ'는 '㇏ㅌ(이나), ノㅌ(호나), ノ刂ㅌ(호리나), ソヒㅌ(ᄒᆞ니나), ソㅌ(ᄒᆞ나), ソ二ヒㅌ(ᄒᆞ시니나)' 등과 같은 연결어미 '나'에 대응될 뿐만 아니라 'ヒ、ソㅌヒ(니라ᄒᆞᄂᆞ니), Lソㅌヒ(을ᄒᆞᄂᆞ니), Lソㅌヒヽ(을ᄒᆞᄂᆞ니라), 、ソㅌヒ(라ᄒᆞᄂᆞ니), 、ソㅌヒ㇏丨(라ᄒᆞᄂᆞ니이다)' 등과 같이 선어말어미 'ᄂᆞ'에 대응된다. '영남대 (나)본'의 경우는 '尹'와 '乃'는 연결어미 '나'의 표기에 대응되는 반면, 'ㅌ'는 선어말어미 'ᄂᆞ'의 표기에 대응됨을 알 수 있다. '1479년본'은 이본들보다 'ㅌ'의 쓰임이 매우 적은 편이나 '영남대 (나)본'의 경우와 마찬가지로 '尹'와 '乃'는 연결어미 '나'의 표기에 대응되는 반면, 'ㅌ'는 선어말어미 'ᄂᆞ'의 표기에 대응된다. '1496년본'과 '1574년본'에서는 '乃'가 연결어미 '나'의 표기에, 'ㅌ'는 선어말어미 'ᄂᆞ'의 표기에 대응됨을 알 수 있다.

이 자형들과 관련하여 정재영(2000:73-103)에서는 고대국어 선어말어미 '-ᄂᆞ-'와 그 변화에 대해 논하면서 '-내-', '-ㅌ-'로 표기된 고대국어의 선어말어미 '-ᄂᆞ-'가 선어말어미 '-거-'나 '-거-'와 대립되는 것으로 보았다. 또한 그 기능을 현재를 나타내는 시상형태소도 아니고 확인법도 아닌, 서법을 나타내는 문법형태소로 보고 확인, 회상, 추정 등과 대립되는 것이라 보았다. 또한 백두현(1996:175)에서는 석독 구결에서 선어말어미와 형식명사로서 기능했지만 음독 구결에서 형식명사의 기능이 없어졌다고 보았다.

≪단경≫ 이외의 음독 구결 자료에도 이들 자형들이 거의 동일한 자리에 쓰인 용례도 많이 나타나는데, 이는 선어말어미 자리에 동일하게 쓰인 '可ソㅌヒ(가ᄒᆞᄂᆞ니), 去ニㅌ斗(거시ᄂᆞ두), ㅌヒ(ᄂᆞ니), ᄉソㅌヒ(라ᄒᆞᄂᆞ니), ᄉソニㅌ入亠(라ᄒᆞ시ᄂᆞ들여), 戶ㄱ入ソニㅌヒᄉ(혼들ᄒᆞ시ᄂᆞ니라), 午ソㅌ宁(오ᄒᆞᄂᆞ뎡)' 등과 어말어미 자리에 同一하게 쓰인 '去乃(거나), 去乃ソア(거나ᄒᆞ면), 去リソ乃(거이ᄒᆞ나), ㄱホ乚ソ乃(은돌을ᄒᆞ나), 乚ソニ乃(을ᄒᆞ시나), ᄉソ乃(라ᄒᆞ나), 亽乃(어나), オ乃(어나), オ乃ソヒ(어나ᄒᆞ니), 乀乃(이나), 乀ᄉソ乃(이라ᄒᆞ나), リ乃(이나), リ亽乃ノヒ(이러나호니), ソ乃(ᄒᆞ나), ソᄉソ乃(ᄒᆞ라ᄒᆞ나), ソニ乃(ᄒᆞ시나), ソ乀乃(ᄒᆞ이나)' 등과 '去ヒオㅌ(거니어나), 去ㅌ(거나), 去ニㅌ(거시나), 口亠ニㅌ(고여시나), 土ニㅌ(디시나), ᄉノㅌ(라호나), 亽ㅌ(어나), ソ禾扌ㅌ(ᄒᆞ리어나), ソニㅌ(ᄒᆞ시나)' 및 '去尹(거나), 尹(나), オ尹(어나), オ尹ソヒ(어나ᄒᆞ니), 乀尹(이나), ソ尹(ᄒᆞ나), ソ尹ヒ(ᄒᆞᄂᆞ니), ソニ尹(ᄒᆞ시나)' 등이 그것이다. 이때의 자형 '乃'와 'ㅌ'는 중세한국어 언해에서 앞 문장과 뒷 문장 가운데 어느 하나를 선택할 경우에 오는 연결어미 '-나'와 확인의 의미 요소, 현재 시상의 의미 요소를 표기하는 데 사용되었다. 이로 미루어 볼 때 자형 '乃'와 'ㅌ'는 선어말어미에 사용되든 어말어미에 사용되든, 그 음가는 'na'를 표기한 것으로 보여 진다. 이 두 자형은 '尹'로도 표기되었는데 이때의 자형 '尹'도 그 독음이 동일했을 가능성이 크다.[7] 이때의 '尹'와 '乃', 'ㅌ'는 구결을 기입하는 기입자의 자형 선택에 따라 선택되었을 가능성이 크다. 음독 구

7) 남경란(2005) 참조.

결에서 ‘乃’와 ‘㐆’ 두 자형 모두가 초기 자료에서는 선어말어미와 어말어미에 사용되었던 것으로 여겨진다. 그러다가 시간이 지나면서 자형 ‘乃’는 선어말어미의 세력이 약화되어 점차 어말어미 자리에서만 쓰이게 되었으며, 선어말어미의 자리는 자형 ‘㐆’가 차지하게 된 것으로 보여 진다.[8)]

‘又’와 ‘ㆍㆍ乃’도 언해본과 비교해 보면 언해본에서 동일한 음에 대응되는 경우가 있음을 알 수 있다. ‘영남대 (가)본’의 경우는 그 쓰임에 있어 ‘又’는 ‘又丨(로다)’와 ‘ㆍㆍ乃丨’, ‘乚又(으로)’와 ‘乚ㆍㆍ乃’, ‘㇏又丨(이로다)’와 ‘㇏ㆍㆍ乃丨’와 같이 음 ‘로’에 대응되는 경우가 있는 반면, ‘ㆍㆍ乃’의 경우는 역으로 ‘丷ㆍㆍ乃匕(ᄒᆞ노니), 丷ㆍㆍ乃ㆍ(ᄒᆞ노라), 丷ㆍㆍ乃七丨(ᄒᆞ놋다), 丷ㆍㆍ乃㇏丨(ᄒᆞ노이다), 丷㆒ㆍㆍ乃ㆍ(ᄒᆞ야노라)’에서와 같이 음 ‘노’에 대응되는 경우을 흔히 찾을 수 있다. ‘영남대 (나)본’과 ‘1479년본’, ‘1496년본’, ‘1574년본’의 경우는 37번의 ‘ㆍㆍ乃’가 나타나지 않고 다만 11번의 ‘又’가 언해본과 비교해 볼 때 ‘노(丷又匕 등)’와 ‘로(又西, 丷亽勿又 등)’의 두 음에 대응되고 있음을 알 수 있다.

≪단경≫ 이외의 음독 구결 자료에도 이들 자형들이 거의 동일한 자리에 쓰인 용례도 많이 나타나는데, ‘㇏又㇖土(이론디), ㇏又匕(이로니), ㇏又丨(이로다), ㇏又厶(이로ᄃᆡ), 丷㐆又(ᄒᆞᄂᆞ로), 丷ㆍㆍㆍ亽(ᄒᆞ노라)’ 등을 들 수 있다. 11번의 ‘又’는 음독 구결 자료에서 대부분 의도의 의미와 감동의 의미를 지닌 요소로서 선어말어미 ‘-ᄂᆞ-’와 의도의 의미 ‘-오-’의 결합 형태로 볼 수 있다. ‘ㆍㆍ乃’에 대해 이승재(1992:115-116)에서는 이두에 사용된 ‘이’의 기능이 기구, 자격, 방향, 원인 등으로 나타난다고 보고, 또한 주격, 대격, 처격 등의 격 기능의 표기에도 사용된 듯한 예도 많다고 보았다. 또 백두현(1996)에서는 이 자형이 구격 조사로 가장 많이 쓰이고 ‘-로’ 음을 표기한 ‘ㆍㆍ乃’가 후대 문헌일수록 ‘-又’로 대치되는

8) 남경란(2005) 참조.

경향이 있다고 보았다. 남경란(2003)에서는 '𫝀'와 '㐅'의 시기별 분포를 검토하여 고려말기 자료인 ≪능엄경≫ '(나)본', '(가)본', '(라)본'에서의 '㐅'의 쓰임이 조선 초기본인 '(다)본'과 '파전본'보다 더 많음과 '㐅'의 쓰임이 '𫝀'보다도 더 많음을 밝힌 바 있다. 또한 남경란(2005)에서는 '𫝀'가 음독 구결의 고려 말기 자료에서는 빈번히 사용되다가 조선 초기 자료에서는 거의 사용되지 않고 '𫝀' 대신 '㐅'가 사용되고 있음으로 미루어 자형 '𫝀'류는 14세기 말경에 이미 소실되기 시작하여 후대로 오면서 자형 '㐅'로 통합된 것으로 본 바 있다.

'刀'와 '斗'는 언해본과 비교해 보면 언해본에서 두 자형이 동일한 음에 대응되고 있음을 알 수 있다. 특히 '영남대 (가)본'에서 그러한데 '乀、刀(ᄒᆞ라도)/乀、斗(ᄒᆞ라두)', 'ソ刀丨(ᄒᆞ도다)/ソ斗丨(ᄒᆞ두다), 乀、ソ斗丨(이라ᄒᆞ두다)' 등을 들 수 있다. 음독 구결 자료에서 '刀'와 '斗'는 일반적으로 감동, 양보, 공동, 첨가 등의 의미에 대응되는데, 고려시대에 간행된 자료에 나타나는 이 자형들은 음독 구결 자료에 나타나는 자형 '斗'류와 그 의미 기능뿐만 아니라 독음도 동일했던 것으로 보여진다. 그런데 이들 가운데 '斗'는 14세기말부터 소실되기 시작하여 15세기 초가 되면 거의 사라지고 점차 '刀'로 통합되어[9] 15世紀 초 이후의 자료에서는 거의 '刀'로만 표기되고 있다.

'丨'와 '月', '木', '入' 역시 언해본과 비교해 보면 언해본에서 이들 자형이 동일한 음에 대응되고 있음을 알 수 있다. '영남대 (가)본'의 경우는 '丨'와 '入'가 언해본의 음 'ᄃᆞ'와 대응되고 있으며, '영남대 (나)본'의 경우는 '月'가 언해본의 음 'ᄃᆞ'에, '入'는 언해본의 음 '드', 또는 'ᄃᆞ'에 대응된다. '1479년본'과 '1496년본' 및 '1574년본'에서는 '入'이 언해본의 음 '드', 또는 'ᄃᆞ'에 대응됨을 알 수 있다.

음독 구결 자료에 나타나는 '丨'와 '月', '木', '入'과 관련하여 이승

9) 남경란(2005) 참조.

재(1993)에서는 'ㅅ'은 형식명사 'ᄃᆞ'에 'ㄹ'이 통합된 'ᄃᆞᆯ', 그리고 '-거든/어든'의 어미를 표기하는 데에 쓰이는데, '든'을 표기할 때에는 'ㅅ' 뒤에 항상 'ㄱ'을 덧표기하였다고 지적하였다.[10] 남풍현(1990)은 'ㅅ'의 대표음을 입의 훈을 고려하여 [들]로 잡고 1) '들-≫ᄃᆞᆯ', 2) '들-≫드-≫ᄃᆞ'로 전용되어 쓰였다고 보았다. 남풍현(1996)에서는 'ㄱ' 동명사의 수식을 받는 의존명사 'ㅅ'에 대해 논하면서 'ㄱㅅ'에 'ㄴ'이 결합한 'ㄱㅅㄴ/ㄴ들'은 후대에는 어미로 발달한 것이지만 당시의 각 형태소의 기능이 분명히 살아 있다고 보았다. 또 'ㄱㅅ'에 'ㄱ'이 결합한 'ㄱㅅㄱ/ㄴ든'의 경우도 역시 후대의 '-거든'에 이어지는 어미로 발달하기도 하였으나 결합형에는 각 형태소의 구별이 분명히 드러난다고 하였다. 아울러 'ㄴ', 'ㄱ' 대신에 '灬'가 연결될 때 'ㄱㅅ灬'는 '灬'에 의해 원인의 의미가 더해지며 동명사어미와 의존명사 'ㅅ'가 그 장치를 만드는 데 보조를 하여 인과관계를 표현하는 형태로 발달하였다고 보면서 이 인과관계의 표현, 'ㄱㅅ灬/ㄴᄃᆞ로'는 이두에서도 쓰이는 것으로 신라시대부터 쓰여 온 것으로 추정하였다. 또 남풍현은 ≪直指心體要節≫에서 '去ㅅ阝/커든'을 찾아내어 이것이 중세국어의 조건의 뜻과는 달리 대조의 뜻으로 쓰였다고 하였다. 남풍현(1997)은 15세기 정음문헌의 과거시제 어미 '-더-'가 고려시대에는 '-드-'로 소급되며 이것의 표기가 'ㅅ'라고 보면서 'ソㅅ舍可/ᄒᆞ드샤가'를 분석하면 'ᄒᆞ+드+시+오+가'가 되니, '드'와 '시'의 순서를 바꾸면, 'ᄒᆞ+시+드+오+가'가 되고 '드+오'가 결국 '-다-'가 되는 것을 '드'에서 '-더-'로의 변화한 과정이라 지적하였다. 또 남경란(1997)에서는 구결 자형의 쓰임에서 자형 'ㅣ'와 공통성을 찾을 수 있는 구결을 자형 'ホ', 'タ', 'ㅅ'라 지적한 바 있다. 또한 남경란(1997)에서는 'ㅣ', 'タ', 'ホ'는 모두 문장 종결 어미로 사용되었으며, 또 'ㅣ', 'ㅅ', 'ホ'는 조건을 나타내거나, 회상의 의미를 나타내는 데 쓰

---

10) 예) 刂ㄱㅅ(인ᄃᆞᆯ), 刂ㄱㅅ㇐(인ᄃᆞ녀), 刂𠆢ㅅㄱ(이어든), 去ㅅㄱ(거든)

였다는 공통점이 있다고 하였다. 다만 자형 'ㅣ'는 '문장 종결, 비유 구문, 회상법, 조건 표현' 등에 사용되었으며, 자형 '入'는 '감동 표현, 회상법, 조건 표현, 원인 표현, 형식 명사형' 등에 사용되었다는 점과 또 자형 'ホ'은 '회상법, 형식 명사형, 비유 구문, 조건 표현, 가정의 표현, 원인의 표현, 감동 표현' 등에 사용되었다는 차이가 있다는 점을 밝힌 바 있다.

'大'와 '入'은 ≪단경≫ 이본 가운데 특히 '영남대 (가)본'에 있어 공통점을 찾을 수 있는데 '厺㇆ 大㇆/厺㇆ 入㇆(건댄)', '㇆ 大㇆/㇆ 入㇆(은댄)', '乀大㇆/乀入㇆(이댄)', 'ソ㇆ 大/ソ㇆ 入(ᄒᆞᆫ대)', 'ソ㇆ 大㇆/ソ㇆ 入㇆(ᄒᆞᆫ댄)', 'ソ〻㇆ 大㇆/ソ〻㇆ 入㇆(ᄒᆞ논댄)' 등이 그것이다.

'一'와 '西', '亣', '立'는 언해본과 비교해 보면 언해본에서 동일한 음에 대응되는 경우가 있음을 알 수 있는데 대개 음 '셔'에 대응된다. ≪단경≫ 이본 가운데 '영남대 (가)본'의 경우는 '厺ソ小西(거ᄒᆞ쇼셔), 乚西ソ〻丶(을셔ᄒᆞ노라), 乚ソㄋ西(을ᄒᆞ야셔), 西(셔), ソ小西(ᄒᆞ쇼셔), ソ小立(ᄒᆞ쇼셔), ソ小亣(ᄒᆞ쇼셔), ソㄋ亣(ᄒᆞ야셔)' 등과 같이 '西', '亣', '立'가 동일한 음에 대응되고 있음을 알 수 있으며, '영남대 (나)본'과 '1479년본'과 '1496년본' 및 '1574년본'에서는 모두 56번 '一'가 언해본의 음 '셔'에 대응되고 있음을 알 수 있다. 다만 '1479년본'에는 57번 '西'가 56번 '一'와 마찬가지로 언해본의 음 '셔'에 대응되는 것이 '영남대 (나)본', '1496년본', '1574년본'과 다르다. 이 자형들은 여말선초 음독 구결 자료에서 '圡'로도 表記되기도 하였는데, ≪楞嚴經≫ 이본에 나타나는 '厺ソ小圡(거ᄒᆞ쇼셔)', 'ソ小圡(ᄒᆞ쇼셔)' 等이 그것이다. 이때의 字形 '圡'의 본자는 1992年에 국립국어연구원에서 발행한 ≪東洋三國의 略體字 比較 硏究≫(225쪽)과 1977년에 발행된 ≪明文新玉篇≫(160쪽) 등을 참고해 볼 때 한자 '書'로 추정된다.[11]

11) 남경란(2005) 참조.

'户', '所'와 '小'는 ≪육조단경≫ 이본 가운데 '영남대 (가)본'과 '영남대 (나)본', '1496년본', '1574년본'에서는 공통점이 없으나 '1479년본'에서의 쓰임이 흥미롭다. '1479년본'에서는 '户'와 '小'가 언해본과 비교해 보면 동일한 음 '소'에 대응됨을 알 수 있는데 이는 음독 구결 자료에 나타나는 일반적인 현상에 위배(?)되는 것이라 할 수 있다. 음독 구결 자료에서 특히 '小'는 '去刂小立ソ舍(거이쇼셔ᄒᆞ샤), 去ソ小西(거ᄒᆞ쇼셔), 去ソ小立(거ᄒᆞ쇼셔), 去ソ小士(거ᄒᆞ쇼셔), 亽ソ小立(라ᄒᆞ쇼셔), ソ小一(ᄒᆞ쇼셔), ソ小西(ᄒᆞ쇼셔), ソ小立(ᄒᆞ쇼셔), ソ小立ソ3(ᄒᆞ쇼셔ᄒᆞ야), ソ小士(ᄒᆞ쇼셔)' 等과 같이 중세한국어 문헌 자료의 음 '쇼'에 대응되는 것이 일반적이나 '1479년본'에서는 '小'가 음 '쇼'뿐만 아니라 '户'과 같은 음 '소'에 대응되고 있기 때문이다. 음 '소'에 대응되는 '小'의 용례는 '又小ヽ丨(노쇼이다)'와 'ソ丨小ヽ丨(ᄒᆞ다쇼이다)' 등을 들 수 있다.

'위'와 '爲', 'ソ'는 언해본과 비교해 보면 모두 음 '위'에 대응되고 있음을 알 수 있다. 이 가운데 'ソ'는 96번의 'ソ[ᄒᆞ]'와 그 꼴이 같아 이견을 제시할 수도 있을지 모르지만 'ソ'는 본자 '爲'의 음을 빌려온 것이고 'ソ[ᄒᆞ]'는 본자 '爲'의 석(새김)을 빌려온 것이기 때문에 그 각각의 대응 음이 다르다. 그런데 '영남대 (나)본'에 나타나는 '위'는 음독 구결 자료 가운데서 흔히 찾을 수 없는 자형으로 '爲'와 'ソ'와 마찬가지로 언해본의 음 '위'에 대응된다. 남경란(2005)에 의하면 이들 자형들은 훈민정음 창제 이후 ≪능엄경≫이 언해되던 시기에 음독 구결 자료에서 새롭게 만들어진 것으로 추정된다.

이밖에 '斗'와 '亽', '广', '士', '下', '十' 등은 '영남대 (가)본'에서만 사용되었으며, '아', '他', '屎' 등은 '영남대 (나)본'에서 사용되었다. 또 '女', '田', '弋', '卞', 'ㄱ', '是'는 '1574년본'에만 사용되었다. 이 가운데 '士'와 '他'는 여말선초 음독 구결 자료에서 드물게 발견되며, 후대에는 한글 구결 'ᄐᆞ/토', '타'를 그대로 사용하여 표기하는 경우도 있다. '土'는 '彔'와 결합하여 중세한국어 언해 자료의 '어디어디에 미침'의 의미를 지닌 '-도록', '-ᄐᆞ록'[12]의 형태에 대응하는 유형이며, '他'는 여말선초에 간행된 ≪법화경≫ 이본에서 '丿女他可(호려타가)', '丿丶他 匕(호라타니)', '丿丶他丶丨(호라타이다)', '他丶丨(타이다)' 등으로 실현되는데 중세한국어 언해 자료의 '타'[13]에 대응된다.

(1) 영남대 (가)본

이 판본의 서명은 '法寶壇經'이고 내제는 '六祖大師法寶壇經'이다. 이 책은 원문이 1책 63장,[14] 四周雙邊으로 이루어진 목판본이다. 책의 크기는 22.7×15.0cm이고, 반광은 내곽이 18.0×12.9cm이다. 판심은 흑어미가 上下向으로 있고, 판심제는 '壇'이다. 원문은 無界 10行이고 글자 수는 대개 18자로 되어 있다. 본문의 체제는 略序, 悟法傳衣第一, 釋功德淨土第二, 定慧一體第三, 教授坐禪第四, 傳香懺悔第五, 衆請機緣第六, 南頓北漸第七, 唐朝徵詔第八, 法門對示第九, 付囑流通第十으로 이루어져 있으며, 권말의 간기는 낙장이다. 사용된 구결 자형은 '可(가), 厺(거), 去(거), 口(고), 古(고), 丁(ㄴ/은), 乃(나), 又(노), 匕(니), ㅌ(ᄂᆞ), 丨(다), 大(대), 力(더), 氐(뎌), 丁(뎡), 刀(도), 斗(두), 入(들), 土(디), 厶(ᄃᆡ), 乚(ㄹ/을), 丶(라), 亽(라), 䒑(로), 刂(리), 广(마), 久(며), 丆(면), 七(ㅅ), 叱(ㅅ), 氵(사), 舍(샤), 西(셔), 亠(셔), 立(셔), 户(소), 小(쇼), 二

12) (1) ᄒᆞᆫ 빼 계도록 긷다가 몯ᄒᆞ야 ≪월칠 9≫
더리도록 아니 앗기놋다 ᄒᆞ야 ≪석육 26≫
(2) 비록 종일ᄐᆞ록 행ᄒᆞ야도 아디 몯ᄒᆞ야 ≪릉일 81≫
반ᄃᆞ기 종신ᄐᆞ록 공급ᄒᆞ야 ᄃᆞ녀 브리요리라 ≪법화사 154≫

13) 열반애 ᄲᅧᆯ리 드로리로타가(질입어열반) ≪법화일 235≫
나가고져타가 호랑ᄋᆞᆯ 전노라(욕출외호랑) ≪박초팔 29≫

14) 63장 이하의 발문은 낙장이다.

(시), 士(ᄉᆞ), 白(ᄉᆞᆸ), ㄋ(야), 卩(아), 才(어), 亠(여), 午(오), 卜(와), ラ(의), ㇏(이), 土(토), 丿(호), 兮(히), 丷(ᄒᆞ), 十(ᄒᆡ/긔)'의 52개이고, 결합 유형은 총 389개이다. 이 책은 형태 서지 등을 고려해 볼 때 고려말기에 간행된 것으로 추정되며 구결도 고려 말기에 기입된 것으로 추정된다.

(2) 영남대 (나)본

이 판본의 서명은 '六祖法寶壇經'이고 내제는 '六祖法寶壇經(序)'이다. 이 책은 영남대학교 동빈문고 소장으로 원문이 1책 67장, 사주단변으로 이루어진 목판본이다.

판심은 흑어미가 상하내향으로 있고, 판심제는 '壇'이다. 원문은 무계 10행이고 글자 수는 대개 18자로 되어 있다. 본문의 체제는 六祖大師法寶壇經序(德異撰), 略序, 悟法傳衣第一, 釋功德淨土第二, 定慧一體第三, 教授坐禪第四, 傳香懺悔第五, 叅請機緣第六, 南頓北漸第七, 唐朝徵詔第八, 法門對示第九, 付囑流通第十, 跋文으로 이루어져 있으며, 발문은 낙장된 부분이 있다. 이 책은 '영남대 (가)본'의 번각으로 보이며 조선 초기에 간행된 것으로 추정된다. 사용된 구결 자형은 '可(가), 去(거), 口(고), 人(과), 只(기), 尹(나), 乃(나), 又(노), 了(료), 匕(니), ㅌ(ᄂᆞ), ㄱ(ㄴ/은), 卩(아), 丨(다), 大(대), 力(더), 加(더), 氐(뎌), 刀(도), 朩(ᄃᆞᆯ), 月(ᄃᆞᆯ), 丁(뎡), 入(들), 土(디), 厶(ᄃᆡ), 丶(라), 罒(라), 尸(러), 乙(ㄹ/을), 刂(리), 万(만), 久(며), 丆(면), 勿(믈), 卫(ㅂ/읍), 氵(사), 全(샤), 一(셔), 户(소), 小(쇼), 二(시), 士(ᄉᆞ), 七(ㅅ), 叱(ㅅ), 阿(아), 我(아), ㄋ(야), 厓(애), 才(어), 亠(여), 午(오), 卜(와), 位(위), ラ(의), ㇏(이), 之(지), 他(타), 丿(호), ヮ(호), 兮(히), 屎(히), 丷(ᄒᆞ)'의 62개이다.

(3) 1479년 간행본

이 판본의 서명은 '六祖壇經'이고 내제는 '六祖法寶壇經(序)'이다.

이 책은 원문이 1책 68장, 사주단변으로 이루어진 목판본이다. 책의 크기는 약 24.5×20.6cm이고, 반광은 내곽이 18.9×15.1cm이다. 판심은 복합화문어미(複合花紋魚尾)가 상하내향으로 있고, 판심제는 '壇'이다. 원문은 무계 10행이고 글자 수는 17자로 되어 있다. 본문의 체제는 六祖大師法寶壇經序(德異撰), 略序, 悟法傳衣第一, 釋功德淨土第二, 定慧一體第三, 教授坐禪第四, 傳香懺悔第五, 叅請機緣第六, 南頓北漸第七, 唐朝徵詔第八, 法門對示第九, 付囑流通第十, 刊記로 이루어져 있다. 사용된 구결 자형은 '可(가), 去(거), 口(고), 尹(나), 乃(나), 又(노), 匕(니), 尼(니), 𠤎(ᄂᆞ), ㇇(ㄴ/은), 丨(다), 夕(다), 大(대), 力(더), 氐(뎌), 丁(뎡), 刀(도), 土(디), 入(들), 月(ᄃᆞᆯ), 厶(ᄃᆡ), 丶(라), 户(러), 了(료), 乚(ㄹ/을), 尸(ㄹ/을), 刂(리), 万(만), 久(며), 丆(면), 㓜(믈), 邑(ㅂ/읍), 巴(ㅂ/읍), 氵(사), 亽(샤), 一(셔), 小(쇼), 二(시), 氏(씨), 士(ᄉᆞ), 七(ㅅ), 卩(아), 阝(아), 阿(아), ㇌(야), 厓(애), 才(어), 午(오), 卜(와), 亐(의), 乀(이), 之(지), 丿(호), 乎(호), 丂(히), ソ(ᄒᆞ)'의 56개이다. 이 책은 간기(成化十五年己亥五月日白雲山屛風庵開)를 참조해 볼 때 1479년 白雲山 屛風庵에서 개판한 것임을 알 수 있다.

2. 한글 구결 자료

1) ≪능엄경언해≫

≪楞嚴經諺解≫는 ≪大佛頂如來密因修證了義諸菩薩萬行首楞嚴經≫을 조선 세조가 훈민정음으로 입겿을 달고 왕사(王師) 신미(信眉)의 도움을 받아 한계희·김수온 등이 언해한 불교 경전의 최초의 언해본이다.

현존하는 ≪楞嚴經諺解≫는 원간본으로서 주자본과 목판본의 두 가지 종류가 전하는데, 주자본은 세조 7년(1461) 10월에 교서관(校書館)에서 발간한 을해자본이고, 목판본은 세조 8년(1462)에 간경도감(刊經都監)에서 간행한 것으로 추정되는 본이다.

표지의 서명은 ≪楞嚴經≫이고 권두서명은 '大佛頂如來密因修證了義諸菩薩萬行首楞嚴經卷第'이며 판심은 '楞嚴經卷一'이다. 세종기념사업회의 기록에 의하면 책의 크기는 가로 24.3cm×세로 36.8cm이고 반광의 크기는 가로 20.9cm×세로 27.2cm이다. 사주단변에 유계이며 판심은 상하내향흑어미이다.

전체 10권 가운데 3·4권을 제외한 나머지가 현전하고 있다.[15)]

2) ≪법화경언해≫

≪법화경≫[16)]에 세조가 구결을 달고 간경도감에서 번역하여 간행한 책이다. 체재와 번역 양식 등은 간경도감 간행의 목판본 ≪능엄경언해(楞嚴經諺解)≫ ≪원각경언해(圓覺經諺解)≫ 등과 일치한다.

이 책은 7권으로 이루어진 목판본으로 국립중앙도서관 소장본이다.

1463년(세조 9)에 간행된 것으로 추정된다. 원간본은 대개 영본이며

---

15) 권1은 성암문고에, 권2는 서울대학교 도서관, 권5는 서울대학교 가람문고와 일본 천리대학교 도서관에, 권6은 일본 천리대학교 도서관, 권7은 세종사업기념회와 연세대학교 도서관, 권8은 세종대왕기념사업회와 동국대학교 도서관, 권9는 세종대왕기념사업회와 김형규 선생님, 권10은 세종대왕기념사업회에 소장되어 있다. (세종대왕기념사업회 2003:61)

16) 이 경전은 <묘법연화경>이라 한다. 한국 천태종(天台宗)의 근본 경전이고, 현재 한국불교 근본 경전의 하나로서 불교전문강원의 수의과(隨意科) 과목이다. 매우 넓은 범위에 걸쳐 여러 민족에게 애호되었던 이 경은 기원 전후에 서북인도에서 최초로 소부(小部)의 것이 만들어졌고, 2차에 걸쳐 증보되었다. 한국에는 구마라습(鳩摩羅什)이 번역한 ≪묘법연화경≫ 8권이 가장 널리 보급되었고, 제25품 <관세음보살보문품(觀世音菩薩普門品)>은 관음신앙의 근거가 되어 존중되어 왔다. 가장 중요한 사상은 회삼귀일사상(會三歸一思想)이다.(백과사전 참조.)

전질인 경우에도 낙장이 있다. 복각본은 간기가 확인된 것만 3종이 있는데, 1523년(중종 18)의 한 사찰, 45~47년 사이의 전라도 나주 중봉산(中峰山) 쌍계사(雙溪寺), 1764~68년 사이의 충청도 덕산(德山) 가야사(伽倻寺)에서 간행한 책이다. 이들 복각본은 대체로 원간본대로 번역되어 있어 원간본과 동일한 자료로 간주해도 무방하다. 또 복각본과 전혀 다른 중간본이 전하는데, 원간본에서 주석문을 삭제하고 본문의 번역만 수록한 책이다. 그 밖에 ≪법화경≫의 서문만 번역한 책과 본문에 한글로 한자 독음만 달아 놓은 것이 있는데, 국어사연구의 귀중한 자료이다.

3) ≪육조대사법보단경언해≫

선종의 6대조이며 남종선의 개조인 혜능(慧能)이 소주(韶州) 소관(韶關)의 대범사(大梵寺)에서 설법한 내용을 제자 법해(法海)가 집록한 것으로 혜능[17]의 설법 내용과 수도 과정을 담은 일대기이다.

이 책의 내용은 ≪금강경≫에 기초하여 반야삼매를 설하고 일체법이 무상무념(無想無念)임을 설명한 것으로, 혜능이 육조의 위치에 이르기까지의 과정과 문인들을 위한 갖가지 설법을 담고 있다. 따라서 엄밀한 의미로 말하면 불교의 경전으로 포함될 수는 없는 책이고, 조사어록(祖師語錄)으로 분류되어야 하는 것이다. 그럼에도 불구하고 이 책은 우리나라는 물론, 중국과 일본 등의 여러 나라에서 마치 경전과 같은 대우를 받아 왔다. 이 책은 우리나라 조계종의 종전(宗典)으로 여겨질 정도의 불교 필독서였기에, 많은 종류의 사찰 판본이 간행되었고, 또 전하고 있다.

고려 때의 지눌(知訥)은 심지어 혜능이 머물던 조계산의 이름을 따서

---

17) 혜능의 호는 조계(曹溪), 시호는 대감(大鑑)이며 속성은 노(盧)씨였다. 어느 날 장터에서 스님의 금강경 읽는 소리를 듣고 심안이 출가하여, 홍인(弘忍)에게서 법을 전해 받았다. 676년 남방으로 가서 교화를 펴다가 조계산(曹溪山)에 들어가 대법을 선양하였다. 당 선천(先天) 2년(713)에 76세를 일기로 열반하였다.

자신이 머물던 송광사의 산명까지 조계산으로 바꾸기도 할 정도로 이 경전을 높이 인정하였다.

본문에는 <오법전의(悟法傳衣)>, <석공덕정토(釋功德淨土)>, <정혜일체(定慧一體)> <교수좌선(敎授坐禪)>, <전향참회(傳香懺悔)>, <참청기연(參請機緣)>, <남돈북점(南頓北漸)>, <당조징조(唐朝徵詔)>, <법문대시(法門對示)>, <부속유통(付屬流通)>등 10가지 법문에 대한 해설이 실려 있는데 중심 내용은 크게 다음의 3가지로 나뉜다.

첫째는, 혜능이 석가모니 이래 전수되어온 심인(心印)의 계승자로서 혜능을 중심으로 선사들의 법맥을 강조하는 학풍이 생겼다는 것이고, 둘째는 중국 불교의 특성을 대변하는 학설로서 견성(見性)이 수도의 목적이며 따라서 자성을 떠난 부처는 없다는 교설이라는 것, 셋째는 선종의 수행방법은 돈오(頓悟), 즉 깨달음이 요체인데 그 근본이 바로 이 책이라는 것 등이다.

≪육조법보단경언해≫는 上·中·下의 3권 3책으로 간행되었다. <시식권공언해(施食勸供諺解)> 끝에 있는 발문에는, 1496년(연산군 3) 인수대비(仁粹大妃)의 명으로, 이른바 인경 목활자(印經木活字)로 300부를 간행한다고 쓰고 있다.

이 책은 후대의 중간본(重刊本)이 없으므로 매우 귀중하다. 한자음 표기를 ≪동국정운(東國正韻)≫식 한자음에 따르지 않고 현실화한 점 등에서 한국 국어사 연구에도 귀중할 뿐 아니라 목활자로 인쇄된 점에서 서지학적 연구에도 중요한 자료가 될 뿐만 아니라 실천적인 면에서 한국 불교에 지대한 영향을 끼친 귀중한 고서이다.

Ⅲ. 구결의 성립 배경과 변화 양상

1. ≪능엄경≫

1) ≪능엄경≫의 구성 및 성격

≪능엄경≫의 원래 이름은 <大佛頂如來密因修證了義諸菩薩萬行首楞嚴經>이다. "大佛頂"은 '無上하고 微妙한 깨달음의 세계'를 표현한 말이며, "如來密因"이란 '여래의 과덕(果德)을 秘密藏'이라 하며 '이 비밀장의 因行에 드는 것을 密因'이라 한다. 또한 "修證了義"란 '비록 本有한 줄을 알지만, 無修無證에 떨어지지 아니하고 有修有證에 방해롭지 아니함'을 말한 것이다. 즉 無修證에 의지하여 修證하기 때문에 修證了義라 하는 것이다. "諸菩薩萬行"이란 '보살이 모든 菩薩萬行', 즉 육바라밀(六波羅密)과 삼현십지(三賢十地) 등을 배워서 깨달음을 원만히 하기 때문에 제보살만행(諸菩薩萬行)이라 한 것이다. "首楞嚴"이란 ≪大般涅槃經≫에 의하면 '一切畢竟을 말하고, 嚴이라는 것은 堅固함을 가리키니, 一切畢竟하여 堅固를 얻는 것'이다. 그러므로 首楞嚴定은 곧 佛性인 것이다.[1)]

이렇게 심오한 뜻을 지닌 ≪능엄경≫의 본문은 [序分], [正宗分], [流通分]의 세 가지 체재로 나누어진다. 이 가운데 [正宗分]은 다시 다섯 가지 체재로 나누어지는데 見道分, 修道分, 證果分, 結經分, 助道分이 그것이다.

불교 경전에서 일반적으로 [序分]은 서론에 해당하는 것으로 이 경전

---

1) 운허용하(1996)을 일부 참조.

을 설법하게 된 경위를 설명함과 동시에 문제의 핵심을 제기하는 부분이라 할 수 있다. ≪능엄경≫에서는 이 역할을 아난(阿難)이라는 부처의 제자가 하고 있다. [正宗分]은 본론 부분으로 그 가운데 見道分은 '도를 보는 부분'이며, 修道分은 '도를 닦는 부분', 證果分은 '도를 깨닫는 부분'이며, 結經分은 '경전을 맺는 부분'이고, 助道分은 '수도를 돕는 여러 가지 내용들을 덧붙인 부분'이다. 다시 말하면 [正宗分]은 도를 본 다음에 그 도를 닦아서 얻으므로 하여 경전을 끝맺었으나, 중생들이 그릇된 길로 가는 것을 막기 위하여 수도를 돕는 내용들을 덧붙인 부분이다. [流通分]은 ≪능엄경≫의 공덕을 설명하고 있으며, 아울러 후세에 널리 알려 중생으로 하여금 불교를 글자 그대로 유통시킬 것을 강조하는 부분이다.

≪능엄경≫은 대승불교의 諸教說을 집약하여 성립되었으므로 화엄, 천태, 밀교, 선종의 조화를 골격으로 한 것이 특징이다. ≪능엄경≫에 대한 주석서가 당대에는 3종에 불과하였으나 송, 명대에 이르러서는 연수(延壽), 지원(智圓), 자선(子璿), 인악(仁岳) 등의 많은 학승들이 주석서를 저술하였으며 화엄, 천태, 선종의 각 계통에서 자기의 宗義에 따라 해석을 시도하였다. 그러나 ≪능엄경≫은 차츰 선종의 최고 이론서적일 뿐만 아니라 대표적인 소의경전으로 확립되었다. 따라서 당대의 불교학에 가장 큰 영향을 주었던 것은 ≪능엄경≫이었다.[2)]

그런데 ≪능엄경≫은 당시 불교계뿐만 아니라 송대 거의 모든 성리학자들이 애독하였고, 성리학을 이해하는데 많은 영향을 주었던 사실을 주목할 필요가 있다. 성리학자들은 선사상에 대한 이해에 있어서 다양한 접근 방법이 있었겠지만 무엇보다도 기본적인 소의경전이었던 ≪능엄경≫을 통한 이해가 일반적이었다.

그리하여 성리학의 대표적인 도학자인 장재(張載)나 정명도(程明道),

2) 조명제(1988:129).

정이천(程伊川) 등이 ≪능엄경≫ 권4에 나타나는 本然性과 和合性에 영향을 받았을 뿐만 아니라 성리학을 집대성한 주자(朱子) 역시 ≪능엄경≫ 사상에 영향을 받았다.

주자는 주로 선종 계통의 경전을 통해 불교를 이해하였던 것으로 보이며, 그의 불교비평 가운데 나타나는 경전은 ≪42장경≫, ≪유마경≫, ≪화엄경≫, ≪원각경≫, ≪금강경≫과 함께 ≪능엄경≫이 대표적인 것이었다.[3]

송대의 성리학자들은 선사상으로부터 상당한 사상적 영향을 받았으며 이러한 경향은 특히 ≪능엄경≫을 통해 명확하게 이해할 수 있었고, 심지어 왕안석은 ≪능엄경≫에 대한 주석서를 저술하기도 하였다.[4]

2) ≪능엄경≫의 전래

신라말경에 전래된 ≪능엄경≫은 고려조에 들어와서 주목을 받았다. 고려 사상계에 ≪능엄경≫이 주목되어 본격적으로 수용되었던 것은 대가국사 의천(1055-1101)의 단계였던 것으로 생각된다.[5] 의천은 28종이나 되는 ≪능엄경≫ 주석서를 정리했다는 사실만으로도 그가 얼마나 ≪능엄경≫에 심취해 있었던가 하는 사실을 짐작할 수 있다. 그러나 의천 단계에 수용되었던 ≪능엄경≫ 주석서들은 대개 교종 계통에서 저술된 것이었고, 천태종 개창에 따라 선종 승려의 6, 7할이 포섭되어 선종이 침체되었던 상황이었기 때문에 선종계통에까지 확산되지는 못했다.

이와 같은 상황에서 선종교단의 재정비 과정에서 능엄을 위주로 하여 독자적인 선을 개척한 이자현(1061~1125)이 출현하였다. ≪능엄경≫을

---

3) 久須本文雄(1980:362-398), <宋代儒學の禪思想研究>, 일진당서점.

4) 조명제(1988:134).

5) 조명제(1988:138).

중시하고 이를 권장한 최초의 인물은 고려의 이자현이다.[6] 이자현의 생애는 선으로 일관했고 그 선은 ≪능엄경≫을 소의(所依)로 하였는 바, ≪능엄경≫이 이자현 이후로 널리 선종의 중요 경전으로 세상에 유통하게 되었던 것이다. 고려중기 이자현은 위기를 맞이한 선종계에 ≪능엄경≫으로 새로운 활기를 불어넣었고, 이 선종은 고려중기 이후의 선종을 이해하는 데 중요한 위치를 확보하고 있었다.

≪능엄경≫은 선교일치와 유불도 융합사상을 담고 있다. ≪능엄경≫의 사상적 요체는 宋 계환의 해석과 같이 世界起始는 주역의 태극설로, 衆生起始와 業界起始는 성리학의 인성론과 연결 지을 수 있다.[7] 이자현의 뒤를 이어 능엄선을 확립한 이가 승형(承逈)이다. 승형은 13세에 입산하여 고려 명종, 현종, 강종, 고종의 총애를 받았고 대선사에 올랐던 인물이다. 그는 이자현의 선에 영향을 받아 ≪능엄경≫을 탐독하면서 제자들에게도 ≪능엄경≫의 중요성을 강조하였다. 이로 인해 ≪능엄경≫이 선가(禪家)의 필수교과로 존중 받게 되었다.

그런데 이자현의 단계에서는 특정한 주석서와 관계없이 ≪능엄경≫ 자체만으로 선의 이론서적으로 수용되어, 간화선적인 경향과 결부되면서 선문 일각에 적극적으로 유포되었던 것이다.

그리고 고려중기 선종계의 흐름을 지속시킨 탄연이 출현하였다. 탄연은 중국의 임제종 계통의 승려들과 교류하였는데, 이 교류 승 가운데 계환이 포함되었다는 사실에 주목하지 않을 수 없다. 따라서 의천 단계에 수용되었던 ≪능엄경≫이 이자현을 통해 간화선의 경향과 결부되면서 점차 선종 계통을 중심으로 널리 유포되었으며, 탄연 단계에 이르러서는 선적인 경향을 지닌 주석서로서 계환 해가 선종계에 수용되었던 것[8]이다.

---

6) "嘗謂門人曰 吾窮讀大藏 徧覽群書而首楞嚴經 乃符印心宗 發明要路 而禪學人未有讀之者 良可嘆也". 國譯東文選Ⅵ, 民族文化推進會, 1968, 東文選 卷64, 「淸平山文殊院記」, p.571.

7) 허흥식(1982:473).

계환(戒環)은 생몰연대는 알 수 없으나 송대 임제종(臨濟宗)의 육왕개심(育王介諶)의 제자[9]로서 ≪능엄경≫ 외에 ≪법화경≫과 ≪화엄경≫에 대한 주석을 저술하기도 하였다. 계환은 선승(禪乘)을 도달하고 정견(正見)을 결택(決澤)함은 ≪능엄경≫이 최고라 하였으며, 대개 반야(般若)의 후에 혜학(慧學)이 바야흐로 성행하고 정력(定力)이 온전하지 못하므로, 혹 다문(多聞)에 빠져서 정수(正受)를 잃기 때문에 능엄의 대정(大定)을 보여 반야의 대혜(大慧)를 도와 정과 혜가 균등하며 學과 行이 양전(兩全)하여 구경(究竟)에 일승실상(一乘實相)을 취향(趣向)케 하는 것이 ≪능엄경≫이라 하여, 그 가치를 높이 평가하고 있다.[10]

특히 ≪능엄경≫ 권4의 세계성립설에 대해 주석하면서 주역을 원용하여 성리학설과의 상호 연관성을 보여주고 있다.[11] 이는 계환 이전의 ≪능엄경≫ 주석서에 비해 계환의 ≪능엄경≫ 주석서가 지닌 특징이라 할 수 있다.

이후 ≪능엄경≫이 사상은 선종 계통뿐만 아니라 불교계 일반에까지 널리 확산되었으며, 당시 고려의 귀족들과 사대부들에까지 확산되게 이르렀다.

3) 조선조의 ≪능엄경≫ 수용양상

고려가 멸망하고 조선은 성리학을 근간으로 출발한 유교 국가였으나 일반 백성들의 의식과 관습에 있어서 불교적 영향이 지배적이었다. 새로운 사회질서를 확립함에 있어 일반 백성에 대한 효율적인 지배는 국가적으로 중요한 과업이었고 이를 위해 불교를 청산하고 유교의 정착을 위하

8) 조명제(1988:143).
9) 普幻(1984:418).
10) 탄허(1981:12-13), <현토역해≪능엄경≫>, 教林.
11) 조명제(1988:137-138).

여 유교적 의례와 윤리의 보급정책은 필연적이었다. 그러나 삼국시대 이래 민족의 신앙 및 문화적 기반이었던 불교가 일시에 불식되기는 어려웠다. 이에 세종은 유교윤리의 보급에 있어서 강력하고 체계적인 보급정책을 실현하였으며 진홍정책을 활발하게 진행시켰다. 유교 국가로 정착시키기 위해서는 지배계층뿐만 아니라 일반 백성에게도 유교윤리 의식과 의례의 실천은 성리학적 이상을 실현시키기 위해 필수적이었기 때문에 즉위 초부터 민간에 널리 행해지던 불교적 의식과 의례를 제거하고자 하였다. 그러나 불교적 의식과 의례들은 왕실에서는 여전히 성행하였다.

이처럼 숭유억불의 상황에도 불구하고 왕실에서 불교가 성행할 수 있었던 데는 조선시대 문신 김수온(1410-1481)[12]의 역할이 컸다. 그런데 김수온이 유교경전과 늘 비교우위에 두었던 불경은 ≪법화경≫, ≪능엄경≫, ≪화엄경≫이었다.

김수온은 '儒 = 佛 = 道'라는 인식관을 갖는 성과를 얻게 되었고, 곧이어 '儒 + 佛 = 道'라는 인식구조의 방편으로 儒佛會通의 조화를 모색하게 되었다. 종국에는 '儒 → 佛 = 道'의 관계 정립을 증명하여 실현할 수 있는 인식과정에 도달하였다. 이에 김수온은 "道는 증명할 수 있고, 佛은 본받을 만하다."[13]고 할 정도로 자신의 眞界에 대한 자신감을 얻었고, 본격적으로 불교에 초점을 둔 유불회통을 하였던 것이다. 이

12) 자는 문량(文良), 호는 괴애(乖崖)·식우. 본관은 영동(永同). 1438년(세종 20) 진사가 되고 3년 뒤 식년문과에 급제하였다. 1471년(성종 2) 영산부원군(永山府院君)에 봉해지고 1474년(성종 5년) 영중추부사에 이르렀다. 학문과 문장에 뛰어나 서거정(徐居正)·강희맹(姜希孟) 등과 문명을 겨루었는데, 산문은 웅방호건(雄放豪健)해서 도도한 기운이 넘쳤고, 시(詩)는 자유분방해서 압운(押韻)의 구속을 벗어나기도 하였다. ≪치평요람(治平要覽)≫ ≪의방유취(醫方類聚)≫ 편찬과 ≪석가보(釋迦譜)≫ 증수에 참여하였다. 또 ≪사서오경(四書五經)≫의 구결(口訣)을 정하였으며 ≪명황계감(明皇誡鑑)≫ 언해에도 참여하였고 불교사상에 상당히 심취하여 세조 때는 불경 언해와 간행에 역할이 컸다. 문집에 ≪식우집≫이 전한다.

13) 世祖實錄卷32, 世祖 10年 3月 戊辰(15日). "嘗謂道可證而佛可效"

같은 수준 높은 불교사상의 심취는 김수온이 억불숭유의 조선전기의 상황에도 불구하고 왕실에서 적극적으로 불교활동을 할 수 있는 한 토대가 되었다.

조선 초기는 엄중한 불교 억제 정책에도 불구하고 왕실중심의 佛事가 祈雨, 救病, 冥福을 위한 齋僧禱佛의 형식으로 여전히 設行되었다. 뿐만 아니라 사대부간에도 佛教祭禮를 거행하던 관습은 일반적 현상이었다. 懿嬪權氏와 愼寧宮主辛氏 등이 비구니가 되는 사건이나 문종대의 숭불적 현상은 이러한 시대적 분위기를 반영한 것이다.[14]

왕실의 불교신앙은 王室佛事로 행해졌다. 문종대 崔恒은 排佛의 상소에서, 왕실불사로 佛像製作, 寫經, 寺刹創建(重創), 僧侶供養을 지적하고 있었다. 밖에 불교계에 대한 직간접의 지원도 모두 佛事로 인식하고 있었다.[15]

세종대의 중요한 불사로는 소헌왕후와 관련된 불사를 들 수 있다. 세종은 세종 28년 12월에 김수온에게 석가보 증수를 명하였다. 석가보 증수는 석가모니의 일대기와 가계의 追遠을 통해 소헌왕후의 명복을 기원하고자 하는 追薦佛事이었다. 세조는 김수온과 대군 시절부터 불교신앙으로 친분이 두터웠고, 신미에 대해서는 三和尙으로 극진하게 존숭하였다. 세조대에 김수온과 신미의 숭불 활동은 세조의 興佛과 맞물려 전성기를 맞았다. 세조 초기부터 의경세자의 추천불사로 印經 불사가 이루어지고 있었다.[16] 김수온은 특히 석가보, 석보상절, 월인석보와 맥락을 같이 하는 刊經, 譯經 불사에서 활약하였다.[17] 이 때 거론되는 고승으로

---

14) 조윤호(2004).

15) 文宗實錄卷4, 文宗 卽位年 10月 庚子(30日).

16) 李能和, 앞의 책, 下, pp.687~688. “天順紀元之初載 東宮邸下 寢疾旣彌留 一國臣民醫藥禱祀 靡所不至 越其年秋九月有日. 于本宮之正寢 我主上殿下 哀痛罔極 爲追冥福干書 金剛般若經”

17) 世祖實錄 卷32, 世祖 10年 3月 戊辰(15日). “國有大佛事 守溫作疏語”

신미, 수미, 학열, 학조가 있어[18] 간경불사의 핵심 인물들임을 알 수 있다. 세조의 독실한 불교신앙의 행위가 간경불사로 나타내어진 것이다.[19]

불경 언해사업은 세조7년에 국립 불전 간행 기관인 간경도감이 설치되면서 보다 더 체계적으로 진행되었다. 간경도감은 중앙에 본사를 두고 開城, 尙州, 全州, 南原, 安東, 晉州 등지에 分司를 두었다.[20]

성조대에는 정희왕후와 인수대비가 세조와 예종, 그리고 덕종의 정토왕생을 추복하고 지금의 군주와 대왕대비의 만수무강을 축원하는 불전 언해사업을 계승하였다. 이를 받들어 실행한 고승이 바로 신미 제자, 학조였다.

이러한 시대적 상황에 따라 ≪능엄경≫과 ≪능엄경 언해≫는 지속적으로 보각되거나, 중간되어 그 명맥을 조선 후기까지 유지하게 되었던 것이다.

4) ≪능엄경≫ 구결의 성립

고려시대의 많은 유학자들은 어려서는 유교 서적을 공부하고, 장상하여서는 불경을 탐독한 것은 불경의 정신과 유가의 정신이 宗旨가 일치하는 점이 많았기 때문이다. 뿐만 아니라 사대부들이 현실생활에 염증을 느낀 나머지 그 지향점을 불교의 정신세계를 택하는데 그것에 가장 적합

18) 朝鮮佛教通史 下, p.683. 「印大藏經高僧督役」. "朝鮮世祖大王之時 以高僧名者 曰弘濬@上人 曰信眉大師 曰守眉和尙曰學 祖 曰學U悅等諸師也 皆被祖之知遇 或命校干經論 或命重創寺宇"

19) 李能和, 앞의 책, 下, p.687. 世祖 .御製跋文.에서 그의 刊經佛事를 통한 佛敎信仰의 간절한 면모를 소상히 알 수 있다. "次爲亡子 永離八苦 速免三界 超出二乘 圓成十力之願 嗚呼 有生者必有死 樂極則悲必來 世尊有說曰 '生無不死 愛合必離' 此三界之所以爲三界也 予當寬懷 乃能保世 汝亦破相 能離或業 願仗三寶威神 冥陽合此法利 世之觀此者 足知予心之愛"

20) 朴貞淑, 「才世祖代 刊經都監의設置와佛典 刊行」, <釜大史學 20>, 釜山大史學會, 1996, p.43.

한 것이 ≪능엄경≫이라고 생각하였다.[21)]

당시의 보환(?~1278)은 1245년에 ≪수능엄경≫을 보급하려는 발원을 세우고 계환의 ≪능엄경≫ 주석서인 <首楞嚴經了解>의 오류를 바로잡아 <楞嚴經刪補記>를 발간하여 백련사에서 능엄법회를 열어 전파시키기도 하였다.

≪능엄경≫의 사상적 특징 때문에 당시 이규보 같은 일반학자들도 비상한 관심을 가졌고 고려 말에도 사대부 계층에서 ≪능엄경≫을 애독한 사례가 많이 있었다.

이 과정에서 ≪능엄경≫의 약체 구결문이 널리 성행했던 것으로 여겨진다. 고려 말에 선종뿐만 아니라 화엄종, 천태종 등의 여러 종파들과 도교[22)] 및 일반 사대부 계층에서까지 ≪능엄경≫을 애독한 사례가 많아지면서 계환의 주석서를 바탕으로 자기들 목적에 맞게 ≪능엄경≫을 읽고 해석하고자 했을 것이다.

≪능엄경≫에 대한 관심과 이해가 깊었던 의천이 송, 당대에 편찬된 ≪능엄경≫ 주석서 28종을 정리하였다는 사실도 간과할 수 없다. ≪능엄경≫의 주석서가 28종이나 된다는 것은 그 만큼 ≪능엄경≫의 내용이 심오하면서도 어렵다는 동시에 자의적인 해석이 가능하다는 것을 뜻한다. 그러므로 고려 말기의 다른 종파들과 문신 사대부들도 ≪능엄경≫의 내용을 자의적으로 해석하고자 했을 가능성이 크다.

이는 고려말기 이규보 등의 문인들 행보에서도 알 수 있다. 이규보는 만년에 불교에 심취하여 많은 불경을 읽었는데 그 중에서도 특히 ≪능엄경≫을 좋아하여 자신의 일상생활이나 ≪능엄경≫ 연구를 통해 느낀 점을 십여 편의 시로 표현하기도 하였다. 이는 경전 구결에 대한 충분한

---

21) 정향균(1999:5) : “여말 한시에 나타난 ≪능엄경≫의 수용양상”, <동서문화연구 7>, 홍익대학교 인문과학연구소.

22) 노권용(1996:461~464) : “≪능엄경≫과 도교수련”, <원불교사상 20>, 원광대 원불교사상연구원.

이해와 감흥이 있을 때만이 가능한 일이기 때문이다.

이러한 사상들은 권근, 이숭인, 성석린, 원천석 등에서 폭넓게 확인되며, 심지어 능엄회를 결성하여 ≪능엄경≫을 함께 연구하기도 하였다.[23)]

14세기 이후에는 ≪능엄경≫을 바탕으로 한 선종의 사상적 기반들은 주자의 성리학을 본격적으로 수용되었던 시기와 맞물려 이색(李穡), 정몽주(鄭夢周), 정도전(鄭道傳)과 같은 성리학자들에게까지 깊은 영향을 끼쳤다.[24)]

5) ≪능엄경≫ 구결의 변화 양상

≪능엄경≫의 이본은 간행 연대가 오래된 것일수록 구결 자형의 개수가 많은 것으로 밝혀졌다. 그런데 구결 자형의 개수만으로 볼 때는 '남풍현본'이 90개로 '(나)본'과 동일하므로 '(가)본'보다는 이른 시기의 자료로 보아야 마땅하다. 그러나, '남풍현본'에 기입된 구결들은 적어도 3명 이상의 기입자가 있었던 것으로 추정된다. 다만, '(라)본'이나 '파전본'보다 앞선 시기에 달렸을 가능성이 있는 결합유형과 '(라)본'이나 '파전본'과 동일한 시기에 달렸을 가능성이 있는 결합유형, 그리고 '(라)본'이나 '파전본'보다 후대에 달렸을 가능성이 있는 결합유형의 세 부류가 나타나고 있을 뿐이다. 또 '송성문본'의 구결 자형 수가 65개로 개수 상으로 보면 '(라)본'보다 앞서야 하지만 '송성문본'은 원문이 <권1>에서 <권10>까지 완전하게 남아 있고, '(라)본'이나 '파전본'은 원문이 <권6>에서 <권10>, <권8>에서 <권10>까지 뿐이다. 따라서 원문의 분량 차이를 감안한다면 '(라)본'의 63개와 '파전본'의 61개는 '송성문본'의 65개에 비해 결코 적은 수가 아니다. 그러나 자형의 개수만으로 이본

---

23) 조명제(1988:809).

24) 조명제(1988:166).

들의 구결 기입 시기를 추정할 수는 없다.

≪능엄경≫ 이본 전체에 사용된 구결 자형은 이체자를 포함하여 '可(가), ㇀(가), 亍(가), 佳(가), 厶一(거), 去(거), 厷(거), 戒(계), 口(고), 古(고), 果(과), 朩(과), 人(과), 曰(과), 其(긔), 八(ㄱ), 丁(ㄴ/은), 乃(나), 了(나), 尹(나), 又(노), 女(녀), 匕(니), 行(녀), 㐄(ᄂᆞ), 斤(날), 丨(다), 夕(다), 大(대), ナ(대), 加(더), かˇ(더), 亍(뎌, 宁(뎌), 底(뎌), 田(뎐), 丁(뎡), 㐫(뎨), 上(뎨), ヨ(도), 刀(도), 斗(두), 土(디), 矢(디), 入(들), 朩(돌), 月(돌), 厶(ᄃᆡ), 矣(ᄃᆡ), 소(라), 丶(라), 𠆢(라), 罒(라), 𠃋(로), …(로), ᵐ(로), 了(료), 户(驢러), 尸(驢러), 呂(려), 刂(리), 禾(리), 利(리), 里(리), 广(마), 亇(마), 㐱(며), 久(며), 人(旀며), 勿(믈), 丆(면), 面(면), 未(매), 火(ᄇᆡ/브), 七(ㅅ), 叱(ㅅ), 全(샤), 𠆢(샤), 舍(샤), 土(書셔), 亠(셔), 立(셔), 西(셔), 一(西셔), 所(소), 户(소), 孑(손), 小(쇼), 二(시), 申(신), 失(실), 士(ᄉᆞ), 四(ᄉᆞ), 白(ᄉᆞᆸ), 生(생), 氵(사), レ(沙사), 沙(사), 乚(ㄹ/을), 乙(ㄹ/을), 阝(아), 卩(아), 良(야), ß(야), 今(어), 才(어), 扌(어), 於(어), 皿(言언), 言(언), 亠(여), 二(여), 亦(여), 余(여), ソ(亦여), 氵(여), 女(女여), 冖(야), 午(오), ノ(오), 玉(옥), 要(요), 卜(와), 人(와), ソ(爲위), め(爲위), 為(위), 巴(ㅂ/읍), 哀(애), ㄋ(의), 衣(의), 刂(이), 伊(이), 乀(이), 已(이), 印(인), ㅌ(印인), 时(시/제), 下(하), 丂(호), 户(호), 尸(戶호), 兮(히), ソ(ᄒᆞ), 十(히/긔), 中(히/듕?), 令(히이)'의 147개이다.

이들 자형을 바탕으로 ≪능엄경≫ 문자체계의 변화를 살펴보면 다음과 같다.

첫째, 위에서 제시한 자형들 가운데 본자(本字)와 약체자(略體字)가 함께 쓰인 것에는 '可, 亍/㇀', '去, 厷/厶一', '古, 口', '果, 朩/曰/人', '只, 八', '乃, 了', '大, ナ', '加, か/力', '宁, 亍', '刀, ヨ', '矣, 厶', '面, 丆', '叱, 七', '舍, 全/𠆢', '立, 亠', '西, 一', '所, 户', '沙, 氵/レ', '乙, 乚', '於, 才/扌/今', '言, 言/皿', '衣, ㄋ', '伊, 刂', '為, め/ソ', '印,

ㅌ', '時, 时', '户, 尸', '中, 十', '亦, ㅗ/ㆍ/ㅎ/ㄷ/ㅅ'의 29종이다. 이들 29종 가운데서 가장 많은 이체를 표기한 것은 '亦, ㅗ/ㆍ/ㅎ/ㄷ/ㅅ'[여]이며, 그 다음으로 '果, ホ/日/人',[과]와 '於, オ/ㅊ/ㅅ'[어]이다. 자형 '亦, ㅗ/ㆍ/ㅎ/ㄷ/ㅅ'[여]는 음독 구결 자료에서 확인법, 조건, 감동법, 호격 등 선어말과 어말에 두루 쓰이는 특징이 있다.

(1) [능 가][25] 彼此刂(이) 寂然 則ㄱ(은) 如來藏刂(이) 本然眞妙矣利ㅋ七丨(리읫다) 耳勞ㄱ(은) 因塞ㅁ(고) 乃至意<三2a:2> 勞ㄱ(은) 因習ソㅌㄴ(ᄒᆞᄂᆞ니) 妄同眼勞ソ∧大(ᄒᆞ라대) 故 例稱證發ㅅソㅗ金七丨(라ᄒᆞ여샷다)

(2) [능 남][26] 彼此＼(이) 寂然則ㄱ(은) 如來藏[ ] 本然<三1b:3> 眞妙矣ㅋ七丨(읫다) 耳勞因塞ソ㢱(ᄒᆞ며) 乃至意勞＼(이) 因習ソㅌㄴ(ᄒᆞᄂᆞ니) 妄同眼勞ソㅅ大(ᄒᆞ라대) 故…(로) 例稱證發ㅅソㆍ金七丨(라ᄒᆞ여샷다)

(3) [능 나][27] 又則汝 今 見物之時ㆍㄱ(얀) 汝既見物ソㅅㄱ大(ᄒᆞ란대) 物亦見汝ソㆍ(ᄒᆞ야) 體性＼(이) 紛離ソㆍ(ᄒᆞ야) 則汝<二34a:5>與我 幷諸世間＼(이) 不成安立ソ利ㅊㄴ七亦(ᄒᆞ리어닛여)

(4) [능 라][28] 以是又(노) 感報ソㆍ(ᄒᆞ야) 生無想天ソㆍ(ᄒᆞ야) 壽五百劫ㄴ(니) 俱舍說初生此天ソㆍ(ᄒᆞ야)<九04b:05> 未全無想ソㄱ㐅(ᄒᆞᆫ셔) 經半劫ㅁㆍ(고사) 始無ㄴ(니) 及報將盡ソㆍ(ᄒᆞ야) 復經半劫ソㆍ(ᄒᆞ야) 有想ソㄱ(ᄒᆞᆫ) 然後ㆍ(사)<九04b:06> 報謝・ソニ丨(라ᄒᆞ시다)

자형 '果, ホ/日/人', [과]는 음독 구결 자료에서 'ホ(과), ホ又(과로), ホㄴ(과를), ホ＼(괘), ホソㅁ(과ᄒᆞ고), 日刂(괘), 日(과), 日ㄱ(과는), 果

25) [능 가]는 ≪능엄경≫ 이본 가운데 '남권희 (가)본'을 뜻한다.
26) [능 남]은 ≪능엄경≫ 이본 가운데 '남풍현본'을 뜻한다.
27) [능 나]는 ≪능엄경≫ 이본 가운데 '남권희 (나)본'을 뜻한다.
28) [능 라]는 ≪능엄경≫ 이본 가운데 '남권희 (라)본'을 뜻한다.

(과), 果乚(과를), 果⋯(과로), 果刂(괘), 果丿乚(과홀), 果衤(과의), 果ㄱ(과는), 人(과), 人乀(괘)' 등으로 사용된다. 일반적으로 이 자형들은 조사 또는 어미의 '-과'를 표기하며, 때로는 '-콰'를 표기하기도 한다.[29] 이 자형류가 '-콰'를 표기하기도 한다고 본 것은 음독 구결 자료에 사용된 자형 '朩'류를 중세한국어의 언해 자료와 비교해 볼 때 '-콰'에 대응되고 있기 때문이다. 그런데 이 '-콰'는 '-과'의 앞에 어말의 'ㅎ', 혹은 동사 'ᄒᆞ-'가 축약된 어형으로 볼 수 있으므로 음독 구결에서의 '果, 朩/曰/人', [과]는 조사 또는 어미의 '-과'를 표기하는 것으로 보는 것이 가장 좋을 듯하다. 또 자형 '於, 才/扌/㑅'[어] 가운데 자형 '㑅'와 '才'는 초기 음독 구결 자료에서는 함께 쓰이다가 후대로 갈수록 '才'의 사용 빈도가 점점 높아지는 것으로 보고, '才'가 지배적으로 쓰이게 된 시기를 대체로 14세기 후반부터로 보기도 한다. 그런데 ≪능엄경≫의 이본에 사용된 자형들을 검토해 보면 '(나)본'에 사용된 자형 '扌'는 '(가)본' 등에서 나타나는 자형 '才'와 다른 자형이라기보다는 입겿을 기입하는 기입자의 필체의 차이라 볼 수 있다. 또 자형 가운데 '㑅'는 고려 말에 간행된 것으로 추정되는 판본에서만 찾을 수 있고, '才'는 조선 초기에 간행된 판본에까지 사용되었다. 이는 자형 '㑅'와 '才'가 초기 음독 입겿 자료에서 함께 쓰이다가 후대로 오면서 점차 자형 '才'만 그 세력을 얻게 되었을 가능성이 있음을 생각하게 한다. 또한 '才'의 사용 빈도가 높아진 시기는 '(라)본'에 와서부터이고 그 이전의 초기 자료들에서는 입겿을 기입하는 기입자의 자형 선택에 의해 달라졌을 가능성도 배제할 수 없다. 결국 '亦, 亠/⺀/ㅎ/二/丷' [여]와 '果, 朩/曰/人', [과], '於, 才/扌/㑅' [어] 등과 같이 본자와 약체자 여러 개가 함께 사용된 것은 기입자의 자의적 선택, 즉 기입자가 어느 자형을 선택하여 기입했느냐에 따른 것이므로 자형의 형태만 다를 뿐 그 음은 동일하다.

29) 안병희(1988) 등 참조.

둘째, 동일한 본자의 어느 부분을 따느냐에 의해 자형의 꼴이 달라지는 것으로는 '朩, 曰', '罒, 亼/𠆢/丶', '刂, 禾/禾', '才/扌, 亽', '口, 巴'의 4종이 있다. 이 가운데 자형 '朩'는 본자 '果'의 아래 부분을, '曰'는 본자 '果'의 윗부분을 따온 것이고, 자형 '罒'는 본자 '羅'의 위쪽 부분을 '亼/𠆢/丶'는 아래쪽 부분을 따온 것이다. 음독 구결 자료에 나타나는 자형 '亼'는 일반적으로 '罒 → 亼 → 丶'의 순으로 교체되어 왔다고 보고 있다. 그러나 이 자형류는 ≪능엄경≫ 이본들을 예로 들어 살펴볼 때, 다른 이본들보다 이른 시기의 자료라고 보는 '(가)본', '(나)본', '남풍현본'뿐만 아니라 '(라)본', '(다)본', '송성문본' 등에도 사용되었으며, 자형 '亼'의 후대형이라고 보는 '丶'는 '(다)본', '파전본', '해인사판', '송성문본'뿐만 아니라 이른 시기의 자료인 '(가)본', '(라)본'에서도 사용되고 있다. 또한 자형 '亼'의 또 다른 이체자 '𠆢'는 이른 시기의 자료 '(가)본'과 '(나)본'에서 찾을 수도 있다. 이는 두 가지 가능성을 생각하게 한다. 하나는 '계파나 계통에 따라 그 확정한 구결의 자형이 달라서 다르게 기입되었을 가능성'이고, 다른 하나는 '어느 한 특정 자형이 다른 자형으로 변화하였다고 보기보다는 기입자가 어느 자형을 더 선호했느냐에 따라 자료마다 다르게 사용되었을 가능성'이 그것이다. 이러한 가능성을 열어두고 생각한다면 어떤 특정 자형의 쓰임과 쓰이지 않음을 빌려 자료의 연대를 추정하는 것은 보다더 세밀한 검토가 따라야 할 것이다. 굳이 교체의 순서를 제시한다면 자형 '亼'류는 ≪능엄경≫ 구결 자료에서는 '亼=𠆢→丶=罒'의 등식이 성립될 수 있다.[30] 또 자형 '刂'는 본자 '利'의 오른쪽 부분을, '禾/禾'는 본자 '利'의 왼쪽 부분을 따온 것이고, 자형 '才/扌'는 본자 '於'의 왼쪽 부분을, '亽'는 본자 '於'의 오른쪽 부분을 따온 것이다. 특히 자형 '刂, 禾/禾'와 관련하여 음독 구결에서는 '禾'와 '刂'가 일찍부터 공존하였는데 시대가 빠른 문헌일수록

30) 남경란(2005) 참조.

‘ォ’가 지배적이고 후대 문헌에서는 ‘刂’가 많이 쓰였다는 견해가 있어 왔다. 그러나 음독 구결 자료에서 자형 ‘ォ’의 후대형이라고 보는 ‘刂’는 ‘(나)본’, ‘(다)본’, ‘(라)본’, ‘남풍현본’, ‘파전본’, ‘송성문본’ 등에 두루 나타나고 있으며, 자형 ‘ォ’도 ‘(가)본’, ‘(나)본’, ‘(라)본’, ‘남풍현본’, ‘해인사판’, ‘송성문본’ 등에 두루 사용되었다. 또한 이체자 ‘禾’ 역시 ‘(가)본’과 ‘남풍현본’, 그리고 ‘(다)본’에 사용되었다. 자형 ‘ロ’는 본자 ‘邑’의 위쪽 부분을, ‘巴’는 아래쪽 부분을 따온 것이다. 이와 같이 동일한 본자이더라도 꼴이 여러 가지인 것은 구결을 기입하는 자가 본자의 어느 부분을 따서 사용하였는가에 따라 달라진 것이다.

셋째, 동일한 본자의 약체자가 여러 이형(異形)으로 변한 것에는 ‘厶, ㅿ’, ‘卜, 人’, ‘夕, 丨’, ‘𠆢, 𠆢, 丶’, ‘⺍, …, 灬’, ‘户, 尸’, ‘ォ, 禾’, ‘ケ, 久, 人’, ‘全, 𠆢’, ‘氵, レ’, ‘阝, 卩’, ‘ㅌ, ㇋’, ‘亠, 二/丷’, ‘ソ, ㄱ’, ‘め, 為’의 15종이 있다. 이는 구결을 기입하는 기입자의 필체, 또는 약체자 선택에 의해 다르게 사용되었을 뿐, 어떤 특정 자형에서 다른 자형으로 변화하였다고 보기는 어렵다. 이 가운데 자형 ‘厶, ㅿ’는 주로 확인의 의미를 지닌 선어말어미에 쓰이며, 부동사 어미 ‘게’의 ‘거-’를 표기하는 데 쓰인다. 자형 ‘厶’가 부동사어미 ‘게[厶丶-]’를 표기하거나 더러는 ‘커’를 표기하기도 한다고 보는 것이 일반적이다. 그러나 이렇게 보는 것은 음독 구결에 나타나는 자형 ‘厶’가 중세한국어의 한글 구결에 대응된 용례를 근거로 본 결과일 뿐, 원칙으로 확인의 의미만 지닌 선어말어미였을 가능성도 생각할 수 있다. 자형 ‘卜, 人’는 구결을 기입하는 기입자의 글자체에 따라 다른 꼴로 나타나게 된 것으로 추정된다. 이때의 자형 ‘卜’는 한자 ‘臥’의 옛글자체 ‘臣卜’의 오른쪽 획 ‘卜’을 차자한 것이며, 자형 ‘人’는 본자 ‘臥’의 오른쪽 획 ‘人’을 차자한 것이다. 자형 ‘夕, 丨’는 ‘문장 종결, 비유 구문, 회상법, 조건 표현’ 등에 사용되어 그 음과 기능이 동일하였을 것으로 추정되는데, 13세기말부터 그 쓰임이 소

멸되어 점차 자형 'ㅣ'로 통합되었을 가능성이 크다. 자형 '㇇, 𠆢, 丶'에 대한 설명은 45쪽을 참조할 수 있다. 자형 '⺍, ⺌, 灬'[31]는 구결을 기입하는 기입자의 필체에 따라 자형의 꼴이 다르게 표기된 것으로 여겨지며, 후대로 오면 자형 '又'로 통합된다. 자형 '户, 𠃜'의 음은 '호'로, 본자는 '戶'이다. 이 자형들은 음독 구결 자료에서 자형 '㇒', '𠀋'와 동일한 자리에 사용되기도 하였다. 자형 '禾, 禾'에 대한 설명은 46쪽을 참조할 수 있다. 자형 '𠂉, 久, 人'[32]에 대해서는 각주 32)와 같이 여러 가지 논의가 있어 왔다. 자형 '𠂉'가 14세기부터는 자형 '久'로 대체되어 15세기 전반기부터는 쓰이지 않게 되었다고 보는 것에는 별다른 무리가 없다. 자형 '𠂉'의 후대형이라고 보는 '久'의 경우는 약간의 차이가 있어 보인다. 이는 자형 '久'가 모든 음독 구결 자료에 나타나며, 특히 ≪능엄경≫의 경우에서만 살펴보더라도 '파전본', '해인사판', '송성문본'뿐만 아니라 이들보다 이른 시기의 '(나)본'과 '(라)본'에서도 찾을 수 있다. 그리고 자형 '𠂉'는 실제로 음독 입겿의 자료 가운데 다른 이본들보다 이른 시기의 자료라고 보는 '(가)본', '(나)본', '남풍현본'뿐만 아니라 '(다)본', '송성문본' 등에도 사용되고 있음을 확인할 수 있다. 그러므

---

31) 이 자형과 관련하여 이승재(1992:115-116)에서는 이두에 사용된 '以'의 기능이 기구, 자격, 방향, 원인 등으로 나타난다고 보고, 또한 주격, 대격, 처격 등의 격 기능의 표기에도 사용된 듯한 예도 많다고 보았다. 또 백두현(1996)에서는 이 자형이 具格 조사로 가장 많이 쓰이고 '-로'음을 표기한 '⺍/⺌'가 후대 문헌일수록 '-又'로 대치되는 경향이 있다고 보았다. 또 남경란(2003)에서는 자형 '⺍/⺌'와 '又'의 시기별 분포를 검토하여 고려말기 자료인 ≪능엄경≫ '(나)본', '(가)본', '(라)본'에서의 '又'의 쓰임이 조선 초기본인 '(다)본'과 '파전본'보다 더 많음과 '又'의 쓰임이 '⺍/⺌'보다도 더 많음을 밝힌 바 있다.

32) 이 자형들과 관련하여 남풍현(1990:83)에서는 '𠂉'는 14세기부터 '久'로 대체되어 15세기 전반기에는 쓰이지 않게 되었다고 보았으며, 백두현(1996)에서는 '𠂉'가 석독 입겿으로부터 물려받은 자형으로 보고 입겿 자료에서 '𠂉'와 '久'가 쓰이는 모습을 기준으로 세 부류로 나누어 제시하였다. 이승재(1993)에서는 입겿 자형 '𠂉'가 '久'로 변화되어 '久'가 본격적으로 쓰이게 된 시기를 14세기 후반으로 보아, 14세기 중엽에 입겿 자형의 큰 변화가 있었다고 언급한 바 있다.

로 음독 구결 자료에 나타나는 자형 '亽', '彡', '夂'는 어느 한 특정 자형에서 다른 자형으로 변화한 것이 아니라 입겿을 기입하는 기입자가 어느 자형을 더 선호했느냐에 따라 다르게 사용되었을 가능성이 크다. 자형 '金, 亼'[33]는 음독 구결 자료에서 각주 33)과 같은 여러 가지 이견들이 있으나 구결 기입자의 자형 선택에 의해 다르게 쓰였을 가능성도 배제할 수 없다. 자형 '氵, レ'[34]는 그 음이 '사'로, 본자는 '沙'이다. 이 자형은 음독 구결 자료에서 '沙'로도 표기된다. 자형 '阝, 卩'는 그 음이 '아'로, 본자는 '阿'이다. 이 자형은 음독 구결 자료에서 '阿'로도 표기된다. 이 자형 '阝'와 '卩'는 구결을 기입하는 기입자의 글씨체에 따라 다르게 표기된 것으로 추정된다. 이는 아래의 용례 (5), (6)에서도 확인할 수 있다.

(5) [능 송] 阿難阝(아) 一切衆生㇏(이) 實本眞淨去乚(거늘) 因彼妄見ソ㇁(ᄒᆞ야) 有妄習㇏(이) 生ソㄴ(ᄒᆞ니) 因此ソ㇁(ᄒᆞ야)<八30a:02> 分開內分外分ソㄴ丶(ᄒᆞ니라)

(6) [능 파] 阿難卩(아) 一切衆生㇏(이) 實本眞淨去乚(거늘) 因彼妄見ソ㇁(ᄒᆞ야) 有妄習㇏(이) 生ソㅌㄴ(ᄒᆞᄂᆞ니) 因此ソ㇁(ᄒᆞ야) 分開<八18b:08> 內分外分ソㄴ丶(ᄒᆞ니라)

위의 용례 (5), (6)을 보면 '송성문본'의 阿難阝가 '파전본'에서는 '阿

33) 이 자형과 관련하여 백두현(1996)에서는 '金'가 석독 입겿에서는 쓰이지 않다가 음독 입겿에서 생겨난 것이라고 보고, 이체자 '亼'는 초기 음독 입겿 자료에는 쓰이지 않다가 '송성문본'에서 처음 쓰이게 된 것이라 보았다. 또 이승재(1993)에서는 입겿 자형 '金'가 '亼'로 변화되어 '亼'로 쓰이게 된 시기를 14세기 후반으로 보았다.

34) 정재영(1996)에서는 15세기 국어에서 일반적으로 'ᅀᅡ'는 체언이나 부사에 직접 통합 되기도 하며, 조사와 부동사형과도 통합한다고 하면서 '거/어'와 통합한 '-거ᅀᅡ / 어ᅀᅡ' '-거시ᅀᅡ' 그리고 '-고ᅀᅡ', '거늘ᅀᅡ' 등으로도 나타나며, 고려시대 입겿 자료에서는 이외에도 직접 통합된'(이ᅀᅡ)'와 '(이시ᅀᅡ)' 등으로도 존재한다고 하였다.

難ㄗ'로 표기되었다. 이때의 '阝'와 'ㄗ'는 그 본자가 阿로 동일하며, 다만 입겿을 기입하는 기입자의 글자체로 인해 그 꼴이 다르게 쓰였을 뿐이다.

자형 '㠯, 𠄌'[35]는 그 음이 '아', 또는 '야'로 읽으며, 본자는 '良'이다. 이 자형은 음독 구결 자료에서는 '호격조사, 처소격조사, 의문형어미, 연결어미'의 기능을 가지고 있다. 자형 '亠, 二/ミ'는 앞서 언급한 44쪽의 설명을 참조할 수 있다. 자형 'ソ, ㄱ'는 그 음은 '야'로, 본자는 '也'이다. 이 자형은 음독 구결 자료에서 '也'와 '乚'로도 실현된다. 음독 구결 자료에 사용된 이 자형의 대표적인 결합유형은 '矛オヒ七入ㄱ(리어닛ᄃᆞᆯ야), 七入ㄱ(ㅅᄃᆞᆯ야), ㇏叱入ㄱ(잇ᄃᆞᆯ야), ソ矛 ‡ ヒ入ㄱ(ᄒᆞ리어니ᄃᆞᆯ야), ソ矛 ‡ ヒ七入ㄱ(ᄒᆞ리어닛ᄃᆞᆯ야), ‡ ヒ入ㄱ(어니ᄃᆞᆯ야), ‡ ヒ七入ㄱ(어닛ᄃᆞᆯ야), ‡ ヒ七ㄱ(어닛야)' 등으로 이 자형 'ㄱ', 'ソ'가 실현되는 문장은 15세기의 '-ᄯᆞ녀' 구문임을 알 수 있다. 자형 'め, 為'는 그 음이 '위'로, 본자는 '爲'이다. 이 자형의 본자는 '爲'를 뜻으로 읽으면 'ᄒᆞ', 즉 자형 'ソ'가 되고, 음으로 읽으면 '위', 즉 'ソ/め/為'가 되는 것이다. 이들은 주로 자형 '𠀋'와 결합하여 '𠀋ソ, 𠀋為, ㇏𠀋ソ(디위)'를 표기할 때 사용되었다. 이러한 유형은 훈민정음 창제 이후 ≪능엄경≫이 언해되던 시기에 음독 입겿 자료에서 새롭게 만들어진 것으로 추정된다.

35) 남풍현(1995)에서는 박동섭본 ≪능엄경≫에 사용된 '𠄌'를 언급하면서 "처격조사 '𠄌'에 강세를 표시하는 보조사 '氵'가 결합된 형태인 '𠄌氵'는 '然後'의 형태 뒤에서 가장 자주 출현한다. 이처럼 '然後'와 결합하는 '𠄌氵'를 '시간'을 의미하는 처격조사라 한다면 '而後'나 '今日', '又見華時' 등과 결합하는 '𠄌氵'도 역시 '시간'을 의미한다고 볼 수 있다. 그러나 '𠄌氵'이 언제나 '시간'을 의미하는 것은 아니고(예 4-11)의 경우에는 '修道門 '뒤에 연결되어 '공간적 범위(처소)'를 나타내기도 한다."고 하였으며, 또 '𠄌氵'의 형태가 '~然後' 또는 '~而後' 뒤에서 가장 많이 나타나는데 비해 처격조사에 속격조사가 결합된 형태인 '𠄌七'는(예 5-7)의 시간을 의미하는 '未來' 뒤에 결합된 예를 제외하고는 대부분 공간적 범위를 나타내는 선행체언과 결합하는 것을 알 수 있다고 하였다.

넷째, 동일한 음을 표기하는 데 둘 이상의 서로 다른 차자가 쓰인 것으로는 '可, 佳(가)', '乃, 尹(나)', '㔾, 行(니)', '丨, 夕(다)', '宁/亇, 底, 田(뎌)', '㫆, 上(뎨/졔)', '士, 矢(디)', '朩, 入, 月(ᄃᆞᆯ/ᄃᆞ)', '尸/户, 呂(려)', '刂/禾/耒, 里(리)', '广, 㐃(마)', '士, 罒(ᄉᆞ)', '㕜, 立/亠, 西/一(셔)', '阝/卩, 阝(아)', '哀, 衣/ラ(ᄋᆡ/의)', '刂/伊, ㇏, 已(이)', '乊, 户/尸(호)', '十/中, 令(히/ᄒᆞ이)', '亦/亠/㇀/亠/丷, 余/二, 女(여)'의 19종이 있다. 이 가운데 자형 '宁/亇', '底', '田'는 그 본자가 각각 '宁', '底', '田'으로 다르지만 동일한 음 [뎌]를 표기하는 데 사용되었다. 이때 자형 '宁/亇'36)의 음은 '뎌'로 읽으며, 본자는 '宁'로 추정된다. 자형 '宁/亇'가 결합된 유형에는 '午丷㔾宁(오ᄒᆞᄂᆞ뎌), 丷㔾士㇆宁(ᄒᆞᄂᆞᆫ뎌), 丷又㇆亇(ᄒᆞ논뎌)'와 '丷罒㇆宁(ᄒᆞᆫ뎌), '㇏ᄉ丿㔾丷㔾㇆亇(이라호나ᄒᆞᄂᆞᆫ뎌)'가 있다. 그리고 자형'底'의 음도 '뎌'로 읽으며, 본자는 '底이다. ≪능엄경≫에 나타나는 자형 '底'의 유형은 'ᄉ丿㔾丷㔾㇆底亠(라호나ᄒᆞᄂᆞᆫ뎌여), 丷㇆底亠(ᄒᆞᆫ뎌여), 丷又底亠(ᄒᆞ노뎌여), 丷㔾底亠(ᄒᆞᄂᆞ뎌여), 丷㔾士㇆底亠(ᄒᆞᄂᆞᆫ뎌여), 丷士㇆底亠(ᄒᆞᆫ뎌여)'가 있다. 이때의 자형 '底'는 자형 '亠'와 결합하여 문장의 끝에서 2인칭 의문에 사용된 것으로 보이는데, 앞서 언급한 자형 '-亇/宁'와 그 기능이 동일한 것으로 보인다. 그리고 자형 '田'의 음은 '뎐'으로 읽으며, 본자는 '田'이다. 이 자형의 대표적인 결합유형에는 '丿乚ラ田㇆(홀의뎐)'와 '丿乚田㇆(홀뎐)'가 있는데 이때의 자형 '田'은 음독 구결 자료 가운데 조선 초기 자료에서 주로 발견되는 자형이다.37) 자형 '㕜', '立/亠', '西/一'도 본자는 각각 '書', '立', '西'로 다르지만 동일한 음 [셔]를 표기하는 데

36) 자형 '亇'의 유형과 관련하여 정재영(1993), (1995), (1996)에서는 '午丷㔾宁' 등을 의문형으로 보았다.

37) 남경란(2005)에서는 이 자형이 음독 구결의 초기 자료(고려 말)에 사용된 자형 '上', '㫆'의 후대형일 가능성이 높은 것으로, 그 기능은 '上', '㫆'와 동일한 것으로 본 바 있다.

사용되었다. 자형 '圭'의 본자는 '書'이고, 자형 '立/亣'의 본자는 '立'이며, 자형 '西/一'의 본자는 '西'로 그 음은 모두 '셔'로 읽을 수 있다. 음독 구결 자료에서 일반적으로 음 '-셔'를 표기하는 데는 자형 '亣/立'와 '一/西', 그리고 '圭[書]'가 사용된다. ≪능엄경≫의 여러 이본들을 살펴보면 자형 '立/亣'가 사용된 결합유형은 '去刂小立ソ金(거이쇼셔ᄒᆞ샤), 去ソ小立(거ᄒᆞ쇼셔), 个ソ小立(라ᄒᆞ쇼셔), ソ小立(ᄒᆞ쇼셔), ソ小立ソ㇏(ᄒᆞ쇼셔ᄒᆞ야)' 등이, 자형 '圭'가 사용된 결합유형은 '去ソ小圭(거ᄒᆞ쇼셔), ソ小圭(ᄒᆞ쇼셔)' 등이 있다. 또한 자형 '一/西'가 사용된 결합유형은 '去㇏ソ小一(거이ᄒᆞ쇼셔), ソ小一(ᄒᆞ쇼셔)', '㇏西(야셔), 才㇏西(어이셔), ソ口西(ᄒᆞ고셔), ソ㇏西(ᄒᆞ야셔), ソ㇏㇏西(ᄒᆞ야이셔)' 등이 있다. 그런데 이때 자형 '立/亣', '圭'는 종결을 표기하는 데만 사용되었으며, 자형 '一/西'는 종결과 연결 모두를 표기하는 데 사용되었음을 알 수 있다. 또한 자형 '刂/伊', '㇏', '㔾'는 본자가 '伊', '是', '已'로 다르지만 동일한 음 [이]를 표기하는 데 사용되었다. 자형 '刂/伊'의 본자는 '伊'이고, 자형 '㇏'[38]의 본자는 '是', 자형 '㔾'의 본자는 '已'이다. 이들 자형은 모두 음 [이]를 표기하는 데 사용되었다. 그런데 ≪능엄경≫ 이본을 살펴볼 때, 자형 '刂'는 조사, 계사, 공손의 자리 등에 사용되었는데 비해서, 자형 '㇏'는 조사와 계사의 자리에만 사용되고, 공손의 자리에는 대개 자형 '㔾'가 사용된 것을 알 수 있다.[39]

다섯째, 자형의 모양은 동일하나 본자와 그 표기음이 다른 것으로는 '朩(果), 朩(等)', '人(果), 人(旀)', '女(女), 女(如)', '𠆢(羅/罒), 𠆢(舍)',

38) 이 자형과 관련하여 정재영은 그의 논문 <순독구결 자료 ≪法網經菩薩戒≫에 대해서>에서 'i(이)'에 대해서 "주격조사는 계사 '이-'를 엄신섭본과 국립 도서관본에서는 '刂'자로 표기하였다. 정문연본에서는 '刂' 또는 '㇏'자로 표기하고 있다. 이것은 모두 '是'의 약체자이다. 석독구결에서는 '刂(이)'자만 쓰였다. 안동본 ≪楞嚴經≫에서는 '刂', '㇏' 표기가 공존하고 있다."라 하였다.

39) 보다 자세한 사항은 남경란(2009)을 참조할 수 있다.

'罒(羅), 罒(四)', '刂(利), 刂(伊)', '尸/户(戾), 户(所), 尸/户(戶)', '丷(爲), 丷(也)'의 8종이 있다. 이 가운데 '朩'는 본자가 果이고 음은 [과]인데 비해 '朩'은 본자가 等이고 음은 [드]로 본자와 음이 서로 다르다. 또 '人'는 본자가 果이고 음은 [과]인데 비해 뒤의 '人'는 본자가 旀이고 음은 [며]로 본자와 음이 서로 다르다. '女'는 본자가 女이고 음은 [녀]인데 비해 뒤의 '女'는 본자가 女/如이고 음은 [여]로 본자와 음이 서로 다르다. '亼'는 본자가 羅이고 음은 [라]인데 비해 뒤의 '亼'는 본자가 舍이고 음은 [사]로 본자와 음이 역시 다르다. 또 자형 '罒'는 본자가 羅이고 음은 [라]인데 비해 뒤의 '罒'는 본자가 四이고 음은 [ᄉᆞ]로 서로 다르다. 자형 '尸/户'는 본자가 驢이고 음은 [려]인데 비해 뒤의 '户'는 본자가 所이고 음은 [소]이며, 자형 '尸/户'는 본자가 戶고 음은 [호]로 서로 다르다. 자형 '刂'는 본자가 利이고 음은 [리]인데 비해 뒤의 '刂'는 본자가 伊이고 음은 [이]로 서로 다르다. 자형 '丷'는 본자가 爲이고 음은 [위]인데 비해 뒤의 '丷'는 본자는 爲로 62번의 본자와 동일하지만 음은 [ᄒᆞ]로 서로 다르다. 이 두 자형의 음이 다른 이유는 앞의 자형은 본자 爲의 음을 그대로 차용한 반면 뒤의 자형은 본자 爲의 훈을 차용하였기 때문이다.

6) ≪능엄경언해≫ 구결의 변화 양상

한문을 보다 더 국어의 구조에 가깝도록 하는 방법을 모색하게 되었는데 그것이 바로 한문에다 구결을 삽입하는 방법이었다. 구결을 단다는 것은 한문을 국어화하려는 노력의 일단이었다.

원문은 그대로 둔 채 문맥의 흐름을 파악하여 구두(句讀)가 끊어지는 곳을 정한다. 이렇게 결정된 구두처에다 문맥에 맞는 국어의 접사를 삽입함으로써 구결문은 완성된다.

구결이 한글 창제 이전에는 한자의 음과 석을 차용한 차자법으로써 표기되었던 것이다. 그러다가 한글이 창제된 이후부터는 차자 대신 한글로 구결을 표기하게 되었다. 그러나 언해문헌을 통한 중세국어의 연구에서도 지금까지는 번역문 쪽으로만 주목한 채 원문에 달린 한글 구결에 대해서는 관심의 대상이 되지 못했다.

15세기 간경도감에서 간행한 ≪능엄경언해≫, ≪법화경언해≫, <육조대사법보단경언해>에 달린 한글 구결은 <구역인왕경>이나 <금광명경> 등에 달린 석독 구결을 바탕으로 성립[40]되었다.

≪능엄경언해≫에 사용된 석독 구결의 흔적은 첫째, ≪능엄경언해≫의 구결이 음독하기 위한 구절단위의 구결임에도 불구하고 어떤 경우에는 석독 구결에 일치할 정도의 축자적이며 번역적인 구결이 발견된다는 사실이다. 둘째, 석독 구결에서 자주 발견되는 구결의 중첩현상을 들 수 있다. ≪능엄경언해≫에는 명사구가 아닌데도 조사가 구결에 노출된다든지, 구절 속의 동사마다 대응되는 구결을 모두 표시한다든지 하여 구절 끝의 구결이 이중 삼중 겹쳐 있는 예를 자주 보게 된다.

동사구가 주어의 기능을 발휘할 때 그 구결을 주격조사로만 하느냐 아니면 동명사형으로 다느냐 하는 선택은 구결 기입자의 기입방식에 따라 달라진다. 구결은 그때그때의 상황과 종파, 그리고 기입자의 기입방식에 따라 유동적으로 사용될 수 있기 때문에 음독 구결이 한글 구결로 전환되는 상황에서 구결은 그 대응 양상이 다양하게 변하게 되는 것이다.

이러한 점을 감안하여 한글 구결의 변화 양상은 격조사를 중심으로 살펴보고, 다만 ≪능엄경≫의 경우에는 의문형 어미, 감탄형 어미, 부정 구문을 덧보태어 살펴볼 것이다.

≪능엄경≫의 한글 구결이 언해문에서 동일한 기능을 갖는 문법 형태소로 반영되었음을 알 수 있다. 아래에서는 ≪능엄경≫의 한글 구결

40) 김문웅(1986:15).

중 언해문과의 대응에서 가장 다양한 양상을 보이는 주격조사와 의문형 어미, 감탄형 어미, 부정구문에 대해서 살펴본다.

(1) 격조사

① 주격

≪능엄경언해≫의 주격에는 ‘ㅣ’, ‘이’, ‘Ø’가 사용되었다.

주어가 분명히 드러나는 구문에서는 주격조사가 생략되는 현상이 많이 나타나며, 동일한 주어라 하더라도 수식어가 붙어 주어가 분명하게 드러나지 않게 되면 생략하지 않는 방식을 채택하고 있다. 따라서 주격조사의 생략은 구결의 도움 없이도 주어라는 사실을 알기에 혼란이 일어나지 않을 때 가능했다는 사실을 알 수 있다.

≪능엄경언해≫의 구결문과 언해문에 나타나는 주격 조사가 쓰인 예를 제시하면 아래와 같다.

(7) ㉠ [구결문] 如來ㅣ 宣說호ᄃᆡ 性覺이 妙明ᄒᆞ며 本覺이 明妙ㅣ라
[언해문] 如ᅀᅧᆼ來ᄅᆡᆼㅣ 펴 닐오ᄃᆡ 性셩覺각이 妙묳明명ᄒᆞ며 本본覺각이 明명妙묳ㅣ라
㉡ [구결문] 此ᄂᆞᆫ 爲群疑ㅣ 塞滯ᄒᆞ샤 須籍講通일ᄊᆡ
[언해문] 이ᄂᆞᆫ 모ᄃᆞᆫ 疑읭心심이 마쿄ᄆᆞᆯ 爲윙ᄒᆞ샤 모로매 講강論론ᄒᆞ야 通통호ᄆᆞᆯ 브터ᅀᅡ ᄒᆞ릴ᄊᆡ
㉢ [구결문] 富那ᄂᆞᆫ 既盡諸漏호ᄃᆡ 尙縈疑悔ᄒᆞ면 則餘衆은 可知也ㅣ로다
[언해문] 富붕那낭ᄂᆞᆫ ᄒᆞ마 諸졍漏릏ㅣ 다오ᄃᆡ 오히려 疑읭悔횡예 범글면 나ᄆᆞᆫ 衆즁은 어루 알리로다
㉣ [구결문] 覺이 非所明이어늘 因明ᄒᆞ야 立所ᄒᆞᄂᆞ니
[언해문] 覺각이 ᄇᆞᆯ곯 고디 아니어늘 ᄇᆞᆯ교ᄆᆞᆯ 因힌ᄒᆞ야 所송ㅣ 셔ᄂᆞ니

용례 (7)의 ㉠㉡은 ‘如來宣說, 疑塞滯’가 ‘주어+서술어’ 구조로 이루어진 경우이고, ㉢㉣은 ‘盡諸漏, 立所’가 ‘서술어+주어’의 구조로 이루어진 예이다. ≪능엄경≫의 구결문에는 ㉠㉡과 같이 ‘주어+서술어’ 구

조인 경우 문장 성분 사이에 '如來ㅣ 宣說호딕(㉠), 疑읭心심이 마쿄몰(㉡)'과 같이 주격 조사가가 실현된 것을 볼 수 있다. 이에 반해 '서술어+주어'의 구조인 ㉢㉣은 '盡諸漏호딕, 立所ᄒᆞᄂᆞ니'처럼 구결문에는 주격 조사가 실현되지 않고 언해문에만 '諸졍漏륳ㅣ 다오딕, 所송ㅣ 셔ᄂᆞ니'로 우리말 어순에 따라 언해가 이루어지면서 주격 조사가 실현되어 있는 것을 볼 수 있다. ≪능엄경≫의 구결문에서 주격 조사는 원문 구절이 '주어+서술어'로 이루어진 경우 더 적극적으로 실현되는 것을 알 수 있다.

주격 조사의 이형태로는 'ㅣ'와 '이'가 나타나는데 그 예는 아래와 같다.

(8) ㉠ [구결문] 初敍疑爾時에 富樓那彌多羅尼子ㅣ 在大衆中ᄒᆞ야셔 卽從座起ᄒᆞ야
[언해문] 그ᄢᅴ 富불樓릏那낭彌밍多당羅랑尼닝子ᄌᆞᆼㅣ 大땡衆즁中듕에 이셔 곧 座쫭로셔 니러
㉡ [구결문] 阿難ᄋᆡ 多聞과 富那ᄋᆡ 說法이 各居第一ᄒᆞ니
[언해문] 阿핡難난ᄋᆡ 해 드롬과 富불那낭ᄋᆡ 說웛法법이 各각各각 第一ᅙᅵᇙ에 居겅ᄒᆞ니

≪능엄경≫에서 구결문의 주격 조사는 주어의 음운적 환경에 따라 달리 선택된다. 주어가 모음으로 끝난 '富樓那彌多羅尼子(㉠)'에는 'ㅣ'가 자음으로 끝난 '說法(㉡)'에는 '이'가 쓰였다. 주어의 음운적 환경에 따른 주격 조사 'ㅣ'와 '이'의 실현 양상은 언해문에서도 동일하게 나타난다.

용례 (7)과 (8)의 예에서 구결문의 주격 조사가 언해문에 충실하게 반영되어 있는 것을 볼 수 있는데 ≪능엄경≫이 구결문에 충실하여 언해가 이루어졌음을 알 수 있다. ≪능엄경≫에서 구결문의 주격 조사가 언해문에 실현되지 않은 경우는 많지 않은데 아래의 예가 있다.

(9) [구결문] 又如來ㅣ 說ᄒᆞ샤ᄃᆡ 地水火風이 本性圓融ᄒᆞ야[5ㄱ]周偏法界ᄒᆞ야
[언해문] ᄯᅩ 如ᅀᅧᆼ來ᄅᆡᆼ 니ᄅᆞ샤ᄃᆡ 地띵水ᄉᆔᆼ火황風봉이 本본性셩이 두려이
노[5ㄴ]이 法법界갱에 周쥼偏변ᄒᆞ야

이밖에도 구결문의 주격 조사 ‘ㅣ’가 언해문의 체언과 결합하여 상향 이중모음을 형성하는 예가 있다.

(10) ㉠ [구결문] 而我ㅣ 不知是義攸往ᄒᆞᄉᆞᆸ노니
[언해문] 내 이 ᄠᅳ듸 간ᄃᆞᆯ 아디 몯ᄒᆞᄉᆞᆸ노니
㉡ [구결문] 阿難아 汝ㅣ 且觀此祇陀樹林과 及諸泉池ᄒᆞ라
[언해문] 阿ᅙᅡᆼ難난아 네 ᄯᅩ 이 祇낑陀땅樹ᄊᆑᆼ林림과 모ᄃᆞᆫ ᄉᆡᆷ과 못과 보라
㉢ [구결문] 以性相이 相違ᄒᆞ며 理事ㅣ 相礙ᄒᆞ야 實常情疑滯ㄹᄉᆡ
[언해문] 性셩과 相샹괘 서르 어긔며 理링와 事ᄊᆞᆼ왜 서르 마가 實씷로 샹녯 ᄠᅳ뎃 疑읭心심 마쿄밀ᄊᆡ

용례 (10)의 ㉠과 ㉡은 구결문의 주격 조사 ‘ㅣ’가 언해문의 1인칭 주어 ‘나’와 2인칭 주어 ‘너’와 결합하여 각각 ‘내(나+-ㅣ), 네(너+-ㅣ)’로 축약되어 상향 이중모음을 형성한 예이다. ㉢은 구결문의 ‘理事ㅣ’가 언해문에서는 ‘理링와 事ᄊᆞᆼ왜’로 집단 곡용을 하는 것으로 나타나는데 ‘事ᄊᆞᆼ왜(事+-와+-ㅣ)’로 공동격 조사 ‘와’와 주격 조사 ‘ㅣ’가 축약된 것이다. 이 경우 구결문에는 공동격 조사가 나타나지 않는다.

② 속격

≪능엄경언해≫의 속격에는 ‘-ᄋᆡ/의’와 ‘-ㅅ’이 사용되었다.

중세국어에서 ‘-ᄋᆡ/의’와 ‘-ㅅ’는 그 쓰임이 ‘유정물의 평칭’, ‘유정물의 존칭, 그리고 무정물과 연계’될 때 사용된다.[41] 그러나 이 가운데 ‘-ㅅ’는 한글 구결에서는 ‘유정물의 존자’에게 붙는다는 점에서 중세국어

41) 안병희(1968:337-345).

의 그것과 차이가 있다. 이는 ≪능엄경언해≫가 불경이라는 특수한 상황에 기인하여 부처를 비롯한 존자들을 무정물과 함께 묶어 처리할 수 없다는 구결 기입자의 태도[42]에 기인한 것으로 판단된다. 이는 ≪능엄경언해≫ 전체를 통해서 볼 때도 '-ㅅ'이 무정물에 쓰인 예는 거의 없으며, 대개는 유정물의 존칭, 그 가운데서도 '여래'와 결합하여 사용되었다. 그러나 한글 구결문을 번역한 언해문에서는 중세국어의 법칙대로 '-ㅅ'은 유정물 존칭뿐만 아니라 무정물의 속격에도 활발히 사용되었음을 알 수 있다.

속격조사는 원칙적으로 명사구와 명사구 사이의 관계를 맺어줌으로써 소유나 제한의 기능을 발휘하는 것이지만 때로는 '주격에서 변형된 속격'과 '목적격에서 변형된 속격', '조격에서 변형된 속격' 등 통사적 기능을 발휘한 경우도 발견된다.

③ 목적격

≪능엄경언해≫의 목적격에는 '-올/을', '-롤/를'이 사용되었다.

이 가운데 '-를'은 ≪능엄경언해≫의 한글 구결에서는 찾아보기 어렵고 다만 번역한 언해문에서는 사용되고 있다는 점이 특이하다. 그리고 목적의 기능을 하는 형태로는 불완전명사 'ᄉᆞ'와 'ᄃᆞ'를 활용한 '-솔'과 '-ㄴ돌' 등도 사용되었다.

국어는 타동사문에서 목적어가 서술어 앞에 나타나는 구조에 속하지만 한문은 목적어가 서술어 뒤에 오는 구조이다. 따라서 목적격의 구결은 어디까지나 국어와 같은 구조에서만 필요한 것이므로 한문의 어순대로 빈동(賓動)구조로 된 구절일 때만 목적격조사를 구결로 붙인다.

④ 처격

≪능엄경언해≫의 처격에는 '-애', '-에', '-예'가 사용되었다.

42) 김문웅(1986:26).

다만 중세국어에서 흔히 사용되는 처격 '-익'와 '-의'가 전혀 쓰이지 않는다는 것이 차이점이다.

한글 구결에 사용된 처격의 용법은 크게 '시간'과 '처소'로 나눌 수 있는데, '시간'과 관련된 처격 조사는 시간의 개념을 나타내는 명사구 이외에도 '前, 時, 昔, 夜, 先, 歲' 등의 시간어와 연결되어 사용된다. 이러한 시간을 지시하는 한자어들은 대개 구절 전체를 한정하는 기능을 가지므로 문두에 놓이게 되는 것이 일반적인데, 동사구가 시간을 나타낼 때에는 특별히 시간을 뜻하는 불완전명사 '적'을 구결로 사용하기도 한다.

처격조사는 중세국어나 현대국어에서 명사에 붙어 여러 가지 의미로 쓰이지만 유정명사에 대해서만은 처격조사를 쓸 수 없는 제한이 있다. 그러나 한글 구결의 경우에는 한문의 유정명사에도 처격조사가 그대로 사용된다는 것이 중세국어나 현대국어와의 차이점이다. 다시말해 구결에는 어떤 경우에도 여격조사를 채택하고 있지 않다[43]는 것이다.

⑤ 조격

≪능엄경언해≫의 조격에는 '-(ᄋᆞ/으)로'가 사용되었다.

조격은 명사구에 붙어서 동사구의 여러 가지 의미를 제한하는 기능을 발휘하며, 대개는 한자의 일정한 허자(虛字)들과 호응하여 붙는 것이 특징이다. 여기에 해당하는 허자로는 '以, 使, 令, 與, 故, 自' 등을 들 수 있다.

⑥ 공동격

≪능엄경언해≫의 공동격에는 '-와/과'가 사용되었다.

이 격조사는 동반이나 비교의 기능을 가지며, 둘 이상의 명사구를 연결시켜 주는 접속의 기능을 가지기도 한다. 이 가운데 접속의 기능을 가진 '-와/과'는 대체로 같은 의미범주나 속성에 속하는 대상물들을 나열

43) 김문웅(1986:38).

할 때 사용된다. 한문에서도 접속의 기능을 갖는 허자(虛字)로서 '及, 與, 幷' 등이 개입하여 쓰이기도 한다.

중세국어에 나타나는 공동격조사의 특징은 병렬되는 체언마다 모두 붙이게 되어 있어 맨 끝의 체언 뒤에도 '-와/과'를 붙인다. 이는 한글 구결에도 그대로 적용되나 맨 끝 체언에 복수 표지의 한자어 '諸, 等'이 포함되어 있을 때는 공동격조사를 연결하지 않는다.

⑦ 호격

호격에 사용되는 한글 구결로는 '-하'와 '-아' 그리고 '-(이)여'가 있다. ≪능엄경언해≫의 경우, '-하'는 '세존'에 주로 사용되고 그 이외에는 '-아', 그리고 '-(이)여'는 감탄의 의미가 내포되었을 때 사용되었다.

(2) 의문형 어미

≪능엄경≫의 구결문에는 '-리오, -오, -가, -잇가, -아' 등의 의문형 어미가 나타난다. 의문형 어미가 쓰인 예를 제시하면 다음과 같다.

(11) ㉠ [구결문] 何假密因ᄒᆞ시며 菩薩ㅅ 道用ᄋᆞᆫ 其用이 無作거시니 孰爲萬行이리오
[언해문] 엇뎨 秘빙密밇ᄒᆞᆫ 因인ᄋᆞᆯ 브트시며 寶뽛薩삻道똫用용ᄋᆞᆫ 그 用용이 지ᅀᅮᆷ 업거시니 뉘 萬먼行ᅘᆡᇰ이 ᄃᆞ외리오
㉡ [구결문] 其所化人이 何啻億萬이리오
[언해문] 그 敎ᄀᆕᇢ化황ᄒᆞᆫ 사ᄅᆞ미 엇뎨 億ᅙᅳᆨ萬먼ᄯᆞᄅᆞ미리오
㉢ [구결문] 云何忽生山河大地오 ᄒᆞᄂᆞ니 汝常不聞가
[언해문] 엇뎨 믄득 山산河ᅘᅡᆼ大땡地띵 나니오 ᄒᆞᄂᆞ니 네 상녜[9ㄱ]듣디 아니ᄒᆞᄂᆞ다
㉣ [구결문] 夫汝所謂覺과 所謂明은 意作何解오
[언해문] 네 니ᄅᆞ논 覺각과 니ᄅᆞ논 明[10ㄴ]명은 ᄠᅳ데 엇던 아로ᄆᆞᆯ 짓ᄂᆞᆫ다
㉤ [구결문] 汝稱覺明은 爲復性明을 稱名爲覺가 爲覺不明ᄋᆞᆯ 稱爲明覺가
[언해문] 네 니ᄅᆞ논[10ㄱ]覺각과 明명과ᄂᆞᆫ ᄯᅩ 性셩이 ᄇᆞᆯᄀᆞᆫ 거슬 覺각이라 일훔ᄒᆞᄂᆞ다 ᄇᆞᆰ디 몯ᄒᆞᆫ 것 아로ᄆᆞᆯ ᄇᆞᆯᄀᆞᆫ 覺각이라 니ᄅᆞ

ᄂᆞᆫ다

ⓑ [구결문] 汝ㅣ 應觀此六處엣 識心ᄒᆞ라 爲同가 爲異아 爲空가 爲有아 爲非同異아 爲非空有아

[언해문] 네 반ᄃᆞ기 이 여슷 고댓 識식心심을 보라 ᄀᆞᆮᄒᆞ녀 다ᄅᆞ녀 空콩ᄒᆞ녀 잇ᄂᆞ녀 ᄀᆞᆮ홈과 달옴괘 아니가 空콩과 이슘괘 아니가

ⓢ [구결문] 或同ᄒᆞ며 非同ᄒᆞ며 或異ᄒᆞ며 非異아

[언해문] 시혹 ᄒᆞᆫ 가지며 ᄒᆞᆫ 가지 아니며 시혹 다ᄅᆞ며 다ᄅᆞ디 아니ᄒᆞ녀

ⓞ [구결문] 則我ㅣ 無著ᄋᆞ로 名爲心이잇가 不ㅣ잇가

[언해문] 내 著땩 업수므로 일후믈 ᄆᆞᅀᆞ미라 ᄒᆞ리잇가 몯ᄒᆞ리잇가

ⓩ [구결문] 是義ㅣ 必明ᄒᆞ야 將無所惑ᄒᆞ야 同佛了義호니 得無妄耶ㅣ 잇가

[언해문] 이 ᄠᅳ디 반ᄃᆞ기 ᄇᆞᆯ가 쟝ᄎᆞ 疑읭心심 업서 부텻 了룡義읭ᄀᆞᆮ호니 아니외니잇가

용례 (11)의 ㉠-㉢은 구결문의 의문사 '何', '孰'가 있는 문장에 의문형 어미 '-리오/이오/오'가 쓰인 예인데 언해문에서는 '엇뎨/누구 ~ -리오/이오/오'로 나타난다. ㉣과 ㉤은 구결문에 2인칭 주어 '汝'가 쓰인 문장에 의문형 어미 '-오/-가' 쓰인 예이다. 이들은 언해문에서 2인칭 주어 '네'가 쓰였기 때문에 의문형 어미는 모두 '-ᄂᆞᆫ다'로 언해되어 중세 국어의 일반적인 의문문 '2인칭 주어 네 ~ -ᄂᆞᆫ다'의 구조를 보인다. ㉥과 ㉦은 구결문의 의문형 어미 '-아/-가'가 쓰인 예이다. 이 어미들은 언해문에는 '-아/-가' 혹은 '-녀'로 대응된다. ㉧과 ㉨은 구결문과 언해문에 동일한 어미 '-잇가'가 쓰인 것으로 ≪능엄경≫의 언해가 구결문에 충실하여 이루어졌음을 알 수 있다.

≪능엄경≫의 구결문과 언해문에서 의문형 어미의 선택에 차이를 보이는 요인은 2인칭 주어인 '汝/네'임을 알 수 있다.

(3) 감탄형 어미

≪능엄경≫의 구결문에 나타나는 감탄형 어미는 '-놋다, -도다, -로다,

-ㅣ로다' 등이 있다. 의문형 어미가 쓰인 예를 제시하면 다음과 같다.

(12) ㉠ [구결문] 二義ㄹ 推窮컨댄 皆不成界ᄒᆞᄂᆞᆺ다
[언해문] 두 ᄠᅳ들 推췽尋씸ᄒᆞ야 窮궁究굼컨댄 다 界갱 이디 몯 ᄒᆞᄂᆞᆺ다
㉡ [구결문] 汝ㅣ 尙不知로다
[언해문] 네 ᄉᆞᆫ지 아디 몯ᄒᆞᄂᆞᆺ다
㉢ [구결문] 奇才茂器ㅣ 皆流爲蒸砂迷客이며 設食飢夫ㅣ로다
[언해문] 奇끵特뜩ᄒᆞᆫ ᄌᆡ조와 큰 그르시 다 흘러가 몰애 ᄣᅵᄂᆞᆫ 迷
惑ᅘᅬᆨᄒᆞᆫ 소니며 밥 니르ᄂᆞᆫ 주으린 아비 ᄃᆞ외ᄂᆞᆺ다
㉣ [구결문] 今에 縱離外見코 而成內對ᄒᆞ나 卽是ᄂᆞᆫ 眼이 能友觀이로다
[언해문] 이제 비록 밧 보ᄆᆞᆯ 여희오 안 對됭호미 ᄃᆞ외나 곧 이ᄂᆞᆫ 누니
能ᄂᆞᆼ히 두르혀 보ᄂᆞᆺ다
㉤ [구결문] 摩所不至어시ᄂᆞᆯ 而末世初機ㅣ 空能究盡ᄒᆞ도다
[언해문] 至징極끅디 아니ᄒᆞᆫᄃᆡ 업거시ᄂᆞᆯ 末맗世솅옛 첫 機긩 <機
ᄂᆞᆫ 性셩이라> 能ᄂᆞᆼ히 다 알리 드므도다

≪능엄경≫의 구결문에는 '-ᄂᆞᆺ다, -도다, -로다, -ㅣ로다' 등의 감탄형 어미가 쓰였다. 이들 어미는 언해문에서도 동일하게 나타나는데 위의 용례 (12)를 보면 그 대응 양상은 다름을 알 수 있다. 구결문과 언해문에 모두 '-ᄂᆞᆺ다'가 쓰인 예는 1회 나타나고, 구결문의 '-로다/-이로다/ㅣ로다'가 언해문에는 '-ᄂᆞᆺ다'로 나타는 예가 가장 많다. 구결문의 '-도가'가 언해문에서도 '-도다'로 쓰인 예도 있다.

≪능엄경≫의 구결문에는 감탄형 어미 '-도다'와 '-로다'가 가장 많이 쓰인 반면 언해문에는 이들이 '-ᄂᆞᆺ다'로 나타나 구결문과 언해문의 감탄형 어미의 빈도에 차이가 남을 알 수 있다.

(4) 부정문

≪능엄경≫의 구결문에서 부정문은 '不, 非' 등에 의해 이루어진다. 구결문의 '不'과 '非'를 언해한 예를 제시하면 아래와 같다.

(13) ㉠ [구결문] 如來[6ㄱ]ㅣ 隱於藏心ᄒᆞ니 非密因이면 不顯ᄒᆞ리며
[언해문] 如ᅀᅧᆼ來ᄅᆡᆼㅣ 藏ᄍᆞᆼ心심에 수머 잇ᄂᆞ니 密밇因ᅙᅵᆫ 곳 아니면 나타나디 아니ᄒᆞ리며
㉡ [구결문] 菩薩이 淪於七趣ᄒᆞ니 非萬行이면 不修ᄒᆞ릴ᄉᆡ
[언해문] 菩뽕薩삻이 七칧趣츙에 ᄢᅵ디여 잇ᄂᆞ니 萬먼行ᅘᆡᆼ 곳 아니면 닷디 몯ᄒᆞ릴ᄊᆡ
㉢ [구결문] 爲此性이 本自明ᄒᆞ야 靈然不昧홀ᄉᆡ
[언해문] 이 性셩이 本본來ᄅᆡᆼ 제 ᄇᆞᆯ가 靈령ᄒᆞ야 어둡디 아니홀ᄊᆡ
㉣ [구결문] 故로 下애 云ᄒᆞ샤ᄃᆡ 覺이 非所明이어늘
[언해문] 이런ᄃᆞ로 아래 니ᄅᆞ샤ᄃᆡ 覺각이 ᄇᆞᆯ굟 고디 아니어늘
㉤ [구결문] 有所ᄒᆞ면 非覺이오 無所ᄒᆞ면 非明이니
[언해문] 所송ㅣ 이시면 覺각이 아니오 所송ㅣ 업스면 明명이 아니니
㉥ [구결문] 不可判爲異會ᄒᆞ며 科爲異義也ㅣ니
[언해문] 다ᄅᆞᆫ 會ᅘᅰᆼ 사ᄆᆞ며 科쾅ᄒᆞ야 다ᄅᆞᆫ ᄠᅳᆮ 사모미 몯ᄒᆞ리니
㉦ [구결문] 謂心이 但能知홀ᄉᆡ 不可言見이라ᄒᆞ니
[언해문] 닐오ᄃᆡ ᄆᆞᅀᆞ미 오직 能ᄂᆞᇰ히 알ᄊᆡ 보ᄂᆞ다 닐오미 몯ᄒᆞ리라 ᄒᆞ니

구결문의 '不'와 '非'가 언해문에서는 '몯하-', '아니-'로 언해된 것을 볼 수 있는데, 언해문에서는 문맥에 따라 다양한 구문으로 실현되어 있다. ㉠㉡의 구결문의 '非 ~ 不'이 'N 아니면 ~ 디 몯ᄒᆞ-'로 언해되어 있다. ㉢에는 구결문의 '不'이 '-디 아니-'로 언해되어 있는데 '-디 아니'는 구결문의 '不'에 가장 많이 대응하는 예이다. ㉣㉤에서는 구결문의 '非'가 언해문의 'N이 아니-'와 대응하는데 이 구문은 구결문의 '非'와 가장 많이 대응하는 예이다. ㉥㉦은 구결문의 '不'이 언해문의 'V오미(-오-+-ㅁ+-이) 몯ᄒᆞ'와 대응하는데 이 경우 구결문의 서술부에는 서술격 조사 '- , -이'가 쓰인 것을 볼 수 있다. 구결문의 '不'이 언해문에서 부정구문으로 언해될 경우 구결문의 서술부에 어미가 있을 경우 '-디 몯ᄒᆞ' 구문으로, 구결문의 서술부에 서술격 조사가 있을 경우 '-이 몯ᄒᆞ-'로 언해되는 것을 알 수 있다.

2. ≪법화경≫

1) ≪법화경≫의 구성과 성격

≪법화경≫은 원래 ≪妙法蓮華經≫의 약칭이다. 우리나라 천태종의 근본경전이며 현재 한국불교 근본경전의 하나로서 불교전문강원의 수의과(隨意科) 과목으로 채택되고 있다. 총 7권 28품으로 이루어져 있으며 초기 대승경전(大乘經典) 중에서도 가장 중요한 불경이다. 우리나라에서는 여러 종류의 한역본 중 구마라습(鳩摩羅什)이 번역한 <妙法蓮華經>이 가장 널리 보급되고 유통되었다.

'법화경'은 범어 'Siddharma Pundarika-Sutra'의 번역이다. '싯다르마'란 바른 진리(正法), '푼드리카'는 하얀 연꽃(白蓮), '수트라'는 경(經)이라는 의미로 직역하면 '하얀 연꽃 같이 올바른 가르침'이다. 그래서 '법화경'을 최초로 한역한 서진의 축법호는 원래 제목을 살려서 '정법화경(正法華經)'이라고 옮겼다. 또 요진의 구마라습은 '바른'이라는 단어를 '묘(妙)'라는 의미로 해석해서 '묘법연화경(妙法蓮華經)'이라고 번역했다. 법화(法華)라는 뜻은 부처님께서 깨달으신 경지를 진흙탕에 뿌리를 내리고 있지만 결코 그 더러움에 물들지 않고 아름답게 피어난 연꽃에 비유한 말이다.[44]

대승불교와 소승불교는 다 같이 불타의 정신에 의거한 것이기는 하나 그 교리와 수행의 태도에는 현격한 차이가 있었다. 그리하여 양자에는 상호 이단시하기에 이르렀고 이러한 상태는 비교적 장기간 계속되었다. 즈음에 편협한 일면적 교의가 아니라 폭이 넓은 포괄적 정신으로 대소승불교를 종합하고 조화통일하려는 의미에서 "諸佛一乘 會佛歸一"의 기

---

44) 서재영 : http://www.buruna.org/ 참조.

치를 높이 들고 나타난 경전이 법화경이다. 소승불교를 방편의 세계에 포섭하여 대승불교에 전입시키려는 것이 법화경의 근본정신인 것이다.[45]

≪법화경≫의 본문은 [無量義經], [迹門], [本門]의 세 가지 체재로 나누어진다. 이 가운데 '무량의경(無量義經=開經)'은 '덕행품(德行品)', '설법품(說法品)', '십공덕품(十功德品)'으로 나누어지고, '적문(迹門)'은 다시 '서품(序品)', '방편품(方便品)', '비유품(譬喻品)', '신해품(信解品)', '약초유품(藥草喻品)', '수기품(授記品)', '화성유품(化城喻品)', '오백제자수기품(五百弟子受記品)', '수학무학인기품(數學無學人記品)', '법사품(法師品)', '견보탑품(見寶塔品)', '제바달다품(提婆達多品)', '권지품(勸持品)', '안락행품(安樂行品)'의 14品으로 나누어진다. 그리고 '본문(本門)' 역시 '종지용출품(從地涌出品)', '여래수량품(如來壽量品)', '분별공덕품(分別功德品)', '수희공덕품(隨喜功德品)', '법사공덕품(法師功德品)', '상불경보살품(常不經普薩品)', '여래신력품(如來神力品)', '촉루품(囑累品)', '약왕보살본사품(藥王普薩本事品)', '묘음보살품(妙音菩薩品)', '관세음보살보문품(觀世音菩薩普門品)', '다라니품(陀羅尼品)', '묘장엄왕본사품(妙莊嚴王本事品)', '보현보살권발품(普賢菩薩勸發品)', '불설관보현보살행법경(佛說觀普賢普薩行法經)'의 14品으로 나누어져 있다.

'迹門'의 근본 사상은 방편이고 '本門'의 근본 사상은 구원실성이다. '방편사상'은 석존이 일체중생의 근기에 따라 제도하는 수단방법을 강구함을 뜻하고, '구원실성'은 부처님이 시간에 구애됨 없는 구원성을 밝힌 것이다. 바로 이 '방편사상'과 '구원실성'이 ≪법화경≫의 근본정신이다. 그런데 ≪법화경≫ 전후품에서는 末世衆生들을 교화함에 있어 행해야 할 '菩薩行道'에 대해 강조하고 있기 때문에 '보살행도'도 역시 '방편사상'과 '구원실성'과 더불어 ≪법화경≫의 중요한 근본정신이라

---

45) 문단용(1977:242).

할 것이다.[46]

2) ≪법화경≫의 전래

중국에서 아직 천태종이 성립하기 이전에 이미 우리나라에는 ≪법화경≫이 수용, 전래되었을 뿐만 아니라 양적으로나 질적인 면에서 그 사상의 깊고 넓음이 오히려 중국을 능가할 정도였다.[47]

우리나라는 고려시대 대각국사 의천에 와서 천태종으로서의 一宗이 開立되어 교학적인 사상의 정립과 신앙으로서 나타나게 되지만 이는 삼국시대부터 있었던 ≪법화경≫의 신앙이 계승된 것이다. ≪법화경≫의 한역본이 중국에서 이루어지자 삼국으로 유포되고 신앙화 되었다는 근거는 ≪삼국유사≫ 권5의 내용에서 찾을 수 있다. 이 내용에는 양산 영가산의 승려 朗智가 항상 ≪법화경≫을 독송하여 신통력이 있었는데, 사미 智通이 보현의 정계를 받아 朗智에게 귀의하였다. 智通이 朗智의 내력을 묻자, 朗智가 "法興王 丁未年"에 신라에 왔다는 말을 하였다. 이 정미년은 527년으로, 법흥왕 정미년은 신라에 처음으로 불교가 弘布된 해이니 법화사상은 신라 불교초기부터 수용되었음을 알 수 있다.[48]

3) ≪법화경≫의 수용양상

≪법화경≫이 성립되기 전에도 이미 인도에서는 많은 대승경전들이 결집되었다는 사실은 ≪법화경≫ 서품[49]에 나타나 있다.

서품의 내용으로 미루어 볼 때 ≪법화경≫ 이전에는 반야경이나 아

46) 문단용(1977:242-244) 참조.
47) 문단용(1977:248).
48) 문단용(1977:246) 참조.
49) <妙法蓮華經> 권1.

미타불과 아촉불, 삼매수행과 관련된 대승경전, 화엄십지설이나 문수보살에 관련된 교리, 그리고 ≪보적경≫이나 ≪유마경≫, ≪화엄경≫ 일부와 ≪능엄경≫ 등도 성립되었다고 볼 수 있다. 또한 이러한 사실들은 ≪법화경≫의 핵심사상이 일승사상[50]이라는 점과 ≪법화경≫ 서품 제1의 설명에서도 뚜렷이 드러난다.[51]

원형 ≪법화경≫에서 파생된 ≪법화경≫의 제본들은 여러 종류이지만, 원형 ≪법화경≫은 하나이기 때문에 법화 제본의 내용은 거의 동일하다. 다만 게송 부분이 증보 되거나 목차 구성이 약간 다를 뿐 내용은 원형 ≪법화경≫과 거의 변함이 없다.

그런데 우리나라에 전파된 ≪법화경≫은 이들 가운데 구마라습이 번역한 ≪妙法蓮華經≫이었다.

구마라습이 번역한 묘법연화경(법화경)은 한국에서 개판된 불전 가운데 개판된 횟수가 가장 많은 불전으로 손꼽힌다. 그런데 이 법화경들은 거의가 계환이 저술한 ≪묘법연화경요해≫본이라는 점이다. <계환 해>의 ≪법화경≫은 유독 한국에서 성행[52]했던 것 같다. <계환 해>의 ≪법화경≫이 우리나라에 처음 수용된 것은 고려 천태종, 백련사 보현도량(1240년)에 의해서이며, 이 계환 해는 주로 법화도량의 강본으로 사용되었다.

조선으로 들어서면서 <계환 해>의 ≪법화경≫은 천태종의 한계를 넘어 범불교적으로 성하게 간행하게 되었다.[53]

계환의 법화관은 禪을 바탕으로, 華嚴과 法華를 一揆로 보는 華法一致思想이라 할 수 있다.[54] 이는 계환 해가 고려의 백련사 계통 천태

---

50) 일승이란 가르침은 하나이기 때문에 성불의 가르침만이 진실이라는 의미이다.
51) 승우(2001:4-5).
52) 고익진(1975) 참조.
53) 江田俊雄, <朝鮮版法華經異版考>, 108쪽.
54) 板本幸男 외(1973:461) <法華經>, 岩波文庫.

종에 수용될 수 있었던 중요한 이유 중의 하나인 동시에 천태종을 넘어 조계종에까지 수용되게 된 일차적 원인이 되기도 한다.

≪법화경≫이 천태종이 아닌 종파에서 최초로 개판된 예는 태종 5년인 1405년 도솔사 안심사에서 간행한 ≪법화경≫이 있다. 그런데 이 안심사본의 발문에는 이 ≪법화경≫이 조계종 승려 信希에 의해 鏤板되었다고 기록되어 있어 조계종에서 간행한 ≪법화경≫이 천태종의 그것과 다른 것처럼 인식될 수 있다.

그러나 ≪법화경≫을 우리나라에 처음 수용했던 천태종 백련사의 개창주인 了世는 한 때 보조지눌[55]을 따라 조계선을 닦은 일이 있으며, 그의 제자 청명국사 天因도 보조의 제자 慧諶에게서 조계요령을 체득한 일이 있다.[56] 그리고 안심사에서 간행한 계환 해 ≪법화경≫의 발문을 천태종과 깊은 관계에 있었던 權近이 쓰고 있어 천태종과 조계종의 긴밀한 交涉이 있었음을 알게 한다.

우리나라에서 간행된 ≪법화경≫ 가운데 유독 계환 해 ≪법화경≫이 성행했던 이유는 조선 초기 모든 종파에서 중시했던 功德思想이 ≪법화경≫의 신앙사상과 일치하였던 까닭이다.

≪법화경≫ 사상의 요체는 佛이 多佛이면 衆生도 多衆生인 것이다. ≪법화경≫ 주석서들은 붓다 일생의 교법을 체계적으로 논술하는 것을

---

55) 지눌(知訥 1158~1210(의종 12~희종 6)
고려 중기 승려. 속성은 정씨(鄭氏), 자호는 목우자(牧牛子). 한국 선종(禪宗)의 중흥조(中興祖)이다. 1182년(명종 12) 승과에 급제하였고, 나주(羅州) 청량사(淸凉寺), 예천(醴泉) 보문사(普門寺) 등지에서 선(禪)과 교(敎)가 다르지 않음을 깨우쳤다. 1205년(희종 1)에는 송광사(松廣寺)에서 120일 동안 큰 법회를 열었고 그곳에 머무르며 강설·저술을 계속하였다. 10년에 법상(法床)에 앉은 채로 입적하였다. 저서에 ≪권수정혜결사문(勸修定慧結社文)≫, ≪계초심학인문(誡初心學人文)≫, ≪원돈성불론(圓頓成佛論)≫, ≪화엄론절요(華嚴論節要)≫, ≪법집별행록절요병입사기(法集別行錄節要竝入私記)≫ 등이 있다. 국사(國師)로 추증되었으며, 탑호(塔號)는 감로(甘露), 시호는 불일보조(佛日普照)이다.

56) 고익진(1975:181).

핵심으로 삼게 되었다.[57] 이에 김수온이 <석가보> 증수 과정에서 ≪법화경≫과 인연을 맺었고 ≪법화경≫을 더욱 찬탄하게 되었다.[58]

이후 ≪법화경≫이 사상은 천태종 계통뿐만 아니라 불교계 일반에까지 널리 확산되었으며, 오늘날까지 계속되고 있다.

4) ≪법화경≫ 구결의 성립

불교의 경전은 불, 법, 승 삼보의 신앙 대상 중 법보에 해당되는 것으로 석존열반 이후 석존에게 직접 귀의할 수 없게 된 불제자들은 불존이 설한 경전에 귀의하고 그에 의한 신앙생활을 계속해 왔다.

≪고려사≫와 ≪고려사절요≫는 경전신앙에 대한 많은 강경법회에 대한 자료를 남겨 놓았다.[59] 강경이란 경전을 강의하고 해석하는 것으로 이는 불교의 弘教를 위해 마땅히 행해야 될 것으로, 이와 같은 의미의 강경은 오늘날까지 계속되고 있다. 이와 같은 강경을 하게 됨이 공덕을 쌓게 된다는 생각을 하게 되면서부터 강경법회는 본래의 목적을 잃고 형식화되어 강경도량과 같은 하나의 예식형태를 갖추게 되었던 것이다. 그런데 고려의 강경은 기도의 의미를 갖는 예식적 강경과 예식적 목적과 본래의 목적의 절충형인 중간형의 강경의 성격이 짙다. ≪고려사≫ 충렬왕 때의 기록으로 미루어 볼 때 법화경이 강경 본래의 의미보다는 祈雨, 薦慶 등의 祈禱의 성격이 강하게 나타나고 있다.[60]

이와 같이 기도의 목적을 갖고 의례화한 讀經을 轉經, 또는 轉讀이라고 하는데 전경은 경전을 전부 읽는 것이 아니고 略讀하는 것이다. 이러한 독경 양식은 독경 신앙으로 이어졌고, 이에 '通法華經', '寫法華經',

57) 동국대 불교교재편찬위원회(2002:202), <불교사상의 이해>, 불교시대사.
58) 조윤호(2004:23).
59) 홍윤식 : "고려불교의 신앙의례", <한국불교사상사>, 8쪽 참조.
60) 문단용(1977:253).

'創觀音' 등의 의례행위로 발전되었다. 이것이 다시 법화영험신앙으로 발전되어 영산법회를 상징화한 의례절차로 정립되었고 이것이 오늘날의 '靈山作法儀禮'라 볼 수 있다.[61]

이에 고려와 조선 시대의 불교 대중들은 보다 더 많은 공덕을 쌓는 길이 ≪법화경≫의 경전의 뜻을 이해하는 것보다는 경전을 독송하고 베껴 쓰는 것이고 판단하였을 것이다. 이 과정에서 ≪법화경≫의 音讀[62] 구결문이 널리 성행했을 것으로 여겨진다. 특히 음독 구결은 구결문의 성격에 따라 뜻풀이와 풀이순서를 중점으로 하는 '번역 중심'의 '석독 구결'과는 달리 구결문의 읽기와 한문식 풀이에 중점으로 하는 '독송 중심'의 구결이다. 이는 경전의 뜻을 이해하는 것보다는 경전을 독송하고 베껴 쓰는 고려의 독경신앙과도 일치하며, '通法華經', '寫法華經', '創觀音' 등의 의례행위와도 일맥상통하는 것이다. 때문에 '通法華經'의 의례행위는 ≪법화경≫의 음독 구결의 다양성을 낳았으며, 이러한 다양성은 독송자와 구결 기입자의 종파와 학문적 성향, 그리고 기입자 개인의 독송방식에 따라 약간의 변이된 형태를 띠게 되었을 것이라 판단된다. 그리고 '寫法華經'의 의례행위는 우리나라에서 간행된 ≪법화경≫의 서체가 다양하게 되는 결과를 낳았다. 이러한 결과는 조선시대 간행된 ≪법화경≫을 시기별로 살펴보면 잘 알 수 있다.

현전하는 ≪법화경≫은 대략 ① 성달생(成達生) 서체 계열, ② 정희왕후(貞熹王后) 계열, ③ 초주갑인자와 을해자 번각 계열, ④ 송광사 계열 등으로 분류할 수 있으며, 이외에도 세조 연간에 간행된 황진손(黃振孫) 서체의 ≪법화경≫이 있다. 이들 계열을 간행 시기별로 간략히 제시하면 다음과 같다.[63]

---

61) 문단용(1977:254).

62) 구결은 흔히 '외형적 관점'과 '내용적 관점'에 따라 나누어진다. '외형적 관점은' 다시 기입 매체, 기입 색깔, 기입 위치, 표기 방법 등에 따라 나누어지고 '내용적 관점'은 뜻풀이와 풀이 순서 등에 따라 나누어진다.(남권희 : 1999)

1) 성달생 서체 계열

(1) 원본

㉮ 태종6(1405)년 전라도 안심사 간행본

㉯ 세종4(1422)년 대자암 간행본－영남대 소장본

㉰ 세종25(1443)년 간행본

(2) 번각본

㉮ 성종조 번각본－1477(花岩寺 - 전라도 고산)

㉯ 명종조 번각본－1564(中庵 - 황해도 수안), 1565(福泉寺 - 보은)

㉰ 선조조 번각본－1572(大乘寺 - 상주), 1606(大芚寺 - 선산)

㉱ 광해군조 번각본－1611(珍山)

㉲ 효종조 번각후쇄본－1649(通度寺-양산)

2) 정희왕후[64] 계열

(1) 원본

㉮ 1457년 초주갑인자본

㉯ 1470년 성종1년 관판본－현재 권3-4(보물 1196호), 권5-7(보물 1147호)

(2) 번각본

㉮ 중종조 번각본

㉠ 1527(중종22)년, 안동 광흥사(廣興寺), 김수온 발문.

㉯ 선조조 번각본 및 후쇄본

㉠ 1569(선조2)년, 상주 보문사(普門寺) - 1623년 후쇄.

㉡ 1574(선조7)년, 충주 덕주사(德周寺) 甲戌年 - 丁酉年후쇄.

㉢ 1575(선조8)년, 하동 쌍계사(雙溪寺).

㉰ 광해군조 번각본

㉠ 1609(광해군1)년, 전주 귀신사(歸信寺).

㉡ 1622(광해군14)년.

㉱ 인조조 번각본 및 후쇄본

㉠ 1627(인조5)년, 청도 박월암(朴月庵).

㉡ 1630(인조8)년.

㉢ 1632(인조10)년.

---

63) 현전하는 ≪법화경≫의 간행에 대해서는 남권희(1998)과 강순애·이현자(2001)을 참조하였다.

64) 정희왕후(1418-1483)는 조선 제4대왕 세조의 비이다.

㉣ 1634(인조12)년.
㉤ 1635(인조13)년, 예천 용문사(龍門寺).
㉥ 1636(인조14)년.
㉦ 1636(인조14)년, 함양 군자사(君子寺).
㉧ 1638(인조16)년, 밀양 영천사(靈泉寺).
㉨ 1638(인조16)년, 문경 김용사(金龍寺).
㉩ 1643(인조21)년, 상주 보문사(普門寺).
㉪ 1646(인조24)년, 전주 백운암(白雲巖).
㉫ 1647(인조25)년.
㉬ 1647(인조25)년, 안음 장수사(長水寺).

㉯ 효종조 번각본
㉠ 1649(효종즉위)년, 乾川寺.
㉡ 1651(효종2)년.
㉢ 1653(효종4)년.
㉣ 1655(효종6)년, 보은 법주사(法住寺).
㉤ 1656(효종7)년, 의성 천곡사(大谷寺).

㉳ 현종조 번각본 및 후쇄본－1659(德周寺), 1664(磨谷寺, 直指寺), 1665(直指寺), 1667(天柱寺), 1668(雲興寺), 1669(敲防寺), 1672(현종13)년 번각본 및 1665(직지사) 판본 후쇄본.
㉴ 숙종조 번각본 및 후쇄본－1678(廣興寺), 1708(廣興寺) 印經, 1685(大典寺), 1695(雲岩寺), 1695(長水寺), 1705(숙종31) 및 1678(廣興寺) 판본 후쇄본.
㉵ 경종조 번각본 및 후쇄본－1724(靈覺寺) 및 1736(靈覺寺) 印經.
㉶ 영조조 번각본－1726(玉山寺) 중간, 1747(영조23) 白雲庵.
㉷ 고종조 번각본－1875(雲峰寺) 印經.

3) 활자본 계열
㉮ 중종조 번각후쇄본－1567(명종22)년, 안음 靈覺寺.
㉯ 선조조 번각본－1573(선조6)년, 은진 雙寺. 1607(선조40)년.
㉰ 광해군조 번각본－1615(광해군7)년, 순천 松廣寺.
㉱ 인조조 번각본 및 후쇄본－1631(청도 水岩寺), 1633(해남 大興寺).

4) 송광사계 음역본－1799(정조23), 1821(순조21), 1856(철종7).

5) ≪법화경≫ 구결의 변화 양상

≪법화경≫의 이본에 사용된 자형은 '可(가), 去(거), 去(거), 口(고), 古(고), 果(과), 人(과), 果(과), 𠆢(ᄀ/기), 尹(나), 乃(나), 汝(녀), 女(녀), 又(노), 了(뇨), 匕(니), 尼(니), 𠤎(ᄂᆞ), 斤(늘), 乛(ㄴ/은), 丨(다), 大(대), 力(더), 方(더), 叻(더), 加(더), 丁(뎡), 田(뎐), ㅋ(도), 刀(도), 斗(두), 土(디), 入(들), 月(ᄃᆞᆯ), 厶(ᄃᆡ), 丶(라), 今(라), 呂(려), 灬(로), 彔(록), 㒷(리), 矛(리), 尸(戾려), 户(戾려), 乚(ㄹ/을), 乙(ㄹ/을), 广(마), 午(마), 久(며), 尔(며), 分(면), 丆(면), 面(면), 勿(믈), 未(매), 火(ᄇᆞ/브), 巳(읍), 巴(ㅂ/읍), 邑(ㅂ/읍), 氵(사), 𠆢(샤), 全(샤), 舍(샤), 立(셔), 一(셔), 西(셔), 户(소), 所(소), 小(쇼), 二(시), 士(ᄉᆞ), 白(ᄉᆞᆸ), 七(ㅅ), 叱(ㅅ), 卩(아), 阝(아), 阿(아), 阝(야), 也(야), 才(어), 亠(여), 亦(여), 丿(오), 午(오), 卜(와), 𠃍(의), 衣(의), 乀(이), 刂(伊이), 已(이), 刃(도), 上(뎨), 其(긔/제), 之(지), 土(토), 下(하), 丿(호), 乎(호), 乎(호), 兮(히), ソ(ᄒᆞ), 為(위), 十(히/긔), 快(쾌), 他(타)'의 105개이다. 이 가운데 '可, 去, 口, 果, 乛, 又, 匕, 𠤎, 丨, 大, 入, 厶, 七, 全, 小, 二, 士, 氵, 乚, 阝, 才, 丿, ソ'의 23개 자형은 모든 이본들에 나타난다. '果, 斤, 加, 矛, ㅋ, 分, 立, 乙, 刂, 乎'의 10개 자형은 '기림사본'에서 나타나며, '叻, 上, 刃, 汝, 尔, 勿, 火, 衣, 已'의 9개 자형은 '영남대본'에 나타난다. 그리고 '尼, 面, 巳(邑), 阿, 乎, 尸/户(戾), 了, 為, 快, 他, 土'의 12개 자형은 '백두현본'에서 찾을 수 있다. 이들 자형들이 '기림사본'에 사용된 것은 52개, '영남대본'에 사용된 것은 78개, '백두현본'에 사용된 것은 74개이다. 이들 이본들의 구결 기입 시기는 대략 '기림사본', '영남대본', '백두현본' 순으로 여겨진다. 이와 같이 구결 자형이 각 이본마다 가지 수가 다르게 나타나는 원인은 ① 이본별 구결 기입자의 차이, ② 기입자의 자형 선택의 차이, ③ 구결 기입의 시기, ④ 기입자의 원전 해석 차이(번역 양상) 등과 관련

이 있을 것으로 생각된다.

이를 바탕으로 ≪법화경≫ 이본에 쓰인 105개 자형을 유형별로 나누어 살펴보면 다음과 같다. 이들 가운데 앞서 ≪능엄경≫에서(43쪽에서부터 50쪽까지) 설명한 부분은 언급하지 않기로 한다.

첫째, 본자(本字)와 이체자(異體字)가 함께 쓰인 것으로는 '去, 厶', '古, 口', '果, 木', '其, 八', '尼, ヒ', '加, 力, 力', '刀, 刃', '面, 丆', '邑, 巴, 已', '叱, 七', '舍, 全, 人', '西, 一', '阿, 𠆤, 了', '亦, 亠', '衣, 𠂝', '乎, 丆, ノ'의 16종이 있다. 이와 같이 본자와 약체자 여러 개가 함께 사용된 까닭은 기입자가 어느 자형을 선택하여 기입했느냐에 따라 달라진 것이다. 자형 '古, 口'는 그 음이 '고'로 읽으며, 본자는 '古자'이다. 이 자형은 음독 구결 자료에서 설명의문형어미, 연결어미 등 현대문법에서 나타나고 있는 기능을 두루 지닌다. 그런데 음독 구결 자료에서 '-ㅁ-'가 확인의 의미를 지닌 선어말어미로 쓰인 예가 나타나는데, '(가)본'에 나타나는 결합유형 '口ヒ(고니)'[65]가 그것이다. 자형 '其, 八'는 그 음을 '그/긔'로 읽을 수 있으며, 본자는 '其'이다.[66] 음독 구결 자료에 나타나는 자형 '其'의 대표적인 유형은 ≪능엄경≫ 이본과 ≪법화경≫ 이본에 나타나는 'ソㄴ其乀(홀긔/홀제)', 'ソㄱ其乀(흔긔/흔제)', 'ソㄴ其𠂝(홀긔/홀저긔)' 등을 들 수 있고, 이체자 '八'의 결합유형에는 '口八(곡)'(능엄경, 법화경 등), 'ソ⺀八(ᄒᆞ약)'(능엄경), 'ノㅌ口八(호ᄂᆞ곡)'(법화경), 'リ八(익)'(범망경), 'ソ矛八(ᄒᆞ럭)'(범망경) 등을 들 수 있다. 이 자형의 독음과 관련하여 안병희(1988)[67]와 이승재(1993:83-84)[68]에서

---

65) (예) 名飮癡水去ニㄱ 菩薩ㄱ 見慢 如避巨溺(45a:11)慢習ㄱ 驕逸口ヒ 由輕凌恃己而發ソㅌヒ소

66) 음독 입겿 자료에 나타나는 자형 '八'의 본자와 관련하여 이승재(1997)에서는 "只/其?"라 하여 그 본자가 '只'일 수도 있으나, '其'일 가능성도 있음을 시사한 바 있다.

67) "釋인 '저'를 차용하여 형식명사 '제'를 표기하는 데 쓰인다"라고 하였다.

68) "其等徒의 독법을 따라 其矣를 '저의'로 읽어둔다"라 하였다.

는 모두 '저'로 추정하고 있다. 이 음을 '저'로 추정하는 근거로 이두 표기에 나타나는 '저드늬(其徒等) <이두 휘편>'과 '저의(其矣) <이두 편람>'을 들고 있는데 이들 이두 자료는 거의 대부분이 연대 미상의 문헌들이기 때문에 고대 또는 중세 한국어의 음을 추정하는 데는 다소의 무리가 있어 보인다. 특히 근거로 제시하고 있는 <이두 휘편>의 '저드늬(其徒等)'와 <이두 편람>의 '저의(其矣)'를 <조선어 사전>에서는 '그의들(其徒等)', '그의(其矣)'로 읽고 있으며, <이두 집성>에서는 '그의내(其矣徒)', '그의몸(其矣身)', '그의몸생(其矣身叱分)' 등으로 읽어, 보다 더 많은 어휘가 '그'로 읽히고 있음을 간과할 수 없다. 뿐만 아니라 16세기의 문헌 자료인 <신증유합>과 <석봉 천자문>에서도 한자 '其'의 훈음이 "그 긔"(신증유합 상 19 : 석봉 천자문 30)로 되어 있어 여말선초 음독 구결의 자료에 나타나는 자형 '其'는 '그'로 읽혔을 가능성이 높다고 여겨진다. 자형 '尼, ヒ'는 그 음을 '니'로 읽으며, 본자는 '尼'이다. 이 자형 'ヒ'는 어말어미의 '-니'와 선어말어미 '-니-'의 기능을 하는 'ヒ'가 있는데 이들은 음독 구결 자료에 전반에 걸쳐 나타난다. ≪능엄경≫ '(가)본', '(나)본', '남풍현본'과 <범망경> 이본, <불설사십이장경> 원암사 이본들, ≪법화경≫ '기림사본'의 구결들은 선행 연구[69]에서 늦어도 13세기 후반에 기입된 것으로 밝히고 있는데, 구결이 기입된 연대가 13세기 후반이라면 그 구결들은 앞선 시기의 언어를 반영하고 있으므로 어말어미 '-니'와 선어말어미 '-니-'의 기능을 하는 'ヒ'는 늦어도 13세기에 발달하였다고 보아도 좋을 듯하다. 자형 '加, 力, カ'[70]

69) 선행연구에는 남풍현(1995), 남권희(1997ㄴ), 이승재(1995), 남경란(1997)·(1998)·(2000)·(2001) 등이 있다..

70) 정재영(1996)에서는 고려말과 조선초기의 입겿 자료부터 '木, 入(ᄃᆞ/드)' 등이 의존명사 'ᄃᆞ'뿐만 아니라 선어말어미 '-더-'와 관련된 것을 표기하는 데도 자주 사용되었다고 언급하면서, 아울러 15세기 이후의 입겿 자료에서 '-더-'를 표기할 경우 'カ, 加'자를 주로 사용하였다고 보았다.

는 그 음을 '더'[71]로 읽을 수 있고, 본자는 '加'로 추정된다. 음독 구결 자료에 나타나는 자형 '加, ガ, カ'는 일반적으로 15세기 이후의 입겿 자료에서 '-더-'를 표기할 경우에 사용된다고 보고 있으나, 음독 입겿의 초기 자료에서 이미 사용된 것으로 보인다. 음독 구결의 초기 자료에서 보이는 자형 '-ホ', '-ㅅ', '-か'의 교체에서도 이러한 가능성들을 추정할 수 있을 것이다. 그러나 이들 자형들은 다만 구결을 기입하는 기입자가 '더'음을 표기할 때 본자의 음을 차용하느냐, 또는 새김을 차용하느냐에 따라 자형이 다르게 기입된다. '더'의 표기를 본자의 음으로 기입하였을 경우는 당시에 사용하는 입겿 자형 가운데 그 음에 가까운 'ホ(等)'가, 새김을 차용하여 기입하였을 경우에는 자형 'ㅅ(入)', 'か(加)'가 선택되었을 가능성이 높다. 자형 'ㄲ, 刃'는 그 음을 '도'로 읽으며, 본자는 '刀'이다. 이 자형은 음독 구결 자료에서 이체자 'ㅋ'로도 표기된다. 이 자형은 음독 구결 자료에서 주로 감동, 양보, 공동, 첨가 등의 의미로 사용되었다. 이 자형은 음독 구결 자료에 나타나는 자형 'ㅆ'류와 동일한 자리에 사용되기도 하였는데, 초기 자료에서는 그 의미 기능뿐만 아니라 독음도 동일했던 것으로 보인다. 자형 '靣, ㄱ'은 그 음을 '면'로 읽으며, 본자는 '面'이다. 음독 구결 초기 자료에서는 중세한국어의 '-면'에 해당하는 표기를 주로 '㢱ㄱ'으로 표기하였고, 'ㄱ'은 드물게 사용되었다고 보고, '㢱→久'의 변화와 함께 '㢱ㄱ'은 점차 '久ㄱ'으로 대체되었으며, 후대로 갈수록 'ㄱ'으로 표기되는 경향이 뚜렷하다고 보는 일부의 견해가 있어 왔다. 이는 남권희(1999)의 "조선 중기부터 구한말까지의 문헌별 구결 자형표"를 참고해 보더라도 그 사실을 확인할 수 있다. 그러나 자형 '㢱 → 久'의 변화와 함께 '㢱ㄱ'은 점차 '久ㄱ'으로 대체되었으며, 후대로 갈수록 'ㄱ'으로 표기되었을 가능성도 있으나, 이미 여말선초 음독 구결 자료에서부터 'ㄱ' 또는 '靣'이 '-면'을 표기하는데 사용되

71) 독음 '더'는 본자 '加'의 새김을 차용한 것이다.

었을 가능성도 배제할 수는 없다. 자형 '叱, 七'72)는 그 음을 'ㅅ'으로 읽으며, 본자는 '叱'이다. 자형 '阿, 卩, 了'는 그 음이 '가'이고 본자는 '可'이다. 이 자형은 음독 구결 자료에서 자형 'ア, す'로 표기되기도 한다. 음독 구결에서 주로 확인의 의미를 지닌 선어말어미와 의문의 의미를 지닌 종결어미에 쓰이고 있으나 더러는 확인의 자리와 동작의 중단을 뜻하는 자리에도 사용되었다. 음독 입겿 자료에 나타나는 '-可-'가 확인의 의미를 지닌 선어말어미로 사용된 용례로는 '可ヒ丰乙(-가니어늘), 可亽(-가라), ＼氵可ヒト(이아가니와), 可ヒ令ㅌ(-가니어나)' 등을 들 수 있다. 이는 자형 '可(가)'가 대립되는 모음 '거'음의 표기에 전용한 것으로 볼 수 있으나, 선어말어미에 나타나는 '-去-'와 중단형 '-丨去', '-全去'에 사용된 '-去-'뿐만 아니라 의문의 의미를 지닌 종결 자리에서도 '-可'를 대신하여 '-去'가 사용되고 있는 점 등을 미루어 볼 때 이를 단순히 전용되었다고만 볼 수는 어려울 듯하다. 자형 '衣, ラ'73)는 그

72) 이 자형과 관련된 논의는 다양하다. 김완진(1985)에서는 '叱'字가 어찌하여 'ㅅ'의 표기에 이용되었는지 아직 확실하지 않으나 '時'字에서 왔을 가능성이 있다고 언급하였으며, 안병희(1968)에서는 일찌기 이두 자료에 쓰인 속격조사에 '-叱[ㅅ]'과 '-矣[의]' 가운데 '-叱[ㅅ]'은 무정명사와 존칭명사에 통합되고 '-矣[의]'는 비존칭명사에 통합되는 것이 원칙이라고 지적한 바 있다. 또 이장희(1995)1)에서는 '-七'의 기능을 1) 말음첨기로 사용된 '-七', 2) 속격조사로 사용된 '-七', 3) 관형어미로 사용된 '-七'으로 나누어 분석하기도 하였고, 백두현(1996)에서는 석독 입겿과 음독 입겿에서 '-七'의 기능을 언급하면서 "석독에서의 자형 '七'은 주로 속격 표기에 쓰인 것인데, 그 용법이 매우 다양하여 1) 부사형 어미(皆七, 共七, 勤七, 若七) 2) 어간말음 첨기자(有七丨, 無七今, 及七) 3) 감동법의 선어말어미(未刂ノ7刂氵七丨) 4) 속격 '-ㅅ'(ソㅌ七, ソ令七, 氵七, 之七) 등을 나타내는 글자로 쓰였다."고 보았다. 또 음독에서 '七'은 매우 다양한 문법형태를 표기한 글자로서 속격, 처격, 의문어미 '-ᄃᆞ녀', 감동법 어미, '딧'(팃)의 말음표기, 비교 등의 표기에 사용된 것으로 보았다.

73) 이승재(1995:341)에서는 'ラ'가 '衣'자에서 온 것이어서 '衣'의 음을 딴 것은 '의'로 읽고 '衣'의 새김 '옷'에서 '오'를 딴 것은 '오'로 읽을 수 있다고 보았다. 또 'ラ'를 '오'로 읽을 수 있는 논거로 'ラ七丨'의 'ラ'를 들 수 있다고 언급하면서 'ラ七丨'는 '엇다' 혹은 '옷다'로 읽을 수 있는데, 이를 '엇다'로 읽는 경우는 '-

음을 ‘의’로 읽으며, 본자는 ‘衣’이다. 이 자형들은 언해본과 대조해 보면 모두 ‘ᄋᆡ/의’를 표기하고 있음을 알게 된다. 자형 ‘乎, 丆, ノ’는 그 음을 ‘호’로 읽으며, 본자는 ‘乎’이다.

둘째, 동일한 본자의 어느 부분을 따느냐에 의해 자형의 꼴이 달라지는 것에는 ‘禾, 刂’, ‘卩/阝, 了’, ‘オ, 仒’의 3종이 있다. 자형 ‘禾’는 본자 ‘利’의 왼쪽 부분을, 자형 ‘刂’는 본자의 오른쪽 부분을 따온 것이고, 자형 ‘卩/阝’는 본자 ‘阿’의 왼쪽 부분을, ‘了’는 본자의 오른쪽 부분을 따온 자형이다. 또 자형 ‘オ’는 본자 ‘於’의 왼쪽 부분을, ‘仒’는 본자의 오른쪽 부분을 따온 자형이다. 이와 같이 동일한 본자이더라도 여러 가지 꼴을 가지게 된 까닭은 기입자가 본자의 어느 부분을 따서 사용하였는가에 따라 달라진 것이다.

셋째, 동일한 본자의 약체자가 여러 이형(異形)으로 변한 것에는 ‘ㄌ, 力, 叻’, ‘亽, 丶’, ‘久, 尒, 人’, ‘全, 𠆢’, ‘乙, ㄴ’, ‘阝, 卩’, ‘亠, ㄑ’, ‘丆, ノ’, ‘户, 尸’의 9종이 있다. 이는 구결을 기입하는 기입자의 필체, 또는 약체자 선택에 의해 다르게 사용되었을 뿐, 어떤 특정 자형에서 다른 자형으로 변화하였다고 보기는 어렵다.

넷째, 동일한 음을 표기하는 데 둘 이상의 서로 다른 차자가 쓰인 것에는 ‘乃, 尹’, ‘入, 月’, ‘汝, 呂’, ‘广, 亇’, ‘西/一, 立’, ‘户/所, 小’, ‘阿/卩/阝/了, 阝’, ‘刂, 巳, ㇏’의 8종이 있다. 이 가운데 자형 ‘乃’, ‘尹’는 그 본자가 각각 ‘乃’, ‘那’로 다르지만 동일한 음 [나]를 표기하는 데 사용되었다. 자형 ‘乃’는 음독 구결 자료에 나타나는 자형 ‘𠂋’, ‘尹’와 거의 동일한 자리에 쓰인 용례가 많이 있다. 이는 선어말어미 자리에 동일하게 쓰인 ‘可ソ𠂋ヒ(가ᄒᆞ니), 去ニ𠂋斗(거시ᄂᆞ두), 𠂋ヒ(ᄂᆞ니), 亽ソ𠂋ヒ(라ᄒᆞᄂᆞ니), 亽ソニ𠂋入亠(라ᄒᆞ시ᄂᆞ들여), 户𠃍入ソニ𠂋ヒ亽

의’의 표기에 쓰인 ‘ㄋ’가 ‘-어’의 표기에 전용된 것으로 보았다. 그리고 그 논거로 ‘ㄋ七丨’와 ‘去七丨’의 형태론적 구성이 일치한다는 점을 들었다.

(혼들ᄒᆞ시ᄂᆞ니라), 午ソㅌ宁(오ᄒᆞᄂᆞ뎌), 丶ㅌヒ(이ᄂᆞ니), 丶ㅌヒᄉ(이ᄂᆞ니라), 丶ᄉソㅌヒ(이라ᄒᆞᄂᆞ니), 丶ᄉソㅌヒ丨(이라ᄒᆞᄂᆞ니다), 丶ᄉソㅌヒᄉ(이라ᄒᆞᄂᆞ니라), ソㅌ去三キㄴ(ᄒᆞ나거시어을), ソㅌロ(ᄒᆞᄂᆞ고), ソㅌヒ(ᄒᆞᄂᆞ니)’ 등과 어말어미 자리에 동일하게 쓰인 ‘去ヒ才ㅌ(거니어나), 去ㅌ(거나), 去三ㅌ(거시나), ロ亠三ㅌ(고여시나), 土三ㅌ(디시나), ᄉノㅌ(라호나), 亽ㅌ(어나), 才ㅌ(어나), 才三ㅌ(어시나), 丶ㅌ(이나), 丶亽ㅌ(이어나), リ才三ㅌ(리어시나), ソㅌ(ᄒᆞ나), ソ禾才ㅌ(ᄒᆞ리어나), ソ禾キㅌ(ᄒᆞ리어나), ソ三ㅌ(ᄒᆞ시나)’ 등이 그것이다.

이때의 자형 ‘乃’와 ‘ㅌ’는 중세한국어 언해에서 앞 문장과 뒷 문장 가운데 어느 하나를 선택할 경우에 오는 연결어미 ‘-나’와 확인의 의미 요소, 현재 시상의 의미 요소를 표기하는 데 사용되었다. 이로 미루어 볼 때 자형 ‘乃’와 ‘ㅌ’는 선어말어미에 사용되든 어말어미에 사용되든, 그 음가는 [na]를 표기한 것으로 보인다. 이 두 자형은 ‘尹’로도 표기되었는데 이때의 자형 ‘尹’도 그 독음이 동일했을 가능성이 크다. 음독 구결에서 ‘乃’와 ‘ㅌ’ 두 자형 모두가 초기 자료에서는 선어말어미와 어말어미의 자리에 사용되었던 것으로 여겨진다. 그러다가 시간이 지나면서 자형 ‘乃’는 선어말어미의 세력이 약화되어 점차 어말어미 자리에서만 쓰이게 되었으며, 선어말어미의 자리는 차 자형 ‘ㅌ’가 차지하게 된 것으로 보인다.

그러나 음독 구결 자료에서 ‘ㅌ’가 사용된 결합유형들을 살펴보면 어말어미 ‘-거늘’혹은 ‘-어늘’의 ‘늘’을 표기한 것이라고 보이는 ‘去ㅌㄴ(거ᄂᆞᆯ), 才ㅌㄴ(어ᄂᆞᆯ), 丶才ㅌㄴ(이어ᄂᆞᆯ), ソㅌㄴ(ᄒᆞᄂᆞᆯ), ソㅌㄴリ丨(ᄒᆞᄂᆞᆯ이다), ソㄋ去ㅌㄴ(ᄒᆞ야거ᄂᆞᆯ), ソㄋ三ㅌㄴ(ᄒᆞ야시ᄂᆞᆯ)’ 등이 나타난다. 이 자형 ‘ㅌ’는 자형 ‘乃’와 ‘尹’에서도 언급하고 있듯이 모두 동일한 자리에 쓰였을 가능성이 큰데, 이때의 자형 ‘乃’와 ‘ㅌ’는 앞 문장과 뒷 문장 가운데 어느 하나를 선택할 경우에 오는 연결어미 ‘-나’와 확인의 의미 요소, 현재 시상의 의미 요소를 표기하는 데 사용되었다. 이로 미루어 볼 때 자형 '乃' 와 'ㅌ','尹'는 선어말어미에 사용되든 어말어미에 사용되든 그 음가는 [나]로 표기한 것으로 보인다. 즉 세 자형 가운데 '乃'는 앞서 언급한 바와 같이 고려 말에 선어말어미에서의 기능을 잃어버리고 어말어미에서만 남아 있다가 세력이 약화되어 나중에는 자형 'ㅌ'로 통합된 것이라 할 수 있다. 자형 'ㅅ', '月'[74]도 본자는 각각 '入', '月'로 다르지만 동일한 음 [ᄃᆞᆯ·들]을 표기하는 데 사용되었다. 자형 'ㅅ'는 음독 구결에 나타나는 자형 'ㅣ', 'ホ'와 공통점이 많은데, 특히 이들 자형은 모두 문장 종결 어미로 사용되었으며, 조건을 나타내거나 회상의 의미를 나타내는 데 쓰였다. 이 세 자형 가운데 자형 'ㅣ'는 음독 구결 초기 자료에서는 '문장 종결', '비유 구문', '회상법', '조건 표현'의 네 가지 기능을 가지고 있었으나, '비유 구문', '회상법', '조건 표현'의 기능은 점차 자형 'ㅅ'로 통합되고 '문장 종결'의 기능만 남게 된 것으로 보인다. 또한 자형 'ホ'도 음독 구결 초기 자료에서는 '회상법, 형식 명사형, 비유 구문, 조건 표현, 가정의 표현, 원인의 표현, 감동 표현' 등으로 사용되었는데, 후대로 올수록 자형 'ホ'의 기능 중에 특히 회상의 의미 요소는 자형 'ㅅ'로 통합된 것으로 보인다. 뿐만 아니라 후대 자료에서는 '형식 명사형, 비유 구문, 조건 표현, 가정의 표현, 원인의 표현, 감동 표현' 등에도 대부분 자형 'ㅅ'가 사용되고 있다. 자형 '汝', '呂'는 본자가 각각 '汝', '呂'로 다르지만 동일한 음 [려]를 표기하는 데 사용되었으며, 자형 '广', 'ケ'도 본자는 각각 '摩'와 '勹/每'로 다르지만 동일한 음 [마]를 표기하는 데 사용되었다. 음독 구결 자료에 나타

---

74) 이 자형과 관련하여 이승재(1990)에서는 'ㅅ'은 형식 명사 'ᄃᆞ'에 'ㄹ'이 통합된 'ᄃᆞᆯ', 그리고 '-거든/어든'의 어미를 표기하는 데에 쓰이는데, '든'을 표기할 때에는 'ㅅ' 뒤에 항상 'ㄱ'을 덧 표기하였다고 지적하였다.[1] 南豊鉉(1990)은 'ㅅ'의 대표음을 入의 훈을 고려하여 [들]로 잡고 1) '들->ᄃᆞᆯ', 2) '들->드->ᄃᆞ'로 전용되어 쓰였다고 보았다.

나는 자형 '𠂉'의 유형은 '去ㄱ 𠂉ㄴㄱ(거은마을은(른))', '去𠂉ㄱ(거마은)', '𠂉ㄴㄱ(마을은(른))'이 대표적이고, 자형 '广'의 결합유형에는 '去ㄱ广ㄱ(거은마은), 去ㄴ广ㄱ(거니마은), 𠆢ソㅌㄱ广ㄱ(라ᄒᆞᄂᆞ은마은), 广ㄱ(마은), 才ㄱ广ㄱ(어은마은), 才丨广ㄱ(어다마은), 刂𠆢ㄱ广ㄱ(리어은마은), 刂才广ㄱ(리어마은), ソㄴ广(ᄒᆞ니마), ソ斗士ㄱ广ㄱ(ᄒᆞ두ᄉᆞ은마은), ソ禾广ㄱ(ᄒᆞ리마은)' 등을 들 수 있다. 이 두 자형들은 동일한 음을 표기하는 데 사용되었다. 뿐만 아니라 이 두 자형은 같은 기능을 가졌을 가능성이 있다. 그리고 자형 '广'의 본자를 기존[75]에는 '麼'라 하였으나, 여기서는 자형 '麻', 또는 '摩'로 정정한다. 이는 본자 '麼'가 이두 자료에 거의 나타나지 않을 뿐 아니라 향찰 표기에는 전혀 사용된 바가 없고, 일반적으로 이두 자료나 향찰 자료에서 음 '마'를 표기하는 데에는 자형 '麻', 또는 '摩'가 사용되었기 때문이다. 이들 두 자형이 동일음을 표기하는 데 사용된 것은 입겿을 기입하는 기입자의 자형 선택에 따라 '𠂉'로도 쓰고, '广'로도 쓰였던 것으로 보인다. 그러다가 후대로 오면서 점차 자형 '𠂉'는 사용되지 않고 주로 '广'만 쓰다가 후대 <서전정문>, <시전정문>등에서 다시 쓴 것으로 보인다. 또한 자형 '襾/一', '立'도 본자는 각각 '西', '立'으로 다르지만 동일한 음 [셔]를 표기하는 데 사용되었으며, 자형 '戶/所', '小'도 본자는 각각 '所', '小'로 다르지만 동일한 음 [소]을 표기하는 데 사용되었다. 자형 '阿/𠃌/阝/了'와 자형 '㇌'도 본자는 각각 '阿', '良'으로 다르지만 동일한 음 [아]를 표기하는 데 사용되었으며, 자형 '刂', '㔾', '㇏'는 본자가 '伊', '已', '是'로 다르지만 동일한 음 [이]를 표기하는 데 사용되었다. 이와 같이 동일한 음을 표기하는 데 둘 이상의 서로 다른 차자가 쓰이게 된 까닭은 기입자가 어느 차자로 그 음을 표기하였는가에 따라 달라진 것이다.

다섯째, 자형의 모양은 동일하나 본자와 그 표기음이 다른 것에는 '刂

75) 남경란(2005) 등 대다수의 학설에서 그러하였다.

(利), 刂(伊)', '𠩄(所), 𠩄(戾)', '了(阿), 了(了)', '㔾(邑), 㔾(已)'의 4종이 있다. 자형 '刂'는 그 본자가 '利'로 그 음가는 [리]이고, 뒤의 자형 '刂'는 그 본자가 '是'로 그 음가는 [이]이다. 또 자형 '𠩄'는 그 본자가 '所'로 그 음가가 [소]이고, 뒤의 자형 '𠩄'는 본자가 '戾'로 음가는 [러(려)]이다. 자형 '了'는 그 본자가 '阿'이고 음가는 [아]이지만 뒤의 자형 '了'는 그 본자가 '了'고 음가는 [료]이다. 자형 '㔾'는 그 본자가 '邑'이고 음가는 [ㅂ, 읍]이며, 뒤의 자형 '㔾'는 본자가 '已'이고 그 음가는 [이]이다.

≪법화경≫ 이본들의 결합유형 가운데 다른 문헌들에는 나타나지 않는 유형과 특히 주목할 만한 결합유형에 대하여 간략히 언급하면 다음과 같다.

첫째, ≪법화경≫ 결합유형 1,100가지를 살펴보면 고대 어형과 중세 어형이 함께 나타나고 있음을 알 수 있는데, 이는 구결의 기입자가 두 사람 이상일 수 있다는 점을 배제할 수 없으며 또한 구결을 기입하는 사람의 의고성(擬古性)에 의한 것이라는 점도 배제할 수 없다. 결합유형 가운데 특히 '去全士匕(거샤ᄉᆞ니)', '口八(곡)', '口斤(고ᄂᆞᆯ)', '乃口(고나)' '㑒全丨(어샤다)', '勺乚丁(마을은)', '火七[午七](븟[옷])', '全丨(샤다)', 'ソ白加匕(ᄒᆞ숩더니)', 'ソ白口(ᄒᆞ숩고)', 'ソ白ホ乀丨(ᄒᆞ숩다이다)', 'ソ白丁ヒ乚(ᄒᆞ숩은ᄂᆞᆯ)', 'ソ白又匕(ᄒᆞ숩노니)', 'ソ白又ヒ㑒ソ又匕(ᄒᆞ숩노ᄂᆞ라하노니)', 'ソ白又大(ᄒᆞ숩노대)', 'ソ白ヒ匕乀丨(ᄒᆞ숩ᄂᆞ니이다)', 'ソ白氵刂丨(ᄒᆞ숩사이다)', 'ソ白阝(ᄒᆞ숩아)', 'ソ白刂(ᄒᆞ숩이)', 'ソ白刂丨(ᄒᆞ숩니다)', 'ソ白之刂丨ソ丁大(ᄒᆞ숩지이다ᄒᆞᆫ대)', 'ソ白乎厶(ᄒᆞ숩오ᄃᆡ)' 등은 고대 어형이 남아 있는 결합유형으로 볼 수 있다. 이들 유형들은 대개가 이본들 가운데 '기림사본'에 나타나는 유형으로 이는 '기림사본'만이 고려시대에 간행된 판본이기 때문에 조선초기에 간행된 다른 이본들보다 더 고대 어형이 많은 것으로 생각할 수 있다.

둘째, 이 자료에는 다른 음독 구결 자료들에서 찾아보기 어려운 결합유형이 많이 나타나는데 이는 고려말에서 조선 초기 음독 구결 자료 가운데 ≪법화경≫만이 가지는 독특한 결합유형이라 볼 수 있다. 대표적인 유형으로는 '-刃七-', '厺=-', '厺乀-', '月七-', '-才了-', '乀=-', 'ソ去-' 등이 결합된 유형들을 들 수 있다. 셋째, 고려말에서 조선 초기까지 간행된 음독 구결 자료에서 확인법 선어말어미 '-厺-'가 'ソ-' 뒤에 결합하는 유형은 그리 흔하지 않다. 확인의 의미 요소인 '-3' 앞에는 'ソ-'가 항상 표기되지만, '厺' 앞에는 동사어간 'ソ-'가 표기되지 않는 것이 원칙이라는 견해가 있다. 그러나 앞의 결합유형의 목록에서도 알 수 있듯이 '厺' 앞에 동사어간 'ソ-'가 표기된 결합유형 'ソ厺カ7 大7(ᄒᆞ거던댄)', 'ソ厺尹(ᄒᆞ거나)', 'ソ厺ヒト(ᄒᆞ거니와)', 'ソ厺ㅌ(ᄒᆞ거나)', 'ソ厺乚(ᄒᆞ거을)', 'ソ厺乀=乚(ᄒᆞ거이실)' 등이 나타남을 확인할 수 있다. 이러한 유형들은 ≪능엄경≫의 일부 이본들에서도 찾아볼 수 있는데 이들 결합유형에서의 자형 '厺'는 음독 구결에서 주로 확인의 의미를 지닌 선어말어미에 쓰이거나 부동사어미 '게'의 '거-'를 표기[76]하는 데 쓰인다. 뿐만 아니라 자형 '厺'는 중단형 '-丨厺', '-金厺'에 사용되기도 하고 일부는 의문의 의미를 지닌 종결 자리에서도 'ソカ=厺(ᄒᆞ더시거)', '乀七厺(잇거)', 'ソヒ乀七厺(ᄒᆞ니잇거)'(이상 ≪능엄경≫ 남풍현본) 등의 형태로 나타나기도 한다. 넷째, 고려말에서 조선 초기까지 간행된 음독 구결 자료에서 자형 '丨'는 일반적으로 문장 종결과 비유 구 문, 조건 표현 등에 사용되며 간혹 회상의 의미를 나타낼 때 사용되기도 하는데, ≪법화경≫ 이본들에는 'ソ丨可(ᄒᆞ다가)' 이외에 화상의 의미와 관련된

---

76) 자형 '厺'가 부동사어미 '게[厺乀-]'를 표기하거나 더러는 '커'를 표기하기도 한다고 보는 것이 일반적이다. 그러나 이렇게 보는 것은 음독 구결에 나타나는 자형 '厺'를 중세한국어의 언해 자료와 비교하였을 때 언해 자료에 나타나는 표기를 근거로 본 결과일 뿐, 원칙으로 확인의 의미만 지닌 선어말어미였을 가능성도 생각할 수 있다.

'-丨-'의 결합유형들이 여러 가지가 나타나고 있다는 점이 특이하다. 이들 유형의 대표적인 것으로는 'ソ丨ヒ(ᄒᆞ다니)', 'ソ丨丶ソ〒ヒ丶(ᄒᆞ다라ᄒᆞ시니라)', 'ソ丨𠃊㇏ヒ(ᄒᆞ다소이니)', 'ソ丨所ホ灬(ᄒᆞ다소ᄃᆞ로)', 'ソ丨〒ヒ(ᄒᆞ다시니)', 'ソ丨㇏(ᄒᆞ다이)', '又丨ソ丨㇏丨(노다ᄒᆞ다이다)', '〒丨𠀋㇏丨(시다ᄉᆞ이다)' 등을 들 수 있다. 이와 관련하여 남경란(1997)에서는 음독 구결 자형의 쓰임에서 자형 '丨'와 공통성을 찾을 수 있는 구결을 자형 'ホ', '夕', '入'라 언급한 바 있다. 이 가운데서 '丨', '夕', 'ホ'는 모두 문장 종결 어미로 사용되었으며, 또 '丨', '入', 'ホ'는 조건을 나타내거나, 회상의 의미를 나타내는 데 쓰였다는 공통점을 지적하였다. 또한 자형 '丨'는 '문장 종결, 비유 구문, 회상법, 조건 표현' 등에 사용되었으며, 자형 '入'는 '감동 표현, 회상법, 조건 표현, 원인 표현, 형식 명사형' 등에 사용되었고, 자형 'ホ'은 '회상법, 형식 명사형, 비유 구문, 조건 표현, 가정의 표현, 원인의 표현, 감동 표현' 등에 사용되었다는 차이점도 지적한 바 있다. 다섯째, ≪법화경≫ 이본들에는 다른 음독 구결 자료에서 찾아보기 힘든 'ソ氵-'형의 결합유형 '-氵-' 대신 '-ㅅ-'나 '-𠀋-'가 오는 것이 일반적인데, 이 자료에서는 'ソ氵(ᄒᆞ사)', 'ソ氵入ヒ小(ᄒᆞ사드니라)', 'ソ氵ム(ᄒᆞ사ᄃᆡ)', 'ソ氵リ七丨(ᄒᆞ사잇다)', 'ソ氵巴口(ᄒᆞ삽고)', 'ソ氵邑ガヒ(ᄒᆞ삽더니)', 'ソ氵邑口(ᄒᆞ삽고)', 'ソ氵午ム(ᄒᆞ사오ᄃᆡ)'가 나타난다. 여섯째, 중세한국어 언해 구문에 사용된 객체높임 '-ᄉᆞᆸ-'에 대응하는 유형이 ≪법화경≫ 이본에서는 '-白-'과 '-𠀋巴-'의 형태로 나타나고 있다. 이때 '-白-'은 새김을 빌려온 것이고 '-𠀋巴-'은 음을 빌려온 것으로 구결 기입자의 선택에 의해 자유롭게 사용될 수 있는 유형이라 여겨진다. 일곱째, 고려 말에서 조선 초기에 간행된 음독 구결 자료에서 흔히 찾아볼 수 없는 자형 '之'의 결합유형 'ソ白之リ丨ソ７大(ᄒᆞᄉᆞᆸ지이다ᄒᆞᆫ대)', 'ソ３之㇏丨(ᄒᆞ야지이다)', 'ソ３之リ丨ソ３(ᄒᆞ야지이다ᄒᆞ야)'가 ≪법화경≫ '기림사본'과 '백두현본' 권3에서 찾아볼 수 있다. 여덟째, 중세한국어 언해 구문에서 'ᄒᆞ쇼서'체에 해당하는 명령형어미의 유형은 '丷小立'로 종결에는 자형 '-立'가 사용되는 것이 일반적인데, ≪법화경≫ 이본들에서는 '-立'뿐 아니라 '-一'도 사용되고 있다. 자형 '-立'는 한자 '立'에서 온 것이고 자형 '-一'는 한자 '西'에서 온 것으로 자형 '-一'는 ≪능엄경≫ 이본들에서는 종결어미뿐만 아니라 연결어미에서도 사용되었으나 ≪법화경≫ 이본들에서는 모두 종결어미의 자리에만 사용되었다는 점이 특이하다. 아홉째, 중세한국어 언해 구문에서 의도, 희망 목적의 의미를 지니는 '-려(<리어)-'에 해당하는 유형이 ≪법화경≫ 이본에서는 '-呂-'와 '-女-'의 두 형태로 나타난다. 자형 '-女-'는 ≪법화경≫ 이본에서 그 음이 중세한국어의 언해 구문과 비교해 볼 때 '-려-'에 해당하는 유형과 '-여(녀)-'에 해당하는 유형['㇏女ヒ(영5),(영6)', '㇏女入ㄱ(영5)', '㇏女ニヒ(영4),(영5),(영6)', '㇏乍女(영4)'], 모두 나타나고 있다는 점이 흥미롭다. 열째, 고려 말에서 조선 초기에 간행된 음독 구결 자료에서 흔히 찾아 볼 수 없는 자형 '他'가 ≪법화경≫ 이본 가운데서도 '백두현본' 권2에서 찾을 수 있다. 이 자형 '他'는 다른 음독 자료에서는 '丷丨-', 혹은 '丷入-', '丷ホ-', '丷月-', '丷カ-' 등으로 표기되는 것이 일반적으로 이 자형 '他'는 음독 구결 자형 가운데서 비교적 후대 자료들에서 찾아볼 수 있는 것 중에 하나이다. 이 자료에서는 'ノ女他可(백2)', 'ノ丶他ヒ(백2)', 'ノ丶他㇏丨(백2)', '他㇏丨(백2)' 등의 유형이 나타나고 있다. 열한째, ≪법화경≫ 이본의 결합유형 가운데 또 다른 특이한 유형으로는 자형 '-亽-'가 결합된 유형인데, 이 자형은 중세한국어 언해 구문의 '-샤-'를 표기하는 것이 일반적이다. 그런데 이 자료에서는 자형 '-亽-'가 자형 '-ニ-'나 자형 '-士-'가 결합되어야 할 자리에 사용되어 쓰이고 있음에 주목할 필요가 있다. ≪법화경≫ 이본에서는 자형 '亽'와 'ニ' 및 '士'는 경우에 따라서는 동일한 음을 표기하는 데 사용된 것으로 보이며 이들

자형들은 기입자들의 자형 선택에 의해, 혹은 기입자의 개인적 독특한 언어 수행에 의해 표기되었을 가능성이 높다.

6) ≪법화경언해≫ 구결의 변화 양상

한문을 보다 더 국어의 구조에 가깝도록 하는 방법을 모색하게 되었는데 그것이 바로 한문에다 구결을 삽입하는 방법이었다. 구결을 단다는 것은 한문을 국어화하려는 노력의 일단이었다.

원문은 그대로 둔 채 문맥의 흐름을 파악하여 구두(句讀)가 끊어지는 곳을 정한다. 이렇게 결정된 구두처에다 문맥에 맞는 국어의 접사를 삽입함으로써 구결문은 완성된다.

구결이 한글 창제 이전에는 한자의 음과 석을 차용한 차자법으로써 표기되었던 것이다. 그러다가 한글이 창제된 이후부터는 차자 대신 한글로 구결을 표기하게 되었다. 그러나 언해문헌을 통한 중세국어의 연구에서도 지금까지는 번역문 쪽으로만 주목한 채 원문에 달린 한글 구결에 대해서는 관심의 대상이 되지 못했다.

15세기 간경도감에서 간행한 ≪법화경언해≫에 달린 한글 구결은 <구역인왕경>이나 <금광명경> 등에 달린 석독 구결을 바탕으로 성립[77]되었다.

동사구가 주어의 기능을 발휘할 때 그 구결을 주격조사로만 하느냐 아니면 동명사형으로 다느냐 하는 선택은 구결 기입자의 기입방식에 따라 달라진다. 구결은 그때그때의 상황과 종파, 그리고 기입자의 기입방식에 따라 유동적으로 사용될 수 있기 때문에 음독 구결이 한글 구결로 전환되는 상황에서 구결은 그 대응 양상이 다양하게 변하게 되는 것이다.

---

77) 김문웅(1986:15).

(1) 주격

≪법화경언해≫의 주격에는 'ㅣ'와 '이'가 사용되었다.

(14) 因果ㅣ 合體ᄒᆞ시니 妙音妙行이 依此示現이시니라
爾時釋迦牟尼佛이 放大人相肉髻光明ᄒᆞ시며 及放眉間白毫相光ᄒᆞ샤 此ㅣ 有三節ᄒᆞ니

'因果ㅣ', '釋迦牟尼佛이'와 같이 한자의 음이 모음으로 끝날 경우에 주격조사 'ㅣ'가, 자음으로 끝날 경우에는 '-이'를 적고 있다. 또한 한자음이 하향이중모음으로 끝나는 경우에는 'ㅣ'가 생략되는 언해문의 경우와 달리 여전히 주격조사 'ㅣ'를 적고 있다. 이 외에도 '雜比ㅣ 爲音이니', '杻械枷鎖ㅣ 檢繫其身ᄒᆞ야셔' 등과 같이 나타난다. 이것은 후술할 서술격조사에서와 다른 양상을 보이는 것이다. 높임을 나타내는 주격조사인 'ᄭᅴ셔, 겨오셔' 등은 보이지 않는다.

(2) 속격

≪법화경언해≫의 속격에는 -'의'가 나타나며, '-ᄋᆡ'는 쓰이지 않았고, 존칭을 나타내는 유정명사에 쓰이는 '-ㅅ'이 나타난다.

(15) 貪恚癡慢等은 皆堪忍의 難度之事ㅣ라
釋迦牟尼佛ㅅ 白毫光明이 遍照其國ᄒᆞ야시ᄂᆞᆯ
應當一心으로 稱觀世音菩薩ㅅ名號ᄒᆞᅀᆞ오라
此ㅣ 如來ㅅ 最上德也ㅣ시니라
盖以眞息妄等事ᄂᆞᆫ 皆聖人ㅅ 不得已也ㅣ시니
普賢ㅅ 心聞이 能洞十方ᄒᆞ실ᄊᆡ
二十八品ㅅ 條理一貫ᄒᆞ시니

≪법화경언해≫의 속격조사로는 '의'와 'ㅅ'이 나타난다. 'ㅅ'은 '무정물의 속격'이나 '유정물의 존칭'으로 쓰이는 것이다. 그러나 ≪능엄

경≫에서와 마찬가지로, 대체로 '유정물의 존칭'표지로 쓰이고 있으며. 'ㅅ'의 선행명사로는 '觀世音菩薩, 如來, 聖人, 普賢' 등이 있다. 또한 '二十八品ㅅ 條理一實ᄒᆞ시니'와 같이 무정물의 경우에도 'ㅅ'이 쓰이기는 하였으나, 불교와 관련된 용어, 높임의 의미자질과 관련지을 수 있는 요소임을 감안할 때 불교 문헌에서의 특성을 보여준다 하겠다.

(3) 목적격

≪법화경언해≫의 목적격에는 '-ᄋᆞᆯ/을', '-ᄅᆞᆯ/를'이 사용되었다.

(16) 與無邊菩薩와 俱來者ᄂᆞᆫ 示萬行ᄋᆞᆯ 圓攝無盡也ᄒᆞ시니라
　　四法을 成就ᄒᆞ야ᅀᅡ 乃能眞得是経ᄒᆞ야 以成普賢常行ᄒᆞ리라
　　國名現一切世間者ᄂᆞᆫ 根身器界ᄅᆞᆯ 皆能隨應也ㅣ시니라

'示萬行ᄋᆞᆯ', '根身器界ᄅᆞᆯ'에서와 자음으로 끝나는 체언 뒤에는 'ᄋᆞᆯ/을'이, 모음으로 끝나는 체언 뒤에는 'ᄅᆞᆯ(/를)'이 쓰이고 있다. 그러나 ≪법화경≫에서는 'ᄋᆞᆯ/을'은 혼란되어 쓰였으며, '-를'의 표기는 보이지 않는다.

(4) 처격

≪법화경언해≫의 처격에는 '-애', '-에', '-예', '-의'가 사용되었다.

(17) 土石諸山애 穢惡이 充滿ᄒᆞ고
　　名이 淨光莊嚴이오 其國에 有佛ᄒᆞ샤ᄃᆡ
　　三昧ᄂᆞᆫ 此云正定이니 圓覺애 云혼 三昧正受者ᄂᆞᆫ 謂正定中엣 受用之法이니
　　佛이 於囑累品에 從法座起時예 已出塔故로 云多寶佛塔은 還可如故ᄒᆞ쇼셔
　　不共은 謂二乘의 不及ᄒᆞ시고 日旋은 則大千을 圓照ㅣ시니

≪법화경≫의 처격표지로는 '土石諸山애', '其國에', '謂正定中엣'이 쓰이고 있다. 또한 하향이중모음 뒤에서는 '從法座起時예'와 같이 '-예'가 쓰였다. 주로 장소와 시간을 나타내고 있다. 또한, 특수한 체언 뒤에 쓰였다는 '-의'가 쓰였다. 처격의 '의'는 ≪능엄경≫에서는 보이지 않는 것이다.

(5) 조격

≪법화경언해≫의 조격에는 '-(으)로'가 사용되었다.

(18) 終至人非人等히 爲三十二시니 皆以無作妙力으로 自在成就시니
是妙音菩薩이 如是種種變化로 現身ᄒᆞ야
是菩薩이 以若干智慧로 明照娑婆世界ᄒᆞ야 令一切衆生이 各得所知케 ᄒᆞ며

≪법화경언해≫에는 '妙力으로', '種種變化로', '干智慧로'와 같이 자음으로 끝나는 체언의 경우, '-으로'가, 모음이나 하향이중모음으로 끝나는 체언의 경우에는 '-로'가 쓰이고 있다. 모음조화에 의한 '-ᄋᆞ로'는 보이지 않는다. 주로 수단과 방법을 나타내고 있다.

(6) 공동격

≪법화경언해≫의 공동격에는 '-와/과'가 사용되었다.

(19) 又得菩薩ㅅ 淨三昧와 日星宿三昧와 淨光三昧와 淨色三昧와 淨照明三昧와 長莊嚴三昧와 大威德藏三昧ᄒᆞ야 於此三昧예 亦悉通達ᄒᆞ더니
女ㅣ 與鬼子母와 幷其子와 及眷屬과로 俱詣佛所ᄒᆞ야
念과 擇과 覺과 喜와 輕安과 定과 捨왜 爲七覺支오

'淨三昧와 日星宿三昧와 淨光三昧와 淨色三昧와 淨照明三昧와 長

莊嚴三昧와'와 같이 모음으로 끝나는 한자어 뒤에 '-와'를, '念과 擇과 覺과 喜와 輕安과 定과 捨왜 爲七覺支오' 자음으로 끝나는 한자어 뒤에 '-과'가 쓰이고 있다. '女ㅣ 與鬼子母와 幷其子와 及眷屬과로 俱詣佛所ᄒᆞ야', '念과 擇과 覺과 喜와 輕安과 定과 捨왜 爲七覺支오'와 같이 중세국어에 언해에 나타나는 공동격조사와 마찬가지로 병렬되는 체언마다 모두 붙이고, 마지막의 체언 뒤에도 '-와/과'를 붙인 후 격조사를 쓰고 있다. 또한 ≪법화경언해≫의 공동격조사도 주로 '及, 與, 幷' 등의 한자가 수반되는 경우가 많다.

(7) 호격

호격에 사용되는 한글 구결로는 '-하'와 '-아' 그리고 '-여'가 있다.

(20) 世尊하 我ㅣ 當往詣娑婆世界ᄒᆞ야
善男子아 彼娑婆世界ᄂᆞᆫ 高下不平ᄒᆞ야 土石諸山애 穢惡이 充滿ᄒᆞ고
皐帝여 汝等及眷屬이 應當擁護如是法師ㅣ니라

≪법화경≫의 호격조사는 '世尊하' '善男子아', '皐帝여'와 같이 나타나며, 이중 '-하'는 높임을, '-여'는 감탄의 의미를 내포하고 있는 것이다.

(8) 서술격

≪법화경언해≫의 서술격조사에는 'ㅣ', '이', 'Ø'가 사용되었다.

(21) 若復有人이 臨當被害ᄒᆞ야셔 稱觀世音菩薩名者ㅣ면 彼所執刀杖이 尋段段壞ᄒᆞ야
單發이 爲聲이오 雜比ㅣ 爲音이니
無生法忍者ᄂᆞᆫ 證妙法之體시고 法華三昧者ᄂᆞᆫ 得實相之用이시니
此ᄂᆞᆫ 由熏聞ᄒᆞ샤 離塵ᄒᆞ샤 色所不劫之力으로 加之시니

'世音菩薩名者ㅣ면', '爲聲이오',와 같이, 선행하는 체언이 모음으로 끝나는 경우, 'ㅣ'가, 모음으로 끝나는 경우, '이'가 쓰였다. 또한 '妙法之體시고', '加之시니'와 같이 하향이중모음으로 끝나는 경우에는 생략되어 'Ø'로 나타난다. 이것은 중세국어의 언해문에서의 형태와 같은 것이며, 앞서 설명한 주격조사와는 다른 양상을 보이는 것이다. 주격조사는 하향이중모음으로 끝나는 한자인 경우, 생략되지 않고 'ㅣ'가 그대로 쓰이고 있다.

3. ≪육조대사법보단경≫

1) ≪육조대사법보단경≫의 구성 및 성격

≪六祖大師法寶壇經≫은 上·下, 혹은 上·中·下권으로 되어 있다. 이 경전은 ≪六祖大師法寶壇經≫은 ≪六祖壇經≫, ≪法寶壇經≫, ≪壇經≫, ≪六祖法寶壇經≫, ≪法寶壇經≫, ≪法寶記壇經≫ 등으로 불린다.

이 경전의 찬술자에 대해서는 여러 가지 이견[78]이 있으나, 선종사상사에서 ≪단경≫만큼 널리 읽히는 책도 드물다. 그만큼 선문에서 차지하는 단경의 위상은 높다. 따라서 예로부터 이에 대한 주석과 해설도 갖가지여서 헤아릴 수 없을 정도이다. 흔히 단경의 원본을 그 계통에 따라 5종으로 나눈다. 곧 돈황본(敦煌本)·흥성사본(興聖寺本)·대승사본(大乘寺本)·덕이본(德異本)·종보본(宗寶本) 등이다. 지금 여기에서 살펴보

78) 이 경전의 찬술자를 당나라 혜능(慧能은 中國 佛敎의 한 宗派인 禪宗의 第 6代祖이다.)이라는 설과 당나라 신회(神會는 중국의 조계 남종을 달마대사 이후 정통으로 건립시킨 자라는 설(이종익 앞의 책, 32쪽 참조), 그리고 牛頭宗이의 것으로 추정하고 우두종의 육조 鶴林玄素와 관련 있다는 설이 있다.

는 종보본의 경우 ≪명장본육조단경(明藏本六祖壇經)≫으로 불리는데 1291년 중국의 남해풍번광효사(南海風幡光孝寺)에서 종보(宗寶)가 개편한 것으로 ≪대정신수대장경(大正新脩大藏經)≫ 48권에 수록되어 있다.79)

특히 돈황본의 경우는 ≪남종돈황최상대승마하반야바라밀경육조혜능대사어소주대범사시법단경일권 겸수무상계홍법제자법해집기(南宗頓教最上大乘摩訶般若波羅蜜經六祖慧能大師於韶州大梵寺施法壇經一卷兼受無相戒弘法弟子法海集記)≫, 대승사본은 ≪소주조계산육조대사단경(韶州曹溪山六祖師壇經)≫의 이름으로도 불리는데, 단순히 ≪단경≫이라고만 부르기도 한다.

이것은 중국에서 형성된 선의 어록이면서도 유일하게 '경(經)'이라는 명칭이 붙어 있다. 곧 부처님의 설법만큼이나 그 권위를 지니고 있다는 의미에서 붙여진 명칭이다.

내용은 반야진성이 본래부터 모든 사람들에게 구족되어 있다는 것이고, 정과 혜는 본래 둘이 아니라 등잔과 등불 빛처럼 본체와 작용의 측면이라는 것이며, 좌선은 밖과 안으로 흔들림이 없는 것이고, 선과 정도 밖과 안으로 경계와 유혹에 흔들림이 없는 경지이며, 참회는 자기의 성품 속에서 이루어지는 무상참회가 진정한 발로라는 것이다. 이 밖에도 돈점에 관한 내용과 무념(無念)과 무상(無相)과 무주(無住)의 금강경 사상에 근거한 철저한 자성법문을 이야기하고 있다.

그 구성은 먼저 몽산 덕이(蒙山德異)의 서(序)·불일계숭(佛日契嵩)의 찬(贊)이 있다. 다음 본문으로 행유품제일(行由品第一) 이하 부촉제십(付囑第十) 등 10품으로 구성되어 있다. 그리고 부록으로 연기외기(緣起外記)·류종원(柳宗元)이 찬(撰)하고 법해(法海)가 집기(集記)한 역조숭봉사적(歷祖崇奉事跡)·류우석(劉禹錫)이 찬(撰)한 사시대감선사비(賜諡

79) 현각/한국선학회장 : http://blog.daum.net/참조.

大鑑禪師碑)·영도(令韜)가 기록한 불의명(佛衣銘)·편자인 종보(宗寶)의 발문(跋文)이 수록되어 있다.

≪육조법보단경≫의 사상은 한마디로 말해 '不二法'이라 할 수 있다. 불이법은 定慧不二, 本性無二 혹은 煩惱卽是菩提, 凡夫卽佛로 표현된다. 그리고 ≪육조법보단경≫에서의 坐禪은 일체 處와 일체 時에서 無念, 無相, 無主를 본질로 하며, 항상 自性을 보고 般若를 실천하는 것을 뜻한다. 범부의 분별심에서는 당연히 眞性을 지향하고 있으므로, 眞-妄, 明-無明, 煩惱-菩提 등은 각각 다른 둘로 보이지만, 깨달아 견성한 입장에서는 망이 곧 진이고, 무명이 곧 명이며, 번뇌가 곧 보리로서, 불이가 되는 것이다. 이처럼 ≪육조대사법보단경≫에서의 一元的 입장을 나타내는 방법은 두 가지인데, 하나는 불이 혹은 무이라고 하여 이원적 입장을 부정함으로써 일원적 입장을 드러내는 방법이며, 하나는 일원적 입장의 근거가 見自性이라고 하는 것이다. 견성하면 곧 불이의 입장이 된다는 것이 바로 ≪육조법보단경≫의 주요 사상이라고 할 수 있다.[80] 또한 ≪육조법보단경≫은 비록 語錄이라는 명칭은 가지고 있지 않지만 그 내용이 선어록의 성격을 지니고 있어 사실상 ≪단경≫을 '禪語錄'의 효시라고 할 수도[81] 있다.

2) ≪육조대사법보단경≫의 전래 및 수용양상

현재 우리나라에 전래되고 있는 ≪육조법보단경≫은 대개 덕이본이다.

권수(卷首)에 덕이의 서문이 있고, 본문은 「오법전의」, 「석공덕정토」, 「정혜일체」, 「교수좌선」, 「전향참회」, 「참청기연」, 「남돈북점」, 「당조징조」, 「법문대시」, 「부촉유통」 등 10가지 법문에 대한 해설을 싣고 있다.

---

80) 김태완(1999:49-52) 참조.
81) 김태완(1999:67).

≪육조법보단경≫은 신라시대에 당나라로 유학했던 학승들에 의해 유입되었을 것으로 추정되며, 당시부터 현재에 이르기까지 여러 이본들이 알려져 있으나 우리나라에서는 주로 1298년 몽산 덕이가 간행한 책이 전해지면서 대체로 그 판본이 오늘날까지 통용되고 있다.[82)]

지금까지 알려진 한국에서 간행된 가장 오랜 기록은 1207년에 지눌이 쓴 跋에 의하여 修禪寺에서 간행된 것을 시작으로 1214년 이전에 있었을 것으로 추정되는 法寶記壇經, 1256년에 쓴 安其의 발에 의하여 언급된 자료들이 있었을 것이며, 1290년 蒙山에 의해 간행되어 1298년에 고려로 전래되고 1300년 萬恒에 의해 간행된 것이 지금까지의 주류를 이루는 내용이다.

몽산 德異版은 1316년에도 간행되었으며, 1370년 南原歸正禪寺版 등이 있다. 이 후에도 1439년 明正統 4년 간본과 1558년 明嘉靖 37년 간본 등[83)] 약 10여 차례의 간행본과 기록 등이 현존하고 있다.

이 책의 내용 전래의 구분에 의하면 宗寶本(1291), 덕이본(1290), 道元書大乘寺本(1116), 興聖寺本(967), 燉煌本(850-1000) 등이 있고, 서명도 ≪육조단경≫, ≪단경≫, ≪육조법보단경≫, ≪법보단경≫, ≪법보기단경≫ 등 여러 가지로 나타난다.[84)]

3) ≪육조대사법보단경≫ 구결의 성립

신라말경에 전래되고 고려조에 들어와서 주목을 받았던 ≪능엄경≫과 중국에서 아직 천태종이 성립하기 이전에 이미 우리나라에 수용, 전래되었을 뿐만 아니라 양적으로나 질적인 면에서 그 사상의 깊고 넓음이 오

82) 남권희(1999:1).
83) 이종익(1973:19).
84) 남권희(1999:1-2).

히려 중국을 능가할 정도였던[85] ≪법화경≫에 비해 ≪육조법보단경≫은 전래가 늦었기 때문에 구결의 성립 시기도 늦었다.

≪법화경≫이 성립되기 전에도 이미 인도에서는 많은 대승경전들이 결집되었다는 사실은 ≪법화경≫ 서품[86]에 나타나 있있는데, ≪능엄경≫이 그 가운데 하나이다. 따라서 당나라 시대의 혜능이 찬술한 ≪육조법보단경≫보다는 경전이 훨씬 더 빨리 성립되었기 때문에 우리나라에 전래되어 경전에 구결이 달린 시기는 당연히 늦을 수밖에 없었던 것이다.

고려 사상계에 ≪능엄경≫이 주목되어 본격적으로 수용되었던 것은 대각국사 의천(1055~1101)의 단계였고, 이후 ≪능엄경≫을 중시하고 이를 권장한 최초의 인물 이자현(1061~1125)과 이자현의 뒤를 이어 능엄선을 확립한 이가 승형(承逈)이므로 이미 11세기에 ≪능엄경≫ 구결이 성립되었다고 볼 수 있다.

그리고 ≪법화경≫ 역시 지금까지 알려진 한국에서 간행된 가장 오랜 기록은 1207년에 지눌이 쓴 跋에 의하여 修禪寺에서 간행된 것이기 때문에 ≪법화경≫의 구결은 적어도 13세기 초에 성립되었을 것이다.

이에 반해 ≪육조법보단경≫은 신라시대에 당나라로 유학했던 학승들에 의해 유입되었을 것으로 추정되나, 1298년 몽산 덕이가 간행한 책이 전해지면서 대체로 그 판본이 오늘날까지 통용[87]되고 있음을 볼 때 ≪육조법보단경≫의 구결은 14세기가 되어서야 성립했을 것으로 여겨진다.

현존하는 구결본 자료들의 연대를 살펴보더라도 이와 같은 사실은 확인된다. 현존하는 구결본 자료들의 연대를 살펴보면 ≪능엄경≫의 경우 12세기말에서 13세기 초기에 간행되고 구결이 기록된 것으로 추정되는

85) 문단용(1977:248).
86) <妙法蓮華經> 권1.
87) 남권희(1999:1).

자료가 적어도 6종(① 남권희 (가)본, ② 남권희 (나)본, ③ 남권희 (다)본, ④ 남권희 (라)본, ⑤ 남권희 (마)본, ⑥ 남풍현본)이 있으며, ≪법화경≫의 경우도 13세기경에 간행되고 구결이 기록된 것으로 추정되는 판본(기림사본 등)이 있으나 ≪육조법보단경≫의 경우는 고려말에 간행된 것으로 추정되는 목판본 1종과 조선초에 간행된 것으로 추정되는 1종, 성화 15년(1479)에 병풍암에서 간행된 1종, 홍치 9년(1496)에 옥천사에서 간행된 1종, 그리고 만력 2년(1574)에 전라도 광제원에서 중간된 1종이 있어 그 시기적 차이가 ≪능엄경≫, ≪법화경≫과는 매우 다르다.

그리고 ≪육조법보단경≫ 이본의 구결들을 ≪육조대사법보단경언해≫ 언해본과 비교해 본 결과 고려말에 간행된 것으로 추정되는 목판본 1종 이외에는 ≪육조대사법보단경언해≫의 한글 구결과 거의 일치한다는[88] 점에서도 구결의 성립 시기를 가늠할 수 있다.

4) ≪육조대사법보단경≫ 구결의 변화 양상

≪육조법보단경≫ 이본에 사용된 자형은 '只(ᄀ/기), 可(가), 厺(거), 去(거), 口(고), 古(고), 人(과), 朩(과), 尹(나), 冄(나), 乃(나), 女(녀), 又(노), 了(뇨), 卜(와), 匕(니), 尼(니), 𠤎(ᄂᆞ), 𠃍(ᄂ/은), 丨(다), 夕(다), 大(대), 力(더), 加(더), 氐(뎌), 底(뎌), 丁(뎡), 田(뎐), 彐(도), 刀(도), 斗(두), 土(디), 入(들), 月(ᄃᆞᆯ), 厶(ᄃᆡ), 弋(대), 丶(라), 亽(라), 罒(라), 以(로), 尸(러), 户(러), 乚(ᄅ/을), 乙(ᄅ/을), 日(리), 刂(리), 广(마), 万(만), 久(며), 丆(면), 勿(믈), 未(매), 朩(미), 卫(ᄇ/읍), 巴(ᄇ/읍), 氵(사), 𠆢(샤), 全(샤), 亠(셔), 立(셔), 一(셔), 西(셔), 户(소), 所(소), 小(쇼), 二(시), 乀(시),

---

88) '영남대 (가)본'은 언해본과 70% 이상 차이를 보이는 데 반해, '영남대 (나)본'과 '1479년본'은 80% 이상 일치하고 있다. 또 '1496년본'은 언해본과 거의 일치하나, '1574년본'은 70% 정도가 일치한다.

是(시), 氏(씨), 士(ᄉ), 白(ᄉᆞᆸ), 七(ㅅ), 叱(ㅅ), 尸(아), 阝(아), 阿(아), 我(아), ㇌(야), 厓(애), ㄱ(야), 才(어), 亠(여), 五(오), 午(오), 爲(위), 位(위), 㐅(의), ㇏(이), 刂(이), 其(긔/제), 之(지), 他(타), 土(토), 丿(호), ㄱ(호), 𠃌(호), 丂(히), 屎(히), ㇇(ᄒᆞ), 十(희/긔)'의 100개이다.

이를 바탕으로 ≪단경≫ 이본에 쓰인 100개 자형을 유형별로 나누어 살펴보면 다음과 같다. 이들 가운데 앞서 ≪능엄경≫과 ≪법화경≫(43쪽에서부터 58쪽까지) 설명한 자형 부분은 언급하지 않기로 한다.

첫째, 위에서 제시한 자형들 가운데 본자(本字)와 약체자(略體字)가 함께 쓰인 것에는 '厶, 去(거)', '口, 古(고)', 'ㄴ, 尼(니)', '力, 加(더)', 'ㅋ, 刀(도)', 'ㄴ, 乙(을)', '未, 木(미)', '一, 西(셔)', '亠, 立(셔)', '戶, 所(소)', '七, 叱(ㅅ)', '阿, 尸, 阝(아)', '爲, ㇇(위)', '其, 只(기/긔)'의 14종이 사용되었다. 이들 14종 가운데 음독 구결 자료에서 흔하게 사용되지 않는 종으로는 '未, 木'[미]와 '其, 只'[기/긔]를 들 수 있다. 자형 '未, 木'는 그 음을 '미'로 읽으며 본자는 '未'이다. 대표적인 결합유형으로는 '㇇亽未(ᄒᆞ샤미), 月七丿未(ᄃᆞᆺ호미), 丿未(호미), ㇏丿未(이호미), 丶丿未(라호미)' 등이 있다. 자형 '其, 只'의 음은 '그/긔'로 읽을 수 있으며, 본자는 '其'이다. 이 자형의 독음에 대한 논의는 여러 가지가 있으나, 여말선초 음독 구결의 자료에 나타나는 자형 '其'는 '그'로 읽혔을 가능성이 높다.[89)]

둘째, 동일한 본자의 어느 부분을 따느냐에 의해 자형의 꼴이 달라지는 것에는 '女, 又'의 1종뿐이다. 이때 자형 '女'는 본자 '奴'의 왼쪽 부분을, 자형 '又'는 본자 '奴'의 오른쪽 부분을 따온 것이다. 이와 같이 동일한 본자이더라도 꼴이 여러 가지인 것은 구결을 기입하는 자가 본자

89) 자세한 사항은 남경란(2009)를 참조할 수 있다. 16세기의 문헌 자료인 <신증유합>과 <석봉 천자문>에 한자 '其'의 훈음이 "그 긔"(신증유합 상 19 : 석봉 천자문 30)로 되어있다는 사실도 참조할 수 있다.

의 어느 부분을 따서 사용하였는가에 따라 달라진 것이다.

셋째, 동일한 본자의 약체자가 여러 이형(異形)으로 변한 것에는 '木, 人', '丨, 夕', '丶, 小, 罒', '户, 尸', '卫, 巴', '스, 舍', '丿, 丆'의 7종이 있다. 이는 구결을 기입하는 기입자의 필체, 또는 약체자 선택에 의해 다르게 사용되었을 뿐, 어떤 특정 자형에서 다른 자형으로 변화하였다고 보기는 어렵다. 자형 '木'는 본자 '果'의 아랫부분을 차자한 것이고, 자형 '人'는 아랫부분을 차자한 자형 '木'를 다시 약차한 것이다. 자형 '丨'는 본자 '多,'의 중심 부분을 약차한 것이고, 자형 '夕'는 본자 '多'의 한 부분은 차자한 것이다. 자형 '小'는 본자 '羅'를 약차한 '罖'의 아랫부분을 따온 것이고, 자형 '罒'는 본자 '羅'의 윗부분을 차자한 것이다. 또 자형 '丶'는 본자 '羅'를 약차한 '罖'의 아랫부분을 따온 자형 '小'를 다시 약차한 것이다. 자형 '户'는 본자 '戾'의 윗부분을 차자한 것이고, 자형 '尸'는 본자 '戾'의 윗부분을 차자한 자형 '户'를 다시 약차한 것이다. 자형 '巴'는 본자 '邑'의 아랫부분을 차자한 것이고, 자형 '卫'는 본자 '邑'의 아랫부분을 차자한 자형 '巴'를 다시 약차한 것이다. 자형 '舍'는 본자 '舍'의 윗부분을 차자한 것이고, 자형 '스'는 본자 '舍'의 윗부분을 차자한 자형 '舍'를 다시 약차한 것이다. 자형 '丆'는 본자 '乎'의 윗부분을 차자한 것이고, 자형 '丿'는 본자 '乎'의 윗부분을 차자한 자형 '丆'를 다시 약차한 것이다.

넷째, 동일한 음을 표기하는 데 둘 이상의 서로 다른 차자가 쓰인 것에는 '尹, 乃, ㅌ', '刂, 日', '一/西, 亠/立', '二, 氏', '阿/ㅁ/ㅁ, 我', '五, 午', '位, 爲/ソ', '丂, 屎'의 8종이 있다. 이 가운데 자형 '尹, 乃, ㅌ'는 그 본자가 각각 '那', '乃', '飛'로 다르지만 동일한 음 [나]를 표기하는 데 사용되었다. 자형 '刂, 日'는 그 본자가 각각 '利'와 '里'로 다르지만 동일한 음 [리]를 표기하는 데 사용되었다. 자형 '一/西, 亠/立'는 그 본자가 각각 '西', '立'으로 다르지만 동일한 음 [셔]를 표기하는 데 사용되었다. 자형 '示, 氏'는 그 본자가 각각 '示', '氏'로 다르지만 동일한 음 [시]를 표기하는 데 사용되었다. 자형 '阿/阝/阝, 我'는 그 본자가 각각 '阿', '我'로 다르지만 동일한 음 [아]를 표기하는 데 사용되었다. 자형 '五, 午'는 그 본자가 각각 '五', '午'로 다르지만 동일한 음 [오]를 표기하는 데 사용되었다. 자형 '位, 爲/丷'는 그 본자가 각각 '位', '爲'로 다르지만 동일한 음 [위]를 표기하는 데 사용되었다. 자형 '兮, 屎'는 그 본자가 각각 '兮', '屎'로 다르지만 동일한 음 [히]를 표기하는 데 사용되었다. 자형의 음은 '히'로 읽을 수 있으며, 본자는 '兮'이다. 자형 '兮'의 대표적인 결합유형은 'リ소丷彌兮(이라ᄒᆞ며히), ノ彌兮(호며히), 丷彌兮(ᄒᆞ며히), 丷久兮(ᄒᆞ며히), 兮(히), 兮ㄱ(힌), 兮丶(히라)' 등을 들 수 있으며, 이 자형들에 대한 논의는 다양하다. 박진호(1998)에서는 자형 '兮'가 "부사화 접사로 사용되는 것은 석독구결의 전통"이라 하였으며, 백두현(1996)에서는 "석독구결에서 나타나는 부사화 접미사에는 '-兮'(히)가 있다. '-兮'는 정음문헌의 '-히'에 대응하는 것인데, '自然兮'(자연히)(구인 02:17), '慇懃兮'(은근히)(유가 20:03:17), '善能兮'(선능히)(07:09)등의 예에서 쓰였다."라 하였다. 또 남풍현(1995)에서는 "이 '兮'가 15세기 이후의 구결에도 자주 쓰이는데 '屎'가 대신 쓰이기도 하였다.[90] 그리하여 '兮'는 그 本字가 '屎'이어서 '히'음을 나타내게 된 것이라는 견해가 나오기도 하였다.[91]"고 한 바 있다.

다섯째, 자형의 모양은 동일하나 본자와 그 표기음이 다른 것으로는 자형 'ホ(果), ホ(等), ホ(末)'가 있다. 이 가운데 앞의 자형 'ホ'는 본자가 '果'이고 그 음이 [과]인데 비해 가운데 자형 'ホ'은 본자가 '等'이고 음은 [ᄃᆞᆯ]이며, 마지막 자형 'ホ'는 본자가 '末'로 이들은 각각 본자와 그 음이 서로 다르다.

---

90) 안병희(1977:112) 참조.
91) 백두현(1997:307) 및 김무림(1999:96) 참조.

여섯째, 본자와 자형의 모양은 동일하나 그 표기음이 다른 것에는 자형 'ソ(爲)[위], ソ(爲)[ᄒᆞ]'가 있다. 앞의 자형 'ソ'는 본자가 爲이고 음은 [위]인데 비해 뒤의 'ソ'도 본자는 '爲'로 앞의 자형과 본자가 같지만 음은 [ᄒᆞ]이다. 이 두 자형의 음이 다른 이유는 앞의 자형은 본자 '爲'의 음을 그대로 차용한 반면 뒤의 자형은 본자 '爲'의 훈을 차용하였기 때문이다.

일곱째, 본자는 동일하나 자형의 모양과 그 표기음이 다른 것에는 자형 '㇏, 昰'가 있다. 이때 자형 '㇏'와 '昰'의 본자는 '是'이나 앞의 자형 '㇏'는 그 음이 [이]이고 뒤의 자형 '昰'의 음은 [시]이다. 이 두 자형의 음이 다른 이유는 앞의 자형은 본자 '시'의 음을 훈을 차용한 반면 뒤의 자형은 본자 '是'의 음을 그대로 차용하였기 때문이다.

5) ≪육조대사법보단경언해≫ 구결의 변화 양상

한문을 보다 더 국어의 구조에 가깝도록 하는 방법을 모색하게 되었는데 그것이 바로 한문에다 구결을 삽입하는 방법이었다. 구결을 단다는 것은 한문을 국어화하려는 노력의 일단이었다.

원문은 그대로 둔 채 문맥의 흐름을 파악하여 구두(句讀)가 끊어지는 곳을 정한다. 이렇게 결정된 구두처에다 문맥에 맞는 국어의 접사를 삽입함으로써 구결문은 완성된다.

구결이 한글 창제 이전에는 한자의 음과 석을 차용한 차자법으로써 표기되었던 것이다. 그러다가 한글이 창제된 이후부터는 차자 대신 한글로 구결을 표기하게 되었다. 그러나 언해문헌을 통한 중세국어의 연구에서도 지금까지는 번역문 쪽으로만 주목한 채 원문에 달린 한글 구결에 대해서는 관심의 대상이 되지 못했다.

15세기 간경도감에서 간행한 ≪육조대사법보단경언해≫에 달린 한글 구결은 <구역인왕경>이나 <금광명경> 등에 달린 석독 구결을 바탕으로 성립[92]되었다.

동사구가 주어의 기능을 발휘할 때 그 구결을 주격조사로만 하느냐 아니면 동명사형으로 다느냐 하는 선택은 구결 기입자의 기입방식에 따라 달라진다. 구결은 그때그때의 상황과 종파, 그리고 기입자의 기입방식에 따라 유동적으로 사용될 수 있기 때문에 음독 구결이 한글 구결로 전환되는 상황에서 구결은 그 대응 양상이 다양하게 변하게 되는 것이다.

(1) 주격

≪육조법보단경언해≫의 주격에는 'ㅣ', '이', 'Ø'가 사용되었다.

(22) 凡夫ㅣ 不會ᄒᆞ야 徒日至夜히 受三歸戒ᄒᆞᄂᆞ니(上32ㄴ-7)
自心에 歸依覺ᄒᆞ면 邪迷ㅣ 不生ᄒᆞ고(上32ㄱ-8)
便勞他世尊이 從三昧起ᄒᆞ샤 種種苦口ᄒᆞ샤 勸令寢息게ᄒᆞ시니(上61ㄴ-4)

'凡夫ㅣ, 世尊이'와 같이 모음으로 끝나는 체언 뒤에서는 'ㅣ'가, 자음으로 끝나는 체언 뒤에서는 '이'가 쓰이고 있다. 또한 한자어가 하향 이중모음으로 보이는 '邪迷ㅣ'의 경우에서도 'ㅣ'를 쓰고 있다. 다른 문헌과 마찬가지로 'ᄭᅴ셔', '겨오셔' 등의 높임을 나타내는 주격조사는 보이지 않는다.

(2) 속격

≪육조법보단경언해≫의 속격에는 '-의'와 '-ㅅ'이 사용되었다.

(23) 行思禪師의 姓은 劉氏오 吉州安城人也ㅣ러니(上94ㄱ-4)
汝의 心中에 必有一物ᄒᆞ도소니 蘊習何事邪오(上54ㄱ-5)

92) 김문웅(1986:15).

願見我師ㅅ 傳來衣鉢ᄒᆞ노이다(上109ㄴ-4)
西天般若多羅ㅅ 讖애 汝의 足下애 出一馬駒ᄒᆞ야(上96ㄱ-5)
邪見과 煩惱와 愚癡왓(와+ㅅ) 衆生을 將正見ᄒᆞ야 度ㅣ니(上28ㄱ-6)

'行思禪師의', '汝의'와 같이 속격에는 '의'를 쓰고 있으며 모음조화의 이표기인 'ᄋᆡ'의 표기는 나타나지 않는다. 또한 속격 'ㅅ'의 형태는 세 문헌 중 가장 큰 범주에서 쓰이고 있다.

≪능엄경≫의 경우, 높임을 나타내는 유정물의 경우에만 쓰이고, ≪법화경≫의 경우에는 높임을 나타내는 유정물과 불교와 관련하여 높임을 나타내는 무정물의 경우에 쓰였다. 그러나 ≪육조법보단경언해≫의 경우에는 '願見我師ㅅ'와 같이 높임을 나타내는 유정명사, '西天般若多羅ㅅ' 불교관련 무정명사, '邪見과 煩惱와 愚癡왓' 불교 관련 평칭의 무정물의 경우, [+높임], [-높임], [+유정], [-유정], [+불교]의 모든 범위에서 속격 'ㅅ'을 쓰고 있다.

(3) 목적격

≪육조법보단경언해≫의 목적격에는 '-을', '-ᄅᆞᆯ'이 사용되었다.

(24) 偶師弟子玄策을 相訪ᄒᆞ야 與其劇談ᄒᆞ니(上97ㄴ-8)
問曰호ᄃᆡ 卽心卽佛을 願垂指諭ᄒᆞ쇼셔(上52ㄱ-4)
通이 再啓曰호ᄃᆡ 四智之義ᄅᆞᆯ 可得聞乎ㅣ잇가(上73ㄴ-3)

'偶師弟子玄策을', '四智之義ᄅᆞᆯ'과 같이 자음으로 끝나는 체언 뒤에서 '을'이, 모음으로 끝나는 체언 뒤에서는 'ᄅᆞᆯ'을 쓰고 있다. ≪육조법보단경≫의 목적격조사는 모음조화가 혼란된 채 '을'과 'ᄅᆞᆯ'만이 나타난다.

(4) 처격

≪육조법보단경언해≫의 처격에는 '-애', '-에', '-예'가 사용되었다.

(25) 雖六七은 因中에 轉ᄒᆞ며 五八은 果上애 轉ᄒᆞ나(上74ㄱ-6)
若於轉處에 不留情ᄒᆞ면 繁興永處那伽定이리라(上74ㄱ-3)
苦色身者ㅣᆫ댄 色身滅時예 四大分散ᄒᆞ야(上85ㄴ-3)

'果上애', '若於轉處에'와 같이 양성모음인 경우, '-애'가, 음성모음인 경우 '-에'를 쓰고 있다. 또한 하향이중모음으로 끝나는 체언 뒤에서는 '-예'를 쓰고 있다. 선행체언은 처소이거나 시간과 관련되어 있다. ≪육조법보단경언해≫에서도 처격의 '-의'는 나타나지 않는데, 이것은 ≪능엄경언해≫와 같다.

(5) 조격

≪육조법보단경언해≫의 조격에는 '-(ᄋᆞ/으)로'가 사용되었다.

(26) 善知識아 我此法文은 以定慧로 爲本ᄒᆞ노니(上01ㄱ-3)
無相으로 爲體ᄒᆞ고 無住로 爲本이니 無相者ᄂᆞᆫ 於相而離相이오(上07ㄴ-6)

'定慧로', '無相으로'와 같이 모음으로 끝나는 체언 뒤에서는 '-로'가, 자음으로 끝나는 체언 뒤에서는 '으로'가 쓰였다. '으로'의 양성모음 표기인 'ᄋᆞ로'의 형태는 나타나지 않는다. 주로 한자 '以'를 수반하고 있는 경우가 많다.

(6) 공동격

≪육조법보단경언해≫의 공동격에는 '-와/과'가 사용되었다.

(27) 卽自心中엣 邪見과 煩惱와 愚癡왓 衆生을 將正見ᄒᆞ야 度ㅣ니(上28ㄱ-6)

'邪見과 煩惱와'와 같이 자음으로 끝나는 체언 뒤에서는 '-과'가, 모음으로 끝나는 체언 뒤에서는 '-와'를 쓰고 있다. 연결되는 구의 마지막 체언에까지 공동격조사를 쓰고 있다.

(7) 호격

호격에 사용되는 한글 구결로는 '-아'가 있다.

(28) 善知識아 一行三昧者ᄂᆞᆫ 於一切處에 行住坐臥애 常行一直心이 是也ㅣ라 (上03ㄱ6-7)

≪육조법보단경언해≫에는 높임을 나타내는 '-하'와 감탄을 나타내는 '(이)여'는 보이지 않는다.

(8) 서술격

≪육조법보단경언해≫의 서술격조사에는 'ㅣ라', '이라'가 사용되었다.

(29) 心不亂者ㅣ 是眞定也ㅣ라 着者ㅣ 是妄이오(上17ㄱ-4)
死曰 ᄒᆞ샤ᄃᆡ 字卽不識이어니와 義卽請問ᄒᆞ라
名이 無盡藏이러니 (上48ㄴ-7)
曰호ᄃᆡ 法達이로이다

'是眞定也ㅣ라', '是妄이오'와 같이 모음으로 끝나는 체언 뒤에서는 'ㅣ라', 자음으로 끝나는 체언 뒤에서는 '이라'가 쓰였다. 서술격조사 '이다'의 이형태는 중세국어의 언해문에서와 같은데, 'ㅣ라(ㅣ+-다), 이오(이+-고), 이어니와(이+-거니와), 이러니(이+-더-+-니), 이로이다(이+-오-+-이-+-다)'로 나타난다.

Ⅳ. 번역 양상 및 상관성

제1장 음독 구결 자료의 번역 양상

1. ≪능엄경≫

1) ≪능엄경≫ 이본 전체 개관

≪능엄경≫의 이본인 '(가)본', '(나)본', '(다)본', '(라)본', '파전본'에 나타나는 구결의 결합유형은 총 2,512가지이다. 특히 다른 이본들에서는 찾기 힘든 결합유형 'ソロ(ᄒᆞ고)'가 '파전본'에서는 무려 289회나 나타나고 있음은 눈여겨볼 만하다. 이 결합유형 'ソロ'는 '(가)본'에서 3회, '(다)본'에서는 46회, '(라)본'에서 단 1회만 사용되었는데, 유독 '파전본'에서 빈도가 높은 이유는 '파전본'의 구결 기입 시기와도 관련지을 수 있다. 종결어미에 사용된 결합유형 가운데 평서형 '-亽(、)'류와 '-丨(夕)'류가 많이 나타나고 있는데, '-亽(、)'류는 총 8,280회, '-丨(夕)'류는 총 2,196회가 사용되었다. '-亽(、)'류는 '(가)본'이 3,720회, '(나)본'이 830회, '(다)본'이 240회, '(라)본'이 2,100회, '파전본'이 1,390회 사용되었으며, '-丨(夕)'류는 '(가)본'이 1,027회, '(나)본'이 387회, '(라)본'이 697회, '파전본'이 73회 사용되었다. 특히 '(다)본'은 종결어미에 사용된 '-丨(夕)'류는 없으며 다만 선어말어미에 사용된 'ソ丨可(ᄒᆞ다가), ソニ丨可(ᄒᆞ시다가), ソ3丨可(ᄒᆞ야다가)'의 3가지 결합유형만 나타나고 있을 뿐이다. 설명형 '-亽(、)'류에서는 '亽ソ又匕亽/、ソ又匕、(라ᄒᆞ노니라)', '-刂亽/-乀、(-이라)', 'ノ匕亽/ノ匕、/户匕亽(호니라)', 'ソ匕亽/ソ匕、(ᄒᆞ니라)', 'ソㅌ匕亽/ソㅌ匕、(ᄒᆞᄂᆞ니라)'의 쓰임을 눈여겨볼 만한데 '亽ソ又匕亽/、ソ又匕、'는 총 빈도가 220회, '-刂亽/乀

、'는 1,021회, 'ノヒ亽/ノヒ、/尸ヒ亽'는 303회, 'ソヒ亽/ソヒ、'는 545회, 'ソㅌヒ亽/ソㅌヒ、'는 431회이다. 이 가운데 '亽ソ又ヒ亽/、ソ又ヒ、'는 '(가)본'에서는 191회 사용되었고, '(나)본'에서는 19회, '(라)본'에서는 10회가 사용되었으며, '파전본'에서는 사용된 용례가 없다. 또 결합유형 '-リ亽/-乀、'는 '(가)본'이 254회, '(나)본'이 133회, '(라)본'이 54회, '파전본'은 580회로 이본 가운데 '파전본'의 빈도가 가장 높다. 'ノヒ亽/ノヒ、/尸ヒ亽'의 경우는 '(가)본'이 188회 사용되었으며, '(나)본'이 41회, '(라)본'이 74회 사용되었고, '파전본'에서는 전혀 사용되지 않았다. 'ソヒ亽/ソヒ、'는 '(가)본'에서 327회, '(나)본'에서 71회, '(라)본'에서 75회, '파전본'에서 72회 사용되었는데, 이 가운데 '(가)본'이 가장 높은 빈도를 나타내고 있음을 알 수 있다. 'ソㅌヒ亽/ソㅌヒ、'는 '(가)본'이 238회 사용되었으며, '(나)본'이 40회, '(라)본'이 31회, '파전본'은 122회로 '(가)본'과 '파전본'의 빈도가 높음을 알 수 있다. 결론적으로 설명형 '-亽(、)'류 결합유형에서 '(가)본'의 경우는 'ソ-亽'형이 많이 사용되었으며, '(나)본'과 '파전본'의 경우는 '-リ亽/-乀、'형이 많이 사용되었다. 특히 '파전본'은 원문의 분량이 다른 본들에 비해 적은데도 불구하고 '-リ亽/-乀、'형이 이본들과 비교해 볼 때 많게는 무려 10배정도의 높은 빈도를 나타내고 있음에 주목할 필요가 있다. 또 설명형 '-丨(夕)'류에서는 '去七丨(것다)', 'ラ七丨(읫다)', 'オ七丨/キ七丨/今七丨(엇다)'의 쓰임이 특이한데 '去七丨'는 총 빈도가 303회, 'ラ七丨'는 338회, 'オ七丨/キ七丨/今七丨'는 436회이다. 이 가운데 '去七丨'는 '(가)본'이 222회, '(나)본'이 39회, '(라)본'이 42회, '파전본'은 전혀 사용되지 않았다. 'ラ七丨'는 '(가)본'이 284회, '(라)본'이 54회가 사용되었으며, '(나)본'과 '파전본'은 전혀 사용되지 않았다. 또 'オ七丨/キ七丨/今七丨'는 '(나)본'이 93회, '(라)본'이 343회 사용되었으며, '(가)본'과 '파전본'은 전혀 사용되지 않았다. '파전본'의 경우는 '去七

丨', 'ㅋ七丨', '才七丨/キ七丨/令七丨'의 쓰임이 전혀 나타나지 않는 대신 이본들에서는 찾아 볼 수 없는 결합유형 '女ニ丨'가 77회나 사용되고 있음을 알 수 있다. 결론적으로 설명형 '-丨(夕)'류 결합유형에서 '(가)본'의 경우는 '厺七丨'와 'ㅋ七丨'만 사용되었으며, '(나)본'의 경우는 '厺七丨'와 'キ七丨'가 사용되었고, '(라)본'의 경우는 '厺七丨', 'ㅋ七丨', '才七丨/令七丨'가 모두 사용되었음을 알 수 있다. 또 '파전본'에서는 '-七丨의 결합유형이 거의 사용되지 않고 대신 '女ニ丨'가 사용되었음을 알 수 있다. 이는 '厺七丨'와 'ㅋ七丨', '才七丨/キ七丨/令七丨'의 관련성이 상당히 많음을 보여 주는 것이라 여겨지는데, 이 세 가지 유형 가운데 'ㅋ七丨'와 '才七丨/キ七丨/令七丨'는 적어도 음독구결에서는 동일한 표기를 나타내었을 가능성을 생각하게 한다. 의문형에 사용된 결합유형은 '-可'와 '-阝/卩', '-口', '-午', '-3' 등이 있는데 이 가운데서 단일형 '可'는 100회, '阝/卩'는 195회, '口'는 1050회, '午'는 548회 사용되었다. 특히 단일형 '可'의 경우 '(가)본'에서는 56회, '(나)본'에서는 44회 나타나고 '(라)본'이나 '파전본'에서는 전혀 나타나지 않는데, 이는 의문형 '可'가 ≪능엄경≫의 앞 부분에서 주로 사용되고 있기 때문에 뒷 부분, 즉 <권 6>에서 <권 10>까지만 남아 있는 '(라)본'이나 <권 8>에서 <권 10>까지 남아 있는 '파전본'에서는 나타나지 않은 것으로 볼 수 있다. 대신 '(라)본'에서는 다른 이본들보다 의문의 자리에 사용된 단독형 '口'와 '午'가 많이 나타나며, '파전본'에서는 '卩'와 '午'가 많이 나타나고 있다. 단독형 '口'의 빈도는 '(가)본'이 596회, '(나)본'이 160회, '(라)본'이 287회, '파전본'이 7회이고, '阝/卩'의 빈도는 '(가)본'이 4회, '(나)본'이 58회, '(라)본'이 48회, '파전본'이 85회이다. 또 단독형 '午'의 빈도는 '(가)본'이 181회, '(나)본'이 53회, '(라)본'이 212회, '파전본'이 102회이다.

이들이 번역 양상을 이본별로 간략히 살펴보면 다음과 같다. ① 단독

형 ‘ヒ’는 ‘남권희 (가)본’이 186회, ‘남권희 (라)본’이 473회, ‘파전본’이 62회 사용된 점을 보더라도 ‘남권희 (나)본’에서는 1/5 정도로 적게 사용되었다. ② 단독형 ‘ㄴ’은 ‘남권희 (가)본’이 294회, ‘남권희 (라)본’이 157회, ‘파전본’이 101회인 점을 감안할 때 다른 이본에 비해 ‘남권희 (나)본’에서 적게 나타나고 있음을 알 수 있다. ③ 단독형 ‘ケ’는 ‘남권희 (가)본’이 124회, ‘남권희 (라)본’이 36회, ‘파전본’이 19회 사용되었는데, ‘남권희 (나)본’과 ‘남권희 (라)본’, ‘파전본’의 빈도가 ‘남권희 (가)본’ 보다 적게 나타나는 이유는 ‘남권희 (가)본’에서 ‘ケ’로 표기된 부분이 ‘남권희 (나)본’과 ‘남권희 (라)본’, ‘파전본’에서는 유형 ‘ヽケ’, 또는 ‘ヽ久’로 표기되었기 때문이다. ④ 단독형 ‘七’은 ‘남권희 (가)본’이 70회, ‘남권희 (라)본’은 10회, ‘파전본’이 23회 사용되었는데 다른 이본에 비해 ‘남권희 (나)본’에서 적게 나타나고 있음을 알 수 있다. ⑤ 단독형 ‘午’는 ‘남권희 (가)본’이 181회, ‘남권희 (라)본’이 212회, ‘파전본’이 102회 사용된 점을 보더라도 ‘남권희 (나)본’에서는 1/2 정도로 적게 사용되었다. 그런데 ‘남권희 (나)본’에서 이처럼 ‘午’의 빈도가 낮은 이유는 ‘午’로 표기되어야 할 부분이 유형 ‘扌午’로 표기되었기 때문이다. ⑥ 단독형 ‘ヽ’의 경우는 ‘남권희 (가)본’이 3392회, ‘남권희 (라)본’이 1523회, ‘파전본’이 1579회 사용되어 ‘남권희 (나)본’에서는 1/2 정도로 적게 사용되었다. 복합형에서 ‘ノム’는 ‘남권희 (가)본’이 240회, ‘남권희 (라)본’이 127회, ‘파전본’이 169회 사용되어 ‘남권희 (나)본’에서는 1/4 정도로 적게 사용되었음을 알 수 있다. ‘ソ3’는 ‘남권희 (가)본’이 3343회, ‘남권희 (라)본’이 2358회, ‘파전본’이 1726회 사용되었는데, 이는 ‘남권희 (나)본’이 ‘남권희 (가)본’보다 6배나 적은 빈도이다. 이본들에서 ‘ソ3’로 표기된 부분이 ‘남권희 (나)본’에서는 대신 ‘ㅌ大’와 ‘ソ金’ 등의 유형이 사용되었는데, ‘남권희 (나)본’에서 ‘ㅌ大’는 205회 사용되었고, ‘ソ金’는 104회나 사용되었다.

2) ≪능엄경≫ 각 이본별 번역 특성

(1) '남권희 (가)본'

'남권희 (가)본'의 번역 양상에서 주목할 만한 사항들에 대하여 간략히 언급하면 다음과 같다.

첫째, '남권희 (가)본'에 나타나는 유형 가운데 빈도가 높은 것은 'ㄴ氵(ᄒᆞ야)', 'リ(이)', 'ㄱ(은)', '灬(로)', '氵(에)' 등이고 이들의 빈도는 'ㄴ氵'가 3343회, 'リ'는 3392회, 'ㄱ'은 2517회, '灬'는 1186회, '氵'는 1,423회이다.

둘째, 확인의 의미 요소를 지니고 있는 '-去-'의 유형 가운데 '남권희 (가)본'에는 '去ㅌ(거나)'와 '去ㅊ(入)ㄱ(거든)', '去ㄷ丨(것다)', '去金ㄷ丨(거샷다)', '去ㄷㄴ(거시니)', '去ㄷ彡(거시며)', '去ㄴ-(거ᄒᆞ-)' 등이 이본들과 비교해 볼 때 특히 많이 사용된 유형들이다. '去ㅌ'가 사용된 빈도는 87회이고, '去ㅊ(入)ㄱ'은 110회, '去ㄷ丨'는 222회, '去金ㄷ丨'는 30회, '去ㄷㄴ'는 33회, '去ㄷ彡'는 55회이다. '去ㅌ'는 '남권희 (나)본'에서 17회, '남권희 (라)본'에서는 3회만 나타나고 있는데 비해 '남권희 (가)본'에서는 87회로 거의 5배 이상의 차이를 보이고 있으며, '去ㅊ(入)ㄱ'의 경우는 이본들에서는 거의 찾아보기 힘들다. 또 '去ㄷ丨'는 '남권희 (가)본'이 무려 222회나 사용된 반면에 '남권희 (나)본'에서는 38회, '남권희 (라)본'에서는 42회만 사용되고 있어 '남권희 (가)본'에 사용된 경우가 7배정도 더 많이 나타나고 있음을 알 수 있다. '去金ㄷ丨'의 경우는 '남권희 (나)본'이 1회, '남권희 (라)본'도 1회만 나타나고 있어 '남권희 (가)본'이 훨씬 더 높은 빈도를 보이며, '去ㄷㄴ'의 경우 역시 '남권희 (나)본'은 13회, '남권희 (라)본'은 3회가 사용되었을 뿐이다. '去ㄷ彡'의 경우도 마찬가지인데, '남권희 (나)본'이 2회 사용되었을 뿐, '남권희 (라)본'에서는 전혀 나타나지 않는다. 그리고 특히 '남권

희 (가)본'에서는 '厷ソ-'의 유형이 많이 나타난다. 이들 유형에 사용된 자형 '厷'는 음독 구결의 초기 자료일수록 사용된 빈도가 높으며, 후대로 오면서 점차 자형 'オ/ま'로 통합되었다고 생각된다.

셋째, 유형 'ロ斤(고늘)'과 'ロ火ㅅ(고ㅂ라)'는 거의 '남권희 (가)본'에서만 나타나는데,[1] 그 빈도는 'ロ斤'이 23회이고, 'ロ火ㅅ'는 9회이다.

넷째, 중세한국어 자료에서 나타나는 '-과'에 해당하는 표기가 '남권희 (가)본'에서는 모두 자형 '果/日'로 나타나고 있으며, 동명사적 연결어미 '-ㄱ ホ' 역시 '남권희 (가)본'에서만 나타나고 있다.

다섯째, 유형 '大ㄱ(댄)'과 '大(대)', 'ㅛ(두)', 'ㄴ(ㅅ)', '㇌ㄴ(엣)', 'オㄱ丁(언뎡)', 'ㅋ(의)' 등의 쓰임도 비교적 많이 나타나고 있는데, '大ㄱ'이 사용된 빈도는 119회, '大'는 135회, 'ㅛ'는 42회, 'ㄴ'은 70회, '㇌ㄴ'은 133회, 'オㄱ丁'은 37회, 'ㅋ'는 322회이다. 이 가운데 유형 'オㄱ丁'은 '남권희 (가)본'에서 '言丁(언뎡)', 또는 'ㅅㄱ丁(언뎡)'으로도 표기되었는데,[2] 이 유형은 '남권희 (나)본'에서는 'ㅍ丁(언뎡)',과 'ㅍ㇏丁(언뎡)'이 각각 9회 사용되었고, '남권희 (라)본'에서는 'オ丁(어뎡)'이 1회 사용되었다. 이는 유형 'オㄱ丁'이 후대로 가면서 '言丁', 'ㅍ丁'으로 표기되었음을 보여준다.

여섯째, 자형 'ホ'와 '入'가 선어말어미에 사용되어 회상의 의미를 나타내는 경우가 '남권희 (가)본'에 보이는데, 'ソホ-'와 'ソ入-'형이 그것이다. 'ソホ-'의 경우는 '남권희 (가)본'에서 37회 사용되었으며, '남권희 (나)본'은 1회, '남권희 (라)본'은 3회가 나타날 뿐이다. 'ソ入-'의 경우는 '남권희 (가)본'이 18회 사용되었고, '남권희 (라)본'이 17회 사용되었으며, '남권희 (나)본'과 '파전본'에서는 나타나지 않는다. '남권희 (나)본'에는 'ソホ-'와 'ソ入-'형 대신 'ソか-'로 표기되어 있음에 주목할 필요

---

1) 'ロ斤'이 '남권희 (나)본'에 단 1회 나타날 뿐이다.
2) '言丁'의 빈도는 1회이고, 'ㅅㄱ丁'의 빈도는 6회이다.

가 있다. 이는 'ソホ-'와 'ソ入-'에 결합된 자형 'ホ'와 '入'가 'ソか-'에 결합된 자형 'か'와 동일한 표기임을 보여주는 것이라 생각할 수 있다. 이는 음독 구결에 나타나는 자형 'ホ'와 '入'의 기능[3] 가운데 회상의 의미 요소가 자형 'か'의 출현으로 인해 점차 줄어들고 후대로 오면서 그 기능이 자형 'か'로 통합된 것이다. 이는 음독 구결의 초기 자료에서는 모음 'ㅡ'와 'ㅓ'가 변별되지 않다가, 후대로 오면서 'ㅡ'와 'ㅓ'가 변별되었을 가능성이 크다. 김동소(1999ㄱ)에 따르면 고대 단계에서 모음'ᆞ'와 'ㅡ'는 다른 모음의 변이음으로는 존재했으나 음소로서 확립되어 있지 않았을 가능성이 있다. 특히 'ㅡ'는 'ㅣ' 또는 'ㅓ'의 변이음이라고 추정할 수 있는데, 음독 구결의 초기 자료에서 보여지는 자형 '-ホ', '-入', '-か'의 교체에서도 이러한 가능성들을 추정할 수 있다.

일곱째, 자형 'ソ-'와 결합한 유형 가운데 '남권희 (가)본'에서는 'ソ乚-(ᄒᆞᆯ-)', 'ソ禾午(ᄒᆞ리오)', 'ソ禾ラ七丨(ᄒᆞ리윗다)', 'ソ𠆢ナ/ソ𠆢大/ソ亽大(ᄒᆞ라대)', 'ソ二ヒ(ᄒᆞ시니)', 'ソ3斤(ᄒᆞ야ᄂᆞᆯ)', 'ソ3刀(ᄒᆞ야도)', 'ソ3斗(ᄒᆞ야두)', 'ソ亠-(ᄒᆞ여-)' 등의 쓰임을 살펴볼 필요가 있다.

'남권희 (가)본'에 사용된 이들 유형의 빈도는 'ソ乚-'이 294회, 'ソ禾午'가 128회, 'ソ禾ラ七丨'가 40회, 'ソ𠆢ナ/ソ𠆢大/ソ亽大'는 567회, 'ソ二ヒ'는 102회, 'ソ3斤'은 81회, 'ソ3刀'는 36회, 'ソ3斗'는 28회, 'ソ亠-'는 128회이다. 이 가운데 특히 'ソ禾ラ七丨'는 '남권희 (라)본'에 2회 나타날 뿐 이본에서는 전혀 나타나지 않으며, 'ソ𠆢ナ/ソ𠆢大/ソ亽大' 역시 '남권희 (라)본'에서 유형 'ソ亽大/ソ、大'의 표기로 282회 나타나고 나머지 이본에서는 전혀 나타나지 않는다. 또한 'ソ3斤'은 '남권희 (가)본'에서만 나타날 뿐 다른 이본들에는 전혀 나타나

---

3) 남경란(1997)에서는 음독 구결의 초기 자료에 나타나는 자형 'ホ'와 '入'의 기능이 "① 비유구문에 나타나는 'ホ', ② 회상의 뜻을 지닌 'ホ', ③ 형식 명사의 'ホ', ④ 조건의 표현 어미 'ホ', ⑤ 가정의 표현 어미 'ホ', ⑥ 감동의 어미 'ホ', ⑦ 원인의 표현 어미 'ホ' " 등이 있다고 언급하였다.

지 않는다. 음독 구결 자료에 사용된 자형 '斤'의 유형은 'ㅁ斤(고늘), 斤(늘), ㄴㅁ斤(을고늘), 소ㅁ斤(라고늘), 소斤(라늘), ノ7入ソ3斤(혼들ᄒᆞ야늘), ノし入しソ3斤(혼들을ᄒᆞ야늘), ソ斤(ᄒᆞ늘), ソ3斤(ᄒᆞ야늘)'의 9가지인데 이 가운데 '斤, ㄴㅁ斤, 소ㅁ斤, 소斤, ノ7入ソ3斤, ノし入しソ3斤, ソ斤, ソ3斤'의 8가지가 '남권희 (가)본'에 나타나고 있음은 주목할 만하다. 이 자형 '斤'은 음독 구결의 초기 자료에 사용되다가 후대로 오면서 점차 소실된 것으로 여겨진다.

여덟째, 사역의 의미를 지니고 있는 자형 '令'의 유형은 '남권희 (가)본'에서만 나타나는데, 이 표기는 '남권희 (나)본'과 '남권희 (라)본'에서는 'ソ乀(ᄒᆞ이)'로 표기하고 있음이 특이하다.

(2) 남권희 (나)본

'남권희 (나)본'의 번역 상 주목할 만한 사항들에 대하여 간략히 언급하면 다음과 같다.

첫째, '남권희 (나)본'에 나타나는 유형 가운데 빈도가 높은 것은 '乀', '7', 'ソ3', '3', '…', 'ㅌ大' 등인데, 이들의 빈도는 '乀'가 919회로 가장 높고, '7'은 722회, 'ソ3'는 595회, '3'는 423회, '…'는 366회, 'ㅌ大'는 205회이다.

둘째, 유형 가운데 '남권희 (나)본'에서는 특히 '去七丨(것다)'와 'キ七丨(엇다)'의 쓰임을 살펴볼 필요가 있는데, '남권희 (나)본'에 사용된 'キ七丨'가 '남권희 (가)본'에서는 '去七丨(것다)'와 'ラ七丨'로 표기되고 있으며, '남권희 (라)본'에서는 'ラ七丨(읫다)'와 '才七丨/仒七丨(엇다)'로 표기되었음을 알 수 있다. '남권희 (나)본'에 사용된 '去七丨'의 총 빈도는 39회이고, 'キ七丨'의 총 빈도는 93회이다. 이제까지 연구된 이본들과는 달리 '남권희 (나)본'에는 'ラ七丨'는 전혀 나타나지 않고, 'ラ七丨'가 표기되어야 할 자리에는 거의 'キ七丨'로 표기되었다는 점이 흥미로운데, 이 유형 'ラ七丨'와 '才七丨/扌七丨/亽七丨'는 적어도 음독 구결에서는 동일한 표기를 나타내었을 가능성이 크다. 그리고 자형 'ラ'의 유형이 '人ラ(과의), ラ(의), ソ乚土ラ(홀ᄉᆡ), ラㄱ二十ㄱ(읜여힌/읜여권), ラ扌丨(의어다), ラ禾扌七丨(의리엇다)'의 6가지로 나타나는데, 그 빈도가 극히 적으며 이들은 모두 'ᄋᆡ/의'를 표기한 것으로 보인다.

셋째, 유형 가운데 단독형 'ヒ(니)'와 '乚(을)', 'ケ(며)', '七(ㅅ)', '午(오)', '乀(이)'와 복합형 'ノ厶(호ᄃᆡ)', 'ソ3(ᄒᆞ야)' 등은 이본들에 비해 대체로 빈도가 낮은 것들이다. 이들의 빈도는 'ヒ'가 13회, '乚'이 90회, 'ケ'는 27회, '七'은 9회, '午'는 53회, '乀'는 919회이고, 'ノ厶'의 빈도는 31회, 'ソ3'는 595회이다.

넷째, '남권희 (나)본'에는 중세한국어의 언해 자료에서 '여/야'로 표기되는 자리에 '亦, ソ, 亠, 余, 二, ᄀ'의 6가지 자형이 나타나고 있다는 점을 눈여겨볼 만 하다. 이 가운데 '余'는 선어말에, '亠·亦·ソ·二/ᄀ'는 어말에, '二'는 선어말과 어말 모두에 나타나고 있다.

다섯째, '남권희 (나)본'은 원문의 권(卷)에 따라 기입된 구결 자형이 조금씩 차이가 난다. ① 자형 '大'의 결합형 가운데 'ㄱ大(ㄱ)'는 1권에만 나타나고, 'ソㄱ大(ㄱ), 乀ㄱ大(ㄱ), 乀亽ㄱ大'류는 2권에, '大(ㄱ)'는 3권, 'ソㅌ大'는 4권에만 나타난다. ② '戸/ノ'의 결합형에서 '户乚火十(ㄱ), 户乚上十(ㄱ), 户乚二十(ㄱ)'류는 2·3권에, 'ノㄱ上十, ノㄱ亠十'류는 4권에만 나타난다. ③ '-ᄯᆞ녀'와 관련된 결합형 가운데 '-(七)入亦(二/ソ)'류는 2·3권에, '-(七)入ᄀ'류는 3권에만 나타난다. ④ 자형 '土'의 결합형 중 '-ㄱ土'류(-户ㄱ土/ラㄱ土/ノㄱ土/-又ㄱ土)는 2권에만 나타난다. ⑤ 자형 '-ホ-'류는 대부분 4권에만 나타난다. [예) 户ㄱホ⺍/ノㄱホ 등] ⑥ '又ㄱ丨'와 '户ㄱ丨'는 3권에만 나타나고, 'ソ又ㄱ丨'는 4권에만 나타난다. ⑦ '乀亽ソ-'류는 거의 2·3권에만 나타난다. ⑧ 'ソか-'류는 2·4권에만 나타난다. ⑨ '扌乀-'류와 '戸乀-'류는 2권에

만 나타난다. ⑩ 자형 '了'는 2권에만 2회, '夕'는 3권에만 6회 나타난다.

여섯째, 의문 형태에 사용된 자형(단독형)과 호격에 사용된 자형(단독형)도 권마다 다소의 차이를 보이고 있다. 먼저, 의문에 사용된 자형 중 '可'와 '㇌' 및 '午'는 1권에서 4권까지 두루 나타나고, '口'와 'ㄗ'는 2권과 3권에만 나타난다. 또 호격에 사용된 자형 중 'ㄗ'는 2권과 4권에만, '乃'는 1권과 2권에 나타나고, '㇌'는 2권과 3권 및 4권에, '二'는 5권에, '下'는 1권에서 5권까지 두루 나타난다.

일곱째, '남권희 (나)본' 구결의 결합형 가운데 15세기 한글문헌에 나타나지 않은 어미들이 다른 이본들에 비해 많은 편인데, '去金士ヒ(거샤ᄉᆞ니)', '㇏去金士ヒ(라거샤ᄉᆞ니)', '㇏㇏去金士ヒ(이라거샤ᄉᆞ니)', '去㇗㇏丨(거시이다)', '口斤(고ᄂᆯ)', '禾十七丨(리갓다)', '户ㄱ二十(혼여긘)', '户ㄱ丨(혼다)', '户ㄱ午(혼오)', '户ヒヒ(혼니)', '户乚二十ㄱ(홀여긘)', '户乚㇋十ㄱ(홀저긘)', '户乚㇋十(홀저긔)', '㇓乚㇋十(홀저긔)', '㇏月户ヒヒ(이ᄃᆞᆯ혼니)', '㇏㇀金士七丨(이어샤ᄉᆞᆺ다)', '午㇢ㅌ宁(오ᄒᆞᄂᆞ뎌)', '㇇㇀丨(의어다)', '㇇禾㇀七丨(의리엇다)', 'ㅌ月二(인ᄃᆞᆯ여)', '㇢二ヒ午(ᄒᆞ여니오)', '㇢二金七丨(ᄒᆞ여샷다)', '㇢余金七丨(ᄒᆞ여샷다)', '㇏叱入ㄱ(잇들야)', '㇀ヒ七ㄱ(어닛야)', '㇀ヒ七入ㄱ(어닛들야)', '㇀ヒ入ㄱ(어니들야)', '禾才ヒ七入ㄱ(리어닛들야)', '㇢禾㇀ヒ入ㄱ(ᄒᆞ리어니들야)', '㇢禾㇀ヒ七入ㄱ(ᄒᆞ리어닛들야)', '㇢ㅌ士ㄱ宁(ᄒᆞᄂᆞ손뎌)', '㇢斗士ヒ午(ᄒᆞ두ᄉᆞ니오)', '㇢斗四ヒ午(ᄒᆞ두ᄉᆞ니오)', '㇢㇀㇇(ᄒᆞ며히)', '㇢㇌㇢ㄱ(ᄒᆞ야ᄒᆞᆫ)', '㇢亠金士ヒ(ᄒᆞ여샤ᄉᆞ니)', '㇢か金可(ᄒᆞ더샤가)', '㇢か金ㄱ(ᄒᆞ더샨)' 등이 대표적인 예이다.

(3) 남권희 (다)본

'남권희 (다)본'은 현재 원문의 전권 가운데 <권 9>만 소개된 실정이고 그 가운데서도 1장에서 3장, 17장에서 21장, 25장 이하가 낙장 되고

없어 원문의 분량이 아주 적다. 따라서 자료의 특징을 완전하게 밝힐 수 없고, 다만 구결은 이표기를 포함하여 55자가 사용되었으며, 유형은 152가지가 사용되었다. 특히 자형 '爲/め/ソ'가 중세한국어의 'ᄒᆞ-'를 표기하는 것이 아니라 '디위'의 '-위'를 표기하고 있다는 점이 흥미롭다. 또 중세한국어의 언해 자료에 나타나는 표기 '-돗'과 유사한 것으로 보이는 '돗'이 '돗ソ𠂤(2)'와, '돗ソ𠂤ㄱ'. '돗ソ𠂤丶', '돗ソ刂𠂤', '돗ソ刂丶(2)', '돗ソ㢱(2)', '돗ソ㇏(3)'의 7가지 유형이 나타나는데, 이때의 자형 '돗'이 차자·약체 구결인지 아니면 한글 구결인지에 대해서는 좀더 신중하게 고려해 볼 필요가 있다. 그런데 이들 유형을 언해문과 비교해 보면 모두 한글 구결 '-돗'에 대응되고 있음을 알 수 있다.

(4) 남권희 (라)본

'남권희 (라)본'의 번역 양상에서 특히 주목할 만한 사항들에 대하여 간략히 언급하면 다음과 같다.

첫째, '남권희 (라)본'에 나타나는 유형 가운데 빈도가 높은 것은 'ソ㇏', '㇏', 'ㄱ', '㇏', '丶', '又', '𠂤' 등인데, 이들의 빈도는 'ソ㇏'가 2,358회로 가장 높고, '㇏'는 1,523회, 'ㄱ'은 1,011회, '㇏'는 781회, '丶'는 660회, '又'는 615회, '𠂤'는 473회이다.

둘째, 강세의 의미를 지닌 것으로 보이는 '-㇏'가 결합된 형태가 나타난다는 점을 들 수 있는데 이는 다른 이본뿐만 아니라 조선시대 음독 구결 자료들에서도 찾아 볼 수 없는 형태라는 점에 주목할 필요가 있다. '𠂤㇏(니이)', '刂㇏(리이)', 'ソ丨㇏(ᄒᆞ다이)', 'ソ刂㇏(ᄒᆞ리이)', 'ソ久㇏(ᄒᆞ며이)'가 바로 그것이다. 이 가운데 '𠂤㇏', '刂㇏', 'ソ丨㇏', 'ソ刂㇏'는 종결의 자리에, 'ソ久㇏'는 연결의 자리에 나타나고 있다. 특히 'ソ久㇏'는 '가(본)'과의 비교에서도 알 수 있듯이 '-자마자 - (잠)깐'의 뜻을 지닌, 새김 구결 자료들에서 나타나는 'ソ久㢱'와 같은 자리에 사용되고 있다.

셋째, '厷(ソ-)'의 결합형태가 다른 이본들보다 특히 많이 나타나고 있다는 점이다. 이 유형은 총 54가지가 나타난다. 이 가운데 '厷ヒト'와 '厷入(ㄱ)'의 쓰임이 특이한데, '남권희 (라)본'에 사용된 '厷ヒト'의 빈도는 25회이고, '厷入(ㄱ)'의 빈도는 116회이다. '厷ヒト'의 경우 '남권희 (가)본'에서는 41회, '남권희 (나)본'에서는 7회, '파전본'에서는 17회 나타나는데, 이 유형과 기능이 동일한 유형 'オヒト'가 다른 이본들에서는 거의 확인되지 않으나 '남권희 (라)본'에서는 27회나 나타나고 있다.

넷째, ≪능엄경≫의 이본들에서는 일반적으로 '-ㄟオ-' 또는 '-ㄟ亽-'로 표기되어야 할 자리에 '-女-'가 사용되고 있다는 점이다. 구결 자형 '女'는 다른 이본들에서는 일반적으로 수사의문, 또는 감탄의 종결 자리에 나타나 중세한국어 '-ᄯᆞ녀', '-ㅅᄃᆞ니여'에 대응되지만 '남권희 (라)본'에서는 '女ニ丨(여시다)', '女ニヒ(여시니)'로 사용되고 있음을 알 수 있다.

다섯째, 자형 'ラ'의 결합형태가 'ラ(의), 厷リラ丨(게의다), ソリラセ丨(ᄒᆞ리읫다)'의 3가지로 다른 이본들 보다 매우 적다는 점이다(참고로 '남권희 (가)본'에서는 23가지의 결합형태가 나타나며, '남권희 (나)본'에서는 '人ラ(과의), ラ(의), ソㄴ土ラ(홀ᄉᆡ), ラㄱ二十ㄱ(읜여귄), ラキ丨(의어다), ラ禾キセ丨(의리엇다)'의 6가지, '파전본'에서는 8가지의 결합형태가 나타난다.). 특히 이제까지 연구된 ≪능엄경≫ 이본들과는 달리 '남권희 (라)본'에는 'ラセ丨'는 <권 6>에만 74회 나타나며, 나머지는 모두 'ラセ丨'가 표기되어야 할 자리에는 거의 'オセ丨'(353회)로 표기되었다. 이는 남경란(1997ㄴ)에서 논의된 적이 있는 '남권희 (나)본' ≪능엄경≫의 특징이기도 하다.

여섯째, '남권희 (라)본'은 '남권희 (가)본'이나 '(나)'본, '기림사본'과 마찬가지로 권에 따라 기입된 구결 자형이 조금씩 차이가 난다는 점인데, 권별 단독 결합형태를 살펴보면 6권에서만 나타나는 유형은 158가지, 7권에서만 나타나는 유형은 33가지, 8권에서만 나타나는 유형이 43가지, 9권에서만 나타나는 유형은 39가지, 10권에서만 나타나는 유형은 37가지이다.

일곱째, 단독형 '口', '又', '3', '午'의 빈도가 상당히 높은 편인데, '口'는 287회, '又'는 615회, '3'는 781회, '午'는 212회가 사용되었다. 이 가운데 '又'는 이본들에서는 모두 '…/⺍/灬'로 표기되고 있으며, '午'의 경우는 '남권희 (가)본'의 빈도가 181회, '남권희 (나)본'의 빈도는 53회, '파전본'의 경우는 102회로 이본들 가운데서 가장 높은 빈도를 보여준다.

여덟째, '남권희 (라)본' 구결의 결합형 가운데 '남권희 본' ≪능엄경≫의 이본뿐만 아니라 ≪능엄경≫의 다른 이본들에서는 찾아볼 수 없는 것들이 많이 나타나는데, 去ヒ丶(거니라), 去ㅌ乚(거늘), 去刂ㅋ丨(게의다), 去刂ソ乃(게ᄒᆞ나), 去ソ又ㄱ丨(거ᄒᆞ논다), 人ソ久(과ᄒᆞ며), ㄱホ乚ノヒ丶(은돌을호니라), 卩乚(아을), 女二ヒ(여시니), 女二丨(여시다), 又丨ソ二ヒ(노다ᄒᆞ시니), ヒヒ(니니), ヒ七丨(닛다), ヒ七入亠(닛들여), ヒ午(니오), ヒ㇏(니이), 丨ソヒ(다ᄒᆞ니), 丨ソ3(다ᄒᆞ야), 土七ソ刂ヒ(딧ᄒᆞ리니), 土ソ3(디ᄒᆞ야), 乚入ㄱ(을든), 乚二久(을시며), 乚㇏ㄱ(을인), 丶乚(라을), 丶乚二ヒ(라을시니), 丶二丶大(라시라대), 丶ノヒ丶(라호니라), 丶ノ刂ヒ(라호리니), 丶ノ刂丶(라호리라), 丶ソ亽丶(라ᄒᆞ라라), 亽ヒ卜(라니와), …ソ人(로ᄒᆞ과), 刂㇏(리이), 令ㄱ午(언오), 广(마), ホ[亦여], 二乚(실), 二丆(시면), 才尹ソヒ(어나ᄒᆞ니), 才丁(어뎡), 才言丁(어언뎡), 亠刀(여도), 卜丶(와라), ㇏ㄱ可ソ3(인가ᄒᆞ야), ㇏又(이노), ㇏ㅌㄱ(이ᄂᆞᆫ), ㇏丶厶(이라ᄃᆡ), ノㄱ广ㄱ(혼만), ノ土㇏(호디이), ノ乚ㄱ土(홀은디), 户二ヒ(호시니), 兮丶(히라), ソㄱ丨(ᄒᆞᆫ다), ソㄱ入口(ᄒᆞᆫ들고), ソㄱ入乚亠(ᄒᆞᆫ들을여), ソ尹ヒ(ᄒᆞᄂᆞ니), ソ又ㄱㄱ丁

(ᄒᆞ논은뎡), ソ又ㄱ亍(ᄒᆞ논뎡), ソ㠯又(ᄒᆞᄂᆞ로), ソㅣ乀(ᄒᆞ다이), ソリ乀(ᄒᆞ리이), ソ久乀(ᄒᆞ며이), ソ久弓(ᄒᆞ며히), ソ久灬(ᄒᆞ며로), ソ𠂆ソ㇋(ᄒᆞ면ᄒᆞ야), ソ𠆢ㄱ𡈽乀(ᄒᆞ란디이), ソ金厶(ᄒᆞ샤ᄃᆡ), ソ𫝀又ㄱ丁(ᄒᆞ시논뎡), ソ𫝀又ㄱ𡈽(ᄒᆞ시논디), ソ𫝀又士乀ㅣ(ᄒᆞ시노ᄉᆞ이다), ソ𫝀𡈽乀(ᄒᆞ시디이), ソ𫝀下(ᄒᆞ시하), ソ㇋𠂆(ᄒᆞ야면), ソ乀𫝀丶(ᄒᆞ이시라) 등이 그 대표적인 예이다.

(5) 파전본

'파전본'의 번역 양상에서 특히 주목할 만한 사항들에 대하여 간략히 언급하면 다음과 같다.

첫째, '파전본'의 유형은 ≪능엄경≫ 언해본의 구결과 거의 일치하고 있는데, 이는 유형 'ノㄴ㇇田ㄱ(홀의뎐은)', 'ノㄴ田ㄱ(홀뎐은)'과 'ノ勿又(호므로)', 'ノ勿ㄴ(호믈)', '丶ソ𠆢勿ㄱ(라ᄒᆞ샤믄)', '乀丶ソ𠆢勿ㄱ(이라ᄒᆞ샤믄)', 그리고 '月七女(ᄃᆞᆯㅅ녀)', '乀月七女(이ᄃᆞᆯㅅ녀)', '乀月ㄱ女(이ᄃᆞᆫ녀)' 및 'ソ𠆢巴ㅣ乀ㅣ(ᄒᆞ샵다이다)', 'ソ要ㄴ(ᄒᆞ욜)' 등을 ≪능엄경≫ 언해본과 대조해 보면 쉽게 알 수 있다.

둘째, 12세기에서 15세기까지의 음독 구결과 석독 구결 자료에서는 전혀 나타나지 않고, 다만 15세기 중세한국어 언해 자료에서만 나타나는 '-디위'의 표기가 '파전본'에 나타나고 있다는 점에 주목할 필요가 있다. 이 유형은 '𡈽為(디위)'와 '𡈽ソ(디위)' 및 '乀𡈽ソ(이디위)'의 3가지로 나타나며, 빈도는 '𡈽為'가 1회, '乀𡈽ソ'가 2회, '𡈽ソ'는 6회이다. 이 자형은 '남권희 (다)본'에서는 '為', 'ソ', 'め'의 3가지 형태로 나타나는데, 이때의 구결 자형 '為/ソ/め'는 본자는 '爲'이나 그 독음은 음독 구결에서 일반적으로 나타나는 'ソ-'[ᄒᆞ-]가 아니라 '-위'로 읽혀진다는 것이 특이하다.

셋째, '파전본'의 유형이 ≪능엄경≫ 언해본의 구결과 거의 일치하는

데, 이 점은 '파전본'의 간행 시기나 서지 상태 등을 고려해 볼때, 두 가지 가능성을 생각할 여지를 준다. 그 하나는 '파전본'이 ≪능엄경≫을 언해하는 바탕, 즉 기저본의 하나였을 가능성이고, 다른 하나는 바꾸어 생각해 볼 때 '파전본'이 ≪능엄경≫ 언해본을 그대로 답습하여 베껴 놓은 것일 가능성이다.

2. ≪법화경≫

≪법화경≫ 이본들의 번역 양상에서 특히 주목할 만한 것에 대하여 간략히 언급하면 다음과 같다.

첫째, ≪법화경≫ 결합유형 1,100가지를 살펴보면 고대 어형과 중세 어형이 함께 나타나고 있음을 알 수 있는데, 이는 구결의 기입자가 두 사람 이상일 수 있다는 점을 배제할 수 없으며 또한 구결을 기입하는 사람의 의고성(擬古性)에 의한 것이라는 점도 배제할 수 없다. 이는 '기림사본'뿐만 아니라 '백두현본'과 '영대본'에서도 마찬가지인데, 여러 가지 결합유형 가운데 특히 '厺全士匕(거샤ᄉᆞ니)', '口八(곡)', '口斤(고놀)', '乃口(나고)' '亽全丨(어샤다)', '亇乚ㄱ(마른)', '火七[午七](븟[옷])', '全丨(샤다)', '丷白加匕(ᄒᆞᄉᆞᆸ더가)', '丷白口(하삽고)', '丷白ホ丶丨(ᄒᆞᄉᆞᆸᄃᆞ이다)', '丷白ㄱㅌ乚(ᄒᆞᄉᆞᆸ은놀)', '丷白又匕(ᄒᆞᄉᆞᆸ노니)', '丷白又ㅌ亽丷又匕(ᄒᆞᄉᆞᆸ노ᄂᆞ라ᄒᆞ노니)', '丷白又大(ᄒᆞᄉᆞᆸ노대)', '丷白ㅌ匕丶丨(ᄒᆞᄉᆞᆸᄂᆞ니이다)', '丷白氵刂丨(ᄒᆞᄉᆞᆸ사이다)', '丷白3(ᄒᆞᄉᆞᆸ아)', '丷白刂(ᄒᆞᄉᆞᆸ이)', '丷白刂丨(ᄒᆞᄉᆞᆸ이다)', '丷白之刂丨丷ㄱ大(ᄒᆞᄉᆞᆸ지이다ᄒᆞᆫ대)', '丷白乎厶(ᄒᆞᄉᆞᆸ온ᄃᆡ)' 등은 고대 어형이 남아 있는 결합유형으로 볼 수 있다. 이들 유형들은 대개가 이본들 가운데 '기림사본'에 나타나는 유형으로 이는 '기림사본'만이 고려시대에 간행된 판본이기 때문에 조선 초기에 간행된 다른 이본들보다 더 고대 어형이 많은 것으로 생각할 수 있다.

둘째, 이 자료에는 다른 음독 구결 자료들에서 찾아보기 어려운 결합유형이 많이 나타나는데 이는 고려 말에서 조선 초기 음독 구결 자료 가운데 ≪법화경≫만의 독특한 결합유형이라 볼 수 있다. 대표적인 유형으로는 '-刃七-(-돗-)', '去ニ-(거시-)', '去乀-(거이-)', '月七-(ᄃᆞᆺ-)', '-オ了-(-어료-)', '乀ニ-(이시-)', 'ソ士-(ᄒᆞᄉᆞ-)' 등이 결합된 유형들을 들 수 있다. '-刃七-'의 경우는 '乀又戶刃乀丨(이노소도이다)', '乀又刃乀丨(이노도이다)', '乀七月ヒ刃乀可(잇ᄃᆞ니도이가)', '乀ニヒ刃乀七口(이시니도잇가)', '乀刃七可(이돗가)', '乀刃乀七口(이도잇가)', '土戶刃乀丨(토소도이다)', 'ソ刂刃七口(ᄒᆞ리돗고)', 'ソニㅌヒ刃七可(ᄒᆞ시ᄂᆞ니돗가)', 'ソニㅌヒ刃七可ソ·(ᄒᆞ시ᄂᆞ니돗가ᄒᆞ라)' 등으로 나타나는데 이들은 모두 '영남대본'에서만 나타난다는 것이 특이하다. '去ニ-'의 경우는 '去ニ口(거시고)', '去ニ㇆广㇆(거신만)', '去ニ㇆广㇆ㅌ㇆(거신만ᄂᆞᆫ)', '去ニ㇆广ㅌ㇆(거신마ᄂᆞᆫ)', '去ニヒ口(거시니고)', '去ニ入(거시ᄃᆞᆯ)', '去ニ入㇆(거시ᄃᆞᆫ)', '去ニㄴ(거실)', '去ニㄴ土乃氵(거실디나사)', '去ニ七丨(거싯다)' 등을 들 수 있으며, '去乀-'의 경우는 '去乀(거이)', '去乀口(거이고)', '去乀㇆广㇆(거인만)', '去乀ヒト(거이니와)', '去乀·刂乀(거이라리이)', '去乀𠆢(거이샤)', '去乀ニヒト(거이시니와)', '去乀ニ大㇆(거이시댄)', '去乀ノ女ソ氵(거이호려ᄒᆞ야)', '去乀ノム(거이호ᄃᆡ)', '去乀ノㄴ(거이홀)', '去乀ノ呂ソ氵(거이호려ᄒᆞ야)', '去乀ノ刂ヒ(거이호리니)', '去乀ノ刂·(거이호리라)', '去乀ノヒ(거이호니)', '去乀ノム(거이호ᄃᆡ)', '去乀ノ尸(거이홀)', '去乀ソ口(거이ᄒᆞ고)', '去乀ソ又ヒ(거이ᄒᆞ노니)', '去乀ソ又·(거이ᄒᆞ노라)', '去乀ソヒ(거이ᄒᆞ니)', '去乀ソヒ·(거이ᄒᆞ니라)', '去乀ソㅌヒ·(거이ᄒᆞᄂᆞ니라)', '去乀ソ刂·(거이ᄒᆞ리라)' 등 많은 결합유형이 있다. '月七-'의

경우는 '月七ヒ七可(둣닛가)', '月七亦ソ〻し(둣여ᄒᆞ얄)', '月七ソヒ(둣ᄒᆞ니)', '月七ソヒ丶(둣ᄒᆞ니라)', '月七ソ刂又戶乀丨(둣ᄒᆞ리노소이다)', '月七ソ㇒(둣ᄒᆞ샤)', '月七ソ〻(둣ᄒᆞ야)', '月七ソヒ(둣ᄒᆞ니)', '月七ソヒ丶(둣ᄒᆞ니라)', '月七ソ久(둣ᄒᆞ며)', '月七ソ⺀ヒ(둣ᄒᆞ시니)', '月七ソかヒ(둣ᄒᆞ더니)' 등을 들 수 있고 '-オ了-'의 경우는 'オ了(어료)', 'オ了厶し(어료거늘)', 'オ了ソカヒ(어료ᄒᆞ더니)', 'オ了ソ口(어료ᄒᆞ고)', 'オ了ソ丨ヒ(어료ᄒᆞ다니)', 'オ了ソ久(어료ᄒᆞ며)' 등을, '乀⺀-'의 경우는 '乀⺀口(이시고)', '乀⺀ㄱ大ㄱ(이신댄)', '乀⺀ㄱ月し厶乀ソ⺀し士乀(이신ᄃᆞᆯ을거이ᄒᆞ실ᄉᆡ)', '乀⺀乃(이시나)', '乀⺀女丶(이시여라)', '乀⺀ヒ(이시니)', '乀⺀ヒㄱ(이시닌)', '乀⺀ヒ丶(이시니라)', '乀⺀ヒ刃乀七口(이시니도잇고)', '乀⺀しヒ丶(이실니라)', '乀⺀し士乀(이실ᄉᆡ)', '乀⺀し士乀ヒ(이실ᄉᆡ니)', '乀⺀刂七口(이시릿고)', '乀⺀刂午(이시리오)', '乀⺀刂乀(이시리이)', '乀⺀久(이시며)', '乀⺀ア(이시면)', '乀⺀士乀(이시ᄉᆡ)', '乀⺀ヨ乀七可(이시도잇가)' 등을 들 수 있다. 'ソ士-'의 경우는 'ソ士(ᄒᆞᄉᆞ)', 'ソ士厶し(ᄒᆞᄉᆞ거늘)', 'ソ士口(ᄒᆞᄉᆞ고)', 'ソ士亦午(ᄒᆞᄉᆞ며오)', 'ソ士ト(ᄒᆞᄉᆞ와)', 'ソ士トト(ᄒᆞᄉᆞ와와)', 'ソ士ト一(ᄒᆞᄉᆞ와셔)', 'ソ士トヨ(ᄒᆞᄉᆞ와도)', 'ソ士ヒ(ᄒᆞᄉᆞ니)', 'ソ士ヒ㔾口(ᄒᆞᄉᆞ니이고)', 'ソ士久(ᄒᆞᄉᆞ며)', 'ソ士午(ᄒᆞᄉᆞ오)', 'ソ士午口(ᄒᆞᄉᆞ오고)', 'ソ士トヒト(ᄒᆞᄉᆞ와니와)', 'ソ士ト刀(ᄒᆞᄉᆞ와도)' 등을 들 수 있다. 그런데 이들 결합유형들은 대개가 '기림사본'을 제외한 '백두현본'과 '영남대본'에서만 찾을 수 있는 유형들로 중세한국어 언해문의 구문과 면밀히 비교해 볼 필요가 있는 유형들이다.

셋째, 고려 말에서 조선 초기까지 간행된 음독 구결 자료에서 확인법 선어말어미 '-厶-'가 'ソ-' 뒤에 결합하는 유형은 그리 흔하지 않다. 확인의 의미 요소인 '-〻' 앞에는 'ソ-'가 항상 표기되지만, '厶' 앞에는 동사어간 'ソ-'가 표기되지 않는 것이 원칙이라는 견해가 있다. 그러나 앞의 결합유형의 목록에서도 알 수 있듯이 '𠫔' 앞에 동사어간 'ソ-'가 표기된 결합유형 'ソ𠫔力ㄱ大ㄱ(ᄒᆞ거던댄)', 'ソ𠫔尹(ᄒᆞ거나)', 'ソ𠫔ヒㅏ(ᄒᆞ거니와)', 'ソ𠫔㠯(ᄒᆞ거나)', 'ソ𠫔乚(ᄒᆞ거늘)', 'ソ𠫔㇏ニ乚(ᄒᆞ거이실)' 등이 나타남을 확인할 수 있다. 이러한 유형들은 ≪능엄경≫의 일부 이본들에서도 찾아볼 수 있는데 이들 결합유형에서의 자형 '𠫔'는 음독 구결에서 주로 확인의 의미를 지닌 선어말어미에 쓰이거나 부동사어미 '게'의 '거-'를 표기[4]하는 데 쓰인다. 뿐만 아니라 자형 '𠫔'는 중단형 '-丨𠫔', '-金𠫔'에 사용되기도 하고 일부는 의문의 의미를 지닌 종결 자리에서도 'ソ力ニ𠫔(ᄒᆞ더시거)', '㇏七𠫔(잇거)', 'ソヒ㇏七𠫔(ᄒᆞ니잇거)'(이상 ≪능엄경≫ 남풍현본) 등의 형태로 나타나기도 한다.

넷째, 고려말에서 조선 초기까지 간행된 음독 구결 자료에서 자형 '丨'는 일반적으로 문장 종결과 비유 구문, 조건 표현 등에 사용되며 간혹 회상의 의미를 나타낼 때 사용되기도 하는데, ≪법화경≫ 이본들에는 'ソ丨可(기1),(백2),(백3)' 이외에 화상의 의미와 관련된 '-丨-'의 결합유형들이 여러 가지가 나타나고 있다는 점이 특이하다. 이들 유형의 대표적인 것으로는 'ソ丨ヒ(ᄒᆞ다니)', 'ソ丨、ソニヒ、(ᄒᆞ다라ᄒᆞ시니)', 'ソ丨户㇏ヒ(ᄒᆞ다소이니)', 'ソ丨所ホ…(ᄒᆞ다소ᄃᆞ로)', 'ソ丨ニヒ(ᄒᆞ다시니)', 'ソ丨㇏(ᄒᆞ다이)', '又丨ソ丨㇏丨(노다ᄒᆞ다이다)', 'ニ丨士㇏丨(시다ᄉᆞ이다)' 등을 들 수 있다. 이와 관련하여 남경란 (1997)에서는 음독 구결 자형의 쓰임에서 자형 '丨'와 공통성을 찾을 수 있는 구결을 자형 'ホ', '夕', '入'라 언급한 바 있다. 이 가운데서 '丨', '夕', 'ホ'는 모두 문장 종결 어미로 사용되었으며, 또 '丨', '入', 'ホ'는 조건을 나타

---

4) 자형 '𠫔'가 부동사어미 '게[𠫔㇏-]'를 표기하거나 더러는 '커'를 표기하기도 한다고 보는 것이 일반적이다. 그러나 이렇게 보는 것은 음독 구결에 나타나는 자형 '𠫔'를 중세한국어의 언해 자료와 비교하였을 때 언해 자료에 나타나는 표기를 근거로 본 결과일 뿐, 원칙으로 확인의 의미만 지닌 선어말어미였을 가능성도 생각할 수 있다.

내거나, 회상의 의미를 나타내는 데 쓰였다는 공통점을 지적하였다. 또한 자형 '丨'는 '문장 종결, 비유 구문, 회상법, 조건 표현' 등에 사용되었으며, 자형 '入'는 '감동 표현, 회상법, 조건 표현, 원인 표현, 형식 명사형' 등에 사용되었고, 자형 '㪅'은 '회상법, 형식 명사형, 비유 구문, 조건 표현, 가정의 표현, 원인의 표현, 감동 표현' 등에 사용되었다는 차이점도 지적한 바 있다.

다섯째, ≪법화경≫ 이본들에는 다른 음독 구결 자료에서 찾아보기 힘든 'ソ氵-'형의 결합유형들이 나타나고 있어 매우 흥미롭다. 이들 결합유형은 '-氵-' 대신 '-𠆢-'나 '-士-'가 오는 것이 일반적인데, 이 자료에서는 'ソ氵(ᄒᆞ사)', 'ソ氵入匕亽(ᄒᆞ사드니라)', 'ソ氵ム(ᄒᆞ사ᄃᆡ)', 'ソ氵刂七丨(ᄒᆞ사릿다)', 'ソ氵巴口(ᄒᆞ삽고)', 'ソ氵邑カ匕(ᄒᆞ삽더니)', 'ソ氵邑口(ᄒᆞ삽고)', 'ソ氵午ム(ᄒᆞ삽오ᄃᆡ)' 등의 유형들을 찾을 수 있다.

여섯째, 중세한국어 언해 구문에 사용된 객체높임 '-ᅀᆞᆸ-'에 대응하는 유형이 ≪법화경≫ 이본에서는 '-白-'과 '-士巴 -'의 형태로 나타나고 있다. 이때 '-白-'은 새김을 빌려온 것이고 '-士巴 -'은 음을 빌려온 것으로 구결 기입자의 선택에 의해 자유롭게 사용될 수 있는 유형이라 여겨진다. 이 자료에 사용된 '-白-'의 유형은 'ソ白加匕(ᄒᆞᅀᆞᆸ더니)', 'ソ白口(ᄒᆞᅀᆞᆸ고)', 'ソ白ホ乀丨(ᄒᆞᅀᆞᆸᄃᆞ이다)', 'ソ白ㄱㅌㄴ(ᄒᆞᅀᆞᆸ은ᄂᆞᆯ)', 'ソ白又匕(ᄒᆞᅀᆞᆸ노니)', 'ソ白又ㅌ亽ソ又匕(ᄒᆞᅀᆞᆸ노ᄂᆞ라ᄒᆞ노니)', 'ソ白又大(ᄒᆞᅀᆞᆸ노대)', 'ソ白ㅌ匕乀丨(ᄒᆞᅀᆞᆸᄂᆞ니이다)', 'ソ白氵刂丨(ᄒᆞᅀᆞᆸ사리다)', 'ソ白阝(ᄒᆞᅀᆞᆸ아)', 'ソ白刂(ᄒᆞᅀᆞᆸ리)', 'ソ白刂丨(ᄒᆞᅀᆞᆸ리다)', 'ソ白之刂丨ソㄱ大(ᄒᆞᅀᆞᆸ지이다ᄒᆞᆫ대)', 'ソ白乎ム(ᄒᆞᅀᆞᆸ오ᄃᆡ)' 등이 있고, '-士巴 -'의 유형은 'ソ士巴口(ᄒᆞᅀᆞᆸ고)', 'ソ士巴又匕(ᄒᆞᅀᆞᆸ노니)', 'ソ士巴又刃乀丨(ᄒᆞᅀᆞᆸ노도이다)', 'ソ士巴匕(ᄒᆞᅀᆞᆸ니)', 'ソ士巴刃乀丨(ᄒᆞᅀᆞᆸ도이다)', 'ソ士巴カ匕(ᄒᆞᅀᆞᆸ더니)', 'ソ士巴口(ᄒᆞᅀᆞᆸ고)', 'ソ士巴又乀丨(ᄒᆞᅀᆞᆸ노이다)', 'ソ士邑口(ᄒᆞᅀᆞᆸ고)', 'ソ士已口(ᄒᆞᅀᆞᆸ고)', 'ソ士已又丨

(ᄒᆞᅀᆞᆸ노다)', 'ソ士㔾匕丨(ᄒᆞᅀᆞᆸ니다)', 'ソ士㔾七匕(ᄒᆞᅀᆞᆸᄂᆞ니)' 등을 들 수 있다. 이때의 자형 '巴', '邑', '㔾'는 모두 한자 '邑'을 약체 했거나 그대로 사용한 것들이다.

일곱째, 고려 말에서 조선 초기에 간행된 음독 구결 자료에서 흔히 찾아볼 수 없는 자형 '之'의 결합유형 'ソ白之刂丨ソ乛大(ᄒᆞᅀᆞᆸ지이다ᄒᆞᆫ대)', 'ソろ之㇏丨(ᄒᆞ야지이다)', 'ソろ之刂丨ソろ(ᄒᆞ야지이다ᄒᆞ야)'가 ≪법화경≫ '기림사본'과 '백두현본' 권3에서 찾아볼 수 있다.

여덟째, 중세한국어 언해 구문에서 'ᄒᆞ쇼셔'체에 해당하는 명령형어미의 유형은 'ソ小立'로 종결에는 자형 '-立'가 사용되는 것이 일반적인데, ≪법화경≫ 이본들에서는 '-立'뿐 아니라 '-一'도 사용되고 있다. 자형 '-立'는 한자 '立'에서 온 것이고 자형 '-一'는 한자 '西'에서 온 것으로 자형 '-一'는 ≪능엄경≫ 이본들에서는 '去ソ小西(거ᄒᆞ쇼셔), 小西(쇼셔), ソ小西(ᄒᆞ쇼셔), ろ西(야셔), オ㇏西(어이셔), ソ口西(ᄒᆞ고셔), ソろ西(ᄒᆞ야셔), ソろ㇏西(ᄒᆞ야이셔)'와 '去㇏ソ小一(거이ᄒᆞ쇼셔), ろ一(야셔), ソろ一(ᄒᆞ야셔), ソ小一(ᄒᆞ쇼셔)' 등으로 표기되어 종결어미뿐만 아니라 연결어미에서도 사용되었으나 ≪법화경≫ 이본들에서는 '去ソ小一(거ᄒᆞ쇼셔)', '去ソ小一ソ口(거ᄒᆞ쇼셔ᄒᆞ고)', 'ソ小一(ᄒᆞ쇼셔)', 'ソ小一去乚(ᄒᆞ쇼셔거늘)', 'ソ小一口(ᄒᆞ쇼셔고)', 'ソ小一ソ口(ᄒᆞ쇼셔ᄒᆞ고)', 'ソ小一ソろ二乚(ᄒᆞ쇼셔ᄒᆞ야실)'와 '去ソ小立(거ᄒᆞ쇼셔)', 'ソ小立(ᄒᆞ쇼셔)', 'ソ小立ソ乛大(ᄒᆞ쇼셔ᄒᆞᆫ대)', 'ソ小立ソろ(ᄒᆞ쇼셔ᄒᆞ야)'로 모두 종결어미의 자리에만 사용되었다는 점이 특이하다.

아홉째, 중세한국어 언해 구문에서 의도, 희망 목적의 의미를 지니는 '-려(<리어)-'에 해당하는 유형이 ≪법화경≫ 이본에서는 '-呂-'와 '-女-'의 두 형태로 나타난다. '-呂-'가 결합한 유형은 'オ二呂カ匕(어시려더니)', 'ノ呂ソ七匕(호려ᄒᆞᄂᆞ니)', 'ノ呂ソ氵(호려ᄒᆞ사)', 'ノ呂ソ人(호려ᄒᆞ샤)', 'ノ呂ソろ(호려ᄒᆞ야)', 'ソ呂了(ᄒᆞ려뇨)', 'ソ呂ソ二匕·

(ᄒᆞ려ᄒᆞ시니라)' 등이고, '-女-'가 결합한 유형은 '丿女了(호려뇨)', '丿女他可(호려타가)', '丿女ソヒ(호려ᄒᆞ니)', '丿女ソ𫝀カヒ(호려ᄒᆞ시더니)' 등이 있다. 이 가운데 자형 '-女-'는 ≪법화경≫ 이본에서 그 음이 중세한국어의 언해 구문과 비교해 볼 때 '-려-'에 해당하는 유형과 '-여(녀)-'에 해당하는 유형['㇏女ヒ(이여니)', '㇏女入７(이여든)', '㇏女𫝀ヒ(이여시니)', '㇏쏘女(이쏘녀)'], 모두 나타나고 있다는 점이 흥미롭다.

열째, 고려 말에서 조선 초기에 간행된 음독 구결 자료에서 흔히 찾아볼 수 없는 자형 '他'가 ≪법화경≫ 이본 가운데서도 '백두현본' 권2에서 찾을 수 있다. 이 자형 '他'는 다른 음독 자료에서는 'ソ｜-', 혹은 'ソ入-', 'ソホ-', 'ソ月-', 'ソカ-' 등으로 표기되는 것이 일반적으로 이 자형 '他'는 음독 구결 자형 가운데서 비교적 후대 자료들에서 찾아볼 수 있는 것 중에 하나이다. 이 자료에서는 '丿女他可(호려타가)', '丿ㆍ他ヒ(호라타니)', '丿ㆍ他㇏｜(호라타이다)', '他㇏｜(타이다)' 등의 유형이 나타나고 있다.

열한째, ≪법화경≫ 이본의 결합유형 가운데 또 다른 특이한 유형으로는 자형 '-へ-'가 결합된 유형인데, 이 자형은 중세한국어 언해 구문의 '-샤-'를 표기하는 것이 일반적이다. 그런데 이 자료에서는 자형 '-へ-'가 자형 '-𫝀-'나 자형 '-去-'가 결합되어야 할 자리에 사용되어 쓰이고 있음에 주목할 필요가 있다. 자형 '-へ-'가 결합된 유형은 'ソへ口７(ᄒᆞ샤곤)', 'ソへ㢱㇏(ᄒᆞ샤며이)', 'ソへ７(ᄒᆞ샨)', 'ソへト(ᄒᆞ샤와)', 'ソへ｜(ᄒᆞ샤다)', 'ソへ刀(ᄒᆞ샤도)', 'ソへ巴かヒ(ᄒᆞ샵더니)', 'ソへ去(ᄒᆞ샤디)', 'ソへム(ᄒᆞ샤ᄃᆡ)', 'ソへㄴ田７(ᄒᆞ샬뎐은)', 'ソへ…｜(ᄒᆞ샤로다)', 'ソへ勿(ᄒᆞ샤믈)', 'ソへ勿ㄴ(ᄒᆞ샤믈을)', 'ソへ米(ᄒᆞ샤미)', 'ソへ未(ᄒᆞ샤매)', 'ソへセ｜(ᄒᆞ샷다)', 'ソへ氵(ᄒᆞ샤사)', 'ソへ𫝀へ(ᄒᆞ샤시샤)', 'ソへソ(ᄒᆞ샤하)' 등이고 자형 '-𫝀-' 자리에 동일하게 사용된 유형은 'ソへ口７(ᄒᆞ샤곤)', 'ソへ㢱㇏(ᄒᆞ샤며이)', 'ソへ７(ᄒᆞ샨)', 'ソへト(ᄒᆞ

샤와)', 'ㅅ亽丨(ᄒᆞ샤다)', 'ㅅ亽巴か匕(ᄒᆞ샵더니)', 'ㅅ亽乚田ㄱ(ᄒᆞ샬뎐은)', 'ㅅ亽灬丨(ᄒᆞ샤로다)', 'ㅅ亽七丨(ᄒᆞ샷다)' 등으로 'ㅅ𠄟口(ᄒᆞ시고)', 'ㅅ𠄟ホ(ᄒᆞ시며)', 'ㅅ𠄟ㄱ(ᄒᆞ신)', 'ㅅ𠄟卜(ᄒᆞ시와)', 'ㅅ𠄟丨(ᄒᆞ시다)', 'ㅅ𠄟巴口(ᄒᆞ시읍고)', 'ㅅ𠄟乚(ᄒᆞ실)', 'ㅅ𠄟灬丨(ᄒᆞ시로다)', 'ㅅ𠄟七丨(ᄒᆞ싯다)' 등과 비교해 봐도 쉽게 알 수 있다. 또한 자형 '-士-' 자리에 동일하게 사용된 유형은 'ㅅ亽口ㄱ(ᄒᆞ샤곤)', 'ㅅ亽ホ㇏(ᄒᆞ샤며이)', 'ㅅ亽卜(ᄒᆞ샤와)', 'ㅅ亽巴か匕(ᄒᆞ샵더니)' 등으로 'ㅅ士口(ᄒᆞᄉᆞ고)', 'ㅅ士ホ午(ᄒᆞᄉᆞ며오)', 'ㅅ士卜(ᄒᆞᄉᆞ와)', 'ㅅ士巴か匕(ᄒᆞ숩더니)'와 비교하면 알 수 있다. 이로 미루어 볼 때 적어도 ≪법화경≫ 이본에서는 자형 '亽'와 '𠄟' 및 '士'는 경우에 따라서는 동일한 음을 표기하는 데 사용된 것으로 보이며 이들 자형들은 기입자들의 자형 선택에 의해, 혹은 기입자의 개인적 독특한 언어 수행에 의해 표기되었을 가능성이 높다. 열두째, 이 외에도 ≪법화경≫ 이본들에 나타나는 결합유형 가운데 보다 더 깊이 고찰해야할 유형들이 많이 나타나는데 대표적인 유형으로는 '口八(곡)', '口去入(고거들)', '又丨代匕(노다대니)', '士為(디위)', '月去ㅅ(들거ᄒᆞ)', '月去ㅅ匕丶(들거ᄒᆞ니라)', '月彔(ᄃᆞ록)', '콰刀㇏丨(콰도이다)', '快㇏丨(쾌이다)', 'ㅌ彔(ᄐᆞ록)', '㇇去㇏(의거이)', '㇇十(의긔)', 'ㅅ口氵(ᄒᆞ고사)', 'ㅅ又ㄱ去(ᄒᆞ논거)', 'ㅅ匕月㇇(ᄒᆞ니들히)', 'ㅅ大㇏丨(ᄒᆞ대이다)', 'ㅅ月ㄱ(ᄒᆞ든)' 등을 들 수 있다.

3. ≪육조대사법보단경≫

≪육조대사법보단경≫ 이본들의 번역 양상에서 특히 주목할 만한 것에 대하여 간략히 언급하면 다음과 같다.

첫째, 언해본과 비교하여 살펴보면 자형 '尹'와 '乃', 그리고 자형

'𠂤'는 동일한 음에 대응되는 경우가 있다. 다만 그 쓰임에 있어 '영남대(나)본'의 자형 '乃'는 '乀乃(이나)', 'オ 〢 乃(어시나)', '丷乃(ᄒᆞ나)' 등과 같이 주로 연결어미에 사용되는데 반해 자형 '𠂤'는 '乀𠂤(이나), ノ𠂤(호나), ノ 刂 𠂤(호리나), 丷 匕 𠂤(ᄒᆞ니나), 丷𠂤(ᄒᆞ나), 丷 〢 匕 𠂤(ᄒᆞ시니나)' 등과 같은 연결어미 '-나' 대응될 뿐만 아니라 '匕丶丷𠂤匕(니라ᄒᆞᄂᆞ니), 乚丷𠂤匕(을ᄒᆞᄂᆞ니), 乚丷𠂤匕丶(을ᄒᆞᄂᆞ니라), 丶丷𠂤匕(라ᄒᆞᄂᆞ니), 丶丷𠂤匕乀丨(라ᄒᆞᄂᆞ니이다), 乀丶丷𠂤匕(이라ᄒᆞᄂᆞ니), 丷匕丶丷𠂤匕(ᄒᆞ니라ᄒᆞᄂᆞ니), 丷𠂤口(ᄒᆞᄂᆞ고), 丷𠂤㇕(ᄒᆞᄂᆞㄴ), 丷𠂤匕(ᄒᆞᄂᆞ니), 丷𠂤匕丶(ᄒᆞᄂᆞ니라), 丷𠂤乀丨(ᄒᆞᄂᆞ이다), 丷丶丷𠂤乚乀丨(ᄒᆞ라ᄒᆞᄂᆞ을이다)' 등과 같이 선어말어미 '-ᄂᆞ-'에 대응된다. '영남대 (나)본'의 경우 자형 '尹'와 '乃'는 연결어미 '나'의 표기에 대응되는 반면, 자형 '𠂤'는 선어말어미 'ᄂᆞ'의 표기에 대응됨을 알 수 있다. 또 '1479년본'은 이본들보다 자형 '𠂤'의 쓰임이 매우 적은 편이나 '영남대 (나)본'의 경우와 마찬가지로 자형 '尹'와 '乃'는 연결어미 '-나'에 대응되는 반면, 자형 '𠂤'는 선어말어미 '-ᄂᆞ-'의 표기에 대응된다. '1496년본'과 '1574년본'에서는 자형 '乃'가 연결어미 '-나'의 표기에, 자형 '𠂤'는 선어말어미 '-ᄂᆞ-'의 표기에 대응됨을 알 수 있다. 이 자형들과 관련하여 정재영(2000:73-103)에서는 고대국어 선어말어미 '-ᄂᆞ-'와 그 변화에 대해 논하면서 '-内-', '-𠂤-'로 표기된 고대국어의 선어말어미 '-ᄂᆞ-'가 선어말어미 '-겨-'나 '-거-'와 대립되는 것으로 보았다. 또한 그 기능을 현재를 나타내는 시상형태소도 아니고 확인법도 아닌, 서법을 나타내는 문법형태소로 보고 확인, 회상, 추정 등과 대립되는 것이라 보았다. 또한 백두현(1996:175)에서는 석독 구결에서 선어말어미와 형식명사로서 기능했지만 음독 구결에서 형식명사의 기능이 없어졌다고 보았다. ≪단경≫ 이외의 음독 구결 자료에도 이들 자형들이 거의 동일한 자리에 쓰인 용례도 많이 나타나는데 이는 선어말어미 자리에 동일하게 쓰인 '可丷𠂤

ㅂ(가ᄒᆞᄂᆞ니), 去ㅡㅌ斗(거시ᄂᆞ두), ㅌㅂ(ᄂᆞ니), ㅅソㅌㅂ(라ᄒᆞᄂᆞ니), ㅅソㅡㅌ入ㅗ(라ᄒᆞ시ᄂᆞ들여), 戶丁入ソㅡㅌㅂㅅ(혼들ᄒᆞ시ᄂᆞ니라), 午ソㅌ宁(오ᄒᆞᄂᆞ뎌), ㅅㅌㅂ(이ᄂᆞ니), ㅅㅌㅂㅅ(이ᄂᆞ니라), ㅅㅅソㅌㅂ(이라ᄒᆞᄂᆞ니), ㅅㅅソㅌㅂ丨(이라ᄒᆞᄂᆞ니다), ㅅㅅソㅌㅂㅅ(이라ᄒᆞᄂᆞ니라), ソㅌ去ㅡ扌乙(ᄒᆞᄂᆞ거시어을), ソㅌ口(ᄒᆞᄂᆞ고), ソㅌㅂ(ᄒᆞᄂᆞ니)' 등과 어말어미 자리에 동일하게 쓰인 '去乃(거나), 去乃ソ𠂉(거나ᄒᆞ면), 去刂ソ乃(거이ᄒᆞ나), 丁ホ乙ソ乃(은돌을ᄒᆞ나), 乙ソㅡ乃(을ᄒᆞ시나), ㅅソ乃(라ᄒᆞ나), 令乃(어나), 才乃(어나), 才乃ソㅂ(어나ᄒᆞ니), ㅅ乃(이나), ㅅㅅソ乃(이라ᄒᆞ나), 刂乃(이나), 刂令乃ノㅂ(이어나호니), ソ乃(ᄒᆞ나), ソㅅソ乃(ᄒᆞ라ᄒᆞ나), ソㅡ乃(ᄒᆞ시나), ソㅅ乃(ᄒᆞ이나)' 및 '去ㅂ才ㅌ(거니어나), 去ㅌ(거나), 去ㅡㅌ(거시나), 口ㅗㅡㅌ(고여시나), 土ㅡㅌ(디시나), ㅅノㅌ(라호나), 令ㅌ(어나), 才ㅌ(어나), 才ㅡㅌ(어시나), ㅅㅌ(이나), ㅅ令ㅌ(이어나), 刂才ㅡㅌ(리어시나), ソㅌ(ᄒᆞ나), ソ禾才ㅌ(ᄒᆞ리어나), ソ禾扌ㅌ(ᄒᆞ리어나), ソㅡㅌ(ᄒᆞ시나)', 그리고 '去尹(거나), 尹(나), 才尹(어나), 才尹ソㅂ(어나ᄒᆞ니), ㅅ尹(이나), ソ尹(ᄒᆞ나), ソ尹ㅂ(ᄒᆞᄂᆞ니), ソㅡ尹(ᄒᆞ시나)' 등이 그것이다. 이때의 자형 '乃'와 'ㅌ'는 중세한국어 언해에서 앞 문장과 뒷 문장 가운데 어느 하나를 선택할 경우에 오는 연결어미 '-나'와 확인의 의미 요소, 현재 시상의 의미 요소를 표기하는 데 사용되었다. 이로 미루어 볼 때 자형 '乃'와 'ㅌ'는 선어말어미에 사용되든 어말어미에 사용되든, 그 음가는 'na'를 표기한 것으로 보인다. 이 두 자형은 '尹'로도 표기되었는데 이때의 자형 '尹'도 그 독음이 동일했을 가능성이 크다.[5] 이때의 자형 '尹'와 '乃', 'ㅌ'는 구결을 기입하는 기입자의 자형 선택에 따라 선택되었을 가능성이 크다. 음독 구결에서 자형 '乃'와 'ㅌ'는 모두가 초기 자료에서는 선어말어미와 어말어미에 사용되었던 것으로 여겨진다. 그러다가 시간이 지나면서

5) 남경란(2005) 참조.

자형 '乃'는 선어말어미의 세력이 약화되어 점차 어말어미 자리에서만 쓰이게 되었으며, 선어말어미의 자리는 자형 'ㅌ'가 차지하게 된 것이다.

둘째, 자형 '又'와 '⺍ろ'도 언해본과 비교해 보면 언해본에서 동일한 음에 대응되는 경우가 있음을 알 수 있다. '영남대 (가)본'의 경우는 그 쓰임에 있어 '又'는 '又丨[로다]'와 '⺍ろ丨', 'ㄴ又[으로]'와 'ㄴ⺍ろ', 'ヽ又丨[이로다]'와 'ヽ⺍ろ丨'와 같이 음 [로]에 대응되는 경우가 있는 반면, 자형 '⺍ろ'의 경우는 역으로 'ソ⺍ろヒ[ᄒᆞ노니], ソ⺍ろ、[ᄒᆞ노라], ソ⺍ろ七丨[ᄒᆞ놋다], ソ⺍ろヽ丨[ᄒᆞ노이다], ソ3⺍ろ、[ᄒᆞ야노라]'에서와 같이 음 [노]에 대응되는 경우를 흔히 찾을 수 있다. '영남대 (나)본'과 '1479년본', '1496년본', '1574년본'의 경우는 자형 '⺍ろ'가 나타나지 않고 다만 자형 '又'가 사용되었는데 이 자형은 언해본과 비교해 볼 때 '노(ソ又ヒ 등)'와 '로(又西, ソ人勿又 등)'의 두 음에 모두 사용되고 있음을 알 수 있다. ≪단경≫ 이외의 음독 구결 자료에도 이들 자형들이 거의 동일한 자리에 쓰인 용례도 많이 나타나는데, 'ヽ又ㄱ土(이론디), ヽ又ヒ(이로니), ヽ又丨(이로다), ヽ又ム(이로딕), ソㅌ又(ᄒᆞᄂᆞ로), ソ⺍亽(ᄒᆞ노라)' 등을 들 수 있다. 특히 자형 '又'는 음독 구결 자료에서 대부분 의도의 의미와 감동의 의미를 지닌 요소로서 선어말어미 '-ᄂᆞ-'와 의도의 의미 '-오-'의 결합 형태로 볼 수 있다. 자형 '⺍ろ'에 대해 이승재(1992:115-116)에서는 이두에 사용된 '以'의 기능이 기구, 자격, 방향, 원인 등으로 나타난다고 보고, 또한 주격, 대격, 처격 등의 격 기능의 표기에도 사용된 듯한 예도 많다고 보았다. 또 백두현(1996)에서는 이 자형이 구격 조사로 가장 많이 쓰이고 '-로' 음을 표기한 '⺍ろ'가 후대 문헌일수록 '-又'로 대치되는 경향이 있다고 보았다. 남경란(2003)에서는 37번 '⺍ろ'와 11번 '又'의 시기별 분포를 검토하여 고려말기 자료인 ≪능엄경≫ '(나)본', '(가)본', '(라)본'에서의 '又'의 쓰임이 조선 초기본인 '(다)본'과 '파전본'보다 더 많음과 '又'의 쓰임이 '⺍ろ'보다도 더 많음을 밝힌 바

있다. 또한 남경란(2005)에서는 자형 '𠃍'가 음독 구결의 고려 말기 자료에서는 빈번히 사용되다가 조선 초기 자료에서는 거의 사용되지 않고 '𠃍' 대신 '又'가 사용되고 있음으로 미루어 자형 '𠃍'류는 14세기 말경에 이미 소실되기 시작하여 후대로 오면서 자형 '又'로 통합된 것으로 본 바 있다.

셋째, 자형 'ㄲ'와 '斗' 역시 언해본과 비교해 보면 두 자형이 동일한 음에 대응되고 있다. 특히 '영남대 (가)본'에서 그러한데 '乀丶ㄲ(이라도)/乀丶斗(이라두)', '丷ㄲ丨(ᄒᆞ도다)/丷斗丨(ᄒᆞ두다), 乀丶丷斗丨(이라ᄒᆞ두다)' 등을 들 수 있다. 음독 구결 자료에서 자형 'ㄲ'와 '斗'는 일반적으로 감동, 양보, 공동, 첨가 등의 의미에 대응되는데, 고려시대에 간행된 자료에 나타나는 이 자형들은 음독 구결 자료에 나타나는 자형 '斗'류와 그 의미 기능뿐만 아니라 독음도 동일했던 것으로 보인다. 이들 자형 가운데 '斗'는 14세기말부터 소실되기 시작하여 15세기 초가 되면 거의 사라지고 점차 자형 'ㄲ'로 통합되어[6] 15세기 초 이후의 자료에서는 거의 'ㄲ'로만 표기된다.

넷째, 자형 '丨'와 '月', '朩', '入' 역시 언해본과 비교해 보면 이들 자형이 동일한 음에 대응되고 있음을 알 수 있다. '영남대 (가)본'의 경우 자형 '丨'와 '入'가 언해본의 음 'ᄃᆞ'와 대응되고 있으며, '영남대 (나)본'의 경우는 자형 '月'가 언해본의 음 'ᄃᆞ'에, 자형 '入'는 언해본의 음 '드', 또는 'ᄃᆞ'에 대응된다. '1479년본'과 '1496년본' 및 '1574년본'에서는 자형 '入'가 언해본의 음 '드', 또는 'ᄃᆞ'에 대응됨을 알 수 있다. 음독 구결 자료에 나타나는 자형 '丨'와 '月', '朩', '入'는 앞서 각주 47)에서 언급한 바와 같이 이승재(1993)에서는 '入'은 형식명사 'ᄃᆞ'에 'ㄹ'이 통합된 'ᄃᆞᆯ', 그리고 '-거든/어든'의 어미를 표기하는 데에 쓰이는데, '든'을 표기할 때에는 '入' 뒤에 항상 'ㄱ'을 덧표기하였다고 지적하

6) 남경란(2005) 참조.

였다. 남풍현(1990)은 'ㅅ'의 대표음을 入의 훈을 고려하여 [들]로 잡고 1) '들-≫ᄃᆞᆯ', 2) '들-≫드-≫ᄃᆞ'로 전용되어 쓰였다고 보았다. 남풍현(1996)에서는 'ㄱ' 동명사의 수식을 받는 의존명사 'ㅅ'에 대해 논하면서 'ㄱㅅ'에 'ㄴ'이 결합한 'ㄱㅅㄴ/ㄴ들'은 후대에는 어미로 발달한 것이지만 당시의 각 형태소의 기능이 분명히 살아 있다고 보았다. 또 'ㄱㅅ'에 'ㄱ'이 결합한 'ㄱㅅㄱ/ㄴ든'의 경우도 역시 후대의 '-거든'에 이어지는 어미로 발달하기도 하였으나 결합형에는 각 형태소의 구별이 분명히 드러난다고 하였다. 아울러 'ㄴ', 'ㄱ' 대신에 '灬'가 연결될 때 'ㄱㅅ灬'는 '灬'에 의해 원인의 의미가 더해지며 동명사어미와 의존명사 'ㅅ'가 그 장치를 만드는 데 보조를 하여 인과관계를 표현하는 형태로 발달하였다고 보면서 이 인과관계의 표현, 'ㄱㅅ灬/ㄴᄃᆞ로'는 이두에서도 쓰이는 것으로 신라시대부터 쓰여 온 것으로 추정하였다. 또 남풍현은 ≪直指心體要節≫에서 '厺入阝/커든'을 찾아내어 이것이 중세국어의 조건의 뜻과는 달리 대조의 뜻으로 쓰였다고 하였다. 남풍현(1997)은 15세기 정음문헌의 과거시제 어미 '-더-'가 고려시대에는 '-드-'로 遡及되며 이것의 표기가 'ㅅ'라고 보면서 'ソ入舍可/ᄒᆞ드샤가'를 分析하면 'ᄒᆞ+드+시+오+가'가 되니, '드'와 '시'의 순서를 바꾸면, 'ᄒᆞ+시+드+오+가'가 되고 '드+오'가 結局 '-다-'가 되는 것을 '드'에서 '-더-'로의 변화한 과정이라 지적하였다. 또 남경란(1997)에서는 구결 자형의 쓰임에서 자형 'ㅣ'와 공통성을 찾을 수 있는 구결을 자형 'ホ', 'タ', 'ㅅ'라 지적한 바 있다. 또한 남경란(1997)에서는 'ㅣ', 'タ', 'ホ'는 모두 문장 종결 어미로 사용되었으며, 또 'ㅣ', 'ㅅ', 'ホ'는 조건을 나타내거나, 회상의 의미를 나타내는 데 쓰였다는 공통점이 있다고 하였다. 다만 자형 'ㅣ'는 '문장 종결, 비유 구문, 회상법, 조건 표현' 등에 사용되었으며, 자형 'ㅅ'는 '감동 표현, 회상법, 조건 표현, 원인 표현, 형식 명사형' 등에 사용되었다는 점과 또 자형 'ホ'은 '회상법, 형식 명사형, 비유 구

문, 조건 표현, 가정의 표현, 원인의 표현, 감동 표현' 등에 사용되었다는 차이가 있다는 점을 밝힌 바 있다.

다섯째, 자형 '大'와 '入'는 ≪단경≫ 이본 가운데 특히 '영남대 (가)본'에 있어 공통점을 찾을 수 있는데 '去了大了/去了入了(건댄)', '了大了/了入了(은댄)', '乀大了/乀入了(이댄)', 'ソ了大/ソ了入(혼대)', 'ソ了大了/ソ了入了(혼댄)', 'ソ㇁了大了/ソ㇁了入了(ᄒᆞᄂᆞᆫ댄)' 등이 그것이다.

여섯째, 자형 '一'와 '西', '立', '立'는 언해본과 비교해 보면 동일한 음에 대응되는 경우가 있음을 알 수 있는데 대개 음 [셔]에 대응된다. ≪단경≫ 이본 가운데 '영남대 (가)본'의 경우는 '去ソ小西(거ᄒᆞ쇼셔), 乚西ソ㇁丶(을셔ᄒᆞ노라), 乚ソ㇋西(을ᄒᆞ야셔), 西(셔), ソ小西(ᄒᆞ쇼셔), ソ小立(ᄒᆞ쇼셔), ソ小立(ᄒᆞ쇼셔), ソ㇋立(ᄒᆞ야셔)' 등과 같이 자형 '西', '立', '立'가 동일한 음에 대응되고 있음을 알 수 있으며, '영남대 (나)본'과 '1479년본'과 '1496년본' 및 '1574년본'에서는 모두 '一'가 언해본의 음 [셔]에 대응되고 있음을 알 수 있다. 다만 '1479년본'에는 자형 '西'가 자형 '一'와 마찬가지로 언해본의 음 [셔]에 대응된다는 사실이 '영남대 (나)본', '1496년본', '1574년본'과 다른 점이다. 이 자형들은 여말선초 음독 구결 자료에서 '圭'로도 표기되기도 하였는데, ≪능엄경≫ 이본에 나타나는 '去ソ小圭(거ᄒᆞ쇼셔), ソ小圭(ᄒᆞ쇼셔)' 등이 그것이다. 이때의 자형 '圭'의 본자는 1992년에 국립국어연구원에서 발행한 ≪東洋 三國의 略體字 比較 硏究≫(225쪽)과 1977년에 발행된 ≪明文新玉篇≫(160쪽) 등을 참고해 볼 때 한자 '書'로 추정된다.

일곱째, 자형 '户', '所'와 '小'는 ≪단경≫ 이본 가운데 '영남대 (가)본'과 '영남대 (나)본', '1496년본', '1574년본'에서는 공통점이 없으나 '1479년본'에서의 쓰임이 흥미롭다. '1479년본'에서는 자형 '户'와 '小'가 언해본과 비교해 볼 때 동일한 음 [소]에 대응됨을 알 수 있는데, 이는 음독 구결 자료에 나타나는 일반적인 현상에 위배(?)되는 것이라 할 수 있다. 음독 구결 자료에서 특히 '小'는 '去刂小立丷金(거이쇼셔ᄒᆞ샤), 去丷小西(거ᄒᆞ쇼셔), 去丷小立(거ᄒᆞ쇼셔), 去丷小圭(거ᄒᆞ쇼셔), ᄉ丷小立(라ᄒᆞ쇼셔), 丷小一(ᄒᆞ쇼셔), 丷小西(ᄒᆞ쇼셔), 丷小立(ᄒᆞ쇼셔), 丷小立丷彡(ᄒᆞ쇼셔ᄒᆞ야), 丷小圭(ᄒᆞ쇼셔)' 등과 같이 중세한국어 문헌 자료의 음 [쇼]에 대응되는 것이 일반적이나, '1479년본'에서는 자형 '小'가 음 [쇼]뿐만 아니라 자형 '户(所)'와 같이 음 [소]에 대응되고 있기 때문이다. 자형 '小'가 음 [소]에 대응되는 용례는 '又小㇏丨(노소이다)'와 '丷丨小㇏丨(ᄒᆞ다소이다)'를 들 수 있다.

여덟째, 자형 '位'와 '爲', '丷'는 언해본과 비교해 보면 모두 음 [위]에 대응되고 있음을 알 수 있다. 이 가운데 자형 '丷'는 '丷[ᄒᆞ]'와 그 꼴이 같아 이견을 제시할 수도 있을지 모르나 전자의 '丷'는 본자 '爲'의 음을 빌려온 것이고, 후자의 '丷[ᄒᆞ]'는 본자 '爲'의 석(새김)을 빌려온 것이기 때문에 그 각각의 대응 음이 다르다. 그런데 '영남대 (나)본'에 나타나는 자형 '位'는 음독 구결 자료 가운데서 흔히 찾을 수 없는 자형으로 자형 '爲', '丷'와 마찬가지로 언해본의 음 [위]에 대응된다. 남경란(2005)에서는 이들 자형들이 훈민정음 창제 이후 ≪능엄경≫이 언해되던 시기에 음독 구결 자료에서 새롭게 만들어진 것으로 추정한 바 있다.

아홉째, 이밖에 '斗(두)'와 'ᄉ(라)', '广(마)', '土(토)', '下(하)', '十(희/긔)' 등은 '영남대 (가)본'에서만 사용되었으며, '我(아)', '他(타)', '屎(히)' 등은 '영남대 (나)본'에서 사용되었다. 또 자형 '女(려)', '田(뎐)', '弋(대)', '日(리)', 'ㄱ(야)', '是(시)'는 '1574년본'에만 사용되었다. 이 가운데 자형 '土'와 '他'는 여말선초 음독 구결 자료에서 드물게 발견되며, 후대에는 한글 구결 '트/토', '타'를 그대로 사용하여 표기하는 경우도 있다. 자형 '土'는 자형 '彔'와 결합하여 중세한국어 언해 자료의 '어디어디에 미침'의 의미를 지닌 '-도록', '-ᄃᆞ록'의 형태에 대응하는 유형이며, 자형 '他'는 여말선초에 간행된 ≪법화경≫ 이본에서 '丿女他可(호려타가)', '丿丶他ヒ(호라타니)', '丿丶他㇏丨(호라타이다)', '他㇏丨(타이다)' 등으로 실현되는데 중세한국어 언해 자료의 '타'에 대응된다.

제2장 한글 구결 자료의 번역 양상

여기서는 ≪능엄경언해≫, ≪법화경언해≫, ≪육조대사법보단경언해≫의 체재와 번역을 간략히 살펴보고, 이들 자료에서 한글 구결이 언해문에 어떻게 반영되었는지를 살펴보고, 나아가 구결의 통시적 흐름을 파악하는데 목적이 있다.

1. ≪능엄경언해≫

1) ≪능엄경언해≫의 체재와 번역

≪능엄경언해≫의 체제는 원문에 한글로 구결이 달린 대문(大文)을 먼저 보이고, 이어서 번역을 쌍행으로 싣는 방식으로 되어 있다. 또한 번역은 철저한 직역이다.

세조와 신미(信美), 김수온(金守溫) 등의 발문에 의하면, 1461년 5월 석가모니의 분신사리 100여 매가 나타나고, 효령대군(孝寧大君)이 이 책과 [영가집(永嘉集)]의 변역을 세조에게 청하여, 세조가 번역을 끝내고 그해 10월 교서관에서 을해자(乙亥字)로 400부를 간행하였다. 모두 10권 10책으로, 활자본과 목판본이 있는데 활자본은 1461년(세조 7)에, 목판본은 1462년에 간행되었다. 활자본을 급히 서둘러 간행했기 때문에 오류가 많아 이를 수정하여 1462년에 간경도감에서 목판본으로 다시 간행한 것이다.

영남대 도서관의 [능엄경] 권5는 활자본으로, 표지는 개장(改張)되었으며, '楞嚴經 卷五'라고 적혀 있다. 책의 크기는 30.6×21.0cm, 半廓 19.2×16.8cm이다. 사주(四周)는 쌍변(雙邊)이며 계선이 있다. 판심(版心)의 어미는 상하내향 흑어미이고, 판심제(版心題)는 '楞嚴'이다. 원문은 9행 17자인데, 구결이 달린 대문(大文)은 맨 윗줄에서부터 쓰고, 그 대문에 해당하는 언해는 역시 칸을 비우지 않고 같은 높이에서 언해를 하되, 쌍행으로 하고 있으며, 대문을 상술해 주는 구결이 달린 한문원문이 덧붙여질 때는 역시 한 행이 17자이나, 한 자를 비우고 한문원문과 언해(역시 쌍행)를 싣고 있다.

15세기는 국어사적으로 한글이 창제되고, 국가단위에서 정책적으로 한글문헌의 실현과 보급이 이루어진 시기이다. 이와 관련하여 수많은 불경자료들이 언해되어 파급되기에 이른다.

이 시기의 언해서들은 대체로 다음과 같은 체재를 가진다.

① '구결문－언해문'의 부류(훈민정음언해, 석보상절서, 월인석보서)
② '언해문'만 있는 부류(≪석보상절≫, ≪월인석보≫)
③ '본문구결문-본문언해문-주석구결문-주석언해문'(≪능엄경언해≫, ≪법화경언해≫, ≪금강경삼가해≫, ≪선종영가집언해≫)[7)]

≪능엄경언해≫는 '본문구결문－본문언해문－주석구결문－주석언해문'의 체제를 갖는다. 15세기 중엽 훈민정음이 창제된 후 경서는 한문원문에 한글로 표기된 구결을 쓰고 그 구결에 따라 언해가 이루어졌는데, ≪능엄경언해≫도 한문원문에 한글로 구결을 달고 그 구결을 바탕으로 언해가 이루어진 것으로 보인다.

≪능엄경언해≫의 한글 구결은 한문원전의 본래 의미를 유지하고, 불

7) 박금자(1977:79).

경을 암송을 위한 단락을 구분하는 역할을 한다. 때문에 언해문에는 원문에 달린 한글 구결이 충실히 반영되어 있다. 언해문은 주로 단어 단위의 번역이 이루어 졌으며 문맥과 우리말 어순에 따라 원문에 반영되어 있지 않은 국어의 격조사들이 번역 과정에서 기입된 것을 볼 수 있다. 단어는 불교 용어를 제외하고는 대부분의 부사, 명사, 동사, 형용사들이 고유어로 번역되어 있다.

2) ≪능엄경언해≫의 번역 양상

15세기 중엽 훈민정음이 창제된 후 경서의 언해는 한문 원문에 한글로 표기된 구결을 쓰고 그 구결에 따라 이루어졌다. ≪능엄경≫은 1462년(세조 8년) 간경도감에서 10권 10책의 목판본으로 간행되었는데, 한문 원문에 한글로 구결을 달고 그 구결을 바탕으로 언해가 이루어진 문헌이다. ≪능엄경≫은 고려 시대부터 조선 시대에 걸쳐 간행되면서 음독 구결이 달리기도 하고 훈민정음 창제 이후에는 한글 구결이 달리기도 했다. 구결은 시대와 기입자에 따라 달라지는 것으로 이 글에서는 ≪능엄경≫의 한글 구결과 언해문의 대응 양상을 살펴보고 이후 음독 구결과 한글 구결의 비교를 위한 기초 자료를 마련하고자 한다.

≪능엄경≫의 한글 구결은 언해문에 충실하게 반영되어 있는데 아래의 용례 (108)과 (109)를 통해 이러한 사실을 확인할 수 있다.

(108) [구결문] 阿難이 言호ᄃᆡ 見ᄋᆞᆫ 是其眼이오 心知ᄂᆞᆫ 非眼일ᄉᆡ 爲見호미 非義로소이다
[언해문] 阿ᅙᅡᆼ難난이 ᄉᆞᆯ오ᄃᆡ 보ᄆᆞᆫ 이 누니오 ᄆᆞᅀᆞ미 아로ᄆᆞᆫ 누니 아닐ᄊᆡ 보다 호미 義ᅌᅴᆼ 아니로소이다

(109) [구결문] 是故로 應知ᄒᆞ라 當在中間이라호미 無有是處ᄒᆞ니라
[언해문] 이런ᄃᆞ로 반ᄃᆞ기 알라 中듕間간애 잇ᄂᆞ니라 호미 이런 고디

업스니라

또 ≪능엄경언해≫의 한글 구결은 한문원문을 단락별로 구분 짓는 기능을 한다. 또한 원문의 순서와 불경을 암송하는 어투를 반영하는 범위에서 조사나 어미가 사용되고 있다.

(1) 단락 구분

(110) (a) 初由七徵ᄒᆞ샤 以顯常住眞心의 性淨明體ᄒᆞ시고 卽第一卷次由八還ᄒᆞ샤 以辯妙淨見精ᄒᆞ샤 顯如來藏ᄒᆞ시고 第二第三後卽山河萬像ᄒᆞ샤 宣勝義中에 眞勝義性ᄒᆞ샤 四初至中皆使行人ᄋᆞ로 明心見性ᄒᆞ야 爲修證密因ᄒᆞ실ᄊᆡ 故로 名ᄋᆞᆯ 見道分이라 ᄒᆞ니라

(b) 二ᄂᆞᆫ 修道分이니 首示初心에 二決定義ᄒᆞ샤 今審因心果覺ᄒᆞ며 又審煩惱根本케ᄒᆞ샤 爲修行眞基ᄒᆞ시고 四中至末次示六根의 舒結倫次ᄒᆞ샤 今解結心ᄒᆞ야 而得妙圓通케ᄒᆞ샤 爲修行眞要ᄒᆞ시니 五至六中此ㅣ 利根修進之一終也ㅣ라

(c) 三ᄋᆞᆫ 證果分이니 始從凡夫ᄒᆞ야 終大涅槃히 歷示增進五十五位ᄒᆞ야 至盡妙覺ᄒᆞ야 成無上道ᄒᆞ실ᄊᆡ 故로 名ᄋᆞᆯ 證果分이라ᄒᆞ니라 七末八中四ᄂᆞᆫ 結經分이니 列示五名ᄒᆞ샤 結顯大指也ᄒᆞ시니라 八中五ᄂᆞᆫ 助道分이니 初明天獄七趣ㅣ 一唯心造ᄒᆞ시고 次明奢摩他中엣 微細魔事ᄒᆞ샤 恐諸行人이 洗心非正ᄒᆞ야 失錯墮落ᄒᆞᆯ가ᄒᆞ실ᄊᆡ 故로 名ᄋᆞᆯ 助道也ㅣ라ᄒᆞ니라

위 용례 (110)을 보면 '-니라/ -ㅣ라' 등의 종결 어미를 구결로 달아 하나의 단락을 구분짓고 있다.

(2) 한문 원문 순서의 보존

(111) (a) 阿難이 言호ᄃᆡ 見ᄋᆞᆫ 是其眼이오 心知ᄂᆞᆫ 非眼일ᄊᆡ 爲見호미 非義로소이다

(b) 世尊하 若復世間앳 一切根과 塵과 陰과 處와 界等이 皆如來藏

이라
(c) 佛言ᄒᆞ샤ᄃᆡ 汝稱覺明은 爲復性明을 稱名爲覺가 爲覺不明ᄋᆞᆯ 稱爲明覺가

용례 (111)은 한문 원문의 전체적인 순서를 훼손하지 않는 범위에서 구절 혹은 어절단위로 끊어 구결을 달았다. 또한 문맥에 따라 격조사 '-이, -을, -과/와, -하', 보조사 '-ᄋᆞᆫ/ᄂᆞᆫ', 연결어미 '-이오, -일ᄉᆡ, 오ᄃᆡ' 등의 한글 구결을 달아 원문의 순서를 거스르지 않고 읽어가면서 동시에 한문의 의미를 이해할 수 있도록 하였다.

(3) 설명과 인용

(112) (a) 定性聲聞은 即沈空趣寂者ㅣ라 未得二空ᄋᆞᆫ 即初心有學이라 廻向上乘은 則大心羅漢이라 一乘寂滅場地ᄂᆞᆫ 即冠三乘ᄒᆞ며 離諍論之眞趣也ㅣ라 阿練若ᄂᆞᆫ 云無諠雜이라
(b) 下애 云ᄒᆞ샤ᄃᆡ 覺이 非所明이어늘 因明ᄒᆞ야 立所ᄒᆞᄂᆞ니 所妄이 既立ᄒᆞ면 生汝의 妄能이라 ᄒᆞ시니라

용례 (112)의 '定性聲聞은 即沈空趣寂者ㅣ라'에서와 같이 'NP은 NP이라'와 같은 설명을 위한 구결을 달거나, '下애 云ᄒᆞ샤ᄃᆡ~라 ᄒᆞ시니라'와 같이 '[출처]애 云ᄒᆞ샤ᄃᆡ NP이라ᄒᆞ다'와 구결을 달아 인용임을 나타내었다.

(4) 높임

(113) (a) 大威德世尊이 善爲衆生ᄒᆞ샤 敷演如來ㅅ 第一義諦ᄒᆞ시ᄂᆞ이다
(b) 世尊하 如阿難輩ᄂᆞᆫ 雖則開悟ᄒᆞ나 習漏ㅣ 未除커니와 我等은 會中에 登無漏者ㅣ라 雖盡諸漏ᄒᆞ나 今에 聞如來ㅅ 所說法音ᄒᆞᅀᆞᆸ고 尙紆疑悔호이다

용례 (113)은 주체존대 선어말어미 '-시-' 상대존대 선어말어미 '-이-', 객체존대 선어말어미 '-ᄉᆞᆸ-' 등을 구결로 달아 높임을 적극적으로 나타냈다. 아울러 높임의 대상이 되는 어휘의 경우 '-하, -ㅅ' 등 높임의 자질을 갖는 격조사가 구결로 달려 있다.

(5) 사동

(114) (a) 覺皇이 於是예 示之以大法ᄒᆞ샤 使不迷於小道ᄒᆞ야 而默得乎無外之體케ᄒᆞ시며 喩之以佛頂ᄒᆞ샤 使不滯於相見ᄒᆞ야 而妙極乎無上之致케 ᄒᆞ시며
(b) 如來ㅣ 今日에 普爲此會ᄒᆞ야 宣勝義中엣 眞勝義性ᄒᆞ야 令汝會中엣 定性聲聞과 及諸一切未得二空과 廻向上乘ᄒᆞᆫ 阿羅漢等ᄋᆞ로 皆獲一乘寂滅場地ㄴ 眞阿練若正修行處케 ᄒᆞ노니 汝今諦聽ᄒᆞ라

용례 (114)는 '覺皇이~示之以大法ᄒᆞ샤~而默得乎無外之體케ᄒᆞ시며'에서와 같이 'N이~NPᄒᆞ샤~NP케 ᄒᆞ다'와 같이 사동문임 나타내고 있다.

(6) 강조

(115) (a) 學者ㅣ 愼勿執筌ᄒᆞ야 爲魚然後에ᅀᅡ 首楞眞經을 可得矣리라
(b) 則靈山會上애 當有摩登ᄒᆞ야ᅀᅡ 乃可言同ᄒᆞ리라

용례 (115)는 강세 보조사 '-ᅀᅡ'로써 강조하고 있다.

2. ≪법화경언해≫

1) ≪법화경언해≫의 체재와 번역

15세기는 국어사적으로 한글이 창제되고, 국가단위에서 정책적으로 한글문헌의 실현과 보급이 이루어진 시기이다. 이와 관련하여 수많은 불경자료들이 언해되어 파급되기에 이른다.

≪법화경언해≫는 '본문구결문－본문언해문－주석구결문－주석언해문'의 체제를 가진다. 많은 불교경전들이 이같은 체재로 번역되었는데, 아마도 불경에 나타나는 불교용어들이 함축하고 있는 의미가 방대하므로 애벌번역과 상세번역이 순차적으로 이루어진 것으로 추정된다.

≪법화경언해≫의 번역 역시 번역자가 한문원전의 본래 의미를 유지하고, 불경을 암송하는 듯한 어투까지 훼손하지 않은 채 번역한 듯하다. 그리하여 ≪법화경언해≫의 '한글 구결'은 한문원문의 순서가 뒤바뀌지 않도록 주로 연결어미 '-아/-어', '-니' 등으로 구성되어 있고, '언해' 역시 한글 구결의 어미를 그대로 유지한 채 언해하고 있다.

한글 구결의 언해문에서 문장의 순서는 한문원문의 순서를 최대한 고수하여 한문 본래의 어투를 살리고 있고, 단어 단위로는 고유어 번역이 실현되어 있다. 단어는 불교 용어를 제외하고는 대부분 고유어로 번역하고 있다.

≪법화경언해≫에서 의역과 직역 중 대체로 직역이 행해졌으며, 불교용어는 한문 그대로를, 부사어, 명사, 동사, 형용사 등은 고유어로 언해되었다.

번역 － 의역 : 한문 - 불교용어

직역 : 고유어 - 부사어, 명사, 동사, 형용사

2) ≪법화경언해≫의 번역 양상

≪법화경언해≫의 한글 구결은 한문원문을 단락별로 구분짓는 기능을 한다. 또한 순서와 어투를 보존하는 범위에서 조사나 어미가 사용되고 있다.

(1) 단락 구분

(116) (a) 爾時釋迦牟尼佛이 放大人相肉髻光明ᄒᆞ시며 及放眉間白毫相光ᄒᆞ샤 遍照東方百八萬億那由他恒河沙等諸佛世界ᄒᆞ시니 開會와 及召分身엔 但放眉間毫相ᄒᆞ시고 今召妙音엔 乃無放肉髻光者ᄂᆞᆫ肉髻ᄂᆞᆫ 爲無見頂相이샤 爲最上果光이시니 盖將宣示妙圓之行이 乃極果行相故로 以極果之光ᄋᆞ로 召現也ᄒᆞ시니라 佛이 有九十七種大人相ᄒᆞ시니 肉髻ㅣ 預其一ᄒᆞ시니라

(b) 爾時一切淨光莊嚴國中에 有一菩薩ᄒᆞ샤ᄃᆡ 名曰妙音이러시니 ~ 言福慧兩足ᄒᆞᄉᆞ오니라

(c) 釋迦牟尼佛ㅅ 光이 照其身커시ᄂᆞᆯ ~ 及見文殊師利法王子菩薩藥王菩薩勇施菩薩宿王華菩薩上行 意菩薩莊嚴王菩薩藥上菩薩ᄒᆞ야지이다

위의 용례 (116)과 같이 하나의 단락은 대체로 하나의 종결어미로 구결을 달아 구분 짓고 있다.

(2) 한문 원문 순서의 보존

(117) 妙音者ᄂᆞᆫ 深體妙法ᄒᆞ샤 能以妙音ᄋᆞ로 隨應演說ᄒᆞ샤 而流通是道者也ㅣ시니 名雖妙音이시나 實彰妙行ᄒᆞ시니

용례 (117)에서 보면 한문 원문의 전체적인 순서를 훼손하지 않는 범위에서 어절별로 끊어 구결을 달았다. 또한 '-어/아, -니' 등의 연결어미

를 사용하여 순서를 거스르지 않고 한문 본래의 느낌을 그대로 살려 읽어가도록 구결을 단 것으로 보인다.

(3) 설명과 인용

(118) 三昧ᄂᆞᆫ 此云正定이니 圓覺애 云혼 三昧正受者ᄂᆞᆫ 謂正定中엣 受用之法이니 簡異邪受ㅣ언뎡 非謂梵語三昧ㅣ 此云正受也ㅣ라 故로 寶積에 云호ᄃᆡ 三昧及正受ㅣ라ᄒᆞ니라

용례 (118)의 '三昧ᄂᆞᆫ 此云正定이니'에서와 같이 'NP는 NP이다'와 같은 설명을 위한 구결을 달거나, '寶積에 云호ᄃᆡ 三昧及正受ㅣ라ᄒᆞ니라'와 같이 '[출처]에 云호ᄃᆡ NPㅣ라ᄒᆞ다'와 같이 인용임을 나타내었다.

(4) 높임

(119) 妙音者ᄂᆞᆫ 深體妙法ᄒᆞ샤 能以妙音으로 隨應演說ᄒᆞ샤 而流通是道者也ㅣ시니

용례 (119)는 'NP1는 NP2ᄒᆞ샤 NP3ᄒᆞ샤~NP4ᄒᆞ시니'와 같이 '-시'를 사용하여 높임을 나타내었다. 이 예에서는 주제 높임으로 '-시'를 사용하였다.

(5) 사동

(120) 今使學者로 體其妙行ᄒᆞ야 而隨應說法ᄒᆞ샤 闡揚斯道케ᄒᆞ실ᄊᆡ

용례 (120)은 '今使學者로~闡揚斯道케ᄒᆞ실ᄊᆡ'와 같이 사동문임을 나타내고 있다.

(6) 강조

(121) 必精心苦志然後에ᅀᅡ 造妙ᄒᆞ시며 造妙然後에ᅀᅡ 能圓ᄒᆞ시며

용례 (121)은 강세 보조사 '-ᅀᅡ'로써 강조하고 있다.

3. ≪육조대사법보단경언해≫

1) ≪육조법보단경언해≫의 체재와 번역

언해서의 체재는 다음과 같이 다음과 같이 나누어진다.

① '구결문－언해문'이 함께 실려 있는 부류(훈민정음언해, 법화경언해 등)
② '한문 원문-언해문'이 수록되어 있고 '구결문'은 없는 부류(삼강행실도, 이륜행실도, 오륜행실도, 두시언해 등)
③ '언해문'만 있는 부류(경신록언석 등)[8)]

≪육조법보단경언해≫는 '구결문－언해문'의 체재를 가진다. 많은 불경언해류를 위시한 많은 언해서들이 이같은 체재로 번역되었는데, 함축적 의미가 방대한 불교용어들이 나올 경우 아무런 표시 없이 세주를 삽입하여 상세번역 하였다.

≪육조법보단경언해≫는 불전의 한문원문을 분단한 후 모두 한글로 구결을 달고, 이어 언해한 형식, 즉 '대역(對譯)'의 형식을 가진다. 그리

8) 여찬영(2003:244).

고 이 문헌에서 전면적으로 각 한자에 독음이 병기되어 있는데 동국정음식 한자음이 아니고, 당시의 현실 한자음이 쓰였다.

≪육조법보단경언해≫는 다른 불전 언해들에 비해 문장 유형이 다양한 편이다. 대부분의 문장이 설법을 청한 것에 대해 묻고 대답하는 문답형식, 즉 '善知識아~'형 문장, '엇뎨~ -오/고'유형의 문장 구성과 설화자(집록자, 또는 책편찬자)가 중간에 끼어들어 설명하는 형식으로 되어 있다.

≪육조법보단경언해≫의 '한글 구결'은 한문원문의 순서가 바뀌지 않도록 주로 연결어미 '-아/-어', '-니', '-고' 등으로 구성되어 있고, '언해' 역시 한글 구결의 어미를 그대로 유지한 채 언해하고 있다. 평서형 문장은 대체로 설명법 어미 '-니라/리라'의 종결형식이 많다. 존경법 선어말어미 '-으시/으샤-', 겸양법 선어말어미 '-숩-', 공손법 선어말어미 '-이—' 등 경어법 문장이 많이 사용되었다.

한글 구결의 언해문에서 문장의 순서는 한문원문의 순서를 최대한 고수하여 한문 본래의 어투를 살리고 있고, 언해문 중간에 설명이 필요한 한자어나 불교용어가 나올 경우 아무런 표시 없이 세주를 삽입했다. 단어 단위로는 고유어 번역이 실현되어 있다.

≪육조법보단경언해≫의 체재 내용을 보면 다음과 같다.

언해서	원문	구결문			언해문		
	한자음	정음구결	한글 구결	한자음	한자표기	한자음	정음표기
육조법보단경언해	×	×	○	×	○	○	×

2) ≪육조법보단경언해≫의 번역 양상

≪육조법보단경언해≫의 한글 구결은 한문원문을 단락별로 구분짓는 기능을 한다. 또한 한문원문의 순서와 어투를 보존하는 범위에서 조사나 어미가 사용되고 있다.

(1) 한문 원문 순서의 보존

(122) ㄱ. 師ㅣ至是ᄒᆞ샤 祝髮受戒ᄒᆞ야 及與四衆으로 開示單傳之法旨ᄒᆞ시니 一如昔識ᄒᆞ더라(서013ㄴ-2)

ㄱ'. 師ᄉᆞㅣ 이에 니·르르·샤 머·리 갓·가 戒:계·ᄅᆞᆯ 受·슈·ᄒᆞ야·ᄯᅩ 四:ᄉᆞ衆:즁·으로 單단傳뎐ㅅ 法·법旨·지·ᄅᆞᆯ 여·러 :뵈시·니 :녯 識:즘記·긔·와 ᄒᆞᆫ가·지로·ᄒᆞ더라(서014ㄱ-6)

용례 (122)는 한문 원문의 전체적인 순서를 훼손하지 않는 범위에서 어절별로 끊어 구결을 달았다. 또한 '-아/-어', '-니', '-고' 등의 연결어미를 사용하여 순서를 거스르지 않고 한문 본래의 느낌을 그대로 살려 읽어가도록 구결을 단 것으로 보인다.

(2) 평서형 종결

(123) ㄱ. 韋史君이 命海禪者ᄒᆞ야 錄其語ᄒᆞ야ᄂᆞᆯ 目之曰ᄒᆞ샤ᄃᆡ 法寶壇經이라ᄒᆞ시니라(서001ㄴ-6)

ㄱ'. 韋史君이 海禪者를 命ᄒᆞ야 그 말ᄉᆞᄆᆞᆯ 記錄ᄒᆞ야ᄂᆞᆯ 일후믈 니ᄅᆞ샤ᄃᆡ 法寶壇經이라 ᄒᆞ시니라(서005ㄱ-2)

ㄴ. 善知識아 菩提自性이 本來淸淨ᄒᆞ니 但用此心ᄒᆞ면 直了成佛ᄒᆞ리라(상002ㄱ-6)

ㄴ'. 善知識아 菩提 自性이 本來 淸淨ᄒᆞ니 오직 이 ᄆᆞᄉᆞᆷ을 ᄡᅳ면 바ᄅᆞ부터 ᄃᆞ외요ᄆᆞᆯ 알리라(상003ㄱ-2)

용례 (123)은 원문에서 '-니라', '-리라'로 종결하는 평서형 문장이 많이 보이는데, 언해문에서도 '-니라', '-리라'의 종결형이 그대로 쓰이고 있다.

(3) 설명

(124) ㄱ. 蘇州慧靜律師ᄂᆞᆫ 爲羯磨ㅣ오(서012ㄱ-3)
ㄱ'. 蘇소州쥬ㅣ 慧:혜靜:졍律·률師ᄉᆞ·ᄂᆞᆫ 羯·갈磨마ㅣ ᄃᆞ외·오 羯·갈磨마·ᄂᆞᆫ 作·작法·법ᄒᆞ·다·ᄒᆞᄂᆞᆫ :마리·니 作·작法·법·홀뎐 :네 :이리 ᄀᆞ·자ᅀᅡ ᄒᆞ·리니 :네 :이ᄅᆞᆫ ᄒᆞ나·ᄒᆞᆫ 法·법·이오 :둘ᄒᆞᆫ 事:ᄉᆞㅣ·오 :세ᄒᆞᆫ 人ᅀᅵᆫ·이오 :네ᄒᆞᆫ 界:계라(서012ㄴ-2)

용례 (124)의 '蘇州慧靜律師ᄂᆞᆫ~爲羯磨ㅣ오'에서와 같이 'NP는 NP이다'와 같이 설화자(집록자, 또는 책편찬자)가 중간에 끼어들어 설명하는 형식으로 되어있다.

(4) 높임

(125) ㄱ. 五祖ㅣ 歸ᄒᆞ샤 數日을 不上0堂커시ᄂᆞᆯ 衆疑ᄒᆞ야 詣問曰호ᄃᆡ 和尙은 少病少惱否ㅣ잇가 曰ᄒᆞ샤ᄃᆡ 病則無ㅣ어니와 衣法은 已南矣어다 問호ᄃᆡ 誰人의게 傳授ㅣ잇가 曰能者ㅣ 得之니라 衆乃知焉ᄒᆞ니라(상034ㄴ-4)
ㄱ'. 五:오 祖·조ㅣ 도·라·오샤 :두ᅀᅥ·나ᄅᆞᆯ 上0:샹堂당 아·니·커시·ᄂᆞᆯ 衆:즁·이 疑의心심·ᄒᆞ야 나ᅀᅡ·가 묻·ᄌᆞ오·ᄃᆡ 和화尙·샹·은 病:병 :져·그시·며 惱:노 :져·그시·니잇·가 아·니잇·가 니ᄅᆞ·샤ᄃᆡ 病:병·은·곧 :업·거니·와·옷·과 法·법·과ᄂᆞᆫ ᄒᆞ·마 南남·의·니거·다 :묻·ᄌᆞ오·ᄃᆡ :뉘게 傳뎐·ᄒᆞ야 심·기시·니잇·가 니ᄅᆞ·샤ᄃᆡ 能ᄂᆞᆼ·이 得·득ᄒᆞ·니라 衆:즁이 :다 :아니라(상035ㄱ-8)

용례 (125)는 존경법 '-으시/으샤-', 겸양법 '-ᅀᆞᆸ-', 공손법 '-이ㅡ' 등

경어법 선어말어미의 사용이 활발하게 나타난다.

(5) 사동

(126) ㄱ. 故로 世尊이 分座於多子塔前ᄒᆞ시며 拈花於靈山會上ᄒᆞ샤 似火與火ᄒᆞ야 以心印心ᄒᆞ야 西傳四七ᄒᆞ야 至菩提達磨ᄒᆞ야 東來此土ᄒᆞ샤 直指人心ᄒᆞ야 見性成佛케ᄒᆞ시니(서001ㄱ-4)
ㄱ'. 그·럴ᄊᆡ 世:셰尊존·이 多다子·ᄌᆞ塔·탑 알·ᄑᆡ 座:좌·ᄅᆞᆯ ᄂᆞᆫ·호시·며 靈령山산會:회上[:]샹·애 고·ᄌᆞᆯ 자ᄇᆞ·샤·블로·블 주·ᄃᆞᆺ·ᄒᆞ야 ᄆᆞᅀᆞᆷ·으로 ᄆᆞᅀᆞᆷ·을 印·인·ᄒᆞ야 西셔ㅅ 녀·긔 四:ᄉᆞ七·칠·에 傳뎐·ᄒᆞ야 四:ᄉᆞ七·칠·은 二:ᅀᅵ十·십八·팔祖·조ㅣ라 菩보提리達·달磨마·애 니·르러 東동·으로·이 土·토·애·오샤 人신心심·을 바ᄅᆞ ᄀᆞᄅᆞ·쳐 性:셩·을·보아 부텨 ᄃᆞ외·에·ᄒᆞ시·니(서003ㄴ-3)

용례 (126)은 '故로~見性成佛케ᄒᆞ시니'와 같이 사동문이 나타나 있다.

(6) 강조

(127) ㄱ. 妙道ᄂᆞᆫ 虛玄ᄒᆞ야 不可思議니 妄言得旨라ᅀᅡ(서001ㄱ-3)
ㄱ'. 微미妙:묘ᄒᆞᆫ 道:도ᄂᆞᆫ 虛허·코 기·퍼 어·루 ᄉᆞ랑·ᄒᆞ야 議:의論론·티 :몯ᄒᆞ·리니 :말ᄉᆞᆷ 닛·고·ᄯᅳᆮ 得·득ᄒᆞ·니ᅀᅡ(서003ㄱ-8)
ㄴ. 三世諸佛와 十二部經이 在人性中ᄒᆞ야 本自具有호ᄃᆡ 不能自悟ㅣ어든 須求善知識이 指示ᄒᆞ야ᅀᅡ 方見이리라(상070ㄴ-8)
ㄴ'. 三삼世:셰諸졔佛·불·와 十·십二:ᅀᅵ部·부經경·이 :사ᄅᆞ·ᄆᆡ 性:셩中듕·에 이·셔 本·본來ᄅᆡ :제 ᄀᆞ·초 이·쇼ᄃᆡ 能ᄂᆞᆼ·히 :제 :아디 :몯거·든 모·로매 善:션知디識·식·이 ᄀᆞᄅᆞ·쳐 :뵈요·ᄆᆞᆯ 求구·ᄒᆞ야·ᅀᅡ 반·ᄃᆞ기 보리·라·ᄒᆞ다·가(상071ㄴ-8)
ㄷ. 來ᄒᆞ라 善知識아 此事ᄂᆞᆫ 須從自性中起ᄒᆞ야於一切時예 念念自淨其心ᄒᆞ야 自修自行ᄒᆞ야見自己法身ᄒᆞ며 見自心佛ᄒᆞ야 自度ᄒᆞ며 自戒ᄒᆞ야ᅀᅡ 始得이니 不假到此ㅣ리니 旣從遠來ᄒᆞ야 一會于此호미 皆共有緣이니 今可各各胡跪ᄒᆞ라(중019ㄱ-2)
ㄷ'.·오라 善:션知디識·식·아·이 :이른 모·로매 自·ᄌᆞ性:셩中듕·을 브·터·니·러 一·일切·쳬時·예 念:념念:념·에 그 ᄆᆞᅀᆞᆷ·을 :제·조

> 히·와 :제 닷·ᄀᆞ며 :제 行ᅘᅵᆼ·ᄒᆞ야 自·ᄌᆞ己·긩法·법身신·을 보·며 :제 ᄆᆞᅀᆞᆷ 부텨·ᄅᆞᆯ·보아·제度·도ᄒᆞ·며 :제 戒:계·ᄒᆞ야·ᅀᅡ·올ᄒᆞ·니이에 :오ᄆᆞᆯ 假:가借:쟈·티 아·니ᄒᆞ·리니 ᄒᆞ·마머·리셔브·터·와 이에 ᄒᆞᆫ·ᄃᆡ 모·도미 :다 緣연·이·잇ᄂᆞ·니·이제 可:가·히 各·각各·각 胡호跪:궤ᄒᆞ·라(중019ㄴ-3)

용례 (127)은 강세 보조사 '-ᅀᅡ'로써 강조하고 있다.

제3장 구결의 상관성

1. 음독 구결과 한글 구결

고려시대 간행된 ≪능엄경≫ 이본들에 기입된 음독 구결들은 약 30~40% 정도가 ≪능엄경언해≫에 기입된 한글 구결과 일치하고, 조선 초기 간행 ≪능엄경≫ 이본의 경우 대략 60% 정도가 일치한다. 그러나 고려시대 간행된 ≪능엄경≫ 이본인 '남권희 (라)본'의 경우는 대략 80%의 일치를, 조선 초기에 간행된 ≪능엄경≫ 이본인 '파전본'의 경우는 거의 98% 이상의 일치를 보인다. ≪법화경≫의 경우는 거의 모든 이본에서 약 70% 정도가 ≪법화경언해≫에 기입된 한글 구결과 일치를 보이나 약 30%는 80~90% 정도의 불일치를 보이는 용례들이다. ≪육조법보단경≫의 경우는 '영남대 (가)본'이 70% 이상 차이, 즉 30%가 <육조법보단경언해본>에 기입된 한글 구결과 일치를 보이는 데 반해, '영남대 (나)본'과 '1479년본'은 80% 이상 일치하고 있다. 또 '1496년본'은 언해본과 거의 일치하나, '1574년본'은 70% 정도가 일치한다.

결국 고려시대에 간행된 음독 구결 자료들에 기입된 음독 구결은 대개가 한글 구결들과 30~40% 정도 일치하는 것에 비해 조선 초기에 간행된 음독 구결 자료들에 기입된 음독 구결은 많게는 98%에서부터 적게는 70% 정도 일치한다는 뜻이다.

구결은 그때그때의 상황과 종파, 그리고 기입자의 기입방식에 따라 유동적으로 사용될 수 있기 때문에 음독 구결이 한글 구결로 전환되는 상황에서 구결은 그 대응 양상이 다양하게 변하게 되는 것이다. 음독 구결과 한글 구결의 일치 현상이 이와 같이 일어나는 까닭은 다음과 같은 몇 가지 현상으로 나누어 생각할 수 있다.

첫째, ≪능엄경≫이나 ≪법화경≫의 경우는 경전의 분량이 많아 구결을 기입할 때, 기입자가 두 사람 이상인 경우가 많다. 원전의 내용이 짧을 경우는 한 사람의 기입자가 쉽게 구결을 달 수 있음에 비해 경전의 분량이 많아 기입자가 두 사람 이상일 경우는 (1) 구결을 기입하는 기입자의 자형 선택(임의적 선택)에 따라 선택되었을 가능성, (2) 구결을 기입하는 기입자의 평소 발음 습관과 관련 가능성, (3) 구결을 기입하는 기입자의 필체의 차이가 있을 것으로 추정된다.

둘째, 고려 시대 간행된 음독 구결 자료들에 비해 조선 초기에 간행된 음독 구결 자료들에 기입된 구결들이 한글 구결에 더 가까운 것은 한글이 창제된 시기와도 관련이 깊다. 다시 말해 조선 초기에 간행된 음독 구결 자료들은 한글이 창제되는 전후에 음독 구결이 기입되었을 가능성이 높기 때문에 고려 시대 간행된 음독 구결 자료들에 비해 한글 구결에 더 많이 일치되는 것이다.

셋째, 고려 시대 간행된 자료 가운데서 한글 구결과 많은 일치를 보이는 ≪능엄경≫ 이본 '남권희 (라)본'의 경우는 간행은 고려 시대에 되었더라도 음독 구결은 조선 초기에 이루어졌을 가능성도 배제할 수 없으며, 거의 98% 이상의 일치를 보인 '파전본'은 ≪능엄경언해≫ 한글 구결의 모본이 되었을 가능성도 배제할 수 없다.

이제 이들 경전들에 기입된 음독 구결과 한글 구결의 일치를 대표적인 용례를 바탕으로 살펴보기로 한다.

1) ≪능엄경≫

(30) [가] 既得眞體丷氵(ᄒᆞ야) 斯發眞用丷氵(ᄒᆞ야) 凡所照(능八37a:07) 應刂(이) 無所不眞丷弥(ᄒᆞ며) 無所不如丷亽ナ(ᄒᆞ라대)

[남] 既得眞體口八(곡) 斯發眞用〃[丷氵ᄒᆞ야] 凡所照應乀(이) 無所不眞

丷彡(이며) 無所不如丷ᄉㄱ 大(ᄒᆞ란대)(능八08a:04)
[라] 旣得眞體丷氵(ᄒᆞ야) 斯發眞用丷氵(ᄒᆞ야) 凡所照(능八37a:08) 應丷(이) 無所不眞丷久(ᄒᆞ며) 無所不如
[송] 旣得眞體丷氵(ᄒᆞ야) 斯發眞用丷氵(ᄒᆞ야) 凡所照應丷(이) 無所不眞丷久(ᄒᆞ며) 無所不如丷丶大(ᄒᆞ라대)
[파] 旣得眞體丷ᅮ(ᄒᆞ면) 斯發眞用丷丶(이라) 凡所照應丷(이)(능八13b:04) 無所不眞丷久(ᄒᆞ며) 無所不如丷乚士丷(ᄒᆞᆯ식)
[언] 旣得眞體ᄒᆞ면 斯發眞用이라凡所照應이無所不眞ᄒᆞ며 無所不如ᄒᆞᆯ식

(31)[가] 海印刂(이) 發光ㅁ(고)<四39b:9> 汝暫擧心丷彡ㄱ(ᄒᆞ면) 塵勞刂(이) 先起丷ㅌ匕(하ᄂᆞ니) 由不勤求無上覺道ㅁ(고)
[나] 海印 發光ㅏ(와)<四39b:9> 汝暫擧心丷彡亏(ᄒᆞ며히) 塵勞丷(이) 先起丷ㅌ匕(ᄒᆞᄂᆞ니) 由不勤求無上覺道ㅁ(고)
[남] 海印發光去匕ㅏ(거니와) 汝暫擧心丷彡亏(ᄒᆞ며히) 塵勞先起丷ㅌ匕(ᄒᆞᄂᆞ니) 由不勤求無上覺道ㅁ(고)<四8 a:12>
[언] 海印發光이어늘 汝暫擧心ᄒᆞ야 塵勞ㅣ 先起ᄒᆞᄂᆞ니 由不勤求無上覺道ᄒᆞ고

용례 (30)에서 음독 구결과 한글 구결의 상관 정도를 살펴보면 고려 시대 간행본인 '남권희 (가)본', '남풍현본', '남권희 (라)본'은 약 40% 정도가 일치하는 반면, 조선시대 간행본인 '파전본'은 100% 일치하고 있음을 알 수 있다. 용례 (31)에서는 모두 고려 시대 간행본으로 '남권희 (가)본', '남권희 (나)본', '남풍현본' 모두가 40% 정도 일치하고 있음을 알 수 있다.

(32)[가] 早取解脫丷禾匕(ᄒᆞ리니) 此名<九17b:13> 修行ノム(호ᄃᆡ) 失於方便ᄉノ禾匕(라호리니) 悟則無咎丷禾匕(ᄒᆞ리니) 非爲聖證匕ᄉ(니라)
[남] 早取解脫丷里匕(ᄒᆞ리니) 此名修行ノム(호ᄃᆡ) 失於方便ᄉノ里匕(라호리니) 悟則無咎丷里匕(ᄒᆞ리니) 非爲聖證丷匕ᄉ(이니라)<九11b:05>
[언] 早取解脫ᄒᆞ리니 此ᄂᆞᆫ 名修行을 失於方便이니 悟則無咎ㅣ어니와 非爲聖證니라

(33) [가] 無聞ᄉ丷又所刂丨(라ᄒᆞ노소이다) 此但無聲言丁(언뎡) 非謂無聞ㅋ

ㄷ丨(읫다)<四56a:1>

[나] 無聞ソ厶ソ又㔾丨(ᄒᆞ라ᄒᆞ노이다) 此但無聲ㄟ亠丁(이언뎡) 非[][]聞 <四56a:1>

[언] 無聞이니 此ᄂᆞᆫ 但無聲이언뎡 非謂無聞이시니라

(34) [가] 又則汝 今 見物之時㇁(에) 汝既見物ソ𠆢大(ᄒᆞ라대) 物亦見汝ソ㇁(ᄒᆞ야) 體性刂(이) 紛離ソ㇁(ᄒᆞ야) 則汝 <二34a:5>與我 幷諸世間刂(이) 不成安立ソ禾今ヒ入亠(ᄒᆞ리어니들여)

[나] 又則汝 今 見物之時㇁㇒(엔) 汝既見物ソ厶㇒大(ᄒᆞ란대) 物亦見汝ソ㇁(ᄒᆞ야) 體性ㄟ(이) 紛離ソ㇁(ᄒᆞ야) 則汝 <二34a:5>與我 幷諸世間ㄟ(이) 不成安立ソ禾㐄ヒㄷ亦(ᄒᆞ리어닛여)

[언] 又則汝ㅣ 今에 見物之時예 汝既見物ᄒᆞ거든 物亦見汝ᄒᆞᄂᆞᆫ디라 體性이 紛離ᄒᆞ야 則汝與我와 幷諸世間이 不成安立ᄒᆞ리라

(35) [가] 若非雪山ナ㇒(댄) 其牛刂(이) 臭穢ソ㇁(ᄒᆞ야) 不堪塗地ヒ厶(니라) 別於<七02b:12> 平原㇁(에) 芽去地皮ロ玉(고옥) 五尺巳下㇁(에) 取其黃土ソ㇁(ᄒᆞ야)

[남] 若非雪山印大(인대) 其牛ㄟ(이) 臭穢〃[ソ㇁ ᄒᆞ야]<七02a:04> 不堪塗地ㄟヒ厶(이니라) 別於<七02b:12>平原㇁(에) 芽去地皮ロ玉(고옥) 五尺巳下㇁(에) 取其黃土〃[ソ㇁ ᄒᆞ야]

[언] 若非雪山이면 其牛ㅣ 臭穢ᄒᆞ야 不堪塗地니 別於平原에 芽去地皮ᄒᆞ고 五尺巳下애 取其黃土ᄒᆞ야

용례 (32)에서 (35)는 고려 시대 간행본에 나타나는 음독 구결과 한글 구결의 상관 정도를 비교한 것으로 약 40% 정도가 한글 구결과 일치하는 용례들이다.

(36) [가] 生滅ソㅌヒ大(ᄒᆞᄂᆞ니대) 云何世尊刂(이) 名我等輩刂(이) 遺失眞性ロ(고) 顚倒行事厶ソ入ニヒㄷロ(라ᄒᆞ드시닛고) 願興慈悲ソ㑒(ᄒᆞ샤)<二28a:9> 洗我ㇷ(의) 塵垢ソ小立(ᄒᆞ쇼셔)

[나] 生滅ㅌ[] 云[] 世尊ㄟ(이) 名我[][] [][]眞性 顚倒行事厶ソか申ㄟヒㄷロ(라ᄒᆞ더신이닛고) 願興慈悲<二28a:9> 洗我 []垢小西(쇼셔)

[남] 生滅ソ㇒大㇒(ᄒᆞᆫ댄) 云何世尊ㄟ(이) 名我<二2a:15> 等輩ㄟ(이) 遺失眞性ソカㄟㄷロ(ᄒᆞ더잇고) 顚倒行事厶ソかニヒ刂ㄷロ(라ᄒᆞ더

시니잇고) 願興慈悲ソ金(ᄒᆞ샤)<二2b:01> 洗我ラ(의) 塵垢ソ小西(ᄒᆞ쇼셔)

[언] 生滅인댄 云何世尊이 名我 等輩ᄅᆞᆯ 遺失眞性ᄒᆞ고 顚倒行事ㅣ라ᄒᆞ시ᄂᆞ니잇고 願興慈悲ᄒᆞ샤 洗我 塵垢ᄒᆞ쇼셔

용례 (36)은 고려 시대 간행본에 나타나는 음독 구결과 한글 구결의 상관 정도를 비교한 것으로 약 60% 정도가 한글 구결과 일치하는 용례들이다.

(37) [가] 汝身汝心リ(이) 皆是妙明眞精妙心中 所現物リオヒ(이어나) 云何…(로) 汝等リ(이) 遺失<二29a:8> 本妙圓妙明心寶明妙性ロ(고) 認悟中迷ソヒ士7 底ㅗ(ᄒᆞᄂᆞᆫ뎌여)<二29a:9>

[나] 汝身汝心乀(이) 皆是妙明眞□□□□□□□ㅕヒ(어나) 云何汝等乀(이) 遺失<二29a:8>本妙圓明心入(과) 寶明□□□□中迷ソヒ士7 宁(ᄒᆞᄂᆞᆫ뎌)<二29a:9>

[남] 汝身汝心乀(이) 皆是妙明眞精妙心中 3(에) 所現物オヒ(어나)<二3a:4> 云何…(로) 汝等乀(이) 遺失本妙圓妙明心入(과) 寶明妙性ロ午(고오) 認悟中迷ソヒ士7 底(ᄒᆞᄂᆞᆫ뎌)

[언] 汝身汝心이 皆是妙明眞精妙心中엣 所現物이어늘<二3a:4> 云何汝等이 遺失本妙ᄒᆞᆫ 圓妙明心과 寶明妙性ᄒᆞ고 認悟中迷ᄒᆞᄂᆞᆫ다

(38) [가] 二性リ(이) 俱徧虛空ソ 3(ᄒᆞ야) 不相陵滅ソ禾オヒホㅗ(ᄒᆞ리어니ᄃᆞᆯ여) 世尊 地性7(은) 障礙ロ(고) 空性7(은) 虛通去ヒ(거니)<四29a:4>

[나] 二性乀(이) 俱徧虛空ソ㐅(ᄒᆞ며) 不相陵滅ソ禾乀七ロ(ᄒᆞ리잇고)世尊下(하) 地性7(은) 障礙ロ(고) 空性7(은) 虛通去ヒ(거니)<四29a:4>

[남] 二性乀(이) 俱徧虛空ソ 3(ᄒᆞ야) 不相陵滅ソ禾巳七ロ(ᄒᆞ리잇고) 世尊下(하) 地性7(은) 障礙ロ(고)<四1b:7> 空性7(은) 虛通去ヒ(거니)

[언] 二性이 俱徧虛空ᄒᆞ야 不相陵滅ᄒᆞ리잇고 世尊하 地性은 障礙ᄒᆞ고 空性은 虛通커니

(39) [가] 將與原窮顚倒之本ソ 3(ᄒᆞ야) 庶幾反悟オニヒ(어시나) 而大衆リ(이) 迷夢ソ 3(ᄒᆞ야)<二29a:5>

[나] 將與原窮顚倒之本ㅅ失ㅗㄱ(ᄒᆞ실ᄉᆞᆫ) 庶幾反悟ㅊ ニㅌ(어시나) 而大衆ㅅ(이) 迷夢ㅅ 3 (ᄒᆞ야)<二29a:5>

[남] 將與原窮顚倒之本ㅅㅅ去ㅌ(ᄒᆞ이거나) 庶幾反悟オㅅㅌ(어이나) 而大<二3a:1>衆ㅅ(이) 迷夢〃[ㅅ 3 ᄒᆞ야]

[언] 將與原窮顚倒之本ᄒᆞ샤 庶幾反悟ㅣ어시늘 而大衆ㅣ 迷夢ᄒᆞ야

(40)[가] 于時會中一切大衆刂(이) 普皆作禮ロ(고) 佇聞如來七(ㅅ) 秘密章句ㅅ赤ニㅣ(ᄒᆞᄃᆞ시다)<七07a:02>

[남] 于時會中 3 (에) 一切大衆ㅅ(이) 普皆作禮ロ(고) 佇聞如來 秘密章句ㅅ入ニㅣ(ᄒᆞ드시다)<七04b:07>

[언] 于時會中에 一切大衆이 普皆作禮ᄒᆞᅀᆞᆸ고 佇聞如來ㅅ 秘密章句ᄒᆞᅀᆞᆸ더니

용례 (37)에서 (40)은 고려 시대 간행본에 나타나는 음독 구결과 한글 구결의 상관 정도를 비교한 것으로 약 80% 정도가 한글 구결과 일치하는 용례들이다.

(41)[파] 阿難ㅁ(아) 從是天中 3 (에) 有二岐路ㅅㄴ(ᄒᆞ니) 若於先心無量淨光 3 西(에서) 福德ㅅ(이) 圓明ㅅ 3 (ᄒᆞ야)<九04b:05>

[가] 阿難 從是天中又(노) 有二岐路ㅅㄴ(ᄒᆞ니) 若於先心無量淨光 3 (에) 福德刂(이) 圓明ㅅ 3 (ᄒᆞ야)<九04a:06>

[라] 阿難ㅁ(아) 從是天中又(노) 有二岐路ㅅㄴ(ᄒᆞ니) 若於先心無量淨光 3 (에) 福德ㅅ(이) 圓明ㅅ 3 (ᄒᆞ야)<九04a:06>

[언] 阿難아 從是天中ᄒᆞ야 有二岐路ᄒᆞ니 若於先心無量淨光애셔 福德이 圓明ᄒᆞ야

(42)[파] 研究澄徹ㅅ 3 (ᄒᆞ야) 精光ㅅ(이) 不亂ㅅㄱ(ᄒᆞ면) 忽於夜合 3 (에) 在暗室內ㅅ 3 西(ᄒᆞ야셔) 見種<九16a:08>種物ノム(호ᄃᆡ) 不殊白晝ㅅ久(ᄒᆞ며) 而暗室物ㅅ(이) 亦不除滅ㅅ刂ㄴ(ᄒᆞ리니)

[가] 研究澄徹ノㄱ ㅗ十(혼여히) 精光刂(이) 不亂ㅅ 3 斤(ᄒᆞ야늘) 忽於夜合 3 (에) 在暗室內ㅅ 3 (ᄒᆞ야) 見種<九14a:13> 種物ノム(호ᄃᆡ) 不殊白晝ㅅ分(ᄒᆞ며) 而暗室物刂(이) 亦不除滅ㅅ矛ㄴ(ᄒᆞ리니)

[라] 研究澄徹ㅅ 3 (ᄒᆞ야) 精光ㅅ(이) 不亂忽於夜合 3 (에) 在暗室內ㅅ 3 (ᄒᆞ야) 見種<九14a:13> 種物ノム(호ᄃᆡ) 不殊白晝久(며) 而暗室物

㇏(이) 亦不除滅ソ刂ヒ(ᄒᆞ리니)

[언] 研究澄徹ᄒᆞ야 精光이 不亂ᄒᆞ면 忽於夜合애 在暗室內ᄒᆞ야셔 見種種物호ᄃᆡ 不殊白晝ᄒᆞ며 而暗室物이 亦不除滅ᄒᆞ리니

(43)[파] 妄倫㇏(이) 交結ソ乚士㇏(ᄒᆞᆯᄉᆡ) 故灬(로) 曰堅固妄想灬(로) 爲本㇏丶ソニヒ丶(이라ᄒᆞ시니라) 五種妄本ㄱ(은) 經末3(에) 自釋ソ3戒ニヒ丶(ᄒᆞ야계시니라)<九14b:04>

[가] 妄倫刂(이) 交結ソ亽ナ(ᄒᆞ라대) 故 曰堅固妄想又(노) 爲本ソ又ヒ亽(ᄒᆞ노니라) 五種妄本ㄱ(은) 經末3(에) 自釋ソニヒ亽(ᄒᆞ시니라)<九12b:13>

[다] 妄倫㇏(이) 交結ソ乚士㇏(ᄒᆞᆯᄉᆡ) 故又(로) 曰堅固妄想又(로) 爲本㇏丶ソニヒ丶(이라ᄒᆞ시니라) 五種妄本ㄱ(은) 經末3(에) 自釋ソニヒ丶(ᄒᆞ시니라)<九12b:13>

[라] 妄倫㇏(이) 交結ソ丶大(ᄒᆞ라대) 故 曰堅固妄想又(로) 爲本ヒ(니) 五種妄本ㄱ(은) 經末 自釋ソニ丨(ᄒᆞ시다)<九12b:13>

[언] 妄倫이 交結ᄒᆞᆯᄉᆡ 故 曰堅固妄想ᄋᆞ로 爲本이라ᄒᆞ시니라 五種妄本ᄋᆞᆫ 經末애 自釋ᄒᆞ야 겨시니라<九52b:1-2>

(44)[파] 表以成人ソ3(ᄒᆞ야) 如國大王㇏(이) 以諸國事又(로) 分委太子ソ久(ᄒᆞ며) 彼剎利王哀 世子㇏(이)<八07b:07> 長成去入(거들) 陳列灌頂月七ノ未(ᄃᆞᆺ호매) 名灌頂住㇏丶(이라)

[남] 表以成人ノヒヒ(호니니) 如國大王㇏(이) 以諸國事灬(로) 分委太子ソ亇(ᄒᆞ며) 彼剎利王㇏(이) 世子㇏(이) 長成去入ㄱ(거든) 陳列灌頂矢七ソ亽ㄱ大(딧ᄒᆞ란대) 名灌頂<八4b:11> 住

[가] 表以成人ソ又ヒ(ᄒᆞ노니) 如國大王刂(이) 以諸國事又(로) 分委太子ソ亇(ᄒᆞ며) 彼剎利王刂(이) 世子刂(이)<八32a:01> 長成去入ㄱ(거든) 陳列灌頂ᆂ七ソ亽ナ(딧ᄒᆞ라대) 名灌頂住

[언] 表以成人ᄒᆞ야 如國大王이 以諸國事로 分委太子ᄒᆞ며 彼剎利王ᄋᆡ 世子ㅣ 長成커든 陳列灌頂ᄃᆞᆺ호미 名灌頂住ㅣ라

(45)[파] 卽如來藏之心印也㇏ニヒ(이시니) 證佛心要ノ乚㇇田ㄱ(ᄒᆞᆯ의뎬) 必契於此ヒ丶(니라)<八16a:05-06>

[가] 卽如來藏之心印也亽(라) 證佛心要ノ㞢十(ᄒᆞᆯ뎌긔) 必契<八39b:01> 於此㇇七丨(읫다)

[남] 卽如來藏之心印也㇏ヒ亽(이니라) 證佛心要ノ乚上十(ᄒᆞᆯ뎌긔)必契於此㇏亽七丨(이엇다)<八09b:02-03>

[송] 卽如來藏之心印也丶(라) 證佛心要大ㄱ(댄) 必契於此オㄴㅣ(엇다) <八25b:08>

[해] 卽如來藏之心印也ㅅ(라) 證佛心要ㄱ 大ㄱ(댄) 必契<八39b:01> 於此ㄋㄴㅣ(읫다)

[언] 卽如來藏之心印也ㅣ시니 證佛心要홀뎬 必契於此ㅣ니라

(46) [파] 棄分段生ソロ(ᄒᆞ고) 頓希變易ソ3(ᄒᆞ야) 細想又(노) 常住ノ尸ソ𠂉(호려ᄒᆞ면) 三界3ㄟㄴ(엣) 惑ㄟ(이) 盡ソ3ㆍ(ᄒᆞ야사) 方離分段生死ソロ(ᄒᆞ고)<九30b:10-11>

[가] 棄分段生ロ(고) 頓希變易ソ3(ᄒᆞ야) 細想常住ソ𠂉ㅅ(ᄒᆞ리라) <27a:08> 三界惑盡ソ3ㆍ(ᄒᆞ야사) 方離分段生死ロ(고)

[라] 棄分段生ロ(고) 頓希變易ソ3(ᄒᆞ야) 細想常住ソㅣㆍ(ᄒᆞ리라) <27a:08> 三界惑盡ソ3ㆍ(ᄒᆞ야사) 方離分段生死ロ(고)

[언] 棄分段生ᄒᆞ고 頓希變易ᄒᆞ야 細想ᄋᆞ로 常住호려ᄒᆞ면 三界옛 惑이 盡ᄒᆞ야ᅀᅡ 方離分段生死ᄒᆞ고

(47) [파] 所起ソ𠂉(ᄒᆞ면) 說妄因緣ソ尸ヒト(ᄒᆞ러니와) 若妄ㄟ(이) 元無ソ𠂉(ᄒᆞ면) 說妄哀 因緣ノ尸ソ3ㅋ(호려ᄒᆞ야도) 元無所有ソヒ(ᄒᆞ니) <十21a:10>

[가] 所起ソ𠂉(ᄒᆞ면) 說妄因緣ㅣオヒト(이러니와) 若妄ㅣ(이) 元無ソヒナㄱ(ᄒᆞ니댄) 說妄因緣ノㄴ土(홀디) 元無所有ソヒㅅ(ᄒᆞ니라)

[라] 所起大(대) 說妄ㄋ(의) 因緣オヒト(어니와) 若妄ㄟ(이) 元無大(대) 說妄ㄋ(의) 因緣 元無所有ㄷㄱ(온)<十19a:04>

[언] 所起ᄒᆞ면 說妄因緣ᄒᆞ러니와 若妄이 元無ᄒᆞ면 說妄ᄋᆡ 因緣호려ᄒᆞ야도 元無所有ᄒᆞ니

(48) [파] 厭足心ㄟ(이) 生ソ3(ᄒᆞ야) 去彼人體ソ3月ㄱ(ᄒᆞ야ᄃᆞᆫ) 弟子與師ㄟ(이) 俱陷王難ソㅣヒ(ᄒᆞ리니) 汝當<九24a:05> 先覺ソ𠂉(ᄒᆞ면) 不入輪廻ソ尸ヒト(ᄒᆞ러니와) 迷惑不知ソ𠂉(ᄒᆞ면) 墮無間獄ソㅣㆍ(ᄒᆞ리라)

[가] 厭足心生ソ3(ᄒᆞ야) 去彼人體ソ3入ㄱ(ᄒᆞ야든) 弟子與師ㅣ(이) 俱陷王難ソ𠂉ヒ(ᄒᆞ리니) 汝當<九21a:11> 先覺ソ㐃(ᄒᆞ며) 不入輪廻ソ𠂉オヒト(ᄒᆞ리어니와) 迷惑不知ソ㐃(ᄒᆞ며) 墮無間獄

[라] 厭足心生ソ3(ᄒᆞ야) 去彼人體去入ㄱ(거든) 弟子/師ㄟ(이) 俱陷王難ソㅣヒ(ᄒᆞ리니) 汝當<九21a:11> 先覺ソ𠂉(ᄒᆞ면) 不入輪廻ソㅣオト(ᄒᆞ리어와) 迷惑不知ソ𠂉(ᄒᆞ면) 墮無間獄ソㅣㆍ(ᄒᆞ리라)

[언] 厭足心이 生ᄒᆞ야 去彼人體ᄒᆞ야ᄃᆞᆫ 弟子與師ㅣ 俱陷王難ᄒᆞ리니 汝ㅣ 當先覺ᄒᆞ면 不入輪廻ᄒᆞ려니와 迷惑不知ᄒᆞ면 墮無間獄ᄒᆞ리라

(49)[파] 此ㄱ(은) 證果漸次也乀·(이라) 前氵乀(에) 旣令識妄因ソニロ(ᄒᆞ시고) 此氵乀(에) 復令除妄本者ㄱ(은) 知賊ラ(의) 所(ᄃᆞᆯ)在ソロ(ᄒᆞ고) 卽須討除ソ氵(ᄒᆞ야)

[남] 此ㄱ(은) 證果漸次也ᄉ(라) 前氵(에) 旣令識妄因ソニロ(ᄒᆞ시고) 此 復令除<八26a02> 妄本者ㄱ(은) 知賊ラ(의) 所在ロㄱ(곤) 卽須討除ソ氵(ᄒᆞ야)

[송] 此ㄱ(은) 證果漸次也·(라) 前氵(에) 旣令識妄因ソニロ(ᄒᆞ시고) 此氵(에) 復令除妄本者ㄱ(은) 知賊ラ(의) 所在午(오) 卽乚(을) 須討除ソ氵(ᄒᆞ야)

[언] 此ᄂᆞᆫ 證果漸次也ㅣ라 前에 旣令識妄因ᄒᆞ시고 此애 復令除妄本者ᄂᆞᆫ 知賊所在ᄒᆞ고 卽須討除ᄒᆞ야

(50)[파] 阿難卩(아) 如是衆生哀 一一類中氵乀(에) 亦各各具十二顚倒ソヒ(ᄒᆞ니) 猶如揑目ノラム乀(호의ᄃᆡ이)

[남] 阿難 如是衆生ラ(의) 一一類中氵(에) 亦各各具十二顚倒ソヒ(ᄒᆞ니) 猶如揑目ノか亏(ᄒᆞ며히) <八26a-05>

[송] 阿難氵(아) 如是衆生ラ(의) 一一類中氵(에) 亦各各具十二顚倒ソヒ(ᄒᆞ니) 猶如揑目ソア(ᄒᆞ면)

[언] 阿難아 如是衆生ᄋᆡ 一一類中에 亦各各具十二顚倒ᄒᆞ니 猶如揑目호매

용례 (41)에서 (50)은 조선 시대 간행본인 '파전본'에 사용된 음독 구결과 한글 구결의 상관 정도를 비교한 것으로 다른 판본에 비해 거의 100% 한글 구결과 일치함을 알게 하는 용례들이다.

(51)[라] 惟其圓洞故乂(로) 上合諸佛ソニ下(ᄒᆞ시하) 下合群生ソ人(ᄒᆞ샤) 無間然者去ㅣ(거다)<六22a:08>

[언] 惟其圓洞ᄒᆞ실ᄉᆡ 故로 上合諸佛ᄒᆞ시며 下合群生ᄒᆞ샤 無間然者ᄒᆞ시니라

용례 (51)은 고려 시대 간행본인 '남권희 (라)본'에 사용된 음독 구결과 한글 구결의 상관 정도를 비교한 것으로 거의 100% 한글 구결과 불일치함을 알게 하는 용례들이다.

(52) [라] 唯願如來ㄱ(은) 發宣大慈ソ㇏(ᄒᆞ샤) 爲此大衆又(로) 清明<十18b:07> 心目ソ二久(ᄒᆞ시며) 以爲末世 一切衆生ソ㇏(ᄒᆞ샤) 作將來眼ソ小立(ᄒᆞ쇼셔)
[언] 唯願如來ㅣ 發宣大慈ᄒᆞ샤 爲此大衆ᄒᆞ샤 清明心目ᄒᆞ시며 以爲末世옛 一切衆生ᄒᆞ샤 作將來眼ᄒᆞ쇼셔

용례 (52)는 고려 시대 간행본인 '남권희 (라)본'에 사용된 음독 구결과 한글 구결의 상관 정도를 비교한 것으로 대략 40% 한글 구결과 일치함을 알게 하는 용례들이다.

(53) [라] 旣遊道胎ソ⺡(ᄒᆞ야) 親奉覺胤ソ又ㄱ 去(ᄒᆞ논디) 如胎已成ソ⺡(ᄒᆞ야) 人相㇏(이) 不缺ソ丶大(ᄒᆞ라대) 名方便具足住丶(라)
[언] 旣遊道胎ᄒᆞ야 親奉覺胤호미 如胎ㅣ 已成ᄒᆞ야 人相이 不缺ᄒᆞ미 名方便具足住ㅣ라

(54) [라] 阿難㇏(이) 起立ソ⺡(ᄒᆞ야) 幷其會中⺡(에) 同有學者灬(로) 歡喜頂禮ソ二口(ᄒᆞ시고) 伏聽慈誨ソ入二丨(ᄒᆞ더시다)<九10b:7>
[언] 阿難이 起立ᄒᆞ야 幷其會中엣 同有學者와로 歡喜頂禮ᄒᆞᅀᆞ와 伏聽慈誨ᄒᆞᅀᆞᆸ더니

(55) [라] 惟垂大慈ソ㇏(ᄒᆞ샤) 發開童蒙ソ㇏(ᄒᆞ샤) 令諸一切持戒衆生又(노) 聞決定義口(고) 歡喜<八41b:04> 頂戴ソ⺡(ᄒᆞ야) 謹潔無犯去ソ小立(거ᄒᆞ쇼셔)
[언] 惟垂大慈ᄒᆞ샤 發開童蒙ᄒᆞ샤 令諸一切持戒衆生ᄋᆞ로 聞決定義ᄒᆞᅀᆞᆸ고 歡喜頂戴ᄒᆞᅀᆞ와 謹潔無犯케 ᄒᆞ쇼셔

(56) [라] 頂禮如來藏 無漏不思議ソ又ヒ(ᄒᆞ노니) 願加被未來ソ㇏(ᄒᆞ샤) 於此門無惑去ソ小立(거ᄒᆞ쇼셔)<六38b:05>

[언] 頂禮如來藏 無漏不思議ᄒᆞ숩노니 願加被未來ᄒᆞ샤 於此門에 無惑게 ᄒᆞ쇼셔

(57) [라] 若非雪山大(대) 其牛臭穢ソ 3 (ᄒᆞ야) 不堪塗地ヒ(니) 別於<七02b : 12> 平原 3 (에) 芽去地皮ロ(고) 五尺巳下 3 (에) 取其黃土ソ 3 (ᄒᆞ야)

[언] 若非雪山이면 其牛ㅣ 臭穢ᄒᆞ야 不堪塗地니 別於平原에 芽去地皮ᄒᆞ고 五尺巳下애 取其黃土ᄒᆞ야

용례 (53)에서 (57)은 고려 시대 간행본인 '남권희 (라)본'에 사용된 음독 구결과 한글 구결의 상관 정도를 비교한 것으로 대략 80% 한글 구결과 일치함을 알게 하는 용례들이다.

(58) [라] 阿難阝(아) 此三勝流ㄱ(은) 一切苦惱ラ(의) 所不能逼ヒ(니) 雖非正修眞三摩地乃(나)<九01b:11>

[언] 阿難아 此三勝流는 一切苦惱ᄋᆡ 所不能逼이니 雖非正修眞三摩地나 <九04b:4>

용례 (58)은 고려 시대 간행본인 '남권희 (라)본'에 사용된 음독 구결과 한글 구결의 상관 정도를 비교한 것으로 다른 판본에 비해 거의 100% 한글 구결과 일치함을 알게 하는 용례이다.

2) ≪법화경≫

(59) [영법] 乃往過去 3 東方無量千萬億阿僧祇世界 3 國名寶淨 3 彼中 3 有佛ソヘム(ᄒᆞ샤ᄃᆡ) 號曰多寶㇏・汝ニヒ(이라러시니) 其佛行菩薩道時 3 (에) 作大誓願ソヘム(ᄒᆞ샤ᄃᆡ)(영사33:8-10)

[언] 乃往過去에 東方無量千萬億阿僧祇世界예 國名寶淨에 彼中에 有佛ᄒᆞ샤ᄃᆡ 號曰多寶ㅣ러시니 其佛이 行菩薩道時예 作大誓願ᄒᆞ샤ᄃᆡ

(60) [영법] 遍滿三千大千世界ソヘム(ᄒᆞ샤ᄃᆡ) 而於釋迦牟尼佛七(ㅅ) 一方所分之身㇏(이) 猶故未盡㇏汝ニヒ(이러시니)(영사36:2-4)

[언] 遍滿三千大千世界ᄒᆞ샤ᄃᆡ 而於釋迦牟尼佛ㅅ 一方所分之身이 猶故未盡이러시니

용례 (59)와 (60)은 ≪법화경≫ 이본 가운데 조선시대 간행된 '영남대본'의 음독 구결과 한글 구결의 상관 정도를 살펴본 것으로 거의 100% 일치하고 있음을 알 수 있다.

(61) [기법] 世尊 淨華宿王智佛問訊世尊ソ白ロ(ᄒᆞ숩고) 少病少惱ソニリ可(ᄒᆞ시이가)

[언] 世尊하 淨華宿王智佛이 問訊世尊ᄒᆞᅀᆞ오샤ᄃᆡ 少病少惱ᄒᆞ시며

(62) [기법] 寶如來ソ㇌(ᄒᆞ야) 安隱少惱 堪忍久住不七可ソ㇋ソ㇌ニリ丨(ㅅ가ᄒᆞ라ᄒᆞ야시이다)

[언] 寶如來ᄒᆞᅀᆞ오샤ᄃᆡ 安(21ㄱ)隱少惱ᄒᆞ샤 堪忍久住ᄒᆞ시니잇가不ㅣ잇가(21ㄴ)

(63) [기법] 牟尼佛 語多寶佛 是妙音菩薩欲得相見ノ矛㇋ソ入リ丨ソ㇖大(호리라ᄒᆞ드이다ᄒᆞᆫ대)

[언] 牟尼佛이 語多寶佛ᄒᆞ샤ᄃᆡ 是妙音(22ㄴ)菩薩이 欲得相見ᄒᆞᄂᆞ이다

(64) [기법] 汝能爲供養釋迦牟尼佛 及聽法華經 幷見文殊師利等ノ矛㇋(호리라) 故來至此ソ又七㇒(ᄒᆞ놋여)

[언] 汝ㅣ能爲供養迦牟尼佛ᄒᆞᅀᆞ오며 及聽法華經ᄒᆞ며 幷見文殊師利等ᄒᆞ야 故來至此ᄒᆞ도다(23ㄱ)

용례 (61)와 (64)는 ≪법화경≫ 이본 가운데 조선시대 간행된 '기림사본'의 음독 구결과 한글 구결의 상관 정도를 살펴본 것으로 거의 100% 불일치하는 용례들이다.

(65) [기법] 世尊 淨華宿王智佛 問訊世尊ソ白ロ(ᄒᆞ숩고) 少病少惱ソニリ可(ᄒᆞ시리가) 起居 輕利 安樂行不リ七可(릿가)

[언] 世尊하 淨華宿王智佛이 問訊世尊ᄒᆞᅀᆞ오샤ᄃᆡ 少病少惱ᄒᆞ시며

起居ㅣ 輕利ᄒᆞ시며 安樂行ᄒᆞ시ᄂᆞ니잇가 不ㅣ잇가(20ㄱ)

(66) [기법] 五情 不七可(ㅅ가) 世尊衆生ㄱ(은) 能降伏諸魔怨不七可(ㅅ가)
[언] 五情ᄒᆞᄂᆞ니잇가 不ㅣ잇가 世尊하 衆生이 能降伏諸魔怨ᄒᆞᄂᆞ니잇가 不ㅣ잇가(20ㄴ)

(67) [기법] 世尊 我今 欲見多寶佛身ソ白又禾亽ソ又匕(ᄒᆞ숩노리라 ᄒᆞ노니) 惟願世尊 示我令見去ソ小立(거ᄒᆞ쇼셔)
[언] 世尊하 我今에 見多寶佛身ᄒᆞ숩노니 惟願世尊이 示我令見ᄒᆞ쇼셔(22ㄱ)

(68) [기법] 居 輕利安樂行 不ㄲ七可(잇가) 四大調和不ㄲ七可(잇가) 世事可忍 不ㄲ七可(잇가)
[언] 居ㅣ輕利ᄒᆞ시며安樂行ᄒᆞ시ᄂᆞ니잇가 不ㅣ잇가 四大調和ᄒᆞ시니잇가 不ㅣ잇가 世事ᄂᆞᆫ可忍이시니잇가 不ㅣ잇가

(69) [기법] 不七可(ㅅ가) 無不孝父母不敬沙門 邪見不善心不七可(ㅅ가)
[언] 不ㅣ잇가 無不孝父(20ㄱ) 母ᄒᆞ며不敬沙門ᄒᆞ며 邪見ᄒᆞ니잇가 不ㅣ잇가 善心이니잇가不ㅣ잇가

용례 (65)와 (69)는 ≪법화경≫ 이본 가운데 조선시대 간행된 '기림사본'의 음독 구결과 한글 구결의 상관 정도를 살펴본 것으로 대략 70~80% 정도 일치하고 있는 용례들이다.

(70) [백법] 既到本國ソ乚士ㄲ(ᄒᆞᆯ시) 與八萬四千菩薩 圍遶 至淨華宿王智佛所 白佛言 世尊 我 到娑婆世界 饒益衆生 見釋迦牟尼佛 及見多寶佛塔 (98장)禮拜供養 又見文殊師利法王子菩薩 及見藥王菩薩 得勤精進力菩薩 勇施菩薩等 亦令是八萬四千菩薩又 得現一切色身三昧去ノㄲㅣソ3(거호이다ᄒᆞ야)
[언] 既到本國ᄒᆞ샤 與八萬四千菩薩와 圍遶ᄒᆞ샤 至淨華宿王智佛所ᄒᆞ샤 白佛言ᄒᆞ샤ᄃᆡ 世尊하 我ㅣ到娑婆世界ᄒᆞ야 饒益衆生ᄒᆞ야 見釋迦牟尼佛ᄒᆞᅀᆞ오며 及見多寶佛塔ᄒᆞᅀᆞ와 禮拜供養ᄒᆞ숩고又見文殊師利法王子菩薩ᄒᆞ며 及見藥王菩薩와 得勤精進力菩薩와 勇施菩薩等ᄒᆞ며

亦令是八萬四千菩薩을 得現一切色身三昧케호이다

(71)[백법] 說是妙音菩薩來往品時 四萬二千天子 得無生法忍丷亠ㅌ(ᄒᆞ여나) 華德菩薩 得法華三昧丷ㅌ소(ᄒᆞ니라)
[언] 說是妙音菩薩來往品時예 四萬二千天子ㅣ得無生法忍ᄒᆞ고 華德菩薩이 得法華三昧ᄒᆞ시니라

(72)[백법] 佛告無盡意菩薩 善男子 若有無量百千萬億衆生 受諸苦惱丷千(ᄒᆞ리) 聞是觀世音菩薩 一心 稱名 觀世音菩薩 卽時 觀其音聲 皆得解脫厺丷ㅌ〣소(거ᄒᆞᄂᆞ이라)
[언] 佛告無盡意菩薩ᄒᆞ샤ᄃᆡ 善男子아 若有無量百千萬億衆生이 受諸苦惱홀제 聞是觀世音菩薩ᄒᆞ고 一心으로稱名ᄒᆞ면 觀世音菩薩이 卽時예 觀其音聲ᄒᆞ야 皆得解脫케ᄒᆞ리라

(73)[백법] 若有衆生 恭敬禮拜觀世音菩薩 福不唐捐 是故衆生ㄱ(은) 皆應受持觀世音菩薩名號ノ千소(호리라) 無盡意 若有人 受持六十二億恒河沙菩薩名字 復盡形 供養飮食衣服臥具醫藥ノㅌ〣(호니이) 於汝意云何 是善男子善女人 功德 多不氵(에) 無盡意言 甚多 世尊 佛言若復有人 受持觀世音菩薩名號 乃至一時 禮拜供養 是二人 福 正等無異 於百千萬億劫氵(에) 不可窮盡丷ㅌ〣소(ᄒᆞᄂᆞ이라)
[언] 若有衆生이 恭敬禮拜觀世音菩薩ᄒᆞ면 福不唐捐ᄒᆞ리니 是故衆生이 皆應受持觀世音菩薩名號ㅣ니라 無盡意여 若有人이 受持六十二億恒河沙菩薩名字ᄒᆞ고 復盡形ᄐᆞ록 供養飮食衣服臥具醫藥ᄒᆞ면 於汝意云何오 是善男子善女人의 功德이 多아不아 無盡意言ᄒᆞ샤ᄃᆡ 甚多ᄒᆞ이다 世尊하 佛言ᄒᆞ샤ᄃᆡ若復有人이 受持觀世音菩薩名號호ᄃᆡ 乃至一時나 禮拜供養ᄒᆞ면 是二人의福이 正等無異ᄒᆞ야 於百千萬億劫에 不可窮盡ᄒᆞ리라

용례 (70)와 (73)은 ≪법화경≫ 이본 가운데 조선시대 간행된 '백두현본'의 음독 구결과 한글 구결의 상관 정도를 살펴본 것으로 약 80~90% 불일치하고 있음을 알 수 있는 용례들이다.

3) ≪육조대사법보단경≫

(74) [영 (가)] 上人⺡(에) 我此踏碓去入去(거든거) 八箇餘月⼂⺍厶(이로딕) 未曾行到堂前⼞⺍⼂(ᄒᆞ노라) (가08ㄱ6)

[언] 上人아 我此(상023ㄱ1)踏碓ᄒᆞ얀디 八箇餘月호딕 未曾行到堂前호니

(75) [영 (가)] 弟子誦(가34ㄱ9)法華⺄(은) 經未解丿厶(호딕) 經義心常⼞⺡(ᄒᆞ야) 有疑⼞丨ㅌ(ᄒᆞ다니) 和尙⺄(은) 智慧廣大⼞⼆⼞⺈(ᄒᆞ시ᄒᆞ두) 願(가34ㄱ10) 略說經中義理⼞小西(ᄒᆞ쇼셔) 師曰⼞金厶(ᄒᆞ샤되) 法達法⺡(에) 即甚達オ⺄广⺄(언만) 汝心⼂(이) 不達(가34ㄴ1)經本無疑去广⺄(거만) 汝心⼂(이) 自疑⺍丨(로다) 汝念此經去⼆ㅌ(ᄒᆞ시니) 以何⺍(로) 爲宗ㅁ(고) (가34ㄴ2)

[언] 弟子ᄂᆞᆫ 誦法華經호딕 未解經義ᄒᆞ야(중57ㄱ2) 心常有疑ᄒᆞ노니 和尙이 智慧廣大ᄒᆞ시니 願略(중57ㄱ3) 說經中義理ᄒᆞ쇼셔 師曰ᄒᆞ샤딕 法達아 法即甚(중57ㄱ4) 達호딕 汝心不達ᄒᆞ며 經本無疑어늘 汝心自疑ᄒᆞᄂᆞ(중57ㄱ5)니 汝念此經호딕 以何爲宗ᄒᆞᄂᆞ다(중57ㄱ6)

용례 (74)와 (75)는 ≪육조법보단경≫ 이본 가운데 '영남대 (가)본'의 음독 구결과 한글 구결의 상관 정도를 살펴본 것으로, 용례 (74)에서는 100% 불일치하고 용례 (75)에서는 약 80% 불일치하고 있음을 알 수 있는 용례들이다.

(76) [영 (가)] 祖以坐具一展⼆ㅌ(시니) 盡窜曹溪四境四天(가02ㄱ10)游揚⼞⺡(ᄒᆞ야) 至前去(거) 師⼂(이) 以鉢又(노) 舀之⼞⼆ㅁ(ᄒᆞ시고) 龍不能動師持鉢堂上(가02ㄴ1)與龍又(로) 說法⼞⼆ㅌ(ᄒᆞ시니) 龍⼂(이) 遂蛻骨而去去乚(거을) 其骨長可七寸ㅌ(니) 首尾(가02ㄴ2)角足⼂(이) 皆具⼞⼂カㅌ(ᄒᆞ이더니) 留傳寺門⼞ㅌ⼂(ᄒᆞ니라)(가02ㄴ3)

[언] 祖ㅣ 以坐具ᄅᆞᆯ 一展ᄒᆞ시니 盡窜曹溪四境(서015ㄱ-5)커늘 四天游揚至前커늘 師ㅣ(서021ㄴ-4)以鉢로 舀之ᄒᆞ시니 龍不能動커늘 師ㅣ持鉢堂(서021ㄴ-5)上ᄒᆞ야 與龍說法ᄒᆞ시니 龍이 遂蛻骨而去ᄒᆞ니 其(서021ㄴ-6)骨長이 可七寸이오

(77) [영 (가)] 望上(가08ㄱ6)人⼞⺍ㅌ(ᄒᆞ노니) 引至偈前⼞⺡(ᄒᆞ야) 禮拜去ㅁ

、(거고라) 童子引至偈前ㅅ乙(홀) 作禮ㅅ口(ㅎ고) 能ㄟ(이) 日ノㅿ (호ᄃᆡ)(가08ㄱ7)

[언] 望(상023ㄱ2)上人이 引至偈前ᄒᆞ야 禮拜ᄒᆞ라 童子ㅣ 引至偈(상023ㄱ3)前ᄒᆞ야 作禮케ᄒᆞᆫ대 能이 曰호ᄃᆡ

(78) [영 (가)] 卽離兩邊(가52ㄱ4)說一切法ㅅ乙ㅿ(ᄒᆞ야ᄃᆡ) 莫離自性ㅅ、(ᄒᆞ라) 忽有人ㄟ(이) 問汝法ㅅ去ㄷㅣ(ᄒᆞ것다) 出語ㄟ(이) 盡雙(가52ㄱ5)皆取對法ㅅ乙(ᄒᆞ야)(가52ㄱ6)

[언] 卽離兩邊ᄒᆞ고 說一切法호ᄃᆡ 莫離自性이니라(하41ㄱ5) 忽有人이 問汝法커든 出語ᄅᆞᆯ 盡雙ᄒᆞ야 皆取對(하41ㄱ6)法ᄒᆞ야

(79) [영 (가)] 善知識ㄋ(에) 摩訶般若波羅蜜ㅅㄋ(ᄒᆞ야) 最尊最上最第一ㄟ(이) 無(가14ㄴ10)住無往ㅅㄋ(ᄒᆞ야) 亦無來ㅅㄴ(ᄒᆞ니) 三世諸佛ㄟ(이) 皆徒中出ㅅニㅅㅌㄴ(ᄒᆞ시ᄒᆞᄂᆞ니) 當用大智(가15ㄱ1)慧ㅅㄋ(ᄒᆞ야) 打破五蘊煩惱塵勞ノㅣㄴ(호리니) 如此修行ㅅㄱ(ᄒᆞ면) 定成佛道ㅅㅣ、(ᄒᆞ리라)(가15ㄱ2)

[언] 善知識(상59ㄱ6)아 摩訶般若波羅蜜은 最尊ᄒᆞ며 最上ᄒᆞ며 最第(상59ㄱ7)一이라 無住ᄒᆞ며 無往ᄒᆞ며 亦無來ᄒᆞ야 三世諸佛이 (상59ㄱ8)皆徒中出ᄒᆞ야 當用大智慧ᄒᆞ야 打破五蘊煩惱(상59ㄴ1)塵勞ᄒᆞᄂᆞ니 如此修行ᄒᆞ면 定成佛道ᄒᆞ야

용례 (76)에서 (79)는 ≪육조법보단경≫ 이본 가운데 '영남대 (가)본'의 음독 구결과 한글 구결의 상관 정도를 살펴본 것으로 약 30% 정도 일치, 즉 70%가 불일치하고 있음을 알 수 있는 용례들이다.

(80) [영 (가)] 同時ㄋ(에) 興化ㅅㄋ(ᄒᆞ야) 建立吾宗ノㅿ(호ᄃᆡ) 締緝伽藍ㅅㄱ(ᄒᆞ면) 昌隆法嗣ㅅㅣ、(ᄒᆞ리라) 問曰ㄋ(에) 未(가57ㄱ5)知去ㄱ、(거은라) 從上佛祖ㄟ(이) 應現已來ㄱ(은) 傳授幾代ㄟㅣㄷ口(이릿고) 願垂開示ㅅ小西(ᄒᆞ쇼셔)(가57ㄱ6)

[언] 同時興化ᄒᆞ야 建立(하66ㄱ7)吾宗ᄒᆞ야 締緝伽藍ᄒᆞ야 昌隆法嗣ᄒᆞ리라 問曰호ᄃᆡ(하66ㄱ8)未知커이다 從上佛祖ㅣ 應現已來ㅣ 傳授幾(하66ㄴ1)代ㅣ니잇고 願垂開示ᄒᆞ쇼셔

(81) [영 (가)] 又梁天監元年ㄋ(에) 智藥三藏ㄟ(이) 自西(가01ㄴ9)竺國乙ㄹ(을

히) 航海而來ㅅ 3 (ㅎ야) 將彼土 3 ㅌ(엣) 菩提樹一株ㅅ 3 (ㅎ야) 植此壇畔(가01ㄴ10)亦預誌曰ノム(호ᄃᆡ)

[언] (서013ㄱ6)又梁天監元年에 智藥三藏이 自西竺國으로 (서013ㄱ7)航海而來호ᄃᆡ 將彼土ㅅ 菩提樹一株ᄒᆞ야 植此(서013ㄱ8)壇畔ᄒᆞ고 亦預誌曰호ᄃᆡ

용례 (80), (81)은 ≪육조법보단경≫ 이본 가운데 '영남대 (가)본'의 음독 구결과 한글 구결의 상관 정도를 살펴본 것으로 약 50% 정도 일치, 즉 50%가 불일치하고 있음을 알 수 있는 용례들이다.

(82) [영 (가)] 德ㄟ(이) 皆云ノム(호ᄃᆡ) 欲得會道ㄱ 大ㄱ(은댄) 必須坐禪習定ノリㄴ(호리니) 若不因禪定(가51ㄱ9)而得解脫者ㄱ(은) 未之有也ㄴ、ㅅㅌㄴ(니라ᄒᆞᄂᆞ니) 未審去、(거라) 師所說法ㄱ(은) 如何去ㄷㅁ(것고) (가51ㄱ10)

[언] 德이 皆云호ᄃᆡ 欲得會道ㄴ댄 (하31ㄱ6)必須坐禪習定이니 若不因禪定ᄒᆞ고 而得解脫(하31ㄱ7)者ㅣ 未之有也ㅣ라ᄒᆞᄂᆞ니 未審커이다 師의 所說(하31ㄱ8)法은 如何ㅣ잇고

(83) [영 (가)] 能ㄟ(이) 曰ノム(호ᄃᆡ) 能(가08ㄱ7)不識字ㅅㅆㄴ(ᄒᆞ노니) 請上人ㅅㅆㄴ(ᄒᆞ노니) 爲讀ㅁ、(고라) 時 3 (에) 有江州別駕ㄟ(이) 姓ㄱ(은) 張午(오) 名ㄱ(은) 日(가08ㄱ8)用ㄴ(니) 便高聲ㄴㅆ(으로) 讀ㅅ 3 ㄴ(ᄒᆞ얃) 能聞已ㅅㅁ(ᄒᆞ고) 因自言ノム(호ᄃᆡ) 亦有一偈ノㄴ(호니) 望別駕ㅅ、ㄴ(ᄒᆞ라니)(가08ㄱ9) 爲書ㅁ、(고라) 別駕言ノム(호ᄃᆡ) (가08ㄱ10)

[언] 能이 曰호ᄃᆡ 能은 不識字ᄒᆞ노니(상023ㄱ4)請上人이 爲讀ᄒᆞ라 (상024ㄱ3)時有江州別駕ㅣ 姓은 張이오 名은 日用이러니 (상024ㄱ4)便高聲으로 讀ᄒᆞᆫ대 能이 聞已ᄒᆞ고 因自言호ᄃᆡ 亦有(상024ㄱ5)一偈호니 望別駕ㅣ 爲書ᄒᆞ라 別駕ㅣ 言호ᄃᆡ

(84) [영 (가)] 而告師曰ノム(호ᄃᆡ) 法達ㄱ(은) 徒(가36ㄱ4)昔已來ㅆ(로) 實未曾轉法華ㅅ 3 (ᄒᆞ야) 乃被法華ㅋ(의) 轉ㄴㅅㄟ丨ㅊ丁(을ᄒᆞ이다ᄉᆞ뎡) 再啓曰ノム(호ᄃᆡ) 經(가36ㄱ5)云ノム(호ᄃᆡ) 諸大聲聞ㅏ(와) 乃至菩薩ㅏㄟ(와이) 皆盡思共度量ㅅ 3 ㄲ(ᄒᆞ야도)(가36ㄱ6)

[언] 而告師曰호ᄃᆡ 法達은 徒昔已來로 實未曾(중066ㄱ3)轉法華ᄒᆞ고 乃

被法華轉ᄒᆞ다ᄉᆞ이다 再啓曰호ᄃᆡ 經(중066ㄱ4)云ᄒᆞ샤ᄃᆡ 諸大聲聞과 乃至菩薩이 皆盡思共(중066ㄱ5)度量ᄒᆞ야도

(85) [영 (가)] 三匝ソロ(ᄒᆞ고) 振錫而立ソ丶久(ᄒᆞ이며) 師曰ソ金厶(ᄒᆞ샤ᄃᆡ) 夫沙門者ㄱ(은) 具三千威儀八(가43ㄱ1)萬細行ㅌ(니) 大德ㄱ(은) 自何方而來ソロㄱ厶(ᄒᆞ곤ᄃᆡ) 生大我慢ロ(고) 覺丶(이) 曰ノ厶(호ᄃᆡ) 生死(가43ㄱ2)事大ソ㇋(ᄒᆞ야) 無常迅速ソリ戶丶丨(ᄒᆞ리소이다)(가43ㄱ3)

[언] 三匝ᄒᆞ고 振錫而(중99ㄴ7)立ᄒᆞᆫ대 師曰ᄒᆞ샤ᄃᆡ 夫沙門者ᄂᆞᆫ 具三千威儀와 (중99ㄴ8)八萬細行이어시니 大德은 自何方而來완ᄃᆡ 生大(중100ㄱ1)我慢고 覺이 曰호ᄃᆡ 生死事大ᄒᆞ야 無常이 迅速(중100ㄱ2)이니이다

≪육조법보단경≫ 이본 가운데 '영남대 (가)본'의 음독 구결과 한글 구결의 상관 정도를 살펴본 것으로 약 70~80% 정도 일치, 즉 20~30%가 불일치하고 있음을 알 수 있는 용례들이다.

2. 한글 구결과 언해

1) ≪능엄경언해≫

한문 원문에 달린 음독 구결을 바탕으로 한글 구결을 지어 달고 그 다음에 언해를 했기 때문에 대개의 경우는 언해문에 나타나는 굴절접사는 그 원문에 달린 음독 혹은 한글 구결의 그것과 일치한다.

≪능엄경언해≫는 구결을 단 원문과 그 언해문을 대개 한 대문 단위로 짝지어 배열하고 있기 때문에 비교, 대조가 언제든지 가능하다.

(1) 구결에 대한 태도

한문의 구두점에 첨가된 구결은 기본적으로 다른 말과의 관계개념을 표시하거나 구절의 종결 및 구절문의 접속을 나타내 주는 구실을 한다. 그런데 이와 같은 구결에서 우리는 두 가지 태도를 발견하게 되는데, 이는 특히 종결이나 접속을 나타내 주는 '하다' 및 '이다'계의 구결에서 그런 점을 찾을 수 있다.[9]

이 태도는 한글 구결이 종결이나 접속이라는 일차적인 기능에만 치중하는 태도와 일차적인 기능 이외에 한문구절의 최종 서술어가 가지고 있는 이차적인 문법기능, 즉 시상, 존대법, 서법 등을 나타내는 기능요소까지도 구결이 지시해 주는 태도를 말한다. 이는 곧 구결문과 언해문의 형태부를 일치되게 하려는 의도가 엿보인다.

이외에도 다양한 문법적 표지를 추월하고자 할 경우에는 흔히 '이라'를 한글 구결로 취하는 것이 보편적이다. 그러므로 이 한글 구결 '이라'에 대응되는 언해문에서의 서술어 형태는 각각 다른 양상을 띠게 되는 것이다.

(2) 한글 구결에 나타나지 않은 형태소

한글 구결문과 언해문을 대조해 보면 언해문에서는 찾을 수 있으나 한글 구결문에 나타나 있지 않은 형태소들을 발견할 수 있다. 대표적인 형태소로는 '-시-', '-숩-', '-앳-', '-ᄂᆞ-', '-니-', '-ㄱ', '-리-' 등을 들 수 있다. 이들은 대개 구결 기입자의 기입 방식이나 개인적 번역 태도 등에 따라 기인하는 경우가 많으며, 특히 '-시-'는 구결문에서는 주체에 직접 대응되는 동사에 구결을 달 수 없는 상황일 때 부득이 최종 서술어의 서법을 나태는 구결에다 결합시키는 경우도 발견할 수 있다.

---

9) 김문웅(1986:94).

(3) 언해문과 한글 구결의 비교

≪능엄경언해≫의 언해 양상은 크게 한글 구결에서 빠지거나 추가되는 등의 역동적 등가성의 측면에서 비교하고자 한다.

① 번역에서 빠짐

≪능엄경언해≫에서는 한문원문을 매우 충실히 언해하였으므로 원문에 있으나 언해에서 빠진 부분은 거의 나타나지 않는다. 다만 다음의 몇 예만 있을 뿐이다.

<동사>

(86) (a) 佛告阿難ᄒᆞ샤ᄃᆡ 若相知者ㄴ댄 云何在外리오
부톄 阿難난ᄃᆞ려 니ᄅᆞ샤ᄃᆡ ᄒᆞ다가 서르 아롫딘댄 엇뎨 ∅ 밧긔이시리오

(a') 云何說言호ᄃᆡ 比了知心이 潛在根內호미 如琉璃合이리오
엇뎨 닐오ᄃᆡ 이 ᄇᆞᆯ기아논 ᄆᆞᅀᆞ미 根근 안해 수머 슈미 琉률璃링로 마촘 ᄀᆞ다ᄒᆞ료

용례 (86)의 (a)는 동사 '云'이 언해에서 생략된 예이다. (a')에서 '云何'이 '엇뎨 닐오ᄃᆡ'로 언해된 것을 참고하면, 7)의 (a)에서 동사 '닐-'가 언해에 반영되지 않은 것을 알 수 있다.

<부사>

(87) (a) 亦今十方一切衆生ᄋᆞ로
ᄯᅩ ∅ 十씹方방一읧切쳉衆즁生ᄉᆡᆼᄋᆞ로

(a') 吾ㅣ 今에 爲汝ᄒᆞ야 建大法幢ᄒᆞ며
내 이제 너 爲윙ᄒᆞ야 큰 法법幢땅ᄋᆞᆯ 셰며

(b) 普告大衆ᄒᆞ샨ᄃᆡ 若復衆生이 以搖動者로
너비 大 衆즁ᄃᆞ려 니ᄅᆞ샤ᄃᆡ ᄯᅩ ∅ 衆즁生ᄉᆡᆼ이 搖욯動똥ᄒᆞᄂᆞᆫ 거스로

(b') 佛告阿難ᄒᆞ샤ᄃᆡ 若汝의 覺了知見之心이
부톄 阿2難난ᄃᆞ려 니ᄅᆞ샤ᄃᆡ ᄒᆞ다가 네의 覺각了룋知딩見견ᄒᆞ논 ᄆᆞᅀᆞ미

용례 (87)의 (a)에서는 부사 '今'이 언해되지 않았는데 (a')에서는 '今에'가 '이제'로 언해에 반영된 것을 볼 수 있다. (b)에서는 부사 '若'이 언해되지 않았는데, (b')에서는 '若'이 'ᄒᆞ다가(만약에)'로 언해된 것을 알 수 있다. (a)와 (a'), (b)와 (b')의 비교를 통해 언해문에서는 한문 원문의 '今'과 '若'이 각각 생략된 것을 알 수 있다.

<조사>

(88) (a) 菩薩ㅅ道用ᄋᆞᆫ 其用이 無作거시니
寶뽕薩삻∅道똫用용ᄋᆞᆫ 그 用용이 지ᅀᅮᆷ 업거시니
(b) 又如來ㅣ 說ᄒᆞ샤ᄃᆡ 地水火風이 本性圓融ᄒᆞ야
또 如셩來링 니ᄅᆞ샤ᄃᆡ 地띵水쉉火황風봉이 本본性셩이 두려이노이

용례 (88)의 (a)는 [+높음]의 자질을 갖는 어휘에 붙은 관형격 조사 'ㅅ'이 언해에 반영되지 않은 예이다. (b)는 한글 구결의 주격 조사 'ㅣ'가 언해문에 생략된 것을 알 수 있다.

② 번역에서 추가됨

<높임>

(89) (a) 眞慈로 善救ᄒᆞ샤 縱橫激發이 亦至矣어시ᄂᆞᆯ
眞진實씷ㅅ慈쭝로 이대 救귷ᄒᆞ샤 縱죵橫횅ᄋᆞ로 激격發벓ᄒᆞ샤미 또 至징極끅거시ᄂᆞᆯ
(b) 二問ᄋᆞᆫ 皆躡前엣 四科七大之文ᄒᆞ야
두 묻ᄌᆞ오ᄆᆞᆫ 다 알핏 四ᄉᆞᆼ科광七칧大땡ㅅ 그를 드듸여

용례 (89)는 한글 구결에는 나타나지 않았던 주체존대 선어말어미 '-시'와 객체존대 선어말어미 '-ᄌᆞᆸ-'이 언해문에 나타나는 예이다.

<조사>

(90) (a) 最後檀越은 謂未飯僧者ㅣ라
ᄆᆞᆺ 後ᅘᅮᇢㅅ檀 越웛은 즁 아니 이바댓ᄂᆞᆫ닐 니ᄅᆞ니라

(b) 在內ㅣ 不成ᄒᆞ고 身心이 相知ᄒᆞᆯᄉᆡ
안해 이쇼미 이디 몯고 몸과 ᄆᆞᅀᆞᆷ괘 서르 알ᄊᆡ
(c) 非密因이면 不顯ᄒᆞ리며
密밇因인곳 아니면 나타나디 아니ᄒᆞ리며

용례 (90)은 한글 구결에는 나타나지 않았던 조사 '-ㅅ', '-과', '-곳'이 언해문에 나타나는 예이다. ≪능엄경언해≫에서 공독격 조사 '-과/와'와 주격 조사 '-이'가 집단 곡용한 형태인 '-괘/왜'는 대부분 한글 구결에는 보이지 않고 언해문에서 첨가된 양상을 보인다. 이런 양상은 강세 보조사 '-곳/-봇'에서도 마찬가지로 나타난다.

③ 한글 구결과 언해문의 차이

(91) (a) 夫汝所謂覺과 所謂明은 意作何解오
네 니ᄅᆞ논 覺각과 니ᄅᆞ논 明명은 ᄠᅳ데 엇던 아로ᄆᆞᆯ 짓ᄂᆞ다
(b) 汝ㅣ 應觀此六處엣 識心ᄒᆞ라 爲同가 爲異아 爲空가 爲有아
네 반ᄃᆞ기 이 여슷 고ᄃᆡᆺ 識식心심을 보라 ᄀᆞᆮᄒᆞ녀 다ᄅᆞ녀 空콩ᄒᆞ녀 잇ᄂᆞ녀
(c) 汝ㅣ 尙不知로다
네 ᄉᆞᆫ지 아디 몯ᄒᆞ놋다
(d) 眞진實씷性셩ᄋᆞᆯ 일허 갓ᄀᆞ로 일 行ᅘᆡᆼ호미라 이 輪륜廻ᅘᅬᆼᄒᆞ야 흘러 옮ᄃᆞ뇨ᄆᆞᆯ 블로미라
遺失眞性ᄒᆞ야 顚倒行事ㅣ니 此ㅣ 輪廻流轉之召也ㅣ라

용례 (91)은 한글 구결과 언해문의 형식 형태소에서 차이를 보이는 예이다. (a)(b)는 의문어미가 다른 경우인데 한글 구결의 '-고'와 '-가/아'가 언해문에서는 각각 '-ㄴ다'와 '-녀'로 나타난다. (a)에서 한글 구결 '-고'가 언해문에서 '-ㄴ다'로 바뀐 것은 문장의 주어가 2인칭인 점을 언해자가 반영하였기 때문이다. (c)에서는 감탄형 어미 '-로다'가 언해문에는 '-놋다'로 되어 있다. (d)의 경우 한글 구결의 종결어미 '-이라'가 언해문에서는 연결어미 '-이니'로 나타난다. ≪능엄경언해≫는 원문에 충실하여

언해가 이루어진 문헌이지만 한글 구결과 언해문의 차이를 통해 조사와 어미 선택 등에서 언해자의 개입을 확인할 수 있다.

2) ≪법화경언해≫

≪법화경언해≫의 언해 양상은 크게 한글 구결에서 빠지거나 추가되는 등의 역동적 등가성의 측면에서 비교하고자 한다.

(1) 언해문과 한글 구결의 비교

① 번역에서 빠짐

≪법화경언해≫에서는 한문원문을 매우 충실히 언해하였으므로 원문에 있으나 언해에서 빠진 부분은 거의 나타나지 않는다. 다만 다음의 몇 예만 있을 뿐이다.

<접속어>

(92) (a) 故로 報生宿智佛國ᄒᆞ샤 果能有是神力ᄒᆞ시니
報애 宿智佛國에 나샤 果然 能히 이 神力을 두시니
(b) 故로 說妙音品ᄒᆞ샤 爲妙行流通ᄒᆞ니 夫體妙音ᄒᆞ시면 則不滯言詮ᄒᆞ시고
妙音品 니ᄅᆞ샤 妙行 流通이 ᄃᆞ외니 妙音을 體ᄒᆞ시면 말ᄊᆞ매 걸이디 아니ᄒᆞ시고

<지시어>

(93) 今使學者로 體其妙行ᄒᆞ야 而隨應說法ᄒᆞ샤 闡揚斯道케ᄒᆞ실씨
이제 ᄇᆡ호리로 妙行을 體ᄒᆞ야 조차 應ᄒᆞ야 說法ᄒᆞ샤 이 道ᄅᆞᆯ 블겨 펴게 ᄒᆞ실씨

② 번역에서 추가됨

<높임>

(94) (a) 能圓然後에아 眞契普賢常行ᄒᆞ시리니 已如前解ᄒᆞ니
能히 圓ᄒᆞ신 後에아 普賢 常行애 眞實로 마ᄌᆞ샤리니 ᄒᆞ마 알ᄑᆡ 解 ᄐᆞᆫ ᄒᆞ니
(b) 開會와 及召分身엔 但放眉間毫相ᄒᆞ시고
會 여르샴과 分身 브르샤맨 오직 眉間毫相 ᄲᅮᆫ 펴시고
(c) 今召妙音엔 乃無放肉髻光者ᄂᆞᆫ肉髻ᄂᆞᆫ 爲無見頂相이샤 爲最上果光이시니
이제 妙音 브르샤맨 肉<法華7:004A>髻光ᄋᆞᆯ 조쳐 펴샤ᄆᆞᆫ 肉髻ᄂᆞᆫ 無見頂相이샤 ᄆᆞᆺ 노ᄑᆞᆫ 果앳 光이시니

용례 (92)에서 (94)는 한글 구결에서 나타나지 않았던 높임의 표현이 언해에서 나타나는 예들이다.

<사동>

(95) 盖將宣示妙圓之行이 乃極果行相故로 以極果之光으로 召現也ᄒᆞ시니라
쟝ᄎᆞ 妙圓ᄒᆞᆫ 行이 極果行相이신ᄃᆞᆯ 펴 뵈요려 ᄒᆞ실ᄊᆡ 極果앳 光으로 블러 나토시니라

용례 (95)는 한문원문과 한글 구결에서 사동의 표현이 없었으나 언해에서는 '보-+-이-+오려'와 같이 사동접사가 쓰이고 있다.

<설명>

(96) 佛이 有九十七種大人相ᄒᆞ시니 肉髻ㅣ 預其一ᄒᆞ시니라
부텨 九十七 種 大人相이 겨시니 華嚴에 現ᄒᆞ얫ᄂᆞ니라 肉髻 그 ᄒᆞ나해 參預ᄒᆞ시니라

용례 (96)은 '華嚴에 現ᄒᆞ얫ᄂᆞ니라' 등에서는 설명부분이 추가되었다.

<조사>

(97) 今使學者로 體其妙行ᄒᆞ야 而隨應說法ᄒᆞ샤 闡揚斯道케ᄒᆞ실ᄊᆡ
이제 ᄇᆡ호리로 妙行을 體ᄒᆞ야 조차 應ᄒᆞ야 說法ᄒᆞ샤 이 道ᄅᆞᆯ ᄇᆞᆯ겨 펴게 ᄒᆞ실ᄊᆡ

(98) 必精心苦志然後에ᅀᅡ 造妙ᄒᆞ시며 造妙然後에ᅀᅡ 能圓ᄒᆞ시며
모로매 精心 苦志ᄒᆞᆫ 後에ᅀᅡ 妙애 나ᅀᅡ가시며 妙애 나ᅀᅡ가신 後에ᅀᅡ 能히 圓ᄒᆞ시며

용례 (97)과 (98)은 목적격 조사, 부사격 조사 등이 추가되어 언해되었다.

③ 번역에서 고유어로 번역함

(99) 妙音者ᄂᆞᆫ 深體妙法ᄒᆞ샤 能以妙音으로 隨應演說ᄒᆞ샤 而流通是道者也ㅣ시니<法華7:002a> 妙音은 妙法을 기피 體ᄒᆞ샤 能히 妙音으로 조차 應ᄒᆞ샤 펴 니ᄅᆞ샤 이 道ᄅᆞᆯ 流通<法華7:002B> ᄒᆞ시니시니

용례 (99)는 대부분의 부사어를 고유어로 번역하였고, 동사 및 형용사도 충실히 고유어로 번역하고 있다.

3) ≪육조대사법보단경언해≫

<육조법보단경언해>의 언해 양상은 크게 한글 구결에서 빠지거나 추가되는 등의 역동적 등가성의 측면에서 비교하고자 한다.

(1) 언해문과 한글 구결의 비교

① 번역에서 빠짐(축소언해)

≪육조법보단경언해≫에서는 한문원문을 매우 충실히 언해하였으므로 원문에 있으나 언해에서 빠진 부분은 거의 나타나지 않는다. 다만 다음의 몇 예만 있을 뿐이다.

<부사>

(100) [가] 乃有臨濟와 潙仰과 曺洞과 雲門과 法眼괏 諸公이巍然而出ᄒᆞ야 (서002ㄱ-5)

[나] 臨림濟:졔·와 潙위仰:앙·과 曺조洞:동·과 雲운門문·과 法·법眼:안·괏 여·러 公공·이巍외然션·히·나 巍외然션·은 노·ᄑᆞᆯ·시라 (서006ㄱ-1)

<지시어>

(101) [가] 度其可行코ᅀᅡ 乃居曺溪ᄒᆞ샤 爲人師ㅣ라ᄒᆞ며(서022ㄱ-6)

[나] 어·루 行ᅘᆡᇰ化:화·ᄒᆞ욤·ᄋᆞᆯ :혜아·리고·ᅀᅡ 曺조溪계·예:사ᄅᆞ·샤 :사ᄅᆞ·ᄆᆡ 스ᇰ·이 ᄃᆞ외·시니·라 ᄒᆞ·며(서023ㄴ-8)

② 번역에서 추가됨(과잉언해)

(102) [가] 若目悟者ᄂᆞᆫ 不假外求ㅣ니(상071ㄱ-2)

[나]·ᄒᆞ다·가 :제 :안 :사ᄅᆞᆷ·은 밧·그로 求구·호ᄆᆞᆯ 假:가借:챠·티 아·니·ᄒᆞᄂᆞ니(상072ㄱ-5)

(103) [가] 善知識아 後代예 得吾法者ᄂᆞᆫ 將此頓敎法門ᄒᆞ야 於同見ᄒᆞ며 同行ᄒᆞ야 發願受持호ᄃᆡ 如事佛故로 終身而不退者ㅣᅀᅡ 定入聖位리라(상075ㄴ-5)

[나] 善:션知디識·식·아 後:후代:ᄃᆡ·예 내 法·법得·득ᄒᆞᆫ :사ᄅᆞ·ᄆᆞᆫ·이 頓:돈敎:교法·법門문·을 가·져 見:견·이 ᄒᆞᆫ 가·지며 行ᅘᆡᇰ·이 ᄒᆞᆫ 가·지라 發·발願:원·ᄒᆞ야 受·슈持디·호ᄃᆡ 부텨 셤·굠·ᄀᆞ티·ᄒᆞᄂᆞᆫ 젼·ᄎᆞ로·모미 ᄆᆞᆺ·ᄃᆞ록 므르·디 아·니·ᄒᆞ·ᄂᆞ니·ᅀᅡ 一·일定·뎡聖:셩位·위·예·들리·라(상076ㄱ-8)

용례 (100)에서 (103)은 원문에 나타나지 않는 정보를 문맥의 흐름에 맞추어 일정 내용을 설화자(집록자, 또는 책편찬자)가 언해문에 첨가하는 과잉언해가 부분적으로 나타나고 있다.

<사동>

(104) [가] 但淨本心ᄒᆞ야 使六識으로 出六門ᄒᆞ야 於六塵中에 無染無雜ᄒᆞ야

來去를 自由ᄒᆞ야 通用無滯호미 卽是般若三昧며 自在解脫이니 名無念行이니라(상074ㄱ-6)

[나] 오·직 本·본心심·을·조히·와 六·륙識·식·으로六·륙門문·에·나 六·륙塵딘中듕·에·믈·드룸:업스·며 섯·곰 :업서 오·며 :가믈 :쥬변·ᄒᆞ야 通통·히·뻐 거·리·쌈 :업소·미·곧·이 般반若:샤三삼昧·미·며 自·ᄌᆞ在:ᄌᆡ解:하脫·탈·이니 일·후미 無무念:념行힝·이니·라(상074ㄴ-8)

용례 (104)는 한문원문과 한글 구결에서 사동의 표현이 없었으나 언해서는 '조ᄒᆞ-+ㅣ+오+아'와 같이 사동접미사가 쓰이고 있다.

<설명>

(105) [가] 善知識아 我此法門은 從一般若ᄒᆞ야 生八萬四千智慧ᄒᆞᄂᆞ니 何以故오 爲世人이 有八萬四千塵勞ᄒᆞ니 若無塵勞ᄒᆞ면 智慧常現ᄒᆞ야 不離自性ᄒᆞ리라(상060ㄴ-2)

[나] 善:션知디識·식·아 내·이 法·법門문·은 ᄒᆞᆫ 般·반若:샤·를 브·터 八·팔萬:만四:ᄉᆞ千쳔智·디慧:혜·를 :내ᄂᆞ·니 :엇뎨어·뇨 世:셰人신·이 八·팔萬:만四:ᄉᆞ千쳔塵딘勞로ㅣ 잇ᄂᆞ·니 八·팔萬:만四:ᄉᆞ千쳔塵딘勞로·ᄂᆞᆫ 行힝·과 住:듀·와 坐:좌·와 臥:와·의 律·률儀의 各·각 二:ᅀᅵ百·빅五:오十·십·이니 모·도아 :혜니 一·일千쳔數:수ㅣ오·ᄯᅩ·이 一·일千쳔·으로 :세 淨:졍戒:계·예 對:ᄃᆡᄒᆞ·면 成셩 三삼千쳔·이어·든·ᄯᅩ·이 三삼千쳔·으로 身신口:구七·칠支지·예마·초면 모·ᄃᆞᆫ 二:ᅀᅵ萬:만一·일千쳔·이니·ᄯᅩ·이 二:ᅀᅵ萬:만一·일千쳔·으로 四:ᄉᆞ分분 煩번惱:노·애 마·초·면 八·팔萬:만四:ᄉᆞ千쳔·이라 :세 淨:졍界:계·ᄂᆞᆫ 攝:셥律·률의 戒:계·와 攝:셥善:션法·법戒:계·와 攝:셥衆:즁生ᄉᆡᆼ戒:계·왜오 身신口:구七·칠支지·ᄂᆞᆫ 身신三삼口:구四:ᄉᆞㅣ·니 身신三삼·은 殺·살·와 盜:도·와 婬음·이오 口:구四:ᄉᆞ·ᄂᆞᆫ 妄:망言언과 綺·긔語:어·와 兩:량舌·셜·와 惡·악口:구·왜오 四:ᄉᆞ分분煩번惱:노·ᄂᆞᆫ 貪탐·과 嗔진·과 [癡]티·와 等:등分분·괘라(상061ㄱ-1)

용례 (105)는 '八·팔萬:만四:ᄉᆞ千쳔塵딘勞로·ᄂᆞᆫ ~等:등分분·괘라'와 같이 설화자(집록자, 또는 책편찬자)가 정보를 독자에게 제공하기 위하여 한문원문에 없는 내용을 아무런 표시 없이 세주로 삽입하였다.

<조사>

(106) [가] 又無相佛道誓願成은 既常能下心ᄒᆞ야 行於眞正ᄒᆞ야 離迷離覺ᄒᆞ고(중030ㄱ-5)

[나]·ᄯᅩ 無무上·샹佛·불道:도·ᄅᆞᆯ誓:셰願:원·ᄒᆞ야 일·우믄 ᄒᆞ·마 샹·녜 能ᄂᆞᆼ·히ᄆᆞᅀᆞᆷ·을 ᄂᆞᆽ가·이·ᄒᆞ야 眞진正:졍·을 行ᄒᆡᇰ·ᄒᆞ야 迷미·ᄅᆞᆯ 여·희며 覺·각·을 여·희오(중030ㄴ-7)

(107) [가] 師ㅣ 自黃梅得法ᄒᆞ샤ᄆᆞ로 回至韶州曺侯村ᄒᆞ시니(중048ㄴ-5)

[나] 師ᄉᆞㅣ 黃황梅ᄆᆡ·예 法·법 得·득·ᄒᆞ·샤ᄆᆞ로브·터 韶쇼州쥬ㅣ 曺조侯후村촌애 도라·오시니(중049ㄱ-7)

용례 (106)과 (107)은 목적격 조사, 부사격 조사 등이 추가되어 언해되었다.

V. 문체와 통사구조

제1장 구결문의 문체

1. 구결문의 문체 형성 요인

문체가 하나의 학문으로 자리 잡은 것은 20세기 들어와서의 일로, 문체론의 대상은 텍스트 내부의 문체 그 자체이다.

문체란 문자언어를 사용하는 스타일을 가리키는 말이다. 웹스터(Webster) 사전에 의하면 문학과 관련한 스타일이라는 것은 말이나 기록으로 생각을 표현하는 양상이라고 정의하고 그것은 첫째, 개인, 시대, 학파 또는 규정될 수 있는 집단의 특징적인 표현 양상이라는 뜻이며, 둘째, 내용이나 메시지와 구별되는 표현의 양상, 혹은 형식(form)과 관련한 문학적 작문의 면모를 가리키며 셋째, 담론(discourse)에서 취해지는 태조, 어조(tone), 방안 등을 가리키는 말이라 설명하고 있다.[1)]

원래 스타일의 라틴어 어원 stilus는 '끝이 뾰족한 필기도구'를 가리키는 말이었는데, 밀랍 판에 글씨를 새기던 필기도구를 가리키던 말이 차츰 글씨체, 글씨를 쓰는 방법 등의 의미로, 이는 다시 글을 쓰는 방법, 문자로 그 자신을 표현하는 방법 등의 개념으로 변하였다.[2)]

문체론(stylistique)은 언어학의 방법론을 문학 장르에 속하는 텍스트에 적용하기 위해 생겨난 학문이다. 문체는 그 자체가 유동적인 개념이라, 때로는 언술의 단순한 양상, 때로는 작가의 의식적인 기예, 또 때로는 인간본질의 표현이 되어 문체를 고정시키려는 그 순간에 변형되어 버리

1) 신진(1998:11).
2) 신진(1998:14).

는 개념이기 때문이다.

그런데 일반적으로 구결은 불경의 원문을 번역하는 과정에서 기입되기 때문에 구결문에서의 문체는 번역과 떼려야 뗄 수 없는 관계이다. 그러므로 구결문에서의 문체는 어떤 방법으로 반역을 했으며, 이는 문체에 어떤 영향을 주었는지를 살펴볼 필요가 있다.

번역의 가장 중요한 요소는 등가성(l'équivalence)이며, 이러한 등가관계는 단일방향(uni-direction)적이다.

언어연구에 역사와 사회와 관련되는 모든 문제를 포함시켜야만 하며, 연구의 주제는 언어행위조건에 대한 설명이다. 언어학의 주요관심사는 언어체계의 구성단위, 그리고 내적구조에서 인간행위의 복합적 조직의 전체적인 기능에 대한 연구로 대치되었다.

등가성의 결정은 번역자의 인식차원에서 뿐만 아니라 의사소통의 차원에서도 이루어진다는 사실이 입증되었다.

문체상의 적절한 방법(차용, 모사, 축어역, 전위, 변조, 등가, 번안의 7가지 방법)으로 중화시킨 것이다.

일반적으로 번역은 주관적인 작업이라고 할 수 있을 것이다. 문학번역의 경우, 원작가의 문체를 살려주면서 번역을 해야 되는데, 그 이유는 번역자의 재량에 따라 원작가의 의도와 본래 작품의 가치가 살아나는 정도가 달라지기 때문이다.

번역의 비교 문체론적 분석방법에는 직접 번역과 간접 번역이 있다.

직접 번역에는 문자를 그대로 직접 차용하여 우리말로 옮겨 쓰는 것, 즉 외래어를 그대로 빌려와 사용함을 의미하는 '차용'과 외국어식 표현이 우리말화 된 '모사', 대상어에서 번역자가 목표어의 구절을 언어학적인 사용 이외에 다른 것들을 고려하지 않고 정확하고도 관용적인 표현으로 텍스트에 도달시키는 '축어역'이 있으며, 간접 번역에는 하나의 품사를 다른 품사로 대치시키는 '전위(la transposition)', 원문과 뜻은 같으나 다른 표현 형식으로 나타내는 '변조', 문체적이고 구조적인 방법을 완전히 다르게 하면서 두 언어의 텍스트가 같은 상황을 고려하는, 즉, 동일한 상황을 나타내므로 뜻은 같으나 문장구조나 문체가 전혀 다른 표현의 번역을 의미하는 '등가', 메시지에 관계되는 상황이 목표어에 존재하지 않는 경우에 적용, 즉, 창작의 영역에 가까운 '번안' 등을 들 수 있다.[3)]

2. 문체의 특징

1) 음독 구결문의 문체

음독 구결문의 문체는 각 경전, 즉 ≪능엄경≫과 ≪법화경≫, ≪육조대사법보단경≫의 원문의 구성을 알면 그 경전의 문체를 파악하기 쉽다. 경전의 구성이 곧 경전의 내용이며, 내용을 보다 쉽게 이해하기 위해 단 것이 음독 구결이기 때문이다.

이 가운데 ≪능엄경≫은 전체 10권으로 이루어진 것으로 각 권의 구성을 알면 경전의 문체를 파악할 수 있다. 제1권에서는 칠처징심(七處徵心)을 주제로 하여 마음을 어디에서 얻을 수 있는가를 밝히고 있다. 제2권에서는 깨달음의 본성이 무엇인가를 밝히고 깨달음으로 나아가는 과정을 밝혔다. 제3권에서는 세간(世間)의 만법(萬法)이 모두 여래장묘진여성(如來藏妙眞如性)이라 하여 마음의 영원불멸성을 밝혔으며, 제4권에서는 여래장이 무엇인가를 밝히고 업(業)을 짓게 되는 근원과 수행의 마음가짐 등에 대해 설명하고 있다. 제5권에서는 수행할 때 풀어야 할 업의 근원을 밝히고, 제6권에서는 사바세계에서 깨달음의 세계로 들어

3) 구정연(1999) 참조.

가는 가장 쉬운 방법이 관음수행문(觀音修行門)임을 설명하고 있다. 이 부분은 ≪법화경≫과 함께 우리나라 관음신앙의 유포에 크게 영향을 준 부분이다. 제7권에서는 해탈에 들어가는 주문인 능엄다라니를 설명하고, 제8권에서는 보살의 수행하는 단계로 57위(位)를 설한 뒤 7가지 중생의 생존양상을 설명하고 있다. 제9권에서는 말세에 중생이 수행하는 도중에 나타나는 50가지 마(魔)에 관해 밝혔으며, 제10권에서는 오음(五陰)의 근원을 설하고 경을 마친 뒤 이 경의 공덕에 관하여 부언하고 있다. 그리고 ≪법화경≫에서 석가모니는 아득한 옛날에 완전한 깨달음을 이룬 이른바 '구원불'(久遠佛)로 나타난다. 신앙과 헌신의 지고한 대상으로서 그의 특성은 부분적으로는 그의 불가사의한 능력(즉 순식간에 사방에 제각기 부처를 모시고 있는 수천 개의 세계가 눈앞에 나타나도록 하는 능력 등)에 대한 묘사를 통하여 표현되고 있다. 그리고 이 경전에서는, 대승불교 태동기에 초기 불교의 성문(聲聞 : 부처의 가르침에 따라 스스로 아라한이 되기를 이상으로 하는 자)과 연각(緣覺 : 부처의 가르침에 의지하지 않고 스스로 깨달음에 이르는 자)을 소승(小乘)이라고 매도하며 성불(成佛)에는 이를 수 없는 존재로 멸시하던 입장에서 벗어나 각각의 입장을 성불을 위한 방편이라고 하며, 그들도 궁극적으로는 대승불교의 보살과 마찬가지로 성불에 이르게 된다고 하는 일승묘법(一乘妙法)의 사상을 펼치고 있어 주목된다. 이 때문에 이 경전의 서두에서는 자기의 입장만을 고수하는 독선적 태도를 배척한다. 또한 '여래사'(如來使)라고 하여, 부처에 의해 세상에 파견되어 현실의 한가운데에서 진리를 구현하며 온갖 어려움에도 굴하지 않고 청정한 불국토(佛國土)를 이루기 위해 힘쓰는 보살의 전형이 제시되고 있는 점도 이 경전의 중요한 특색이다. ≪육조대사법보단경≫은 약칭으로 '단경'이라고도 한다. '단'은 계단(戒壇)을 가리키고 '경'은 경전과 같은 권위를 부여하여 붙인 말이다. 이 책은 북종선에 대한 남종선의 입장을 확립하여 남종선이 독립

하려는 움직임의 근거가 된다. 돈오와 견성(見性)의 사상을 설하고 계·정·혜(戒定慧) 3학이 한가지임을 주장한 것이다. 특히 ≪금강반야경 金剛般若經≫)에 기초하여 반야삼매를 설하고 일체법이 무상무념(無想無念)임을 밝힌다.4)

그런데 음독 구결문의 문체는 음독 구결문을 기입한 사람의 성향에 따라 각기 다르게 나타나며, 이러한 성향은 동일한 경전이더라도 이본이라면 각 이본별로도 다르게 나타난다. 따라서 여기에서는 각 경전의 전체적 문체 특징을 논하기로 한다.

≪능엄경≫의 경우는 크게 어떤 현상에 대해 밝히거나 설명하는 내용의 2가지로 나눌 수 있다.

먼저 어떤 현상에 대해 밝힌 것으로는 (1) 마음을 어디에서 얻을 수 있는가를 밝히고, (2) 깨달음의 본성이 무엇인가를 밝히며, (3) 마음의 영원불멸성을 밝혔으며, (4) 여래장이 무엇인가를 밝히고, (5) 수행할 때 풀어야 할 업의 근원을 밝히며, (6) 말세에 중생이 수행하는 도중에 나타나는 50가지 마(魔)에 관해 밝힌 6가지로 세분된다.

그리고 어떤 현상을 설명한 것으로는 (1) 업(業)을 짓게 되는 근원과 수행의 마음가짐 등에 대해 설명, (2) 사바세계에서 깨달음의 세계로 들어가는 가장 쉬운 방법을 설명, (3) 해탈에 들어가는 주문인 능엄다라니를 설명, (4) 보살의 수행하는 단계로 57위(位)를 설명, (5) 7가지 중생의 생존양상을 설명, (6) 오음(五陰)의 근원을 설명한 6가지로 세분된다.

이와 같이 ≪능엄경≫은 어떤 현상에 대해 밝히거나 설명하는 내용이기 때문에 음독 구결문에서는 기입자가 특히 평서형과 설명형을 많이 사용한 문체가 나타나며, 깨달음과 설명을 강조하기 위한 다소의 의문형과 명령형을 사용한 것이 그 특징이다.

이는 ≪능엄경≫ 음독 구결문에서 설명형의 사용 빈도가 '-ㅅ(丶)'류

---

4) 운허용하(1996) 참조.

는 총 8280회, '-丨(다)'류는 총 2196회로 가장 많이 사용되었고 그 다음이 의문형과 명령형이라는 점에서도 그 사실을 알 수 있다.

앞서 언급한 바와 같이 설명형 '-ㅅ(、)'류에서는 'ㅅソ又ヒㅅ/、ソ又ヒ、(라ᄒᆞ노니라)', '-川ㅅ/-乀、(이라)', 'ノヒㅅ/ノヒ、/戶ヒㅅ(호니라)', 'ソヒㅅ/ソヒ、(ᄒᆞ니라)', 'ソㅌヒㅅ/ソㅌヒ、(ᄒᆞᄂᆞ니라)'의 쓰임을 눈여겨볼 만하며, 설명형 '-丨(다)'류에서는 '去七丨(것다)', '㇇七丨(읫다)', '才七丨/扌七丨/亽七丨(엇다)'의 쓰임이 특이하다. 의문형에 사용된 결합유형은 '-可(가)'와 '-阝/卩(아)', '-口(고)', '-午(오)', '-㇌(야)' 등이 있고, 명령형은 '去ソ小西(거ᄒᆞ쇼셔), 小西(쇼셔), ソ小西(ᄒᆞ쇼셔)'와 '去乀ソ小一(거이ᄒᆞ쇼셔), ソ小一(ᄒᆞ쇼셔), 去ソ小一(거ᄒᆞ쇼셔)' 등을 들 수 있다.

≪법화경≫ 음독 구결문의 문체 역시 앞서 ≪능엄경≫에서도 언급한 바와 같이 음독 구결문을 기입한 사람의 성향에 따라 각기 다르게 나타나며, 이러한 성향은 동일한 경전이더라도 이본이라면 각 이본별로도 다르다. 다만 ≪법화경≫은 방편품과 여래수량품의 두 개의 주요한 골간을 가지고 있다. 이 두 품은 교의적(敎義的)으로 가장 중요한 품이라고 하는 것이 정설이다. 이 중 '방편품'은 부처님의 제자 중 지혜가 제일인 사리불이 등장하는 지적(知的)으로 깊은 (1) 문답법, 부처님은 사리불에게 부처의 위대한 지혜를 무량하고 무변(無邊)하고 미증유의 법이라고 (2) 찬탄법, '여래수량품(如來壽量品)'은 석가모니부처님만이 아니고 모든 부처님이 구원의 본불임을 (3) 설명법, '여래수량품'은 열반을 나타내어 보이는 부처를 '법화경'의 유명한 일곱가지 비유 중 하나인 양의치자유(良醫治子喩)로 (4) 비유, 설명하는 방식이기 때문에 ≪법화경≫의 음독 구결문 역시, '설명형'과 '의문법', '감동법', '비유법'이 많이 사용되고 있는 것이 특징이다. 특히 ≪법화경≫에서는 비유 구문, 조건 표현 등에 사용된 'ソ丨、ソ二ヒ、(ᄒᆞ다라ᄒᆞ시니)', 'ソ丨戶乀ヒ(ᄒᆞ다소이

니)', 'ㅅ丨所ホ…(ᄒᆞ다소ᄃᆞ로)', 'ㅅ丨㇇ヒ(ᄒᆞ다시니)', 'ㅅ丨㇏(ᄒᆞ다이)', '又丨ㅅ丨㇏丨(노다ᄒᆞ다이다)', '㇇丨士㇏丨(시다ᄉᆞ이다)' 등과 서술형 'ㅅ氵入ヒ亽(ᄒᆞ사드니라)', 'ㅅ氵刂七丨(ᄒᆞ사릿다)', 존대의 'ㅅ氵巴口(ᄒᆞ사읍고)', 'ㅅ氵邑ガヒ(ᄒᆞ사읍더니)', 'ㅅ氵午厶(ᄒᆞ사오ᄃᆡ)', 'ㅅ白加ヒ(ᄒᆞ숩더니)', 'ㅅ白口(ᄒᆞ숩고)', 'ㅅ白ホ㇏丨(ᄒᆞ숩ᄃᆞ이다)', 'ㅅ白㇆ㅌㄴ(ᄒᆞ숩은ᄂᆞᆯ)', 'ㅅ白又ヒ(ᄒᆞ숩노니)', 'ㅅ白又ㅌ亽ㅅ又ヒ(ᄒᆞ숩노ᄂᆞ라ᄒᆞ노니)', 'ㅅ白又大(ᄒᆞ숩노대)', 'ㅅ白ㅌヒ㇏丨(ᄒᆞ숩ᄂᆞ니이다)', 'ㅅ白氵刂丨(ᄒᆞ숩사이다)', 'ㅅ白阝(ᄒᆞ숩아)', 'ㅅ白刂(기1)', 'ㅅ白刂丨(ᄒᆞ숩이다)', 'ㅅ白之刂丨ㅅ㇆大(ᄒᆞ숩지이다ᄒᆞᆫ대)', 'ㅅ白乎厶(ᄒᆞ숩오ᄃᆡ)', 'ㅅ士巴又刃㇏丨(ᄒᆞ숩노도이다)', 'ㅅ士巴ヒ(ᄒᆞ숩니)', 'ㅅ士巴刃㇏丨(ᄒᆞ숩도이다)', 'ㅅ士巴かヒ(ᄒᆞ숩더니)', 'ㅅ士巴口(ᄒᆞ숩고)', 'ㅅ士巴又㇏丨(ᄒᆞ숩노이다)', 'ㅅ士邑口(ᄒᆞ숩고)', 'ㅅ士已又丨(ᄒᆞ숩노다)', 'ㅅ士已ヒ丨(ᄒᆞ숩니다)', 'ㅅ士已ㅌヒ(ᄒᆞ숩ᄂᆞ니)', 명령형 '厺ㅅ小一(백2), (백3)', '厺ㅅ小一ㅅ口(백3)', 'ㅅ小一(백1), (백2), (백3), (영4), (영5), (영6)', 'ㅅ小一ㅅ阝㇇ㄴ(ᄒᆞ쇼셔ᄒᆞ야실)'과 '厺ㅅ小立(거ᄒᆞ쇼셔)' 등의 쓰임을 눈여겨 볼 필요가 있다.

≪육조대사법보단경≫은 혜능의 설법 내용과 수도 과정을 담은 일대기이기 때문에 (1) ≪금강경≫에 기초하여 반야삼매와 일체법이 무상무념(無想無念)임을 설명하고, (2) 혜능이 육조의 위치에 이르기까지의 과정과 문인들을 위한 갖가지 설법하며, (3) 돈점에 관한 내용을 서술하고, (4) 무념(無念)과 무상(無相)과 무주(無住)의 금강경 사상에 근거한 철저한 자성법문을 이야기하고 있다. 그러므로 이 경전에 기입된 음독 구결문의 문체는 대개 상대의 의사를 직설적으로 확인하려는 문체와 문답의 형식, 명령의 형식, 상대방의 마음을 나의 의도대로 하려는 형식 등의 문체가 가장 많이 나타난다. 특히 상대의 의사를 직설적으로 확인하려는 문체 'ヒ丶ㅅㅌヒ(니라ᄒᆞᄂᆞ니), ㄴㅅㅌヒ(을ᄒᆞᄂᆞ니), ㄴㅅㅌヒ丶(을ᄒᆞ

ᄂᆞ니라), ･ソㅌㄷㄟㅣ(라ᄒᆞᄂᆞ니이다), ㄟ･ソㅌㄷ(이라ᄒᆞᄂᆞ니), ソㅌ口(ᄒᆞᄂᆞ고), ソㅌㄟㅣ(ᄒᆞᄂᆞ이다), ソ･ソㅌㄴㄟㅣ(ᄒᆞ라ᄒᆞᄂᆞ을이다)', 혜능의 일대기를 설명하는 문체 '亽ソ〒ㅌ入ㅗ(라ᄒᆞ시니들여), 戶ㄱ入ソ〒ㅌㄷ亽(혼들ᄒᆞ시ᄂᆞ니라), 午ソㅌ宁(오ᄒᆞᄂᆞ뎌), ㄟㅌㄷ(이ᄂᆞ니), ㄟㅌㄷ亽(이ᄂᆞ니라), ㄟ亽ソㅌㄷㅣ(이라ᄒᆞᄂᆞ니다), ソ灬亽(ᄒᆞ로라), ノ･他ㄟㅣ(호라타이다), 他ㄟㅣ(타이다)', 돈점에 관한 내용을 서술 방식인 '又ㅣ(노다), 灬ㅣ(로다), ㄟ又ㅣ(이노다), ㄟ灬ㅣ(이로다), ソ灬ㄷ(ᄒᆞ로니), ソ灬･(ᄒᆞ로라), ソ灬ㄷㅣ(ᄒᆞ롯다), ソ灬ㄟㅣ(ᄒᆞ야이다), ソ彡灬･(ᄒᆞ야로라)', 상대방의 마음을 나의 의도대로 하려는 형식에서의 문체 '去ㄱ大ㄱ/去ㄱ入ㄱ(건댄)', 'ㄱ大ㄱ/ㄱ入ㄱ(은댄)', 'ㄟ大ㄱ/ㄟ入ㄱ(인댄)', 'ソㄱ大/ソㄱ入(ᄒᆞᆫ대)', 'ソㄱ大ㄱ/ソㄱ入ㄱ(ᄒᆞᆫ댄)', 'ソ灬ㄱ大ㄱ/ソ灬ㄱ入ㄱ(ᄒᆞ론댄)', 명령의 형식에서의 문체 '去ソ小西(거ᄒᆞ쇼셔), 去刂小立ソ全(거이쇼셔ᄒᆞ샤), 亽ソ小立(라ᄒᆞ쇼셔)' 등의 쓰임이 자못 흥미롭다.

2) 한글 구결문과 언해의 문체

앞서 언급한 바와 같이 한문을 보다 더 국어의 구조에 가깝도록 하는 방법을 모색하게 되었는데 그것이 바로 한문에다 구결을 삽입하는 방법이었다. 구결을 단다는 것은 한문을 국어화하려는 노력의 일단이었다.

원문은 그대로 둔 채 문맥의 흐름을 파악하여 구두(句讀)가 끊어지는 곳을 정한다. 이렇게 결정된 구두처에다 문맥에 맞는 국어의 접사를 삽입함으로써 구결문은 완성된다.

구결이 한글 창제 이전에는 한자의 음과 석을 차용한 차자법으로써 표기되었던 것이다. 그러다가 한글이 창제된 이후부터는 차자 대신 한글로 구결을 표기하게 되었다. 그러나 언해문헌을 통한 중세국어의 연구에서도 지금까지는 번역문 쪽으로만 주목한 채 원문에 달린 한글 구결에 대해서는 관심의 대상이 되지 못했다.

15세기 간경도감에서 간행한 ≪능엄경언해≫, ≪법화경언해≫, ≪육조대사법보단경언해≫에 달린 한글 구결은 ≪구역인왕경≫이나 ≪금광명경≫ 등에 달린 석독 구결을 바탕으로 성립[5])되었다.

≪능엄경언해≫에 사용된 석독 구결의 흔적은 첫째, ≪능엄경언해≫의 구결이 음독하기 위한 구절단위의 구결임에도 불구하고 어떤 경우에는 석독 구결에 일치할 정도의 축자적이며 번역적인 구결이 발견된다는 사실이다. 둘째, 석독 구결에서 자주 발견되는 구결의 중첩현상을 들 수 있다. ≪능엄경언해≫에는 명사구가 아닌데도 조사가 구결에 노출된다든지, 구절 속의 동사마다 대응되는 구결을 모두 표시한다든지 하여 구절 끝의 구결이 이중 삼중 겹쳐 있는 예를 자주 보게 된다. 이와 같은 예는 ≪법화경언해≫에서도 발견된다.

동사구가 주어의 기능을 발휘할 때 그 구결을 주격조사로만 하느냐 아니면 동명사형으로 다느냐 하는 선택은 구결 기입자의 기입방식에 따라 달라진다. 구결은 그때그때의 상황과 종파, 그리고 기입자의 기입방식에 따라 유동적으로 사용될 수 있기 때문에 음독 구결이 한글 구결로 전환되는 상황에서 구결은 그 대응 양상이 다양하게 변하게 되는 것이다.

이들 경전에 달린 한글 구결과 언해문의 특징을 간략히 정리하면 다음과 같다.

(1) ≪능엄경≫의 한글 구결과 언해

≪능엄경≫의 한글 구결은 '본문구결문-본문언해문-주석구결문-주석언해문'의 체제를 갖는다. 15세기 중엽 훈민정음이 창제된 후 경서는 한문 원문에 한글로 표기된 구결을 쓰고 그 구결에 따라 언해가 이루어졌

5) 김문웅(1986:15).

는데, ≪능엄경≫ 언해도 한문원문에 한글로 구결을 달고 그 구결을 바탕으로 언해가 이루어진 것으로 보인다.

≪능엄경≫의 한글 구결은 한문원전의 본래 의미를 유지하고, 불경을 암송을 위한 단락을 구분하는 역할을 한다. 때문에 언해문에는 원문에 달린 한글 구결이 충실히 반영되어 있다. 언해문은 주로 단어 단위의 번역이 이루어 졌으며 문맥과 우리말 어순에 따라 원문에 반영되어 있지 않은 국어의 격조사들이 번역 과정에서 기입된 것을 볼 수 있다. 단어는 불교 용어를 제외하고는 대부분의 부사, 명사, 동사, 형용사들이 고유어로 번역되어 있다.

≪능엄경≫의 한글 구결은 언해문에 충실하게 반영되었으며, ≪능엄경≫의 한글 구결은 한문원문을 단락별로 구분 짓는 기능을 한다. 또한 원문의 순서와 불경을 암송하는 어투를 반영하는 범위에서 조사나 어미가 사용되고 있다. 한문 원문의 전체적인 순서를 훼손하지 않는 범위에서 구절 혹은 어절단위로 끊어 구결을 달았다. 또한 문맥에 따라 격조사 '-이, -을, -과/와, -하', 보조사 '-ᄋᆞᆫ/ᄂᆞᆫ', 연결어미 '-이오, -일ᄉᆡ, 오ᄃᆡ' 등의 한글 구결을 달아 원문의 순서를 거스르지 않고 읽어가면서 동시에 한문의 의미를 이해할 수 있도록 하였다. 특히 설명을 하거나 인용을 할 때에는 '定性聲聞은 卽沈空趣寂者ㅣ라'에서와 같이 'NP은 NP이라'와 같은 설명을 위한 구결을 달거나, '下애 云ᄒᆞ샤ᄃᆡ ~라 ᄒᆞ시니라'와 같이 '[출처]애 云ᄒᆞ샤ᄃᆡ NP이라ᄒᆞ다'와 구결을 달아 인용임을 나타내었다. 높임에 있었어도 주체존대 선어말어미 '-시-' 상대존대 선어말어미 '-이-', 객체존대 선어말어미 '-ᄉᆞᆸ-' 등을 구결로 달아 높임을 적극적으로 나타냈다. 아울러 높임의 대상이 되는 어휘의 경우 '-하, -ㅅ' 등 높임의 자질을 갖는 격조사가 구결로 달려 있다. 사동의 경우는 '覺皇이 ~ 示之以大法ᄒᆞ샤 ~而默得乎無外之體케ᄒᆞ시며'와 같이 'N이 ~NPᄒᆞ샤 ~NP케 ᄒᆞ다'와 같이 사동문임 나타내며, 강조의 경우에는 강세 보조사

'-ᅀᅡ'로써 강조하였다.

(2) ≪법화경≫의 한글 구결과 언해

≪법화경≫의 한글 구결은 '본문구결문－본문언해문－주석구결문－주석언해문'의 체제를 가진다. 많은 불교경전들이 이같은 체재로 번역되었는데, 아마도 불경에 나타나는 불교용어들이 함축하고 있는 의미가 방대하므로 애벌번역과 상세번역이 순차적으로 이루어진 것으로 추정된다.

≪법화경≫의 번역 역시 번역자가 한문원전의 본래 의미를 유지하고, 불경을 암송하는 듯한 어투까지 훼손하지 않은 채 번역한 듯하다. 그리하여 ≪법화경≫의 '한글 구결'은 한문원문의 순서가 뒤바뀌지 않도록 주로 연결어미 '-아/-어', '-니' 등으로 구성되어 있고, '언해' 역시 한글 구결의 어미를 그대로 유지한 채 언해하고 있다.

한글 구결의 언해문에서 문장의 순서는 한문원문의 순서를 최대한 고수하여 한문 본래의 어투를 살리고 있고, 단어 단위로는 고유어 번역이 실현되어 있다. 단어는 불교 용어를 제외하고는 대부분 고유어로 번역하고 있다.

≪법화경≫의 언해는 의역과 직역 중 대체로 직역이 행해졌으며, 불교 용어는 한문 그대로를, 부사어, 명사, 동사, 형용사 등은 고유어로 언해되었다.

≪법화경≫의 한글 구결은 한문원문을 단락별로 구분짓는 기능을 한다. 또한 순서와 어투를 보존하는 범위에서 조사나 어미가 사용되고 있다. 하나의 단락은 대체로 하나의 종결어미로 구결을 달아 구분짓고 있으며, 한문 원문의 전체적인 순서를 훼손하지 않는 범위에서 어절별로 끊어 구결을 달았다. 또한 '-어/아, -니' 등의 연결어미를 사용하여 순서를 거스르지 않고 한문 본래의 느낌을 그대로 살려 읽어가도록 구결을 달았다. 설명과 인용은 '三昧ᄂᆞᆫ 此云正定이니'에서와 같이 'NP는 NP이

다'와 같은 설명을 위한 구결을 달거나, '寶積에 云호ᄃᆡ 三昧及正受ㅣ 라ᄒᆞ니라'와 같이 '[출처]에 云호ᄃᆡ NPㅣ라ᄒᆞ다'와 같이 인용임을 나타내었다. 높임은 'NP1는 NP2ᄒᆞ샤 NP3ᄒᆞ샤 ~NP4ᄒᆞ시니'와 같이 '-시'를 사용하여 나타냈으며, 사동의 경우에는 '今使學者로 ~闡揚斯道케ᄒᆞ실ᄊᆡ'와 같이, 강조의 경우에는 강세 보조사 '-ᅀᅡ'로써 강조하였다.

(3) ≪육조대사법보단경≫의 한글 구결과 언해

≪육조대사법보단경≫의 한글 구결은 '구결문－언해문'의 체재를 가진다. 많은 불경언해류를 위시한 많은 언해서들이 이같은 체재로 번역되었는데, 함축적 의미가 방대한 불교용어들이 나올 경우 아무런 표시 없이 세주를 삽입하여 상세번역 하였다.

≪육조대사법보단경≫은 불전의 한문원문을 분단한 후 모두 한글로 구결을 달고, 이어 언해한 형식, 즉 '대역(對譯)'의 형식을 가진다. 그리고 이 문헌에서 전면적으로 각 한자에 독음이 병기되어 있는데 동국정음식 한자음이 아니고, 당시의 현실 한자음이 쓰였다.

≪육조대사법보단경≫의 언해는 다른 불전 언해들에 비해 문장 유형이 다양한 편이다. 대부분의 문장이 설법을 청한 것에 대해 묻고 대답하는 문답 형식, 즉 '善知識아~'형 문장, '엇데~ -오/고'유형의 문장 구성과 설화자(집록자, 또는 책편찬자)가 중간에 끼어들어 설명하는 형식으로 되어있다. ≪육조대사법보단경≫의 '한글 구결'은 한문원문의 순서가 바뀌지 않도록 주로 연결어미 '-아/-어', '-니', '-고' 등으로 구성되어 있고, '언해' 역시 한글 구결의 어미를 그대로 유지한 채 언해하고 있다. 평서형 문장은 대체로 설명법 어미 '-니라/리라'의 종결형식이 많다. 존경법 선어말어미 '-으시/으샤-', 겸양법 선어말어미 '-ᅀᆞᆸ-', 공손법 선어말어미 '-이ᅌᅵ-' 등 경어법 문장이 많이 사용되었다.

한글 구결의 언해문에서 문장의 순서는 한문원문의 순서를 최대한 고수하여 한문 본래의 어투를 살리고 있고, 언해문 중간에 설명이 필요한 한자어나 불교용어가 나올 경우 아무런 표시 없이 세주를 삽입했다. 단어 단위로는 고유어 번역이 실현되어 있다.

≪육조대사법보단경≫의 한글 구결은 한문원문을 단락별로 구분짓는 기능을 한다. 또한 한문원문의 순서와 어투를 보존하는 범위에서 조사나 어미가 사용되고 있다. 한문 원문의 전체적인 순서를 훼손하지 않는 범위에서 어절별로 끊어 구결을 달았다. 또한 '-아/-어', '-니', '-고' 등의 연결어미를 사용하여 순서를 거스르지 않고 한문 본래의 느낌을 그대로 살려 읽어가도록 구결을 달았다. 특이한 것은 한글 구결에서 '-니라', '-리라'로 종결하는 평서형 문장이 많이 보이는데, 언해문에서도 '-니라', '-리라'의 종결형이 그대로 쓰이고 있다는 점이다. 설명법은 '蘇州慧靜律師ᄂᆞᆫ ~爲羯磨ㅣ오'에서와 같이 'NP는 NP이다'와 같이 설화자(집록자, 또는 책편찬자)가 중간에 끼어들어 설명하는 형식으로 되어있으며, 높임은 존경법 '-으시/으샤-', 겸양법 '-ᄋᆞᆸ-', 공손법 '-이ᅳ' 등 경어법 선어말어미의 사용이 활발하게 나타난다. 사동의 경우는 '故로 ~見性成佛케ᄒᆞ시니'와 같이 표기하였으며, 강조의 경우는 강세 보조사 '-ᅀᅡ'로써 강조하였다.

제2장 구결문의 통사 구조

1. 음독 구결문

대부분의 언어에서 격(格), 양태, 시상과 같은 통사적 관계 기능을 비롯하여 문장 전체에 걸치는 문법적(혹은 관계적) 의미를 접사 혹은 어미 등의 형식형태소로 나타내는데 이럴 경우에 형태론과 통사론의 영역이 겹치는 것이 보통이다. 한 문장 안의 요소가 그 문장 밖의, 곧 그에 앞서거나 뒤선 다른 문장의 어느 요소와 관계되어 있을 때 그들이 어떻게 연관되어 있는가 하는 것을 설명하는 것은 통사론의 일이 아니다.[6]

그런데 이와 같은 방법으로의 통사 구조를 설명하는 것은 중세국어와 현대국어 구문에서는 일반적이라 할 수 있다. 그러나 구결문, 특히 문장 전체를 1차적으로 읽기 위해 구결을 달아 놓은 음독 구결문에서는 문장을 전반적으로 해석하기 위해 구결을 달아 놓은 석독 구결문과는 달리 격(格), 양태, 시상과 같은 통사적 관계 기능을 분석하여 그 구조를 설명하는 것이 바람직하다.

또한 음독 구결문은 중세국어의 구문 연구에서처럼 의미상의 특성을 고려하여 구문의 명칭을 붙이고 구문 내에서 보문(補文)이 어떻게 실현되는가 혹은 구문 내에서 주어와 기타 필수적인 부사어가 어떻게 나타나는가에 초점을 맞추어 통사 구조를 설명할 수도 있으나 대개는 음독 구결문은 그 구조가 중세국어 구문과는 상당한 차이를 가지고 있다. 그러므로 음독 구결문은 이현희(1994)에서 분석한 중세국어 구문의 통사 구

6) 남기심(2010:35-43) 참조.

조처럼 계사 '(-)이-'에 의한 지정 구문, 형용사에 의해 표현되는 평가(評價) 구문, 심리동사에 의해 표현되는 심리 구문, 인간의 사유 행위를 가지고 표현하는 사유 구문, 그리고 화법(話法) 구문, 청원(請願) 구문, 인지(認知) 구문, 청각이나 시각 등의 지각에 의해 이루어지는 지각경험 구문 등과 같은 체계로 일률적으로 분석하기가 어렵다.

다만 격이나 시제, 양상, 양태, 인칭 등의 문법 범주를 대상으로 이들 문법 범주가 가지는 통사 현상에 대해 각 구결 문헌 자료들의 특성을 살펴볼 수 있다. 특히 음독 구결문에서 사용된 서법 체계를 구체적으로 분석한다면 한글 창제 전후기 구결 자료에 나타나는 구결문의 통사 구조를 어느 정도 파악할 수 있을 것이다.

1) ≪능엄경≫의 통사 구조

≪능엄경≫은 모든 사람이 常住眞心을 가지고 있지만 허망한 마음이 그것을 가리고 있다는 사상을 주장하므로 여래장계통의 경전으로 분류된다. '大佛頂'이란 '부처님의 정수리'란 뜻으로 볼 수 없는 진리, 가장 높고 위대한 진리를 비유한다. 이것이 여래의 비밀한 원인(密因)이며 부처님이 증득하신 대승진리 중 최고의 진리인 了意法이며 모든 보살이 萬行을 완성하는 것이다. 수능엄은 완성이란 뜻이며 '一切事畢竟堅固, 健相分別, 菩薩莊嚴大寶'라고 한다. 『正脈疏』 序에는 "본래 깨달음이 번뇌에 얽혀 있을 때를 여래장심이라 하고 맑고 고요한 성품의 당체를 首楞嚴定이라고 한다"고 하여 首楞嚴定과 여래장의 차이를 밝히고 있다. 일반적으로 『능엄경』은 아난이 부처님에게 모든 여래가 보리를 얻는 사마타, 삼마, 선나의 최초방편을 묻는 것에서 시작한다. 부처님은 아난이 마등가의 신주에 빠진 것이 定을 닦지 않고 多聞만 일삼았기 때문이라고 후회하는 것을 보고 무엇 때문에 출가했느냐고 묻는다. 이에 아

난은 부처님의 삼십이상을 보고 마음과 눈으로 좋아하여 발심 출가했다고 대답한다. 『능엄경』은 이 '識心'이 사마타로를 막고 있기 때문에 먼저 이것이 마음이 아님을 깨닫게 한 후 참마음을 가르쳐서 묘사마타의 변제에 도달하게 하는 전략을 취한다. 아난이 주장하면 부처님이 그것을 논파하는 대화형식으로 논리가 전개되는데, 이것은 용수의 귀류논증법으로, 자기주장은 세우지 않고 상대주장의 오류를 증명하는 방법이기 때문에 매우 까다롭다.7)

≪능엄경≫ 원문의 통사 구조의 특징은 부처님이 아난에게 마음이 있는 곳을 묻는 七處徵心章을 살펴보면 잘 나타난다.

七處徵心章은 7가지로 마음의 소재를 부정하고 마음이 있는 곳을 논한 장으로 다음과 같은 구조로 이루어져 있다.

(1) 첫 번째 주장－마음이 몸 안에 있다(在內) : ① 비유를 들다, ② 아난의 명제에 대한 반례(在內를 파함), ③ 첫 번째 주장(內在)에 대한 결론
(2) 두 번째 주장－마음이 몸 밖에 있다(在外) : ① 두 번째 주장에 대한 논증: 등불의 비유, ② 아난의 주장에 대한 부처님의 논파(㉠ 질문, ㉡ 대답, ㉢ 결론), ③ 두 번째 주장에 대한 반론, ④ 결론-마음이 몸 밖에 있는 것이 아니다)
(3) 세 번째 주장－마음이 根 속에 있다 : ① 두 번째 주장의 오류를 깨달음, ② 아난의 주장, ③ 주장에 대한 논증 : 유리의 비유, ④ 아난의 주장에 대한 부처님의 반론, ⑤ 결론-마음은 근 안에 잠복해 있는 것이 아니다.
(4) 네 번째 주장－밝음을 볼 때는 밖을 보는 것이고 어둠을 볼 때는 안을 보는 것이다. : ① 부처님의 반론(㉠ 마주 대하는 경우-안이라고 할 수 있는가?, ㉡ 마주 대하고 있지 않는 경우-봄이 성립하지 않는다, ㉢ 內帶가 가능한 경우), ② 결론
(5) 다섯 번째 주장－합하는 데 따라 마음이 있다 : ① 반론, ② 결론
(6) 여섯 번째 주장－마음이 중간에 있다 : ① 논증-중간의 정확한 정의를 요함, ② 아난의 부정, ③ 부처님의 논박, ④ 결론
(7) 일곱 번째 주장－집착하지 않는 것이 마음이다 : ① 반론(㉠ 존재하지 않는 경우, ㉡ 존재하는 경우), ② 결론

7) 주성옥(2006) 참조.

이렇게 7가지로 마음의 소재를 부정했는데 사실상 마음의 처소는 4가지뿐이다. ① 몸의 안, ② 몸의 바깥, ③ 근 속과 중간, ④ 일정한 처소가 없다는 것이며 마지막은 처소가 없다는 것이다. 이렇게 해서 마음이 존재한다고 믿는 것을 논파하였다.[8]

이와 같은 그러므로 ≪능엄경≫ 음독 구결은 대개 주장을 위한 강조법(氵), 강조를 위한 명령법(ソ丶/ソ今, ソ小西/ソ小一), 의도법(ノ, 又, 午), 확인법(去, 才, 令, 亠, 阝, 亏), 원칙법(ヒ), 회상법(ホ,入,丨, 大), 직설법(ㅌ), 감동법(刀,ㅿ,斗,七,ヨ, …/-才七丨, -亏七丨, ソ亠金七丨, -ㄱ丁/ㄱ氐/ㄱ底/ㄱ亍, -ㄱ入亠/ㄱホ亠/ㄱ月亠, -乚入亠/乚ホ亠/乚月亠, -七入亠/七ホ亠/七月亠 등), 추측법(矛), 공손법(刂), 높임법(ニ, 士, 戶, 所, 金) 등의 구성으로 이루어져 있음을 알 수 있다.

이들 구문을 한글 구결 구문과 비교하여 제시하면 다음과 같다.

① 강조법

128. ソニ氵七丨

[가] 夜隨侍ソㅌヒ(ᄒᆞᄂᆞ니) 所以…(로) 偏現ソニ氵七丨(ᄒᆞ시삿다) 餘義ㄱ(은) 經首卜(와) 及 卷初阝(에)(7권7a:10)

[나] 夜애 隨侍ᄒᆞ실ᄉᆡ 所以 偏現이라 餘義ᄂᆞᆫ 經首 及卷初애

위의 용례 128의 음독 구결문 ‘ソニ氵七丨(ᄒᆞ시삿다)’는 ‘ᄒᆞ다’ 동사 어간에 높임법 선어말어미 ‘-시-’와 강조의 선어말어미 ‘-사-’, 그리고 감동법 선어말어미 ‘-ㅅ-’이 평서형 종결어미에 결합한 것이다.

129. ソ阝氵亏七丨

[가] 重重硏極ソ阝(ᄒᆞ야) 至盡妙覺ソ阝(ᄒᆞ야) 成無上道ソㄱ(ᄒᆞᆫ) 而後巳也ソ阝氵亏七丨(ᄒᆞ야사읫다)(7권19a:8)

[나] 重重硏極ᄒᆞ야 至盡妙覺ᄒᆞ야 成無上道而後에ᅀᅡ 巳也ㅣ시니

8) 주성옥(2006) 참조.

위의 용례 129의 음독 구결문 'ソ3氵ラ七丨(ᄒᆞ야사윗다)'는 'ᄒᆞ다' 동사 어간에 확인법 선어말 어미 '-야-'에 강조의 어미 '-사(ᅀᅡ)-'가 결합한 뒤에 다시 확인법 선어말어미 '-의'와 감동법 선어말어미 '-ㅅ-'이 평서형 종결어미에 결합한 것이다.

130. 氵ソ禾リ丨
[가] 位名目リ(이) 相應氵ソ禾リ丨(사ᄒᆞ리이다)(4권54b:7)
[나] 位名目과 相應이로소이다

위의 용례 130의 음독 구결문 '氵ソ禾リ丨(사ᄒᆞ리이다)'는 강조의 어미 '-사(ᅀᅡ)-'에 다시 'ᄒᆞ다' 동사 어간과 추측법 선어말어미 '-리, 공손법 선어말어미 '-이-'가 평서형 종결어미에 결합한 것이다.

결국 위의 용례 (128)에서 (130)까지의 음독 구결문은 강조법 선어말어미 '-사(ᅀᅡ)-'가 사용되었다는 공통점을 찾을 수 있다.

② 의도법

131. ノ禾丨
[가] 得如是多聞善根ソ3(ᄒᆞ야) 名爲出家亽ソ3乃(라ᄒᆞ야나) 猶隔日瘧ノ禾丨(호리다)(1권5a:10)
[나] 得如是多聞善根ᄒᆞ야 名爲出家ㅣ라도 猶隔日瘧ᄒᆞ도소이다

위의 용례 131의 음독 구결문 'ノ禾丨'는 'ᄒᆞ다' 동사 어간에 의도법 선어말어미 '-오-'와 추측법 선어말어미 '-리-'가 평서형 종결어미 '-다'와 결합한 형태이다.

132. ソ又ㄱ丨
[가] 隨衆生心 量 阿難 如一井リ(이) 空ソㅜ(ᄒᆞ면) 空生一井ソ又ㄱ丨(ᄒᆞ논다)(3권21b:3)
[나] 隨衆生心ᄒᆞ야 量ᄒᆞᄂᆞ니 阿難아 如一井이며 空이 生一 井ᄒᆞ니라

133. ノ기 丨
[가] 識動見澄ソ 3(ᄒᆞ야) 性 相 刂(이) 隔異 刂 ヒ(이니) 見與識隔ノ기 丨 (혼다) 聞知 斗(두) 亦然ソ 3(ᄒᆞ야) 皆非和合ソ𫝀 (3권24a:11)
[나] 識動見澄ᄒᆞ야 性 相이 隔異이니 見與識隔호ᄃᆡ 聞知도 亦然ᄒᆞ야 皆非和合이며

위의 용례 132와 133의 음독 구결문 'ソ又기 丨(ᄒᆞ논다)'와 'ノ기 丨(혼다)'는 제2인칭 의문형 종결어미 '-ㄴ다'가 결합된 형태이다. 이때 132의 '空生一井ソ又기 丨(ᄒᆞ논다)'는 'ᄒᆞ다' 동사 어간에 직설법 선어말이미 '-ᄂᆞ-'와 화자나 또는 대상의 의도를 표시하는 의도법 선어말어미 '-오-'가 결합한 것이며, 133의 '見與識隔ノ기 丨(혼다)'는 'ᄒᆞ다' 동사 어간에 의도법 선어말어미 '-오-'와 2인칭 의문형 종결어미 '-ㄴ다'가 결합한 것이다.

134. 기 ホノヒヒ丨
[가] 聖六凡㇁(의) 見量 刂(이) 雖異ソ乃(ᄒᆞ나) 見精 刂(이) 不殊기 ホノヒヒ丨(은돌혼니다)(2권33a:1)
[나] 聖六凡이 見量이 雖異ᄒᆞ나 見精은 不殊ᄒᆞᆫ돌ᄒᆞᄂᆞ니

위의 용례 134의 음독 구결문 '기 ホノヒヒ丨(은돌혼니다)'는 어떤 조건을 양보하여 인정한다고 하여도 그 결과로서 기대되는 내용이 부정됨을 나타내는 연결어미 '은돌'에 다시금 'ᄒᆞ다' 동사 어간과 의도법 선어말어미 '-오-', 동명사형 '-ㄴ-', 그리고 원칙법 선어말어미 '-니-'가 평서형 종결어미 '-다'와 결합한 형태이다.

135. 禾㇁七丨ノ禾厶
[가] 妄發生故…(로) 佛相摩觸去七丨(것다) 了本虛妄ノ기 ㅗ十(혼여긔) 即悟 無生矣禾㇁七丨ノ禾厶(리읫다호리라)(5권16a:8)
[나] 妄發生故로不相摩觸이니 了本虛妄ᄒᆞ면 即悟無生矣리라

위의 용례 135의 음독 구결문 '禾ㆁ七丨ノ禾ㅅ(리잇다호리라)'는 'ᄒᆞ다' 동사 어간이 생략된 상태에서 추측법 선어말어미 '-리-'와 확인법 선어말어미 '-의-', 그리고 감동법 선어말어미 '-ㅅ-'에 평서형 종결어미 '-다'가 결합한 형태에 다시금 'ᄒᆞ다' 동사 어간에 의도법 선어말어미 '-오-'와 추측법 선어말어미 '-리-'가 평서형 종결어미와 결합한 형태이다.

136. ノ禾オ丨
[가] 佛告阿難 如來ㄱ(은) 今日氵(에) 寶言灬(로) 告汝ノ禾オ丨(호리어다)(1권22b:7)
[나] 佛告阿難ᄒᆞ샤ᄃᆡ 如來ㅣ 今日에 寶言으로 告汝호리니

137. ノ禾オ二丨
[가] 根ソしㅆ(홀두) 亦因此心刂匕刂丨(이니이다) 若此發明刂(이) 不是心者大ㄱ(댄) 我乃無心ソ氵(ᄒᆞ야) 同諸土木ノ禾オ二丨(호리어시다)(1권19b:10)
[나] 根ᄒᆞ야도 亦因此心이니 若此發明 不是心者ㅣㄴ댄 我乃無 心호미 同諸土木ᄒᆞ야

위의 용례 136과 137의 음독 구결문 'ノ禾オ丨(호리어다)'와 'ノ禾オ二丨(호리어시다)'는 'ᄒᆞ다' 동사 어간에 의도법 선어말어미 '-오-'와 추측법 선어말어미 '-리-', 그리고 확인법 선어말어미 '-어-'가 평서형 종결어미와 결합한 것이다. 다만 137의 음독 구결문 'ノ禾オ二丨(호리어시다)'는 확인법 선어말어미 '-어-' 뒤에 높임법 선어말어미 '-시-'가 더 결합된 유형이다.

138. ノし木ソ二丨
[가] 毗迦羅先梵天呪灬(로) 攝入婬席ソ氵(ᄒᆞ야) 婬躬灬(로) 撫摩ソ氵(ᄒᆞ야) 將毁戒 體ノし木ソ二丨(홀들ᄒᆞ시다)(1권8a:5)
(ㄴ) 毗迦羅先梵天呪又(로) 攝入婬席ソ氵(ᄒᆞ야) 婬躬 撫摩ソ氵(ᄒᆞ야) 將毁戒體尼(니)

[나] 毗迦羅先梵天呪로 攝入婬席ᄒᆞ야 婬躬ᄋᆞ로 撫摩ᄒᆞ야 將毁 戒體러니

위의 용례 138의 음독 구결문 'ノㄴホソニ丨(홀ᄃᆞᆯᄒᆞ시다)'는 'ᄒᆞ다' 동사 어간에 의도법 선어말어미 '-오-'와 목적격 표지가 결합한 뒤에 '것을'이라는 의미의 'ᄃᆞᆯ'이라는 체언이 결합한 형태에 다시금 'ᄒᆞ다' 동사 어간에 높임법 선어말어미 '-시-'가 평서형 종결어미에 결합한 것이다.

139. ノㄱリ丨

[가] 佛言 汝裝誰見ロ(고) 阿難言 我與大衆…(로) 同將眼見ノㄱリ丨(혼이다) 佛告阿難ソ全ム(ᄒᆞ샤ᄃᆡ)(1권19a-9)

[나] 佛言ᄒᆞ샤ᄃᆡ 汝裝誰見ᄒᆞᄂᆞᆫ다 阿難言호ᄃᆡ 我與大衆과 同將眼見ᄒᆞᅀᆞᆸ노이다 佛告阿難ᄒᆞ샤ᄃᆡ

위의 용례 138의 음독 구결문 'ノㄱリ丨(혼이다) '는 'ᄒᆞ다' 동사 어간에 의도법 선어말어미 '-오-'와 선어말어미 '-ㄴ-'에 공손법 선어말어미 '-이-'가 평서형 종결어미에 결합한 것이다.

결국 위의 용례 (131)에서 (139)까지의 음독 구결문은 의도법 선어말어미 '-오-'가 사용되었다는 공통점을 찾을 수 있다.

③ 확인법

140. ソ禾オ七丨

[가] 是色相リ(이) 遷變ㅊホㄱ(거든) 汝識リ(이) 獨存ソ禾オ七丨(ᄒᆞ리엇다) 獨則ㄱ(은) 無隣ソ禾オヒ(ᄒᆞ리어니)(3권9a:10)

[나] 是色相ᄋᆞᆫ 遷變커든 汝識ᄋᆞᆫ 獨存ᄒᆞ도소니 獨則ᄒᆞ면 無 隣커니

141. ソ禾オヒ七丨

[가] 此聲リ(이) 心來阿難 耳處ソヒ大(ᄒᆞ니대) 目連迦葉ㄱ(은) 應不俱聞ソ禾オヒ七丨(ᄒᆞ리어닛다)(3권5b:11)

[나] 此聲이 心來阿難이 耳處ㅣ닌댄 目連迦葉 ᄋᆞᆫ 應不俱聞 이어니

위의 용례 140과 141의 음독 구결문 'ソ利オ七丨(ᄒᆞ리엇다)'와 'ソ利オ匕七丨(ᄒᆞ리어닛다)'는 'ᄒᆞ다' 동사 어간에 추측법 선어말어미 '-리-'와 확인법 선어말어미 '-어-', 그리고 감동법 선어말어미 '-ㅅ-'이 평서형 종결어미와 결합한 것이다. 다만 141의 음독 구결문 'ソ利オ匕七丨(ᄒᆞ리어닛다)'는 확인법 선어말어미 '-어-' 뒤에 원칙법 선어말어미 '-니-'가 더 결합된 유형이다.

142. 소ソ亠金七丨
[가] 性 非開合㢱(며) 性無靜住소ソ亠金七丨(라ᄒᆞ여샷다)(1권25a:3)
[나] 性이 非開合이며 性이 無靜住ㅣ라ᄒᆞ니라

143. 소ソ亠金七ホ
[가] 勞ㄱ(은) 因習ソㅌ匕(ᄒᆞᄂᆞ니) 妄同ㄱ(은) 眼勞ソ人大(ᄒᆞ라대) 故例稱瞪發소ソ亠金七ホ(라ᄒᆞ여샷다)(3권2a:3)
[나] 勞ᄋᆞᆫ 因習히 妄同이 眼勞홀ᄉᆡ 故로例稱瞪發 ᄒᆞ시니라

144. ソ利午ソ亠金七丨
[가] 云何不成無上知覺ソ利午ソ亠金七丨(ᄒᆞ리오ᄒᆞ여샷다)
(4권 57b:1-2)
[나] 云何不成無上知覺이리오ᄒᆞ시니라

위의 용례 142에서 144의 음독 구결문의 '소ソ亠金七丨(라ᄒᆞ여샷다)'와 '소ソ亠金七ホ(라ᄒᆞ여샷다)', 'ソ利午ソ亠金七丨(ᄒᆞ리오ᄒᆞ여샷다)'는 평서형 종결어미 뒤에 다시 'ᄒᆞ다' 동사 어간과 확인법 선어말어미 '-여-'와 공손법 선어말어미 '-샤-', 그리고 감동법 선어말어미 '-ㅅ-'이 평서형 종결어미와 결합한 것이다. 다만 142 음독 구결문의 '소ソ亠金七丨(라ᄒᆞ여샷다)'와 143 음독 구결문의 '소ソ亠金七ホ(라ᄒᆞ여샷다)'는 종결어미 '-丨'와 '-ホ'는 이형태로 꼴이 다를 뿐이며 용례 144 음독 구결문은 'ᄒᆞ다' 동사 어간에 추측법 선어말어미 '-리-'와 의문형 종결어

미 '-오'다 선행하여 결합한 유형이다.

145. 去ㅅ⺀七丨
[가] 善救功成ソ㇁(ᄒᆞ야) /紹佛位ソ⺀ㅅナ(ᄒᆞ시라대) 名法王子ㅅソ又ヒ(라ᄒᆞ노니) 曠劫㇁(에) 爲醫ㅅ(라) 常善救人也去ㅅ⺀七丨(거라싯다)(5권9a:11)
[나] 善救功이成ᄒᆞ야 /紹佛位ㄹ시 名法王子ㅣ라 曠劫 에 爲醫ㄴ常善救人也ㅣ라

위의 용례 145의 음독 구결문 '去ㅅ⺀七丨(거라싯다)'는 종속적 연결어미 '-거든'에 높임법 선어말어미 '-시-'와 감동법 선어말어미 '-ㅅ-'이 평서형 종결어미에 결합한 것이다.

146. ソㅗ七丨
[가] 蘆而 止ソㅅ大(ᄒᆞ라대) 故 譬行客⺀(의) 投寄旅亭ソㅗ七丨(ᄒᆞ엿다)(1권24a:13)
[나] 蘆而止故로 譬行客ᄋᆡ 投寄旅亭ᄒᆞ며

147. ㅅソㅗ七丨
[가] 謂 非身處之中リㅅ(이라) 乃根塵之中也ㅅソㅗ七丨(ᄒᆞ엿다)(1권16b:1)
[나] 謂ㅣ 非身處之中이라 乃根塵之中也ㅣ라

148. ノㅗ七丨
[가] 及乎性德リ(이) 圓成ソ㇁㇁(ᄒᆞ야사) 乃滅量見ソ㇁(ᄒᆞ야) 乃得無量ノㅗ七丨(호엿다) 此ㄱ(은) 惣治前位㇁七(엣) 限量情見也ソㄴ⺀ㅅ(ᄒᆞᆯ시라)(8권35a:4-5)
[나] 及乎性德ㅣ 圓成ᄒᆞ야ᅀᅡ 乃滅量見ᄒᆞ야 乃得無量ᄒᆞ니 此ᄂᆞᆫ 惣治前位옛 限量情見也ㅣ라

위의 용례 146에서 148의 음독 구결문의 'ソㅗ七丨(ᄒᆞ엿다)'와 'ㅅソㅗ七丨(ᄒᆞ엿다)', 'ノㅗ七丨(호엿다)'는 'ᄒᆞ다' 동사 어간에 확인법

선어말어미 '-여-'와 감동법 선어말어미 '-ㅅ-'이 평서형 종결어미와 결합한 것이다. 다만 147 음독 구결문의 '�ソ亠セ丨(ᄒᆞ엿다)'는 종결어미 '-�(라)'가 선행하여 결합한 것이며 용례 148의 음독 구결문은 'ノ亠セ丨(호엿다)'는 'ᄒᆞ다' 동사 어간 뒤에 의도법 선어말어미 '-오-'가 더하여 결합한 유형이다.

149. ソ〒リセロソ亠セ丨
［가］ 遺失リオヒㅏ(이어니와) 既無生滅ソヒ大(ᄒᆞ니대) 云何能遺ソ〒リセロソ亠セ丨(ᄒᆞ리잇고ᄒᆞ엿다)(2권28a:11)
［나］ 遺失이어니와 既無生滅인댄 云何能遺ᄒᆞ리오ᄒᆞ니라

위의 용례 149의 음독 구결문 'ソ〒リセロソ亠セ丨(ᄒᆞ리잇고ᄒᆞ엿다)'는 'ᄒᆞ다' 동사 어간에 추측법 선어말어미 '-ㄹ-'와 공손법 선어말어미 '-이-', 그리고 감동법 선어말어미 '-ㅅ'이 의문형 종결어미 '-고'와 결합한 뒤에 다시 'ᄒᆞ다' 동사 어간에 확인법 선어말어미 '-여-'와 감동법 선어말어미 '-ㅅ-'이 평서형 종결어미에 결합한 복합 형태이다.

150. リ㇐丨
［가］ 將欲復眞ノ〒�(호리라) 故眞ソ㢱ㄎ(ᄒᆞ며히) 已非眞眞知性リ㇐丨(이어다) 非眞リ(이) 求復ソ又入又(ᄒᆞ노드로)(7권20b:13)
［나］ 將欲復眞ᄒᆞ야 故眞이면 已非眞眞知性이니 非眞ᄋᆞ로 求復ᄒᆞ면

151. リ㇐セ丨
［가］ 現形誦呪ソ又㇕(ᄒᆞ논) 神變妙力リ(이) 一一無礙ソニヒ(ᄒᆞ시니) 是誦妙 能リ㇐セ丨(이엇다)(6권30a:12-13)
［나］ 現形誦呪 神變妙力 一一無礙 是誦妙能이라

위의 용례 150과 151의 음독 구결문 'リ㇐丨(이어다)'와 'リ㇐セ丨(이엇다)'는 계사 '이-' 뒤에 확인법 선어말어미 '-어-'가 평서형 종결어

미와 결합한 것이다. 다만 151의 음독 구결문'リ令七丨(이엇다)'는 확인법 선어말어미 '-어-' 뒤에 감동법 선어말어미 '-ㅅ-'이 더 결합된 유형이다.

결국 위의 용례 (140)에서 (151)까지의 음독 구결문은 확인법 선어말어미가 사용되었다는 공통점을 찾을 수 있다.

④ 원칙법

152. ホしソ又ヒ丨
[가] 阿難 汝心リ(이) 昏迷ソȝ(ᄒᆞ야) 不悟四大リ(이) 元如來藏ホしソ又ヒ丨(ᄃᆞᆯ을ᄒᆞ노니다)(3권21a:12)
[나] 阿難아 汝心이 昏迷ᄒᆞ야 不悟四大ㅣ 元如來藏 인ᄃᆞᆯᄒᆞᄂᆞ니

위의 용례 152의 음독 구결문 'ホしソ又ヒ丨(ᄃᆞᆯ을ᄒᆞ노니다)'는 먼저 형식명사와 목적격 표지가 결합하고 그 뒤에 다시 'ᄒᆞ다' 동사 어간에 직설법 선어말어미 '-ᄂᆞ-'와 의도법 선어말어미 '-오-', 그리고 원칙법 선어말어미 '-니-'가 평서형 종결어미에 결합한 것이다.

153. ㄱホノヒヒ丨
[가] 聖六凡ラ(의) 見量リ(이) 雖異ソ乃(ᄒᆞ나) 見精リ(이) 不殊ㄱホノヒヒ丨(은ᄃᆞᆯᄒᆞᆫ니다)(2권33a:1)
[나] 聖六凡이 見量이 雖異ᄒᆞ나 見精은 不殊ᄒᆞᆫᄃᆞᆯᄒᆞᄂᆞ니

위의 용례 153의 음독 구결문 'ㄱホノヒヒ丨(은ᄃᆞᆯᄒᆞᆫ니다)'는 종속적 연결어미 '-ㄴᄃᆞᆯ'에 'ᄒᆞ다' 동사 어간과 의도법 선어말어미 '-오-', 관형사형 어미 '-ㄴ', 그리고 원칙법 선어말어미 '-니-'가 평서형 종결어미에 결합한 것이다.

154. ソヒ丨

[가] 諸經氵(에) 通用故…(로) 不定指也ソヒ丨(ᄒᆞ니다) 室羅筏ㄱ(은) 亦曰舍衛ㅅソ又ヒㅅ(라ᄒᆞ노니라)(1권5a:12-13)

[나] 諸經에 通用故로 不定指也ᄒᆞ니라 室羅筏ᄋᆞᆫ 亦曰舍衛 라

155. ソニヒ丨

[가] 仰ソ氵(ᄒᆞ야) 從佛制落ノ刂丨(호이다)荅捨愛之因ソニヒ(ᄒᆞ시니) 意ソニヒ丨(ᄒᆞ시니다) 顯欲漏ㄱ(은) 麤惡ソ氵(ᄒᆞ야)(1권9b:6)

[나] 仰ᄒᆞᅀᆞ와 從佛制落호이다荅捨愛之因ᄒᆞᅀᆞ오니 意ᄂᆞᆫ 顯欲 漏ᄂᆞᆫ 麤惡 ᄒᆞ야

위의 용례 154와 155의 음독 구결문 'ソヒ丨(ᄒᆞ니다)'와 'ソニヒ丨(ᄒᆞ시니다)'는 'ᄒᆞ다' 동사 어간에 원칙법 선어말어미 '-니-'가 평서형 종결어미와 결합한 것이다. 다만 155의 음독 구결문 'ソニヒ丨(ᄒᆞ시니다)'는 원칙법 선어말어미 '-니-' 앞에 높임법 선어말어미 '-시-'가 더 결합된 유형이다.

156. ソ禾オヒ七丨

[가] 此聲刂(이) 心來阿難 耳處ソヒ大(ᄒᆞ니대) 目連迦葉ㄱ(은) 應不俱聞ソ禾オヒ七丨(ᄒᆞ리어닛다)(3권5b:11)

[나] 此聲이 心來阿難이 耳處ᄒᆞᆫ댄 目連迦葉 ᄋᆞᆫ 應不俱聞 이어니

위의 용례 156의 음독 구결문 'ソ禾オヒ七丨(ᄒᆞ리어닛다)'는 'ᄒᆞ다' 동사 어간에 추측법 선어말어미 '-리-'와 확인법 선어말어미 '-어-', 원칙법 선어말어미 '-니-', 그리고 감동법 선어말어미 '-ㅅ-'이 평서형 종결어미에 결합한 것이다.

157. ヒㅅソニ丨

[가] 子刂(이) 成暴流ソㅌヒㅅ(ᄒᆞᄂᆞ니라) 我於凡愚氵(에) 不開演ソㄴ士ㄱ(ᄒᆞᆯᄉᆞᆫ) 恐彼分別ソ氵(ᄒᆞ야) 執爲我ヒㅅソニ丨(니라ᄒᆞ시다)(5권3b:11)

[나] 子ㅣ 成暴流ᄒᆞᄂᆞ니라 我ㅣ 於尺愚에 不開演ᄋᆞᆫ 恐彼分別ᄒᆞ야 執爲我ᄒᆞ노라ᄒᆞ시니

위의 용례 157의 음독 구결문 'ㅌ 亽 ソ ニ ㅣ(니라ᄒᆞ시다)'는 먼저 원칙법 선어말어미 '-니-'가 평서형 종결어미 '-라'와 결합한 뒤에 다시 'ᄒᆞ다' 동사 어간에 높임법 선어말어미 '-시-'가 평서형 종결어미에 결합한 것이다.

158. ソ ㅌ リ ㅣ

[가] 一切世間 氵(에) 十種異生 リ(이) 同將識心 ソ 氵(ᄒᆞ야) 居在身內 ソ ㅌ リ ㅣ(ᄒᆞ니이다)(1권10b:6-7)

[나] 一切世間앳 十種異生이 同將識心ᄒᆞ야 居在身內ᄒᆞᄂᆞ니

159. 圭 ソ ㅌ リ ㅣ

[가] 燈光 リ(이) 居在室外 ソ 氵(ᄒᆞ야) 不能照室 圭 ソ ㅌ リ ㅣ(디ᄒᆞ니이다) 是義 リ(이) 必明 ソ 氵(ᄒᆞ야) 將無所惑 ソ ㅌ(ᄒᆞ니)(1권12a:4)

[나] 燈光이 居在室外ᄒᆞ야 不能照室ᄃᆞᆺᄒᆞ니 是義ㅣ 必明ᄒᆞ야 將無所惑ᄒᆞ야

160. ソ 又 ㅌ リ ㅣ

[가] 擧金色臂 ソ 金(ᄒᆞ샤) 屈五輪指 ソ 氵(ᄒᆞ야) 語阿難言 ソ 金(ᄒᆞ샤) 汝今 氵(에) 見 不 氵(야) 阿難 リ(이) 言 ノ ム(호ᄃᆡ) 見 ソ 又 ㅌ リ ㅣ(ᄒᆞ노니이다)(1권19a:7)

[나] 擧金色臂ᄒᆞ샤 屈五輪指ᄒᆞ샤 語阿難言ᄒᆞ샤ᄃᆡ 汝ㅣ 今에 見가 不아 阿難이 言호ᄃᆡ 見ᄒᆞᄉᆞᆸ노이다

161. 亽 ソ 又 ㅌ リ ㅣ

[가] 不住 亽(라) 名客 亽 ㅌ(라니) 住 亽(라) 名主人 亽 ソ 又 ㅌ リ ㅣ(라ᄒᆞ노니이다) 以不住者 ⋯(로) 名爲客 七(ㅅ) 義 亽 ノ 禾 リ ㅣ(라호리이다)(1권24a:6)

[나] 不住ᄂᆞᆫ名客이오 住ᄂᆞᆫ 名主人이니 以不住者로 名爲客義 라ᄒᆞ노이다

위의 용례 158부터 161의 음독 구결문의 'ソヒリ丨(ᄒᆞ니이다)'와 '圡ソヒリ丨(디ᄒᆞ니이다)', 그리고 'ソ又ヒリ丨(ᄒᆞ노니이다)', '㇇ソ又ヒリ丨(라ᄒᆞ노니이다)'는 'ᄒᆞ다' 동사 어간에 원칙법 선어말어미 '-니-'와 공손법 선어말어미 '-이-'가 평서형 종결어미와 결합한 것이다. 다만 159의 음독 구결문의 '圡ソヒリ丨(디ᄒᆞ니이다)'는 'ᄒᆞ다' 동사 어간 앞에 의존명사가 더 결합한 유형이고 160의 음독 구결문의 'ソ又ヒリ丨(ᄒᆞ노니이다)'는 동사 어간 뒤에 직설법 선어말어미 '-ᄂᆞ'와 의도법 선어말어미 '-오-'가 더 결합된 유형이다. 그리고 161의 음독 구결문의 '㇇ソ又ヒリ丨(라ᄒᆞ노니이다)'는 용례 160의 형태 앞에 평서형 종결어미가 복합으로 결합된 것이다.

162. ソニヒリ丨

[가] 便智慧リ(이) 各各不同ソニヒリ丨(ᄒᆞ시니이다) 先擧多佛ソニロ(ᄒᆞ시고) 次顯多福 也ソニヒ㇇(ᄒᆞ시니라) (6권28b:1)

[나] 便智慧ㅣ各各不同ᄒᆞ시니 先擧多佛ᄒᆞ시고 次顯多福也ᄒᆞ시니라

163. ソㅌヒリ丨

[가] 阿難言ソ㑅厶(ᄒᆞ샤ᄃᆡ) 若此顚倒 首尾乚(을) 相搜リヒ(이니) 諸世間人リ(이) 一倍瞻視ソㅌヒリ丨(ᄒᆞᄂᆞ니이다)(2권28b:8)

[나] 阿難言 ᄒᆞ샤ᄃᆡ 若此顚倒ᄂᆞᆫ 首尾 ᄅᆞᆯ 搜 이니 諸世間人이 一倍瞻視ᄒᆞᄂᆞ다

164. ㇇ソㅌヒリ丨

[가] 十方微塵國土リ(이) 皆名我爲施無畏者㇇ソㅌヒリ丨(라ᄒᆞᄂᆞ니이다)(6권30a:11)

[나] 十方微塵國土ㅣ皆名我호ᄃᆡ爲施無畏者ㅣ라ᄒᆞᄂᆞ니이다

위의 용례 162부터 164의 음독 구결문의 'ソニヒリ丨(ᄒᆞ시니이다)'와 'ソㅌヒリ丨(ᄒᆞᄂᆞ니이다)', '㇇ソㅌヒリ丨(라ᄒᆞᄂᆞ니이다)'는 'ᄒᆞ다' 동사 어간에 원칙법 선어말어미 '-니-'와 공손법 선어말어미 '-이-'가 평

서형 종결어미와 결합한 것이다. 다만 162의 음독 구결문 'ソニヒリ丨(ᄒᆞ시니이다)'는 원칙법 선어말어미 '-니-' 앞에 높임법 선어말어미 '-시-'가 더 결합된 유형이고, 163의 'ソ㐱ヒリ丨(ᄒᆞᄂᆞ니이다)'는 원칙법 선어말어미 '-니-' 앞에 직설법 선어말어미 '-ᄂᆞ-'가 더 결합된 유형이다. 그리고 164의 '亽ソ㐱ヒリ丨(라ᄒᆞᄂᆞ니이다)'는 163의 형태 앞에 평서형 종결어미 '-라'가 더하여 결합된 것이다.

165. リセニ丨
[가] 是義リ(이) 必明ソ㇏(ᄒᆞ야) 將無所惑ソヒ(ᄒᆞ니) 同佛了義ソ㇏(ᄒᆞ야) 得無妄 耶リセニ丨(잇시다)(1권12a:4-5)
[나] 是義ㅣ 必明ᄒᆞ야 將無所惑ᄒᆞ야 同佛了義호니 得無妄 耶ㅣ잇가

166. リオニ丨
[가] 於是阿難リ(이) 及諸大衆聞佛如來セ(ㅅ) 無上慈誨リオニ丨(이어시다) 祇夜伽陀リ(이)(5권4b:2)
[나] 於是阿難과 及諸大衆이 聞佛如來ㅅ 無上慈誨 祇夜伽陀ㅣ

위의 용례 165과 166의 음독 구결문의 'リセニ丨(잇시다)'와 'リオニ丨(이어시다)'는 계사에 높임법 선어말어미 '-시-'가 평서형 종결어미와 결합한 것이다. 다만 165의 'リセニ丨(잇시다)'는 높임법 선어말어미 '-시-' 앞에 감동법 선어말어미 '-ㅅ-'이, 166의 'リオニ丨(이어시다)'는 높임법 선어말어미 '-시-' 앞에 확인법 선어말어미 '-어-'가 더 결합된 유형이다.

167. 去金ヒ丨
[가] 迦陵頻伽 仙禽也 其音リ(이) 和雅ソヒ(ᄒᆞ니) 佛音リ(이) 如之去金ヒ丨(거샷다)(1권6b:13)
[나] 迦陵頻伽ᄂᆞᆫ 仙禽也이니 其音이 和雅ᄒᆞ니 佛音 이 如之ᄒᆞ시니라

위의 용례 167의 음독 구결문의 '去金ヒㅣ(거샷다)'는 확인법 선어말어미 '-거-'와 공손법 선어말어미 '-샤-', 그리고 원칙법 선어말어미 '-니-'가 평서형 종결어미에 결합한 것이다.

결국 위의 용례 (152)에서 (167)까지의 음독 구결문은 원칙법 선어말어미가 사용되었다는 공통점을 찾을 수 있다.

⑤ 회상법

168. ソホ七ㅣ
[가] 自恣ソ阝(ᄒᆞ야) 十方菩薩刂(이) 諸決心疑ソ阝(ᄒᆞ야) 欽奉慈嚴ソ/(ᄒᆞ/) 將求 密義ソホ七ㅣ(ᄒᆞ덧다)(1권6b:5)
[나] 自恣와 十方菩薩이 諸決心疑ᄒᆞ야 欽奉慈嚴ᄒᆞᅀᆞ와 將求 密義ᄒᆞᅀᆞᆸ더니

위의 용례 168의 음독 구결문의 'ソホ七ㅣ(ᄒᆞ덧다)'는 'ᄒᆞ다' 동사 어간에 회상법 선어말어미 '-더-'에 감동법 선어말어미 '-ㅅ-'이 평서형 종결어미에 결합한 것이다.

169. ソ入ニㅣ
[가] 無上慈誨ソ入ニㅣ(ᄒᆞ더시다)(4권 29a:6-7)
[나] 無上慈誨ᄒᆞᅀᆞᆸ더니

170. ソホソ入ニㅣ
[가] 見佛ヒロ(ᄂᆞ고) 頂禮悲泣ソ阝(ᄒᆞ야) 恨無始來阝(에) 一向多聞ロ(고) 未全道力ソホソ入ニㅣ(ᄒᆞ돌ᄒᆞ더시다)(1권8b:13)
[나] 阿難이 見佛ᄒᆞᅀᆞᆸ고 頂禮悲泣ᄒᆞ야 恨無始來예 一向多聞 하고 未全道力ᄒᆞ야

위의 용례 169와 170의 음독 구결문의 'ソ入ニㅣ(ᄒᆞ더시다)'와 'ソホソ入ニㅣ(ᄒᆞ돌ᄒᆞ더시다)'는 'ᄒᆞ다' 동사 어간에 회상법 선어말어미 '-

더-'와 높임법 선어말어미 '-시-'가 평서형 종결어미와 결합한 것이다. 다만 170의 'ㅅ゛ホ゛入ニㅣ(ᄒᆞ돌ᄒᆞ더시다)'는 동사 어간 앞에 다시 동사 어간과 형식명사와 목적격 표지가 더 결합된 유형이다.

171. ゛ㅣ リㅣ

[가] 我先爲擊゛ㆍ(ᄒᆞ야) 至其所/゛ㆍ(ᄒᆞ야) 放物卽行゛ㆍ(ᄒᆞ야) 不取其直゛ㅣ リㅣ(ᄒᆞ다이다)(5권15b:8)

[나] 我先爲擊ᄒᆞ야 至其所/ᄒᆞ야 放物卽行ᄒᆞ고 不取其 直ᄒᆞ며

172. ゛ホリㅣ

[가] 妙莊嚴路リニヒ(이시니) 汝今ㆍ(에) 諦聽゛ㅅ゛ニㄱ大(ᄒᆞ라ᄒᆞ신대) 阿難リ(이) 頂禮゛ニロ(ᄒᆞ시고) 伏受慈旨゛ホリㅣ(ᄒᆞᄃᆞ이다)(1권11a:11)

[나] 妙莊嚴路ㅣ니 汝ㅣ 今에 諦聽ᄒᆞ라 阿難이 頂禮ᄒᆞᅀᆞ와 伏受慈旨ᄒᆞ숩더라

위의 용례 136과 137의 음독 구결문 '゛ㅣ リㅣ(ᄒᆞ다이다)'와 '゛ホリㅣ(ᄒᆞᄃᆞ이다)'는 'ᄒᆞ다' 동사 어간에 회상법 선어말어미 '-다/더-'와 공손법 선어말어미 '-이-'가 평서형 종결어미와 결합한 것이다. 이때의 회상법 선어말어미에 해당하는 'ㅣ'와 'ホ'는 자형은 다르지만 그 기능은 동일하다는 것을 알 수 있다.

173. ゛ㅣ户リㅣ

[가] 於諸漏心ㆍ(에) 未求出離゛ㅣ户ヒ(ᄒᆞ다소니) 蒙佛慈誨゛ㆍ(ᄒᆞ야) 得正 熏修゛ㆍ(ᄒᆞ야) 身心リ(이) 快然゛ㆍ(ᄒᆞ야) 獲大饒益゛ㅣ户リㅣ(ᄒᆞ다소이다)(7권19a:11-12)

[나] 於諸漏心에 未求出離ᄒᆞ다니 蒙佛慈誨ᄒᆞᅀᆞ와 得正 熏修ᄒᆞ야 身心이 快然ᄒᆞ야 獲大饒益ᄒᆞᅀᆞ와니와

위의 용례 173의 음독 구결문 '゛ㅣ户リㅣ(ᄒᆞ다소이다)'는 'ᄒᆞ다' 동사 어간에 회상법 선어말어미 '-다-'와 높임법 선어말어미 '-소-', 그리고

공손법 선어말어미 '-이-'가 평서형 종결어미에 결합한 것이다.

174. ㇀入去刂丨
[가] 二可ヒ(가니) 觀五十時ノㄱ入ㄱ(혼든) 宛然强壯㇀入去刂丨(ᄒᆞ더ᄉᆞ이다) (2권27a:8)
[나] 二호니 觀五十時컨댄 宛然强壯ᄒᆞ다ᄉᆞ이다

위의 용례 174의 음독 구결문의 '㇀入去刂丨(ᄒᆞ더ᄉᆞ이다)'는 'ᄒᆞ다' 동사 어간에 회상법 선어말어미 '-더-'와 높임법 선어말어미 '-ᄉᆞ-', 그리고 공손법 선어말어미 '-이-'가 평서형 종결어미에 결합한 것이다.

175. 刂大丨
[가] 三界 唯心㇀ㄅ(ᄒᆞ며) 萬法刂(이) 唯識刂大丨(이대다) 故⋯(로) 日諸法所生刂(이) 唯心所現ㅅ㇀ニヒㅅ(라ᄒᆞ시니라)(1권20a-8,9)
[나] 三界ㅣ 唯心이며 萬法이 唯識 故로 日諸法所生이 唯 心所現이라ᄒᆞ시니라

176. 刂ホ丨
[가] 是故 當知 意入刂(이) 虛妄㇀ㄋ(ᄒᆞ야) 本非因緣刂ㄅ(이며) 非自然性刂ホ丨(이더라)(3권4b:12)
[나] 是故로 當知ᄒᆞ라 意入이 虛妄 ᄒᆞ야 本非因緣 이며 非自然性이니라

위의 용례 175과 176의 음독 구결문의 '刂大丨(이대다)'와 '刂ホ丨(이더라)'는 계사에 회상법 선어말어미 '-다/더-'가 평서형 종결어미에 결합한 것이다. 다만 175의 '刂大丨(이대다)'는 회상법 선어말어미 '-다-' 뒤에 공손법 선어말어미 '-이-'가 더 결합된 유형이다.

177. ホ丨
[가] 別ㅅ㇀入ヒ(라ᄒᆞ드니) 一切畢竟ㄱ(은) 已如前釋ホ丨(더다) 餘ㄱ(은) 稱金剛觀察 [覺明分] 析ノヒㅅ(호니라) (1권2b:5)
[나] 別이니 一切畢竟은 已如前釋거니와 餘ᄂᆞᆫ 稱金剛觀察로 覺明分析이

시니

위의 용례 177의 음독 구결문 '㫆 丨(더다)'는 회상법 선어말어미 '-더-'가 평서형 종결어미와 결합한 것이다.

결국 위의 용례 (168)에서 (177)까지의 음독 구결문은 회상법 선어말어미가 사용되었다는 공통점을 찾을 수 있다.

⑥ 직설법

178. ソ又7 丨
[가] 從其室門灬(로) 後及庭際ソ又7 丨(ᄒᆞ논다) 一切衆生 刂(이) 不見身中口(고)(1권12a:3)
[나] 從其室門ᄒᆞ야 後及庭際ᄒᆞ리니 一切衆生이 不見身中ᄒᆞ고

위의 용례 178의 음독 구결문의 'ソ又7 丨(ᄒᆞ논다)'는 'ᄒᆞ다' 동사 어간에 직설법 선어말어미 '-ᄂᆞ'와 의도법 선어말어미 '-오-'가 2인칭 의문형 어미 '-ㄴ다'와 결합한 것이다.

179. ソ又 丨
[가] 舊引[多說]7(은) [不]可縷疏又 丨(노다) 皆未 足爲科判 准繩ソ又 丨(ᄒᆞ노다)(1권3a:11)
[나] 舊引[多說]은 [不]可縷疏ㅣ니 足爲科判앳 准繩이로다

180. 소ソ又 丨
[가] 佛告阿難 今汝ㅋ(의) 所言見 在汝前소ソ又 丨(라ᄒᆞ노다) 是義 刂(이) 非實 丨(다)(2권36a:12)
[나] 佛告阿難ᄒᆞ샤ᄃᆡ 今汝 所言ᄒᆞ논 見이 在汝前 이라호미 是義ㅣ 非實타

181. 去ソニ又 丨
[가] 救世ソ氵(ᄒᆞ야) 悉安寧ソニ口(ᄒᆞ시고) 出世ソ乚(ᄒᆞᆯ) 獲常住去ソニ

ㄡㅣ(거ᄒᆞ시노다)(6권35b:1)
[나] 救世ᄒᆞ야 悉安寧ᄒᆞ며 出世ᄒᆞ야 獲常住케ᄒᆞ도소이다

위의 용례 179에서 181까지의 음독 구결문의 'ソㄡㅣ(ᄒᆞ노다)'와 '𛄢ソㄡㅣ(라ᄒᆞ노다)', '厺ソ＝ㄡㅣ(거ᄒᆞ시노다)'는 'ᄒᆞ다' 동사 어간에 직설법 선어말어미 '-ᄂᆞ'와 의도법 선어말어미 '-오-'가 평서형 종결어미와 결합한 것이다. 다만 180의 '𛄢ソㄡㅣ(라ᄒᆞ노다)'는 앞에 평서형 종결어미가 복합적으로 결합한 유형이며, 181의 '厺ソ＝ㄡㅣ(거ᄒᆞ시노다)'는 확인법 선어말어미 '-거-'가 동사 어간 앞에 결합함과 동시에 동사 어간 뒤에 높임법 선어말어미 '-시-'가 더 결합된 유형이다.

182. ホしソㄡヒㅣ
[가] 阿難 汝心刂(이) 昏迷ソ》(ᄒᆞ야) 不悟四大刂(이) 元如來藏ホしソㄡヒㅣ(돌을ᄒᆞ노니다)(3권21a:12)
[나] 阿難아 汝心이 昏迷ᄒᆞ야 不悟四大ㅣ 元如來藏 인돌ᄒᆞᄂᆞ니

위의 용례 182의 음독 구결문의 'ホしソㄡヒㅣ(돌을ᄒᆞ노니다)'는 형식명사와 목적격 표기가 'ᄒᆞ다' 동사 어간 앞에 결합한 상태에서 뒤에 직설법 선어말어미 '-ᄂᆞ-'와 의도법 선어말어미 '-오-', 그리고 원칙법 선어말어미 '-니-'가 평서형 종결어미에 결합한 것이다.

183. ソㅌㅣ
[가] 在堂ソ》(ᄒᆞ야) 得遠瞻見ソㄡ刂ㅣ(ᄒᆞ노이다) 皆且引事ソ》(ᄒᆞ야) 辯定ソ＝ロ(ᄒᆞ시고) 下乃牒破ソㅌㅣ(ᄒᆞᄂᆞ다)(1권11a:7)
[나] 在堂ᄒᆞ야셔 得遠瞻見ᄒᆞ노이다 皆且引事辯定ᄒᆞ시고 下애 乃牒破ᄒᆞ시니라

위의 용례 183의 음독 구결문의 'ソㅌㅣ(ᄒᆞᄂᆞ다'는 'ᄒᆞ다' 동사 어간에 직설법 선어말어미 '-ᄂᆞ-'가 평서형 종결어미에 결합한 것이다.

184. ㄴ又七丨

[가] 微密觀照 氵(에) 心猶未了ㄴ又七丨(ᄒᆞᄂᆞᆺ다) 汝 今 諦聽ㄴ㕛(ᄒᆞ라)(2권43b:3)

[나] 微密觀照앤 心猶未了ᄒᆞ니 汝ㅣ 今에 諦聽ᄒᆞ라

185. ㄴ二又七丨

[가] 得大自在刀ㄴ金(ᄒᆞ샤) 無畏ㄴ(을) 施衆生ㄴ二又七丨(ᄒᆞ시ᄂᆞᆺ다) 妙音觀世音梵音海潮音…(로)(6권35a:13)

[나] 得大自在刀ᄒᆞ야 無畏ᄅᆞᆯ施衆生ᄒᆞᄂᆞ니 妙音과觀世音과梵音과 海潮音과로

위의 용례 184와 185의 음독 구결문의 'ㄴ又七丨(ᄒᆞᄂᆞᆺ다)'와 'ㄴ二又七丨(ᄒᆞ시ᄂᆞᆺ다)'는 'ᄒᆞ다' 동사 어간 앞에 결합한 상태에서 뒤에 직설법 선어말어미 '-ᄂᆞ-'와 의도법 선어말어미 '-오-', 그리고 감동법 선어말어미 '-ㅅ-'이 평서형 종결어미에 결합한 것이다. 다만 185의 ' 'ㄴ二又七丨(ᄒᆞ시ᄂᆞᆺ다)'는 직설법 선어말어미 '-ᄂᆞ-' 앞에 높임법 선어말어미 '-시-'가 더 결합된 유형이다.

186. ㄴ又刂丨

[가] 在堂ㄴ氵(ᄒᆞ야) 得遠瞻見ㄴ又刂丨(ᄒᆞ노이다) 皆且引事ㄴ氵(ᄒᆞ야) 辯定ㄴ二口(ᄒᆞ시고) 下乃牒破ㄴㅌ丨(ᄒᆞᄂᆞ다)(1권11a:7)

[나] 在堂ᄒᆞ야셔 得遠瞻見ᄒᆞ노이다 皆且引事辯定ᄒᆞ시고 下애 乃牒破ᄒᆞ시니라

187. 㕛ㄴ又刂丨

[가] 則名無聞㕛ㄴ又刂丨(라ᄒᆞ노이다) 由我刂(이) 不自觀音ノㄱ ホ又(혼ᄃᆞ로)(4권 56a:1)

[나] 則名無聞이니이다 由我ㅣ 不自觀音ᄒᆞ샤

위의 용례 136과 137의 음독 구결문 'ㄴ又刂丨(ᄒᆞ노이다)'와 '㕛ㄴ又刂丨(라ᄒᆞ노이다)'는 'ᄒᆞ다' 동사 어간 앞에 결합한 상태에서 뒤에 직

설법 선어말어미 '-ᄂᆞ-'와 의도법 선어말어미 '-오-', 그리고 공손법 선어말어미 '-이-'가 평서형 종결어미와 결합한 것이다. 다만 187의 'ᄉᆞソ又ㄲ丨(라ᄒᆞ노이다)'는 동사 어간 앞에 평서형 종결어미가 복합적으로 결합된 유형이다.

결국 위의 용례 (178)에서 (187)까지의 음독 구결문은 직설법 선어말어미 '-ᄂᆞ-'가 사용되었다는 공통점을 찾을 수 있다.

⑦ 감동법

188. ソヨ丨

[가] 解上難也ノヒᄉᆞ(호니라) 謂心 但能知オ7 丁(언뎡) 不可言見ᄉᆞソヒ(라ᄒᆞ니) 曾不悟ソヨ丨(ᄒᆞ도다)(1권15a:4)

[나] 解上難也ᄒᆞ니 謂心이 但能知홀ᄉᆡ 不可言見이라ᄒᆞ니 曾 不悟能見은

189. ソニヨ夕

[가] 若見不見ソ𠂉(ᄒᆞ면) 自然非彼不見之相リオヒ入ㅗ(이어니들여) 縱辯也ソニヨ夕(ᄒᆞ시도다)(2권33b:13)

[나] 若見不見이라홀딘댄 自然非彼不見之相이니라 縱辯也 ᄒᆞ시니라

190. ᄉᆞソ刀丨

[가] 聚落7(은) 村市也 漢書氵(에) 無燔聚落ᄉᆞソ刀丨(라ᄒᆞ도다)(4권35a:9)

[나] 聚落ᄋᆞᆫ 村市也ㅣ라 漢書에 燔聚落이라ᄒᆞ니라

위의 용례 188에서 190까지의 음독 구결문의 'ソヨ丨(ᄒᆞ도다)'와 'ソニヨ夕(ᄒᆞ시도다)', 'ᄉᆞソ刀丨(라ᄒᆞ도다)'는 'ᄒᆞ다' 동사 어간에 감동법 선어말어미 '-도-'가 평서형 종결어미와 결합한 것이다. 다만 189의 'ソニヨ夕(ᄒᆞ시도다)'는 감동법 선어말어미 '-도-' 앞에 높임법 선어말어미 '-시-'가 더 결합된 유형이고, 190의 'ᄉᆞソ刀丨(라ᄒᆞ도다)'는 'ᄒᆞ다' 동사 어간 앞에 평서형 종결어미가 복합되어 있는 형태이다.

191. ソ斗丨
[가] 問誰愛樂ソ氵(ᄒᆞ야) 微起妄本也ソニ숖七丨(ᄒᆞ여샷다) 答因心目ᄉ ソヒ(라ᄒᆞ니) 正顯妄本也ソ斗丨(ᄒᆞ두다)(1권10a:9)
[나] 問誰愛樂ᄂᆞᆫ 微起妄本也ㅣ시니라 答因心目ᄋᆞᆫ 正顯妄本也ㅣ라

위의 용례 191의 음독 구결문 'ソ斗丨(ᄒᆞ두다)'는 'ᄒᆞ다' 동사 어간에 감동법 선어말어미 '-두-'가 평서형 종결어미에 결합한 것이다.

192. ソヌ七丨
[가] 微密觀照氵(에) 心猶未了ソヌ七丨(ᄒᆞᄂᆞᆺ다) 汝今諦聽ソᄉ(ᄒᆞ라)(2권43b:3)
[나] 微密觀照앤 心猶未了ᄒᆞ니 汝ㅣ 今에 諦聽ᄒᆞ라

193. ソニヌ七丨
[가] 得大自在刀ソ숖(ᄒᆞ샤) 無畏乚(을) 施衆生ソニヌ七丨(ᄒᆞ시ᄂᆞᆺ다) 妙音觀世音 梵音海潮音…(로)(6권35a:13)
[나] 得大自在刀ᄒᆞ야 無畏ᄅᆞᆯ施衆生ᄒᆞᄂᆞ니 妙音과觀世音과 梵音과 海潮音과로

194. ㇆ホソヌ七丨
[가] 如是覺元刂(이) 非和合生ソ㢱(ᄒᆞ며) 及不和合㇆ホソヌ七丨(ㄴ ᄃᆞᆯᄒᆞᄂᆞᆺ다)(2권47b:6)
[나] 如是覺元이 非和合生이며 及不和合ᄒᆞᄂᆞ다

위의 용례 192에서 194의 음독 구결문의 'ソヌ七丨(ᄒᆞᄂᆞᆺ다)'와 'ソニヌ七丨(ᄒᆞ시ᄂᆞᆺ다)', '㇆ホソヌ七丨(ㄴ ᄃᆞᆯᄒᆞᄂᆞᆺ다)'는 'ᄒᆞ다' 동사 어간에 직설법 선어말어미 '-ᄂᆞ-'와 의도법 선어말어미 '-오-', 그리고 감동법 선어말어미 '-ㅅ-'이 평서형 종결어미와 결합한 것이다. 다만 193의 'ソニヌ七丨(ᄒᆞ시ᄂᆞᆺ다)'는 'ᄒᆞ다' 동사 어간 뒤에 높임법 선어말어미 '-시-'가 더 결합된 유형이고, 194의 '㇆ホソヌ七丨(ㄴ ᄃᆞᆯᄒᆞᄂᆞᆺ다)'는 종속적 연결어미 '-ㄴ ᄃᆞᆯ'에 'ᄒᆞ다' 동사 어간과 결합한 유형이다.

195. 𫝀ソ𫝃𠄎七丨

[가] 故…(로)明見外境ソソ大(하ᄒᆞ대) 故說潛根𫝀ソ𫝃𠄎七丨(라ᄒᆞ시샷다)(1권13a:4)

[나] 故로 明見外境ᄒᆞᄂᆞ니 故로 說潛根이라ᄒᆞ니라

196. ソ利午ソ𫝃𠄎七丨

[가] 識體刂(이) 若有大(대) 非同物象ソ㇁(ᄒᆞ야) 既自無體去ヒ(거니) 安能有用ソ利午(ᄒᆞ리오)故曰欲何分別ソ利午ソ𫝃𠄎七丨(ᄒᆞ리오ᄒᆞ시샷다)(3권24a:2-3)

[나] 識體ㅣ 若有ㅣ라ᄒᆞ야도 非同物象ᄒᆞ리니 既自無體커 니 安能有用ᄒᆞ리오 故로 曰欲何分別오ᄒᆞ시니라

위의 용례 195와 196의 음독 구결문의 '𫝀ソ𫝃𠄎七丨(라ᄒᆞ시샷다)'와 'ソ利午ソ𫝃𠄎七丨(ᄒᆞ리오ᄒᆞ시샷다)'는 'ᄒᆞ다' 동사 어간에 높임법 선어말어미 '-시-'와 '-샤-', 그리고 감동법 선어말어미 '-ㅅ-'이 평서형 종결어미와 결합한 것이다. 다만 195의 음독 구결문 '𫝀ソ𫝃𠄎七丨(라ᄒᆞ시샷다)'는 동사 어간 앞에 평서형 종결어미가 복합되어 있는 형태이고 196의 'ソ利午ソ𫝃𠄎七丨(ᄒᆞ리오ᄒᆞ시샷다)'는 동사 어간 앞에 다시 'ᄒᆞ다' 동사 어간에 추측법 선어말어미 '-리-'와 의문형 종결어미 '-오'가 더하여 결합된 복합 유형이다.

결국 위의 용례 (131)에서 (139)까지의 음독 구결문은 감동법 선어말어미가 사용되었다는 공통점을 찾을 수 있다.

⑧ 추측법

197. ノ利丨

[가] 得如是多聞善根ソ㇁(ᄒᆞ야) 名爲出家𫝀ソ㇁乃(라ᄒᆞ야나) 猶隔日瘧ノ利丨(호리라)(1권5a:10)

[나] 得如是多聞善根ᄒᆞ야 名爲出家ㅣ라도 猶隔日瘧ᄒᆞ도소이다

위의 용례 197의 음독 구결문의 ‘ノ𥝱丨(호리라)’는 ‘ᄒᆞ다’ 동사 어간에 의도법 선어말어미 ‘-오-’와 추측법 선어말어미 ‘-리-’가 평서형 종결어미에 결합한 것이다.

198. ソ𥝱七丨
[가] 異故灬(로) 必有畔ソ𥝱七丨(ᄒᆞ릿다) 且求畔不得太ㄱ(댄) 非非和矣ラ七丨(읫다)(2권49a:8-9)
[나] 異故로 必有畔ᄒᆞ리어늘 且求畔ᄒᆞ야도 不得이로소니 非非和矣로다

199. ソ𥝱オ七丨
[가] 此心ㄱ(은) 自應離分別音口(고) 有分別性ソ𥝱オ七丨(ᄒᆞ리엇다) 譬如亽(라) 有客ㄱ(은) 寄宿旅亭ソ氵(ᄒᆞ야) 暫止便去ソ氵(ᄒᆞ야)(2권31a:2-3)
[나] 此心 自應離分別音 有分別性ᄒᆞ야ᅀᅡᄒᆞ리어니ᄯᆞᆫ 譬如 有客이 寄宿旅亭ᄒᆞ야 暫止ᄒᆞ얫다가 便去ᄒᆞ야

200. 氵ソ𥝱オ七丨
[가] 巾刂(이) 本無ソ丆(ᄒᆞ면) 結亦不有也氵ソ𥝱オ七丨(야ᄒᆞ리엇다)(10권21b:4)
[나] 巾의 本無ᄒᆞ면 結도 亦不有也ᄒᆞ리라

위의 용례 198에서 200까지의 음독 구결문의 ‘ソ𥝱七丨(ᄒᆞ릿다)’와 ‘ソ𥝱オ七丨(ᄒᆞ리엇다)’, ‘氵ソ𥝱オ七丨(야ᄒᆞ리엇다)’는 ‘ᄒᆞ다’ 동사 어간에 추측법 선어말어미 ‘-리-’와 감동법 선어말어미 ‘-ㅅ-’이 평서형 종결어미와 결합한 것이다. 다만 199의 ‘ソ𥝱オ七丨(ᄒᆞ리엇다)’는 추측법 선어말어미 ‘-리-’ 뒤에 확인법 선어말어미 ‘-어-’가 더 결합된 유형이고, 200의 ‘氵ソ𥝱オ七丨(야ᄒᆞ리엇다)’는 199의 유형에 다시 ‘ᄒᆞ다’ 동사 어간에 의문형 종결어미가 선행한 유형이다.

201. ソ𥝱午ソニ金七丨
[가] 識體刂(이) 若有太(대) 非同物象ソ氵(ᄒᆞ야) 既自無體去ヒ(거니) 安

能有用ソ禾午(ᄒᆞ리오) 故曰欲何分別ソ禾午ソニ金七ㅣ(ᄒᆞ리오ᄒᆞ여샻다)(3권24a:2-3)

[나] 識體ㅣ 若有ㅣ라ᄒᆞ야도 非同物象ᄒᆞ리니 既自無體커니 安能有用ᄒᆞ리오 故로 曰欲何分別오ᄒᆞ시니라

위의 용례 201의 음독 구결문의 'ソ禾午ソニ金七ㅣ(ᄒᆞ리오ᄒᆞ여샻다)'는 'ᄒᆞ다' 동사 어간에 추측법 선어말어미 '-리-'와 의문형 종결어미 '-오'가 결합한 형태에 다시 동사 어간과 높임법 선어말어미 '-시-', '-샤-'가 결합하고 그 뒤에 감동법 선어말어미 '-ㅅ-'이 평서형 종결어미에 결합한 것이다.

202. 禾ソニ七ㅣ

[가] 爲能聞禾午(리오) 故曰誰知聞識禾ソニ七ㅣ(리ᄒᆞ싯다) 能聞リ(이) 無知ソ𠂉(ᄒᆞ면) 則ㄱ(은) 如草木ソ禾ㅅ大(ᄒᆞ리라대) 又不可也ㄋ七ㅣ(읫다)(3권10b:2)

[나] 爲能聞리오 故로曰誰知聞識이리오ᄒᆞ시니라 能聞이 無知ᄒᆞ면 則 如草木ᄒᆞ릴ᄉᆡ 又不可也ㅣ로다

위의 용례 202의 음독 구결문의 '禾ソニ七ㅣ(리ᄒᆞ싯다)'는 의문형 종결어미 '-리' 뒤에 'ᄒᆞ다' 동사 어간이 높임법 선어말어미 '-시-'와 감동법 선어말어미 '-ㅅ-', 그리고 평서형 종결어미와 결합한 복합 형태이다.

203. ソ禾リ七ロソ亠七ㅣ

[가] 遺失リオヒト(이러니와) 既無生滅ソヒ大(ᄒᆞ니대) 云何能遺ソ禾リ七ロソ亠七ㅣ(ᄒᆞ리엇고ᄒᆞ엿다)(2권28a:11)

[나] 遺失이어니와 既無生滅인댄 云何能遺ᄒᆞ리오ᄒᆞ니라

위의 용례 203의 음독 구결문의 'ソ禾リ七ロソ亠七ㅣ(ᄒᆞ리엇고ᄒᆞ엿다)'는 'ᄒᆞ다' 동사 어간에 추측법 선어말어미 '-리-'와 공손법 선어말어미 '-이-', 감동법 선어말어미 '-ㅅ-'이 결합한 뒤에 다시 동사 어간에

확인법 선어말어미 '-여-'와 감동법 선어말어미 '-ㅅ-'이 평서형 종결어미에 결합한 것이다.

204. 矛ㅋ七丨
[가] 旣在虛空ソ㕛大(ᄒᆞ라대) 自非汝體也ㅋ七丨(읫다) 若執兩皆有知ノㄴ上十(홀뎨긔) 則成兩體矣矛ㅋ七丨(리읫다) (1권14a:8)
[나] 旣在虛空홀ᄉᆡ 自非汝體也ㅣ니라 若執兩皆有知라ᄒᆞ면 則 成兩體矣리라

205. 矛ㅋ七丨ノ矛㕛
[가] 妄發生故⺀(로) 佛相摩觸去七丨(것다) 了本虛妄ノ㇆ㅗ十(혼여긔) 卽悟 無生矣矛ㅋ七丨ノ矛㕛(리읫다호리라) (5권16a:8)
[나] 妄發生故로不相摩觸이니 了本虛妄ᄒᆞ면 卽悟無 生矣리라

206. ノ矛ㅋ七丨
[가] 者㇆(은) 反德藏用ソ㇌(ᄒᆞ야) 滅伏覺ソ㇆(ᄒᆞㄴ) 觀然後㇌氵(에사) 能契寂滅場地也ノ矛ㅋ七丨(호리읫다)(7권4a:6)
[나] 者ᄂᆞᆫ 反德ᄒᆞ며 藏用ᄒᆞ야 滅伏覺觀然後에ᅀᅡ 能契寂滅場地 也ㅣ라

위의 용례 204에서 206까지의 음독 구결문의 '矛ㅋ七丨(리읫다)'와 '矛ㅋ七丨ノ矛㕛(리읫다호리라)', 'ノ矛ㅋ七丨(호리읫다)'는 추측법 선어말어미 '-리-'와 확인법 선어말어미 '-의-', 그리고 감동법 선어말어미 '-ㅅ-'이 평서형 종결어미와 결합한 것이다. 다만 205의 '矛ㅋ七丨ノ矛㕛(리읫다호리라)'는 204의 유형 뒤에 다시 'ᄒᆞ다' 동사 어간에 의도법 선어말어미 '-오-'와 추측법 선어말어미 '-리-'가 평서형 종결어미 '-라'와 결합된 유형이고, 206의 'ノ矛ㅋ七丨(호리읫다)'는 205의 유형 앞에 'ᄒᆞ다' 동사 어간과 의도법 선어말어미 '-오-'가 더하여 결합된 유형이다.

결국 위의 용례 (197)에서 (207)까지의 음독 구결문은 추측법 선어말

어미 '-리-'가 사용되었다는 공통점을 찾을 수 있다.

⑨ 공손법

207. ソリヒ丨
[가] 反生滅息ソ3(ᄒᆞ야) 循無生空ソ3(ᄒᆞ야) 而得圓證ソリヒ丨(ᄒᆞ릿다)(5권11a:2)
[나] 反生滅息ᄒᆞ야循無生空ᄒᆞ야而得圓證ᄒᆞ니라

위의 용례 207의 음독 구결문의 'ソリヒ丨(ᄒᆞ릿다)'는 'ᄒᆞ다' 동사 어간에 공손법 선어말어미 '-이-'와 감동법 선어말어미 '-ㅅ-'이 평서형 종결어미에 결합한 것이다.

208. ソ3リ丨
[가] 知ソ3(ᄒᆞ야) 不相離故…ㄱ(론) 不在身外ソ斗士リ丨(ᄒᆞ두ᄉᆞ이다) 我今思惟 知 在 一處ソ3リ丨(ᄒᆞ야이다)(1권12b:10)
[나] 知ᄒᆞ야 不相離故로 不在身外ᄒᆞ니 我今思惟호니 知在一 處ᄒᆞ과이다

위의 용례 208의 음독 구결문의 'ソ3リ丨(ᄒᆞ야이다)'는 'ᄒᆞ다' 동사 어간에 확인법 선어말어미 '-야-'에 공손법 선어말어미 '-이-'가 평서형 종결어미에 결합한 것이다.

209. ノㄱリ丨
[가] 佛言 汝裝誰見ロ(고) 阿難言 我與大衆…(로) 同將眼見ノㄱリ丨(혼이다) 佛告阿難ソ金ム(ᄒᆞ샤ᄃᆡ)(1권19a-9)
[나] 佛言ᄒᆞ샤ᄃᆡ 汝裝誰見ᄒᆞᄂᆞᆫ다 阿難言호ᄃᆡ 我與大衆과 同將眼見ᄒᆞᅀᆞᆸ노이다 佛告阿難ᄒᆞ샤ᄃᆡ

위의 용례 209의 음독 구결문의 'ノㄱリ丨(혼이다)'는 'ᄒᆞ다' 동사 어간에 의도법 선어말어미 '-오-'에 공손법 선어말어미 '-이-'가 평서형 종결어미에 결합한 것이다.

210. ソ又リ丨
[가] 在堂ソ〻(ᄒᆞ야) 得遠瞻見ソ又リ丨(ᄒᆞ노이다) 皆且引事ソ〻(ᄒᆞ야) 辯定ソ=ロ(ᄒᆞ시고) 下乃牒破ソㅌ丨(ᄒᆞᄂᆞ다)(1권11a:7)
[나] 在堂ᄒᆞ야셔 得遠瞻見ᄒᆞ노이다 皆且引事辯定ᄒᆞ시고 下애 乃牒破ᄒᆞ시니라

211. ᄉソ又リ丨
[가] 擊久聲鎖ソ〻(ᄒᆞ야) 音響リ(이) 雙絶去ホ⺈(거든) 則名無聲ᄉソ又リ丨(라ᄒᆞ노이다)(4권 56a:7)
[나] 擊久ᄒᆞ야 聲鎖ᄒᆞ야 音響이 雙絶ᄒᆞ면 則名無聲이니이다

212. 去ソ又リ丨
[가] 音聲ソ〻(ᄒᆞ야) 卽得解脫去ソ又リ丨(거ᄒᆞ노이다) 不自觀音者⺈(은) 不隨聲塵所起知見也ソㄴ=ㅌ丨(ᄒᆞᆯ시니다)(6권26a:10)
[나] 音聲ᄒᆞ야卽得解脫케ᄒᆞ며 不自觀音者ᄂᆞᆫ 不隨聲塵所起知見也ㅣ라

위의 용례 210에서 212까지의 음독 구결문의 'ソ又リ丨(ᄒᆞ노이다)'와 'ᄉソ又リ丨(라ᄒᆞ노이다)', '去ソ又リ丨(거ᄒᆞ노이다)'는 'ᄒᆞ다' 동사 어간에 직설법 선어말어미 '-ᄂᆞ-'와 의도법 선어말어미 '-오-' 그리고 공손법 선어말어미 '-이-'가 평서형 종결어미와 결합한 것이다. 다만 211의 'ᄉソ又リ丨(라ᄒᆞ노이다)'는 210의 유형 앞에 평서형 종결어미 '-라'가 더 결합한 것이고, 212의 '去ソ又リ丨(거ᄒᆞ노이다)'는 210의 유형 앞에 확인법 선어말어미 '-거-'가 더 결합된 것이다.

213. ソㅌリ丨
[가] 在我面ソリ丨(ᄒᆞ이다) 如是ソ〻(ᄒᆞ야) 識心⺈(은) 實居身內ソㅌリ丨(ᄒᆞ니이다)(1권10b:8)
[나]在我面ᄒᆞ니 如是ᄒᆞ야 識心은 實居身內ᄒᆞ니이다

214. 土ソㅌリ丨
[가] 燈光リ(이) 居在室外ソ〻(ᄒᆞ야) 不能照室土ソㅌリ丨(디ᄒᆞ니이다) 是義リ(이) 必明ソ〻(ᄒᆞ야) 將無所惑ソㅌ(ᄒᆞ니)(1권12a:4)

[나] 燈光이 居在室外ᄒᆞ야 不能照室ᄐᆞᆺᄒᆞ니 是義ㅣ 必明ᄒᆞ야 將無所惑ᄒᆞ야

위의 용례 213과 214의 음독 구결문의 'ㄴㄴㄷㄷ(ᄒᆞ니이다)'와 '土ㄴㄴㄷㄷ(디ᄒᆞ니이다)'는 'ᄒᆞ다' 동사 어간에 원칙법 선어말어미 '-니-'와 공손법 선어말어미 '-이-'가 평서형 종결어미와 결합한 것이다. 다만 214의 '土ㄴㄴㄷㄷ(디ᄒᆞ니이다)'는 213의 유형 앞에 형식명사가 더하여 결합된 유형이다.

215. ソ又ヒリ丨

[가] 擧金色臂ソ金(ᄒᆞ샤) 屈五輪指ソ彡(ᄒᆞ야) 語阿難言ソ金(ᄒᆞ샤) 汝今彡(에) 見 不彡(야) 阿難リ(이) 言ノム(호ᄃᆡ) 見ソ又ヒリ丨(ᄒᆞ노니이다)(1권19a:7)

[나] 擧金色臂ᄒᆞ샤 屈五輪指ᄒᆞ샤 語阿難言ᄒᆞ샤ᄃᆡ 汝ㅣ 今에 見가 不아 阿難이 言호ᄃᆡ 見ᄒᆞ숩노이다

216. 厶ソ又ヒリ丨

[가] 不住厶(라) 名客厶ヒ(라니) 住厶(라) 名主人厶ソ又ヒリ丨(라ᄒᆞ노니이다) 以不住者…(로) 名爲客七(ㅅ) 義厶ノ矛リ丨(라호리이다) (1권24a:6)

[나] 不住ᄂᆞᆫ名客이오 住ᄂᆞᆫ 名主人이니 以不住者로 名爲客義라ᄒᆞ노이다

위의 용례 215와 216의 음독 구결문의 'ソ又ヒリ丨(ᄒᆞ노니이다)'와 '厶ソ又ヒリ丨(라ᄒᆞ노니이다)'는 'ᄒᆞ다' 동사 어간에 직설법 선어말어미 '-ᄂᆞ-'와 의도법 선어말어미 '-오-', 원칙법 선어말어미 '-니-', 그리고 공손법 선어말어미 '-이-'가 평서형 종결어미와 결합한 것이다. 다만 216의 '厶ソ又ヒリ丨(라ᄒᆞ노니이다)'는 215의 유형 앞에 평서형 종결어미 '-라'가 더 결합된 유형이다.

217. ソニヒリ丨

[가] 便智慧リ(이) 各各不同ソニヒリ丨(ᄒᆞ시니이다) 先擧多佛ソニロ(ᄒᆞ

시고) 次顯多福也ソ二ヒ亽(ᄒᆞ시니라)(6권28b:1)

[나] 便智慧ㅣ各各不同ᄒᆞ시니 先擧多佛ᄒᆞ시고 次顯多福也ᄒᆞ시니라

위의 용례 217의 음독 구결문의 'ソ二ヒリ丨(ᄒᆞ시니이다)'는 'ᄒᆞ다' 동사 어간에 높임법 선어말어미 '-시-'와 원칙법 선어말어미 '-니-', 그리고 공손법 선어말어미 '-이-'가 평서형 종결어미에 결합한 것이다.

218. ソㅌヒリ丨

[가] 阿難言ソ金ム(ᄒᆞ샤ᄃᆡ) 若此顚倒 首尾乚(을) 相搜リヒ(이니) 諸世間人リ(이) 一倍瞻視ソㅌヒリ丨(ᄒᆞᄂᆞ니이다)(2권28b:8)

[나] 阿難言ᄒᆞ샤ᄃᆡ 若此顚倒ᄂᆞᆫ 首尾ᄅᆞᆯ 搜이니 諸世間人이 一倍瞻視ᄒᆞᄂᆞ다

219. 亽ソㅌヒリ丨

[가] 十方微塵國土リ(이) 皆名我爲施無畏者亽ソㅌヒリ丨(라ᄒᆞᄂᆞ니이다)(6권30a:11)

[나] 十方微塵國土ㅣ皆名我호ᄃᆡ爲施無畏者ㅣ라ᄒᆞᄂᆞ니이다

위의 용례 218과 219의 음독 구결문의 'ソㅌヒリ丨(ᄒᆞᄂᆞ니이다)', '亽ソㅌヒリ丨(라ᄒᆞᄂᆞ니이다)'는 'ᄒᆞ다' 동사 어간에 직설법 선어말어미 '-ᄂᆞ-'와 원칙법 선어말어미 '-니-', 그리고 공손법 선어말어미 '-이-'가 평서형 종결어미와 결합한 것이다. 다만 219의 '亽ソㅌヒリ丨(라ᄒᆞᄂᆞ니이다)'는 218의 유형 앞에 평서형 종결어미 '-라'가 더 결합된 유형이다.

220. ソ二ㅌリ丨

[가] 淫心ソ3(ᄒᆞ야) 成智慧火ソリ丨(ᄒᆞ이다) 從是…(로) 詣佛リ(이) 皆呼召我ソ3(ᄒᆞ야) 名爲火頭ソ二ㅌリ丨(ᄒᆞ시ᄂᆞ이다)(5권15a:8)

[나] 心ᄒᆞ야 成智慧火호니 從是ᄒᆞ야 詣佛이皆呼召我ᄒᆞ샤ᄃᆡ 名爲火頭ㅣ라ᄒᆞ시ᄂᆞ니

221. 亽丷亍ㅌ刂丨
   [가] 十方如來刂(이) 歎我ㅋ(의) 神力刂(이) 圓明淸淨丷ㄋ(ᄒᆞ야) 自在 無畏亽丷亍ㅌ刂丨(라ᄒᆞ시ᄂᆞ이다)(5권14b:12)
   [나] 十方如來ㅣ 歎我神力ㅣ 圓明淸淨ᄒᆞ야 自在無畏 라ᄒᆞ시니

위의 용례 220과 221의 음독 구결문의 '丷亍ㅌ刂丨(ᄒᆞ시ᄂᆞ이다)'와 '亽丷亍ㅌ刂丨(라ᄒᆞ시ᄂᆞ이다)'는 'ᄒᆞ다' 동사 어간에 높임법 선어말어미 '-시-'와 직설법 선어말어미 '-ᄂᆞ-', 그리고 공손법 선어말어미 '-이-'가 평서형 종결어미와 결합한 것이다. 다만 221의 '亽丷亍ㅌ刂丨(라ᄒᆞ시ᄂᆞ이다)'는 220의 유형 앞에 평서형 종결어미 '-라'가 더 결합된 유형이다.

222. 丷ㅌㄴ刂丨
   [가] 中ㄋ七(엣) 綱紀又ㅌ(로나) 親印我心丷ㄋ(ᄒᆞ야) 持戒修身ㄋㄱ(엔) 衆推無上丷ㅌㄴ刂丨(ᄒᆞᄂᆞᆯ이다)(5권14a:11)
   [나] 中 綱紀라 親印我心ᄒᆞ야 持戒修身에 衆推無上ᄒᆞᄂᆞ니

위의 용례 222의 음독 구결문의 '丷ㅌㄴ刂丨(ᄒᆞᄂᆞᆯ이다)'는 'ᄒᆞ다' 동사 어간에 직설법 선어말어미 '-ᄂᆞᆯ-'과 공손법 선어말어미 '-이-'가 평서형 종결어미에 결합한 것이다.

223. 丷户刂丨
   [가] 比丘尼等刂(이) 卽我ㅋ(의) 眷屬ヒ(니) 同時發心丷户刂丨(ᄒᆞ소이다) 我觀世間ㄋ(에)(5권10a:2)
   [나] 比丘尼等은 卽我의 眷屬이니 同時發心ᄒᆞ니이다 我觀世間앳

224. 丷所刂丨
   [가] 雖盡諸漏丷乃(ᄒᆞ나) 今聞如來ヒ(니) 所說法音ㄴ口(을고) 尙紆疑悔丷所刂丨(ᄒᆞ소이다)(4권28b:8)
   [나] 雖盡諸漏ᄒᆞ나 今聞如來ㅅ 所說法音ᄒᆞᅀᆞᆸ고 尙紆疑悔호이다

225. ㅅㅗ尸リㅣ

[가] 悟知一六亡義ㅅ乃(ᄒᆞ나) 然猶未達圓通本根ㅅㅗ尸リㅣ(ᄒᆞ여소이다) 世尊下(하) 我/ㄱ(은)(5권7a:11)

[나] 悟知一六亡義ᄒᆞ나 然猶未達圓通本根ᄒᆞ노니 世尊하 我ㅣ

226. ㅅㅣ尸リㅣ

[가] 於諸漏心ㅊ(에) 未求出離ㅅㅣ尸ㄴ(ᄒᆞ다소니) 蒙佛慈誨ㅅㅊ(ᄒᆞ야) 得正 熏修ㅅㅊ(ᄒᆞ야) 身心リ(이) 快然ㅅㅊ(ᄒᆞ야) 獲大饒益ㅅㅣ尸リㅣ(ᄒᆞ다소이다)(7권19a:11-12)

[나] 於諸漏心에 未求出離ᄒᆞ다니 蒙佛慈誨ᄒᆞᅀᆞ와 得正 熏修ᄒᆞ야 身心이 快然ᄒᆞ야 獲大饒益ᄒᆞᅀᆞ와니와

위의 용례 223에서 226까지의 음독 구결문의 'ㅅ尸リㅣ(ᄒᆞ소이다)', 'ㅅ所リㅣ(ᄒᆞ소이다)', 'ㅅㅗ尸リㅣ(ᄒᆞ여소이다)'와 'ㅅㅣ尸リㅣ(ᄒᆞ다소이다)'는 'ᄒᆞ다' 동사 어간에 높임법 선어말어미 '-소-'와 공손법 선어말어미 '-이-'가 평서형 종결어미와 결합한 것이다. 다만 225의 'ㅅㅗ尸リㅣ(ᄒᆞ여소이다)'는 높임법 선어말어미 '-소-' 앞에 확인법 선어말어미 '-여-'가 결합된 유형이고, 226의 'ㅅㅣ尸リㅣ(ᄒᆞ다소이다)'는 회상법 선어말어미 '-다-'가 높임법 선어말어미 '-소-' 앞에 결합한 유형이다.

227. ㅅ禾オニリㅣ

[가] 所說自然リ氵(이사) 成第一義ㅅ禾オニリㅣ(ᄒᆞ리어시이다) 唯垂大悲ㅅ金(ᄒᆞ샤) 開發迷悶ㅅ小立(ᄒᆞ쇼셔)(4권42a:5-6)

[나] 所說自然이ᅀᅡ 成第一義ᄒᆞ리니 唯垂大悲ᄒᆞ샤 開發迷悶 ᄒᆞ쇼셔

위의 용례 227의 음독 구결문 'ㅅ禾オニリㅣ(ᄒᆞ리어시이다) '는 'ᄒᆞ다' 동사 어간에 추측법 선어말어미 '-리-'와 확인법 선어말어미 '-어-', 높임법 선어말어미 '-시-', 그리고 공손법 선어말어미 '-이-'가 평서형 종결어미에 결합한 것이다.

228. ㅅ㇇ㅡ三ㄲㅣ

[가] 引諸沆冥ㅅ㇇ 3 (ᄒᆞ야) 出於苦海ㅅ㇇ㅡ三ㄲㅣ(ᄒᆞ여시이다) (4권44b:7)

[나] 引諸沆冥ᄒᆞ샤 出於苦海ᄒᆞ시ᄂᆞ이다

229. 去ㅅ㇇ㅡ三ㄲㅣ

[가] 我億劫 3 七(엣) 顚倒想ㅅ㇇金(ᄒᆞ샤) 不歷僧祇ㅅ㇇ 3 (ᄒᆞ야) 獲法身去ㅅ㇇ㅡ三ㄲㅣ(거ᄒᆞ셔시이다)(3권26a:2)

[나] 我億劫엣 顚倒想ᄒᆞ샤 不歷僧祇ᄒᆞ야셔 獲法身케ᄒᆞ시이다

위의 용례 228과 229의 음독 구결문의 'ㅅ㇇ㅡ三ㄲㅣ(ᄒᆞ여시이다)'와 '去ㅅ㇇ㅡ三ㄲㅣ(거ᄒᆞ셔시이다)'는 'ᄒᆞ다' 동사 어간에 확인법 선어말어미 '-여-'와 높임법 선어말어미 '-시-', 그리고 공손법 선어말어미 '-이-'가 평서형 종결어미와 결합한 것이다. 다만 229의 '去ㅅ㇇ㅡ三ㄲㅣ(거ᄒᆞ셔시이다)'는 228의 유형 앞에 확인법 선어말어미 '-거-'가 더 결합된 유형이다.

230. ㅅ㇇又士ㄲㅣ

[가] 剎那剎那厶(라) 念念之間斗(두) 不得停住ㅅ㇇又士ㄲㅣ(ᄒᆞ노ᄉᆞ이다) 故 知 我身ㄲ(이) 終從變滅ㅅ㇇又ㄲㅣ(ᄒᆞ노이다) (2권27a:11)

[나] 剎那剎那 念念之間애 不得停住ᄒᆞᄂᆞᆯᄉᆡ 故로 知我身 이 終從變滅ᄒᆞ노이다

위의 용례 230의 음독 구결문 'ㅅ㇇又士ㄲㅣ(ᄒᆞ노ᄉᆞ이다)'는 'ᄒᆞ다' 동사 어간에 직설법 선어말어미 '-ᄂᆞ-'와 의도법 선어말어미 '-오-', 높임법 선어말어미 '-ᄉᆞ-', 그리고 공손법 선어말어미 '-이-'가 평서형 종결어미에 결합한 것이다.

결국 위의 용례 (207)에서 (230)까지의 음독 구결문은 공손법 선어말어미가 사용되었다는 공통점을 찾을 수 있다.

2) ≪법화경≫의 통사 구조

≪법화경≫은 우리나라 천태종의 근본경전이며 현재 한국불교 근본 경전의 하나로서 불교전문강원의 수의과(隨意科) 과목으로 채택되고 있다. '법화경'은 범어 'Siddharma Pundarika-Sutra'의 번역으로, '싯다르마'란 바른 진리(正法), '푼드리카'는 하얀 연꽃(白蓮), '수트라'는 경(經)이라는 의미로 직역하면 '하얀 연꽃 같이 올바른 가르침'이다. 그래서 '법화경'을 최초로 한역한 서진의 축법호는 원래 제목을 살려서 '정법화경(正法華經)'이라고 옮겼다.

대승불교와 소승불교는 다 같이 불타의 정신에 의거한 것이기는 하나 그 교리와 수행의 태도에는 현격한 차이가 있었다. 그리하여 양자에는 상호 이단시하기에 이르렀고 이러한 상태는 비교적 장기간 계속되었다. 즈음에 편협한 일면적 교의가 아니라 폭이 넓은 포괄적 정신으로 대소승 불교를 종합하고 조화통일하려는 의미에서 "諸佛一乘 會佛歸一"의 기치를 높이 들고 나타난 경전이 법화경이다. 소승불교를 방편의 세계에 포섭하여 대승불교에 전입시키려는 것이 법화경의 근본정신인 것이다.[9)]

≪법화경≫의 본문은 [無量義經], [迹門], [本門]의 세 가지 체재로 나누어지는데, 이 가운데 '迹門'의 근본 사상은 방편이고 '本門'의 근본 사상은 구원실성이다. '방편사상'은 석존이 일체중생의 근기에 따라 제도하는 수단방법을 강구함을 뜻하고, '구원실성'은 부처님이 시간에 구애됨 없는 구원성을 밝힌 것이다. 바로 이 '방편사상'과 '구원실성'이 ≪법화경≫의 근본정신이다. 그런데 ≪법화경≫ 전후품에서는 末世衆生들을 교화함에 있어 행해야 할 '菩薩行道'에 대해 강조하고 있기 때문에 '보살행도'도 역시 '방편사상'과 '구원실성'과 더불어 ≪법화경≫의 중요한 근본정신이라 할 것이다.[10)]

---

9) 문단용(1977:242).

≪법화경≫에서 석가모니는 아득한 옛날에 완전한 깨달음을 이룬 이른바 '구원불'(久遠佛)로 나타난다. 신앙과 헌신의 지고한 대상으로서 그의 특성은 부분적으로는 그의 불가사의한 능력(즉 순식간에 사방에 제각기 부처를 모시고 있는 수천 개의 세계가 눈앞에 나타나도록 하는 능력 등)에 대한 묘사를 통하여 표현되고 있다. 그리고 이 경전에서는, 대승불교 태동기에 초기 불교의 성문(聲聞 : 부처의 가르침에 따라 스스로 아라한이 되기를 이상으로 하는 자)과 연각(緣覺 : 부처의 가르침에 의지하지 않고 스스로 깨달음에 이르는 자)을 소승(小乘)이라고 매도하며 성불(成佛)에는 이를 수 없는 존재로 멸시하던 입장에서 벗어나 각각의 입장을 성불을 위한 방편이라고 하며, 그들도 궁극적으로는 대승불교의 보살과 마찬가지로 성불에 이르게 된다고 하는 일승묘법(一乘妙法)의 사상을 펼치고 있어 주목된다. 이 때문에 이 경전의 서두에서는 자기의 입장만을 고수하는 독선적 태도를 배척한다. 또한 '여래사(如來使)'라고 하여, 부처에 의해 세상에 파견되어 현실의 한가운데에서 진리를 구현하며 온갖 어려움에도 굴하지 않고 청정한 불국토(佛國土)를 이루기 위해 힘쓰는 보살의 전형이 제시되고 있는 점도 이 경전의 중요한 특색이다.[11]

그러므로 ≪법화경≫에 기입된 음독 구결문은 평서문과 반복 구문이 많으며, 내용면에서는 비슷한 어구나 내용을 반복, 새로운 내용을 첨가 또는 보충하는 특징을 가진다.

이들 구문을 한글 구결 구문과 비교하여 제시하면 다음과 같다.

① 평서문

231. ㇾ〢丨

[가] 雖迦葉 善說ㇾ〢乃(ᄒᆞ시나) 而言未及此 故ㄡ(로) 復示之也ㇾ〢丨(ᄒᆞ시다)(3:2a)

---

10) 문단용(1977:242-244) 참조.

11) 야후 백과사전 참조(http://kr.encycl.yahoo.com/)

[나] 雖迦葉이 善說ᄒᆞ나 而言未及此ᄒᆞᆯᄊᆡ 故로 復示之也ᄒᆞ시니(3:5a)

위의 용례 231의 음독 구결문 'ソ=丨(ᄒᆞ시다)'는 'ᄒᆞ다' 동사 어간에 높임법 선어말어미 '-시-'가 평서형 종결어미에 결합한 것이다.

232. 才丨

[가] 謂如來說法方便乀(이) 雖多ソ=乃(ᄒᆞ시나) 實則一相一味又ㅗ(로ᄃᆡ) 如一雲一雨而已才丨(어다)(3:6b)

[나] 謂如來ㅅ 說法이 方便이 雖多ᄒᆞ시나 實則一相一味샨ᄃᆡ 如一雲一雨 而已시니라(3:24a)

위의 용례 232의 음독 구결문 '才丨(어다)'는 확인법 선어말어미 '-어-'와 평서형 종결어미가 결합한 것이다.

233. ノ7丨

[가] 雖一地所生乀久(이며) 一雨所潤乃(나) 而諸草木乀(이) 各有差別ノ7丨(혼다)(3:4a)

[나] 雖一地所生이며 一雨所潤이나 而諸草木이 各有差別ᄒᆞ니라(3:13a)

위의 용례 233의 음독 구결문 'ノ7丨(혼다)'는 'ᄒᆞ다' 동사 어간에 직설법 선어말어미 '-ᄂᆞ-'와 의도법 선어말어미 '-오-'가 2인칭 의문형 종결어미 '-ㄴ다'와 결합한 것이다.

② 감동법

234. 乀7入亠

[가] 迦葉氵(야) 當知ソ丶(ᄒᆞ라) 如來7(은) 是諸法之王丶(라) 若有所說乀(이) 皆不虛也乀7入亠(인들여)(3:2a)

[나] 迦葉아 當知ᄒᆞ라 如來ᄂᆞᆫ 是諸法之王이라 若有所說이면 皆不虛也ᄒᆞ니(3:5b)

위의 용례 234의 음독 구결문의 '丶ㄱ 入亠(인돌여)'는 계사에 감동법 종결어미 '-ㄴ돌여' 결합한 것이다.

235. 丶ㄱ 月亠

[가] 如此不同者ㄱ(은) 信知佛身丶(이) 無所不在ソ亠夂(ᄒᆞ시며) 無時不現去ㄱ 广ㄱ(건만) 但隨緣所感ソ人(ᄒᆞ샤) 故有延促生滅之見耳丶ㄱ 月亠(인돌여)(3:34a)

[나] 如此不同者ᄂᆞᆫ 信知佛身이 無所不在ᄒᆞ시며 無時不現이어신마ᄅᆞᆫ 但隨緣所感故로 有 延促生滅之見耳이로다(3:115a)

위의 용례 235의 음독 구결문의 '丶ㄱ 月亠(인돌여)'는 계사에 감동법 종결어미 '-ㄴᄃᆞ여' 결합한 것이다.

236. ソ又ㄱ 丁

[가] 善哉善哉丶(라) 迦葉亠(여) 善說如來 眞實功德ソ又ㄱ 丁(ᄒᆞ논뎌) 誠如所言丨(다)(3:1b)

[나] 善哉善哉라 迦葉이 善說如來ㅅ 眞實功德ᄒᆞᄂᆞ니 誠如所言ᄒᆞ니라(3:3b)

위의 용례 236의 음독 구결문 'ソ又ㄱ 丁(ᄒᆞ논뎌)'는 'ᄒᆞ다' 동사 어간에 직설법 선어말어미 '-ᄂᆞ-'와 의도법 선어말어미 '-오-'가 감동형 종결어미 '-ㄴ뎌'와 결합한 것이다.

237. ㇇七丨

[가] 雖根有無量ソ乃(ᄒᆞ나) 而皆令利喜去丶ソ亠又ㄱ 土(거이ᄒᆞ시논디) 是謂冥化㇇七丨(읫다)(3:5b)

[나] 雖根有無量ᄒᆞ나 而皆令利喜케ᄒᆞ샤미 是謂冥化ㅣ라(3:19b)

위의 용례 237의 음독 구결문 '㇇七丨(읫다)'는 'ᄒᆞ다' 확인법 선어말어미 '-의-'와 감동법 선어말어미 '-ㅅ-'이 평서형 종결어미에 결합한 것이다.

238. ノ1 亠

[가] 色心乚(을) 初破ノ1 亠十(혼여긔) 萬法丶(이) 皆空口(고) 理事丶(이) 還源ノ1 亠(혼여) 一切丶(이) 眞實ソㅌ匕(ᄒᆞᄂᆞ니)(3:19a)

[나] 色心을 初破ᄒᆞ얀 萬法이 皆空ᄒᆞ다가 理事ㅣ 還源ᄒᆞ면 一切眞實ᄒᆞᄂᆞ니(3:67a)

위의 용례 238의 음독 구결문 'ノ1 亠(혼여)'는 'ᄒᆞ다' 동사 어간에 직설법 선어말어미 '-ᄂᆞ-'와 의도법 선어말어미 '-오-'가 감동형 종결어미 '-ㄴ여'에 결합한 것이다.

239. オ七ㅣ

[가] 小乘慧眼1(은) 未免緣影去ヒ卜(거니와) 求其第一淸淨ノ乚上十(홀뎨긔) 無如世尊ソ丶大(ᄒᆞ라대) 故灬(로) 願得之オ七ㅣ(엇다)(3:55a)

[나] 小乘慧眼은 未免緣影ᄒᆞ니 求其第一淸淨홀뎬 無如世尊 故로 願得之ᄒᆞ시니라(3:187a)

위의 용례 239의 음독 구결문 'オ七ㅣ(엇다)'는 확인법 선어말어미 '-어-'와 감동법 선어말어미 '-ㅅ-'이 평서형 종결어미에 결합한 것이다.

③ 공손법

240. ソ个士丶ㅣ

[가] 究竟永寂滅ソ个(ᄒᆞ샤) 安住無漏法ソ个士丶ㅣ(ᄒᆞ샤ᄉᆞ이다)(3:29a)

[나] 究竟永寂滅ᄒᆞ샤 安住無漏法ᄒᆞ시니(3:99a)

위의 용례 239의 음독 구결문의 'ソ个士丶ㅣ(ᄒᆞ샤ᄉᆞ이다)'는 동사 어간에 회상법 선어말어미 '-더-'와 높임법 선어말어미 '-ᄉᆞ-', 그리고 공손법 선어말어미 '-이-'가 평서형 종결어미에 결합한 것이다.

241. ㅅ斗士乀丨

[가] 雖聞佛音聲乀(이) 言我等作佛乀ㅅ㇀乃(이ᄒᆞ시나) 心尙懷憂懼ノ丁士(혼디) 如未敢便食ㅅ斗士乀丨(ᄒᆞ두ᄉᆞ이다)(3:18b)

[나] 雖聞佛音聲이 言我等作佛ᄒᆞᅀᆞ오나 心尙懷憂懼ᄒᆞ야 如未敢便食ᄃᆞᆺ호니(3:65b)

위의 용례 239의 음독 구결문 'ㅅ斗士乀丨(ᄒᆞ두ᄉᆞ이다)'는 동사 어간에 감동법 선어말어미 '-두-'와 높임법 선어말어미 '-ᄉᆞ-', 그리고 공손법 선어말어미 '-이-'가 평서형 종결어미에 결합한 것이다.

④ 직설법

242. ㅅ亠ㅌ

[가] 說是妙音菩薩來往品時 四萬二千天子 得無生法忍ㅅ亠ㅌ(ᄒᆞ여나) 華德菩薩 得法華三昧ㅅ匕ᄉ(ᄒᆞ니라)

[나] 說是妙音菩薩來往品時예 四萬二千天子ㅣ得無生法忍ᄒᆞ고 華德菩薩이 得法華三昧ᄒᆞ시니라

위의 용례 242의 음독 구결문 'ㅅ亠ㅌ(ᄒᆞ여나)'는 동사 어간에 확인법 선어말어미 '-여-'와 직설법 형태의 연결어미 '-나-'가 결합한 것이다.

243. ㅅㅌ刂

[가] 若有持是觀世音菩薩名者大(대) 設入大火 火 不能燒ㅅㅌ刂(ᄒᆞᄂᆞ이) 由是菩薩 威神力故 若爲大水 所漂 稱其名號 卽得淺處

[나] 若有持是觀世音菩薩名者ᄂᆞᆫ 設入大火ᄒᆞ야도 火ㅣ 不能燒ᄒᆞ리니 由是菩薩의 威神力故ㅣ라 若爲大水의 所漂ᄒᆞ야도 稱其名號ᄒᆞ면 卽得淺處ᄒᆞ리며

244. ㅅㅌ刂ᄉ

[가] 若復有人 臨當被害 稱觀世音菩薩名者 彼所執刀杖 尋段段壞 而得解脫ㅅㅌ刂ᄉ(ᄒᆞᄂᆞ이라) 若三千大千國土 滿中夜叉羅刹 欲來惱人ㅅ禾(ᄒᆞ리) 聞其稱觀世音菩薩名者 是諸惡鬼 尙不能以惡眼 視之 況復加害七入(ㅅ여)

[나] 若復有人이 臨當被害ᄒᆞ야셔 稱觀世音菩薩名者ㅣ면 彼所執刀杖이 尋段段壞ᄒᆞ야 而得解脫ᄒᆞ며 若三千大千國土애 滿中ᄒᆞ夜叉羅刹이 欲來惱人ᄒᆞ야도 聞其稱觀世音菩薩名者ㅣ면 是諸惡鬼ㅣ 尙不能以 惡眼으로 視之어니 況復加害아

245. ソㅌリ㕣

[가] 若三千大千國土 滿中怨賊 有一商主 將諸商人 齎持重寶ソ㇌(ᄒᆞ야) 経過嶮路 其中一人 作是唱言 諸善男子 勿得恐怖 汝等 應當一心 稱觀世音菩薩名號㑹ソ(어하) 是菩薩リ(이) 能以無畏 施於衆生ソㅌリ㕣(ᄒᆞᄂᆞ이라) 汝等 若稱名者大(대) 於此怨賊 當得解脫 衆商人 聞俱發聲言 南無觀世音菩薩 稱其名故 即得解脫ソㅌリ㕣(ᄒᆞᄂᆞ이라)

[나] 若三千大千國土애 滿中ᄒᆞᆫ怨賊에 有一商主ㅣ 將諸商人ᄒᆞ야 齎持重寶ᄒᆞ야 経過嶮路ᄒᆞᆯ제 其中一人이 作是唱言호ᄃᆡ 諸善男子아 勿得恐怖ᄒᆞ고 汝等이 應當一心으로 稱觀世音菩薩ㅅ名號ᄒᆞᅀᆞ오라 是菩薩이 能以無畏로 施於衆生ᄒᆞ시ᄂᆞ니 汝等이 若稱名者ㅣ면 於此怨賊에 當得解脫ᄒᆞ리라 衆商人이 聞ᄒᆞ고 俱發聲言호ᄃᆡ 南無觀世音菩薩ᄒᆞ면 稱其名故로 即得解脫ᄒᆞ리니

위의 용례 243부터 245까지의 음독 구결문의 'ソㅌリ(ᄒᆞᄂᆞ이) '와 'ソㅌリㅣ(ᄒᆞᄂᆞ이다)'는 'ᄒᆞ다' 동사 어간에 직설법 선어말어미 '-ᄂᆞ-'와 공손법 선어말어미 '-이-'가 결합한 것이다. 다만 244와 245의 'ソㅌリㅣ(ᄒᆞᄂᆞ이다)'는 243의 유형 뒤에 평서형 종결어미가 더 결합된 유형이다.

⑤ 의도법

246. 去ノリㅣソ㇌

[가] 既到本國ソし士リ(ᄒᆞᆯ식) 與八萬四千菩薩 圍遶 至淨華宿王智佛所 白佛言 世尊 我 到娑婆世界 饒益衆生 見釋迦牟尼佛 及見多寶佛塔 (98장)禮拜供養 又見文殊師利法王子菩薩 及見藥王菩薩 得勤精進力 菩薩 勇施菩薩等 亦令是八萬四千菩薩又(로) 得現一切色身三昧去ノリㅣソ㇌(거호이다ᄒᆞ야)

[나] 既到本國ᄒᆞ샤 與八萬四千菩薩와 圍遶ᄒᆞ샤 至淨華宿王智佛所ᄒᆞ샤 白佛言ᄒᆞ샤ᄃᆡ 世尊하 我ㅣ到娑婆世界ᄒᆞ야 饒益衆生ᄒᆞ야 見釋迦牟尼佛ᄒᆞᅀᆞ오며 及見多寶佛塔ᄒᆞᅀᆞ와 禮拜供養ᄒᆞᅀᆞᆸ고又見文殊師利法

王子菩薩ᄒᆞ며 及見藥王菩薩와 得勤精進力菩薩와 勇施菩薩等ᄒᆞ며 亦令是八萬四千菩薩을 得現一切色身三昧케호이다

위의 용례 246의 음독 구결문 '去ノリ丨ソ3(거호이다ᄒᆞ야)'는 확인의 연결어미 '-거-'에 다시 동사 어간과 의도법 선어말어미 '-오-'와 공손법 선어말어미 '-이-'가 평서형 종결어미와 결합한 뒤에 또다시 동사 어간에 연결어미가 결합한 복합 유형이다.

247. ノ禾ㅅ

[가] 無盡意3(야) 觀世音菩薩リ(이) 有如是等大威神力 多所饒益ソㅌリㅅ(ᄒᆞᄂᆞ이라) 是故衆生ㄱ(은) 常應心念ノ禾ㅅ(호리라)

[나] 無盡意여 觀世音菩薩이 有如是等大威神力ᄒᆞ야 多所饒益ᄒᆞ니 是故衆生이 常應心念이니라

248. ノ禾ㅅ

[가] 若有衆生 恭敬禮拜觀世音菩薩 福不唐捐 是故衆生ㄱ(은) 皆應受持觀世音菩薩名號ノ禾ㅅ(호리라)

[나] 若有衆生이 恭敬禮拜觀世音菩薩ᄒᆞ면 福不唐捐ᄒᆞ리니 是故衆生이 皆應受持觀世音菩薩名號ㅣ니라

위의 용례 247과 248의 음독 구결문의 'ノ禾ㅅ(호리라)'는 동사 어간에 의도법 선어말어미 '-오-'와 추측법 선어말어미 '-리-'가 평서형 종결어미와 결합한 것이다.

249. ノㅌリ

[가] 無盡意 若有人 受持六十二億恒河沙菩薩名字 復盡形 供養飮食衣服臥具醫藥ノㅌリ(호니이) 於汝意云何 是善男子善女人 功德 多不3(아) 無盡意言 甚多 世尊 佛言若復有人 受持觀世音菩薩名號 乃至一時 禮拜供養 是二人 福 正等無異 於百千萬億劫3(에) 不可窮盡ソㅌリㅅ(ᄒᆞᄂᆞ이라)

[나] 無盡意여 若有人이 受持六十二億恒河沙菩薩名字ᄒᆞ고 復盡形ᄐᆞ록

供養飮食衣服臥具醫藥ᄒᆞ면 於汝意云何오 是善男子善女人의 功德이 多아不아 無盡意言ᄒᆞ샤ᄃᆡ 甚多ᄒᆞ이다 世尊하 佛言ᄒᆞ샤ᄃᆡ若復有人이 受持觀世音菩薩名號호ᄃᆡ 乃至一時나 禮拜供養ᄒᆞ면 是二人의 福이 正等無異ᄒᆞ야 於百千萬億劫에 不可窮盡ᄒᆞ리라

위의 용례 249의 음독 구결문 'ノヒリ(호니이)'는 동사 어간에 의도법 선어말어미 '-오-'와 공손법 선어말어미 '-이-'가 결합한 것이다. 이때의 종결어미는 생략된 것으로 볼 수 있다.

250. ノしㅗ스ㅋ

[가] 若有百千萬億衆生 爲求金銀琉璃硨磲瑪瑙珊瑚琥珀眞珠等寶 入於大海 假使黑風 吹其船舫 飄墮羅刹鬼國ノしㅗ스ㅋ(홀디라도) 其中 若有乃至一人乃(나) 稱觀世音菩薩名者 是諸人等 皆得解脫羅刹之難ソ禾ヒ(ᄒᆞ리니) 以是因緣 名觀世音

[나] 若有百千萬億衆生이 爲求金銀琉璃硨磲瑪瑙珊瑚琥珀眞珠等寶ᄒᆞ야 入於大海어든 假使黑風이 吹其船舫ᄒᆞ야 飄墮羅刹鬼國ᄒᆞ야도 其中에 若有乃至一人이나 稱觀世音菩薩名者ㅣ면 是諸人等이 皆得解脫羅刹之難ᄒᆞ리니 以是因緣으로 名觀世音이니라

위의 용례 250의 음독 구결문 'ノしㅗ스ㅋ(홀디라도)'는 동사 어간에 의도법 선어말어미 '-오-'와 연결어미 '-ㄹ디라도'가 결합한 것이다.

⑥ 추측법

251. ソ禾스

[가] 若有衆生 多於婬欲 常念恭敬觀世音菩薩 便得離欲 若多嗔恚 常念恭敬觀世音菩薩 便得離嗔 若多愚癡 常念恭敬觀世音菩薩 便得離癡ソ禾스(ᄒᆞ리라)

[나] 若有衆生이 多於婬欲ᄒᆞ야도 常念恭敬觀世音菩薩ᄒᆞ면 便得離欲ᄒᆞ며 若多嗔恚ᄒᆞ야도 常念恭敬觀世音菩薩ᄒᆞ면 便得離嗔ᄒᆞ며若多愚癡ᄒᆞ야도 常念恭敬觀世音菩薩ᄒᆞ면 便得離癡ᄒᆞ리니

252. ソ禾ㅅソ尔

[가] 若有女人 設欲求男 禮拜供養 觀世音菩薩 便生福德智慧之男ソ禾ㅅソ尔(ᄒᆞ리라ᄒᆞ며)

[나] 若有女人이 設欲求男ᄒᆞ야禮拜供養觀世音菩薩ᄒᆞ면 便生福德智慧之男ᄒᆞ리며

위의 용례 251과 252의 음독 구결문의 'ソ禾ㅅ(ᄒᆞ리라)'와 'ソ禾ㅅソ尔(ᄒᆞ리라ᄒᆞ며)'는 'ᄒᆞ다' 동사 어간에 추측법 선어말어미 '-리-'가 평서형 종결어미와 결합한 것이다. 다만 252의 'ソ禾ㅅソ尔(ᄒᆞ리라ᄒᆞ며)'는 228의 유형 뒤에 다시 동사 어간과 연결어미 '-며'가 결합된 유형이다.

253. ソ禾ヒ

[가] 設欲求女大(대) 便生端正有相之女ソ禾ヒ(ᄒᆞ리니) 宿植德本 衆人 愛敬 無盡意 觀世音菩薩 有如是力

[나] 設欲求女ᄒᆞ면 便生端正有相之女ᄒᆞ야 宿植德本ᄒᆞ야 衆人이愛敬ᄒᆞ리니 無盡意여 觀世音菩薩이 有如是力ᄒᆞ니라

위의 용례 253의 음독 구결문의 'ソ禾ヒ(ᄒᆞ리니)'는 동사 어간에 추측법 선어말어미 '-리-'가 연결어미 '-니'에 결합한 것이다.

⑦ 기타

이외에 홍미로운 특징은 자형 '乃'가 '호격' 자리에 사용된 용례가 발견된다는 것이다. 음독 입겿 자료에 나타나는 '乃'는 일반적으로 보조사와 대등적 연결어미에 사용된다.[12]

---

12) 서종학(1995:98)에서는 이두에서 보조사 '乃'는 명사에 결합하여 나열된 명사 가운데 하나를 택하거나 단순히 나열하는 [선택] 또는 [나열]의 의미를 가진다고 보았으며, 대등적 연결어미에 해당하는 '乃'도 [선택]의 의미를 가진다고 보았다. 또 이승재(1992:106)에서는 乃가 특수조사의 표기에 쓰인 용례를 제시하면서 이때의 乃는 15세기의 '-나'에 해당한다고 보았으며, 이승재(1992:197)에서는 乃가 선어말어미와 동명사어미에 두루 붙을 수 있다는 사실에서 乃가 기원적으로는 특수조사임을 뜻한다고 지적한 바 있다.

254.

[가] 普賢乃(나) 若於後世 受持讀誦是經典者 是人 不復貪著衣服臥具飮食資生之物 所願不虛 亦於現世得其福報ソ禾小(ᄒᆞ리라)

[나] 普賢아 若於後世예 受持讀誦是經典者ᄂᆞᆫ 是人이 不復貪著衣服臥具飮食資生之物ᄒᆞ고 所願이 不虛ᄒᆞ며 亦於現世예 得其福報ᄒᆞ리라

255.

[가] 是故灬(로) 普賢氵(야) 若見受持是經典者口(고) 當起遠迎ソ氵(ᄒᆞ야) 當如敬佛ノ禾小(호리라)

[나] 是故 普賢아 若見受持是經典者ᄒᆞ야ᄃᆞᆫ 當起遠迎ᄒᆞ야 當如敬佛이니라

256.

[가] 無盡意氵(야) 觀世音菩薩刂(이) 有如是等大威神力 多所饒益ソㅌ刂小(ᄒᆞᄂᆞ이라) 是故衆生ㄱ(은) 常應心念ノ禾小(호리라)

[나] 無盡意여 觀世音菩薩이 有如是等大威神力ᄒᆞ야 多所饒益ᄒᆞ니 是故衆生이 常應心念이니라

위의 용례 254에서부터 256까지를 비교하여 살펴보면 자형 '乃'가 '普賢乃'로 나타나 아래 용례의 자형 '氵'와 같이 '호격'의 자리에 사용되었음을 알 수 있다. 이때의 '普賢乃'는 중철 표기로 볼 수 있으나 구결 기입자 개인 발음의 반영일 가능성도 있다.

3) ≪육조대사법보단경≫의 통사 구조

변문은 俗講僧들이 일반 대중에게 佛法을 알리 목적으로 생겨난, 불교의 홍법을 위한 수단에서 생겨났다. 변문의 화자는 일반적으로 불교경전의 내용을 원 모습 그대로 강술하지 않고, 그 시대의 일반 대중들에게 낯선 내용은 삭제하거나 변화시키고, 친숙하고 홍미를 불러일으킬 만한 내용, 혹은 요소들은 첨가시킨다. 화자의 임의적인 내용 개전과 첨가는 불교성 변문에만 한정되지 않고 더 나아가 비불교적인 역사 및 민간전설

변문에 있어서도 마찬가지다. 이야기 전개에 있어서 유사 구조의 되풀이는 화자의 그러한 얘기꾼 기질의 한 발현이다. 본래의 고사 내용을 한층 더 그럴 듯하게 꾸미어 소기의 목적을 보다 용이하고 효과적으로 달성하려는 화자의 의도에서 "반복"은 생겨난 것이다. 본래의 고사에 이미 존재하는 "반복"이라면 한층 더 발전된 모습으로, 설령 본래의 고사에 존재하지 않더라도 필요한 경우에는 예의 "반복" 수법을 사용하여 그 이야기를 보다 충실히 엮어내고 있는 것이다.[13]

≪육조대사법보단경≫이 바로 위에서 언급한 변문의 일종이라고 말할 수 있다.

≪육조대사법보단경≫은 선종의 6대조이며 남종선의 개조인 혜능(慧能)이 소주(韶州) 소관(韶關)의 대범사(大梵寺)에서 설법한 내용을 제자 법해(法海)가 집록한 것으로 혜능[14]의 설법 내용과 수도 과정을 담은 일대기이다.

이 책의 내용은 ≪금강경≫에 기초하여 반야삼매를 설하고 일체법이 무상무념(無想無念)임을 설명한 것으로, 혜능이 육조의 위치에 이르기까지의 과정과 문인들을 위한 갖가지 설법을 담고 있다. 따라서 엄밀한 의미로 말하면 불교의 경전으로 포함될 수는 없는 책이고, 조사어록(祖師語錄)으로 분류되어야 하는 것이다.

핵심 내용은 반야진성이 본래부터 모든 사람들에게 구족되어 있다는 것이고, 정과 혜는 본래 둘이 아니라 등잔과 등불 빛처럼 본체와 작용의 측면이라는 것이며, 좌선은 밖과 안으로 흔들림이 없는 것이고, 선과 정도 밖과 안으로 경계와 유혹에 흔들림이 없는 경지이며, 참회는 자기의

---

13) 정병윤(2005) 참조.

14) 혜능의 호는 조계(曹溪), 시호는 대감(大鑑)이며 속성은 노(盧)씨였다. 어느 날 장터에서 스님의 금강경 읽는 소리를 듣고 심안이 출가하여, 홍인(弘忍)에게서 법을 전해 받았다. 676년 남방으로 가서 교화를 펴다가 조계산(曹溪山)에 들어가 대법을 선양하였다. 당 선천(先天) 2년(713)에 76세를 일기로 열반하였다.

성품 속에서 이루어지는 무상참회가 진정한 발로라는 것이다. 이 밖에도 돈점에 관한 내용과 무념(無念)과 무상(無相)과 무주(無住)의 금강경 사상에 근거한 철저한 자성법문을 이야기하고 있다.

그러므로 이 경전에 기입된 구결문은 대개 확인법과 의문법, 명령법, 의도법 등의 구조를 가진 문장이 많이 나타난다.

이들 구문을 한글 구결 구문과 비교하여 제시하면 다음과 같다.

257. 去乙

[가] 祖以坐具一展=ヒ(시니) 盡窜青溪四境四天(가02ㄱ10)游揚ソ3(ᄒᆞ야) 至前去(거) 師ㆍ(이) 以鉢又(노) 舀之ソ=ロ(ᄒᆞ시고) 龍不能動師持鉢堂上(가02ㄴ1)與龍又(노) 說法ソ=ヒ(ᄒᆞ시니) 龍ㆍ(이) 遂蛻骨而去去乙(거을) 其骨長可七寸ヒ(니) 首尾(가02ㄴ2)角足ㆍ(이) 皆具ソㆍカヒ (ᄒᆞ이더니) 留傳寺門ソヒ、(ᄒᆞ니라)(가02ㄴ3)

[나] 祖ㅣ 以坐具ᄅᆞᆯ 一展ᄒᆞ시니 盡窜青溪四境(서015ㄱ-5)커ᄂᆞᆯ 四天游揚至前커ᄂᆞᆯ 師ㅣ(서021ㄴ-4)以鉢로 舀之ᄒᆞ시니 龍不能動커ᄂᆞᆯ 師ㅣ持鉢堂(서021ㄴ-5)上ᄒᆞ야 與龍說法ᄒᆞ시니 龍이 遂蛻骨而去ᄒᆞ니 其(서021ㄴ-6)骨長이 可七寸이오

위의 용례 257의 음독 구결문의 '去乙(거을)'은 확인의 의미를 내포하고 있는 연결어미 '-거늘'이 쓰인 것으로 언해문 구결의 '-커ᄂᆞᆯ'에 대응함을 알 수 있다.

258. 去、

[가] 若不因禪定(가51ㄱ9)而得解脫者ㄱ(은) 未之有也ヒ、ソㅌヒ(니라ᄒᆞᄂᆞ니) 未審去、(거라)

[나] 若不因禪定ᄒᆞ고 而得解脫 (하31ㄱ-7)者ㅣ 未之有也ㅣ라ᄒᆞᄂᆞ니 未審커이다

259. 去ロ、

[가] 望上(가08ㄱ6)人ソ〻ヒ(ᄒᆞ로니) 引至偈前ソ3(ᄒᆞ야) 禮拜去ロ、(거고라) 童子引至偈前ソ乙(ᄒᆞ을) 作禮ソロ(ᄒᆞ고) 能ㆍ(이) 曰ノム

(호딕)(가08ㄱ7)

[나] 望(상023ㄱ-2)上0人이 引至偈前ᄒᆞ야 禮拜ᄒᆞ라 童子ㅣ 引至偈 (상023ㄱ-3)前ᄒᆞ야 作禮케ᄒᆞᆫ대 能이 曰호딕

260. 𠫔ㄱ丶

[가] 時ㅣ(에) 興化ᄼㅣ(ᄒᆞ야) 建立吾宗ノム(호딕) 締緝伽藍ᄼ𠂉(ᄒᆞ면) 昌隆法嗣ᄼ刂丶(ᄒᆞ리라) 問曰ㅣ(에) 未(가57ㄱ5)知𠫔ㄱ丶(거은라) 從上佛祖㇏(이) 應現已來ㄱ(은) 傳授幾代㇏刂七ロ(이릿고) 願垂開示ᄼ小西(ᄒᆞ쇼셔)(가57ㄱ6)

[나] 時興化ᄒᆞ야 建立 (하66ㄱ-7)吾宗ᄒᆞ야 締緝伽藍ᄒᆞ야 昌隆法嗣ᄒᆞ리라 問曰호딕 (하66ㄱ-8)未知커이다 從上佛祖ㅣ 應現已來ㅣ 傳授幾 (하66ㄴ-1)代ㅣ니잇고 願垂開示ᄒᆞ쇼셔

위의 용례 258부터 260까지의 음독 구결문의 '𠫔丶(거라) '와 '𠫔ロ丶(거고라) ', '𠫔ㄱ 丶(거은라)'는 확인법 선어말어미 '-거-'가 명령형 종결어미와 결합한 것이다. 다만 259과 260의 '𠫔ロ丶(거고라)'와 '𠫔ㄱ丶(거은라)'는 강조의 의지가 더 표명된 명령형 종결어미 '-고라', '-ㄴ라'가 사용된 유형이다.

261. 𠫔入𠫔

[가] 上人ㅣ(야) 我此踏碓𠫔入𠫔(거더거) 八箇餘月㇏ᄽᄼ(이로딕) 未曾行到堂前ᄼᄽ丶(ᄒᆞ로라)(가08ㄱ6)

[나] 上人아 我此(상023ㄱ-1)踏碓ᄒᆞ안디 八箇餘月호딕 未曾行到堂前호니

위의 용례 261의 음독 구결문의 '𠫔入𠫔(거더거)'는 확인법 선어말어미 '-거-'가 어떤 동작이나 상태 따위가 중단되고 다른 동작이나 상태로 바뀜을 나타내는 연결 어미인 '-더거(-다가)-'와 결합한 것이다.

262. 𠫔七ロ

[가] 師所說法ㄱ(은) 如何𠫔七ロ(것고)

[나] 師의 所說 (하31ㄱ-8)法은 如何ㅣ잇고

위의 용례 262의 음독 구결문의 '去七口(것고) '는 확인법 선어말어미 '-거-'와 감동법 선어말어미 '-ㅅ-'가 명령형 종결어미 '-고'에 결합한 것이다.

263. 口丶

[가] 能㇏(이) 曰ノ厶(호딕) 能(가8ㄱ7)不識字ソ⺌ヒ(ᄒᆞ로니) 請上人ソ⺌ヒ(ᄒᆞ로니) 爲讀口丶(고라) 時⺀(에) 有江州別駕㇏(이) 姓7(은) 張午(오) 名7(은) 日(가80ㄱ8)用ヒ(니) 便高聲乚⺌(으로) 讀ソ⺀乚(ᄒᆞ얄) 能聞已ソ口(ᄒᆞ고) 因自言ノ厶(호딕) 亦有一偈ノヒ(호니) 望別駕ソ丶ヒ(ᄒᆞ라니)(가80ㄱ9) 爲書口丶(고라) 別駕言ノ厶(호딕) 獦獠㇏亠(이여)(가80ㄱ10)

[나] 能이 曰호딕 能은 不識字ᄒᆞ노니 (상023ㄱ-4)請上人이 爲讀ᄒᆞ라 (상024ㄱ-3)時有江州別駕ㅣ 姓은 張이오 名은 日用이러니 (상024ㄱ-4)便高聲으로 讀ᄒᆞᆫ대 能이 聞已ᄒᆞ고 因自言호딕 亦有 (상024ㄱ-5)一偈호니 望別駕ㅣ 爲書ᄒᆞ라 別駕ㅣ 言호딕 獦獠 (상024ㄱ-6)여

위의 용례 263의 음독 구결문의 '口丶(고라)'는 명령형 종결어미로 언해의 구결문에서의 명령형 종결어미 'ᄒᆞ라'에 대응함을 알 수 있다.

264. 乚ソㅣ 去丁

[가] 而告師曰ノ厶(호딕) 法達7(은) 徒(가36ㄱ4)昔已來⺌(로) 實未曾轉法華ソ⺀(ᄒᆞ야) 乃被法華⺘(의) 轉乚ソ㇏ㅣ 去丁(을ᄒᆞ이다ᄉᆞ뎡) 再啓曰ノ厶(호딕) 經(가36ㄱ5)云ノ厶(호딕) 諸大聲聞ト(와) 乃至菩薩ト㇏(와이) 皆盡思共度量ソ⺀力(ᄒᆞ야도)(가36ㄱ6)

[나] 而告師曰호딕 法達은 徒昔已來로 實未曾 (중066ㄱ-3)轉法華ᄒᆞ고 乃被法華轉ᄒᆞ다ᄉᆞ이다 再啓曰호딕 經 (중066ㄱ-4)云ᄒᆞ샤딕 諸大聲聞과 乃至菩薩이 皆盡思共 (중066ㄱ-5)度量ᄒᆞ야도

위의 용례 264의 음독 구결문의 '乚ソ㇏ㅣ 去丁(을ᄒᆞ이다ᄉᆞ뎡)'은 목적격 표지 뒤에 동사 어간과 공손법 선어말어미 '-이-'가 평서형 종결어미와 결합하고 또 다시 그 뒤에 연결어미가 결합한 복합 유형이다.

265. ソカ㑄可

[가] 大師告曰ソ㑄ム(ᄒᆞ샤ᄃᆡ) 善知識𝈎(야) 總淨心ソ𝈎(ᄒᆞ야) 念摩何般若波(가04ㄱ6)羅蜜ソ丶(ᄒᆞ라) 大師乀(이) 良久ソカ㑄可(ᄒᆞ더샤가) 復告衆曰ノム(호ᄃᆡ) 善知識𝈎(야) 菩提自性ㄱ(은) 本(가04ㄱ7)來淸淨ソヒ(ᄒᆞ니) 但用此心ソ久(ᄒᆞ며) 直了成佛ソヒ丶(ᄒᆞ니라)(가04ㄱ8)

[나] (상002ㄱ-4)大師ㅣ 告曰ᄒᆞ샤ᄃᆡ 善知識아 總淨心ᄒᆞ야 念摩 (상002ㄱ-5)何般若波羅蜜ᄒᆞ라ᄒᆞ시고 大師ㅣ 良久ᄒᆞ시고 復 (상002ㄱ-6)告衆曰ᄒᆞ샤ᄃᆡ 善知識아 菩提自性이 本來淸 (상002ㄱ-7)淨ᄒᆞ니 但用此心ᄒᆞ면 直了成佛ᄒᆞ리라

266. ソ入㑄可

[가] 南北ソヒ(ᄒᆞ니) 獦獠身乀(이) 與和尙ヌ(로) 不同ノㄱ入ㄱ(혼든) 佛性乀入ㄱ(이든) 有何差別ソ丶ロ(ᄒᆞ라고) 祖更(가05ㄱ5)欲與語ソ入㑄可(ᄒᆞ드샤가) 且見徒衆乀(이) 總在左右乀丶入乚ソニロ(이라들을ᄒᆞ시고) 乃令隨衆作務ソ丶(ᄒᆞ라)(가05ㄱ6)

[나] 南北ᄒᆞ며 獦獠身이 與和尙과 (상007ㄱ-1)不同ᄒᆞ나 佛性은 有何差別이리잇고 祖ㅣ 更欲與 (상007ㄱ-2)語ᄒᆞ시다가 且見徒衆이 總在左右ᄒᆞ시고 乃令隨 (상007ㄱ-3)衆作務ᄒᆞ야시늘

267. ソ入ソ㑄可

[가] 向南廊壁間𝈎(에) 繪畵(가07ㄱ3)圖相ソ入ソ㑄可(ᄒᆞ드ᄒᆞ샤가) 忽見其偈ソニロ(ᄒᆞ시고) 報言ソ㑄ム(ᄒᆞ샤ᄃᆡ) 供奉ソ𝈎(ᄒᆞ야) 却不用畵刂丶(이라)(가07ㄱ4)

[나] 向 (상016ㄴ-1)南廊壁間ᄒᆞ야 繪畵圖相ᄒᆞ라ᄒᆞ시다가 忽見其偈ᄒᆞ시 (상016ㄴ-2)고 報言ᄒᆞ샤ᄃᆡ 供奉아 却不用畵ᄒᆞ라

위의 용례 265부터 267까지의 음독 구결문의 'ソカ㑄可(ᄒᆞ더샤가)'와 'ソ入㑄可(ᄒᆞ드샤가)', 'ソ入ソ㑄可(ᄒᆞ드ᄒᆞ샤가)'는 'ᄒᆞ다' 동사 어간에 회상법 선어말어미 '-더-'와 높임법 선어말어미 '-샤-'가 연결어미와 결합한 것이다. 다만 266의 'ソ入㑄可(ᄒᆞ드샤가)'에서 회상법 선어말어미 '-入-'는 228의 회상법 선어말어미 '-カ-'와 자형의 꼴만 다른 유형이며, 267의 'ソ入ソ㑄可(ᄒᆞ드ᄒᆞ샤가)'는 기본적으로 용례 265 유형 앞

에 동사 어간과 종결어미 '-다'가 결합한 것으로 다만 후행하는 동사 어간에 높임법 선어말어미 '-샤-'만 결합한 유형이다.

268. ソ去セ丨

[가] 卽離兩邊(가52ㄱ4)說一切法ソ⺀ム(ᄒᆞ야ᄃᆡ) 莫離自性ソ丶(ᄒᆞ라) 忽有人乀(이) 問汝法ソ去セ丨(ᄒᆞ것다) 出語乀(이) 盡雙(가52ㄱ5)皆取對法ソ⺀(ᄒᆞ야)(가52ㄱ6)

[나] 卽離兩邊ᄒᆞ고 說一切法호ᄃᆡ 莫離自性이니라 (하41ㄱ-5)忽有人이 問汝法커든 出語ᄅᆞᆯ 盡雙ᄒᆞ야 皆取對 (하41ㄱ-6)法ᄒᆞ야

위의 용례 268의 음독 구결문의 'ソ去セ丨(ᄒᆞ것다)'는 동사 어간에 확인법 선어말어미 '-거-'가 감동형 종결어미 '-ㅅ다'와 결합한 것이다.

269. ソロ7ム

[가] 三匝ソロ(ᄒᆞ고) 振錫而立ソ乀久(ᄒᆞ이며) 師曰ソ frameworkム(ᄒᆞ샤ᄃᆡ) 夫沙門者7(은) 具三千威儀八(가43ㄱ1)萬細行ヒ(니) 大德7(은) 自何方而來ソロ7ム(ᄒᆞ곤ᄃᆡ) 生大我慢ロ(고) 覺乀(이) 曰ノム(호ᄃᆡ) 生死(가43ㄱ2)事大ソ⺀(ᄒᆞ야) 無常迅速ソリ户乀丨(ᄒᆞ리소이다)(가43ㄱ3)

[나] 三匝ᄒᆞ고 振錫而 (중099ㄴ-7)立ᄒᆞᆫ대 師曰ᄒᆞ샤ᄃᆡ 夫沙門者ᄂᆞᆫ 具三千威儀와 (중099ㄴ-8)八萬細行이어시니 大德은 自何方而來완ᄃᆡ 生大 (중100ㄱ-1)我慢고 覺이 曰호ᄃᆡ 生死事大ᄒᆞ야 無常이 迅速 (중100ㄱ-2)이니이다

위의 용례 269의 음독 구결문의 'ソロ7ム(ᄒᆞ곤ᄃᆡ)'는 동사 어간에 강조의 의미를 내포하고 있는 연결어미 '-곤ᄃᆡ'가 결합한 것으로 언해 구결문의 '-완ᄃᆡ'에 대응함을 알 수 있다. 이때의 '-곤ᄃᆡ'는 주로 동사, 형용사 어간 뒤에 붙으며 의문사와 함께 쓰여 원인이나 근거를 나타내는 연결어미로 현대 국어의 '-기에'에 해당한다.

270. ソニソㅌヒ

[가] 善知識 3(야) 摩訶般若波羅蜜ソ 3(ᄒᆞ야) 最尊最上最第一ᄾ(이) 無(가14ㄴ10)住無往ソ 3(ᄒᆞ야) 亦無來ソヒ(ᄒᆞ니) 三世諸佛ᄾ(이) 皆徒中出ソニソㅌヒ(ᄒᆞ시ᄒᆞᄂᆞ니) 當用大智(가15ㄱ1)慧ソ 3(ᄒᆞ야) 打破五蘊煩惱塵勞ノリヒ(호리니) 如此修行ソ㢴(ᄒᆞ면) 定成佛道ソリ丶(ᄒᆞ리라)(가15ㄱ2)

[나] 善知識 (상059ㄱ-6)아 摩訶般若波羅蜜은 最尊ᄒᆞ며 最上0ᄒᆞ며 最第(상059ㄱ-7)一이라 無住ᄒᆞ며 無往ᄒᆞ며 亦無來ᄒᆞ야 三世諸佛이 (상059ㄱ-8)皆徒中出ᄒᆞ야 當用大智慧ᄒᆞ야 打破五蘊煩惱 (상059ㄴ-1)塵勞ᄒᆞᄂᆞ니 如此修行ᄒᆞ면 定成佛道ᄒᆞ야

위의 용례 270의 음독 구결문의 ‘ソニソㅌヒ(ᄒᆞ시ᄒᆞᄂᆞ니)’는 동사 어간에 높임법 선어말어미 ‘-시-’와 감동법 선어말어미 ‘-ᄒᆞ-’[15], 그리고 직설법 선어말어미 ‘-ᄂᆞ-’가 연결어미 ‘-니’에 결합한 것이다.

271. ソニソ斗

[가] 弟子誦(가34ㄱ9)法華ㄱ(은) 經未解ノム(호ᄃᆡ) 經義心常ソ 3(ᄒᆞ야) 有疑ソ丨ヒ(ᄒᆞ다니) 和尙ㄱ(은) 智慧廣大ソニソ斗(ᄒᆞ시ᄒᆞ두) 願(가34ㄱ10)略說經中義理ソ小㐂(ᄒᆞ쇼셔) 師曰ソ*ム(ᄒᆞ샤ᄃᆡ) 法達法 3(에) 卽甚達オㄱ广ㄱ(언만) 汝心ᄾ(이) 不達(가34ㄴ1)經本無疑去广ㄱ(거만) 汝心ᄾ(이) 自疑ᅭ丨(로다) 汝念此經去ニヒ(거시니) 以何ᅭ(로) 爲宗ロ(고)(가34ㄴ2)

[나] 弟子ᄂᆞᆫ 誦法華經호ᄃᆡ 未解經義ᄒᆞ야(언중57ㄱ2) 心常有疑ᄒᆞ노니 和尙이 智慧廣大ᄒᆞ시니 願略(언중57ㄱ3) 說經中義理ᄒᆞ쇼셔 師曰ᄒᆞ샤ᄃᆡ 法達아 法卽甚(언중57ㄱ4) 達호ᄃᆡ 汝心不達ᄒᆞ며 經本無疑어ᄂᆞᆯ 汝心自疑ᄒᆞᄂᆞ(언중57ㄱ5)니 汝念此經호ᄃᆡ 以何爲宗ᄒᆞᄂᆞᆫ다(언중57ㄱ6)

[나'] 弟:뎨子(언중57ㄴ5)·ᄌᆞ·ᄂᆞᆫ 法·법華화經경·을 외·오ᄃᆡ 經경ㅅ·ᄠᅳ(언중57ㄴ6)들 :아디 :몯·ᄒᆞ야 ᄆᆞᅀᆞ·매 샹·녜 疑의心심·을(언중57ㄴ7)·뒷노·니 和화尙·샹·이 智·디慧:혜 넙·고·크시(언중57ㄴ8)·니 願:원ᄒᆞᆫ·ᄃᆞᆫ 經경中듕ㅅ 義:의理:리·ᄅᆞᆯ :잢(언중58ㄱ1)간 니ᄅᆞ·쇼셔 師ᄉᆞㅣ 니ᄅᆞ·샤ᄃᆡ 法·법達·달(언중58ㄱ2)·아 法·법·은·곧 甚:심·

15) 감동법 선어말어미 ‘-ᄒᆞ-’에 대해서는 추후 논의할 것이다.

히 達·달·호ᄃᆡ 네 ᄆᆞᅀᆞᆷ·은(언중58ㄱ3) 達·달·티 :몯ᄒᆞ·며 經경·은 本·본來ᄅᆡ 疑의心(언중58ㄱ4)심 :업거·늘 네 ᄆᆞᅀᆞ·미 :제 疑의心 심·ᄒᆞᄂᆞ·니(언중58ㄱ5) :네·이 經경·을 念:념·호ᄃᆡ 므·스그·로 宗종·을(언중58ㄱ6) :삼ᄂᆞᆫ·다(언중58ㄱ7)

위의 용례 271의 음독 구결문의 'ソㄷソ斗(ᄒᆞ시ᄒᆞ두)'는 동사 어간에 높임법 선어말어미 '-시-'와 감동법 선어말어미 '-ᄒᆞ-'가 연결어미와 결합한 것이다. 이를 언해의 구결문과 세주 번역문과 비교해 보면 언해의 구결문에서는 'ᄒᆞ시니'로 세주 번역문에는 '넙·고·크시·니'에 대응됨을 알 수 있다.

272. ソ十

[가] 世人ㄱ(은)(가05ㄴ3) 生死事大厶乚(거을) 汝等ㄱ(은) 終日ソ十(ᄒᆞ긔) 只求福田オㄱ丁(언뎡) 不求出離生死(가05ㄴ4)苦海ソ又丨(ᄒᆞ노다) 自性若迷ソ久(ᄒᆞ며) 福何可求ヒ午(니오) (가05ㄴ5)

[나'] :사ᄅᆞ·미 :살·며 죽ᄂᆞᆫ :이리·크니 너희·ᄃᆞᆯ히(언상10ㄱ5) 져·므ᄃᆞ·록 오·직 福·복田뎐·을 求구ᄒᆞ·고 生(언상10ㄱ6)ᄉᆡᆼ死:ᄉᆞ苦·고海:히·예 여·희여 :나ᄆᆞᆯ 求구·티(언상10ㄱ7) 아·니·ᄒᆞᄂᆞ·니 제 性:셩·을·ᄒᆞ다·가 모·ᄅᆞ면 福(언상10ㄱ8)·복·이 :엇·뎨 어·루 求:구ᄒᆞ·리오(언상10ㄴ1)

위의 용례 272의 음독 구결문의 'ソ十(ᄒᆞ긔)'는 동사 어간에 관형사형이 생략된 상태에서 명사 '긔'가 결합한 것이다. 음독 구결문의 '終日ソ十(ᄒᆞ긔)'는 언해의 세주 번역문에서는 '져·므ᄃᆞ·록'에 대응됨을 알 수 있다.

2. 한글 구결문

한글창제 후 한국어의 문체법은 서술법, 의문법, 명령법의 세 가지로 정의 할 수 있다. 그리고 이들은 'ᄒᆞ라체, ᄒᆞ야써체, ᄒᆞ쇼서체'의 공손법에 따라 선행하는 선어말어미에 의하여 화자의 진술에 대한 심적 태도가 가미되는 특징을 갖는다.

김충회(19)에서는 15세기 국어의 서법체계를 논하면서 이 당시의 국어 문체를 직설법, 회상법, 추측법, 의도법, 명령법으로 나누고 이에 따라 그 용례를 제시한 바 있다. 이 글의 핵심을 발췌하여 간략히 제시하면 아래와 같다.

(1) 직설법

직설법이란 회상법의 선어말어미 '-더-', 추측법의 '-리-', 또는 '-ㄹ-', 의도법의 '-오/우-'를 포함하지 않은 형식으로 현재의 사실, 필연적 사실, 불가능한 사실, 과저의 사실 중 어느 것이거나 그 표현이 부정(否定)이든 의문이든 동작의 사실성에 대하여 직접적[16]으로, 단순[17]히 또는 확정적으로 표현하는 것을 말한다.

① 서술법

서술법에는 서술법어미 '-다'에 의하여 화자의 동작이나 상태의 진술이 상대에게 확정하지 않고 단순히 전달되는 일반서술법[18]과 일반서술법의 내용을 화자가 이미 확정된 것으로 파악하여 그것을 확언하여 진술

16) 직접적이란 화상법이 과거의 경험 내용을 회상하는 형식의 간접적 진술 태도의 표현이라는 점과 대칭해서 쓴 것이다.

17) 단순이란 직설법의 내용을 이미 확정된 것으로 하여 상대에게 진술하는 확정의 선어말어미 -니- 또는 -ㄴ-을 포함하지 않은 형식과 대칭적으로 쓰인 것이다.

18) 서술법어미 '-다'에 선어말어미 '-ᄂᆞ-', '-아/어', '-니' 등이 선행하여 시상이 표시된다.

하는 확인서술법,[19] 그리고 의도법의 선어말어미 '-오/우-'가 결여된 상태에서 화자의 주관적 느낌을 표현하는 감탄서술법으로 나눌 수 있다.

② 의문법

직설의문법은 직설서술법과는 달리 확정의문법의 단일한 체계를 갖는다. 곧 의문법의미 '-가(교체형 -아/어)', '-고(교체형 -오)'에 확정의 선어말어미 '-니-', 또는 '-ㄴ-'을 선행시켜 표시하였다.

의문법에는 직접화법의 의문과 간접화법의 의문, 그리고 반어적 의문의 구분이 있다. 직접의문은 직접화법의 의문법을 말하며 간접의문은 직접의문의 공손법 등분이 ᄒᆞᄅᆞ체로 귀일(歸一) 표시 되었다. 간접의문의 구성은 확정의 선어말어미 '-ㄴ-'과 의문법어미 '-가'와 '-고'의 연결로 이루어져 '-ㄴ가'는 판정의문, '-ㄴ고'는 설명의문을 표시한다. 그리고 의문법의 일종인 반어법어미 '-ᄯᆞ녀'에 확정의 선어말어미 '-니-'가 선행하여 '-니ᄯᆞ녀'의 어형으로 반어법이 표시되었다. 반어법어미 '-니ᄯᆞ녀'는 'ᄒᆞ믈며'와 호응하는 특징을 가지고 있다.

(2) 회상법

선어말어미 '-더-'에 의하여 표시되는 서법 범주이다. 직설법의 본질이 발화의 시점을 기준으로 하여 사실성에 대한 직접적 진술임에 반하여, 회상법을 발화의 시점보다 앞선 시점에서 경험한 사실을 회상하는 간접적 진술태도임을 감안하여 서술법 기능을 부여한다.

회상법은 서술법과 의문법의 두 가지 문체법에서 나타나다.

① 서술법

서술법은 확정의 선어말어미 '-니-'를 포함하지 않은 일반서술법과 일반서술법의 어형에 확정의 선어말어미 '-니-'가 개재된 확인서술법으로

---

19) 일반서술법의 어형에 확정의 선어말어미 '-니-'가 개재되어 표시된다.

나눌 수 있다.

② 의문법

직설의문법은 직설서술법과는 달리 확정의문법의 단일한 체계를 갖는다. 곧 의문법의미 '-가(교체형 -아/어)', '-고(교체형 -오)'에 확정의 선어말어미 '-니-', 또는 '-ㄴ-'을 선행시켜 표시하였다.

의문법에는 직접화법의 의문과 간접화법의 의문, 그리고 반어적 의문의 구분이 있다.

(3) 추측법

선어말어미 '-리-'와 '-ㄹ-'에 의하여 표시되는 서법 범주이다. 이것은 일어날 가능성이 있는 사실을 추측하여 단정을 회피하려는 심적태도가 나타나는 서법이다. 미래는 직설법이나 회상법의 현실세계 곧 외재적 세계의 표현과는 전혀 다른 형식인 관념의 세계, 곧 내재적 세계의 표현이라는 관점에서 서법으로서의 기능을 담당하는 것으로 파악된다.

그러므로 추측법은 단정을 회피하려는 관념적 사실의 표현이라는 점에서 서상법(Thought mood)이라 할 수 있다.

(4) 의도법

선어말어미 '-오/우-'가 의도법의 기능을 담당한다. 이때의 '-오/우-'는 화자의 주관적인 판단, 곧 의도가 개재된 동작(또는 상태)의 진술임을 뜻하는 것이다.

그러므로 추측법은 단정을 회피하려는 관념적 사실의 표현이라는 점에서 서상법(Thought mood)이라 할 수 있다.

의도법은 직설의도법, 화상의도법, 추측의도법의 셋으로 세분된다.

① 직접의도법

직접의도법은 서술법과 의문법으로 나눌 수 있다. 서술법은 의도법의 선어말어미 '-오-'의 개재로 표시되는데 반하여 의문법은 서술법어미와 동형(同形)의 특유한 의문법어미 '-다'로 표시되었다.

② 회상의도법

회상의도법은 회상법을 바탕으로 파악되는 복합서법이다. 서술법과 의문법의 두 가지 문체법에서 나타나는데 그 나타나는 모양이 상이하다. 회상법 선어말어미 '-더-'에 의도법의 '-오/우-'가 결합하면 '-다-'의 형태가 되는데, 이 '-다-'에 회상의도법의 서법이 표시되었다. 곧 회상법의 내용에 화자의 주관적 판단(의도)이 가미된 서법이다. 의도법의 의문법어미 '-ㄴ다'에 회상법 선어말어미 '-더-'가 선행하여 '-던다'로 회상의도법의 의문법이 표시되었다. 'ᄒᆞ라체' 등분에서만 나타나며 의문사 병치 여부로 판정의문과 설명의문이 구분된다.

③ 추측의도법

추측의도법은 회상법을 바탕으로 파악되는 복합서법이다. 서술법과 의문법의 두 가지 문체법에서 나타나는데 그 나타나는 모양이 상이하다. 추측법 선어말어미 '-리-'에 의도법의 '-오/우-'가 개재되어 표시되는데, 추측법의 내용에 화자 자신의 주관적 판단(의도)이 가미된 것이다. 주관적 판단의 내용은 문맥에 따라 의지, 가능, 원망 등을 나타낸다. 의도법 선어말어미 '-오-'에 대응하는 이형태로 '-로-'가 축출되는데, 이 '-로-'는 직설의도법의 감탄서술법 선어말어미 '-도-'의 교체형으로, 본질적으로 동일 기능을 가진 것이다. 의도법의 의문법어미 '-다'에 추측법 선어말어미 '-ㄹㆆ(ㄹ)-'이 결합한 것으로써 추측의도법의 의문법이 표시되었다. 'ᄒᆞ라체' 등분에서만 나타나며 의문사 병치 여부로 판정의문과 설명의문이 구분된다. 드물게 확인의문법의 용법으로 '호려뇨, ᄒᆞ리로소녀,

ᄒᆞ리로소니잇가' 등의 용례가 보인다.

(5) 명령법

명령법은 상대에게 화자의 의사대로 행동하기를 요구하는 심적 태도가 표출된 서법이다. 명령법은 그 내용에 따라 일반명령법, 강청법(强請法), 원망법, 청유법으로 세분된다.

일반명령법은 '-라', 또는 선어말어미 '-아/어-, -거-'가 선행한 'ᄒᆞ야라', 'ᄒᆞ야ᄉᆞ라'로 표시하며 강청법은 대상에 대한 어떤 행동의 요구가 강하게 표시되는 것이다. 원망법은 일인칭을 주어로 하여 화자 자신의 일이 이루어지게 해 달라는 표현으로 주로 '-아/어-, -거-'와 '-지라'가 결합한다. 청유법은 화자 자신도 그렇게 함을 전제하면서 상대에게도 함께 행동하기를 요청하는 것으로 1인칭 복수를 주어로 하는 특징을 갖는다.

이상에서 15세기 국어의 서법체계를 간략히 살펴보았다. 이제 이러한 서법체계를 인식하여 한글창제 전후의 한글 구결의 통사 구조를 살펴볼 것이며 특히 각 경전의 특징에 따라 이루어진 문장의 구조를 '개념과 정의 구조', '논증과 비유', '접속문', '사동문', '피동문', '의문문', '부정문', '인용문', '대우문', '비교문' 등을 중심으로 분석하기로 한다.

1) ≪능엄경언해≫의 통사 구조

(1) 개념과 정의 구조

≪능엄경언해≫에는 불교 관련 용어의 개념과 정의를 밝히고 해당 용어를 제시하는 부분이 빈번히 나타나는데. '-ㄹᄊᆡ 이런ᄃᆞ로 일후믈(믈) N이(ㅣ)라 ᄒᆞ니라', '-ㄹᄊᆡ 이런ᄃᆞ로 N이라 니ᄅᆞ-', '이런ᄃᆞ로 일후미 N이-', '-ㄹᄊᆡ 이런ᄃᆞ로 N(으)로 일훔ᄒᆞ니라', '이런ᄃᆞ로 …… N ᄋᆞᆫ(ᄂᆞᆫ) -(ᄋᆞ/으)ㄹ 니ᄅᆞ시니라'와 같다. 이들 통사 구조는 먼저 개념을 설

명한 후, 용어를 밝히는 구조이다. 그러므로 개념과 정의 구조는 '정의항'과 '피정의항'의 순서로 나타나고 있다.

① -ㄹᄊᆡ 이런ᄃᆞ로 일후믈(ᄆᆞᆯ) N이(ㅣ)라 ᄒᆞ니라

273. [正宗文五애 ᄒᆞ나ᄒᆞᆫ 見道分이니 처ᅀᅥᄆᆡ 七徵을 브트샤 샹녜 住ᄒᆞᆫ 眞實ㅅ ᄆᆞᅀᆞᄆᆡ 性이 조ᄒᆞᆫ ᄇᆞᆯᄀᆞᆫ 體ᄅᆞᆯ 나토시고 버거 여ᄃᆞᆲ 도라가ᄆᆞᆯ 브트샤 微妙히 조ᄒᆞᆫ 見精ᄋᆞᆯ ᄀᆞᆯᄒᆡ야 니ᄅᆞ샤 如來藏ᄋᆞᆯ 나토시고 後ᄂᆞᆫ 山河萬像애 나ᅀᅡ가샤 勝義 中엣 眞勝義性을 펴 니ᄅᆞ샤 다 行ᄒᆞᇙ 사ᄅᆞᄆᆞ로 ᄆᆞᅀᆞᄆᆞᆯ ᄇᆞᆯ겨 性ᄋᆞᆯ 보아 修證ᄒᆞᇙ 秘密ᄒᆞᆫ 因ᄋᆞᆯ 삼게 ᄒᆞ](정의항) + [실ᄊᆡ 이런ᄃᆞ로 일후ᄆᆞᆯ 見道分이라 ᄒᆞ니라<楞嚴1:20b>](피정의항)

위의 예문은 '見道分'을 설명하기 위해 '見道分'과 관련된 내용을 설명한 후, '-ㄹᄊᆡ 이런ᄃᆞ로 일후믈(ᄆᆞᆯ) 見道分이라 ᄒᆞ니라'와 같이 나타내고 있다. 그러므로 [정의항]-[피정의항]의 순서로 나타나며, 정의항에서는 '見道分'의 체계 및 위상, 내용을 설명하고 있고, 피정의항에서는 '見道分'이라는 용어를 드러내고 있다. 피정의항에서는 '見道分'을 설명하기 위해 'ㄹᄊᆡ[+원인], 이런ᄃᆞ로[+원인, +명명], 일후믈[+명명], -이라 ᄒᆞ니라[+명명]' 등의 중복 표현을 씀으로써 피정의항을 더욱 강조하고 있다.

274. [부텨 ᄃᆞ욇 法門ᄋᆞᆯ ᄒᆞ마 아로라 ᄒᆞ야 末世ᄅᆞᆯ 濟度코져<楞嚴1:21b> 願ᄒᆞ야 道場 셰여 ᄆᆞᅀᆞᆷ 자ᄇᆞᇙ 法ᄋᆞᆯ 다시 請ᄒᆞᅀᆞ와 세 漏 업슨 學과 네 가짓 律儀와 큰 神呪ᄅᆞᆯ 듣ᄌᆞ오니 뫼화 修行方便ᄋᆞᆯ 사ᄆᆞ](정의항) + [실ᄊᆡ 이런ᄃᆞ로 일후믈 修道分이라 ᄒᆞ니라](피정의항)

위의 예문은 '修道分'을 설명하기 위해 '修道分'과 관련된 내용을 설명한 후, '-ㄹᄊᆡ 이런ᄃᆞ로 일후믈 修道分이라 ᄒᆞ니라'와 같이 나타내고 있다. [정의항]-[피정의항]의 순서로 나타나며, 정의항에서는 '修道分'의 내용과 유래를 설명하고 있고, 피정의항에서는 '修道分'이라는 용어를

드러내고 있다. 피정의항에서는 '修道分'을 설명하기 위해 'ㄹ씨[+원인], 이런ᄃᆞ로[+원인, +명명], 일후믈[+명명], -이라 ᄒᆞ니라[+명명]' 등의 중복 표현을 씀으로써 피정의항을 더욱 강조하는 구조이다.

275. [세ᄒᆞᆫ 證果分이니 처섬 凡夫로 브터 ᄆᆞᄎᆞ매 大涅槃하 五十五位에 더 나삼 드러 妙覺 다 호매 니르러 우 업슨 道 일우믈 버려 뵈](정의항) + [실씨 이런ᄃᆞ로 일후믈 證果分이라 ᄒᆞ니라](피정의항)

276. [다ᄉᆞᄉᆞᆫ 助道分이니 처ᅀᅥ멘 天과 獄과 七趣ㅣ ᄒᆞᆫ 가지로 오직 ᄆᆞᅀᆞᄆᆡ 지소믈 볼기시고 버건 奢摩他 中엣 微細ᄒᆞᆫ 魔ㅅ<楞嚴1:22a> 이를 볼기샤 모든 行흘 사ᄅᆞ미 ᄆᆞᅀᆞᆷ 시소믈 正히 아니ᄒᆞ야 외오 ᄒᆞ야 뻐러딣가 저ᄒᆞ](정의항) + [실씨 이런ᄃᆞ로 일후믈 助道ㅣ라 ᄒᆞ니라](피정의항)

277. [<楞嚴3:99b> 性이 見이라 ᄒᆞ샴 둘ᄒᆞᆫ 또 體用ᄋᆞᆯ 서르 브터 드러 니ᄅᆞ시니 見 이시며 覺이슈미 비록 覺明의 허므리나 體ᄂᆞᆫ 實로 性見이오 用ᄋᆞᆫ 實로 覺精이라 如一 아래ᄂᆞᆫ 다ᄅᆞᆫ 根ᄋᆞᆯ 견주시니라 嘗觸ᄋᆞᆫ 곧 舌根이니 마시 어우러사 비르서 아](정의항) + [ㄹ씨 이런ᄃᆞ로 또 일후믈 觸이라 覺觸과 覺知와ᄂᆞᆫ 곧 身과 意왜라](피정의항)

278. [<楞嚴4:73b> 摩登伽ㅣ 아ᄅᆡ 婬女ㅣ로ᄃᆡ 神呪力을 브터 愛欲ᄋᆞᆯ 스러 法中에 이제 일후미 性比丘尼니 羅睺의 母 耶輸陁羅와 ᄒᆞᆫᄢᅴ 아랫 因을 아라 歷世ㅅ 因이 貪愛ㅣ 受苦ㅣ ᄃᆞ왼 ᄃᆞᆯ 아라 ᄒᆞᆫ 念을 漏 업슨 善ᄋᆞᆯ 熏修혼 젼ᄎᆞ로 시혹 얼교매 나며 시혹 授記ᄅᆞᆯ 니브니 <楞嚴4:74a> 漏 업슨 業熏호ᄆᆡ ᄲᆞᄅᆞᆫ 效驗ᄋᆞᆯ 볼기시니라 摩登伽ᄂᆞᆫ 예셔 닐오매 本性이니 이런ᄃᆞ로 일후믈 性比丘尼라 ᄒᆞ시니라

위의 용례 275, 276, 277, 278도 이와 같이 '개념과 정의 구조' 가운데 '-ㄹ씨 이런ᄃᆞ로 일후믈(믈) N이(ㅣ)라 ᄒᆞ니라'의 구조이다.

② -ㄹ씨 이런ᄃᆞ로 N이라 니ᄅᆞ-

279. <楞嚴3:82a> 처섬 汝ㅣ 元不知라 니ᄅᆞ시고 버거 猶ㅣ라 니ᄅᆞ시며 常이라 니ᄅᆞ시며 宛이라 니ᄅᆞ시며 全이라 니ᄅᆞ시며 曾이라 니ᄅᆞ시고 내죵

애 또 元이라 니ᄅᆞ샤ᄆᆞᆫ 本來ㅅ 根源을 제 迷惑홀ᄊᆡ 아디 몯호ᄆᆞᆯ 처ᅀᅥᆷ 니ᄅᆞ시고 다시 ᄃᆞ려 ᄇᆞᆯ기샤매 미처 오히려 아디 몯홀ᄊᆡ 이런ᄃᆞ로 버거 猶ㅣ라 니ᄅᆞ시고 後에 다시 ᄃᆞ려 ᄇᆞᆯ겨시ᄂᆞᆯ 더욱 아디 몯홀ᄊᆡ 이런ᄃᆞ로 常이라 니ᄅᆞ시고 더욱 아디 몯홀ᄊᆡ 이런ᄃᆞ로 宛이라 니ᄅᆞ시고 젼혀 아디 몯홀ᄊᆡ 이런ᄃᆞ로 全이라 니ᄅᆞ시고 甚히 아디 몯홀ᄊᆡ 이런ᄃᆞ로 曾이라 니ᄅᆞ시고 내죵내 아디 몯홀ᄊᆡ 이런ᄃᆞ로 다시 元이라 니ᄅᆞ시니라

위의 예문은 '元不知, 猶, 常, 宛, 全, 曾, 元'의 명명 순서를 설명하기 위해 '元不知, 猶, 常, 宛, 全, 曾, 元'의 순서를 제시한 후, '-ㄹᄊᆡ 이런ᄃᆞ로 -이라 니ᄅᆞ-'의 구문이 나열되고 있다. 그러므로 [정의항]-[피정의항]의 순서로 나타나며, 정의항에서는 용어의 순서를 제시하고 있고, 피정의항에서는 명명 순서의 이유를 설명하고 있다. 피정의항에서는 명명 순서의 이유를 설명하기 위해 'ㄹᄊᆡ[+원인], 이런ᄃᆞ로[+원인, +명명], -이라 니ᄅᆞ다[+명명]' 등의 중복 표현을 씀으로써 피정의항을 더욱 강조하고 있다.

280. 부텨 조ᄍᆞ와 出家ᄒᆞ야 見覺이 明圓ᄒᆞ야 큰 저품 업수믈 得ᄒᆞ야 阿羅漢ᄋᆞᆯ 일워 부텻 長子ㅣ ᄃᆞ외야<楞嚴5:53a> 부텻 이블 브터 나며 法을 브터 化生호니 부톄 圓通ᄋᆞᆯ 무르실ᄊᆡ 내 證호맨 心見이 光을 發ᄒᆞ야 光明이 至極ᄒᆞᆫ 知見이 이 第一이로소이다<楞嚴5:53b> 心見은 眼識이라 識이 淸淨ᄒᆞᆫ 젼ᄎᆞ로 種種 通利ᄒᆞ며 ᄆᆞᅀᆞ미 ᄀᆞᆺ 업슨 젼ᄎᆞ로 見覺이 두려이 ᄇᆞᆯᄀᆞ니라 心見이 光을 發ᄒᆞ야 光이 極ᄒᆞᆫ 知見이라 호ᄆᆞᆫ 心見이 發明호ᄆᆞᆯ 브터 萬法을 두려이 비췰씨라 迦葉兄弟ᄂᆞᆫ 곧 優樓頻螺 等이라 或이 닐오ᄃᆡ 馬勝의 偈 닐오ᄆᆞᆯ 맛나다 ᄒᆞᄂᆞ니 더ᄂᆞᆫ 小乘因緣이라 圓通애 取홇 디 아니니라 身子ㅣ 智慧 第一이라 소리와 德괘 長애 이실ᄊᆡ 이런ᄃᆞ로 長子ㅣ라 니ᄅᆞ니라

281. <楞嚴4:10b> 네 니ᄅᆞ논 覺과 니ᄅᆞ논 明은<楞嚴4:11a> ᄠᅳ데 엇던 아로ᄆᆞᆯ 짓ᄂᆞᆫ다 이 性이 本來 제 ᄇᆞᆯ가 靈ᄒᆞ야 어듭디 아니홀ᄊᆡ 이런ᄃᆞ로 覺이라 니ᄅᆞᄂᆞᆫ다 또 性이 제 ᄇᆞᆰ디 몯거늘 ᄆᆞᅀᆞᄆᆞᆯ ᄲᅧ 알ᄊᆡ 이런ᄃᆞ로 ᄇᆞᆯᄀᆞᆫ 覺이라 니ᄅᆞᄂᆞᆫ다 靈ᄒᆞ야 어듭디 아니ᄒᆞᆫ 眞覺이오 ᄆᆞᅀᆞᄆᆞᆯ ᄲᅧ 아닌 妄覺이라

위의 용례 280과 281도 '개념과 정의 구조' 가운데 '-ᄅᆞᆯᄊᆡ 이런ᄃᆞ로 -이라 니ᄅᆞ-'의 구조로 되어 있다.

③ 이런ᄃᆞ로 일후미 N이-

282. [本來ㅅ 妙心ᄋᆞᆯ ᄇᆞᆯ겨 三世諸佛이 다 이ᄅᆞᆯ 브터 첫 因ᄋᆞᆯ 사ᄆᆞ시ᄂᆞᆫ ᄃᆞᆯ 알에 ᄒᆞ시며 닷가 證ᄒᆞᇙ 了義ᄅᆞᆯ ᄇᆞᆯ기샤 究竟ᄒᆞᆫ 法을 아라 一切 聖人이 다 이ᄅᆞᆯ 브터 果ᄅᆞᆯ 證ᄒᆞ시ᄂᆞᆫ ᄃᆞᆯ 알에 ᄒᆞ샤며 菩薩ㅅ 淸淨 <楞嚴1:9a> 萬行이 ᄀᆞ자 一切 事法이 究竟티 아니ᄒᆞ니 업수메 니르러 實相이 구더 허디 아니호매 니를에 ᄒᆞ시니](정의항) + [이런ᄃᆞ로 일후미 大佛頂如來密因修證了義諸菩薩萬行首楞嚴이라](피정의항)

위의 예문은 '大佛頂如來密因修證了義諸菩薩萬行首楞嚴'이라는 명칭을 설명하기 위해 경전이 주는 깨달음과, 위상, 그리고 중요성을 설명한 후, '이런ᄃᆞ로 일후미 N이-'와 같이 나타나고 있다. 그러므로 [정의항]-[피정의항]의 순서로 나타나며, 정의항에서는 '大佛頂如來密因修證了義諸菩薩萬行首楞嚴'이 주는 깨달음과, 위상, 그리고 중요성을 설명하고 있고, 피정의항에서는 '大佛頂如來密因修證了義諸菩薩萬行首楞嚴'이라는 용어를 드러내고 있다. 피정의항에서는 大佛頂如來密因修證了義諸菩薩萬行首楞嚴'을 설명하기 위해 '이런ᄃᆞ로[+원인, +명명], 일후미[+명명] -이다[+명명]' 등의 중복 표현을 씀으로써 피정의항을 더욱 강조하고 있다.

283. 身心과 萬法이 當ᄒᆞᆫ 고대 ᄇᆞᆯᄀᆞ니 곧 海印發光이라 富那ᄃᆞᆯ히 말ᄉᆞᄆᆞᆯ 조차 아로ᄆᆞᆯ 내야 疑心ᄒᆞ야<楞嚴4:55b> 혜아료미 어즈러우니 이 塵勞ㅣ 몬져 니로미라 이ᄂᆞᆫ 우 업슨 覺道ᄅᆞᆯ 求티 아니ᄒᆞ고 小乘을 愛念ᄒᆞᄂᆞᆫ 허므리라 이제 宗師ㅣ 두드료미 바ᄅᆞ 번득거늘 學者ㅣ 因ᄒᆞ야 미친 아로ᄆᆞᆯ 난겻 내ᄂᆞ니 다 ᄠᅳ뎻 드트리 수이 닌 다ᄉᆞᆯᄊᆡ 이런ᄃᆞ로 動ᄒᆞ면 疑妄애 드ᄂᆞ니 우 업슨 覺道ᄅᆞᆯ 알면 ᄒᆞᆫ 번 브르며 ᄒᆞᆫ 번 對答애 足히 天地 훤히 ᄆᆞᆯᄀᆞ리어니 엇뎨 다시 塵勞ㅣ 이시리오 大集經에 닐오ᄃᆡ 閻浮엣 萬像이 다 바ᄅᆞᆳ 가온ᄃᆡ 낟ᄂᆞ니라 ᄒᆞ시니 이런ᄃᆞ로 일후미 海印이라

284. <楞嚴5:35b> 香嚴童子ㅣ 곧 座로셔 니르샤 부텻 바래 頂禮ᄒᆞᅀᆞᆸ고 부텻긔 ᄉᆞᆯ오샤ᄃᆡ 내 듣ᄌᆞ오니 如來 날 ᄀᆞᄅᆞ치샤ᄃᆡ 모ᄃᆞᆫ 有爲相ᄋᆞᆯ 子細히 보라 ᄒᆞ샤시ᄂᆞᆯ 내 그 ᄢᅴ 부텻긔 下直ᄒᆞᅀᆞᆸ고 宴晦ᄒᆞ야 淸齋ᄒᆞ다니 모ᄃᆞᆫ 比丘ㅣ 沈水香ᄋᆞᆯ ᄉᆞᆯ어늘<楞嚴5:36a> 보니 香氣 괴외히 와 내 고해 들어늘 내 이 氣分이 나모 아니며 虛空 아니며 ᄂᆡ 아니며 블 아니라 가매 着홀 고디 업스며 오매 조ᄎᆞᆫ 고디 업수믈 보아 이ᄅᆞᆯ 브터 ᄠᅳ디 스러 漏 업수믈 發明호니 如來 나ᄅᆞᆯ 印ᄒᆞ샤 香嚴 일후믈 得ᄒᆞᅀᆞ오니 드틄 氣分이 믄득 업고 妙香이 密圓ᄒᆞ야 내 香嚴을 브터 阿羅漢ᄋᆞᆯ 得호니 부톄 圓通ᄋᆞᆯ 무르실ᄊᆡ 내 證호맨 香嚴이 上이로소이다<楞嚴5:36b> 有爲ᄅᆞᆯ 너비 보아 香ᄋᆞᆯ 因ᄒᆞ야 두려이 아라 童眞位ᄅᆞᆯ 得ᄒᆞ실ᄊᆡ 이런ᄃᆞ로 일후미 童子ㅣ라

285. <楞嚴6:9a>모ᄃᆞᆫ 有學이 寂靜ᄒᆞ며 微妙히 ᄇᆞᆯ겨 勝ᄒᆞᆫ 微妙ㅣ 現ᄒᆞ야 두렵거든 내 더 알ᄑᆡ 獨覺 모ᄆᆞᆯ 現ᄒᆞ야 爲ᄒᆞ야 說法ᄒᆞ야 解脫케 ᄒᆞ며<楞嚴6:9b> 有學ᄋᆞᆫ 小聲聞이라 獨覺ᄋᆞᆫ ᄯᅩ 닐오ᄃᆡ 麟喩ㅣ니 麟의 ᄒᆞᆫ ᄲᅳ를 가ᄌᆞᆯ비니라 부텨 업스신 世예 나 物의 變易을 보고 제 無生ᄋᆞᆯ 알ᄊᆡ 이런ᄃᆞ로 일후미 獨覺이라

286. <楞嚴6:71a> 阿難아 네 子細히 드르라 내 부텻 威力을 받ᄌᆞ와 金剛王 幻 ᄀᆞᄐᆞᆫ 不思議佛母眞三昧ᄅᆞᆯ 펴 니ᄅᆞ노라 金剛幻 ᄀᆞᄐᆞᆫ 三昧ᄂᆞᆫ 곧 觀音如來ㅅ 주샨 幻 ᄀᆞᄐᆞᆫ 聞熏聞修金剛三昧라 三世諸佛이 다 이ᄅᆞᆯ 브트샤 나실ᄊᆡ 이런ᄃᆞ로 일후미 佛母ㅣ라

287. <楞嚴7:4a>摩訶悉怛多般怛羅ᄂᆞᆫ 예셔 닐오매 大白傘盖니 곧 藏心이라 量이 沙界예 훤호ᄆᆞᆯ 닐오ᄃᆡ 大오<楞嚴7:4b> 體ㅣ 妄染 그추믈 닐오ᄃᆡ 白이오 用이 一切예 두푸믈 닐오디 傘盖니 神呪ㅣ 일로부터 흘러 날ᄊᆡ 이런ᄃᆞ로 일후미 心呪ㅣ라

288. 五辛ᄋᆞᆫ ᄒᆞ나ᄒᆞᆫ 大蒜이오 둘흔 茖葱이오 세흔 慈葱이오 네흔 蘭葱이오 다ᄉᆞᄉᆞᆫ 興渠ㅣ니 다ᄉᆞ시 내 더러워 안ᄒᆞ로 婬恚ᄅᆞᆯ 내오 밧ᄀᆞ로 邪魅ᄅᆞᆯ 혈ᄊᆡ 이런ᄃᆞ로 일후미 助因이라

289. <楞嚴8:15b> ᄯᅩ 모로매 眞實ㅅ 妙圓을 브터 다시 眞妙ᄅᆞᆯ 發ᄒᆞ야 微妙ᄒᆞᆫ 信에 샹녜 住ᄒᆞ야 一切 妄想ᄋᆞ로 滅盡ᄒᆞ야 나ᄆᆞ니 업게 ᄒᆞ야 中中ᄒᆞᆫ 道ㅣ 純히 眞ᄒᆞ야 妄이 업슬ᄊᆡ 이런ᄃᆞ로 일후미 信心住ㅣ니 나ᄆᆞᆫ닌 다 이ᄅᆞᆯ 브터 더 나ᅀᅡ가논디라

290. <楞嚴8:46b> 불고미 至極ᄒᆞ야 覺이 ᄀᆞᄃᆞᆨ호미 큰 블 모돔 ᄀᆞᆮᄒᆞ야 一切ㅅ 緣影이 다 비취여 그슬씨 이런ᄃᆞ로 일후미 燄慧라

291. <楞嚴8:47b> 眞如ㅅ ᄀᆞᆺ 다호미 일후미 遠行地라 眞如ㅣ 現前ᄒᆞ야도 分證ᄒᆞ면 조ᄫᆞᆯ씨 ᄀᆞᆺ 다ᄒᆞ야ᅀᅡ 머러 머리 ᄢᅴ여 ᄀᆞ장 나ᅀᅡ갈씨 이런ᄃᆞ로 일후미 遠行이라

292. <楞嚴8:48a> ᄒᆞ마 그 ᄀᆞᆺ 다ᄒᆞ야 體를 오로 得ᄒᆞ야 ᄒᆞᆫ 眞이 얼의여 덛덛홀씨 이런ᄃᆞ로 일후미 不動이라

293. <楞嚴8:48a>ᄒᆞ마 眞體를 <楞嚴8:48b> 得ᄒᆞ면 이에 眞用이 發ᄒᆞᄂᆞᆫ디라 믈읫 비취여 應호미 眞티 몯ᄒᆞᆫ 고디 업스며 如티 몯ᄒᆞᆫ 고디 업슬씨 이런ᄃᆞ로 일후미 善慧라

294. <楞嚴8:60b> 法을 모도자ᄫᆞ시며 無量義를 가지샤미 일후미 十方佛母陀羅尼呪ㅣ시니라 또 일후미 灌頂章句諸菩薩萬行首楞嚴이니 네 반ᄃᆞ기 奉持ᄒᆞ라 菩薩이 이를 브터 부텻 職位를 受홀씨 이런ᄃᆞ로 일후미 灌頂章句ㅣ시니라

295. <楞嚴9:7b> 모ᄃᆞᆫ 世界 中에 ᄀᆞᄅᆞ치시논 體 ᄀᆞᆮ디 아니ᄒᆞ시니 이런ᄃᆞ로 娑ᄂᆞᆫ 文字로 ᄒᆞ시고 香積은 文字說이 업스시고 오직 衆香ᄋᆞ로 ᄒᆞ시ᄂᆞ니 이 天이 두려운 光ᄋᆞ로 소리를 일워 化法을 펼씨 이런ᄃᆞ로 일후미 光音이라

위의 용례 283부터 295까지도 '개념과 정의 구조' 가운데 '이런ᄃᆞ로 일후미 N이-'의 구조로 되어 있다.

④ -ㄹ씨 이런ᄃᆞ로 N(으)로 일훔ᄒᆞ니라

296. [<楞嚴1:47b> ᄆᆞᅀᆞ미 안해 잇고 누니 밧긔 이쇼ᄆᆞᆫ 衆生ᄋᆞ로 브터 如來와 阿難애 니르리 다 그러니라 ᄒᆞ니 文이 서르 나토니라 달이 나ᄂᆞᆫ 거시 열두 무리 잇ᄂᆞ니 土木과 空散과를 더니 ᄆᆞᅀᆞᆷ과 눈 잇ᄂᆞᆫ 무리 아니라 眼根은 밧긔 ᄢᅥ 地水火風 네 <楞嚴1:48a> ᄃᆞ트를 비러 이렛다가 그 ᄒᆞ루메 미처ᄂᆞᆫ ᄃᆞ트레 도로 가](정의항) + [ㄹ씨 이런ᄃᆞ로 ᄃᆞ틀로 일훔ᄒᆞ니라](피정의항)

위의 예문은 '드틀[먼지]'을 설명하기 위해 '드틀'과 관련된 내용을 설명한 후, '-ㄹᄊᆡ 이런ᄃᆞ로 N(으)로 일훔ᄒᆞ니라'와 같이 나타내고 있다. [정의항]-[피정의항]의 순서로 나타나며, 정의항에서는 '드틀'과 관련된 내용을 설명하고 있고, 피정의항에서는 '드틀'이라는 용어를 드러내고 있다. 피정의항에서는 '드틀'을 설명하기 위해 'ㄹᄊᆡ[+원인], 이런ᄃᆞ로[+원인, +명명], -로 일훔ᄒᆞ니라[+명명]' 등의 중복 표현을 씀으로써 피정의항을 더욱 강조하는 구조이다.

⑤ -ㄹᄊᆡ 이런ᄃᆞ로 …… Nᄋᆞᆫ(ᄂᆞᆫ) -(ᄋᆞ/으)ㄹ 니ᄅᆞ시니라

297. [道ᄂᆞᆫ 本來 平ᄒᆞ며 곧거늘 妄ᄋᆞᆯ 브터 굽ᄂᆞ니 쟝ᄎᆞ ᄃᆞ려 正ᄒᆞᆫ 道ᄅᆞᆯ 窮究ᄒᆞ야 갓ᄀᆞᆫ 妄ᄋᆞᆯ 고텨 더로려 ᄒᆞ시](정의항) + [실ᄊᆡ 이런ᄃᆞ로 勅ᄒᆞ샤ᄃᆡ 고도ᄆᆞ로 對答ᄒᆞ라 ᄒᆞ시니라 ᄆᆞᅀᆞᆷ과 말ᄉᆞᆷ괘 고ᄃᆞ면 道애 어루 즐어 나ᅀᅡ가리라 ―道ᄂᆞᆫ 다 고ᄃᆞᆫ ᄆᆞᅀᆞᄆᆞ로 호ᄆᆞᆯ 니ᄅᆞ시니라](피정의항)

위의 예문은 '道'를 설명하기 위해 '道'와 관련된 내용을 설명한 후, '-ㄹᄊᆡ 이런ᄃᆞ로 …… Nᄋᆞᆫ(ᄂᆞᆫ) -(ᄋᆞ/으)ㄹ 니ᄅᆞ시니라'와 같이 나타내고 있다. [정의항]-[피정의항]의 순서로 나타나며, 정의항에서는 '道'와 관련된 내용을 설명하고 있고, 피정의항에서는 '道'이라는 용어를 드러내고 있다. 피정의항에서는 '道'를 설명하기 위해 'ㄹᄊᆡ[+원인], 이런ᄃᆞ로[+원인, +명명], -ᄋᆞᆯ 니ᄅᆞ시니라[+명명]' 등의 중복 표현을 씀으로써 피정의항을 더욱 강조하는 구조이다.

(2) 설명과 비유

설명은 논리적으로 'Q는 A이다'라고 진술하고 다른 사람의 궁금증이나 의문을 알기 쉽게 풀어줌으로써 문제에 대한 이해를 돕는 기술이며, 누군가가 알고 싶어 하는 것의 실체에 대하여 개념화된 정보를 제공해 줄 수 있는 구조이다. 반면 비유는 표현하고자 하는 어떤 대상에 대해

일반적인 의미나 연상에서 벗어나 비슷한 대상을 빗대어 설명을 하려는 구조이다.

≪능엄경언해≫는 불법과 경전을 통해 깨달을 수 있는 경지에 대한 내용들이 많기 때문에 이러한 설명과 비유의 구조가 많이 사용되었다.

298. 부톄 阿難ᄃᆞ려 니ᄅᆞ샤ᄃᆡ [네 닐옴 ᄀᆞᆮᄒᆞ야 眞實로 愛樂호미 ᄆᆞᅀᆞᆷ과 누ᄂᆞᆯ 브터 ᄒᆞᄂᆞ니라 惑 業의 옮ᄃᆞᆫ뇨미<楞嚴1:46a> 一切 이ᄅᆞᆯ 브터 ᄒᆞᄂᆞ니라 ᄒᆞ다가 ᄆᆞᅀᆞᆷ과 누ᄂᆡ 잇논 ᄃᆡᆯ 아디 몯ᄒᆞᇙ딘댄 塵勞 降伏히요ᄆᆞᆯ 能히 得디 몯ᄒᆞ리라](설명) + [가ᄌᆞᆯ비건댄 國王이 도ᄌᆞᄀᆡ 侵勞ㅣ ᄃᆞ외야 兵馬ㅣ 모로매 도ᄌᆞᆨ 잇논 ᄃᆡᆯ 아롫디니]

299. [<楞嚴3:3b>眼入이 虛妄ᄒᆞ야 本來<楞嚴3:4a> 因緣 아니며 自然ᄒᆞᆫ 性 아니니라 ᄒᆞ마 브튼 ᄃᆡ 업슬ᄊᆡ 이런ᄃᆞ로 因緣 自然이 아니라 本來 如來藏微妙ᄒᆞᆫ 眞如性이니 나ᄆᆞᆫ 다ᄉᆞᄉᆞᆯ 이ᄅᆞᆯ 견주라](설명) + [阿難아 가ᄌᆞᆯ비건댄 <楞嚴3:4b> 사ᄅᆞ미 두 ᄉᆞᆫ가라ᄀᆞ로 귀ᄅᆞᆯ ᄆᆡ이 마ᄀᆞ면 耳根이 잇븐 젼ᄎᆞ로 머릿 中에 소리 지ᅀᅳ리니 耳와 잇븜괘 ᄒᆞᆫ 가짓 이 菩提의 바ᄅᆞ ᄢᅥ 잇부미 난 相이라 ᄉᆞᆫ가라기 本來 소리<楞嚴3:5a> 업스며 귀 本來 드로미 업거늘 거츠리 서르 感觸ᄒᆞᆯᄊᆡ 이런ᄃᆞ로 머릿 中에 소리 짓ᄂᆞ니 耳入의 妄이 다 이 ᄀᆞᆮᄒᆞ니라](비유)

위의 예문 298은 부처가 아난에게 '애락이 일어나는 것'에 대해 설명한 후 '가ᄌᆞᆯ비다(비유하다)'를 내세워 비유하고 있는 구조로 [설명]-[비유]의 순서로 나타나고 있다. 그리고 예문 299는 부처가 아난에게 '眞如性'에 대해 설명한 후 역시 '가ᄌᆞᆯ비다(비유하다)'를 내세워 비유하고 있는 구조이다.

300. [<楞嚴2:115b> 阿難아 가ᄌᆞᆯ비건댄 사ᄅᆞ미 싄 梅ᄅᆞᆯ 니ᄅᆞ면 입 안해 므리 나고 노ᄑᆞᆫ 빙애 볼오ᄆᆞᆯ ᄉᆞ랑ᄒᆞ면 밠바다이 ᄉᆡ자리ᄂᆞ니](비유) + [想陰이 반ᄃᆞ기 알라 ᄯᅩ 이 ᄀᆞᆮᄒᆞ니라 想이 實ᄒᆞᆫ 相이 업서 ᄆᆞᅀᆞᆯ 브터ᅀᅡ 相이 이ᄂᆞ니 梅ᄅᆞᆯ 니ᄅᆞ며 빙애ᄅᆞᆯ ᄉᆞ랑호ᄆᆞᆫ 實ᄒᆞᆫ 相 업수미오 <楞嚴2:116a> 이벳 믈와 바랫 ᄉᆡ요ᄆᆞᆫ ᄆᆞᅀᆞᆯ 브터 相 이로미니 믈읫 想이 ᄀᆞᆮ

ᄒᆞ니라 阿難아 이ᄀᆞ티 쉰 마리 梅ᄅᆞᆯ 브터 나디 아니ᄒᆞ며 이블 브터 드디 아니ᄒᆞᄂᆞ니](설명)

301. [<楞嚴3:11b> 阿難아 가ᄌᆞᆯ비건댄 사ᄅᆞ미 ᄒᆞᆫ ᄎᆞᆫ 소ᄂᆞ로 더운 소내 다히면 ᄒᆞ다가 ᄎᆞᆫ 勢ㅣ 하면 더운 거시 ᄎᆞ닐 좃고 ᄒᆞ다가 더운 功이 이긔면 ᄎᆞᆫ 거시 더우미 ᄃᆞ외야 이ᄅᆞᆫ히 이 어우러 아ᄂᆞᆫ 觸이 여희여 아로매 나ᄂᆞ니 섯논 勢ㅣ ᄒᆞ다가 이롫딘댄 잇븐 觸애 因ᄒᆞ니](비유) + [몸과 잇붐괘 ᄒᆞᆫ 가짓 이 菩提의 바ᄅᆞ ᄢᅥ 잇부미 난 相이라](설명)

302. [<楞嚴6:95b> 阿難아 ᄒᆞ다가 殺ᄋᆞᆯ 긋디 아니ᄒᆞ야 禪定 닷ᄂᆞ닌 가ᄌᆞᆯ비건댄 사ᄅᆞ미 제제 귀ᄅᆞᆯ 막고 된소리로 ᄀᆞ장 우르며 ᄂᆞ미 듣디 몯호ᄆᆞᆯ 求ᄐᆞᆺᄒᆞ니 이ᄃᆞᆯᄒᆞᆫ 일후미 숨기고져 호ᄃᆡ 더욱 나토미라](비유) + [禪 닷고ᄆᆞᆫ 罪ᄅᆞᆯ 避호미어늘 도ᄅᆞᅘᅧ 殺ᄋᆞᆯ 行ᄒᆞ며 귀마고ᄆᆞᆫ ᄂᆞᄆᆞᆯ 避호미어늘 도ᄅᆞᅘᅧ 된소리 ᄒᆞ니 이 숨기고져 호ᄃᆡ 더욱 나토미라](설명)

위의 예문 300에서 302까지는 부처가 아난에게 '가ᄌᆞᆯ비다(비유하다)'를 내세워 먼저 비유를 하고 뒤에 설명하는 구조로 [비유]-[설명]의 순서로 나타나고 있다.

303. [<楞嚴2:117a>想陰이 虛妄ᄒᆞ야 本來 因緣 아니며 自然ᄒᆞᆫ 性이 아니라](설명) + [<楞嚴2:117b> 阿難아 가ᄌᆞᆯ비건댄 瀑流ㅣ 믌겨리 서르 니ᅀᅥ 前際와 後際왜 서르 넘디 아니ᄐᆞᆺᄒᆞ니 行陰이 반ᄃᆞ기 알라 ᄯᅩ 이 ᄀᆞᆮᄒᆞ니라 微妙히 ᄆᆞᆯᄀᆞᆫ 거시 <楞嚴2:118a> 간대로 뮈여 境을 조차 올마 念과 念괘 올마 ᄀᆞᆯ며 새와 새왜 머므디 아니홀ᄊᆡ](비유) + [이런ᄃᆞ로 일후미 行陰이니 瀑流에 가ᄌᆞᆯ비시니라](정의)

위의 예문 303은 부처가 아난에게 먼저 '行陰'에 대해 설명한 후 그 다음에 '가ᄌᆞᆯ비다(비유하다)'를 내세워 1차적 비유를 하고 이 비유에 대해 다시 정의를 내리는 구조로 [설명]-[비유]-[정의]의 순서로 나타나고 있다.

2) ≪법화경언해≫의 통사 구조

(1) 접속문

법화경 언해에는 경이 찬집되기까지의 설명과 그 경에 담긴 내용을 설명하는 부분이 비교적 길이가 길다. 이들 문장은 연결어미로 이어지거나 반복, 나열되어 형식적으로는 장문을 이루고 있으며, 내용면에서는 비슷한 어구나 내용을 반복, 새로운 내용을 첨가 또는 보충하고 있다.

304. 西晉 惠帝 永康 年中에 長安靑門엣 燉煌菩薩 竺法護ㅣ 처섬 이 經 飜譯ᄒᆞ니 일후미 正法華ㅣ오 東晉 安帝 隆安 年中 後秦 弘始예 丘慈沙門 鳩摩羅什이 버거 이 經 飜譯ᄒᆞ니 일후미 妙法蓮華ㅣ오 隨氏 仁壽예 大興善寺 北天竺沙門 闍那笈多의 後에 飜譯ᄒᆞ니도 ᄒᆞᆫ가지로 일후미 妙法이니 세 經이 ᄀᆞᆯ파 文字와 ᄠᅳ괘 서르 펴나 이제 宗尙호ᄆᆞᆫ다 秦本ᄋᆞᆯ 너피ᄂᆞ니라<法華序8b-11b>

위의 예문 304는 [[NP1이 NP2(ᄋᆞᆯ) Vᄒᆞ니 NP3이 NP4ㅣ오]1 + [NP1이 NP2(ᄋᆞᆯ) Vᄒᆞ니 NP3이 NP4ㅣ오]2 + [NP1이 NP2(ᄋᆞᆯ) Vᄒᆞ니 NP3이 NP4ㅣ니]3], 즉 [NP1이 NP2(ᄋᆞᆯ) Vᄒᆞ니 NP3이 NP4ㅣ오]의 구문이 반복되는 구조를 보이고 있다.

305. 靈嶽이 靈 ᄂᆞ리오니ᄅᆞᆯ 大聖 아니시면 여러 敎化ᄒᆞ샬 젼ᄎᆞ 업스시며 마치 敎化 미츠샤미 녯 緣 아니면 ᄆᆞᅀᆞᄆᆞᆯ 引道 몯ᄒᆞ시리니<法華序12b>

306. 妙法蓮華經은 諸佛ㅅ 웃듬 ᄆᆞᆯ리시며 千經엣 輨轄이며 ᄒᆞᆫ ᄆᆞᅀᆞᄆᆡ 큰 거우뤼며 實相ᄋᆡ 微妙ᄒᆞᆫ 門이라 <法華序21a>

위의 예문 305와 306은 'NP1은 NP2며 NP3며 NP4며 NP5이라'의 구조로 접속어미 '-며'로 나열되어 있다.

307. <法華序22b> 한 迷惑이 일로 아라 들며 블 븓는 지븨 일로 여희여 나며 보빗 고대 일로 나사가며 한 劫을 半日 곧게 ᄒᆞ샤과 大千을 ᄒᆞᆫ 모매 現ᄒᆞ샤과 龍女ㅅ 成佛ᄒᆞ샤과 不輕ㅅ 다 記ᄒᆞ샤과 藥王ㅅ 몸 ᄉᆞᄅᆞ샤과 觀音ㅅ 조차 應ᄒᆞ샤과 淨藏ㅅ 邪 옮기샤과 普賢ㅅ 勸發ᄒᆞ샤미 다 일로 ᄒᆞ시니라

위의 예문 307은 '-과'로 나열되어 있다.

308. <法華2:12a> 三十二相은 발 아래 平ᄒᆞ샤 函 믿 곧ᄒᆞ시며 ᄣᅡ히 비록 노ᄑᆞ며 ᄂᆞᆺ가와도 다 ᄒᆞᆫ가지로 다ᄒᆞ샤미 第一이시고 발 아래 즈믄 살 술위ᄢᅵ 文 겨샤미 第二시고 손바리 다 보ᄃᆞ라오샤미 覩羅綿 곧ᄒᆞ샤미 第三이시고 …(중략)… 눈섭 ᄉᆞᅀᅵ예 白毫相이 올ᄒᆞᆫ녀그로 횟도라 보ᄃᆞ라오샤미 覩羅綿 곧ᄒᆞ시며 조히 히샤 光明 조ᄒᆞ샤미 珂雪돌해 더으샤미 三十一이시고 뎡바기 우희 烏瑟膩沙ㅣ [烏瑟膩沙는 예셔 닐오매 髻라] 노피 나ᄃᆞ샤 두려우샤미 하ᄂᆞᆳ 蓋 곧ᄒᆞ샤미 三十二시니라]

위의 예문 308은 '第一'부터 '三十二'까지 나열하고 있다. [N은 NP이 第一]구조를 '三十二'까지 반복하고 있는 것이다. 또한 이어지는 부분에서는 '八十種好'를 설명하며 제1에서 제80까지를 나열하고 있다.

(2) 사동문

309. <法華序15a> 朽宅은 大예 드롤 文軌를 通케 ᄒᆞ시고 [天下ㅣ 大平ᄒᆞᆫ 저근 글워리 文字ㅣ 곧ᄒᆞ며 술위 자최 곧ᄂᆞ니 法으론 圓教ㅅ ᄒᆞᆫ 實ᄒᆞᆫ 文字ㅣ 곧ᄒᆞ며 譬喩론 큰 술윗 一乘ㅅ 자최 곧ᄒᆞᆯ 씨라]

310. <法華序15a> 化城은 녯 緣이 일티 아니호ᄆᆞᆯ ᅘᅧ시고

311. <法華序15b> 繫珠는 理性이 샹녜 이쇼ᄆᆞᆯ 뵈기시고

위의 예문 309에서 311까지는 'NP1는 NP2를 V게 ᄒᆞ-'과 'NP1은

NP2이 NP3ᄋᆞᆯ V사동-'의 구조로 나타나고 있다.

(3) 의문문

312. <法華5:7b> 文殊師利여 엇뎨 일후미 菩薩摩訶薩 行處ㅣ어뇨

위의 예문 312는 '엇뎨 NP1이 NP2뇨?'의 의문 구조로 나타나고 있음을 알 수 있다.

(4) 수사의문문

313. <法華序17a> 機와 敎와 서르 맛ᄃᆞ로ᄆᆞᆫ 다 智勝의 나ᄆᆞᆫ 드트리 아니며 듣ᄌᆞ와 기피 恭敬ᄒᆞᅀᆞᆸᄂᆞ닌 다 威王의 나ᄆᆞᆫ 功 아니가

위의 예문 313은 'NP1는 NP2이 아니며, NP3는 NP4이 아니가?'라는 수사의문 구조로 나타나고 있음을 알 수 있다.

(5) 부정문

① '안'부정문

314. 처ᅀᅥᄆᆡ 辱ᄃᆞ이 더러이 아니 너겨<法華序21b>

315. ᄒᆞ다가 世尊이 各各 授記ᄒᆞ샤ᄃᆡ 녀나ᄆᆞᆫ 大弟子 ᄀᆞ티 ᄒᆞ시면 아니 훤ᄒᆞ려 ᄒᆞ더니<法華4:28a>

316. 갓가이 ᄇᆡ홀씨 近이니 둘히 道애 어긔디 아니홀씨<法華5:6b>

317. 그러나 니ᄅᆞ샨 妙法은 麤ᄅᆞᆯ ᄇᆞ리시고 妙ᄅᆞᆯ 가지샨 디 아니라<法華1:4a>

318. 一乘은 세흘 여희시고 ᄒᆞ나ᄒᆞᆯ 니ᄅᆞ샨 디 아니라<法華1:4b>

319. <法華4:7a> 過去 未來예 니르리 ᄃᆞᆸᄉᆞ와 펴ᄂᆞᆫ 이ᄅᆞᆯ 니ᄅᆞ니 記 願ᄒᆞ야 求호ᄆᆞᆯ 닐오미 아니라

위의 예문 314부터 319까지는 '(NP이) 아니 V-', 또는 'NP이 V디 아니-', '(NP1이) NP2이 아니-'의 '안'부정문 구조로 나타나고 있음을 알 수 있다.

320. <法華6:13b> 利根智慧ᄒᆞ야 百千萬世예 내죵내 瘖瘂 아니ᄒᆞ며 잆 氣分이 내 나디 아니ᄒᆞ며 혜 샹녜 病 업스며 이비 ᄯᅩ 病 업스며 니 ᄢᅵ 무더 검디 아니ᄒᆞ며 누르디 아니ᄒᆞ며 성긔디 아니ᄒᆞ며 ᄯᅩ 이저디디 아니ᄒᆞ며 어긔디 아니ᄒᆞ며 곱디 아니ᄒᆞ며 입시우리 아래로 드리디 아니ᄒᆞ며 ᄯᅩ 거두쥐디 아니ᄒᆞ며 디드디 아니ᄒᆞ며 헐믓디 아니ᄒᆞ며 ᄯᅩ ᄒᆞ야디디 아니ᄒᆞ며 ᄯᅩ 기우디 아니ᄒᆞ며 두텁디 아니ᄒᆞ며 크디 아니ᄒᆞ며 ᄯᅩ 검디 아니ᄒᆞ야 여러 가짓 믜우미 업스며 고히 平코 웗디 아니ᄒᆞ며 ᄯᅩ 곱골외디 아니ᄒᆞ며 ᄂᆞᆺ비치 검디 아니ᄒᆞ며 ᄯᅩ 좁고 기디 아니ᄒᆞ며 ᄯᅩ 써디여 곱디 아니ᄒᆞ야 一切 깃브디 아니ᄒᆞᆫ 相이 업고

위의 예문 320은 '[(NP이) 아니ᄒᆞ-] 구성과 [NPØ V디 아니-], [NP이 없-]'의 구성이 혼재되어 있다.

② '못' 부정문

321. <法華序21b> 혜아려도 죠고맛 分도 아디 몯ᄒᆞ리로다

322. <法華序21b>討論호ᄆᆞᆯ 오ᄂᆞ닐 거스디 몯더니

323. <法華4:20a> 그 聲聞 衆은 算數 혜요ᄆᆡ 能히 아디 몯호미리니

324. <法華5:29b> 諸法을 得디 몯ᄒᆞ며 아디 몯ᄒᆞ며 보디 몯ᄒᆞᆯ씨

325. <法華6:9b> 百 分 千 分 百千萬億 分에 그 ᄒᆞ나토 밋디 몯ᄒᆞ리며

326. <法華5:3b> 이 行을 모매 行ᄒᆞ면 惡世에 버므러 經 디니며 어즈러이 빗난 ᄃᆡ 드러 物應ᄒᆞ야도 간 ᄃᆡ마다 便安코 즐겁디 몯ᄒᆞᆫ ᄃᆡ 업스리니

위의 예문 321에서 326까지는 'NP이 V디 몯ᄒᆞ-', 또는 'NP이 V디 몯ᄒᆞᆫ ᄃᆡ 없-'의 '못'부정문 구조로 나타나고 있음을 알 수 있다.

③ '말–' 부정

327. <法華5:16b> 能히 欲想 날 相ᄋᆞᆯ 取ᄒᆞ야 說法 말며 ᄯᅩ 즐겨 보디 말며 ᄒᆞ다가 다ᄅᆞᆫ 지븨 드러도 小女 處女 寡女 ᄃᆞᆯ콰로 寡ᄂᆞᆫ 남진 업슬씨라 ᄒᆞᆫᄃᆡ 말 말며

328. <法華5:17b> ᄂᆞᄆᆡ 지븨 ᄒᆞ오ᅀᅡ 드디 마롤띠니 ᄒᆞ다가 因緣이 이셔 모로매 ᄒᆞ오ᅀᅡ 들 쩌기

위의 예문 327과 328은 'NPØ 말-'와 '(NP이) V디 말-'의 '말-'부정문 구조로 나타나고 있음을 알 수 있다.

(6) 인용문

329. <法華5:21a> 보샤미 갓ᄀᆞ디 아니ᄒᆞ샤ᄆᆞᆫ 곧 頌애 니ᄅᆞ샨 ᄯᅩ 諸法의 有無是非ᄃᆞᆯᄒᆞᆯ 골히디 아닌ᄂᆞ다 ᄒᆞ샤미오 ᄆᆞᅀᆞ미 動轉 업스샤ᄆᆞᆫ 곧 頌애 니ᄅᆞ샨 ᄆᆞᅀᆞᆷ 자바 뮈디 아니호미 須彌山 ᄀᆞᆮ다 ᄒᆞ샤미니

위의 예문 329는 'N에 니르샨 VP다 ᄒᆞ-'는 인용문 구조로 나타나고 있다.

(7) 대우법

330. <法華2:5b> 世尊하 내 샹녜 뫼수ᄫᅡ 나모 아래 ᄒᆞ오ᅀᅡ 이셔 앉거나 ᄃᆞᆫ뇨매 ᄆᆡ샹 이 念을 호ᄃᆡ 우리도 ᄒᆞᆫ가지로 法性에 들어늘 엇뎨 如來ㅣ

小乘法으로 濟度커시뇨 ᄒᆞ다니 이ᄂᆞᆫ 우리 허므리라 世尊ㅅ 다시 아니시다ᄉᆞ이다

위의 예문 330은 호격 조사 '-하'와 존경법 선어말어미 '-시-'와 공손법 선어말어미 '-이-'를 통해 상대에게 공손하면서 동시에 극존대를 표현하고 있는 구조이다.

331. <法華1:133b> 諸佛이 오직 ᄒᆞᆫ 큰 일로 나 現ᄒᆞ샤 衆生ᄋᆞ로 부텻 知見을 열에 코져 ᄒᆞᄂᆞ니라 ᄒᆞ시고 이브터 밧긘 ᄂᆞ외야 正ᄒᆞᆫ 마리 업스샤 오직 다른 方便으로 第一義를 도아 나토실 ᄯᆞᄅᆞ미시니

332. <法華1:134a>그 ᄢᅴ 世尊이 三昧로 브트샤 ᄌᆞᄂᆞᆨᄌᆞᄂᆞ기 니르샤 無量義三昧로 브트샤 니르시니라

333. <法華1:135a> 舍利弗ᄃᆞ려 니ᄅᆞ샤ᄃᆡ 諸佛 智慧 甚히 기퍼 그지업서 그 智慧門이 아로미 어려우며 드루미 어려워 一切 聲聞 辟支佛의 能히 아디 몯홀 빼라

334. <法華1:136a> 諸佛 智慧ᄂᆞᆫ 權實 二智ᄅᆞᆯ ᄀᆞᄅᆞ치시니 權智ᄂᆞᆫ 法을 니ᄅᆞ시고 實智ᄂᆞᆫ 法을 證ᄒᆞ시ᄂᆞ니라 그 智慧門ᄋᆞᆫ 一乘妙法을 ᄀᆞᄅᆞ치시니라 經 처ᅀᅥᆷ매 글 내샤ᄃᆡ ᄒᆞ오ᅀᅡ 文殊를 因ᄒᆞ시고 定에 나샤 믄득 鶖子ᄃᆞ려 니ᄅᆞ샤ᄆᆞᆫ

335. <法華1:139a> 釋尊이 니러나샤 種種ᄋᆞ로 펴 니ᄅᆞ시며 方便으로 衆生 引道ᄒᆞ샤미 다 權實 二智ᄅᆞᆯ 브트실 ᄯᆞᄅᆞ미시니라 方便波羅密ᄋᆞᆫ 權智시고 知見波羅密은 實智시니 權 아니면 能히 衆生 引導 몯ᄒᆞ시며 實 아니면 能히 着 여희에 몯ᄒᆞ시릴ᄊᆡ 모로매 둘히 ᄀᆞᄌᆞ시니라

위의 예문 331에서 335까지는 존경법 선어말어미 '-시-'와 '-샤-'를 통해 주체를 높이는 구조임을 알 수 있다.

336. <法華2:3b> 그 ᄢᅴ 舍利弗이 ᄂᆞ소사 깃거 즉재 니러 合掌ᄒᆞ야 尊顔ᄋᆞᆯ

울워러 보ᄉᆞ와 부텻긔 ᄉᆞᆯ오ᄃᆡ 이제 世尊ᄋᆞᆯ 졷ᄌᆞ와 이 法音을 듣ᄌᆞᆸ고 ᄆᆞᅀᆞ매 ᄂᆞᆫ소소ᄅᆞᆯ 머거 未曾有를 得호이다

337. <法華2:4a> 身子ㅣ ᄒᆞ마 法說을 아라 제 부텨 ᄃᆞ욀 ᄯᅮᆯ 알씨 ᄂᆞᆫ소사니러 듣ᄌᆞᆸ디 몯던 이ᄅᆞᆯ 慶賀ᄒᆞ니라

위의 예문 336과 337은 존경법 선어말어미 '-ᅀᆞᆸ-'과 '-ᄌᆞᆸ-'을 통해 객체를 높이는 구조임을 알 수 있다.

338. <法華1:138b> 舍利弗아 내 成佛ᄒᆞᆫ 적브터 오매 種種 因緣과 種種 譬喩로 말ᄒᆞ야 ᄀᆞᄅᆞ쵸ᄆᆞᆯ 펴며 無數 方便으로 衆生ᄋᆞᆯ 引導ᄒᆞ야 여러 着ᄋᆞᆯ 여희에 ᄒᆞ노니 엇뎨어뇨 如來ᄂᆞᆫ 方便知見波羅密이 다 ᄒᆞ마 ᄀᆞ잘씨니라

339. <法華1:140b> 舍利弗아 如來ㅅ 知見이 넙고 크고 깁고 머러 無量과 無礙와 力과 無所畏와 禪과 定과 解脫와 三昧예 ᄀᆞᆺ 업슨 ᄃᆡ 기피 드러 一切 未曾有法을 일우니라

위의 예문 338과 339는 호격 조사 '-아'을 통해 상대를 비존대하는 구조라 할 수 있다.

(8) 비유문

340. <法華2:74a> ᄉᆞᆯ위ᄂᆞᆫ 一乘을 가ᄌᆞᆯ비시고 쇼ᄂᆞᆫ 大根ᄋᆞᆯ 가ᄌᆞᆯ비시고 나ᄆᆞᆫ 一乘大根ᄋᆡ 德用ᄋᆞᆯ 表ᄒᆞ시니라

341. <法華2:105a> 大宅ᄋᆞᆫ 三界ᄅᆞᆯ 가ᄌᆞᆯ비시고 堂舍ᄂᆞᆫ 사ᄅᆞᄆᆡ 모ᄆᆞᆯ 가ᄌᆞᆯ비시니라

342. 그 機ㅣ ᄆᆞᆺ 크실씨 牛車에 가ᄌᆞᆯ비시니라<法華2:97a>

343. <法華3:3a> 三乘 根性은 여러 草木ᄋᆞᆯ 가ᄌᆞᆯ비시고 覺皇道化ᄂᆞᆫ ᄒᆞᆫ 비 ᄀᆞᆮᄒᆞ시니

344. <法華3:3a>人天善種과 三乘智因의 能히 害ᄅᆞᆯ 머리 ᄒᆞ며 惡 滅ᄒᆞᄂᆞ닐 譬喩ᄒᆞ시니

345. <法華3:33b-34a> 迦葉아 반ᄃᆞ기 알라 가ᄌᆞᆯ비건댄 큰 구루미 世間애 니러 一切ᄅᆞᆯ 다 둡듯ᄒᆞ니 부텨 니러나샤ᄆᆞᆯ 가ᄌᆞᆯ비시니라

346. <法華5:3b> 願ᄒᆞ샤ᄆᆞᆯ 브트샤 大聖이 너기샤ᄃᆡ 能히 諸難을 ᄎᆞ모미 一定히 難 업게 홈 ᄀᆞᆮ디 몯ᄒᆞ니라

위의 예문 340에서 346까지는 'N1은 N2ᄅᆞᆯ 가ᄌᆞᆯ비-', 또는 '(N1은) N2에 가ᄌᆞᆯ비-', 'N1은 N2ᄅᆞᆯ 가ᄌᆞᆯ비-, N1는 N2 ᄀᆞᆮᄒᆞ-', 'N1은 N2ᄅᆞᆯ 譬喩ᄒᆞ-', '가ᄌᆞᆯ비건댄, NP1은 NP2ᄅᆞᆯ V듯ᄒᆞ-', 'NP ᄀᆞᆮ디 몯ᄒᆞ-'와 같이 비유문 구조로 나타난다.

3) ≪육조대사법보단경언해≫의 통사 구조

(1) 연결어미 - 장문

347. 그·럴ᄊᆡ 世:셰尊존·이 多다子·ᄌᆞ塔·탑 알·ᄑᆡ 座:좌·ᄅᆞᆯ ᄂᆞᆫ·호시·며 靈령山산會:회上[:]샹·애 고·ᄌᆞᆯ 자ᄇᆞ·샤·블로·블 주·듯·ᄒᆞ야 ᄆᆞᅀᆞᆷ·으로 ᄆᆞᅀᆞᆷ·을 印·인·ᄒᆞ야 西셔ㅅ 녀·긔 四:ᄉᆞ七·칠·에 傳뎐·ᄒᆞ야 四:ᄉᆞ七·칠·은 二:ᅀᅵ十·십八·팔祖·조ㅣ라 菩보提리達·달磨마·애 니·르러 東동·으로·이 土·토·애·오샤 人ᅀᅵᆫ心심·을 바ᄅᆞ ᄀᆞᄅᆞ·쳐 性:셩·을·보아 부텨 ᄃᆞ외·에·ᄒᆞ시·니 惠:혜可:가大:대師ᄉᆞㅣ·처ᅀᅥᆷ :말ᄉᆞ·매 아·라·드러 :내죵 :세 번·절에 骨·골髓슈·ᄅᆞᆯ 得·득·ᄒᆞ야·오ᄉᆞᆯ 바·다祖·조·ᄅᆞᆯ 니·ᅀᅥ 正:졍宗종·을 여·러 ᄇᆞᆯ·기시·니 :세 번 傳뎐·ᄒᆞ야 :세 번 傳뎐·호ᄆᆞᆫ 三삼祖·조·와 四:ᄉᆞ祖·조·와 五:오祖·조·왜라 (서003ㄴ3-4ㄱ7)

위의 예문 347은 육조단경과 육조대사의 이야기를 서사적으로 설명하는 부분으로 비교적 긴 문장으로 엮어져 있으며, 다양한 연결어미들로 구성되어 있다.

(2) 비유문

348. (서007ㄱ2-3)현毛모孔·공中듕·이라 이·대·드닌·곧 善[:]션財지·와 ᄒᆞᆫ가·지라

349.·곧 善:션·코 祖·조 求구·호ᄆᆞᆫ·곧 惡·악ᄒᆞ·니 도ᄅᆞ·혀 凡범夫부·의 ᄆᆞᅀᆞᆷ·과 ᄒᆞᆫ가·지라(상013ㄱ5-7)

위의 예문 347은 'N1은 N2와 ᄒᆞᆫ가지-'의 비유문 구조로 되어 있음을 알 수 있다.

350. (서007ㄱ3-5)一·일念:념 ᄉᆞ·ᅀᅵ예 功공德·덕·이 圓원滿:만·ᄒᆞ야 普:보賢현·과·ᄀᆞᆮᄒᆞ·며 諸졔佛·불·와·ᄀᆞᆮᄒᆞ·리니

351. 讚:잔嘆:탄·ᄒᆞ야 닐·오ᄃᆡ 西셔天텬寶:보林림山산·과·마치·ᄀᆞᆮ도·다 ᄒᆞ고(서019ㄱ5-7)

352. 各·각各·각 疑의心심·을 :덜면 先션代:ᄃᆡ聖:셩人신·ᄀᆞᆮ·ᄒᆞ야 달·옴 :업·스리라(상047ㄴ4-5)

위의 예문 350부터 352까지는 'N1은 N2와 ᄀᆞᆮᄒᆞ-'의 비유문 구조이다.

353. 古:고德·덕·이 닐·오ᄃᆡ 가·줄비건·댄 輪륜刀도 우·희 陳·딘ᄒᆞ·돗·ᄒᆞ야 :엇데 ᄒᆞ·료(상011ㄱ3-4)

위의 예문 353은 '가줄비건댄, NP1도 V돗ᄒᆞ-'의 비유문 구조로 되어 있음을 알 수 있다.

(3) 부정문

① '안' 부정문

354.·싸 平평:히 오·ᄆᆞᆫ·올티 아·니ᄒᆞ·니이·다(서017ㄴ3-4)

355. :네 老:로僧승·의 바릿 :소배·드디 아·니홀·다(서022ㄴ6-7)

356. 善:션·을 ᄉᆞ랑·티 아·니ᄒᆞ·며 惡·악·을 ᄉᆞ랑·티 아·니ᄒᆞ·고(상037ㄱ8-ㄴ1)

357. 對:ᄃᆡ答·답·호ᄃᆡ 니ᄅᆞ디 아·니ᄒᆞ면·곧·올·호미·오 니ᄅᆞ·면·올티 아니ᄒᆞ·니이·다(하05ㄱ6-7)

위의 예문 354부터 357까지는 'NP이 V디 아니-'의 '안'부정문 구조이다.

② '못' 부정문

358. (서007ㄱ-7)六·륙祖·조ㅅ·큰 오·ᄋᆞᆫ·ᄠᅳ들 보·디 :몯·ᄒᆞᄂᆞᆫ·뎌

359. (서010ㄴ-2):말 ᄆᆞᆺ·고 나·니 :간·고ᄃᆞᆯ :아디 :몯ᄒᆞ·리러라

360.·이·ᄀᆞᄐᆞᆫ 見:견解:히·로 無무上:샹菩보提리·ᄅᆞᆯ 求구ᄒᆞ·린댄 :잢간·도 어·루 得·득디 :몯ᄒᆞ·리라(상019ㄴ3-5)

361. 勝:ᄉᆼ負:부·ᄅᆞᆯ ᄀᆞᆺ·디 :몯·ᄒᆞ야 도ᄅᆞ·혀 我:아法·법·을 더·어 四:ᄉᆞ相·샹·을 여·희디 :몯ᄒᆞ·리라(중003ㄱ3-4)

362. :네 오·직 能ᄂᆼ·히·큰·몸 나·토고 能ᄂᆼ·히 :져근·몸 나·토디 :몯·ᄒᆞᄂᆞᆺ·다(서021ㄱ5-6)

363. 師ᄉᆞㅣ 바리·로 :다·ᄆᆞ시·니 龍룡·이 能ᄂᆼ·히 :뮈디 :몯거·늘(서022ㄴ8-023ㄱ1)

364.·곧·이 福·복田뎐·이·어시·니 :아디 :몯·게이·다(상008ㄱ4-5)

위의 예문 358부터 364까지는 'NP이 V디 몯(ᄒᆞ)-'의 '못'부정문 구조이다.

③ 이중부정

365. 嗟차歎:탄·ᄒᆞ야 疑의心심 아·니 ᄒᆞ·리 :업서(상026ㄴ-6)

366. 涅·녈槃반經경·을·내 :네·승無무盡:진藏장·이 ᄒᆞᆫ 徧·편 외·오거·늘 듣·고·곧 爲:위·ᄒᆞ야 講:강說·셜·호니 ᄒᆞᆫ 字ᄌᆞ ᄒᆞᆫ 義:의ㅣ 經경文문·에 아·니 마·ᄌᆞ니 :업스·며(하19ㄴ1-3)

위의 예문 365와 366은 '아니 ~ 없-'의 이중부정문 구조이다.

367. 그·러나·이 門문ㅅ 坐:좌禪션·은 본·ᄃᆡ ᄆᆞᅀᆞ·매 着·탹·디 아·니ᄒᆞ·며·ᄯᅩ·조호·매 着·탹·디 아·니ᄒᆞ·며·ᄯᅩ :뮈디 아·니·홈·도 아·니니(중016ㄴ4-5)

위의 예문 367은 '아니ᄒᆞ~ 아니-'의 이중부정문 구조이다.

④ 부분부정

368. (서010ㄱ2-3)黎려明명·에 黎려明명·은 ᄇᆞᆰ·고져·호ᄃᆡ :몯·다 ᄇᆞᆯ·ᄀᆞᆫ·ᄢᅵ라

위의 예문 368은 '~고져 ᄒᆞ- ~ 몯'의 부정문 구조로 '밝고자 하나 못 다 밝은 때'라는 부분 부정을 나타나고 있음을 알 수 있다.

⑤ '말–' 부정문

369. :네 다·시 :말 :마오(상008ㄱ-8)

위의 예문 369는 'NPØ 말-'의 '말-'부정문 구조이다.

370. 가·줄비건·댄 輪륜刀도 우·희 陳·딘ᄒᆞ·둣·ᄒᆞ야 :엇뎨 ᄒᆞ·료·호ᄆᆞᆯ :묻디 :말라 ᄒᆞ·니(상011ㄱ-4)

371. 供공奉:봉·아·그리·디 :말라(상017ㄴ-4)

372. ·우리·ᄃᆞᆯ 衆:즁人신·이 구·틔여 ᄆᆞᅀᆞᆷ 믈·겨·ᄠᅳᆮ·쓰디 마·롤·디니 (상012ㄱ3-5)

373. 오·직 直·딕心심·을 行ᅘᆡᆼ·ᄒᆞ야 一·일切·쳬法법·에 執·집着·탹·을 두·디 마·롤·디어·다(중004ㄱ8-ㄴ1)

374. 상녜 大:대衆·즁·을 ᄀᆞᄅᆞ·치샤·ᄃᆡ ᄆᆞᅀᆞᆷ·을 住:듀ᄒᆞ야 괴외·호ᄆᆞᆯ·보아 댱샹 안·자 눕·디 :말라 ᄒᆞ·시ᄂᆞ·니이·다(하05ㄴ1-3)

위의 예문 370부터 374까지는 '(NP이) V디 말-'의 '말-'부정문 구조이다.

(4) 의문문

① 판정의문문

375. :모딘 :사ᄅᆞ·미 이·셔 너·를 害:해홀·가 저·허 너ᄃᆞ·려 :말 아·니·ᄒᆞ노·니 :아ᄂᆞᆫ·다 모·ᄅᆞᄂᆞᆫ·다 (상009ㄴ6-8)

위의 예문 375는 2인칭 의문문으로 '아ᄂᆞᆫ다 모ᄅᆞᄂᆞᆫ다'로 구성된 양자택일의 판정의문문 구조이다.

376. ·ᄇᆞ·라ᅀᆞ·온ᄃᆞᆫ 和화尙·샹·이 慈ᄌᆞ悲비·로 弟:뎨子·ᄌᆞ·ᄋᆡ :죠고·맛 智·디慧:혜 잇ᄂᆞᆫ·ᄃᆞᆯ·보·시ᄂᆞ·니잇·가 아·니잇·가(상019ㄱ6-8)

377. 반·ᄃᆞ기 善:션根근佛性:셩·을 그·ᄎᆞ리잇·가 아·니ᄒᆞ·리잇·가(상044ㄴ-3)

위의 예문 376과 377은 의문형 종결어미 '-잇가 아니잇가'로 구성된 양자택일의 판정의문문 구조이다.

② 설명의문문

378. :엇뎨 일·후미 惠:혜能ᄂᆞᆼ·고(서010ㄱ7)

379. :엇뎨 부텨 ᄃᆞ외·얌직ᄒᆞ·리오 (상007ㄴ1-2)

380. :엇뎨 自·ᄌᆞ性:셩·이 能ᄂᆞᆼ·히 萬:만法·법 :내·ᄂᆞᆫ·ᄃᆞᆯ 너·기리잇·고(상029ㄴ-1)

위의 예문 378에서 380까지는 부사 '엇뎨'와 의문형 종결어미 '-고'로 구성된 설명의문문 구조이다.

381. 仙션·이 닐·오ᄃᆡ 和화尙·샹ㅅ 坐:좌具:구·ᄂᆞᆫ :언매·나 너르·니잇·고(서016ㄱ4-5)

위의 예문 381은 부사 '언매나'와 의문형 종결어미 '-고'로 구성된 설명의문문 구조이다.

382. 和화尙·샹·은 므·슷 :이·를 ᄒᆞ·라·ᄒᆞ·시ᄂᆞ·니잇·고(상008ㄱ5-6)

383. 偈:게·를 지·ᅀᅥ 쟝·ᄎᆞ 和화尙·샹·ᄭᅴ 뫼뎡ᄒᆞᆫ·ᄃᆞᆯ ᄆᆞ·ᅀᆞᆷ 利:리益·익이·이시·리오(상012ㄱ5-6)

384. ᄆᆞ·ᅀᆞᆷ 所:소長댱·이 이시·리오(하03ㄱ-3)

위의 예문 382에서 384까지는 관형사 'ᄆᆞᄉᆞᆫ'과 의문형 종결어미 '-고'로 구성된 설명의문문 구조이다.

385. 明명·이·ᄯᅩ 무로·ᄃᆡ 惠:혜明명·은·이 後:후·에 어·느·고ᄃᆞᆯ 向:향·ᄒᆞ야 가·리잇·고(상038ㄴ6-7)

위의 예문 385는 관형사 '어느'와 의문형 종결어미 '-고'로 구성된 설명의문문 구조이다.

(5) 대우법

386. 能능·이·나 너·븐 :돌 우·희 안ᄌᆞᆫ·대 惠:혜明명·이 禮:례數:수ᄒᆞ·고 닐·오ᄃᆡ·ᄇᆞ란·ᄃᆞᆫ 行:힝者·쟈ㅣ :날 爲:위·ᄒᆞ야 法·법 <u>니ᄅᆞ·쇼셔</u>(상036ㄱ3-036ㄴ4)

387. 宗종·이 그제 弟:뎨子·ᄌᆞ禮:례ᄒᆞ·고 ᄉᆞᆯ·와 請·청·호ᄃᆡ 傳뎐·ᄒᆞ야 온 衣의鉢·발·을 :내야 大:대衆:즁 <u>:뵈쇼·셔</u>(상042ㄴ3-5)

위의 예문 386과 387은 명령형 종결어미 '-쇼셔'를 통해 상대에게 공손하면서 동시에 극존대를 하고 있는 구조이다.

388. 그·ᄢᅴ 韶쇼州쥬ㅣ 牧·목侯후敬:경中듕·이 그 :말·ᄉᆞᄆᆞ·로 ᄀᆞ·초 表·표·ᄒᆞ야 들·이ᅀᆞ·온대 上:샹·이 그 請·청·을 可:가·타·ᄒᆞ샤 寶:보林림·을·주샤 額·ᅌᅵᆨ·을 :사ᄆᆞ·샤(서020ㄴ3-5)

389. 涅·녈槃반經경·에 高고貴:귀德·덕王왕菩보薩·살:이 부텨·ᄭᅴ ᄉᆞᆯ·오ᄃᆡ(상044ㄱ4-5)

390. 師ᄉᆞㅣ 다·시 衆:즁ᄃᆞ·려 니ᄅᆞ·샤ᄃᆡ 善:션知디識·식·아 菩보提리般·반若:ᅀᅣ智·디·ᄂᆞᆫ 世:셰人ᅀᅵᆫ·이 本·본來ᄅᆡ 제게 잇건마·ᄅᆞᆫ(상048ㄱ8-ㄴ2)

391. 大:대師ᄉᆞㅣ 니ᄅᆞ·샤ᄃᆡ 善:션知디識·식·아 :다 ᄆᆞᅀᆞ·ᄆᆞᆯ·조히·ᄒᆞ야 摩마訶하般·반若:샤 波바羅라蜜·밀·을 念:념ᄒᆞ·라·ᄒᆞ시·고(상002ㄴ6-8)

위의 예문 388에서 391까지는 존경법 선어말어미 '-시-'와 '-샤-', 그리고 '-ᄉᆞᆸ-' 및 주격 조사 '-ᄭᅴ'를 통해 주체와 객체를 높이는 구조임을 알 수 있다.

392. 能능·이·플 기·슨 ᄃᆡ·숨거·늘 惠:혜明명·이 다ᄃᆞ·라 잡드·니 :뮈디 아·니커·늘 블·러 닐·오ᄃᆡ 行:힝者·쟈 行:힝者·쟈·아·나ᄂᆞᆫ 法·법·을 爲:위·ᄒᆞ야 오·디위·오ᅀᆞᆯ 爲:위·ᄒᆞ야 오·디 아·니·호이·다 (상036ㄱ3)

위의 예문 392는 호격 조사 '-아'와 공손법 선어말어미 '-이-'를 통해 상대에게 공손의 뜻을 표하고 있는 구조이다.

(6) 피동문

393. 能능·주어 늘·근·어믜·옷·밥 ᄎᆡ·오고·곧 黃황梅ᄆᆡ·예·가 五:오祖·조·ᄅᆞᆯ·저ᅀᆞ·와 :다 ᄀᆞᄅᆞ·쵸ᄆᆞᆯ 니·버 (상006ㄱ2-4)

394. 實실·로 自·ᄌᆞ己·긔面:면目·목·을 ᄉᆞᆯ·피디 :몯·ᄒᆞ·얫다·니·이제 ᄀᆞᄅᆞ·쳐 :뵈샤·ᄆᆞᆯ 닙ᄉᆞ·오니(상038ㄱ1-3)

395. 舍:샤利:리弗·블·이 林림中듕·에 ᄀᆞ마니 안·잿다·가 도ᄅᆞ·혀 維유摩마詰·힐·의 구·지좀 니·봄·ᄀᆞᆮᄒᆞ·니(중005ㄴ6-8)

위의 예문 393에서 395까지는 'N1이 -(ᄋᆞᆯ) 닙-'의 피동문 구조이다.

(7) 사동문

396. 能능·이·어미 편안·히 잇·게·호·ᄆᆞᆯ 몯·고(상006ㄱ4-5)

397. 秀·슈ㅣ ᄉᆞ랑·호ᄃᆡ 廊랑下:하·ᄅᆞᆯ 向:향·ᄒᆞ야·서·뎌 和화尙·샹이·보시·게·홈만·ᄀᆞᆮ디 :몯·ᄒᆞ도·다 (상015ㄱ4-6)

398. 上:샹人신·이·혀 偈:게ᄉ 알·ᄓᅴ·가·저ᄉᆞᆸ·게 ᄒᆞ·라(상023ㄴ6-7)

399. 童동子·ᄌᆞㅣ·혀 偈:게ᄉ 알·ᄓᅴ·가 禮:례數:수·케 ᄒᆞᆫ·대(상023ㄴ7-8)

400. 有:유情졍·을 너·비 濟:졔度:도·ᄒᆞ야 將쟝來ᄅᆡ·예 流류布포·ᄒᆞ야 긋·디 아·니·케ᄒᆞ·라(상030ㄱ-1)

401. 摩마訶하般·반若:ᅀᅣ波바羅라蜜·밀法·법·을 닐·어 너희·ᄃᆞᆯ홀 智·디慧:혜·ᄅᆞᆯ 各·각各·각 得·득·게·호리·니(상049ㄱ3-4)

위의 예문 396에서 401까지는 'NP1이(NP2ᄅᆞᆯ) V게 ᄒᆞ-', 또는 'NP1는 NP2ᄅᆞᆯ V게 ᄒᆞ-'의 사동문 구조로 되어 있음을 알 수 있다.

(8) 기타

402. (서010ㄱ-3-5)師ᄉᆞᄉ 아·비ᄃᆞ·려 닐·오ᄃᆡ 바·ᄆᆡ :난·아기·ᄅᆞᆯ 젼·혀 爲:위·ᄒᆞ야 일·홈 지·호리·니

403. 寺:ᄉᆞ·ᄅᆞᆯ 後:후·에 지·ᄉᆞᄃᆡ 젼·혀 그 :마·ᄅᆞᆯ 브·터 ᄒᆞ·니라(서017ㄴ4-5)

위의 예문 402와 403에 사용된 '젼·혀'는 현대어에서 '전혀'는 '~ 아니다' 등의 부정어와 호응되는 것이 자연스러우나 이들 예문에서의 '젼혀'는 '젼혀 위ᄒᆞ야', 또는 '젼혀 ~ᄒᆞ니라'로 그 호응관계가 일반적이지 않다. 이 예문에서의 '전혀'는 '전부' 또는 '오로지' 정도의 의미로 파악되기 때문에 이때의 '젼혀'는 절대 긍정 혹은 강한 긍정의 의미로 사용되었음을 미루어 짐작할 수 있다.

Ⅵ. 한글 창제 전후기 구결의 종합적 특징

구결이 한글 창제 이전에는 한자의 음과 석을 차용한 차자법으로서 표기되었던 것이다. 그러다가 한글이 창제된 이후부터는 차자 대신 한글로 구결을 표기하게 되었다. 그러나 언해문헌을 통한 중세국어의 연구에서도 지금까지는 번역문 쪽으로만 주목한 채 원문에 달린 한글 구결에 대해서는 관심의 대상이 되지 못했다.

15세기 간경도감에서 간행한 ≪능엄경언해≫, ≪법화경언해≫, <육조대사법보단경언해>에 달린 한글 구결은 ≪구역인왕경≫이나 ≪금광명경≫ 등에 달린 석독 구결을 바탕으로 성립되었다.

≪능엄경언해≫에 사용된 석독 구결의 흔적은 첫째, ≪능엄경언해≫의 구결이 음독하기 위한 구절단위의 구결임에도 불구하고 어떤 경우에는 석독 구결에 일치할 정도의 축자적이며 번역적인 구결이 발견된다는 사실이다. 둘째, 석독 구결에서 자주 발견되는 구결의 중첩현상을 들 수 있다. ≪능엄경언해≫에는 명사구기 아닌데도 조사가 구결에 노출된다든지, 구절 속의 동사마다 대응되는 구결을 모두 표시한다든지 하여 구절 끝의 구결이 이중 삼중 겹쳐 있는 예를 자주 보게 된다. 이와 같은 예는 ≪법화경언해≫에서도 발견된다.

동사구가 주어의 기능을 발휘할 때 그 구결을 주격조사로만 하느냐 아니면 동명사형으로 다느냐 하는 선택은 구결 기입자의 기입방식에 따라 달라진다. 구결은 그때그때의 상황과 종파, 그리고 기입자의 기입방식에 따라 유동적으로 사용될 수 있기 때문에 음독 구결이 한글 구결로 전환되는 상황에서 구결은 그 대응 양상이 다양하게 변하게 되는 것이다.

≪능엄경≫의 구결문에는 '-리오, -오, -가, -잇가, -아' 등의 의문형 어미가 나타난다. ≪능엄경≫의 구결문과 언해문에서 의문형 어미의 선

택에 차이를 보이는 요인은 2인칭 주어인 '汝/네'임을 알 수 있다. ≪능엄경≫의 구결문에는 감탄형 어미 '-도다'와 '-로다'가 가장 많이 쓰인 반면 언해문에는 이들이 '-놋다'로 나타나 구결문과 언해문의 감탄형 어미의 빈도에 차이가 남을 알 수 있다.

≪법화경언해≫의 공동격조사는 주로 '及, 與, 幷' 등의 한자가 수반되는 경우가 많으며, ≪법화경≫의 호격조사는 '世尊하' '善男子아', '皇帝여'와 같이 나타나며, 이중 '-하'는 높임을, '-여'는 감탄의 의미를 내포하고 있다.

≪능엄경≫의 경우, 높임을 나타내는 유정물의 경우에만 쓰이고, ≪법화경≫의 경우에는 높임을 나타내는 유정물과 불교와 관련하여 높임을 나타내는 무정물의 경우에 쓰였다. 그러나 ≪육조법보단경언해≫의 경우에는 '願見我師ㅅ'와 같이 높임을 나타내는 유정명사, '西天般若多羅ㅅ' 불교관련 무정명사, '邪見과 煩惱와 愚癡왓' 불교 관련 평칭의 무정물의 경우, [+높임][-높임][+유정][-유정][+불교]의 모든 범위에서 속격 'ㅅ'을 쓰고 있다.

고려시대 간행된 ≪능엄경≫ 이본들에 기입된 음독 구결들은 약 30-40% 정도가 ≪능엄경언해≫에 기입된 한글 구결과 일치하고, 조선 초기 간행 ≪능엄경≫ 이본의 경우 대략 60% 정도가 일치한다. 그러나 고려시대 간행된 ≪능엄경≫ 이본인 '남권희 (라)본'의 경우는 대략 80%의 일치를, 조선 초기에 간행된 ≪능엄경≫ 이본인 '파전본'의 경우는 거의 98% 이상의 일치를 보인다. ≪법화경≫의 경우는 거의 모든 이본에서 약 70% 정도가 ≪법화경언해≫에 기입된 한글 구결과 일치를 보이나 약 30%는 80~90% 정도의 불일치를 보이는 용례들이다. ≪육조법보단경≫의 경우는 '영남대 (가)본'이 70% 이상 차이, 즉 30%가 ≪육조법보단경언해본≫에 기입된 한글 구결과 일치를 보이는 데 반해, '영남대 (나)본'과 '1479년본'은 80% 이상 일치하고 있다. 또 '1496년본'은 언해본과 거의 일치하나, '1574년본'은 70% 정도가 일치한다.

결국 고려시대에 간행된 음독 구결 자료들에 기입된 음독 구결은 대개가 한글 구결들과 30~40% 정도 일치하는 것에 비해 조선 초기에 간행된 음독 구결 자료들에 기입된 음독 구결은 많게는 98%에서부터 적게는 70% 정도 일치한다는 뜻이다.

구결은 그때그때의 상황과 종파, 그리고 기입자의 기입방식에 따라 유동적으로 사용될 수 있기 때문에 음독 구결이 한글 구결로 전환되는 상황에서 구결은 그 대응 양상이 다양하게 변하게 되는 것이다. 음독 구결과 한글 구결의 일치 현상이 이와 같이 일어나는 까닭은 다음과 같은 몇 가지 현상으로 나누어 생각할 수 있다.

첫째, ≪능엄경≫이나 ≪법화경≫의 경우는 경전의 분량이 많아 구결을 기입할 때, 기입자가 두 사람 이상인 경우가 많다. 원전의 내용이 짧을 경우는 한 사람의 기입자가 쉽게 구결을 달 수 있음에 비해 경전의 분량이 많아 기입자가 두 사람 이상일 경우는 (1) 구결을 기입하는 기입자의 자형 선택(임의적 선택)에 따라 선택되었을 가능성, (2) 구결을 기입하는 기입자의 평소 발음 습관과 관련 가능성, (3) 구결을 기입하는 기입자의 필체의 차이가 있을 것으로 추정된다.

둘째, 고려 시대 간행된 음독 구결 자료들에 비해 조선 초기에 간행된 음독 구결 자료들에 기입된 구결들이 한글 구결에 더 가까운 것은 한글이 창제된 시기와도 관련이 깊다. 다시 말해 조선 초기에 간행된 음독 구결 자료들은 한글이 창제되는 전후에 음독 구결이 기입되었을 가능성이 높기 때문에 고려 시대 간행된 음독 구결 자료들에 비해 한글 구결에 더 많이 일치되는 것이다.

셋째, 고려 시대 간행된 자료 가운데서 한글 구결과 많은 일치를 보이는 ≪능엄경≫ 이본 '남권희 (라)본'의 경우는 간행은 고려 시대에 되었더라도 음독 구결은 조선 초기에 이루어졌을 가능성도 배제할 수 없으며, 거의 98% 이상의 일치를 보인 '파전본'은 ≪능엄경언해≫ 한글 구결의 모본이 되었을 가능성도 배제할 수 없다.

또한 원문 구결에 대한 태도를 분석해 보면 한문의 구두점에 첨가된 구결은 기본적으로 다른 말과의 관계개념을 표시하거나 구절의 종결 및 구절문의 접속을 나타내 주는 구실을 한다. 그런데 이와 같은 구결에서 우리는 두 가지 태도를 발견하게 되는데, 이는 특히 종결이나 접속을 나타내 주는 '하다' 및 '이다'계의 구결에서 그런 점을 찾을 수 있다.[1)]

이 태도는 한글 구결이 종결이나 접속이라는 일차적인 기능에만 치중하는 태도와 일차적인 기능 이외에 한문구절의 최종 서술어가 가지고 있는 이차적인 문법기능, 즉 시상, 존대법, 서법 등을 나타내는 기능요소까지도 구결이 지시해 주는 태도를 말한다. 이는 곧 구결문과 언해문의 형태부를 일치되게 하려는 의도가 엿보인다.

이외에도 다양한 문법적 표지를 추월하고자 할 경우에는 흔히 '이라'를 한글 구결로 취하는 것이 보편적이다. 그러므로 이 한글 구결 '이라'에 대응되는 언해문에서의 서술어 형태는 각각 다른 양상을 띠게 되는 것이다.

그리고 한글 구결문과 언해문을 대조해 보면 언해문에서는 찾을 수 있으나 한글 구결문에 나타나 있지 않은 형태소들을 발견할 수 있다. 대표적인 형태소로는 '-시-', '-숩-', '-앳-', '-ᄂᆞ-', '-니-', '-ㄱ', '-리-' 등을 들 수 있다. 이들은 대개 구결 기입자의 기입 방식이나 개인적 번역 태도 등에 따라 기인하는 경우가 많으며, 특히 '-시-'는 구결문에서는 주체에 직접 대응되는 동사에 구결을 달 수 없는 상황일 때 부득이 최종 서술어의 서법을 나태는 구결에다 결합시키는 경우도 발견할 수 있다.

이와 같은 다양한 현상들을 종합해 볼 때 여말선초에 기입된 ≪능엄경≫, ≪법화경≫, ≪육조대사법보단경≫ 음독 구결 자료보다는 한글창

---

1) 김문웅(1986:94).

제 전에 기입된 ≪능엄경≫, ≪법화경≫, ≪육조대사법보단경≫ 음독 구결 자료들이 한글창제 후에 간행된 ≪능엄경≫, ≪법화경≫, ≪육조대사법보단경≫ 한글 구결들과 80% 이상의 유사성을 찾을 수 있으며, 이들 한글 구결문을 바탕으로 해석을 수정하고, 세밀한 주석을 붙여 ≪능엄경언해≫, ≪법화경언해≫, ≪육조대사법보단경언해≫을 간행했다고 판단된다.

음독 구결문의 문체는 각 경전, 즉 ≪능엄경≫과 ≪법화경≫, ≪육조대사법보단경≫의 원문의 구성을 알면 그 경전의 문체를 파악하기 쉽다. 경전의 구성이 곧 경전의 내용이며, 내용을 보다 쉽게 이해하기 위해 단 것이 음독 구결이기 때문이다

≪능엄경≫은 어떤 현상에 대해 밝히거나 설명하는 내용이기 때문에 음독 구결문에서는 기입자가 특히 평서형과 설명형을 많이 사용한 문체가 나타나며, 깨달음과 설명을 강조하기 위한 다소의 의문형과 명령형을 사용한 것이 그 특징이다.

≪법화경≫은 방편품과 여래수량품의 두 개의 주요한 골간을 가지고 있다. 이 중 '방편품'은 부처님의 제자 중 지혜가 제일인 사리불이 등장하는 지적(知的)으로 깊은 (1) 문답법, 부처님은 사리불에게 부처의 위대한 지혜를 무량하고 무변(無邊)하고 미증유의 법이라고 (2) 찬탄법, '여래수량품(如來壽量品)'은 석가모니부처님만이 아니고 모든 부처님이 구원의 본불임을 (3) 설명법, '여래수량품'은 열반을 나타내어 보이는 부처를 '법화경'의 유명한 일곱가지 비유 중 하나인 양의치자유(良醫治子喩)로 (4) 비유, 설명하는 방식이기 때문에 ≪법화경≫의 음독 구결문 역시, '설명형'과 '의문법', '감동법', '비유법'이 많이 사용되고 있는 것이 특징이다.

≪육조대사법보단경≫은 혜능의 설법 내용과 수도 과정을 담은 일대기이기 때문에 (1) ≪금강경≫에 기초하여 반야삼매와 일체법이 무상무

념(無想無念)임을 설명하고, (2) 혜능이 육조의 위치에 이르기까지의 과정과 문인들을 위한 갖가지 설법하며, (3) 돈점에 관한 내용을 서술하고, (4) 무념(無念)과 무상(無相)과 무주(無住)의 금강경 사상에 근거한 철저한 자성법문을 이야기하고 있다. 그러므로 이 경전에 기입된 음독 구결문의 문체는 대개 상대의 의사를 직설적으로 확인하려는 문체와 문답의 형식, 명령의 형식, 상대방의 마음을 나의 의도대로 하려는 형식 등의 문체가 가장 많이 나타난다.

≪능엄경≫ 원문의 통사 구조의 특징은 부처님이 아난에게 마음이 있는 곳을 묻는 七處徵心章을 살펴보면 잘 나타난다.

앞서 Ⅴ.2.1.1.에서 언급한 바와 같이 七處徵心章은 7가지로 마음의 소재를 부정하고 마음이 있는 곳을 논한 장으로 ≪능엄경≫ 음독 구결은 대개 주장을 위한 강조법(氵), 강조를 위한 명령법(ソ丶/ソ亽, ソ小西/ソ小一), 의도법(ノ, 又, 午), 확인법(厺, 才, 亽, 亠, 3, ラ), 원칙법(ヒ), 회상법(ホ,入,丨, 大), 직설법(ㅌ), 감동법(刀,厶,斗,七,ヲ, 灬/-才七丨, -ラ七丨, ソ亠全七丨, -了丁/了氐/了底/了宁, -了入亠/了ホ亠/了月亠, -乚入亠/乚ホ亠/乚月亠, -七入亠/七ホ亠/七月亠 등), 추측법(禾), 공손법(刂), 높임법(二, 士, 户, 所, 全) 등의 구성으로 이루어져 있음을 알 수 있다.

≪법화경≫의 본문은 [無量義經], [迹門], [本門]의 세 가지 체재로 나누어지는데, 앞서 Ⅴ.2.1.2.에서 언급한 바와 같이 이 가운데 '迹門'의 근본 사상은 방편이고 '本門'의 근본 사상은 구원실성이다. '방편사상'은 석존이 일체중생의 근기에 따라 제도하는 수단방법을 강구함을 뜻하고, '구원실성'은 부처님이 시간에 구애됨 없는 구원성을 밝힌 것이다. ≪법화경≫에 기입된 음독 구결문은 평서문과 반복 구문이 많으며, 내용면에서는 비슷한 어구나 내용을 반복, 새로운 내용을 첨가 또는 보충하는 특징을 가진다.

본 연구는 조선시대 구결 자료 가운데 특히 한글 창제 전후의 구결 자료를 대상으로 구결의 성립 배경과 구결의 변화 양상 등 한글 창제 전후기 구결의 특징을 종합적으로 살피는 데에 목적이 있었다.

본 연구의 주된 대상을 이들 문헌으로 한정하는 까닭은 ≪능엄경≫, ≪법화경≫, ≪육조대사법보단경≫ 모두가 한글이 창제되기 전에 달린 음독 구결과 한글이 창제된 후 간행된 한글 구결이 있어 한글 창제 전후기의 구결을 비교하고 대조하기 쉽기 때문이다. 뿐만 아니라 ≪능엄경≫, ≪법화경≫, ≪육조대사법보단경≫의 음독 구결 자료가 다른 구결 자료들보다 연구할 자료가 풍부할 뿐 아니라 동일 자료라 하더라도 고려시대부터 조선시대까지에 걸친 양질의 이본 자료들이 많아 정밀한 비교 분석이 가능하기 때문이다. 또한 언해본들과의 비교·대조가 용이하기 때문에 훈민정음 창제 이전과 창제 이후의 언어 변천을 밝히는 데 보다 더 명확한 근거를 찾을 수 있으리라 판단되기 때문이다. 더욱이 ≪능엄경≫, ≪법화경≫, ≪육조대사법보단경≫은 한글 창제 이전에 음독 구결이 기입되었고, ≪능엄경언해≫, ≪법화경언해≫, ≪육조대사법보단경언해≫는 훈민정음 창제 이후에 언해가 이루어져 음독 구결과 한글 구결의 상관성 및 영향 관계를 파악하기 쉽다는 장점도 있기 때문이다.

본 연구과제에서 밝힌 내용을 간략히 제시하면 다음과 같다.

먼저, 1장 서론에서는 연구 목적과 필요성, 그리고 연구사에 대해 심도 있게 살폈다. 특히 연구사에서는 1970년에서부터 2000년대까지의 구결연구에 대해서 연구개괄뿐만 아니라 자료 소개 관련 연구사, 문자론적 연구사, 형태론적 연구사로 나누어 서술하였다.

2장의 연구 자료 분석에서는 Ⅱ.1.1. ≪능엄경≫, Ⅱ.1.2. ≪법화경≫, Ⅱ.1.3. ≪육조대사법보단경≫의 음독 구결 자료와 Ⅱ.2.1. ≪능엄경언해≫, Ⅱ.2.2. ≪법화경언해≫, Ⅱ.2.3. ≪육조대사법보단경언해≫의 한글 구결 자료로 나누어 분석하였다.

3장 구결의 성립 배경에서는 Ⅲ.1.1. ≪능엄경≫의 구성 및 성격, Ⅲ.1.2. ≪능엄경≫의 전래, Ⅲ.1.3. 조선조의 ≪능엄경≫ 수용양상, Ⅲ.1.4. ≪능엄경≫ 구결의 성립, Ⅲ.2.1. ≪법화경≫의 구성과 성격, Ⅲ.2.2. ≪법화경≫의 전래, Ⅲ.2.3. ≪법화경≫의 수용양상, Ⅲ.2.4. ≪법화경≫ 구결의 성립, Ⅲ.3.1. ≪육조대사법보단경≫의 구성 및 성격, Ⅲ.3.2. ≪육조대사법보단경≫의 전래 및 수용양상, Ⅲ.3.3. ≪육조대사법보단경≫ 구결의 성립 등에 대해 심도 있게 논의하였다.

4장 구결의 변화 양상에서는 Ⅳ.1.1. ≪능엄경≫, Ⅳ.1.2. ≪법화경≫, Ⅳ.1.3. ≪육조대사법보단경≫에 사용된 음독 구결의 문자체계 변화를 자세히 살펴 음독 구결의 변화 양상을 밝혔으며, 아울러 Ⅳ.2.1. ≪능엄경언해≫, Ⅳ.2.2. ≪법화경언해≫, Ⅳ.2.3. ≪육조대사법보단경언해≫에 사용된 한글 구결의 변화 양상도 함께 밝히고자 노력하였다.

5장 구결의 상관성에서는 Ⅴ.1. 음독 구결과 한글 구결, Ⅴ.2. 한글 구결과 언해의 상관성을 세밀히 살펴보았으며,

6장 문헌의 번역 양상에서는 Ⅵ.1. 음독 구결(Ⅵ.1.1. ≪능엄경≫, Ⅵ.1.2. ≪법화경≫, Ⅵ.1.3. ≪육조대사법보단경≫)과 Ⅵ.2. 한글 구결(Ⅵ.2.1. ≪능엄경언해≫, Ⅵ.2.2. ≪법화경언해≫, Ⅵ.2.3. ≪육조대사법보단경언해≫)로 나누어 살펴보았다. 특히 한글 구결은 각 결전의 체재와 번역, 그리고 번역 양상, 한글 구결의 특성을 나누어 밝히고자 노력하였다.

7장 구결문의 문체에서는 Ⅶ.1. 문체의 형성 요인, Ⅶ.2. 문체의 특징(Ⅶ.2.1. 음독 구결문의 문체, Ⅶ.2.2. 한글 구결문의 문체, Ⅶ.2.3. 언해문의 문체)으로 구분하여 정리하였다.

8장 구결문의 통사 구조에서는 우선적으로 (1) 佛經의 反復 구조와 (2) 反復 구조 變文에 대한 각론을 언급하고 난 뒤에 Ⅷ.1. 음독 구결문, Ⅷ.1.1. ≪능엄경≫의 통사 구조, Ⅷ.1.2. ≪법화경≫의 통사 구조,

Ⅷ.1.3. ≪육조대사법보단경≫의 통사 구조를 밝히고, 그 다음에 Ⅷ.2. 한글 구결문, Ⅷ.2.1. ≪능엄경언해≫의 통사 구조, Ⅷ.2.2. ≪법화경언해≫의 통사 구조, Ⅷ.2.3. ≪육조대사법보단경언해≫의 통사 구조를 밝혔다.

그리고 마지막 9장에서는 한글 창제 전후기 구결의 종합적 특징을 간략히 정리하였다.

참 고 문 헌

강보승(1998) : "한국 <법화경> 교의사상의 전개", 원광대학교 대학원 석사논문.

강성일(1992) : "중세 국어의 변화와 그 특이 형태에 대하여", <어문학> 53, 한국어문학회.

고영근(1992) : 『표준 중세국어문법론』, 서울:탑출판사.

고영근(1998) : "석독구결의 국어사적 가치", <구결연구> 3집, 구결학회.

고익진(1975) : "법화경 계환해의 성행내력고", <佛敎學報> 12, 불교학회.

고정의(2004) : "口訣 硏究의 現況과 課題", <구결연구> 12, 구결학회.

고정의(2005) : "≪근사록(近思錄)≫의 구결 연구", <구결연구> 14, 구결학회.

고정의(2006) : "≪고봉화상선요(高峰和尙禪要)≫의 구결 연구", <구결연구> 16, 구결학회.

구본관(1992) : "중세국어 선어말어미의 결합순서에 대하여", <국어학논집> 1, 태동문화사.

구본관(1996) : "중세 국어 형태", <국어의 시대별 변천·실태 연구> 1, 국립국어연구원.

권용경(1992): "중세국어 사이시옷에 대한 고찰", <국어학논집> 1, 태동문화사.

권인한(1997) : "韓中 능엄경 音釋의 比較 索引", <울산어문논집> 12, 울산대학교.

권인한(1998) : 『조선관역어의 음운론적 연구』, 태학사.

권인한(2004) : "계림유사의 한어음운사적 의의", <국어학> 42, 국어학회.

권인한(2005) : "岩崎本 [일본서기]의 성점에 대한 일고찰 -한국계 고유명사 자료를 중심으로", <대동문화연구> 52, 성균관대 대동문화연구원.

권인한(2006) : "무령왕릉 출토 명문들에 대한 어학적 고찰", <구결연구> 17, 구결학회.

권창섭(2009) : "高麗本 華嚴經 卷第十四와 周本 華嚴經 卷第六의 처격 조사", <열린정신 인문학연구> 10(1), 원광대학교 인문학연구소.

권호진(2001) : "『육조법보단경언해』의 표기법에 관한 연구", 연세대학교 석사학위논문.

김경아(1998) : "용언어간말음 'ㅎ'의 교체에 대하여", <언어> 23, 한국언어학회.

김남균(2000) : "천로 ≪금강경≫ 구결의 조사 연구", 구결학회 제22회 공동연구회 발표논문집, 구결학회.
김동소(1995) : "고대 한국어의 종합적 연구", <한글> 227호, 한글학회.
김동소(1999) : 『한국어 변천사』 제3쇄, 형설출판사.
김동소(2000) : "≪육조 법보 단경 언해≫ 하권 연구", <국어학> 35, 국어학회.
김동소·남경란(2003) : "<大方廣佛華嚴經 (卷35)> 입겿의 독음 연구- '-八', '-去', -'支'을 중심으로", <語文學> 79, 한국어문학회.
김두찬(1985) : "≪詩正文≫의 구결에 대하여", <어문연구> 48, 어문연구회.
김두찬(1986) : "口訣語尾 '-羅叱多(랏다)'에 대하여", <국어국문학> 96, 국어국문학회.
김두찬(1987ㄱ) : "직지심체요절의 구결에 대하여", <국어학> 16, 국어학회.
김두찬(1987ㄴ) : "高麗版 『南明集』의 口訣硏究", 단국대학교 박사학위논문.
김두찬(1989ㄱ) : "필사본 ≪몽산법어약록≫의 구결에 대하여-새로 발굴된 15세기 구결의 새 자료", <국어학논집> 13, 단국대학교.
김두찬(1989ㄴ) : "≪불설이십사장경≫의 구결에 대하여", <국어학> 18, 국어학회.
김두찬(1995) : "<구역인왕경> 구결 기능체계", <國語史와 借字表記>, 素谷南豊鉉先生 回甲紀念論叢, 태학사.
김두찬(1995) : "口訣語尾'ッ 𢀳 ㇷ'에 대하여", <구결연구> 1, 구결학회.
김두찬(1997) : "구결어미 'ノ ヒ 亠'에 대하여", 1997년 여름 구결학회공동발표회 발표요지, 구결학회.
김무림(1992) : "訓民正音의 喉音 考察", <한국어문교육> 6, 고려대 국어교육학회.
김무림(1995) : "高麗時代의 子音體系", <國語史와 借字表記>, 태학사.
김무림(1998) : "고대 국어 음운", <국어의 시대별 변천 연구3>, 국립국어연구원.
김무림(1999) : "高麗時代 口訣 漢字音의 硏究", <구결연구> 5, 구결학회, 75-108.
김무림(2000) : "한자음(漢字音)", <새국어생활> 10(4), 국립국어연구원.
김무림(2003) : "한자 '內'의 국어 음운사적 고찰", <국어학> 41, 국어학회.
김무림(2004) : 『국어의 역사』, 한국문화사.
김무림(2005) : "중세 국어 분철 표기 'ㄹ-ㅇ, ㅿ-ㅇ'의 음운론적 해석", <한국어학> 27, 한국어학회.
김무림(2006) : "한국 한자음의 근대성(1)", <한국어학> 30, 한국어학회.
김무림(2011) : "口訣 및 吏讀 漢字音 硏究의 回顧와 展望", <구결연구> 26, 구결학회.
김무림(2012) : "연구논문 : 중세국어 특이 한자음의 시대성 논의 -고대국어 차자

표기와의 비교를 통하여-", <한국어학> 54, 한국어학회.
김무봉(1999) : "15세기 국어사 자료 연구", <동악어문논집> 34, 동악어문학회.
김무봉(2000) : "불교언어연구-국어사 자료와 관련하여-", <한국문학연구> 22, 동국대학교 한국문학연구소.
김무봉(2007) : "한국의 문화 : 『금강경언해』의 번역에 관련된 몇 가지 문제", <한국사상과 문화> 40, 한국사상문화학회.
김무봉(2010) : "특집 : 불교경전 한글 번역의 역사와 과제 ; 불경언해와 간경도감", <동아시아불교문화> 6, 동아시아불교문화학회.
김무식(1992) : "중세 국어 후음'ㆀ, ㆆ, ㆅ'에 대한 연구", <문학과 언어> 13, 문학과언어연구회.
김문웅(1986) : 『十五世紀 諺解書의 口訣 硏究 -楞嚴經 諺解를 中心으로』, 형설출판사.
김문웅(1991) : "中世 國語의 成分 口訣에 대한 고찰-楞嚴經諺解를 중심으로-" 『神父全達出會長華甲記念論叢』, 每日出版社.
김문웅(1993) : "한글 구결의 변천에 관한 연구", <한글> 219, 한글학회.
김문웅(1995) : "구결법의 변천", 『國語史와 借字表記』, 素谷 南豊鉉先生 回甲紀念論叢, 태학사.
김문웅(1997) : "구결 'ᄒᆞ다'의 교체 현상-능엄경 언해를 중심으로-", 한글학회 대구지회 발표, 대구교육대학교.
김문웅(1998) : "새로 발견된 활자본 <능엄경언해> 권4의 연구", 『능엄경언해』 권4 영인본』, 경북대 출판부.
김문웅(1998) : "活字本 楞嚴經諺解(1461)에 대하여<卷一을 중심으로>, 『楞嚴經卷第一』, 경북대 출판부.
김문웅(1999) : "활자본 <능엄경 언해>의 국어학적 고찰-권1을 중심으로-", <한글> 246, 한글학회.
김문웅(2001) : "한문의 허사와 구결의 호응 관계-「능엄경 언해」(1462)를 중심으로-", 『국어연구의 이론과 실제』, 태학사.
김서형(2002) : "국어의 연결어미 '-아'와 '고'의 연구-구결 자료를 중심으로", 고려대학교 석사학위논문.
김성규(1996) : "중세국어음운", 『국어의 시대별 변천·실태 연구 1』, 국립국어연구원.
김성규(1998) : "중세국어의 쌍형어에 대한 연구", <전농어문연구 10>, 서울시립대 국어국문학과.
김성주(2005ㄱ) : "'爲'에 懸吐되는 口訣字와 機能", <구결연구> 15, 구결학회.

김성주(2005ㄴ) : "고려시대 석독구결의 '爲'字에 현토된 난해 구결", <한국어문학연구> 45, 한국어문학연구학회.

김성주(2007) : "주본화엄경과 진본화엄경의 점토석독구결 비교 연구", <규장각> 30, 서울대학교 규장각 한국학연구원.

김성주(2009) : "佐藤本『華嚴文義要決問答』의 口訣", <구결연구> 23, 구결학회.

김성주(2011) : "영남대본 『佛祖歷代通載』의 서지와 구결", <민족문화논총> 48, 영남대 민족문화연구소.

김성주(2012) : "東大寺『華嚴經』卷第12-20의 節略 樣相", <서지학보> 39, 한국서지학회.

김성주(2013) : "국어학 : 신라 점토석독구결 시탐(試探)", <배달말> 53, 배달말학회.

김성주(2015) : "『동대사 화엄경』의 신라 구결과 고려 석독구결의 비교 연구", <구결학회 제50회 전국학술대회 발표논문집>, 구결학회.

김수경(2010) : "借字表記 '內'와 鄕歌의 解釋", <진단학보> 110, 진단학회.

김승곤(2004) : 『국어토씨 어원과 용법 - 향가에서 1930까지』, 도서출판 역락.

김영길(1981) : "法華經 方便品 長頌의 信行的 意義", <東國思想, > 14, 동국대학교.

김영만(1986) : "<구역인왕경>의 釋讀表記 小考(1)", <國語學新硏究>, 탑출판사.

김영만(2000) : "<유가사지론>의 '유氵-'와 '여叏-'의 독법에 대하여", <구결연구> 6, 구결학회.

김영만(2005) : "구결문과 한문 원문의 문법에 대하여", 구결학회 제21회 전국학술대회발표요지, 구결학회.

김영수(2010) : "이두와 이두한문 번역 고찰", <인문과학논총> 27, 순천향대학교 인문과학연구소.

김영욱(1995) : 『문법 형태의 역사적 연구』, 박이정.

김영욱(1996ㄱ) : "14세기 문법 형태 '-거/어-'의 교체에 대하여 -기림사본 ≪능엄경≫을 중심으로", <한글> 233, 한글학회.

김영욱(1996ㄴ) : "14세기 문법 형태 '-㇇/匕[의/ㅅ]'의 교체에 대하여", <구결연구> 2, 구결학회.

김영욱(1997) : 『문법 형태의 연구 방법』, 박이정.

김영욱(1999) : "전기 중세국어의 시상(詩想)과 서법(敍法)", <선청어문> 27, 서울대학교.

김영욱(2000) : "14세기 국어의 시상과 서법-'-ᄂᆞ-, -더-, -리-, -거-, -니-'를 중심으로-", <구결연구> 6, 구결학회.

김영욱(2006) : “각필의 기원에 대하여”, <구결연구> 16, 구결학회.
김영욱(2006), “韓日間의 文字交流에 대하여-佛敎 文化의 흐름 속에서 古代 韓日關係를 照明함-”, <인문언어> 8, 국제언어인문학회.
김영욱(2007) : “중원 고구려비의 국어학적 연구”, <구결연구> 18, 구결학회.
김영욱(2010) : “古代國語의 處所格 助詞에 對하여”, <국어학> 57, 국어학회.
김영일(1998) : “중세국어 ‘ㄱ’덧남 어형의 재고찰”, <어문학> 64, 한국어문학회.
김영황(1997) : 『조선어사』, 도서출판 역락.
김완진(1985) “특이한 음독자 및 훈독자에 대한 연구”, <동양학> 15, 단국대 동양학연구소, 1-16.
김완진(1996) : 『음운과 문자』, 신구문화사.
김유범(2001ㄱ) : “선어말어미 {-으시-}의 이형태와 구결자 ‘下’의 독법에 대하여”, <국어연구의 이론과 실제>, 태학사.
김유범(2001ㄴ) : “15세기 국어 문법형태소의 형태론과 음운론”, 고려대학교 박사학위논문.
김유범(2009) : “한국의 한자 차자표기법에 대한 문자학적 조명과 교육 방안의 모색”, <인간과 문화연구> 15, 동의대 인문사회연구소.
김윤경(2012) : “일반논문 : 조선시대 내단(內丹) 구결서 고찰 -「단서구결」과 「동국전도십육결」을 중심으로-”, <동양철학연구> 70, 동양철학연구회.
김장호(1975) : “법화경 비유품과 The Eumenides 에 있어서의 자비의 개념”, <佛敎學報> 12, 불교학회.
김점애(1978) : “「法華經諺解」의 형태음소적 변동의 연구”, <睡蓮語文論集> 6, 수련어문학회.
김정빈(2003) : “한국 한자음의 구개음화와 개모 소실에 대한 역사적 연구”, <구결연구> 10, 구결학회.
김정아(2006) : 보물 1153호 ≪법화경≫ 권3 음독구결에 대하여, 구결학회 제32회 전국학술대회 발표요지문, 구결학회.
김정우(1997) : “중세국어 ‘ㄱ’ 탈락 현상 재론”, <가라문화> 14, 경남대 가라문화연구소.
김정우(2005) : “한국 번역사 논의의 전제”, <우리말연구> 16, 우리말학회.
김정자(1990) : “법화경에 나타난 중세국어의 구결연구-기입토를 중심으로”, 단국대학교 석사학위논문.
김종록(1997) : “중세국어 접속어미 ‘-디뷔’의 통시적 변천과 기능”, <문학과 언어> 19, 문학과언어학회.
김주원(1993) : 『모음조화의 연구』, 영남대 출판부.

김주원(1997) : "乙亥字本 <楞嚴經諺解>(1461년)", 입겿 연구모임 대구지회 발표 요지문, 대구교육대학교.

김주원(2006) : "조선왕조실록의 번역에 나타난 오류", <알타이학보 16>, 알타이학회.

김지오(2006) : "≪법화경≫ 권3 음독구결 연구", 동국대학교 석사학위논문.

김지오(2010) : "『合部金光明經』 字吐口訣의 誤記", <구결연구> 25, 구결학회.

김지오(2012) : "釋讀口訣에 나타난 '-은여/을여'에 대하여", <한국어문학연구> 58, 한국어문학연구학회.

김지오(2013) : "釋讀口訣의 處格·冠形格 複合助詞", <구결연구> 31, 구결학회.

김지형(1999) : "한국어와 중국어와의 자음대응 연구-한자 전래 이전 시기를 중심으로", 경희대학교 박사학위논문.

김창석(1972) : "법화경에 대한 연구", 동국대학교 석사학위논문.

김천학(2005) : "『유가사지론』 점토석독구결 해독 연구(10)", <구결연구> 15, 구결학회.

김태경(2008) : "일부 章系字의 상고음 설근음설", <중국어문학논집> 51, 중국어문학연구회.

김태완(1999) : "육조혜능의 새로운 선", <철학논총> 19, 새한철학회.

김홍석(2002) : "여말선초 ≪능엄경≫ 순독 구결의 서법 연구", 단국대학교 박사학위논문.

김홍석(2004) : "存在의 補助動詞 '시-'에 대한 통시적 고찰, <어문연구> 32, 한국어문교육연구회.

남경란(1997ㄱ) : "고려본 ≪능엄경≫ 입겿과 'ㅣ'형 종결법 연구-'(가)본'을 대상으로", 대구효성가톨릭대학교 석사학위논문.

남경란(1997ㄴ) : "고려본 <능엄경>의 입겿 자형에 대하여", <구결학회 제17회 공동연구 발표회 논문집>, 구결학회.

남경란(1998) : "남권희 (나)본 <능엄경> 입겿에 대하여", <구결학회 제19회 공동연구 발표회 논문집>, 구결학회.

남경란(1999ㄱ) : "≪楞嚴經(능엄경)≫ <권 8>의 입겿 연구- 고려본과 조선 초기본을 대상으로-", <한국말글학> 16, 한국말글학회.

남경란(1999ㄴ): "남권희본 ≪능엄경≫의 입겿 자형에 대하여", <語文學> 66, 한국어문학회.

남경란(1999ㄷ) : "능엄경 새 자료에 대하여-남권희 (다본)과 파전 김무조본을 대상으로", <구결학회 제21회 공동연구 발표회 논문집>, 구결학회.

남경란(2000) : "≪五大眞言≫ '靈驗略抄'에 관하여", <문헌과 해석> 2000년 봄

호, 태학사.

남경란(2000ㄱ) : "'남권희 (라)본' ≪楞嚴經(능엄경)≫ 입겿에 대하여", <한국말글학> 17, 한국말글학회.

남경란(2000ㄴ) : "'남권희 (나)본' ≪능엄경≫ 입겿에 대하여", <구결연구> 6, 구결학회.

남경란(2000ㄷ) : "≪楞嚴經(능엄경)≫ 새 자료에 대하여 - 南權熙(다)본과 坡田本", <어문학> 71, 한국어문학회.

남경란(2001) : "음독 입겿의 몇 가지 자형", <民族文化論叢> 23, 영남대 민족문화연구소.

남경란(2002) : "<大方廣佛華嚴經 (卷35)> 釋讀 資料에 나타난 독음 고찰-'-尸', '-匕'을 중심으로", <民族文化論叢> 25, 영남대 민족문화연구소.

남경란(2002) : "<칠대만법> 연구 -서지와 저본", 한민족어문학회 전국학술대회 발표요지문, 한민족어문학회.

남경란(2002) : "≪법화경≫ 입겿의 이본 연구-영남대 소장본을 중심으로", <언어과학연구> 21, 언어과학회.

남경란(2002) : "≪불설사십이장경≫ 이본의 입겿 연구", <語文學> 75, 한국어문학회.

남경란(2002) : "여말선초에 간행된 새로운 입겿 자료에 대하여", <국어사자료연구> 3, 국어사자료학회.

남경란(2003) : "<대방광불화엄경소> 입겿 연구", <배달말> 32, 배달말학회.

남경란(2003) : "중세한국어 연구를 위한 전산 처리 방안", <民族文化論叢> 27, 영남대 민족문화연구소.

남경란(2003) : 『국어사연구를 위한 국어정보처리법』, 경인문화사.

남경란(2003ㄱ) : "여말선초 음독 입겿[口訣]의 제고찰(1)-형태서지와 결합유형", <民族文化論叢> 28, 영남대 민족문화연구소.

남경란(2003ㄴ) : 여말선초 음독 입겿[口訣]의 제고찰(2)-음독 입겿의 문자체계", <언어과학연구> 27, 언어과학회.

남경란(2003ㄷ) : <麗末鮮初 音讀 입겿[口訣]의 綜合的考察>, 학술진흥재단 연구과제 최종 결과보고서.

남경란(2004) : "≪법화경≫ 이본의 부호 입겿(구결)에 대하여", 구결학회 전국학술대회 발표논문집, 구결학회.

남경란(2004) : "국어의 시간적 데이터베이스 구축과 활용", <민족문화논총> 29, 영남대학교 민족문화연구소.

남경란(2005) : "<육자대명왕경> 일고찰", <배달말> 37, 배달말학회.

남경란(2005) : "<칠대만법>의 저본과 국어학적 특성", <국학연구> 6, 국학진흥원.

남경란(2005ㄱ) : "음독 입겿(구결)의 자형과 기능의 통시적 연구-厺, 口를 중심으로", <民族文化論叢> 30, 영남대 민족문화연구소.

남경란(2005ㄴ) : "음독 입겿(구결)의 자형과 기능의 통시적 연구-八, 佳, 可를 중심으로", <語文學> 79, 한국어문학회.

남경란(2006ㄱ) : "<사서언해>의 국어학적 연구 - <논어언해>를 중심으로", <民族文化論叢> 32, 영남대학교 민족문화연구소.

남경란(2006ㄴ) : "≪육조대사법보단경≫의 구결 연구", <구결연구> 16, 구결학회.

남경란(2006) : 『麗末鮮初 音讀 입겿[口訣]의 綜合的考察』, 경인문화사.

남경란(2007) : "고려본 <상교정본자비도량참법>의 구결 연구", <한민족어문학> 51, 한민족어문학회.

남경란(2008ㄱ) : "음독 입겿 '入, 朩, 力, 月'의 분포와 기능에 대한 통시적 연구", <민족문화논총> 36, 영남대 민족문화연구소.

남경란(2008ㄴ) : "음독구결 연구의 회고와 전망", <구결연구> 21, 구결학회.

남경란(2008ㄷ) : "여말선초 음독구결문의 성립배경", <민족문화논총> 40, 영남대학교 민족문화연구소.

남경란(2009) : 『麗末鮮初 音讀 입겿[口訣] 字形과 機能의 通時的 硏究』, 경인문화사.

남경란(2010) : "음독 입겿과 한글 입겿의 상관성", <민족문화논총> 45, 영남대 민족문화연구소.

남경란(2011) : "韓國的文字, 입겿[口訣]", <민족문화논총> 47, 영남대 민족문화연구소.

남경란(2012) : "영남대학교 중앙도서관 동빈문고 소장 구결 자료에 대하여", <민족문화논총> 51, 영남대 민족문화연구소.

남경란(2014) : "음독 입겿[口訣] 명령형의 통시적 고찰", <민족문화논총> 57, 영남대 민족문화연구소.

남경란(2016) : "새 資料, 初雕大藏經 南禪寺本『四分律藏第三分』卷四十의 角筆에 대하여", <구결연구> 36, 구결학회.

남경란 외(2000) : "≪월인석보≫ 권19의 書誌 및 ≪법화경언해≫ 권7과의 본문 대조", <국어사 자료 연구> 창간호, 국어사자료학회.

남경란 외(2005) : "<금광명경> 부호 구결 연구", 구결학회 전국학술대회 발표논문집, 구결학회.

남경란 외(2006) : 『한문독법과 동아시아의 문자』, 태학사.

남경란 외(2016) : "13세기 高麗 釋讀口訣本『慈悲道場懺法』卷4 殘片의 구결 소개", <국어사연구> 22, 국어사학회, 199-250.

남경란·김동소(2003) : "<大方廣佛華嚴經 (卷35)> 입겿의 독음 연구-'-ㅅ', '-厶', -'叏'을 중심으로", <語文學> 79, 한국어문학회.

남광우(1992): <중세국어 한자어에 대한 기초적 연구 한국어문>, 한국정신문화연구원.

남권희(1993) : "高麗本 ≪慈悲道場懺法≫ 卷第一~五와 그 口訣의 紹介", <書誌學報> 11, 한국서지학회.

南權熙(1994) : "高麗 釋讀 口訣 硏究 : 資料와 硏究의 現況", 대구 입겿 연구 1회 요지문, 대구교육대학교.

南權熙(1995) : "潭陽 龍泉寺 口訣本 三種의 書誌的 考察", 95년 구결연구회 여름 공동연구회 발표 요지문, 구결학회.

남권희(1996) : "고려 구결자료 <대방광불화엄경> 권제십사의 서지적 분석", <구결연구> 1, 구결학회.

南權熙(1997ㄱ) : "高麗 口訣資料 3種 紹介", 제16회 구결학회 겨울 공동연구 발표 요지문, 관동대학교.

남권희(1997ㄴ) : "高麗末에서 朝鮮中期까지의 口訣資料에 관한 書誌學的 硏究", <한국도서관·정보학회지> 27, 한국도서관·정보학회.

南權熙(1997ㄷ) : "차자 표기 자료의 서지", <새국어생활> 7(4), 국립국어연구원.

남권희(1997ㄹ) : "<대방광불화엄경소(권35)> 고려 구결본에 대한 서지적 연구", <한국전통문화연구> 12, 대구효성가톨릭대학교 한국전통문화연구소.

남권희(1998) : "金秉九 所藏本 ≪楞嚴經諺解≫ 卷一의 書誌解題", 『楞嚴經卷第一』, 경북대학교 출판부.

남권희(1999) : "朝鮮中期부터 舊韓末까지의 口訣資料에 관한 書誌學的 硏究", <書誌學硏究> 18, 서지학회.

남권희(2002) : 『高麗時代 記錄文化 硏究』, 淸州古印刷博物館.

남권희(2003) : "고문헌 연구 방법론 : ≪경민편≫ 언해를 중심으로", 구결학회·국어사자료학회 전국학술대회 발표요지문, 영남대학교 국제관.

남권희(2005) : "중간본 ≪경민편≫ 언해의 서지적 분석", 국어사학회 겨울학술대회 발표요지문, 동국대학교 다향관.

남기심·고영근(1992) : 『표준 국어문법론』, 탑출판사.

남미정(2004) : "接續語尾 '-ㄱ 乙'에 대한 一考察", <구결연구> 12, 구결학회.

남미정(2010) : "借字表記 資料에 나타나는 '-齊'의 文法範疇와 意味", <어문연구> 38(4), 한국어문교육연구회.

남성우(1996ㄱ) : "『월인석보』 권13과 『법화경 언해』의 동의어 연구", <구결연구> 1, 구결학회.

남성우(1996ㄴ) : "『월인석보』 권13과 『법화경언해』의 번역", <한국어문학> 7, 한국외대 한국어교육과.

남성우(1997ㄱ) : "<飜譯小學> 卷六과 <小學諺解> 卷五의 飜譯", 제16회 구결학회 공동연구 발표요지문, 관동대학교.

남성우(1997ㄴ) : "『월인석보』 권11과 『법화경언해』의 동의어 연구", <한국어문학연구> 8, 한국외국어대학교 한국어문학연구회.

남성우(1998ㄱ) : "『석보상절』 권이십일과 『법화경언해』의 동의어 연구", <한국어문학연구> 9, 한국외국어대학교 한국어문학연구회.

남성우(1998ㄴ) : "『월인석보』 권십이22와 『법화경언해』의 동의어 연구", 『국어 어휘의 기반과 역사』, 태학사.

南豊鉉(1980ㄱ) : "借字表記法의 用字法에 대하여", 『난정남광우박사 회갑기념논총』.

南豊鉉(1980ㄴ) : "口訣과 吐", <국어학> 9, 국어학회.

남풍현(1981) : 『차자표기법 연구』, 단국대출판부.

남풍현(1987) : "중세국어의 과거시제어미 '-드-'", 『國語史를 위한 口訣硏究』, 태학사.

남풍현(1990) : "高麗末·朝鮮初期의 口訣 硏究-楞嚴經 記入吐의 表記法을 중심으로-", <진단학보> 69, 진단학회.

南豊鉉(1991) : "高麗時代 口訣의 一·二 問題", <어문연구> 70·71, 어문연구회.

南豊鉉(1993) : "借字表記와 古代國語의 語形", <한국어문> 2, 한국정신문화연구원.

남풍현(1995) : "朴東燮本 楞嚴經의 解題", 『口訣資料集一 高麗時代 楞嚴經』, 한국정신문화연구원.

남풍현(1996) : "高麗時代 釋讀口訣의 '尸/ㄹ'에 대한 考察", <구결연구> 1, 구결학회.

남풍현(1997) : "고려시대 석독구결의 ㅅ와 ㅿ의 원자에 대하여", <어문학논총(청범진태하교수계칠송수기념)>, 태학사.

남풍현(1997) : "차자 표기법과 그 자료", <국어사 연구>, 태학사.

남풍현(1998) : "고대 국어 자료", 『국어의 시대별 변천 연구3』, 국립국어연구원.

남풍현(1999) : "고려시대 순독 구결의 'ソㅗ全七丨'와 '口火ㅅ'", 『國語史를 위

한 口訣硏究』, 태학사.
南豊鉉(2000) : “條件法 連結語尾 ‘-면’의 發達”, <구결연구> 6, 구결학회.
남풍현(2000) : 『國語史를 위한 口訣硏究』, 태학사.
南豊鉉(2001) : “口訣의 種類와 그 發達”, 일본 북해도대학 워크숍 발표논문집.
남풍현(2010) : “韓國語史 硏究에 있어 口訣資料의 寄與에 대하여”, <구결연구> 25, 구결학회.
남풍현(2012) : “東大寺 圖書館 所藏 新羅華嚴經의 價値와 角筆로 記入된 釋讀口訣 吐의 ‘占/뎌’에 대하여”, <구결학회 제44회 전국학술대회 발표논문집>, 구결학회.
남풍현(2013ㄱ) : “東大寺 所藏 新羅華嚴經寫經과 그 釋讀口訣에 대하여”, <구결연구> 30, 구결학회.
남풍현(2013ㄴ) : “近古時代의 字吐釋讀口訣에 나타난 意圖法 補助語幹 ‘ㄲ/오’의 機能과 意味”, <구결학회 제45회 전국학술대회 발표논문집>, 구결학회.
남풍현·심재기(1976) : “구역인왕경의 口訣硏究(其一)”, <동양학> 6, 단국대학교 동양학연구소.
노권용(1993) : “능엄경(楞嚴經)의 선사상연구”, <韓國佛敎學> 18, 한국불교학회.
노권용(1996) : “≪능엄경≫과 도교수련”, <원불교사상> 20, 원광대 원불교사상연구원.
노은주(1990) : “法華經의 譯에 對한 硏究 : 특히 語彙 및 統辭를 中心으로”, 효성여자대학교 석사학위논문.
동국대 불교교재편찬위원회(2002) : 『불교사상의 이해』, 불교시대사.
류열(1994) : 『조선말역사』, 한국문화사.
명덕(1994) : “六祖 慧能의 傳記 연구”, <僧伽> 11, 승가대학.
睦楨培(1996) : “韓國佛敎와 法華經”, <佛敎大學院 論叢> 3, 동국대학교.
문선룡(1977) : “法華經 信仰에 對한 硏究 - 高麗 時代를 中心으로”, <석림> 11, 동국대학교 석림회.
문현수(2011) : “자토석독구결 용언 부정사의 의미기능”, <구결학회 제41회 전국학술대회 발표논문집>, 구결학회.
문현수(2012) : “점토석독구결 용언 부정사의 의미기능”, <국어사연구> 14, 국어사학회.
문현수(2014) : “『瑜伽師地論』 系統 點吐釋讀口訣에 사용된 빼침선의 기능”, <구결연구> 33, 구결학회.
민현식(1992) : “中世國語 性狀副詞 硏究(3)”, <국어교육> 77·78, 한국어교육학회.

민현주(2012) : “『南明泉和尙頌證道歌』의 구결 자료에 대하여”, <한국말글학> 29, 한국말글학회.
민현주(2013) : “『證道歌』 이본의 입겿[口訣] 연구”, <한국말글학> 30, 한국말글학회.
박병채(1977) : “역대전리가에 나타난 구결에 대하여”, <어문논집> 19·20, 민족어문학회.
박병철(1997) : “자석과 문석이 일치하는 <백련초해>의 석에 관한 연구”, <구결연구> 2, 구결학회.
박병철(2005) : 『한국 지명어 연구』, 도서출판 삼영.
박병철(2006) : “<주해 천자문>의 단수자석과 문맥지석의 반영에 관하여”, <구결연구> 17, 구결학회.
박부자(2000) : “정문연본 <永嘉證道歌>의 구결에 대하여”, <구결연구> 6, 구결학회.
박상국(1989) : “현존(現存)고본(古本)을 통해 본 『육조대사법보단경』의 유통”, <서지학연구> 4, 서지학회.
박성종(1996ㄱ) : “宋成文本 楞嚴經 解題”, 『口訣資料集三 朝鮮初期 楞嚴經』, 한국정신문화연구원.
박성종(1996ㄴ) : “朝鮮初期 吏讀 資料와 그 國語學的 硏究”, 서울대학교 박사학위논문.
박성종(1998) : “고대 국어 어휘”, 『국어의 시대별 변천 연구3』, 국립국어연구원.
박성종(2003) : “대명률직해의 한국한자어 일고찰”, <민족문화논총> 28, 영남대 민족문화연구소.
박성종(2004) : “이원길개국원종공신녹권에 수록된 공신들의 성명 분석”, <민족문화논총> 30, 영남대 민족문화연구소.
박성종(2005) : “16세기 古文書 吏讀의 종합적 연구”, <성곡논총> 36, 성곡학술문화재단.
박성종(2006ㄱ) : “기획논문 : 이두 연구 시기별로 본 고문서의 활용”, <영남학> 10, 경북대학교 영남문화연구원.
박성종(2006ㄴ) : 『朝鮮初期 古文書 吏讀文 譯註』, 서울대학교출판부.
박용식(2010) : “佐藤本 『華嚴文義要訣問答』의 符號口訣과 8세기 新羅의 文法形態”, <구결연구> 24, 구결학회.
박재민(2009) : “三國遺事所載 鄕歌의 原典批評과 借字 語彙 辨證”, 서울대학교 박사학위논문.
박정숙(1996) : “세조대 간경도감의 설치와 불전 간행”, <釜大史學> 20, 부산대사학회.
박종천(2010) : "標點과 縣吐(口訣)의 비교 분석", 한국고전번역원.
박종희(2001) : "중세국어 활용형 'ᄒᆞ야'(爲)의 음운론적 고찰", <국어국문학> 128, 국어국문학회.
박준석(2005) : "『유가사지론』 점토석독구결 해독 연구(7)", <구결연구> 15, 구결학회.
박진호(1996) : "奎章閣 所藏 口訣資料 楞嚴經 2種에 대하여", <구결연구> 1, 구결학회.
박진호(1997) : "차자 표기 자료에 대한 통사론적 검토", <새국어생활> 7(4), 국립국어연구원.
박진호(1998) : "고대 국어 문법", 『국어의 시대별 변천 연구3』, 국립국어연구원.
박진호(1999) : "釋讀口訣 자료에 나타난 상대경어법 요소", <제20회 공동연구회 발표논문집>, 구결학회.
박진호(2003) : "주본 <화엄경> 권제36 묵토구결의 해독-자토구결과의 대응을 중심으로", <구결연구> 11, 구결학회.
박진호(2007) : "음독 구결에 나타나는 '1 ㅅ ㅗ'에 대하여", 제35회 구결학회 전국학술대회 발표요지, 구결학회.
박진호(2007) : "문자생활사의 관점에서 본 구결(口訣)", <2007년 한말연구학회 학술발표논문집>, 한말연구학회.
박진호(2008) : "口訣 資料 해독의 방법과 실제", <한국문화> 44, 서울대학교 규장각 한국학연구원.
박진호(2011) : "영남대 소장 구결 자료 '大慧普覺禪師書'에 대하여", <민족문화논총> 51, 영남대 민족문화연구소.
박찬규(2012) : "『한국한자어사전』에 수용된 이두, 구결, 차자어의 구성과 출전 문헌", <동양학> 52, 단국대학교 동양학연구소.
박희숙(1976ㄱ) : "佛典의 口訣에 대하여", <선청어문> 7, 서울대학교 국어교육과.
박희숙(1976ㄴ) : "禮記口訣 攷", <관동대학논문집> 4, 관동대학교.
박희숙(1978) : "南明泉頌證道歌에 보이는 口訣", <관동대학논문집> 7, 관동대학교.
박희숙(1989) : "艷夢謾釋의 口訣에 대하여", <이용주박사 회갑기념논문집>.
박희숙(1993) : "懸吐新約聖書 '馬可傳'의 口訣과 그 諺解에 대하여", <성기조박사 화갑기념 논문집>.
배대온(1993) : "이두 용언 '㑹(是)-'계 어휘에 대하여", <배달말> 17, 배달말학회.
배대온(2006) : "고대국어 연구 방법에 대하여", <배달말> 39, 배달말학회.

백두현(1995) : "高麗本 華嚴經의 口訣字 '+'에 대한 고찰", 『國語史와 借字表記』, 태학사.

백두현(1996) : "고려 시대 구결의 문자체계와 통시적 변천", <아시아 제민족의 문자>, 태학사.

백두현(1997) : "고려시대 석독구결에 나타난 선어말어미의 계열 관계와 통합 관계", <구결연구> 2, 구결학회.

백두현(1999) : "구결 형태 '-ㅁㅁ七'(고곳)의 기능에 대한 고찰", <형태론> 1(2), 박이정.

백두현(2005) : 『석독 구결 자료의 기능과 체계』, 태학사.

백두현(2008), "계명대학교 동산도서관 소장 국어사자료의 가치", <한국학논집> 37, 계명대학교 한국학연구소.

徐潾烈(2001) : "법화경의 성립과 구성에 관한 고찰", <中央增伽大學論文集> 9, 중앙승가대.

서민욱(2005), "『유가사지론』 권5·8에 현토된 점토의 위치 세분에 대하여", <구결연구> 15, 구결학회.

서울대학교(2007), <(창립 20주년 기념) 구결학회 제36회 전국학술대회 : 借字表記 연구의 회고와 전망>, 구결학회.

서종학(1991) : "吏讀의 文法形態表記에 關한 歷史的 研究", 서울대학교 박사학위논문.

서종학(1993) : "高麗時代의 吏讀資料", <국어사 자료와 국어학의 연구>, 문학과지성사.

서종학(1995) : 『이두의 역사적 연구』, 영남대 출판부.

석주연(2001) : "언어 사용자의 관점에서 본 중세국어 관형사형의 '-오-' 소멸", <형태론> 3(1), 박이정.

손명기(1998) : "향찰과 구결의 借字 비교-구역인왕경, 박동섭본, 남권희본 능엄경을 중심으로-", <대전어문학> 15, 대전어문학연구회.

손명기(2005) : "『유가사지론』 점토석독구결 해독 연구(9)", <구결연구> 15, 구결학회.

손양숙(2004) : "『월인석보』 권십구와 『법화경언해』 권칠의 동의어 연구", 한국외국어대학교 석사학위논문.

손희하(1997) : "15세기 새김 어휘 연구(1)-『능엄경언해』(제1권)을 중심으로-", 『국어학 연구의 새 지평』, 태학사.

손희하(1998) : "15세기 새김 어휘 연구-『능엄경언해』(제4권)을 중심으로-", 『국어 어휘의 기반과 역사』, 태학사.

손희하(2000) : “『능엄경언해』 새김 연구”, <한국언어문학> 44, 한국언어문학회.
松江(1985) : “法華經에 있어서 一乘과 三乘의 關係”, <僧伽> 2, 승가대학교.
송석구(1977) : “법화경 관세음보살(觀世音菩薩) 보문품(普門品) 연구”, <韓國佛教學> 3, 한국불교학회.
송신지(2005) : “석독구결 자료에서 보이는 한자 부독현상에 대하여”, <전농어문연구> 17, 서울시립대학교.
신경철(1990) : “法華經諺解의 字釋 考察”, <語文論志> 6-7.
신경철(1994) : “능엄경언해 주석문의 어휘 고찰”, <국문학논집> 14, 단국대학교 국어국문학과.
신중진(2004) : “개화기 신문·잡지의 인간 관련 명사 어휘 연구”, 서울대학교 박사학위논문.
심보경(2012), “麗末鮮初 國語史 資料 一考”, <인문과학연구> 34, 강원대학교 인문과학연구소.
심재기(1975) : “口訣의 生成 및 變遷에 대하여”, <韓國學報> 1, 일지사.
심재기(1979) : “장곡사 법화경의 구결”, <미술자료> 19, 국립중앙박물관.
심재기·이승재(1998) : “<화엄경> 구결의 표기법과 한글 전사”, <구결연구> 3, 구결학회.
안대현(2008) : “주본『화엄경』점토석독구결의 해독(2)”, <국어학> 51, 국어학회.
안대현(2012) : “佐藤本『華嚴文義要決問答』口訣의 解讀에 대하여”, <구결학회 제44회 전국학술대회 발표논문집>, 구결학회.
안대현(2013ㄱ) : “『華嚴經疏』 卷35 석독구결의 현대어역”, <구결학회 제46회 전국학술대회>, 구결학회.
안대현(2013ㄴ) : “佐藤本『華嚴文義要決問答』과 古代 韓國語의 ‘厶/矣’”, <구결연구> 31, 구결학회.
안대현(2015) : “가천박물관 소장 각필 점토구결 자료『瑜伽師地論』卷 53에 대하여”, <구결학회 제50회 전국학술대회 발표논문집>, 구결학회.
안병희(1971) : “改刊 法華經諺解에 대하여”, <동방학지> 12, 연세대학교 국학연구원.
안병희(1975) : “口訣의 硏究를 위하여”, <동양학학술회의논문집>, 성균관대학교.
안병희(1976ㄱ) : “童蒙先習과 그 口訣”, <金亨奎教授 停年退任 紀念論文集>, 서울大學校 師範大學 國語教育科.
안병희(1976ㄴ) : “口訣과 漢文訓讀에 대하여”, <진단학보> 41, 진단학회.
안병희(1976ㄷ) : “中世語의 口訣記寫資料에 대하여”, <奎章閣> 1, 서울대학교 규장각.

안병희(1988) : 『中世國語口訣의 硏究』, 일지사.

안영희(2013) : “석독구결 ‘尸’의 音借 起源에 대한 고찰”, <구결학회 제45회 전국학술대회 발표논문집>, 구결학회.

안예리(2009) : “‘삼다’ 구문의 통시적 변화”, <한국어학> 43, 한국어학회.

양희철(2011) : “구결 支 해독의 변증”, <人文科學論集> 43, 청주대학교 인문과학연구소.

여찬영(1983) : “번역소학의 구결문”, <국문학연구> 7, 대구효성가톨릭대학교 국어국문학과.

여찬영(1988) : “조선조 口訣文과 諺解文의 성격연구”, <국문학연구> 11, 대구효성가톨릭대학교 국어국문학과.

여찬영(2005) : “『경민편(언해)』 동경교대본과 규장각본 연구 - 한문 원문 및 구결의 차이”, <우리말글> 33, 우리말글학회.

여찬영(2007) : “『正俗諺解』의 번역언어학적 연구”, <우리말글> 40, 우리말글학회.

오세문(2014) : “한솔뮤지엄 소장본 『법화경』 권1의 구결에 대하여”, <2013년 겨울 구결학회·국어사학회 공동 전국학술대회>, 구결학회.

오창명(1994) : “中世國語時期 副詞類 吏讀의 硏究; ≪科擧事目≫과 ≪詳定科擧規式≫을 중심으로”, <백록어문> 10, 백록어문학회.

오형근(1977) : “법화경 신해품과 회삼귀일사상”, <韓國佛敎學> 3, 한국불교학회.

유동석(1991) : “중세국어 객체높임법에 대한 통사론적 접근”, 『국어학의 새로운 인식과 전개』, 민음사.

유민호(2015) : “고대 한국어 처격, 속격조사의 형태와 의미기능에 관한 연구 : 차자표기 자료를 중심으로”, 고려대학교 박사학위논문.

유용선(1999) : “15세기 언해문에 나타난 구결문의 문법적 영향”, 서울대학교 박사학위논문.

유용선(2003) : 『15세기 언해 자료와 구결문』, 도서출판 역락.

유탁일(1977) : “鮮初文獻에 쓰여진 佛家 口訣”, 『荷西金鍾雨博士 回甲紀念論文集』, 제일문화사.

유필재(1998) : “『법화경오서언해』에 대하여”, <관악어문연구> 23, 서울대학교 국어국문학과.

유필재(2005) : 『음운론 연구와 음성전사』, 울산대학교 출판부.

윤용선(2006) : “『소학언해』의 구결체계에 대한 검토”, <진단학보> 102, 진단학회.

윤용선(2009) : “조선 후기의 구결 사용에 대한 고찰”, <진단학보> 107, 진단학회.

윤행순(2003) : “한문독법에 쓰여진 한국의 각필부호구결과 일본의 오코토점의 비교-<유가사지론>의 점토구결과 문자구결을 중심으로-", <구결연구> 10, 구결학회.

윤행순(2004) : "한국의 각필부호구결과 일본의 훈점에 나타나는 화엄경의 부독자 용법", <구결연구> 13, 구결학회.

윤행순(2005) : "한일의 한문독법에 나타나는 [乃至]에 대하여", <구결연구> 14, 구결학회.

윤행순(2015), "일본의 오코토(ヲコト)點과 한국의 點吐口訣의 형태에 관한 연구", 단국대학교 일본연구소.

이건식(1996) : "高麗時代 釋讀口訣의 助詞에 대한 硏究", 단국대학교 박사학위논문.

이건식(1996) : "컴퓨터 입출력을 위한 구결자 코드체계", <구결연구> 2, 구결학회.

이건식(2013) : "羅末麗初 漕運 浦口名 末音浦 차자 표기 해독과 신라어 乙[泉]을 보존한 중세어 어휘", <구결학회 제46회 전국학술대회 발표논문집>, 구결학회.

이건식(2015) : "여말선초 순독 구결 해독", <구결학회 제50회 전국학술대회 발표논문집>, 구결학회.

이경숙(2013) : "'借字', '借音'에 대한『玄應音義』用例글자 分析", <동북아문화연구> 37, 동북아시아문화학회.

이광호(1991) : "中世國語 特異形態素 問題의 解決을 위한 試論", <國語學> 21, 국어학회.

이광호(1993) : "중세국어 '사이시옷' 문제와 그 해석 방안",『국어사 자료와 국어학의 연구』, 문학과지성사.

이근규(1988) : "法華經諺解의 모음조화에 대한 분석적 연구", <언어> 9, 忠南大學校 語學硏究所.

이금영(1994) : "중세국어의 사이ㅅ에 대하여",『우리말 연구의 샘터』, 도수희선생 화갑기념논총간행위원회.

이금영(2000ㄱ) : "선어말어미 '-거/어-'의 통시적 연구", 충남대학교 박사학위논문.

이금영(2000ㄴ) : "구결자 '-ナ', '-去/ㅋ-'의 분포와 기능에 대하여", <제21회 공동연구회 발표논문집>, 구결학회.

이기문(1989) : "古代國語 硏究와 漢字의 새김 問題", <진단학보> 67, 진단학회.

이기문(1998) : 신증판『국어사개설』, 태학사.

이능화(1977) :『朝鮮佛敎通史』, 영신아카데미 한국학연구소.

이달현(1997) : "<법화경언해>의 표기사적 고찰", 동국대학교 석사학위논문.

이덕흥(1987) : "正俗諺解에 나타난 구결의 고찰", <어문연구> 15, 어문연구회.
이돈주 역주(1985) : 『중국음운학』, 일지사.
이동림(1982) : "<구역인왕경>의 구결 해독을 위하여", <동국대 논문집> 21, 동국대학교대학원.
이동석(2005) : "국어 경음화 현상에 대한 연구", <청주학술논집> 6, 청주대학교.
이동석(2005) : 『국어 음운 현상의 공시성과 통시성』, 한국문화사.
이미경(2006) : "『곤자쿠모노가타리슈(今昔物語集)』의 법화경 영험담 : 법화경과의 비교를 통하여", 한국외국어대학교 석사학위논문.
이병기(2006) : "『유가사지론』 점토석독구결 해독 연구(13)", <구결연구> 16, 구결학회.
이병기(2006) : "'-겠-'과 '-었-'의 통합에 대하여", <국어학> 47, 국어학회.
이병기(2006) : "한국어 미래성 표현의 역사적 연구", 서울대학교 박사학위논문.
이병기(2014) : "구결 자료의 어휘", <구결연구> 33, 구결학회.
이숭녕(1978) : 『新羅時代의 表記法 體系에 대한 試論』, 탑출판사.
이승재(1989) : "借字表記 硏究와 訓民正音의 文字論的 硏究에 대하여", <國語學> 19, 국어학회.
이승재(1990) : "高麗時代 梵網經의 口訣", <애산학보> 9, 애산학회.
이승재(1993ㄱ) : "麗末鮮初의 口訣資料", 『國語史 資料와 國語學의 硏究』, 문학과 지성사.
이승재(1993ㄴ) : "고려본 화엄경의 구결자에 대하여", <국어학> 3, 국어학회.
이승재(1994) : "高麗中期 口訣資料의 形態音素論的 硏究", <진단학보> 78, 진단학회.
이승재(1995) : "南權熙本 楞嚴經의 解題", 『口訣資料集一<고려시대 능엄경>』, 한국정신문화연구원.
이승재(1996) : "'ㄱ' 약화 탈락의 통시적(通時的) 고찰", <국어학> 28, 국어학회.
이승재(1996) : "高麗中期 口訣資料의 主體敬語法 先語末語尾 '-ナ(겨)-'", 『李基文敎授停年退任紀念論叢』, 신구문화사.
이승재(1997ㄱ) : "차자 표기의 변천", 『국어사 연구』, 태학사.
이승재(1997ㄴ) : "吏讀와 口訣", <새국어생활> 7(2), 국립국어연구원.
이승재(1998) : "고대 국어 형태", 『국어의 시대별 변천 연구3』, 국립국어연구원.
이승재(2000ㄱ) : "尊敬法 先語末語尾 '-ㄢ/ㄹ[시]-'의 形態音素論的 硏究— 口訣資料를 중심으로", <진단학보> 90, 진단학회.
이승재(2000ㄴ) : "국어 문자체계의 발달--차자표기를 중심으로", 『한국문화사상대계 1』, 영남대 민족문화연구소.

이승재(2000ㄷ) : “차자표기 자료의 격조사 연구”, <국어국문학> 127, 국어국문학회.

이승재(2002) : “口訣資料의 ‘-ㄱ-’ 弱化·脫落을 찾아서”, <한국문화> 30, 서울대학교 한국문화연구소.

이승재(2003) : “異體字로 본 高麗本 楞嚴經의 系統”, <구결연구> 11, 구결학회.

이승재(2005), “고려시대의 불경 교육과 구결”, 일조각.

이승재(2008), “吏讀 해독의 방법과 실제”, 서울대학교 규장각 한국학연구원.

이승재(2011), “11세기 吏讀資料로 본 符點口訣의 기입 시기”, <구결연구> 27, 구결학회.

이승재(2012), “木簡에서 찾은 新羅 詩歌 二首”, <구결학회 제43회 전국학술대회 발표논문집>, 구결학회.

이승재·안효경(2002) : “각필 부호구결 자료에 대한 조사 연구-성암본 <유가사지론> 권제5와 권제8을 중심으로”, <구결연구> 9, 구결학회.

이승희(1996) : “고려시대 구결자료에 나타나는 감동법”, 구결학회 전국학술대회 발표요지, 구결학회.

이승희(1996) : “중세국어 감동법 연구”, 서울대학교 석사학위논문.

이승희(1996) : “중세국어 의문법 ‘-ㄴ다’계 어미의 소멸 원인”, <관악어문연구> 21, 서울대학교 국어국문학과.

이용(1996) : “‘-乙’에 대하여”, <구결연구> 2, 구결학회.

이용(1998) : “연결 어미 ‘-거든’의 문법사적 고찰 -전기 중세국어 차자 표기를 중심으로-”, <구결연구> 4, 구결학회.

이용(2000) : “연결어미 형성에 대한 연구”, 서울시립대학교 박사학위논문.

이용(2003) : “석독구결에 나타난 부정사의 기능에 대하여”, <구결연구> 11, 구결학회.

이용(2008) : “‘-져’의 역사적 고찰”, <진단학보> 105, 진단학회.

이용(2010) : “點吐釋讀口訣 資料의 否定法”, <구결연구> 24, 구결학회.

이용(2011) : “신라이두에 나타난 內에 대하여”, <구결학회 제42회 전국학술대회 발표논문집>, 구결학회.

이용(2013ㄱ) : “『합부금광명경』 권3 석독구결의 현대어역”, <구결학회 제46회 전국학술대회 발표논문집>, 구결학회.

이용(2013ㄴ) : “지정사의 개념과 차자표기 지정문자설의 문제에 대하여”, <구결연구> 30, 구결학회.

이용(2013ㄷ) : “新羅吏讀 자료에 나타난 內의 용법”, <국어학> 66, 국어학회.

이윤동(1988) : 『中期 韓國 漢字音의 研究』, 우골탑.

이은규(1996) : “석독 입겿 자료의 전산 처리”, <한국전통문화연구> 11, 대구효성가톨릭대학교 전통문화연구소.

이은규(2003) : “<대방광불화엄경소(권35)> 석독 입겿문의 동사 ‘삼-’에 대하여”, <어문학> 81, 한국어문학회.

이은규(2004) : “석독 입겿문의 동사 ‘삼-’의 의미 기능”, <언어과학연구> 30, 언어과학회.

이은규(2005) : “<조선관역어> 차자 표기의 용자 분석”, <한국말글학> 22, 한국말글학회.

이은규(2006) : 『고대 한국어 차자표기 용자 사전』, 제이앤씨.

이은규(2013) : “석독 입겿{ソろ}의 기능 연구”, <민족문화논총> 53, 영남대 민족문화연구소.

이장희(1994) : “화엄경 구결자 ‘尸’의 기능과 독음”, <어문학> 56, 한국어문학회.

이장희(1995) : “고려시대 석독구결문의 ‘-七’에 대하여”, <문학과 언어> 16, 경북대학교 문학과 언어연구회.

이장희(1996) : “고려시대 석독구결의 ‘ㅿ’에 대하여”, <문학과 언어> 17, 경북대학교 문학과 언어연구회.

이장희(2007), “영남지역 고문서의 국어학적 특징”, 경북대학교 영남문화연구원.

이전경(2003) : “15세기 口訣의 表記法 연구”, 연세대학교 박사학위논문.

이전경(2006) : “구결사전 편찬 방안과 관련하여”, 구결학회 제32회 전국학술발표대회 발표요지, 구결학회.

이전경(2013ㄱ) : “연세대 소장 각필본 『묘법연화경』의 처격 표기”, <한국학연구> 44, 고려대학교 한국학연구소.

이전경(2013ㄴ) : “연세대 소장 각필구결본 『묘법연화경』의 부정문”, <구결연구> 30, 구결학회.

이전경(2014) : “논문 : 간경도감 불경언해 사업의 또 다른 함의”, <한말연구> 34, 한말연구학회.

李鍾益(1973) : “六祖壇經의 異本과 그 成立史的考察”, <論文集> 11, 東國大學校.

이준석(2004) : “유니코드에 제출될 구결자의 방안”, 구결학회 제29회 전국학술발표대회 발표요지.

이진호(2002) : “음운 교체 양상의 변화와 공시론적 기술”, 서울대학교 박사학위논문.

이학주(1994) : “법화경의 교육사상 연구”, 동국대학교 석사학위논문.

이현희(1991) : “중세국어 명사문의 성격”, 『국어학의 새로운 인식과 전개』, 민음사.

이현희(1995ㄱ) : "'-아져'와 '-良結'", 『國語史와 借字表記』, 태학사.

이현희(1995ㄴ) : "'-ᅀᅡ'와 '-沙'", <한일어학논총>, 국학자료원.

이현희(2002) : "국어 문법형태 기술의 연속성에 대한 연구", <한민족어문학> 41, 한민족어문학회.

이현희(2005) : 『국어 연구와 의미 정보』, 도서출판 월인.

이호권(1987) : "법화경의 언해에 대한 비교 연구", 서울대학교 석사학위논문.

이호권(1993) : "법화경언해", 『국어사 자료와 국어학의 연구』, 문학과지성사.

임동훈(1994) : "중세국어 선어말어미 {-시-}의 형태론", <국어학> 24, 국어학회.

장경준(2002) : "묵토석독구결 자료에 기입된 구결자와 대응 구결점에 대하여-<유가사지론> 권5,8을 대상으로-", <구결연구> 9, 구결학회.

장경준(2003) : "<유가사지론> 점토석독구결의 '지시선'에 대하여", <구결연구> 11, 구결학회.

장경준(2005), "『유가사지론』 점토석독구결의 해독 방법 연구 : 권5, 8의 단점을 중심으로", 연세대학교 박사학위논문.

장경준(2006ㄱ) : "석독구결의 구결자 "화(火)"에 대하여", <2006년 한말연구학회 학술발표논문집>, 한말연구학회.

장경준(2006ㄴ) : "석독구결의 구결자 '火'과 'ソㄴ'에 대하여", <국어학> 47, 국어학회.

장경준(2006ㄷ) : "<유가사지론> 점토석독구결에서 '故'자에 현토된 구결점의 해석", <태릉어문연구> 14, 서울여자대학교 국어국문학회.

장경준(2006ㄹ) : "점토 체계의 특징이 부호의 사용에 미치는 영향", <구결연구> 16, 구결학회.

장경준(2008ㄱ) : "고려초기 점토구결 제부호", <한국어학> 40, 한국어학회.

장경준(2008ㄴ) : "≪유가사지론≫ 점토석독구결의 '지시선'에 관한 補論", <국어학> 51, 국어학회.

장경준(2009ㄱ) : "湖林本『瑜伽師地論』卷3의 點吐에 대한 기초 연구", <구결연구> 23, 구결학회.

장경준(2009ㄴ) : "점토구결 자료의 문법 형태에 대하여", <국어학> 56, 국어학회.

장경준(2009ㄷ) : "湖林本『瑜伽師地論』卷三의 點吐口訣에 사용된 符號에 대하여", <국어국문학> 153, 국어국문학회.

장경준(2011ㄱ) : "석독구결 자료의 전산 입력 및 교감에 대하여", <구결학회 제42회 전국학술대회 발표논문집>, 구결학회.

장경준(2011ㄴ) : "석독구결의 번역사적 의의에 대한 시론", <번역학연구 12(4), 한국번역학회.

장경준(2011ㄷ) : “高麗時代 點吐口訣의 符號에 관한 小林芳規 先生의 論考에 대한 檢討”, <구결연구> 26, 구결학회.

장경준(2012) : “釋讀口訣과 訓点 資料에 使用된 符號의 比較硏究 試論”, <구결학회 제44회 전국학술대회 발표논문집>, 구결학회.

장경준(2013ㄱ) : “『유가사지론』 권20 석독구결의 현대어역”, <구결학회 제46회 전국학술대회 발표논문집>, 구결학회.

장경준(2013ㄴ) : “고려시대 석독구결 자료의 소개와 활용 방안”, <한국어학> 59, 한국어학회.

장경준(2013ㄷ) : “석독구결 자료의 주석말뭉치 구축에 대하여”, <한국학연구> 46, 고려대학교 한국학연구소.

장경준(2015) : “남선사본『유가사지론』 권8의 점토석독구결에 대하여”, <구결학회 제50회 전국학술대회 발표논문집>, 구결학회.

장영길(1992) : “능엄경과 능엄경언해에 대하여”, <동악어문논집> 27, 동악어문학회.

장윤희(1995) : “吏讀에 나타난 國語 活用語尾의 體系와 性格”, <전농어문연구> 7, 서울시립대학교.

장윤희(1996) : “중세국어 ‘-이ᄯᆞ녀’ 구문의 구조와 성격”, <冠嶽語文硏究> 21, 서울대학교 국어국문학과.

장윤희(1997) : “중세국어 종결어미 ‘-(으)이’의 분석과 그 문법사적 의의”, <국어학> 30, 국어학회.

장윤희(2001) : “중세국어 ‘-암/엄 직ᄒᆞ-’의 문법사”, <형태론> 3(1), 도서출판 박이정.

장윤희(2002) : <중세국어 종결어미 연구>, 태학사.

장윤희(2005) : “고대국어 연결어미 ‘-遣’과 그 변화”, <구결연구> 14, 구결학회.

장윤희(2006) : “고대국어의 파생 접미사 연구”, <국어학> 47, 국어학회.

장윤희(2010), “中世國語 連結語尾 形成의 文法史”, <어문연구> 146, 한국어문교육연구회.

장윤희(2011), “석독구결의 속격 ‘-尸’의 문제 해결을 위하여”, <구결연구> 27, 구결학회.

田炳勇(1995) : “中世國語의 語尾 ‘-니’에 대한 硏究”, 단국대학교 박사학위논문.

전병용(1999) : 『중세국어의 어미 「-니」에 대한 연구』, 청동거울.

全秀燕(1993) : “楞嚴經의 유포와 <履霜曲>”, <목원어문학> 12, 목원대학교.

전정례(1992) : “중세국어 안맺음씨끝 ‘-오-’의 기능”, 『한국어의 토씨와 씨끝』, 서광학술자료사.

전혜숙(2000) : 두주본 < 주역대문 > 의 구결자에 대하여, <제22회 공동연구회 발표논문집>, 구결학회.

정관유(2002) : "육·왕학의 선학적 사유에 관한 연구 :『육조단경』을 중심으로", 성균관대학교 석사학위논문.

정광(2003) : "한반도에서 한자의 수용과 차자표기의 변천", <구결연구> 11, 구결학회.

정무환(2002) : "普照知訥과『六祖檀經』", <불교문화연구> 3, 동국대학교 불교문화연구원.

정성본(1990) : "돈황본(敦煌本)'육조단경'(六祖檀經)과 심지법문(心地法門)", <韓國佛教學> 15, 한국불교학회.

鄭垣杓(1999) : "麗末 漢詩에 나타난 楞嚴經의 受容樣相", <東西文化硏究> 7, 홍익대학교 인문과학연구소.

정은균(2008) : "高麗時代 釋讀口訣의 '- 刂罒'에 대한 文法的 考察", <어문연구> 36(4), 한국어문교육연구회.

정은균(2009) : "고려시대 석독구결문의 번역 문체적인 특징", <배달말> 45, 배달말학회.

정은영(2005) : "≪몽산화상육도보설≫ 이본의 입겿 연구", 대구가톨릭대학교 석사학위논문.

정은영(2005) : "『몽산화상육도보설』 입겿 연구", <국어사연구> 5, 국어사학회.

정재영 외(2003) :『한국각필부호구결자료와 일본훈점자료연구』, 태학사.

정재영(1994) : "전기중세국어의 의문법", 1994년 여름 구결연구회 구두 발표, 구결학회

정재영(1995) : " '丷'형 부사와 '七'형 부사",『國語史와 借字表記』, 태학사.

정재영(1995) : "前期中世國語의 疑問法", <국어학> 25, 국어학회.

정재영(1996) :『依存名詞 'ᄃ'의 文法化』, 국어학회.

정재영(1996ㄱ) : "順讀口訣 資料 梵網經菩薩戒에 대하여", <구결연구> 1, 구결학회.

정재영(1996ㄴ) : "祇林寺 楞嚴經의 解題",『口訣資料集二<조선초기 능엄경>』, 한국정신문화연구원.

정재영(1996ㄷ) : "終結語尾 '-立'에 대하여", <震檀學報> 81, 진단학회.

정재영(1997) : "'-오-'의 변화",『國語史 硏究』, 태학사.

정재영(1997) : "借字表記 연구의 흐름과 방향", <새국어생활> 제7권 제4호·겨울, 국립국어연구원.

정재영(2000) : "선어말어미 '-內-', '-飛(ㅌ)-'와 '-臥(ㅏ)-' - 고대국어 선어말어미

'-ᄂ-'와 그 변화", <형태론> 3, 박이정.

정재영(2001) : "國語 感歎文의 變化 -감탄법 종결어미의 변화를 중심으로-", <震檀學報> 92, 진단학회.

정재영(2003) : "口訣 硏究史", 『한국의 문자와 문자 연구』, 집문당.

정재영(2004) : "계림유사의 고려방언에 나타난 문법형태에 대한 연구", <구결연구> 12, 구결학회.

정재영(2006ㄱ) : "불갑사(佛甲寺) 소장의 화암사판(花岩寺版) <부모은중경>에 대하여 -이 자료에 기입되어 있는 구결과 언해문을 중심으로-", <영남학>, 경북대학교 영남문화원.

정재영(2006ㄴ) : "청주고인쇄박물관 소장 원홍사본 <금강경>에 대한 연구", 한국어문학회 제39회 전국학술대회 발표요지, 한국어문학회.

정재영, 김성주(2010) : "영광 불갑사 복장 전적에 대한 국어학적 연구", <서지학보> 35, 한국서지학회.

정재영(2011) : "『華嚴文義要決問答』古寫本의 문헌학적 연구", <서지학보> 37, 한국서지학회.

정진원(1998) : "석보상절 권13과 법화경언해의 텍스트 비교 분석", <백련불교논집> 8, 백련불교문화재단.

정철주(2011) : 『고대 국어의 이두 연구』, 영한.

정호반(1997) : "宋成文本 楞嚴經 口訣의 助詞 硏究", 관동대학교 석사학위논문.

조규태(1986) : 『고대국어 음운 연구』, 형설출판사.

조규태(2005) : "최초의 옛한글 표기법 재구", <국어사연구> 5, 국어사학회.

조규태(2006) : "용비어천가 주해 속의 우리말 어휘에 대하여", <어문학> 92, 한국어문학회.

조규태(2006) : "중세 국어의 선어말 어미 '-으니-'에 대하여", <배달말> 39, 배달말학회.

趙明濟(1988) : "高麗後期 戒環解 楞嚴經의 盛行과 思想史的 意義", <釜大史學> 12, 부산대학교 사학회.

조은주(2005) : "『유가사지론』점토석독구결 해독 연구(8)", <구결연구> 15, 구결학회.

조재형(2009ㄱ) : "古代國語時期의 借字表記 '良'의 讀音 考察", 중앙어문학회.

조재형(2009ㄴ) : "'一中'의 起源과 形態에 대한 再考", <어문론집> 40, 중앙어문학회.

趙鍾業(1996) : "口訣의 機能硏究", 96년 구결학회 겨울 공동연구회 발표 요지, 충남대학교.

宗梵(1988) : "法華經의 一乘信仰", <僧伽 5>, 승가대학교.
차차석(1993) : "법화경의 본서사상에 관한 연구", 동국대학교 박사학위논문.
최남희(1999) : 『고대국어표기 한자음 연구』, 박이정.
최동주(1995) : "국어 시상체계의 통시적 변화에 관한 연구", 서울대학교 박사학위논문.
최동주(2000) : "국어 사동구문의 통시적 변화", <언어학> 27, 한국언어학회.
최동주(2002) : "전기 근대국어의 시상체계에 관한 연구", <어문학> 76, 한국어문학회.
최범훈(1972) : "'口訣' 硏究", <국어국문학> 55-57호, 국어국문학회.
최범훈(1978) : 우암발판(尤庵跋版) 「동몽선습(童蒙先習)」의 구결에 대하여, <한국언어문학>, 한국언어문학회.
최범훈(1979) : "≪맹자집주≫ 혼성구결에 대하여", <서원대학교 논문집> 8, 서원대학교.
최범훈(1982) : "書釋의 特殊口訣에 대하여", <論文集> 11, 경기대학교.
최법혜(1997) : "능엄경의 성립과정과 전역의 자료에 관한 연구", <佛敎學報> 34, 불교학회.
최병선(1997) : "중세국어의 전이음 연구", <한양어문> 15, 한양어문학회.
최식(2011) : "한문독법(漢文讀法)의 한국적(韓國的) 특수성(特殊性) -구두(句讀), 현토(懸吐), 구결(口訣)-", <한자한문교육> 27, 한국한자한문교육학회.
최은규(1993) : "詳校正本慈悲道場懺法의 口訣에 대하여", 『國語史資料와 國語學의 硏究』, 문학과 지성사.
최정은(2011) : "연구논문 : 고대국어 파생부사결합형 연구", <한국어학> 51, 한국어학회.
최창식(1998) : "돈황본(敦煌本) 「릉엄경(楞嚴經)」연구", <韓國佛敎學 24>, 한국불교학회.
하귀녀(2004) : 보조사 '-곳/옷'과 '-火七', <국어학> 43, 국어학회.
하귀녀(2009), "중세국어 보조사 '-으란'의 기원", <형태론> 11(1), 서울대학교.
하영숙(1980) : "법화경판종고", 성균관대학교 석사학위논문.
한상화(1994) : "祇林寺本<楞嚴經> 口訣의 硏究", 성심여자대학교 석사학위논문.
한영균(1993) : "楞嚴經諺解", 『국어사 자료와 국어학의 연구』, 문학과 지성사.
한영목(1991) : "김규식 문법에서의 통사론 연구", <어문연구> 22, 어문연구학회.
한영목(1999) : "정렬모 문법의 통사론 연구", <어문연구> 31, 어문연구학회.
한영목(2004) : 『우리말 문법의 양상』, 도서출판 역락.
한재영(1992) : "중세국어의 대우 체계 소고-'습'을 중심으로-", <울산어문논

집> 8, 울산대학교 국어국문학과.
한재영(2004) : "한글 옛 文獻 情報 調查 研究-16세기의 국어자료를 중심으로", <어문연구> 32(4), 한국어문교육연구회.
허인영(2012), "『瑜伽師地論』 點吐釋讀口訣의 역사향쌍점에 대하여", <口訣學會 제43회 전국학술대회>, 구결학회.
홍윤표(1994) : "중세국어의 수사에 대하여", <국문학논집> 14, 단국대 국어국문학과.
홍윤표(1995) : "구결문법에 대한 단상'", 구결학회 여름 공동연구회 발표요지, 구결학회.
홍윤표(1995) : "名詞化素 '-기'", 『國語史와 借字表記』, 태학사.
홍정식(1970) : "법화경결집자에 대한 고찰 ; 특히 자위적 고심에 대하여", <佛教學報 7>, 불교학회.
홍정식(1974) : "법화경 성립과정에 관한 연구", 동국대학교 박사학위논문.
황국정(2000) : "속격 어미가 실현된 명사구 구성에 대해-향가와 구결 자료를 중심으로", 구결학회 제22회 공동연구회 발표논문집, 구결학회.
황금연(1997) : "≪여씨향약(呂氏鄕約)≫의 구결 (口訣) 에 대하여", <한국언어문학>, 한국언어문학회.
황선엽(1996) : "一簑文庫本『大方廣圓覺經疎注經』", <구결연구> 1, 구결학회.
황선엽(2000) : "석독구결 '尸'의 해독에 대하여", <한국문학논총> 26, 한국문학회.
황선엽(2002) : "국어 연결어미의 통시적 연구 - 한글 창제 이전 차자표기 자료를 중심으로", 서울대학교 박사학위논문.
황선엽(2003) : "구결자 '斤'의 해독에 대하여", <구결연구> 10, 구결학회.
황선엽(2006) : "『유가사지론』 점토석독구결 해독 연구(11)", <구결연구> 16, 구결학회.
황선엽(2006) : "논문 : 고대국어의 처격 조사", <한말연구> 18, 한말연구학회.
황선엽(2011) : "영남대도서관 동빈문고 소장 表訓寺板 『緇門警訓』의 서지 및 구결", <민족문화논총> 48, 영남대 민족문화연구소.
황선주(2006) : "직지 구결(口訣)의 모습", <호서문화논총> 20, 서원대학교 직지문화산업연구소.

남경란南京蘭

경북 울릉 출생
대구가톨릭대학교 국어국문학과 졸업 및 동대학원 문학석사, 박사
영남대학교 민족문화연구소 상임연구원 및 전문연구교수로 역임.
현재 대구가톨릭대학교 한국어문학부 교수

주요 논저
『국어사 연구를 위한 국어정보처리법』(2003),
『麗末鮮初 音讀 입겿[口訣]의 綜合的 考察』(2005)
『麗末鮮初 音讀 입겿[口訣] 字形과 機能의 通時的 考察』(2009)
『한문독법과 동아시아 문자』(공저:2006)
「고려본 <상교정본자비도량참법>의 구결 연구」(2007)
「음독구결 연구의 회고와 전망」(2008)
「음독 입겿과 한글 입겿의 상관성」(2010)
「韓國的文字, 입겿[口訣]」(2011)
「영남대학교 중앙도서관 동빈문고 소장 구결 자료에 대하여」(2012)
「음독 입겿[口訣] 명령형의 통시적 고찰」(2014)
「15세기 문헌자료의 전산화 - 연구자 중심 말뭉치 구축 및 활용」(2014)
「새 資料, 初雕大藏經 南禪寺本『四分律藏第三分』卷四十의 角筆에 대하여」(2016)
「13세기 高麗 釋讀口訣本『慈悲道場懺法』卷4 殘片의 구결 소개」(2016)
외 50여 편

한글 창제 전후의 입겿[口訣] 연구 값 28,000원

2016년 6월 17일 초판 인쇄
2016년 6월 23일 초판 발행

저 자 : 남 경 란
발 행 인 : 한 정 희
발 행 처 : 경인문화사
경기도 파주시 회동길 445-1 경인빌딩 B동 4층
전화 : 031-955-9300, 팩스 : 031-955-9310
이메일 : kyunginp@chol.com
홈페이지 : http://kyunginp.co.kr
출판신고 : 제406-1973-000003호(1973. 11. 8)

ISBN : 978-89-499-4203-2 93810